ullstein

Der Autor

Chris Carter wurde 1965 in Brasilien als Sohn italienischer Einwanderer geboren. Er studierte in Michigan forensische Psychologie und arbeitete sechs Jahre lang als Kriminalpsychologe für die Staatsanwaltschaft. Dann zog er nach Los Angeles, wo er als Musiker Karriere machte. Gegenwärtig lebt Chris Carter in London. Seine Thriller um Profiler Robert Hunter sind allesamt Bestseller.

Von Chris Carter sind in unserem Hause bereits erschienen:

One Dead (E-Book)
Der Kruzifix-Killer
Der Vollstrecker
Der Knochenbrecher
Totenkünstler
Der Totschläger
Die stille Bestie
I am Death – Der Totmacher
Death Call – Er bringt den Tod
Blutrausch – Er muss töten
Jagd auf die Bestie
Bluthölle
Blutige Stufen

Chris Carter

BLUTIGE STUFEN

THRILLER

Aus dem Englischen
von Sybille Uplegger

Ullstein

Besuchen Sie uns im Internet:
www.ullstein.de

Wir verpflichten uns zu Nachhaltigkeit

- Papiere aus nachhaltiger Waldwirtschaft und anderen kontrollierten Quellen
- Druckfarben auf pflanzlicher Basis
- ullstein.de/nachhaltigkeit

MIX
Papier
FSC® C083411

Deutsche Erstausgabe im Ullstein Taschenbuch
1. Auflage September 2022
4. Auflage 2023

Titel der englischen Originalausgabe:
Genesis (Simon & Schuster Inc.)

Umschlaggestaltung: zero-media.net, München
Titelabbildung: © FinePic®, München
Satz: LVD GmbH, Berlin
Gesetzt aus der Scala
Druck und Bindearbeiten: CPI books GmbH, Leck
ISBN 978-3-548-06447-5

Ich möchte diesen Roman all jenen von uns widmen,
die unter psychischen Problemen leiden. Die tagtäglich
einen der schwersten Kämpfe ausfechten, mit denen
ein Mensch konfrontiert werden kann – den Kampf gegen
die eigenen Gedanken ... gegen eine Dunkelheit, die sonst
niemand sieht.

Bitte bleibt stark.
Der Kampf lohnt sich.
Das Leben ist lebenswert.
Sucht weiter nach Momenten des Glücks; es gibt sie.
Wir haben das Recht, Fehler zu machen.
Wir haben das Recht, es immer wieder aufs Neue
zu versuchen.
Wir haben das Recht, hier zu sein.
Bitte gebt nicht auf.

1

Mit besorgtem Blick beobachtete die Taxifahrerin, wie eine stark alkoholisierte Melissa Hawthorne die hintere Tür des silbernen Mazda 3 aufstieß und ungelenk auf den Gehsteig vor ihrem Haus taumelte. Es war kurz vor zwei an einem Sonntagmorgen, und Melissa hatte seit etwa einundzwanzig Uhr die ganze Nacht hindurch getrunken. Normalerweise machte sie so etwas nicht, aber ihre beste Freundin war achtundzwanzig geworden, und sie hatten im Broken Shaker gefeiert, einer Cocktailbar mit Pool und einem entspannten South-Beach-Vibe auf dem Dach des historisch einzigartigen Freehand Hotels in Downtown Los Angeles. Fruchtige Cocktails und Jägerbombs waren, wie Melissa nun feststellen musste, eine nahezu tödliche Mischung, und obwohl sie sich großartig amüsiert hatte, graute ihr bereits vor dem monumentalen Kater, der ihr garantiert beim Aufwachen bevorstand.

»Die Tür …«, rief die Taxifahrerin. »Könnten Sie bitte die Tür zumachen?«

»Ach so, ja. Sorry!«, lallte Melissa, ehe sie der Tür des Mazda mit der Hüfte einen Schubs versetzte. Das war erstens recht mühsam, und zweitens nahm sie nicht genug Schwung, um die Tür vollständig zu schließen.

»Sie ist immer noch nicht richtig zu«, rief die Fahrerin und zog eine Grimasse.

Melissa grinste schief, ehe sie einen zweiten Versuch unternahm. Doch statt die halb eingerastete Tür einfach zuzudrücken, riss sie sie wieder auf und gab ihr abermals einen kraftlosen Stoß mit der Hüfte.

»Ups!«

»Ist schon gut«, meinte die Fahrerin kopfschüttelnd. »Ich mach es selbst. Kein Stress.«

Während sie ausstieg und um den Wagen herumging, torkelte Melissa langsam in Richtung Haustür. Dort angekommen, brauchte sie annähernd zweieinhalb Minuten, um in der Tasche ihren Schlüssel zu finden und ihn ins Schlüsselloch zu stecken.

Sobald sie im Haus war, schloss sie die Tür hinter sich, goss sich ein Glas Wasser ein und ging weiter ins Schlafzimmer. Sie warf ihre Handtasche auf den Nachttisch und sprang noch schnell unter die Dusche, ehe sie endlich ins Bett kroch. Noch ein letzter Blick auf ihr Smartphone. Es war zwei Uhr achtundzwanzig.

Keine neuen Nachrichten.

Ehrlich gesagt, war sie ein bisschen enttäuscht. Sie hatte im Broken Shaker einen Mann kennengelernt, der ihr ziemlich sympathisch gewesen war. Er hieß Mark, und nach einigen Cocktails, ein paar Shots und viel Gelächter hatten sie Telefonnummern ausgetauscht.

Kurz bevor sie gegangen war, hatte Mark gefragt, ob er mit ihr nach Hause kommen solle. Ein verlockendes Angebot. Sie hatte seit einem halben Jahr keinen Sex mehr gehabt – seit sie herausgefunden hatte, dass ihr Freund, mit dem sie zwei Jahre lang zusammen gewesen war, sie mit einer Kollegin betrog. Aber trotz ihres Alkoholpegels und des unleugbaren Knisterns zwischen ihr und Mark hatte sie abgelehnt. Sie wollte nicht zu bedürftig erscheinen, denn wie sie immer zu sagen pflegte: Sie spielte dieses Spiel nicht zum ersten Mal. Und sie hatte die Erfahrung gemacht, dass es keinen guten Eindruck bei einem Mann hinterließ, wenn man gleich am ersten Abend mit ihm ins Bett ging.

»Vielleicht beim nächsten Mal«, hatte sie gesagt und Mark zum Abschied ihr schönstes Lächeln geschenkt.

Insgeheim hatte sie gehofft, er würde ihr noch eine Nachricht schreiben, ehe sie ins Bett ging. Nichts Außergewöhnliches, einfach nur *Ich hoffe, du bist gut nach Hause gekommen* oder *War schön, dich heute Abend kennengelernt zu haben*. Irgendetwas, das ihr verriet, dass er an sie dachte. Er war ihr nicht wie einer dieser Männer vorgekommen, die immer mindestens drei Tage warteten, ehe sie sich bei einer Frau meldeten.

Zwei Uhr dreißig.

Keine Nachrichten, keine verpassten Anrufe.

»Du machst dir zu viele Gedanken, Mel«, sagte sie zu sich selbst. »Du bist keine Anfängerin mehr, schon vergessen? Bestimmt schreibt er dir morgen.«

Sie legte das Telefon weg, schaltete das Licht aus und vergrub das Gesicht in ihrem Kopfkissen, doch als sie gerade einschlafen wollte, hörte sie ein Summen, gefolgt von dem Signalton, der den Eingang einer neuen Nachricht ankündigte. Sie blinzelte kurz, dann griff sie mit einem glücklichen Lächeln nach ihrem Smartphone.

Hattest du Spaß auf der Party?

Melissas Lächeln wurde breiter.

Und wie, schrieb sie zurück. Sie gehörte zu den Menschen, die blitzschnell mit beiden Daumen tippen konnten. *Du auch?*

Ich war gar nicht dort.

Stirnrunzelnd las Melissa die Antwort. Weil sie so betrunken war und mit einer Nachricht von Mark gerechnet hatte, war sie gar nicht auf die Idee gekommen, nach dem Absender zu schauen.

Unbekannt.

Ihr Lächeln verflog.

Wer ist denn da?, tippte sie. *Mein Handy erkennt die Nummer nicht.*

Etwa fünfzehn Sekunden vergingen, bis eine Antwort kam.

Oh, das kann es auch nicht. Ich stehe definitiv nicht in deiner Kontaktliste.

Melissa setzte sich im Bett auf und schaltete die Nachttischlampe ein.

Wer bist du denn dann?, tippte sie. *Und woher hast du meine Nr, wenn du nicht in meinen Kontakten bist?*

Wer ich bin? ... Nun ja ... für dich bin ich ein Mentor, Melissa. Eine Art Lehrer, wenn man so will.

Melissa legte die Stirn in Falten. Was sollte sie denn damit anfangen?

Ein Mentor?, schrieb sie.

Ganz genau. Ich lehre. Ich unterweise. All das hier ist Teil einer großen Lektion, Melissa.

In dem Moment fiel bei ihr der Groschen. Mark hatte ihr gesagt, dass er Lehrer an einer Highschool war. Wenn sie sich recht erinnerte, unterrichtete er Mathe.

»Okay, jetzt verstehe ich«, sagte sie laut und nickte. Bestimmt hatte er die Rufnummernunterdrückung aktiviert, damit ihr Telefon seine Nummer nicht anzeigte, und diese Nachrichten sollten charmant oder witzig oder mysteriös sein oder was auch immer. Vermutlich war er genauso betrunken wie sie.

Irgendwie süß, dachte sie. *Ich hoffe nur, er macht das nicht bloß, weil er mich gleich fragen will, ob ich ihm ein paar Nacktbilder schicke.*

Obwohl sie müde war, beschloss Melissa, sich auf das Spiel einzulassen – wenigstens für den Moment. Mal sehen, wohin es führen würde.

Eine Lektion, aha, schrieb sie. *Du willst mir also was beibringen, ja? Was denn?*

Die Antwort ließ nicht lange auf sich warten.

Bei der ersten Lektion, Melissa, geht es um Angst.

Melissa kniff die Augen zusammen.

»Angst?«, wiederholte sie laut.

War das ein Fehler der Autokorrektur? Hatte er eigentlich etwas anderes schreiben wollen?

Kurz darauf folgte eine zweite Nachricht.

Und dann lehre ich dich, was Schmerz bedeutet …

Wieder runzelte Melissa die Stirn.

Dann kam eine dritte.

Und sobald du verstanden hast, was diese zwei Worte wirklich bedeuten, Melissa, lernst du von mir etwas über den Tod.

Halb erschrocken, halb angewidert riss Melissa die Augen

auf. Wenn das wirklich Mark war, hatte er einen ziemlich beschissenen Sinn für Humor.

Was soll der Mist?, schrieb sie zurück. *Mark, bist du das? Das ist überhaupt nicht komisch, sondern echt unheimlich. Weißt du, wie spät es ist? Du bist betrunken, geh ins Bett.*

Mark? Wer ist Mark? Der Typ, den du gerade vögelst?

»Was?«, keuchte Melissa, und ihr Kopf zuckte leicht zurück.

Nein, das konnte nicht Mark sein. In der Bar war er so nett, höflich, intelligent und humorvoll gewesen. Diese Nachrichten klangen kein bisschen nach ihm, ob er nun betrunken war oder nicht.

Ihr reichte es.

Hör mal zu, tippte sie. *Wer auch immer du bist, so was geht gar nicht. Ich blockiere jetzt deine Nr.*

Warte noch ..., kam im nächsten Moment die Antwort.

Melissa zögerte.

Es gibt da etwas, was du unbedingt wissen solltest.

Sie starrte auf das Display ihres Telefons wie eine Mutter, die darauf wartet, dass ihr Kind sich für etwas entschuldigt.

Bist du noch da?

Ja, ich warte. Was sollte ich unbedingt wissen?

Statt aus Worten bestand die nächste Nachricht lediglich aus vier Emojis. Das erste war ein Mond, dann kam ein Auto, eine Tür, und das letzte war ein Haus.

Melissa schüttelte den Kopf und zuckte verständnislos mit den Schultern.

»Was zum Geier soll das bedeuten?«, brummelte und tippte sie gleichzeitig.

Das bedeutet, Melissa, dass du, nachdem du vor etwa einer halben Stunde von deiner kleinen Soiree zurückkamst und aus dem Taxi gestolpert bist, vergessen hast, die Haustür abzuschließen.

Während sie diese Worte las, spürte Melissa ein Kribbeln der Angst im Nacken. Instinktiv schaute sie zur Schlafzimmertür.

Erlaubt sich hier jemand einen Scherz mit mir?, fragte der rationale Teil ihres Verstandes.

Vielleicht.

Aber falls dem so war, warf dies zwei weitere, weitaus beunruhigendere Fragen auf:

Wer aus ihrem Bekanntenkreis wäre zu so einem geschmacklosen Scherz fähig?

»Keiner«, murmelte sie.

Und was noch besorgniserregender war: Woher wusste der Absender der Nachrichten, dass sie vor ungefähr einer halben Stunde nach Hause gekommen war? Die Zeitangabe war zu präzise, als dass es sich um eine bloße Vermutung handeln konnte.

War es die Taxifahrerin?

»Nein.« Melissa verwarf den Gedanken gleich wieder. »Ausgeschlossen.«

Sie zögerte, jedoch nicht lange, da schon im nächsten Moment eine weitere Nachricht einging.

Aber das macht nichts, Melissa. Ich war so freundlich, sie für dich abzuschließen.

Melissa hatte keine Ahnung, was sie tun sollte. Antworten? Die Nummer blockieren? Nachschauen, ob die Haustür verschlossen war? Sollte sie die Polizei verständigen? Oder jemand anders? Was?

Ding, ding, machte ihr Smartphone, als die nächste Nachricht kam.

Hier, sieh mal.

Diesmal hing an der Nachricht ein acht Sekunden langer Videoclip.

Melissa zauderte einen Sekundenbruchteil, ehe ihre Neugier die Oberhand gewann und sie das Video antippte. Zu Beginn sah man ihren Hausschlüssel, der innen im Schlüsselloch der Haustür steckte. Eine Sekunde später erschien eine behandschuhte Hand im Bild, die nach dem Schlüssel griff und ihn im Schloss herumdrehte, ehe sie ihn abzog.

»Was soll der Scheiß?«, murmelte Melissa halblaut – doch das Video war noch nicht zu Ende. Als der Schlüssel aus dem Schloss gezogen wurde, schwenkte die Kamera nach rechts in ihre Küche und zu der Digitaluhr, die neben der Obstschale auf dem Tresen stand. Sie zeigte 2:24 Uhr an.

Automatisch schaute Melissa auf die Zeitanzeige oben rechts am Display ihres Handys – 2:38 Uhr.

Vor vierzehn Minuten. Sie hatte unter der Dusche gestanden, als das Video aufgenommen worden war.

Kurz vor Ende des Clips hörte sie jemanden etwas flüstern, allerdings war es so leise, dass sie es nicht verstehen konnte. Sie spulte das Video ein paar Sekunden zurück, erhöhte die Lautstärke und hielt sich das Telefon ganz dicht ans Ohr.

Doch sie bekam nicht mehr mit, was gesagt wurde.

Als sie das Handy hochhob, neigte sie gleichzeitig den Kopf leicht zur Seite – in Richtung der Schlafzimmertür, die sie immer angelehnt ließ.

In dem Moment erkannte sie, dass sie nicht allein im Haus war.

Aus der Dunkelheit des Flurs, unmittelbar hinter ihrer Schlafzimmertür, blickte ihr ein lächelndes Gesicht entgegen.

2

»Hallo«, sagte die große Frau mit dunklem Teint, als sie dem Neuankömmling die Tür öffnete. »Du musst Robert sein.«

Detective Robert Hunter von der Ultra Violent Crimes Unit des LAPD ließ sich seine Überraschung nicht anmerken. Stattdessen lächelte er höflich und nickte.

»Stimmt, der bin ich.«

Die Frau hatte pechschwarze Haare, die ihr bis weit über die Schultern reichten und wundervoll zu ihren intensiv goldbraunen Augen passten. Ihre zarten, fast jugendlichen Gesichtszüge wurden durch zwei Grübchen akzentuiert, die jedes Mal sichtbar wurden, wenn sie sprach.

»Ich bin Denise«, sagte sie, erwiderte sein Lächeln und reichte ihm ihre perfekt manikürte Hand. Ihre Fingernägel, genau wie ihre Lippen, glänzten in einem satten Karminrot. »Ich bin eine gute Freundin von Anna.«

»Freut mich sehr«, sagte Hunter und schüttelte ihr die Hand.

Denise trug weiße Sneaker und ein weißes T-Shirt zu ausgeblichenen Jeans, in denen oberhalb des linken Knies ein Riss klaffte. Ihre silberne Halskette hatte ein kleines, aber sehr detailreich gearbeitetes anatomisches Herz als Anhänger.

»Da bist du ja«, rief Detective Carlos Garcia, Hunters Partner in der UV-Einheit, als er hinter Denise auftauchte. Er hatte sich eine dunkle Schürze umgebunden, auf deren Brust in großen weißen Buchstaben »Küss den Koch« geschrieben stand.

»Ich verzichte dankend«, sagte Hunter und deutete auf die Schrift.

Garcia lachte. »Ein Geschenk von Anna«, erklärte er. »Als hättest du dir das nicht denken können.«

»Soll ich dir das vielleicht abnehmen?«, fragte Denise und griff nach der Einkaufstüte, die Hunter mitgebracht hatte. Die Grübchen in ihren Wangen zeigten sich kurz, als sie lächelte.

»Gern.« Er reichte ihr die Tüte. »Danke schön.«

»Komm rein, Mann«, sagte Garcia und bedeutete Hunter mit dem Grillspatel in seiner rechten Hand, ihm zu folgen.

»Ich bringe die Sachen in die Küche«, verkündete Denise, ehe sie verschwand.

»Ausgezeichnetes Timing«, meinte Garcia, als Hunter den kleinen Eingangsflur des Hauses betrat und die Tür hinter sich schloss. »Die erste Ladung Picanha ist fertig. Anna schneidet es gerade.«

Picanha war ein in Brasilien sehr beliebtes Stück vom Rind. Aufgrund seiner nahezu perfekten Marmorierung und Zartheit galt es als ideales Grillfleisch. Hunter hatte noch nie davon gehört, bis Garcia ihn vor einigen Jahren zum ersten Mal zum Barbecue eingeladen hatte.

Garcia, der in Brasilien geboren, jedoch nach dem Scheitern der Ehe seiner Eltern mit zehn Jahren in die USA umgezogen war, hatte die Affinität zum Grillen von seinem Vater geerbt. Er war ein wahrer Meister am Rost.

»Die anderen sind alle draußen«, teilte Garcia seinem Partner mit einer Kopfbewegung mit. »Geh ruhig schon mal vor, ich muss noch was aus der Küche holen. Wir sehen uns dann gleich.«

Hunter war nicht direkt schüchtern, aber er war auch kein besonders extrovertierter Mensch, schon gar nicht, wenn es um gesellige Zusammenkünfte ging.

»Robert«, rief Anna, kaum dass er nach draußen in den Garten getreten war.

Garcia hatte unmittelbar nach dem Schulabschluss seine Freundin von der Highschool geheiratet. Anna war nicht nur eine unverbesserliche Optimistin, verständnisvoll und extrem gescheit, sondern auch der warmherzigste Mensch, den Garcia jemals getroffen hatte. Sie mochte vielleicht nicht im konventionellen Sinne schön sein, war aber nichtsdestotrotz eine faszinierende Persönlichkeit.

Mit einem strahlenden Lächeln trat sie auf Hunter zu und küsste ihn auf beide Wangen. Ihre kurzen schwarzen Haare waren ein wenig zerzaust, weil sie sich kurz zuvor die Sonnenbrille aus den Haaren genommen und aufgesetzt hatte. Als Hunter in den Garten trat, hatte sie sie gerade wieder ins Haar geschoben.

»Du bist gekommen«, sagte sie.

Hunter runzelte die Stirn. »Komme ich nicht immer?«

Anna lachte. »Wenn wir grillen, schon.«

»Danke, dass ihr mich eingeladen habt.«

»Jederzeit gern, Robert, das weißt du doch. Komm, ich stelle dich den anderen Gästen vor, die du noch nicht kennst.«

Drei Personen saßen entspannt um einen runden Gartentisch herum, ein weiterer Gast stand neben dem beeindruckenden Backsteingrill, den Garcia selbst gebaut hatte.

»Das hier ist Martin.« Anna deutete auf einen großen, dünnen Mann, der ein paar Jahre älter aussah als die Frau neben ihm. »Und das ist seine Freundin Charlotte.«

»Freut mich.« Hunter gab beiden die Hand. »Ich bin Robert.«

»An Paulo erinnerst du dich noch, oder?« Anna meinte den Mann, der am Grill die Würstchen wendete. »Ihr habt euch beim letzten Mal kennengelernt.«

»Na klar«, sagte Paulo, der Hunter mit einem Nicken und einem breiten Lächeln grüßte. »Hey, wie geht's?«

»Ganz gut, und selbst?«

»Mir geht's fantastisch«, sagte Paulo, dessen brasilianischer Akzent immer noch deutlich zu hören war. »Du musst unbedingt diese Würstchen probieren. Argentinische Chorizo. Die sind so gut, davon kriegt man Gänsehaut.«

»Und Denise hast du ja eben schon kennengelernt.« Anna wies mit einer Kopfbewegung auf ihre alte Freundin, die links neben Charlotte Platz genommen hatte.

»Ja, in der Tat.«

Wieder lächelte Denise ihn an, aber diesmal gesellte sich noch ein diskretes Augenzwinkern dazu.

»Für den Anfang gebe ich dir erst mal einen Teller mit Picanha«, sagte Anna und bot ihm einen freien Stuhl an. »Getränke sind in der Küche.«

»Tausend Dank, Anna.« Hunter wandte sich an den Rest der Gruppe. »Kann ich sonst noch jemandem was zu trinken mitbringen?«

»Wir haben noch, danke«, sagte Martin und deutete auf zwei Bierdosen, die vor Charlotte und ihm auf dem Tisch standen.

»Ich bin auch versorgt, danke«, sagte Paulo, der sich mit einem Teller voller Chorizo wieder zu der Runde gesellte.

»Anna?«, fragte Hunter.

»Vielen Dank, Robert, aber Carlos ist drinnen und macht mir einen Caipirinha.«

»Ah, sehr gut.« Als Letztes wanderte sein Blick zu Denise.

»Ich nehme gerne was, wenn es dir nichts ausmacht.«

»Natürlich nicht. Ist mir ein Vergnügen. Was kann ich dir bringen?«

»Einen Rotwein, bitte.« Sie reichte ihm ihr leeres Glas.

»Kommt sofort.« Er machte kehrt und verschwand im Haus.

Auf dem Tresen in der Küche standen drei Flaschen Rotwein sowie eine kleine Auswahl an Spirituosen bereit. Garcia hatte soeben einige Limetten für einen Krug Caipirinha ausgepresst.

»Magst du auch einen?«, fragte er, auf den Krug deutend. »Du weißt ja, wie gut meine Caipirinhas sind.«

»Und ob«, sagte Hunter, als er nach einem frischen Glas und einer Flasche argentinischem Malbec griff. »Vor allem weiß ich um ihre tödliche Wirkung. Vielleicht später. Ich glaube, ich fange erst mal mit Wein an.«

Garcia hielt inne und betrachtete seinen Partner mit hochgezogenen Augenbrauen. »Ich nehme mal an, das zweite Glas ist für ... Denise?«

»Sonst wollte niemand was zu trinken.«

Garcia lächelte. »Sie ist nett, oder?«

»Wer? Denise?«

Garcia lachte leise und lehnte sich gegen die Arbeitsplatte. »Du weißt, dass dir so was überhaupt nicht steht, oder?«

»Was steht mir nicht?« Hunter hatte das zweite Glas Wein eingegossen.

Garcia zeigte anklagend mit dem Finger auf ihn. »Das, was du da gerade machst, Robert. Dich dumm stellen. Das ist nicht dein Stil, und du kannst es auch nicht gut, also lass es einfach bleiben.«

Mit einem Weinglas in jeder Hand drehte Hunter sich zu Garcia um.

»Sie ist übrigens Single«, setzte dieser hinzu.

»Wer?«

»Ach, hau bloß ab.« Garcia scheuchte ihn hinaus.

Draußen im Garten reichte Hunter Denise ihr Weinglas. »Ist Malbec in Ordnung?«

»Perfekt«, antwortete sie, ehe sie auf den freien Platz neben sich wies. »Setz dich doch.«

Kaum hatte Hunter Platz genommen, als Garcia mit einem Tablett nach draußen kam, auf dem der Krug mit frischem Caipirinha sowie mehrere Gläser standen.

»Macht euch bereit fürs Kopfkarussell«, sagte er und stellte den Krug auf den Tisch. »Der ist ziemlich stark geworden.«

Während Garcia einschenkte, klingelte Hunters Diensthandy in seiner hinteren Hosentasche. Er holte es heraus und warf einen Blick auf das Display.

Unbekannte Nummer.

»Entschuldigt mich kurz«, sagte er und sah, wie sich Annas Gesichtsausdruck veränderte.

»Alles in Ordnung?«, fragte Garcia plötzlich sehr ernst.

Hunters einzige Antwort war eine unverbindliche Kopfbewegung, ehe er aufstand und sich einige Schritte von den anderen Gästen entfernte.

»Detective Hunter«, meldete er sich. »UV-Einheit.«

»Detective Hunter«, kam eine Männerstimme aus der Leitung. »Detective William Barnes hier, LAPD Southwest Division. Tut mir leid, dass ich Sie an Ihrem freien Sonntag behelligen muss.«

»Schon gut«, wiegelte Hunter ab. »Was kann ich denn für Sie tun, Detective Barnes?«

»Ehrlich gesagt, versuche ich nur, uns allen ein bisschen Zeit und Papierkram zu ersparen.«

Diese Antwort veranlasste Hunter zu einem Stirnrunzeln. »Wie ist das gemeint, Detective?«

»Vor ungefähr vierzig Minuten habe ich einen Anruf aus der Zentrale erhalten, weil in einem Haus in Leimert Park eine Leiche entdeckt worden war. Afroamerikanerin, neunundzwanzig Jahre alt. Mein Partner und ich sind vor etwa zwanzig Minuten dort eingetroffen. Draußen vor dem Haus standen zwei Streifenpolizisten. Kreidebleich. Beide hatten schon ihr Mittagessen, ihr Frühstück und wahrscheinlich auch das gestrige Abendessen von sich gegeben.« Eine kurze Pause. »Was ich damit sagen will, Detective Hunter ... Wenn ich mir den Tatort so anschaue – was übrigens niemand länger als ein paar Sekunden lang durchhält –, würde ich sagen, dass es definitiv ein Fall für die UV-Einheit ist. Deshalb dachte ich mir, ich beschleunige die Sache ein bisschen und sage Ihnen auf dem kurzen Dienstweg Bescheid.«

Hunter seufzte, ehe er unmerklich den Kopf schüttelte. Er sah auf und suchte Garcias Blick, der immer noch bei seinen Gästen am Tisch stand.

»Worum geht es denn genau?«, fragte Hunter.

Detective Barnes lachte leise. »Ich glaube, das lässt sich mit Worten gar nicht richtig beschreiben, Detective. Man muss es mit eigenen Augen gesehen haben, sonst glaubt man es nicht.«

»Wie lautet die Adresse?«

Im Gegensatz zu seinem Partner konnte Garcia nicht von den Lippen ablesen, doch das musste er auch nicht, um zu begreifen, dass der Grillabend für ihn und Hunter vorbei war.

»Detective Hunter«, sagte Barnes noch, nachdem er Hunter die Adresse des Tatorts genannt hatte. »Glauben Sie an den Teufel?«

»Wie bitte?« Hunter verzog verständnislos das Gesicht.

»Ich meine nur ... Falls Sie nicht an den Teufel glauben, ändern Sie vielleicht Ihre Meinung, wenn Sie das hier sehen.«

3 Dank seiner Vielzahl unabhängiger Kunstgalerien, Musiklokale, Bars und sogar einem eigenen Freilichtmuseum war Leimert Park im Süden von Los Angeles bekannt als Zentrum für historische und zeitgenössische afroamerikanische Kultur. Mehrere mittlerweile international bekannte Sänger, Musiker und Künstler hatten ihre Karriere in einem der vielen kleinen Klubs oder Theater in Leimert Park begonnen.

Der Bezirk lag nur eine fünfundzwanzigminütige Autofahrt von Garcias Haus in West Hollywood entfernt. Hunter versuchte, seinen Partner dazu zu bewegen, auf der Party zu bleiben, schließlich war es ihr freier Tag, und Garcia hatte Gäste. Doch sein Partner hatte dieselbe kompromisslose Arbeitsauffassung wie er selbst, und sie beide wussten, wie wichtig es war, einen Tatort mit eigenen Augen gesehen zu haben, statt ihn nur anhand von Fotos und Protokollen zu studieren. Als Hunter ihm daher vorschlug, zu Hause bei Anna und den Gästen zu bleiben, war dessen Antwort lediglich ein kurzes »Als ob« gewesen.

Als Anna die entschuldigenden Mienen der beiden registrierte, schenkte sie ihnen ein aufmunterndes Lächeln. Für sie waren solche Situationen nichts Neues. »Na los, Jungs. Geht und macht die Welt ein bisschen sicherer«, sagte sie schicksalsergeben.

Nachdem Hunter und Garcia vom West Martin Luther King Boulevard nach links in die 4th Avenue abgebogen waren, ging es noch anderthalb Blocks weiter geradeaus, ehe sie voraus die Blaulichter der Streifenwagen erblickten. Garcia hielt unmittelbar hinter einem der drei Einsatzfahrzeuge des LAPD, die auf der rechten Straßenseite vor einem dunkelgrauen Haus parkten.

Das Grundstück war von einer etwa einen Meter hohen Ziegelmauer mit einem alten Holztor umgeben, das schon bessere Tage gesehen hatte. Die Mauer war keine Sicherheitsmaßnahme, sondern diente einzig und allein dekorativen Zwecken.

Als sie aus Garcias Honda Civic stiegen, fielen ihnen sofort die verkniffenen Mienen der drei uniformierten Polizisten auf, die in der Nähe des gelb-schwarzen Flatterbands standen, mit dem das Grundstück abgeriegelt worden war. Was auch immer sie im Innern des Hauses gesehen hatten, musste sie sehr mitgenommen haben.

Die Absperrung reichte bis auf die Straße und schloss auch ein Stück des Gehwegs vor dem Haus mit ein. Wie üblich hatten sich bereits zahlreiche Schaulustige vor Ort eingefunden. Jeder Einzelne von ihnen hatte sein Smartphone gezückt und hoffte darauf, etwas Spannenderes als gelbes Plastikband und herumstehende Polizisten einfangen zu können.

Mit ihren Dienstmarken am Gürtel bahnten Hunter und Garcia sich einen Weg durch die Menge. An der Absperrung wurden sie von einem der Polizisten mit einem Nicken begrüßt, ehe er das Flatterband anhob, damit sie darunter hindurchschlüpfen konnten. Kaum hatten sie dies getan, als ein großer, hagerer Mann im hellgrauen Anzug Kurs auf sie nahm. Zuvor hatte er an der Haustür gestanden und mit leerem Blick vor sich hin gestarrt, als stelle er seine gesamte Existenz infrage.

»Detective Hunter?«, fragte er mit einem forschenden Blick auf die beiden Neuankömmlinge. Seine Krawatte war gelockert, der oberste Kragenknopf geöffnet.

Hunter nickte.

Garcia schob die Sonnenbrille auf seiner Nase zurecht.

»Ich bin Detective Barnes«, sagte der Mann. »Wir haben telefoniert.«

Hunter stellte ihm Garcia vor, und die drei Männer gaben einander die Hand.

»Die Spurensicherung ist noch nicht da?«, erkundigte sich Garcia, der nirgendwo Fahrzeuge der Kriminaltechnik sehen konnte.

»Wie ich bereits am Telefon gesagt habe«, antwortete Barnes, »dieser Tatort ist wie gemacht für die UV-Einheit, und ich wollte niemandem auf die Zehen treten. Manche Detectives sind da ziemlich eigen. Außerdem wissen wir ja, dass die UV-Einheit viel schneller ein Team der Kriminaltechnik bekommt als die gewöhnliche Mordkommission. Deshalb habe ich Sie ja angerufen ...« Er nickte in Hunters Richtung. »Das hier ist Ihre Show. Handhaben Sie die Sache, wie Sie wollen. Dass ich zum Tatort gerufen wurde, war ein Missverständnis. Ich habe bloß die Umgebung absperren lassen, um die Social-Media-Geier auf Abstand zu halten.« Er drehte sich zu der Menge jenseits der Absperrung um. »Heutzutage ist jeder ein Kameramann ... jeder ist ein Reporter ... und jeder ist ein Kritiker.« Er zuckte missbilligend mit den Schultern. »Diesen Stress kann keiner von uns brauchen.«

Hunter und Garcia nickten verständnisvoll, ehe Garcia sein Handy herausholte. Barnes hatte recht. Bei bestimmten Anliegen genoss die UV-Einheit innerhalb des LAPD höchste Priorität.

Rasch wählte er die Nummer der Kriminaltechnik.

»Das Opfer scheint eine gewisse Melissa Hawthorne zu sein«, fuhr Barnes fort. »Neunundzwanzig Jahre alt, wohnhaft an dieser Adresse. Lebte allein.«

»Sie *scheint* das Opfer zu sein?«, fragte Garcia.

Barnes verzog den Mund und legte den Kopf schief. »Ich halte mich sicherheitshalber bedeckt, weil es noch keinen offiziellen Befund gibt«, erklärte er. »Wenn Sie erst mal drin sind, werden Sie schon verstehen, was ich meine. Eine Identifikation durch Augenschein war selbst für ihre Schwester so gut wie unmöglich.« Er brach ab und berichtigte sich. »Ihre Stiefschwester, um genau zu sein. Sie hat die Leiche gefunden.«

Das wäre Hunters nächste Frage gewesen.

Barnes atmete aus, ehe er mit seinem kantigen Kinn in Richtung eines der Streifenwagen am Straßenrand deutete.

»Sie heißt Janet Lang. Sitzt gerade mit einer Kollegin in dem Einsatzfahrzeug da drüben. Wir mussten einen Notarzt rufen, der hat ihr was zur Beruhigung verabreicht. Hysterisch war gar kein Ausdruck.« Er schüttelte den Kopf, und eine tiefe Traurigkeit trat in seine Augen. »Wie schrecklich, wenn man seine eigene Schwester so zum letzten Mal sieht. Die Arme tut mir unfassbar leid. Sie ist erst sechsundzwanzig.«

Hunter drehte sich zu dem Streifenwagen um, auf den Barnes gedeutet hatte. Durchs Fenster konnte er eine junge schwarze Frau erkennen, die das Gesicht in den Händen vergraben hatte. Selbst aus der Entfernung sah er, dass sie zitterte. Neben ihr saß eine Polizistin und hatte ihr tröstend eine Hand auf die Schulter gelegt.

»Der Officer an der Tür kann Ihnen Schuhüberzieher und Handschuhe geben«, sagte Barnes. »Nichts wurde angerührt. Der Tatort ist noch frisch.« Er warf einen Blick auf die Uhr. Es war kurz vor zwei am Nachmittag. »Ich muss langsam los. Kurz bevor Sie hier waren, kam ein Funkspruch über eine Schießerei in Baldwin Hills rein. So was entspricht eher meiner Besoldungsstufe.«

»Okay«, sagte Hunter. »Vielen Dank für Ihre Hilfe.«

Barnes machte einen Schritt in Richtung Straße, blieb jedoch noch einmal stehen und drehte sich zu den beiden Detectives um.

»Viel Glück bei den Ermittlungen«, sagte er in einem Tonfall, der deutlich machte, wie froh er war, für diesen Fall nicht zuständig zu sein. »Ich hoffe sehr, Sie schnappen den Kerl.«

Hunter und Garcia sahen zu, wie Detective Barnes unter dem Absperrband hindurchschlüpfte und sich in einen blauen Toyota Camry schwang, der auf der anderen Straßenseite parkte. Als er losgefahren war, wandten sie sich wieder dem Haus zu.

Es war ein kleines, eingeschossiges Gebäude mit einem ziegelgedeckten Walmdach und dunkelblau gestrichenen Fensterrahmen. Eine Veranda gab es nicht. Ein geschwungener Weg aus quadratischen Betonplatten führte vom Tor über eine gepflegte Rasenfläche bis zur Haustür. Eine Garage schien offenbar nicht zum Haus zu gehören.

Obschon die Tür fast zugezogen war und die Vorhänge vor den zwei großen Fenstern an der Frontseite geschlossen waren, sahen Hunter und Garcia auf Anhieb, dass im vorderen Zimmer Licht brannte. Mit der Dienstmarke in der Hand traten sie zu dem Officer, der an der Haustür Wache hielt und sie, genau wie Detective Barnes es gesagt hatte, mit Schuhüberziehern und Latexhandschuhen ausstattete.

Als Hunter die Hand nach der Türklinke ausstreckte, machte der Officer, ein kleiner, untersetzter Mann mit buschigem Schnauzbart und ebenso buschigen Koteletten, einen Schritt nach rechts, bekreuzigte sich hastig und murmelte etwas auf Spanisch.

Von der Haustür gelangte man direkt in das kleine Wohnzimmer des Hauses. Sie hatten gerade einen Schritt hinein gemacht, als sie wie angewurzelt stehen blieben. Dort war die Leiche, ein Stück zu ihrer Linken an der Stelle, wo das Wohnzimmer in den offenen Küchenbereich überging.

Garcia nahm die Sonnenbrille ab. Seine Augen waren groß wie Untertassen.

»Was zur Hölle?«

Hunter stand vollkommen still, während sich in seinem Hals ein schmerzhafter Kloß bildete.

»In all deinen Jahren bei der Polizei«, sagte Garcia, ohne den Blick von der toten Frau abzuwenden, »als Detective oder vorher, hast du da jemals so was wie das hier gesehen?«

Hunters Antwort war ein raues Flüstern.

»Nein.«

4

Melissa Hawthornes Wohnzimmer war relativ klein und bescheiden möbliert. Ein rotes Dreisitzer-Sofa und zwei nicht zueinanderpassende Sessel waren mit Blick auf einen mittelgroßen Flachbildfernseher ausgerichtet, der an der nördlichen Wand hing. Auf dem Fußboden lag ein abgewetzter langfloriger Teppich, die Mitte des Raumes wurde von einem Couchtisch mit Glasplatte eingenommen. Der Küchenbereich, der sich links von der Haustür befand, war klein, aber gut ausgestattet und verfügte unter anderem über eine recht neue Spülmaschine sowie einen Herd mit fünf Platten und doppeltem Backofen. An den Wänden im Wohnzimmer hingen farbenfrohe gerahmte Drucke in unterschiedlichen Größen, und zwei Vasen mit künstlichen Blumen spendeten Behaglichkeit, aber die Hauptattraktion waren ohne Zweifel die beiden massiven Holzbalken, die ein Stück unterhalb der Decke parallel zueinander von Ost nach West verliefen.

Dort hatte der Mörder die Leiche aufgehängt. Sie hing an dem Balken, der dem Küchenbereich am nächsten war.

Weder für Hunter noch für Garcia war dies der erste Tatort mit einer von der Decke hängenden Leiche, doch was ihnen einen eiskalten Schauer über den Rücken jagte, war die Tatsache, dass diese Leiche nicht am Hals aufgehängt worden war.

Der Täter hatte ein Kletterseil oben über den Balken geführt, dessen eines Ende mehrmals um den massiven Griff der Ofentür gewickelt und mit einem dreifachen Knoten gesichert war. Am anderen Ende des Seils war ein großer Angelhaken aus Edelstahl befestigt, wie er etwa zum Haiangeln verwendet wurde. Dieser Haken ging mitten durch den Mund der Toten, als wäre sie ein Fisch an der Angel. Er hatte von unten ihr Kinn durchbohrt, dabei Haut und Muskelgewebe, Arterien und Nerven zerrissen und ragte weiter oben aus ihrem geöffneten Mund. Die Tote hing etwa sechzig Zentimeter über dem Boden.

Jetzt begriffen sie auch, weshalb Detective Barnes gesagt hatte, dass eine Identifikation durch Augenschein praktisch unmöglich gewesen sei.

Da das gesamte Körpergewicht der Frau auf ihrem Unterkiefer lastete, war ihr Kopf weit nach hinten überstreckt, sodass es so aussah, als würde sie die Zimmerdecke und das Kletterseil anstarren, das aus ihrem Mund zu kommen schien. Sie war eine zierlich gebaute, schlanke Frau, die bestimmt nicht mehr als fünfundfünfzig Kilo wog, aber selbst dieses relativ geringe Körpergewicht hatte ausgereicht, um ihr den Kiefer auszurenken. Man musste kein Mediziner sein, um zu erkennen, dass die Unterkiefergelenke sich vom Rest des Schädelskeletts gelöst hatten. Sehnen, Bänder und Muskeln hatten dem enormen Zuggewicht nicht standgehalten. Ihr Unterkiefer war auf höchst brutale Weise immer weiter nach vorne verschoben worden, bis ihr Kinn um etwa fünf Zentimeter über die Nase hinausragte.

Aus ihrem offenen Mund und der Eintrittswunde des Hakens war Blut über ihren Hals, ihren Oberkörper und ihre Beine gelaufen und hatte am Boden direkt unter ihren Füßen eine hässliche, klebrige Lache gebildet. Auch ihr Gesicht war fast vollständig mit Blut bedeckt.

Damit sie sich nicht wehren und nach dem Seil greifen konnte, hatte der Täter ihr die Hände hinter dem Rücken gefesselt. Hunter drehte sich der Magen um. Sie musste also noch am Leben gewesen sein, als der Mörder sie aufgehängt hatte.

Ein weiterer Hinweis darauf waren die Schwellungen an Gesicht und Hals. Es sah aus, als hätte ihr jemand einen kleinen Ballon in die Kehle gesteckt und dann aufgeblasen. Diese Schwellungen, gepaart mit dem Gewicht, das auf ihrem Kiefer lastete, hatten dazu geführt, dass sich Haut und Gewebe der unteren Gesichtshälfte dermaßen stark gedehnt hatten, dass sie irgendwann gerissen waren. Dies sah man vor allem in den Mundwinkeln.

»Warum tut ein Mensch einem anderen so etwas an?«, fragte Garcia, der endlich den Atem ausstieß, den er seit einer ganzen Weile angehalten hatte. »Das ist doch einfach nur krank.« Er schüttelte den Kopf, während er versuchte, etwas derart Sinnloses zu begreifen. »Das ist ... das pure Böse.«

Hunter riss den Blick von der Leiche los und begann sich umzuschauen. Auch er seufzte traurig.

»Genau das ist das Problem, Carlos«, entgegnete er, ehe er einige Schritte nach links in den Küchenbereich machte.

Garcia ging in die andere Richtung. Obwohl er sich Mühe gab, den Rest des Raums zu inspizieren, fiel es ihm schwer, den Blick von der Toten abzuwenden.

»Das ist mehr als nur krank«, fuhr Hunter fort. »Mehr als nur böse. Wenn jemand sich die Zeit nimmt, einem anderen Menschen so etwas anzutun, dann muss dieser Akt eine ganz besondere Bedeutung für ihn haben.« Er hatte den Herd erreicht und begann das Kletterseil zu inspizieren, das um den Ofengriff gewickelt war. »Sie wurde aus einem bestimmten Grund auf diese Art und Weise ermordet, und dieser Grund ... muss ein sehr spezieller gewesen sein. Ein sehr persönlicher.« Vom Herd ausgehend, ließ Hunter seinen Blick das Seil entlangwandern, bis er bei dem Haken im Mund des Opfers angekommen war. Der hatte ihren Kiefer durchstoßen und beim Austreten mehrere ihrer unteren Schneidezähne abgebrochen.

»Das alles hier«, sagte Hunter, »der Mord, die Inszenierung, die Requisiten – das alles ist wohldurchdacht, gut vorbereitet und mit höchster Präzision in die Tat umgesetzt worden. Sofern sie keine Kletterin und gleichzeitig passionierte Anglerin war, hatte sie die Tatwerkzeuge sicher nicht bei sich im Haus herumliegen, Carlos. Der Mörder wird sie wohl kaum in einer Schublade gefunden haben.«

Garcia ging bis zur anderen Seite des Wohnzimmers.

»Das heißt, er hat sie mitgebracht«, schlussfolgerte er.

Hunter nickte. Jedes einzelne Element des Tatorts hatte für den Täter eine ganz bestimmte Bedeutung.

5

Während sie auf das Team der Kriminaltechnik warteten, suchten Hunter und Garcia den Rest des Hauses nach Anzeichen eines Einbruchs ab. Ohne Ergebnis. Keins der Fenster war eingeschlagen, und es schien sich auch niemand an den Rahmen zu schaffen gemacht zu haben. Die Haustür sowie die Tür, die von der Küche nach hinten in den kleinen Garten führte, waren ebenfalls intakt.

In Melissa Hawthornes Schlafzimmer fanden sie ihre Handtasche auf dem Nachttisch. Sie enthielt ein Portemonnaie mit achtzehn Dollar in bar, einige Make-up-Produkte, ihren Führerschein, ein Päckchen Kaugummi, zwei Kreditkarten, eine Haarbürste sowie ein paar alte Kassenbons. Kein Handy. Sie suchten in jeder Schublade, tasteten sämtliche Kleidungsstücke im Schrank ab und schauten in jede Umhängetasche, die sie im Haus finden konnten – nirgends eine Spur von ihrem Telefon. Sie warfen einen Blick unter das Bett, unters Sofa, hoben sogar die Sofakissen hoch – nichts. Das fanden sowohl Hunter als auch Garcia bemerkenswert.

Sie waren gerade ins Wohnzimmer zurückgekehrt, als Dr. Slater, gefolgt von drei Mitarbeitern der Spurensicherung, zur Tür hereinkam. Alle trugen Overalls mit Kapuze. Als ihre Blicke auf die vom Deckenbalken hängende Leiche fielen, blieben sie abrupt stehen. Trotz langjähriger Berufserfahrung und der vielen grausamen Tatorte, mit denen sie es im Laufe der Jahre zu tun bekommen hatten, waren sie von dem Anblick sichtlich erschüttert.

»Mein Gott!«, murmelte der jüngste der Kriminaltechniker, ehe er langsam seinen Instrumentenkoffer auf den Boden stellte. »Hängt sie nur am Unterkiefer?«

»Ja«, sagte Hunter.

Dr. Slater wandte sich an den Fotografen im Team. »Schnell, fotografieren wir alles.«

»Ich lege sofort los«, antwortete der Mann, rückte seine Brille zurecht und umrundete die Blutlache auf dem Fußboden, bis er das Opfer von vorne betrachten konnte.

»Robert, Carlos.« Dr. Slater grüßte die beiden Detectives mit einem knappen Nicken. »Seit wann sind Sie hier?« Auch sie näherte sich der Leiche.

Dr. Susan Slater war eine der besten und erfahrensten Kriminaltechnikerinnen in ganz Kalifornien. In den vergangenen Jahren hatte sie mehr forensische Untersuchungen für die UV-Einheit geleitet als jeder ihrer Kollegen.

Die anderen beiden Kriminaltechniker machten sich ohne Umschweife daran, zwei lichtstarke Scheinwerfer aufzustellen.

»Ungefähr vierzig Minuten«, antwortete Garcia. »Plus minus.«

»Nur das eine Opfer?«, fragte Slater. »Oder gibt es noch weitere?« Sie deutete mit einer vagen Handbewegung in den Rest des Hauses.

»Nein, nur dieses hier«, sagte Hunter und trat einige Schritte zurück, um den Kriminaltechnikern mehr Platz zum Arbeiten zu geben.

»Wurde sonst noch irgendwo Blut gefunden?« Dr. Slater legte den Kopf schief, um den Haken, der aus dem Mund des Opfers ragte, eingehender betrachten zu können. »Kampfspuren?«

»Nicht direkt«, sagte Garcia. »Das Bett ist nicht gemacht, aber auch nicht zerwühlt. Es sieht einfach so aus, als wäre es entweder morgens nicht gemacht worden oder als hätte die Frau bereits im Bett gelegen. Vielleicht hat sie ein Geräusch gehört und ist noch mal aufgestanden, um nachzusehen oder an die Tür zu gehen. Das ist alles. Ansonsten haben wir nichts Ungewöhnliches gefunden. Bis auf das hier.« Er deutete auf die hängende Leiche.

»Das ist ... extrem grotesk«, sagte Dr. Slater, die nach wie vor den Angelhaken und den brutal ausgerenkten Unterkiefer des Opfers beäugte. Einen Moment später glitt ihr Blick langsam über den Rest der Leiche. »Die Arme.« Sie schüttelte den Kopf. »Allein an den Schwellungen in ihrem Gesicht und am Hals kann ich erkennen, dass sie noch gelebt hat, als der Haken durch ihren Kiefer gestochen wurde.« Sie machte eine Pause und sah die beiden Detectives an. »Aber das wussten Sie sicher schon?«

»Sonst hätte er ihr die Hände nicht hinter dem Rücken fesseln müssen«, sagte Garcia. »Er wollte, dass sie sich nicht wehren kann.«

Die Kriminaltechnikerin nickte.

»Licht steht«, verkündete einer ihrer Kollegen, nachdem sie die Scheinwerfer angeschlossen hatten. Er betätigte einen Schalter, und im nächsten Moment war der Raum in grellweißes Licht getaucht.

Vorsichtig ging Dr. Slater um die Leiche herum. »Wir können von Glück sagen, dass sie noch in einem Stück ist.«

»Wie meinen Sie das?«, fragte Garcia.

»Ihr Unterkiefer ist fast abgetrennt.« Sie deutete auf die entsprechenden Stellen, während sie erklärte. »Beide Kiefergelenke haben sich vollständig aus den Gelenkgruben gelöst, was nicht weiter verwunderlich ist, wenn der Körper mit seinem ganzen Gewicht daran hängt. Die stark ausgeprägte Schwellung deutet darauf hin, dass am Hals und im unteren Bereich ihres Gesichts auch Bänder und Muskeln nachgegeben haben, und hier ...«, sie zeigte auf die Stelle, wo der Unterkiefer des Opfers normalerweise mit dem restlichen Schädel verbunden war, »... kann man Anzeichen dafür erkennen, dass die Haut sowie ein Teil des Muskelgewebes gerissen sind.«

»Wenn sie acht oder zehn Kilo schwerer wäre«, sagte Hunter, der verstand, worauf Dr. Slater hinauswollte, »hätte ihr Kiefer das Gewicht vielleicht nicht so lange getragen.«

»Ganz genau«, sagte die Kriminaltechnikerin. »Aber selbst bei ihrem relativ niedrigen Körpergewicht hätte der Kiefer jederzeit nachgeben und die Frau herunterfallen können. Das wäre zweifellos noch grauenhafter gewesen.«

Garcia schüttelte sich bei der Vorstellung.

»Glauben Sie, das war ursprünglich das Ziel des Täters?«, fragte er, nur um gleich darauf in einer entschuldigenden Geste die Hände zu heben. Er wusste, dass Dr. Slater dazu keine Aussage treffen konnte. »Tut mir leid. Blöde Frage.«

»Wer weiß?«, antwortete sie nichtsdestotrotz. »Aber es würde mich nicht wundern. Was ich Ihnen sagen kann, ist, dass vermutlich die Leichenstarre dafür verantwortlich ist, dass sie noch dort hängt. Sie führt zu einer Versteifung von Muskelgewebe und Bänderapparat. Das hat den Widerstand vergrößert, wodurch ein vollständiges Ablösen des Unterkiefers verhindert wurde.« Mit Daumen und Zeigefinger drückte sie leicht den Bizeps der Toten. »Totenstarre ist voll ausgeprägt. Grobe Schätzung ... Ich würde sagen, sie ist seit mindestens zehn Stunden tot. Sie wurde definitiv nicht gestern Abend getötet, eher in den frühen Morgenstunden.«

Garcia warf einen Blick auf die Uhr. »Ich sage den Kollegen draußen, sie sollen von Tür zu Tür gehen und die Nachbarn befragen«, teilte er Hunter mit. »Auch in den Parallelstraßen. Vielleicht hat jemand was Ungewöhnliches bemerkt – ein Fahrzeug, eine Person ... entweder gestern Nacht oder sehr früh heute Morgen.«

Hunter nickte.

»Ich bin dann mit der Leiche so weit fertig«, verkündete der Fotograf. »Ich mache jetzt mit den anderen Details weiter.«

»Sehr gut«, erwiderte Dr. Slater. »Nehmen wir sie herunter.« Sie wandte sich an den größten Kriminaltechniker in ihrem Team. »Mike und ich halten sie fest. Shaun, Sie machen sie vom Seil los.«

Shaun nickte und ging um die Leiche herum.

»Brauchen Sie Hilfe?«, fragte Hunter.

»Nein, es geht schon.«

Hunter und Garcia machten Platz, während Dr. Slater und Mike die Leiche hochhoben, um ihren Kiefer zu entlasten. Gleichzeitig langte Shaun nach oben zum Haken.

»Vorsicht, Shaun«, warnte Dr. Slater. »Der Haken hat ihr bestimmt an mehreren Stellen den Kiefer gebrochen. Kann gut sein, dass der Knochen splittert.«

Shaun ging so behutsam wie möglich vor. Trotzdem brauchte er etwa anderthalb Minuten, ehe er Melissa Hawthorne endlich vom Haken befreit hatte. Als der sich aus ihrem Kiefer löste, fiel ein etwa sieben mal sieben Zentimeter großes Stück Fleisch in die Lache am Boden, sodass Blut in alle Richtungen spritzte.

»Mist«, sagte Garcia und zuckte zusammen.

»Das muss eingetütet werden.« Dr. Slater deutete mit einer Kopfbewegung nach unten. »Das ist ihre Zunge.«

6

Hunter und Garcia blieben bei der Spurensicherung, bis diese mit dem Tatort und dem Rest des Hauses fertig war. Statt danach zur Grillparty zurückzukehren, trat Hunter nach draußen, um mit Melissa Hawthornes Stiefschwester Janet Lang zu sprechen, während Garcia die Streifenpolizisten bei der Befragung der Nachbarschaft unterstützte.

Die Kriminaltechniker hatten im Haus Fingerabdrücke von zwei Personen sichergestellt. Die einen waren überall verteilt und ganz offensichtlich von dem Opfer selbst, was sich durch einen schnellen Abgleich vor Ort bestätigte. Die anderen beschränkten sich hauptsächlich auf den Wohn- und Essbereich, und obschon eine endgültige Analyse noch ausstand, war davon auszugehen, dass sie von der jüngeren Schwester des Opfers hinterlassen worden waren, die die Leiche gefunden hatte.

Außerdem waren auf dem Fußboden im Schlafzimmer sowie auf dem Bett auch noch verschiedene Haare und Fasern gefunden worden, doch darüber hinaus und abgesehen von den Gegenständen, die der Täter verwendet hatte, um das Opfer in der Küche aufzuhängen, gab es keine nennenswerten Spuren.

Die Kriminaltechnik bestätigte außerdem, dass es weder an den Türen noch an einem der Fenster Hinweise auf gewaltsames Eindringen gab.

Die Zeugenbefragung war bislang ebenfalls ergebnislos verlaufen. Weder die unmittelbaren Nachbarn noch jemand anders aus der Straße hatte am Samstagabend oder Sonntag früh etwas Verdächtiges beobachtet. Die Bewohner des Nebenhauses sagten zudem aus, im fraglichen Zeitraum auch nichts Ungewöhnliches gehört zu haben – keine Schreie oder andere Geräusche, die auf eine gewalttätige Auseinandersetzung hingedeutet hätten.

»Das kann nicht seine erste Tat gewesen sein«, meinte Garcia, als er und Hunter zurück zu seinem Wagen gingen. »Dafür ist sie viel zu sauber ... zu aufwendig ... zu komplex.«

Hunter blieb stehen und blickte in den sternenübersäten Himmel hinauf. Insgeheim stimmte er seinem Partner zu. Es war eine allseits bekannte Tatsache, dass Serienmörder ihre Methodik im Laufe der Zeit immer weiter verfeinerten, weil sie an Selbstvertrauen gewannen. Ihre ersten Taten, ob es sich nun um Morde handelte oder nicht, waren meistens unsauber, impulsiv und schlecht geplant. Nur sehr, sehr selten traf man auf jemanden, der gleich beim ersten Mal ausgeklügelt und präzise vorging, und wenn, dann deutete dies fast immer auf ein extrem hohes Maß an emotionaler Kälte hin.

Der Mangel an Beweismitteln am Tatort – seien es Fingerabdrücke, DNA, Fuß- oder Einbruchsspuren – war keine große Überraschung. Es gab eine Fülle von Filmen und Serien, die sich mit forensischen Themen befassten, sodass man praktisch an einem einzigen Tag lernen konnte, wie man sich verhalten musste, um keine Spuren zu hinterlassen.

Im Moment gab es nichts, was darauf hindeutete, dass es sich um das Werk eines Serientäters handelte, und sowohl Hunter als auch Garcia hofften inständig, dass dies auch so blieb. Doch das änderte nichts daran, dass die Charakteristik des Tatorts einen Ersttäter praktisch ausschloss.

»Ich weiß«, sagte Hunter.

»Vielleicht sollten wir in der nationalen Datenbank nach Morden mit dem gleichen Tatmuster suchen ...« Garcia überlegte kurz. »Oder nach solchen, die zumindest grobe Ähnlichkeiten mit unserem aufweisen.«

Hunter nickte zustimmend.

»Ich sage in der Recherche Bescheid, sie sollen gleich morgen früh anfangen.«

7 Um neun Uhr am nächsten Morgen hatte sich Dr. Carolyn Hove, die Leiterin des rechtsmedizinischen Instituts von Los Angeles County, bereits umgezogen und befand sich auf dem Weg zu Sektionssaal eins am Ende eines langen, hell erleuchteten Korridors im Untergeschoss des Hauptgebäudes.

Das rechtsmedizinische Institut in Los Angeles war eins der betriebsamsten in den gesamten USA, und obschon die dort angestellten Rechtsmediziner insgesamt zwischen zwanzig und vierzig Obduktionen pro Tag durchführten, waren sie fast immer mit der Arbeit im Rückstand, vor allem nach dem Wochenende.

Die meisten Leichen wurden bei ihrer Ankunft unten auf die Liste der anstehenden Obduktionen gesetzt, allerdings gab es einige Ausnahmen von dieser Regel. Fälle, die von den ermittelnden Detectives als »dringend« markiert waren, hatten für gewöhnlich Vorrang, wobei die endgültige Entscheidung darüber der leitenden Rechtsmedizinerin oblag. Eine weitere Ausnahme stellten Leichen dar, die zu Ermittlungen der UV-Einheit gehörten. Aufgrund des speziellen Charakters der UV-Fälle genossen sie sogar Priorität gegenüber den dringenden Fällen anderer Dezernate.

Daher war der Leichnam von Melissa Hawthorne bereits in den Sektionssaal eins gebracht und auf dem zweiten der beiden großen Edelstahltische in der Mitte des sterilen Raums bereitgelegt worden.

Die Tote lag auf dem Rücken, die Arme seitlich vom Körper. Sie war nicht zugedeckt. Durch die Leichenflecke, die nach dem Tod entstanden, wenn das Blut unter Einfluss der Schwerkraft nach unten sank, sahen ihre Beine wesentlich dunkler aus als der Rest des Körpers. Ihre Haut war wächsern und gummiartig, was darauf hindeutete, dass sie etwa vierundzwanzig Stunden nach Todeseintritt ins Leichenschauhaus gebracht und in der Zwischenzeit in einem Kühlfach gelagert worden war.

»Wow«, sagte Dr. Hove, als sie vor dem Sektionstisch stehen blieb. »Das ist … definitiv mal was anderes.«

Obwohl Melissas Hinterkopf flach auf der Oberfläche des Tisches auflag, waren die Verletzungen an Kiefer, Gesichtsmuskeln und Bänderapparat so massiv, dass ihr ausgerenktes Kinn nach unten Richtung Brust gefallen war.

»Wie kann so was überhaupt passieren?«, fragte Nathan Reese, einer der drei jungen Rechtsmediziner, die Dr. Hove für gewöhnlich assistierten, während sein Blick auf dem deformierten Gesicht der Toten ruhte. »Ich meine … hat ihr jemand den Mund aufgerissen, bis sie irgendwann daran gestorben ist?«

»Sie wurde am Unterkiefer aufgehängt«, erklärte Dr. Hove. Diese Information hatte sie dem Bericht entnommen, den sie bei sich hatte. »Der Täter hat einen Angelhaken verwendet.«

»O mein Gott!«

»Das trifft es.« Dr. Hove legte den Einlieferungsbericht weg und streifte sich Einmalhandschuhe über. »Ich nehme an, die Gelenke wurden schon gebeugt?«

Um sicherzustellen, dass die Totenstarre sich gelöst hatte, wurden die Gelenke bei neu eingelieferten Leichen routinemäßig gebeugt, sofern die Autopsie aus wie auch immer gearteten Gründen vorgezogen werden musste.

»Ja, wir können sofort loslegen, Doc.«

»Okay, dann lassen Sie uns keine Zeit verlieren.«

Nathan richtete das von der Decke hängende Mikrofon so aus, dass es sich direkt über dem Sektionstisch befand, und schaltete das digitale Aufnahmegerät ein.

Dr. Hove nannte zunächst Datum, Uhrzeit sowie die Fallnummer, ehe sie einige Minuten damit verbrachte, den Zustand der Leiche zu beschreiben. Dann folgte eine ausführliche äußere Leichenschau, die mit dem Hals des Opfers begann.

Keine Strangulationsmarken.

Ein schnelles Abtasten ergab, dass weder Kehlkopf noch Luftröhre eingedrückt waren. Auch das Zungenbein wies keine Frakturen auf.

Mit Daumen und Zeigefinger schob Dr. Hove die Augenlider der Leiche auseinander. Sie setzte eine Vergrößerungsbrille mit einem kleinen Licht auf und untersuchte sorgsam die Augäpfel. Wie zu erwarten, war die Hornhaut milchig eingetrübt, doch die Medizinerin hielt nach etwas anderem Ausschau – nach sogenannten Petechien, winzigen roten Pünktchen, die auf den Augäpfeln und an den Innenseiten der Lider mancher Mordopfer zu finden waren. Diese winzigen Einblutungen konnten aus verschiedensten Gründen an unterschiedlichen Stellen des Körpers auftreten. In den Augen waren sie in aller Regel ein Hinweis auf eine Blockade der Atemwege wie bei einem Tod durch Ersticken oder Strangulation.

Die Augen und Lider der Leiche wiesen zahlreiche Petechien auf.

»Tod durch Sauerstoffmangel«, sagte Dr. Hove ins Mikrofon. »Allerdings nicht von einer Strangulation herrührend.«

»Die arme Frau«, meinte Nathan kopfschüttelnd. »Niemand hat es verdient, so zu sterben.«

Dr. Hove warf ihm einen tadelnden Blick zu.

»Ich weiß«, sagte er und hob beschwichtigend die Hände. »Keine Angst, Doc, ich werde schon nicht emotional. Ich habe lediglich angemerkt, dass kein menschliches Wesen es verdient hat, auf diese Weise abzutreten, das ist alles.«

Der Rest der äußeren Leichenschau dauerte noch etwa fünf Minuten und hielt keine weiteren Überraschungen bereit.

Als Nächstes musste Dr. Hove sämtliche Körperöffnungen der Leiche auf Anzeichen von Gewalt hin untersuchen. Sie begann mit der Vagina.

Die Haut um die Vulva, einschließlich der Schenkel, wies keinerlei Hämatome, Abschürfungen oder sonstige Verletzungen auf, die Anlass zur Sorge gegeben hätten. Im nächsten Schritt wollte Dr. Hove die Innenwände der Geschlechtsorgane untersuchen, doch so weit kam sie gar nicht.

Als sie mit Daumen und Zeigefinger die äußeren Schamlippen auseinanderhielt, stutzte sie und kniff die Augen zusammen.

»Moment mal«, murmelte sie und neigte den Kopf zur Seite, um besser sehen zu können.

»Stimmt was nicht?«, fragte Nathan, der um den Sektionstisch herum auf ihre Seite kam.

»Schwer zu sagen. Würden Sie mir bitte eine Fixierpinzette reichen?«

»Brauchen Sie auch das Spekulum?«, fragte Nathan, ehe er Dr. Hove die medizinische Pinzette reichte.

»Vielleicht gleich.« Vorsichtig führte Dr. Hove die Spitze der Pinzette in die Scheidenöffnung der Leiche ein. »Es sieht so aus, als befände sich ein Fremdkörper in der Vagina«, sagte sie ins Mikrofon.

Nathan beugte sich vor, um Dr. Hove über die rechte Schulter schauen zu können. Im nächsten Moment war ein Klicken zu hören, als die Pinzette einrastete.

»Ich hab's«, sagte Dr. Hove, ehe sie das Objekt langsam herauszog.

Zwischen den Spitzen des chirurgischen Instruments klemmte ein etwa fünf Zentimeter großer, durchsichtiger Plastikbeutel mit Druckverschluss. Man konnte deutlich erkennen, dass sich etwas darin befand.

»Sind das Drogen?«, fragte Nathan.

Dr. Hove richtete sich auf und hielt die Pinzette ins Licht. »Ich bin mir nicht sicher.«

Für das digitale Protokoll erklärte sie noch einmal ausführlich, was sie im Körper der Leiche gefunden und entfernt hatte.

Nathan neigte nachdenklich den Kopf erst zur einen, dann zur anderen Seite und versuchte, sich einen Reim auf den Fund zu machen.

Dr. Hove bewegte die Pinzette mit dem Beutel leicht hin und her.

»Sieht nach einem zusammengefalteten Stück Papier aus.«

»Vielleicht ein Umschlag?«, meinte Nathan.

»Ich glaube nicht.« Dr. Hove schüttelte den Kopf, nachdem sie den Inhalt des Beutels durch ihr Vergrößerungsglas betrachtet hatte. »Aber finden wir es heraus.«

Sie klappte ihre Vergrößerungsbrille herunter, ehe sie sich umdrehte und den kleinen Beutel auf den Edelstahltresen legte.

Rasch gesellte Nathan sich an ihre Seite.

Dr. Hove nahm eine zweite Pinzette vom Tablett mit den Instrumenten. Wenig später hatte sie den Verschluss des Beutels geöffnet und das gefaltete Stück Papier entnommen.

»Nach einem Drogenpäckchen sieht es nicht aus«, stellte Nathan fest.

Dr. Hove warf ihm einen Blick zu.

»Ich meine ja nur.« Er zuckte die Achseln.

»Es sieht mir überhaupt nicht nach einem Umschlag aus«, pflichtete sie ihm bei, ehe sie das Papier mithilfe der beiden Pinzetten auseinanderfaltete. Es war insgesamt dreimal gefaltet. Als sie den letzten Knick öffnete, stutzte sie.

»Was ist denn das?«, fragte Nathan. »Was soll das bedeuten?«

»Es bedeutet, dass wir so schnell wie möglich in der UV-Einheit anrufen sollten.«

8

Für Hunter begann der Montagmorgen mit einer Fahrt zu Melissa Hawthornes Haus. Er erreichte es noch vor Sonnenaufgang.

Obschon notwendig, sorgten die kriminaltechnischen Untersuchungen für so viel Trubel, Lärm und Licht, dass es praktisch unmöglich war, sich einen Eindruck davon zu verschaffen, wie der Tatort ursprünglich ausgesehen hatte. Hunter wollte ihn noch einmal allein und ohne Ablenkung von außen besichtigen, bei ausgeschaltetem Licht und zu einer Zeit, zu der es so ruhig war, wie es in der Nacht von Samstag auf Sonntag gewesen sein musste.

Er glaubte nicht an Vorsehung, Omen und derlei Dinge. Er glaubte auch nicht daran, dass er, indem er noch einmal allein an den Tatort zurückkehrte, in irgendeiner Weise erspüren konnte, was sich in der Tatnacht ereignet hatte. Allerdings glaubte er – nein, er *wusste* –, dass es das Böse gab ... das menschliche Böse, das jemanden dazu veranlassen konnte, einer jungen Frau auf die abscheulichste Weise das Leben zu nehmen, die Hunter sich nur vorstellen konnte.

Und manchmal hinterließ das Böse Spuren.

Er verbrachte fast zwei Stunden in Melissas Haus. Den Großteil dieser Zeit hielt er sich im Wohn-Küchenbereich auf. Die Blutlache war weggewischt worden, doch ein Fleck war geblieben und markierte die Stelle, an der die junge Frau brutal aus dem Leben gerissen worden war. Wie an jedem Tatort lag auch hier ein ganz spezieller Geruch in der Luft. Es war nicht der stechende Geruch von Verwesung. Als man Melissas Leiche gefunden hatte, war sie noch mehrere Tage von diesem Zustand entfernt gewesen. Nein, dieser Geruch war anders und unverwechselbar – süßlich, metallisch und scharf wie Desinfektionsmittel. Die Tatortreiniger hatten wieder einmal ganze Arbeit geleistet.

Hunter stellte sich genau an die Stelle, wo Melissas Leiche gehangen hatte, mit beiden Füßen in der Mitte der Blutlache. Er ließ die Arme hängen, reckte den Hals und legte den Kopf in den Nacken, so weit es ging. In dieser Position verharrte er einige Sekunden lang, ehe er den Unterkiefer nach vorne schob. Er spürte die Dehnung unter der Zunge und gleich darauf ein Engegefühl in der Kehle.

Er blieb noch eine Weile so stehen und versuchte, sich die schrecklichen Qualen vorzustellen, die Melissa Hawthorne gelitten haben musste ... ihre Verzweiflung ... ihre Schmerzen ... ihre Panik ... ihre Todesangst ... als sie erkannt hatte, dass niemand kommen und sie retten würde. Sie hatte gewusst, sie würde sterben.

Auf einmal breitete sich auf seinen Armen eine Gänsehaut aus, und ein Gefühl der Beklemmung ergriff von ihm Besitz, als würde sich in seinem Magen ein Loch auftun.

Es war, als könnte er es spüren – das Böse. Seine unsichtbare Aura, die immer noch in der Luft hing und an den Wänden haftete. Ihm war, als wolle es ihn verhöhnen.

Er hielt es nicht einmal eine Minute lang in der Position aus, dann musste er aufhören.

Er trat aus der Blutlache und sah sich noch einmal in der Küche um.

Die Gänsehaut wollte nicht verschwinden.

Das dumpfe Gefühl in seinem Magen ebenso wenig.

Ja, der Tod und das Böse hatten dieses Haus für immer gezeichnet. Doch das war es nicht, was einen bitteren Nachgeschmack in Hunters Mund hinterließ. Es war die Tatsache, dass es bei einem solchen Ausmaß an Brutalität, ob die Tat nun einen persönlichen Aspekt hatte oder nicht, nur selten bei einer einzelnen Dosis blieb. Der Trieb, anderen Schmerzen zuzufügen und erneut zu töten, war in den meisten Fällen zu stark, um auf Dauer unterdrückt zu werden, das wusste er aus Erfahrung. Es war lediglich eine Frage der Zeit.

9

Das Büro der UV-Einheit lag im hinteren Teil der Etage des Raub- und Morddezernats im berühmten Police Administration Building im Zentrum von L. A. Als Hunter, eine halbe Stunde nachdem er von Melissa Hawthornes Haus aufgebrochen war, dort ankam, stand Garcia vor der Pinnwand, die er an die südliche Wand geschoben hatte. Er hatte soeben die letzten Tatortfotos aufgehängt, die ihnen die Kriminaltechnik geschickt hatte.

»Morgen«, sagte Hunter, ehe er die Jacke über die Lehne seines Stuhls hängte und seinen Computer einschaltete.

»Je länger ich mir die hier ansehe«, meinte Garcia, ohne den Blick von der Pinnwand abzuwenden, »desto weniger Sinn ergeben sie.«

Hunter gesellte sich nicht zu seinem Partner. Er setzte sich auch nicht an seinen Schreibtisch. Stattdessen betrachtete er schweigend die Fotos aus einiger Entfernung.

»Ja«, fuhr Garcia fort, »ich weiß, dass alle Morde im Grunde sinnlos sind – vor allem die, mit denen wir es zu tun bekommen. Aber ich meine gar nicht die Tat als solche oder das Motiv oder die Tatsache, dass dieses Ausmaß an Sadismus einen persönlichen Hintergrund haben muss. Ich rede von der Vorgehensweise.« Er schüttelte den Kopf, während sein Blick langsam von einem Bild zum nächsten wanderte. »Der Täter hat sie nicht erwürgt, er hat sie nicht zerstückelt, er hat sie nicht ausgeweidet, er hat nicht mal Teile von ihr gegessen. Nein, er hat sie allen Ernstes am Mund aufgehängt ... wie einen Fisch ... in ihrem eigenen Wohnzimmer. *Sinnlos* ist gar kein Ausdruck für so was.«

Ehe Hunter etwas erwidern konnte, öffnete Captain Barbara Blake, die Leiterin des Raub- und Morddezernats, die Tür zu ihrem Büro. Grußlos trat sie ein, durchquerte den Raum und blieb schließlich neben Garcia stehen. Dann betrachtete sie eingehend die Fotos, als versuche sie, sich einen Reim darauf zu machen.

»Was um alles in der Welt ...«, murmelte sie halblaut.

»Guten Morgen, Captain«, sagte Garcia, der sie nur flüchtig ansah.

Blakes lange kastanienbraune Haare waren zu einem eleganten Dutt gedreht. Sie trug eine weiße Seidenbluse und einen engen schwarzen Rock zu schwarzen Schuhen mit flachen Absätzen. Ihr Make-up war dezent und dennoch sehr feminin, und ihre zarten Ohrringe passten zu der Halskette aus schwarzen Perlen. In der rechten Hand hielt sie eine Fallakte.

Es vergingen noch mehrere Sekunden, ehe sie sich zunächst zu Garcia, dann zu Hunter umdrehte.

»Was zum Henker stimmt nicht mit der Menschheit?«, fragte sie zugleich bedrückt und wütend. »Warum? Warum tut man einem anderen Menschen so etwas an?«

»Weil es eine Bedeutung für den Mörder hat«, gab Hunter zurück, als er sich endlich an seinem Schreibtisch niederließ.

»Was hat eine Bedeutung?«, fragte Blake.

»Alles, Captain.« Hunter suchte den Blick seines Partners. »Die ganze Sinnlosigkeit. Alles, was Sie auf diesen Fotos sehen. Das alles hat für den Täter eine ganz bestimmte Bedeutung.«

Ihr Blick ruhte noch einen Moment lang auf dem Grauen an der Pinnwand. »Auch das Opfer?«

»Vor allem das Opfer.« Diesmal war es Garcia, der antwortete. »Das war eine sehr persönliche Tat, Captain ... geradezu intim.«

»Meinen Sie mit ›persönlich‹, dass der Täter sich für eine ganz bestimmte Person entschieden hat?« Blake deutete auf das Foto von Melissa Hawthorne. »Oder geht es vielmehr darum, was diese Person repräsentiert?«

Hunter lehnte sich auf seinem Stuhl zurück. »Wollen Sie damit fragen, ob wir die Tat für ein Hassverbrechen halten?«

»Ganz genau«, sagte Blake und machte eine ausladende Geste mit der Hand. »Für mich ist das hier nämlich der Inbegriff von Hass ... purem Hass und purer Ignoranz, zu denen nur sehr wenige Menschen fähig sind. Und zu diesen Menschen gehören auch fanatische Rassisten.« Sie machte eine Pause und atmete einmal tief durch, weil ihre Stimme zu versagen drohte. »Seit Beginn der Black-Lives-Matter-Bewegung hat sich einiges getan. Vieles hat sich zum Guten verändert, aber gleichzeitig sind auch überall kleine Gruppen ultraextremer Rassisten entstanden, viele von ihnen hier in L.A. Das muss ich Ihnen ja nicht erklären. Und genau diesen Punkt werden die Presse, der Chief, der Bürgermeister und wahrscheinlich auch der Gouverneur von Kalifornien ansprechen. Ich frage also noch mal, da Sie nicht darum herumkommen werden: Glauben Sie, die Tat könnte einen rassistischen Hintergrund haben?«

»Momentan können wir noch nichts ausschließen, Captain«, meinte Garcia. »Wir wissen noch nicht sehr viel. Die Tat ist nicht mal vierundzwanzig Stunden her. Wir tun, was wir können.«

Abermals richtete Captain Blake ihre Aufmerksamkeit auf die Pinnwand. Einige Momente später wies sie mit ihrem schlanken Zeigefinger auf ein ganz bestimmtes Foto. »Was ist das für ein überdimensionaler Angelhaken? Lässt sich rausfinden, wo der gekauft wurde?«

»Der ist fürs Haiangeln«, klärte Garcia sie auf. »Wird auch für Alligatoren verwendet. Rostfreier Stahl, trägt über vierhundert Kilogramm.«

Captain Blake spitzte die Lippen und sah den Detective an. »Es gibt Leute, die Alligatoren angeln?«

»Ja, die gibt es«, sagte Hunter.

»In Kalifornien?«

»Das ist doch gar nicht der Punkt, Captain.« Garcia übernahm wieder die Gesprächsführung. »Diese Haken kann man für Alligatoren oder Haie oder andere große Fische verwenden – Thunfisch, Schwertfisch, was auch immer … und die gibt es hier zu Genüge.«

»Mit anderen Worten: Der Versuch, die Quelle ausfindig zu machen, lohnt sich nicht?«

»Ist so gut wie unmöglich«, sagte Garcia. »Zumal der Täter ihn sich auch über jeden beliebigen Angelshop im Internet hätte beschaffen können, ganz zu schweigen von Privatverkäufen auf eBay oder einem anderen der unzähligen privaten Onlinemarktplätze.«

Captain Blake trat einen Schritt von der Pinnwand zurück. »Okay, und wer ist das Opfer? Wissen wir das wenigstens?«

Hunter griff nach seinem Notizblock.

»Ihr Name ist Melissa Hawthorne«, las er vor. »Neunundzwanzig Jahre alt, hier in Los Angeles geboren, wohnhaft in Leimert Park. Sie lebte allein und arbeitete als Friseurin in einem kleinen Salon namens Hues of Curls am Crenshaw Boulevard, gar nicht weit weg von ihrem Haus, wie es der Zufall will. Ihre Mutter Joana ist vor anderthalb Jahren an Krebs verstorben.«

»Und ihr Vater?«, fragte Blake.

»Ihr leiblicher Vater hat in ihrem Leben von Anfang an keine Rolle gespielt. Soweit wir es verstanden haben, hat Melissa ihn nie kennengelernt. Angeblich hatte ihre Mutter während Melissas Kindheit und Jugend mehrere verschiedene Partner, die auch bei ihr gewohnt haben, ehe sie schließlich einen gewissen Clayton Lang geheiratet hat.«

Captain Blake verlagerte das Gewicht von einem Fuß auf den anderen. »Gab es Vorfälle von Missbrauch durch einen dieser Partner?«

»Das prüfen wir noch«, sagte Hunter, ehe er fortfuhr. »Mr Lang hatte eine Tochter aus einer früheren Beziehung, die drei Jahre jünger war als Melissa. Obwohl nicht blutsverwandt, hatten die beiden ein sehr inniges Verhältnis zueinander, fast wie Zwillinge. Janet war auch diejenige, die die Leiche gefunden hat.«

Captain Blake schloss einen Moment lang die Augen und rieb sich mit der Spitze des Zeigefingers leicht zwischen den Brauen. »Wann war das?«

»Gestern gegen halb zwölf am Vormittag.« Hunter blätterte eine Seite seines Notizblocks um. »Melissa und Janet waren zum Joggen im Kenneth Hahn Lower Park verabredet, danach wollten sie noch gemeinsam zum Brunch gehen. Die vereinbarte Zeit war elf Uhr. Nachdem sie ihrer Schwester ein paar Nachrichten geschickt und sie mehrmals vergeblich angerufen hatte, hat Janet angefangen, sich Sorgen zu machen, und ist bei ihr vorbeigefahren, um nach dem Rechten zu sehen. Die Haustür war nicht abgeschlossen.«

»Hat sonst noch jemand einen Schlüssel zu ihrem Haus? Ein Freund vielleicht?«

»Den Aussagen ihrer Schwester zufolge besaß nur sie selbst einen Zweitschlüssel. Einen Freund hatte Melissa nicht – jedenfalls nicht mehr.«

»Was genau bedeutet das?«, fragte Captain Blake stirnrunzelnd.

»Es bedeutet, dass sie bis vor einiger Zeit einen hatte, von dem sie sich aber getrennt hat. Janet wusste nicht genau, wann, aber es muss vor weniger als einem Jahr gewesen sein.«

»Haben wir den Namen dieses Ex-Freundes?«, wollte Captain Blake wissen. »Vielleicht hatte er einen Schlüssel, den er nie zurückgegeben hat. Wissen wir, weshalb die Beziehung in die Brüche ging?«

»Er heißt Kevin Garrison. Offenbar endete die Beziehung, weil er Melissa betrogen hat.«

Captain Blake verzog missbilligend das Gesicht, als wolle sie sagen: *Typisch.*

»Das ist bislang alles, was wir über ihn wissen«, fuhr Hunter fort. »Aber wir finden ihn schon noch. Es gibt einige Personen, mit denen wir reden müssen.«

»Mit wem fangen Sie an?«

»Janet und Melissa waren am Samstagabend beide auf der Geburtstagsparty einer Freundin«, las Hunter aus seinen Notizen ab. »Sie heißt Kelly-Ann Teller. Janet meinte, Miss Teller und Melissa seien beste Freundinnen gewesen.«

»Wann haben sie die Party verlassen?«, fragte Captain Blake. »Die beiden Schwestern, meine ich?«

»Sie sind nicht zusammen gegangen. Janet war mit ihrem Freund dort, die beiden sind irgendwann nach Mitternacht aufgebrochen. Melissa ist noch länger geblieben.«

»Wie ist sie nach Hause gekommen? Mit dem Auto?«

»Nein, sie besitzt keins. Wir gehen davon aus, dass sie sich ein Taxi genommen hat, aber das wissen wir noch nicht mit Sicherheit. Wir wollen später noch mit Kelly-Ann Teller reden. Wenn wir Glück haben, kriegen wir von ihr eine Liste mit allen Gästen, die am Samstag auf der Party waren, dann können wir uns mit jedem Einzelnen unterhalten. Und da sie Miss Hawthornes beste Freundin war, weiß Miss Teller vielleicht auch mehr über diesen Kevin.«

»Ist das Opfer allein auf der Party gewesen?« Captain Blake sah Hunter an. »Oder war sie in Begleitung? Wissen wir das?«

»Der Aussage ihrer Schwester zufolge kam Miss Hawthorne allein – aber jetzt kommt's. Sie hat die Party auf Social Media angekündigt ... mehrmals sogar. Zum ersten Mal hat sie sie vor einer Woche erwähnt und sogar Datum und Location gepostet.«

Captain Blake ließ niedergeschlagen den Kopf hängen. »Unglaublich. Wann lernen die Leute endlich, dass sie ihr Privatleben nicht in der Öffentlichkeit auswalzen sollten?« Sie seufzte frustriert. »Was ist mit ihrem Telefon? Irgendwelche Anrufe am besagten Abend?«

»Das wissen wir noch nicht. Ihr Handy wurde nicht gefunden.«

Captain Blake sah die beiden mit gerunzelter Stirn an.

»Wir haben wirklich überall gesucht«, beteuerte Hunter. »Es ist weg. Wir haben gestern Nacht noch versucht, es orten zu lassen. Das Signal ist tot.«

»Das heißt, es wurde zerstört.« Captain Blake formulierte es nicht als Frage.

»Mit großer Wahrscheinlichkeit. Wir wollen uns mit ihrem Mobilfunkanbieter in Verbindung setzen, damit wir die entsprechenden Unterlagen bekommen – Textnachrichten, Anrufe, was auch immer.«

»Okay.« Captain Blake nickte, ehe sie sich an Garcia wandte. »Fahren Sie fort.«

»Das war's im Wesentlichen. Janet Lang stand unter Schock und hat kaum einen klaren Satz rausgebracht, was wohl auch nicht weiter verwunderlich ist. Robert hat über eine Stunde und sehr viel Geduld gebraucht, um überhaupt etwas von ihr zu erfahren.«

»Ich versuche es heute oder morgen früh noch mal«, warf Hunter ein.

»Was ist mit diesem Clayton Lang?«, fragte Blake. »Janets Vater. Liegt was über ihn vor?«

»Er ist vor etwa vier Jahren gestorben«, sagte Hunter. »Herzinfarkt. Soweit wir wissen, war er ein liebevoller Stiefvater für Melissa.«

Captain Blakes Blick kehrte zur Pinnwand zurück. »Dieser Ex-Freund ... Kevin, richtig?«

Garcia nickte.

»Wissen Sie zufällig, ob er was mit Gangs zu tun hatte?«

Beide Detectives kannten den Beweggrund für diese Frage. Gewisse Gangs in L. A. waren für ihr brutales Vorgehen bekannt – vor allem, wenn es darum ging, jemandem eine Botschaft zu übermitteln oder Rache zu üben.

»Wie Robert sagte, Captain, noch wissen wir so gut wie nichts über diesen Kevin Garrison. Aber wir haben uns bereits mit Captain Carmona vom Dezernat für Banden- und Drogenkriminalität in Verbindung gesetzt.« Garcia schüttelte den Kopf. »So was wie das hier hat er noch nie gesehen oder gehört. Falls eine Gang dahintersteckt, ist das ein völlig neues Level an Gewalt.«

In dem Moment klingelte das Festnetztelefon auf Hunters Schreibtisch.

»Detective Hunter«, meldete er sich, nachdem er den Hörer abgenommen hatte. »UV-Einheit.«

»Robert, Carolyn hier.«

Dr. Hoves samtweiche, aber zugleich kräftige Stimme war Hunters Ohren vertraut.

»Ich bin fertig mit der Autopsie von Fall ...« Sie las die Aktennummer vor. »Afroamerikanische Frau – das ist Ihr Fall, wenn ich mich nicht irre?«

»Richtig, Doc. Und? Haben Sie was Interessantes gefunden?«

Dr. Hove lachte freudlos. »Das kann man wohl sagen. Dürfte ich vorschlagen, dass Sie vorbeikommen und einen Blick darauf werfen?«

»Einen Blick darauf werfen?«

Garcia und Captain Blake sahen Hunter fragend an.

»Es sieht ganz so aus, als hätte derjenige, der die Tote am Unterkiefer aufgehängt hat, ein kleines Geschenk hinterlassen.«

»Und zwar?«

»Wir haben eine Botschaft gefunden.«

»Eine Botschaft?«

Allgemeines Stirnrunzeln.

»Wo?«, fragte Hunter.

»In ihrem Körper.«

Hunter konnte sich denken, was damit gemeint war.

»Okay, wir sind schon unterwegs.«

10

Das Hauptgebäude des rechtsmedizinischen Instituts von Los Angeles war ein in jeder Hinsicht bemerkenswertes Stück Architektur. Die vom Stil der Renaissance geprägte Fassade des ehemaligen Krankenhauses bestand aus rotem Ziegel, kombiniert mit hellgrauen Sandsteinelementen. Das imposante Eingangsportal wiederum wurde von zwei viktorianisch anmutenden Laternenpfählen flankiert, die dem Gebäude, das im krassen Gegensatz zu seinem schönen Äußeren im Innern nichts als den Tod beherbergte, noch eine Extraportion Charme verliehen.

Im morgendlichen Verkehr benötigten Hunter und Garcia für die kurze Strecke vom PAB zum Institut knapp zehn Minuten. Als sie das Foyer betraten, nickte Martha, die jamaikanische Empfangsdame mit dem rundlichen Gesicht und den gütigen Augen, ihnen höflich zu. Keine beherrschte wie sie die Kunst, respektvollen Ernst auszustrahlen. Ihr Begrüßungslächeln war stets freundlich, in ihren Zügen spiegelten sich Mitgefühl und Verständnis, und ihre Stimme hatte einen beinahe tröstenden Klang.

»Detectives«, grüßte sie Hunter und Garcia, als diese sich ihr näherten, und legte zwei Besucherausweise auf dem Tresen bereit.

»Martha.« Hunter erwiderte ihr Nicken. »Wie geht es den Kindern?«

»Kosten immer mehr Geld«, antwortete sie mit einem Augenrollen. »Ich hoffe, Sie beide sind wohlauf?« Sie schob ihnen die Besucherausweise hin. »Dr. Hove wartet schon auf Sie. Sektionssaal eins, unten im Keller.«

Hunter und Garcia waren schon so oft im rechtsmedizinischen Institut gewesen, dass sie sich praktisch blind zurechtfanden.

Martha betätigte den Knopf für die Sicherheitsschranke, und die beiden nahmen Kurs auf die Treppe rechts hinter dem Empfang.

Im Untergeschoss bogen sie zunächst rechts und kurz darauf noch einmal links ab, bis sie vor einer doppelten Schwingtür mit der Aufschrift »Sektionssaal 1« stehen blieben. Hunter betätigte den Knopf der Gegensprechanlage und wartete. Drei Sekunden später wurde die Tür mit einem Summton entriegelt, und Hunter und Garcia betraten den großen, winterkalten Raum, der von zwei parallel an der Decke verlaufenden Reihen aus Leuchtröhren erhellt wurde. Zwei Sektionstische nahmen die Mitte des Raumes ein. Einer von ihnen war fest mit dem Boden verschraubt, der andere hatte Rollen. Auf beiden Tischen lag jeweils eine mit einem weißen Tuch zugedeckte Leiche. Die runden OP-Leuchten über den Tischen waren ausgeschaltet. Neben einer Wand voller Kühlfächer stand eine Bahre, ähnlich wie sie in Krankenhäusern verwendet wurde. Dr. Hove war an dem fest installierten Sektionstisch beschäftigt. Sie trug blaue Einmalhandschuhe und einen langen weißen Kittel über der Kleidung.

»Robert, Carlos«, begrüßte sie die beiden knapp.

»Der Täter hat eine Botschaft hinterlassen?« Garcia verlor keine Zeit.

»Kommen Sie und schauen Sie selbst. Ich erkläre Ihnen alles.« Dr. Hove winkte sie zu sich.

Hunter und Garcia streiften sich ebenfalls Handschuhe über, ehe sie an den Sektionstisch traten. Dr. Hove fasste die beiden oberen Ecken des weißen Tuchs, mit dem die Leiche zugedeckt war, hob es hoch und schlug es bis zur Taille zurück.

»Mein Gott, Doc!«, keuchte Garcia und hob reflexartig die Hand, als wolle er sich die Augen zuhalten.

Auch Hunter zuckte zusammen.

Vor ihnen auf dem Tisch lag Melissa Hawthorne. Allerdings fehlte ein beträchtliches Stück ihres Gesichts – der gesamte Unterkiefer, um genau zu sein.

Im Rahmen der Autopsie hatte Dr. Hove das restliche Gewebe durchtrennt und den Unterkiefer entfernt, um das Ausmaß der Verletzungen feststellen zu können, die durch den Angelhaken und die auf dem Kiefer lastende Zugkraft entstanden waren.

Melissas Gesicht, das zuvor wie eine *Scream*-Maske ausgesehen hatte, war zu einem Bild des Grauens geworden, bei dessen Anblick dem Betrachter fast das Herz stehen blieb.

»Sie hätten uns wenigstens vorwarnen können«, fügte Garcia hinzu und schnitt eine Grimasse.

»Ich dachte, Sie wären am Tatort gewesen«, entgegnete Dr. Hove.

»War ich auch – genau wie ihr Kiefer. Ausgekugelt. Hing buchstäblich am seidenen Faden. Aber wenigstens war er noch vorhanden.«

»Sie haben doch schon ... Ähnliches gesehen.«

»Ähnliches vielleicht«, räumte Garcia ein. »Aber selbst Sie müssen zugeben, dass das hier noch mal ein ganz anderes Niveau ist.«

Die Medizinerin presste ihre Lippen zu einem dünnen Strich zusammen. »Ja, das kann man definitiv sagen.«

»Also«, schaltete Hunter sich ein. »Was haben Sie denn nun gefunden?«

»Ja«, begann Dr. Hove. »Wie erwähnt, hatte sich der Unterkiefer vollständig aus der Gelenkgrube gelöst. Außerdem wies er an neun verschiedenen Stellen Frakturen auf.«

Erneut verzog Garcia das Gesicht.

»Ich überspringe die Erklärungen über gerissenes Muskelgewebe und so weiter, das muss Sie alles nicht weiter interessieren. Aber das hier schon.« Sie lenkte die Aufmerksamkeit der beiden auf den Arbeitstresen zu ihrer Linken. »Die Zunge wurde ihr mit Absicht abgetrennt. Nicht durch den Haken in ihrem Mund, sondern mit einem scharfen Gegenstand – einem Skalpell oder einer Schere. Sauberer Schnitt.«

Garcia schielte zu Hunter, der Dr. Hoves Ausführungen aufmerksam lauschte. Sie beide wussten, dass das Herausschneiden der Zunge ein Akt der Vergeltung sein konnte, weil das Opfer etwas Unerwünschtes gesagt hatte oder sagen wollte.

»Wie lautet die offizielle Todesursache?«, erkundigte sich Hunter.

»Es war eine Kombination verschiedener Faktoren«, sagte Hove. »Sie ist zur Hälfte erstickt, zur Hälfte ertrunken – in ihrem eigenen Blut.«

»Scheiße!«, stieß Garcia hervor und schloss für einen Moment die Augen.

»Wie gesagt«, fuhr Dr. Hove fort. »Die Verletzungen am Kiefer waren gravierend, und leider hat sie, wie Sie vermutlich bereits wissen, die ganze Zeit noch gelebt.«

Hunter nickte abgehackt.

»Ich gehe fest davon aus, dass sie aufgrund der durch die

Perforation erlittenen Schmerzen zeitweise das Bewusstsein verloren hat«, sagte die Medizinerin. »Niemand wäre widerstandsfähig genug, um solche Schmerzen ohne Betäubung auszuhalten.« Abermals lenkte sie die Aufmerksamkeit der beiden Detectives auf die Leiche. »Aber trotz des extrem brutalen Vorgehens des Täters ist sie nicht unmittelbar an ihrer Verletzung gestorben. Ihr Mundraum hat sich mit Blut gefüllt ... und irgendwann wurde es zu viel.«

Garcia trat unbehaglich von einem Fuß auf den anderen.

»In jeder anderen Position«, führte Dr. Hove weiter aus, »im Sitzen, im Liegen, im Stehen, was auch immer ... hätte sie einen Teil des Blutes ausspucken können, aber sie war ja am Kiefer aufgehängt ...« Um zu demonstrieren, was sie meinte, legte Dr. Hove den Kopf in den Nacken. »In dieser Position ist das aus zwei Gründen problematisch. Erstens«, sie deutete auf ihren Hals, »verengt sich dadurch die Kehle, was das Schlucken stark erschwert. Zweitens entsteht durch die Gewichtskraft ein Zug, sodass das Blut in ihrem Mund nur nach unten abfließen konnte.« Sie deutete mit ihrem Zeigefinger auf die entsprechende Stelle. »Hätte sie ihre Zunge noch gehabt, hätte sie damit vielleicht einen Teil des Blutes aus dem Mund befördern können.«

»Aber die war ihr abgeschnitten worden«, murmelte Garcia, der wieder den Blick auf das deformierte Gesicht der Toten richtete.

Dr. Hove nickte. »Richtig. Das Blut konnte also nur durch ihre bereits verengte Kehle abfließen. Einen Teil hat sie natürlich heruntergeschluckt, aber die Menge war einfach zu groß. Mit der Zeit hat es ihre Atemwege blockiert. Wir haben Blut in ihrer Lunge gefunden, so wie man Wasser in der Lunge eines Ertrunkenen findet. Deshalb war es ein Tod durch Ersticken und Ertrinken. Ihre Augen waren übersät mit Petechien. Bis die Befunde aus der Toxikologie vorliegen, wird es noch ein paar Tage dauern, aber ich gehe davon aus, dass sie betäubt wurde, bevor der Täter sie gefesselt hat.«

Einen Moment lang herrschte Schweigen.

»Was glauben Sie, wie lange hat sie noch gelebt, ehe sie erstickt ist?«, wollte Hunter wissen.

»Nicht sehr lange«, sagte Dr. Hove. »Wahrscheinlich nur ein paar Minuten. Aber selbst wenige Sekunden hätten sich für sie wie eine Ewigkeit angefühlt. Die Schmerzen ... die schrecklichen Qualen ... und dann der verzweifelte Versuch, Sauerstoff zu bekommen.« Sie schüttelte angewidert den Kopf. »Die letzten Minuten dieser Frau müssen die reinste Hölle gewesen sein – wenn man denn an die Hölle glaubt.«

Wieder ein Moment des Schweigens, ehe Garcia das Wort ergriff.

»Wurde sie sexuell missbraucht?«, fragte er.

»Nicht so, wie Sie denken. Es gibt keine Anzeichen auf Vergewaltigung«, sagte Dr. Hove, ehe sie sich abwandte, um etwas vom Rollwagen mit den Instrumenten zu nehmen. »Allerdings haben wir das hier in ihrer Vagina entdeckt.« Sie reichte ihnen den kleinen Plastikbeutel mit dem Stück Papier, den sie während der Autopsie gefunden hatte. »Schauen Sie es sich an.«

Hunter nahm den Beutel und öffnete sehr vorsichtig den Verschluss.

Garcia trat näher und reckte den Hals, um besser sehen zu können.

Hunter drehte den Beutel um, sodass das kleine Stück Papier in seine Handfläche glitt. Er faltete es auseinander und runzelte die Stirn.

Auf dem winzigen Zettel stand ein einziger handgeschriebener Satz.

In diesen Augen wird nie ein Mensch so schön sein wie Du.

11

»*In diesen Augen*«, zitierte Garcia, sobald er und Hunter wieder im Wagen saßen, »*wird nie ein Mensch so schön sein wie Du*. Was denkst du, was das bedeutet?«

Hunter schürzte die Lippen und schüttelte den Kopf. »Ich weiß es nicht. Es könnte ein Liebesgedicht sein ... oder ein einzelner Vers daraus. Es könnte auch eine Zeile aus einem Songtext sein oder ein Filmzitat ... Vielleicht hat der Täter den Satz auch selbst geschrieben.«

»Aber dir sagt er nichts?«, fragte Garcia.

Hunter sah ihn mit gerunzelter Stirn an. »Nein. Warum sollte er?«

»Weil du ziemlich viel liest ... wesentlich mehr als ich. Ich dachte nur, vielleicht ist dir der Satz schon mal irgendwo begegnet.«

»Nicht dass ich wüsste. Aber ich sage den Kollegen aus der Recherchеabteilung Bescheid, sie sollen sich darum kümmern.«

Zurück im Police Administration Building, beschlossen Hunter und Garcia, sich die Arbeit für den Nachmittag aufzuteilen. Garcia fuhr zu Kelly-Ann Teller, Melissa Hawthornes Freundin, die am Samstag die Party im Broken Shaker gegeben hatte, während Hunter noch einmal versuchen wollte, Melissas Stiefschwester Janet zu befragen, die sich mit ihrem Freund Thomas Molina ganz in der Nähe von Melissas Haus eine kleine Zweizimmerwohnung teilte.

Hunter parkte am Fahrbahnrand unmittelbar vor dem Apartmentkomplex. Es war ein schlichtes Gebäude mit schmutzig gelber Fassade, weißen Fensterrahmen und einigen kleinen Balkons mit Blick auf die Straße. Die Gegensprechanlage am Eingang funktionierte nicht, aber das Schloss der Eingangstür war defekt, sodass die Tür beim Zufallen nicht mehr einrastete. Hunter betrat das Gebäude und ging die Treppe hinauf in den ersten Stock.

Janets wohnte in Apartment Nummer 102. Es war das zweite auf der rechten Seite in einem schmalen fensterlosen Flur, in dem eine der Halogenlampen an der Decke permanent wie ein Stroboskoplicht flackerte. Weil es keine Türklingel gab, klopfte Hunter und wartete. Er hatte vorher angerufen und kurz mit Janets Freund gesprochen. Der hatte ihm mitgeteilt, er wisse nicht, ob Janet in ihrem gegenwärtigen Zustand eine Hilfe sei. Sie stehe immer noch unter Schock und habe seit dem vergangenen Tag fast ununterbrochen geweint. In der Nacht habe sie nach einem hysterischen Anfall sogar sediert werden müssen, damit sie sich wieder beruhigte.

Hunter war schon oft in solchen Situationen gewesen – öfter, als ihm lieb war. Wenn man jemanden befragte, der unter Schock stand, führte das in den meisten Fällen dazu, dass man entweder unzuverlässige oder gar keine Antworten bekam. Aber Janet war keine Augenzeugin. Die Fragen, die Hunter ihr stellen wollte, hatten nichts mit ihrem Erinnerungsvermögen zu tun.

Er wollte gerade ein zweites Mal anklopfen, als er aus der Wohnung schwere Schritte hörte, die sich der Tür näherten. Hinter dem Spion wurde es dunkel, und Hunter hielt seine Marke hoch. Einige Sekunden später wurde die Tür von innen aufgeschlossen, und ein kräftig gebauter, knapp eins neunzig großer Mann in schwarzen Jogginghosen und einem violett-gelben Lakers-Trikot mit der Nummer 8 auf der Brust erschien im Türrahmen. Seine nackten Arme waren mit schwarzen Tattoos bedeckt. Er hatte sich die Haare extrem kurz rasiert, und sein Bart war so getrimmt, dass seine Kieferkontur betont wurde. Hunter schätzte sein Alter auf etwa fünfundzwanzig Jahre.

»Thomas Molina?«, fragte er, während der Mann mehrere Sekunden lang schweigend ihn und seine Dienstmarke beäugte. »Ich bin Detective Robert Hunter vom LAPD. Wir haben telefoniert.«

»Nennen Sie mich Tom«, entgegnete der Mann, dessen Stimme genauso kräftig war wie seine Statur. »Nur meine Mutter sagt Thomas zu mir, und das auch nur, wenn sie sauer auf mich ist.«

Hunter wartete, doch mehr kam nicht.

»Dürfte ich vielleicht reinkommen?«

Tom zögerte kurz. »Ich weiß nicht, Mann. Ich habe es Ihnen ja schon am Telefon erklärt. Seit gestern weint sie praktisch ununterbrochen, manchmal kann sie sich kaum beruhigen. Es ist gerade ein bisschen besser geworden. Wenn Sie jetzt mit ihr reden, geht bestimmt alles wieder von vorne los.«

»Das verstehe ich gut, Tom, und wenn ich die Wahl hätte, würde ich weder Miss Lang noch Sie damit behelligen, aber es ist sehr wichtig für unsere Ermittlungen, dass ich mit ihr spreche. Ich fasse mich auch so kurz wie möglich.«

Tom legte den Kopf schief, während er nachdachte. »Okay, dann kommen Sie rein«, sagte er schließlich, ehe er die Tür aufzog und einen Schritt zur Seite trat.

»Vielen Dank.«

Von der Wohnungstür aus gelangte man direkt ins Wohnzimmer, das klein und recht spärlich möbliert war. Janet saß am einzigen Fenster, das nach Westen hinausging, an einem kleinen runden Tisch mit vier Stühlen. Neben ihr auf dem Tisch standen ein kleiner Teller mit einem Käse-Schinken-Sandwich sowie ein Glas Milch.

Von Hunters Anwesenheit nahm sie keine Notiz.

»Ich hab's Ihnen doch gesagt«, flüsterte Tom und deutete diskret auf seine Freundin. »Sie redet kaum. Sie isst nicht mal.«

Janet Lang war einige Zentimeter größer und vielleicht knapp zehn Kilo schwerer als ihre Schwester. Ihre schwarzen, kinnlangen Haare umrahmten ein ovales Gesicht, dessen Teint eine Nuance heller war als Melissas. Sie hatte große, außen leicht nach oben geneigte Augen, schlanke Arme und zierliche, feingliedrige Hände. Der Großteil des roten Lacks an ihren Fingernägeln war abgeblättert.

»Hat sie in den letzten zwei, drei Stunden Tabletten genommen?«, wollte Hunter wissen. »Beruhigungsmittel oder Ähnliches?«

»Nein, nichts«, antwortete Tom.

Hunter nickte, ehe er sich dem Tisch näherte und gegenüber von Janet auf einem der Stühle Platz nahm.

Die junge Frau starrte weiterhin aus dem Fenster.

»Hallo, Miss Lang«, sagte er mit ruhiger Stimme, fast wie ein Arzt. »Erinnern Sie sich noch an mich? Ich bin Detective Robert Hunter. Wir haben gestern schon mal miteinander gesprochen.«

Keine Regung von Janet, lediglich ihre Augen füllten sich mit Tränen.

»Miss Lang«, fuhr Hunter fort. »Mir ist bewusst, dass das im Moment alles sehr, sehr schwer für Sie sein muss. Ich weiß, dass Ihnen nicht nach Reden zumute ist, ob nun mit mir oder mit jemand anderem, aber wenn ich Ihnen noch ein paar Fragen stellen dürfte, würde uns das bei den Ermittlungen wirklich enorm weiterhelfen.« Er brach ab und wartete.

Ohne von Hunter Notiz zu nehmen, schloss Janet die Augen, und ihre Tränen liefen über. Sie schluckte.

Hunter holte ein Papiertaschentuch aus seiner Jackentasche und hielt es ihr hin.

Sie machte keine Anstalten, es zu nehmen.

Hunter wusste aus Erfahrung, dass es am besten war, einfach die erste Frage zu stellen. Genau das wollte er gerade tun, als Janet ihm zuvorkam.

»Wieso?«, fragte sie, während eine Träne ihre Nasenspitze hinabrann. »Wieso hat jemand Mel so was angetan?«

Sie rechnete nicht wirklich mit einer Antwort, das war Hunter bewusst, zumal es auf eine Frage wie diese auch keine Antwort gab – zumindest keine zufriedenstellende. Sie wollte nur ihrer Wut Ausdruck verleihen, ihrer Hilflosigkeit und ihrer Trauer. Er schwieg, um ihr die Möglichkeit dazu zu geben.

»Haben Sie gesehen, was er mit meiner Schwester gemacht hat?« Ihre Stimme war so schmerzerfüllt, dass sie sie zwischendurch kaum unter Kontrolle hatte. »Haben Sie ihr Gesicht gesehen ... ihren Mund? Was für ein Monster tut einem Menschen so was an? Noch dazu jemandem wie Mel?«

Sie begann heftig zu schluchzen. Ihr gesamter Körper bebte.

Hunter spürte, dass eine seltsame Traurigkeit sein Herz erfasste wie eine Faust, die langsam zudrückt. Diese Tränen ... diese Qual ... all das war erst der Anfang dessen, was Janet Lang noch bevorstand. Die Leiche eines geliebten Menschen zu finden, der brutal gefoltert und verstümmelt worden war, konnte der Psyche nicht nur schweren Schaden zufügen, es konnte sie für immer zerbrechen. Nur die Zeit würde zeigen, wie groß das Trauma war, das die junge Frau davongetragen hatte.

Hunter drängte sie nicht. Stattdessen sah er sich im Raum um. Sein Blick ging zu einer kleinen Anrichte in der Ecke, auf der mehrere gerahmte Fotos aufgestellt waren. Die meisten von ihnen zeigten Melissa. Sie lächelte auf jedem Bild. Es war ein Lächeln, das größer zu sein schien als sie selbst ... größer als die Welt. Zwischen den Fotos stand Janets gerahmtes Abschlusszeugnis von der Highschool.

»Mel war der liebste Mensch, den man sich vorstellen kann«, sagte sie, als wäre sie Hunters Blick gefolgt. Ihre Stimme klang immer noch brüchig. »Sie war freundlich, verständnisvoll, einfühlsam ...« Janet schüttelte kaum merklich den Kopf. »Sie hat nie schlecht über jemanden geredet. Hat nur das Positive in anderen gesehen ... nie das Negative. Sie war einer dieser Menschen, die immer fröhlich sind. Ihr Lächeln war so ansteckend. Sie hatte für jeden aufmunternde Worte übrig, egal, wie schlimm die Situation auch war.« Endlich riss Janet den Blick vom Fenster los und sah Hunter an. »Sie war mehr als meine große Schwester. Sie war meine beste Freundin. Ein Mensch, der immer für mich da war. Auf den ich mich in jeder Lebenslage verlassen konnte. Sie hat mich nie verurteilt, nie kritisiert ... war immer bereit, mir zu helfen. Ich habe sie so bewundert.«

Hunter schwieg. Zum einen hätte alles, was er sagte, bedeutungslos geklungen. Zum anderen wollte er nicht, dass

Janet ihren Redefluss unterbrach. Er musste dazwischen bloß den richtigen Moment für seine Fragen abpassen.

Wieder hielt er ihr das Taschentuch hin, doch auch diesmal nahm sie es nicht, sondern wischte sich mit der linken Hand die Tränen aus dem Gesicht, ehe sie wütend auflachte.

»Typisch«, sagte sie beinahe verächtlich, als ihr Blick zum Fenster zurückkehrte.

»Was ist typisch?«, fragte Hunter.

»Dass ein weißer Cop den Mord an einer schwarzen Frau aufklären soll.« Sie drehte den Kopf und fixierte Hunter. »Nichts für ungut, Detective ...?«

»Hunter.«

»Nichts für ungut, Detective Hunter.« Trotz all ihrer Trauer hörte man deutlich den unterschwelligen Zorn und die Bitterkeit in ihrer Stimme. »Sie sind bestimmt gut in Ihrem Job, aber das hier ist Amerika, wo sogenannte Polizisten auf dem Nacken eines Schwarzen knien, bis er elendig erstickt, und hinterher behaupten, sie hätten ihre Pflicht getan.«

Aus dem Augenwinkel sah Hunter, wie Tom, der auf dem Sofa Platz genommen hatte, zustimmend nickte.

»Das System ist kaputt und korrupt«, fuhr Janet fort. Sie zog geräuschvoll die Nase hoch und wischte sich abermals die Tränen von den Wangen. »Vor allem, wenn es um uns Schwarze geht.«

Hunter hatte nicht mit einer solchen Reaktion gerechnet, dennoch war er weder erstaunt noch beleidigt. Was sich vor nicht allzu langer Zeit in den USA ereignet und zum Aufstieg der Black-Lives-Matter-Bewegung geführt hatte, war auf der ganzen Welt bekannt. Die Bilder, die viral gegangen waren, sprachen für sich selbst. Das brutale Vorgehen der Polizei war unentschuldbar und beschämend gewesen.

Janet klang so hoffnungslos, dass die Atmosphäre im Raum drückend wurde.

Hunter hörte sich alles, was sie sagte, ruhig an und hielt ihrem Blick stand.

»Ich verstehe, wie Sie sich fühlen, Miss Lang«, sagte er ohne einen Hauch von Herablassung. »Ich verstehe auch, dass nichts, was ich zu Ihnen sage, daran irgendetwas ändert. Das Einzige, was ich Ihnen anbieten kann, ist mein Wort, dass ich alles in meiner Macht Stehende tun werde, um die Person, die Ihrer Schwester das angetan hat, zur Verantwortung zu ziehen.«

»Ihr Wort?«, entgegnete Janet mit einem spöttischen Lachen. »Sie geben mir Ihr Wort, ja?«

Hunter hob begütigend die Hände. »Ich weiß, dass mein Wort Ihnen absolut nichts bedeutet. Für Sie bin ich bloß ein weißer Cop, der Dienst nach Vorschrift macht.« Er hielt kurz inne und atmete aus. »Aber für mich ist mein Wort das Wichtigste ... das einzig Wertvolle, was ich besitze. Für mich bedeutet es sehr viel. Ich habe es noch nie gebrochen.«

Unter Tränen betrachtete Janet ihn mit forschendem Blick. Sie schien etwas in seiner Miene wahrzunehmen, das sie nicht allzu oft sah: Aufrichtigkeit. Sie zog die Nase hoch, und Hunter hielt ihr zum nunmehr dritten Mal das Papiertaschentuch hin.

Diesmal nahm sie es und putzte sich damit die Nase.

Hunter nutzte die Gelegenheit.

»Gestern haben Sie mir gesagt, dass Ihre Schwester keinen Freund hatte ... keine romantische Beziehung, ist das richtig?«

Janet atmete zitternd durch die Nase ein, dann nickte sie.

»Und Sie sind sicher, dass sie es Ihnen gesagt hätte, wenn es einen Mann in ihrem Leben gegeben hätte?«

Abermals ein Nicken. »Wir haben uns immer alles erzählt. Mel hatte keinen Grund, mir so was zu verheimlichen. Sie wusste, dass sie Vertrauen zu mir haben konnte.«

»Okay«, sagte Hunter. »Sie haben mir auch gesagt, dass Sie vor der Party am Samstag zuletzt am Mittwoch mit ihr gesprochen haben, stimmt das?«

Diesmal nickte Janet nicht, sondern ließ einfach nur den Kopf nach vorne sinken.

»Sie haben sich zum Abendessen getroffen.« Die Antwort kam von Tom. »Janet und Mel haben sich immer mindestens zweimal die Woche zum Mittagessen oder zum Abendessen verabredet. Das letzte Mal war am Mittwoch.«

»Und am Samstag haben wir kurz miteinander telefoniert«, ergänzte Janet. »Vor der Party. Ich habe sie gefragt, was sie anziehen und um wie viel Uhr sie ungefähr da sein wollte.«

Hunter nahm dies mit einem Nicken zur Kenntnis. »Und bei diesen Gelegenheiten hat sie nichts davon erwähnt, dass sie kürzlich jemanden kennengelernt hat?«

Es dauerte einige Sekunden, bis Janet antwortete. »Nein.«

»Dann war Ihres Wissens also der letzte Mann, mit dem sie eine Beziehung hatte, ihr Ex-Freund Kevin Garrison.«

Wieder schwieg Janet. Ihr Blick geisterte durch den Raum wie eine verlorene Seele.

»Miss Lang?«, sagte Hunter im Versuch, ihre Aufmerksamkeit wieder auf sich zu lenken.

Noch zwei Sekunden verstrichen, ehe sie ihn ansah und nickte. »Ja. Kevin.«

»Wie lange waren die beiden zusammen, wissen Sie das?«

Janet blieb stumm, aber Tom antwortete an ihrer Stelle.

»Das mit den beiden fing ungefähr zur gleichen Zeit an wie das mit Janet und mir. Wir sind seit etwas mehr als zweieinhalb Jahren zusammen, ich würde also sagen, sie waren vielleicht zwei Jahre lang ein Paar. Kommt das ungefähr hin, Babe?«

Janet nickte. »Ja, ungefähr zwei Jahre.« Ihre Stimme bebte.

»Und Sie sagten, sie hätten sich vor etwa sechs oder sieben Monaten getrennt, richtig?«

»Ja.«

»War er Ihrer Schwester gegenüber je gewalttätig?«

»Kevin war in vielerlei Hinsicht ein Arschloch.« Wieder war es Tom, der antwortete. »Keine Frage. Aber er war Mel gegenüber nie aggressiv, auch nicht verbal. Wenigstens nicht, soweit wir wissen.« Sein Blick ging zu Janet, die den Kopf schüttelte.

»Nein«, bestätigte sie. »Er war kein gewalttätiger Mensch.«

»Wissen Sie, wo ich ihn finden kann? Ich würde ihm gerne ein paar Fragen stellen.«

Janet gab keine Antwort, sondern blickte auf das zerknitterte Papiertaschentuch in ihren Händen.

»Kevin ist ein Fitnessfreak«, sagte Tom. »Geht fünf- bis sechsmal die Woche pumpen. Immer frühmorgens.«

»Wissen Sie, in welchem Studio?«

»Ja, er trainiert im SixPax in Culver City.«

»Was ist mit Verehrern?«, fragte Hunter weiter. »Sie wissen schon: Follower auf Social Media. Manchmal können solche Leute problematische Verhaltensweisen entwickeln. Hat sie jemals von einem Mann gesprochen, der ein bisschen zu aufdringlich war oder ihr unheimlich vorkam oder bei dem sie irgendwie ein schlechtes Gefühl hatte? Vielleicht hat ihr jemand ungefragt Fotos geschickt oder … Liebesgedichte oder Verse oder dergleichen geschrieben?«

»Nicht wirklich.« Noch einmal betupfte Janet sich mit dem zerknitterten Taschentuch die Nase.

Hunter bot ihr ein frisches an.

»Nicht wirklich heißt aber nicht nein«, stellte er fest.

»Manchmal kriegte sie irgendwelche Dickpics«, sagte Janet. »So was kommt vor. Es gibt Schwachköpfe da draußen, die glauben, sie könnten eine Frau mit ihrem großen – oder manchmal auch nicht so großen – Schwanz beeindrucken. Mel und ich haben immer nur darüber gelacht.«

»Kam das denn oft vor?«

»Eigentlich nicht. Insgesamt nicht mehr als vier- oder fünfmal.«

»Auch in jüngster Vergangenheit?«

»Hmm …« Sie schüttelte den Kopf, ehe sie antwortete. »Nein, ich glaube nicht. Ich weiß es nicht mehr.« Ihr Kinn sank auf ihre Brust, ehe sie ruckartig den Kopf hob und Hunter mit großen Augen ansah. »Moment mal. Mel hat sich am Samstagabend mit jemandem in der Bar unterhalten.«

»Mit einem Mann?«

»Ja«, sagte Janet. »Ehe wir gegangen sind, haben wir uns noch von ihr verabschiedet. Sie stand an der Theke und redete mit diesem Typen. Groß ... dunkelhaarig.«

»Ein Gast auf der Geburtstagsparty?«

»Nein, ich glaube nicht«, sagte Tom. »Kelly-Ann hatte einen Bereich am Pool reservieren lassen, der Rest der Bar war ganz normal geöffnet. Ich glaube, er war einfach nur da, um was zu trinken.«

»Sie sagten, die beiden hätten sich unterhalten ... im Sinne von ...?«

»Sie haben gelacht und miteinander geflirtet. Schienen sich wirklich gut zu verstehen.«

»Denken Sie, Melissa könnte ihn noch für einen Drink zu sich nach Hause eingeladen haben?«, fragte Hunter.

Janet sah ihn mit traurigen Augen an.

»Das kann ich mir nicht vorstellen.« Sie klang fast ein wenig entrüstet. »Meine Schwester hatte keine One-Night-Stands.«

Sex konnte ganz unterschiedliche Bedürfnisse erfüllen, das wusste Hunter. Vielleicht hatte Melissa in dieser Nacht einfach emotionale und körperliche Nähe gebraucht, oder sie hatte geglaubt, dass mehr aus der Sache werden könnte. Es gab zahlreiche Argumente, mit denen er Janets Behauptung hätte widerlegen können, doch am Ende spielte es keine Rolle, und er wollte sie nicht verletzen. Also beschloss er, das Thema fallen zu lassen und mit etwas anderem weiterzumachen.

»Als Sie sich von ihr verabschiedet haben«, sagte er, »hat Melissa Ihnen da den Mann vorgestellt? Erinnern Sie sich zufällig noch an seinen Namen?«

Tom kniff die Augen zusammen, ehe er den Blick seiner Freundin suchte.

»Ja, sie hat ihn uns vorgestellt«, sagte er. »Aber seinen Namen weiß ich nicht mehr. Du, Babe?«

Wieder einmal schüttelte Janet lediglich stumm den Kopf.

»Und um wie viel Uhr war das? Wann haben Sie die Party verlassen?«

Tom sah Janet an. Die war inzwischen wieder dazu übergegangen, in fast katatonischem Zustand aus dem Fenster zu starren.

»So gegen halb eins«, meinte er nach einem längeren Schweigen. »Vielleicht auch Viertel vor ... später jedenfalls nicht.«

Hunter notierte sich die Uhrzeit. »Was war mit Melissa? Hat sie gesagt, wie sie nach Hause kommen würde? Wollte jemand von der Party sie mitnehmen?«

»Nein.« Auch diesmal kam die Antwort von Tom. »Sie hat nichts von einer Mitfahrgelegenheit erwähnt. Janet hat sie danach gefragt, kurz bevor wir gegangen sind. Sie meinte, sie würde ein Taxi nehmen.«

»Gut zu wissen«, sagte Hunter, der sich auch dies notierte.

»Warum?«, fragte Tom besorgt. »Gab es bei ihr zu Hause irgendwelche Anzeichen dafür, dass sie in der Nacht Gesellschaft hatte? Ein zweites Weinglas, ein überzähliges nasses Handtuch? Spuren auf dem Bettlaken oder so was?«

Hunter sah ihn neugierig an.

»Ich schaue den Crime Channel«, klärte Tom ihn mit einem kleinen zufriedenen Lächeln auf.

Hunter musste sich am Riemen reißen, um nicht die Augen zu verdrehen. »Nein, wir haben kein zweites Weinglas oder Handtuch oder dergleichen gefunden, aber es gab auch nirgendwo Einbruchsspuren – weder an Türen noch Fenstern. Es besteht also die Möglichkeit, dass Melissa den Täter ins Haus gelassen hat.«

Diese Aussage ließ Janet aufhorchen.

Hunter atmete einmal durch die Nase ein und durch den

Mund wieder aus, ehe er weitersprach. »Und wir haben eine Nachricht gefunden.«

»Eine Nachricht?«, wiederholte Janet. »Was für eine Nachricht?«

»Eine Art ... Liebesbotschaft.« Hunter langte in die Innentasche seiner Jacke, um sein Smartphone herauszuholen. Er rief die Bildergalerie auf und zeigte Janet das Foto, das er im rechtsmedizinischen Institut von dem kleinen Zettel gemacht hatte.

Tom trat zu ihnen an den Tisch, um ebenfalls einen Blick darauf zu werfen.

»In diesen Augen wird nie ein Mensch so schön sein wie Du.«

Prompt brach Janet erneut in Tränen aus.

Hunter reichte ihr ein weiteres Papiertaschentuch.

»Wo wurde das gefunden?«, wollte Tom wissen.

»In der Küche«, log Hunter. Er sah keinen Grund, Janets Qualen noch zu vergrößern.

Janet blickte Hunter fragend an. Sie hatte die Leiche ihrer Schwester gefunden und konnte sich ganz offensichtlich nicht mehr daran erinnern, in der Küche einen Zettel gesehen zu haben.

»Er war zusammengefaltet«, fügte Hunter hinzu und deutete auf die Knicke, die auf dem Foto zu sehen waren. »Lag neben dem Herd.«

Janets Blick kehrte zu Hunters Smartphone zurück.

»Haben Sie irgendeine Ahnung, wer das geschrieben haben könnte?«, fragte er. »Könnte es Kevin gewesen sein?«

Es dauerte lange, ehe Janet sich wieder halbwegs im Griff hatte. Als es endlich so weit war, ließ sie die Bombe platzen.

»Ich weiß nicht, ob der Text von Mel stammt oder nicht. Meines Wissens hat sie nie Gedichte oder so was geschrieben. Aber das da«, sie zeigte auf das Foto, »ist definitiv ihre Handschrift.«

12

Im Laufe des Nachmittags hatten sich über dem Zentrum von Los Angeles dichte Wolken zusammengeballt. Gegen siebzehn Uhr, als Hunter und Garcia sich wieder im Büro trafen, fielen die ersten Regentropfen. Die zwei Detectives saßen kaum an ihren Schreibtischen, als Captain Blake hereinplatzte.

»Okay, was hat es mit dieser Botschaft auf sich, die im Körper der Leiche gefunden wurde?«, fragte sie, noch ehe sie die Tür hinter sich geschlossen hatte.

Garcia, der mit dem Rücken zur Tür saß und seine Chefin nicht hatte kommen sehen, zuckte vor Schreck zusammen.

»Verdammt, Captain, wo kommen Sie denn auf einmal her? Und haben Sie uns Tracker verpasst oder so was? Wir sind eben erst eingetroffen.«

Blake funkelte ihn böse an. »Das hier ist mein Dezernat. Meine Etage. Ich habe meine Augen überall. Also ... die Botschaft ... was hat es damit auf sich?«

Während Garcia rasch die Ergebnisse der Autopsie erläuterte und dabei auch auf die Nachricht einging, schloss Hunter sein Smartphone an seinen Rechner an und druckte das Foto der Nachricht aus.

»*In diesen Augen wird nie ein Mensch so schön sein wie Du*«, las Captain Blake laut vor, ehe sie ihre beiden Detectives kritisch musterte. »Und das steckte in ihrer Vagina?«

Garcia nickte. »In einem kleinen Plastikbeutel mit Druckverschluss.«

»Ich nehme an, dass Beutel und Nachricht bereits für die forensische Analyse und eine grafologische Untersuchung ins Labor geschickt wurden?«

»Ja«, sagte Garcia.

»Das mit der Grafologie können wir uns schenken«, sagte Hunter, woraufhin die beiden anderen ihn neugierig ansahen.

»Wie meinst du das?«, fragte Garcia. »Warum?«

»Es ist Melissas Handschrift.« Hunter trat an die Pinnwand und hängte das ausgedruckte Foto auf. »Ich habe heute mit Janet gesprochen und ihr das Foto auf meinem Handy gezeigt.«

»Und sie war sich hundertprozentig sicher, dass es die Handschrift ihrer Schwester ist?«, hakte Captain Blake nach.

»Sie hatte nicht den geringsten Zweifel.«

Schweigend las Blake den Satz ein zweites Mal. »Wissen wir denn, was das ist? Ich meine ... ist das eine Zeile aus einem Lied? Oder einem Gedicht? Ein Zitat aus einem Film? Sind das die Worte des Opfers oder des Täters?«

»Ich habe auf dem Weg schon mal eine kurze Onlinerecherche gemacht«, teilte Hunter ihr mit. »Ich konnte nichts finden. Zumindest gibt es im Netz nichts mit genau dieser Wortfolge. Ich habe die Anfrage bereits an unser Rechercheteam weitergegeben, damit die sich darum kümmern. Janet Lang hat mir außerdem gesagt, dass ihre Schwester ihres Wissens nach keine Gedichte oder Songtexte verfasst hat ...« Hunter deutete auf die Pinnwand, ehe er fortfuhr. »Aber ich fahre noch mal zu Melissas Haus, um mich dort umzusehen. Es ist nichts Ungewöhnliches, dass Menschen, die Gedichte schreiben oder zeichnen, dies heimlich tun. Manche bringen ihre intimsten Gedanken und Gefühle zum Ausdruck, und die möchten sie nicht mit anderen teilen.«

»So wie ein geheimes Tagebuch«, sagte Captain Blake.

»So ähnlich, ja.«

»Unabhängig davon, ob es die Worte des Opfers sind oder nicht: Was glauben Sie, wie ist der Zettel zustande gekommen? Hat der Mörder sie gezwungen, den Satz aufzuschreiben, ehe er ihr den Beutel in die Vagina eingeführt und sie an einem Angelhaken aufgehängt hat?« Sie klang hörbar skeptisch.

»Vermutlich.« Hunter setzte sich hinter seinen Schreibtisch.

Captain Blake atmete hustend aus. »Nun, ich bin weiß Gott

keine Expertin, aber für mich liest sich das wie eine Liebeserklärung von einem gekränkten Ex-Freund ... oder Liebhaber ... oder einem Mann, den sie abgewiesen hat. Irgendein Idiot, der sich in seinem Stolz verletzt fühlte.«

»Das ist durchaus eine Möglichkeit«, sagte Hunter. »Und wir werden der Spur auch definitiv nachgehen. Wie wir heute Morgen erfahren haben, hat Melissa ihre Beziehung mit Kevin vor etwa sechs oder sieben Monaten beendet.«

»Richtig, das sagten Sie«, erinnerte sich Captain Blake. »Er hat sie betrogen, richtig?«

»Genau.«

»Aber wieso hätte er sie zwingen sollen, diesen Satz aufzuschreiben?«, fragte Garcia mit einem ratlosen Schulterzucken. »Es wäre doch plausibler, wenn der Täter ihn selbst aufgeschrieben hätte, meint ihr nicht?« Er hob eine Hand, um etwaigen Einwänden zuvorzukommen. »Ja, ich weiß, wenn er die Botschaft selbst geschrieben hätte, wüssten wir jetzt, wie seine Handschrift aussieht. Aber er hätte sie ja auch ausdrucken können oder was weiß ich.«

»Bedeutung«, sagte Hunter. »Der Mörder hat das Opfer gezwungen, den Satz aufzuschreiben, weil er ihm etwas bedeutet. Er wollte aus einem ganz bestimmten Grund, dass die Botschaft in ihrer Handschrift geschrieben ist. Hinter allem, was er tut, steckt ein tieferer Sinn, glaub mir. Das ist auch der Grund, weshalb er sie gezwungen hat, den Satz mehrmals aufzuschreiben.«

»Mehrmals?«, wunderte sich Captain Blake. »Wie kommen Sie denn darauf? Wurden in ihrem Haus frühere Entwürfe gefunden?«

»Nein. Keine.« Die Antwort kam von Garcia, ehe er sich an Hunter wandte. »Oder?«

Hunter schüttelte den Kopf. »Nein.«

Captain Blake machte ein verwirrtes Gesicht. »Woher wissen Sie dann, dass der Täter sie gezwungen hat, den Satz mehrmals zu schreiben?«

»Schauen Sie sich die Botschaft noch mal genau an.«

Garcia und Captain Blake gingen zur Pinnwand, wo sie erneut das Foto mit der Botschaft studierten. Captain Blake betrachtete es mit zusammengekniffenen Augen und versuchte zu erkennen, ob sich irgendwo im Papier eine andere Schrift durchgedrückt hatte. Ohne Erfolg.

Das war auch Garcias erster Gedanke gewesen, doch dann wurde ihm klar, worauf Hunter hinauswollte.

»Die Handschrift«, sagte er und drehte sich zu seinem Partner um. Der lächelte.

»Die Handschrift?«, wiederholte Captain Blake.

»Sie ist sehr flüssig«, sagte Garcia.

Es dauerte noch einen Moment, ehe bei Blake der Groschen fiel. »Wenn der Mörder sie wirklich dazu gezwungen hat, diesen Satz aufzuschreiben, ehe er sie getötet hat, muss sie Todesangst gehabt haben. Sie hätte gezittert. Ihre Schrift wäre kaum leserlich gewesen.«

»Richtig«, bestätigte Hunter. »Was hier eindeutig nicht der Fall ist. Das kann prinzipiell mehrere Gründe haben, aber die zwei wahrscheinlichsten sind, dass der Täter Melissa entweder dazu gezwungen hat, den Satz so oft zu schreiben, bis ihre Handschrift flüssig war, oder aber dass er ein exzellenter Fälscher ist.«

»Hätte ihr Ex-Freund so was denn wirklich getan?«, fragte Captain Blake. »Wie heißt er noch gleich?«

»Kevin Garrison«, sagte Garcia.

»Ich frage deshalb, weil mir das da …«, sie machte eine vage Handbewegung in Richtung der Pinnwand, »nicht nach einem Verbrechen aus Leidenschaft aussieht. Wir haben schon viele solcher Verbrechen gesehen. Das hier ist anders. Hier sehe ich nur Hass und Wut und pure Bösartigkeit.«

»Momentan wissen wir noch sehr wenig über Kevin Garrison«, sagte Hunter nach einem Blick in seinen Notizblock. »Aber ihn zu finden dürfte nicht allzu schwierig werden. Er trainiert jeden Morgen in einem Fitnessstudio in Culver City.

Ich werde ihm morgen dort mal einen Besuch abstatten. Aber anscheinend gibt es darüber hinaus auch noch einen geheimnisvollen Gast.«

»Was soll das heißen?«, fragte Captain Blake.

»Janet hat mir gesagt, dass Melissa sich am Samstag in der Bar mit einem Mann unterhalten hat, der wohl nicht zu Kelly-Anns Geburtstagsparty gehörte.«

Statt eine Frage zu stellen, zog Captain Blake lediglich eine Augenbraue hoch.

»Kelly-Ann hatte einen Teil des Broken Shaker für ihre Party reserviert«, klärte Hunter sie auf. »Die Bar war aber zeitgleich auch für reguläre Gäste geöffnet. Janet und ihr Freund Tom wollten gerade gehen, als sie Melissa mit dem geheimnisvollen Mann an der Bar gesehen haben. Sie sind hingegangen, um sich zu verabschieden, und wurden bei der Gelegenheit auch einander vorgestellt, aber weder Janet noch Tom konnte sich an den Namen des Mannes erinnern.«

»Mark«, sagte Garcia von seinem Schreibtisch aus, während er sein kleines Notizbüchlein aufschlug. »Der geheimnisvolle Gast, mit dem Melissa in der Bar geredet hat, hieß Mark.«

Hunter und Captain Blake drehten sich zu ihm um.

»Kelly-Ann hatte insgesamt fünfunddreißig Personen eingeladen«, teilte Garcia ihnen mit. »Einunddreißig sind gekommen. Ich habe mich heute Nachmittag mit ihr und ihrem Freund sowie mit acht Gästen unterhalten – weitere folgen. Du hast recht.« Er wandte sich an Hunter. »Melissa stand an der Bar und hat mit jemandem geredet, der kein Partygast war. Kelly-Ann und ihr Freund haben die beiden zusammen gesehen, ebenso wie drei weitere von den acht Gästen, mit denen ich bisher sprechen konnte.« Garcia blätterte eine Seite um. »Kelly-Ann hat auch ein paar Worte mit dem Mann gewechselt. Sie war sich hundertprozentig sicher, dass er Mark hieß. Sie konnte sich daran erinnern, weil ihr Vater genauso heißt.«

»Kein Nachname?«, fragte Captain Blake.

»Nein«, sagte Garcia mit einem kurzen Auflachen. »Sie haben sich in einer Bar kennengelernt, Captain. Wie viele Leute, die Sie in einer Bar kennenlernen, stellen sich Ihnen mit vollem Namen vor?«

»Die meisten«, gab Blake zurück.

»Wir reden hier von Leuten Mitte zwanzig«, hielt Garcia dagegen.

»Okay, schon verstanden. Wie wäre es mit einer Phantomzeichnung? Oder vielleicht gibt es sogar ein Foto von ihm? Heutzutage fotografieren die Leute doch bei jeder Gelegenheit, und auf einer Geburtstagsparty erst recht. Vielleicht hat jemand zufällig diesen Mark vor die Linse bekommen, und sei es auch nur im Hintergrund?«

»Genau mein Gedanke«, sagte Garcia. »Deshalb habe ich Kelly-Ann, ihren Freund und die acht Gäste gefragt, ob sie auf der Party Fotos gemacht haben.«

»Und?«

»Haben sie. Vor allem Kelly-Ann und ihr Freund hatten jede Menge Bilder auf ihren Smartphones, aber das Dumme ist, dass die Bar ganz woanders ist als der Bereich, wo die Party stattfand.« Er schüttelte den Kopf. »Sie war auf keinem der Fotos drauf. Ich habe mir jedes einzelne angeschaut.«

»Überwachungskameras«, schlug Hunter vor. »Bestimmt gibt es mehrere in der Bar, und wenn nicht – die Broken Shaker Lounge befindet sich ganz oben im Freehand Hotel. Wer dorthin will, muss zwangsläufig durch die Lobby. Und Hotellobbys sind immer videoüberwacht.«

»Auch daran habe ich gedacht«, sagte Garcia. »Ich habe bereits im Hotel angerufen, es gibt im Broken Shaker tatsächlich Überwachungskameras oberhalb der Bar. Ich wollte ...« Er warf einen Blick auf seine Uhr. Es war kurz vor halb sechs. »... ungefähr jetzt dort vorbeifahren. Möchtest du mitkommen? Das Hotel liegt nur eine Meile entfernt.«

Noch ehe Garcia seinen Satz beendet hatte, griff Hunter nach seiner Jacke.

13

In der Poolbar auf dem Dach des Hotels angekommen, verloren Hunter und Garcia keine Zeit. Sie erläuterten Christina D'Angelo, der Managerin der Broken Shaker Cocktail Lounge, den Grund ihres Besuchs, und nachdem sie sich ihre Dienstmarken hatte zeigen lassen, begab sie sich mit ihnen sofort ins Büro neben der Bar, wo die Aufnahmen der Überwachungskameras gespeichert wurden.

Das Büro war geräumig, enthielt jedoch nur wenige Möbel.

»Bitte entschuldigen Sie die Unordnung«, sagte Christina, als sie um den einzigen Schreibtisch herumging und die Leertaste des Computers drückte, um ihn aus dem Ruhezustand zu wecken. »Normalerweise haben wir keine Besucher hier.« Sie deutete auf einen Stapel Klappstühle in der Ecke. »Nehmen Sie sich gerne welche.«

Während Hunter und Garcia sich jeweils einen Stuhl holten, gab Christina über die Tastatur des Computers einige Befehle ein.

»Am Samstag war viel los«, sagte sie einleitend. »Alles in allem hatten wir bis Geschäftsschluss sicher vierhundert Gäste, vielleicht sogar mehr. Die beiden Kameras sind an der Decke über der Bar installiert, gleich nebenan.«

»Ja, ich habe sie gesehen.« Hunter stellte seinen Stuhl rechts neben ihr auf, Garcia ließ sich zu ihrer Linken nieder.

»Das könnte zum Problem werden«, fuhr Christina fort, als die ersten Bilder auf den zwei Monitoren erschienen. Die Deckenkameras waren auf den Bartresen ausgerichtet. »Wenn die Person, nach der Sie suchen, nicht an der Bar war – falls er oder sie an einem Tisch gesessen und Getränke bei unseren Servicemitarbeitern bestellt hat –, dann nützen Ihnen die Aufnahmen nichts. Das sind die einzigen beiden Kameras, die wir hier oben haben, und die Tische kann man darauf nicht sehen.«

»Er war an der Bar«, sagte Garcia und lenkte damit ihre Aufmerksamkeit auf sich. »Mir wurde gesagt, dass er auf dieser Seite gestanden hat.« Auf einem der Monitore deutete er auf das linke Ende der Bar.

»Okay«, sagte Christina und nickte. »Das hilft mir sehr. Problem Nummer zwei: Haben Sie einen bestimmten Zeitrahmen im Sinn? Wenn nicht, müssen Sie sich unter Umständen über zehn Stunden Material anschauen.«

»Fangen wir um Mitternacht an«, sagte Hunter, der sich an sein Gespräch mit Janet und Tom vom Nachmittag erinnerte. Er rückte seinen Stuhl näher an den Tisch heran. »Von da können wir nach Bedarf vor- oder zurückspringen. Ich weiß, dass er irgendwann zwischen Mitternacht und ein Uhr an der Bar gesehen wurde.«

»Alles klar«, sagte die Managerin und gab die entsprechenden Zeiten in die Suchmaske ein. Sie betätigte die Enter-Taste, und gleich darauf zeigten die Aufnahmen auf den Monitoren einen sehr vollen Bartresen, hinter dem zwei Barkeeper hin und her eilten und Bestellungen von Gästen wie Kellnerinnen entgegennahmen. Einer der Barkeeper war der große afroamerikanische Mann, der auch jetzt gerade hinter der Theke arbeitete. Er befand sich auf der linken Seite, wo drei Frauen und zwei Männer saßen. Sie schienen nicht zusammenzugehören, und keine der Frauen war Melissa Hawthorne. Die Uhr rechts oben im Bild zeigte auf beiden Monitoren 00:00 Uhr an.

»Darf ich?«, fragte Hunter und deutete auf die Tastatur.

»Natürlich. Entschuldigung.« Christina stand auf. »Hier, nehmen Sie meinen Stuhl.«

Die beiden tauschten die Plätze.

Die Steuerung des Programms war mehr oder weniger selbsterklärend. Hunter spulte die Aufnahmen ein Stück vor und ließ sie dann bei achtfacher Geschwindigkeit weiterlaufen.

Garcia beugte sich vor und stützte die Ellbogen auf den Schreibtisch. Er hatte die Augen vor Konzentration zusammengekniffen.

Auf dem Bildschirm mixten und servierten die Barkeeper fleißig Drinks, während Gäste und Kellnerinnen kamen und gingen.

00:05 Uhr – noch keine Spur von Melissa.

»Wäre es sehr schlimm, wenn ich Sie allein lasse?«, fragte Christina, die aufstand. »Wir öffnen gleich, und ich muss dafür sorgen, dass draußen alles glattläuft.«

»Bitte sehr«, sagte Hunter und hielt den Bildvorlauf einen Moment lang an. »Sie müssen nicht unbedingt dabei sein – zumal es eine ganze Weile dauern könnte.«

»Lassen Sie sich ruhig Zeit«, sagte sie und ging zur Tür. »Wenn Sie mich brauchen, bin ich entweder im Restaurant oder im Barbereich.«

Christina schloss die Tür hinter sich, und Hunter und Garcia wandten ihre Aufmerksamkeit wieder den Monitoren zu.

Die Gäste kamen und gingen. Einige blieben wesentlich länger an der Bar als andere, doch erst um 00:23 Uhr tauchte Melissa auf. Beide entdeckten sie zur selben Zeit.

»Da ist sie«, rief Garcia und deutete mit dem Zeigefinger auf den linken Monitor.

Rasch wechselte Hunter auf normale Geschwindigkeit. Sie beobachteten, wie Melissa an die Bar trat, sich über den Tresen beugte, beide Ellbogen aufstützte und die Finger ineinander verschränkte. Sie trug ein elegantes rotes Kleid mit Knopfleiste und ausgestelltem Rock und wirkte nicht mehr ganz nüchtern.

Kurz darauf hatte der Barkeeper sie bemerkt. Er reichte einem Gast, der am anderen Ende der Bar stand, einen farbenfrohen Cocktail in einem hohen Glas, dann kam er zu ihr. Beide lächelten höflich, ehe der Barkeeper sich zu ihr beugte und ihr sein Ohr zudrehte, um besser hören zu können, was sie trinken wollte.

Die Kameraeinstellung war alles andere als ideal. Hunter konnte Melissas Lippenbewegungen nur zum Teil erkennen.

»Hast du gesehen, was sie gesagt hat?«, fragte Garcia, der wusste, dass Hunter von den Lippen ablesen konnte – etwas, das er bereits als Kind gelernt hatte.

»Nein, nicht wirklich.«

Als der Barkeeper sich abwandte, um Melissas Drink zu mixen, trat unmittelbar links von ihr ein großer, dunkelhaariger Mann an die Bar. Er trug eine dunkle Hose, ein weißes Hemd und einen blauen Blazer.

»Und da ist unser geheimnisvoller Mark«, verkündete Garcia und rückte instinktiv näher an den Bildschirm heran. Die Uhr zeigte 00:25 Uhr.

Auch Hunter beugte sich dichter zum Monitor. Leider hatte sich der Mann direkt hinter einen hölzernen Pfeiler gestellt, sodass sein Gesicht zu etwa achtzig Prozent von diesem verdeckt wurde.

»Na toll«, sagte Garcia.

Hunter verfolgte schweigend das Geschehen am Bildschirm.

Nach wenigen Sekunden schaute der Mann zu Melissa, ehe er nach unten auf ihre Schuhe deutete. Sie wandte den Kopf, blickte ebenfalls nach unten, lächelte und blickte noch einmal nach unten, ehe sie etwas erwiderte. Diesmal konnte Hunter erkennen, was sie sagte.

»Danke. Die sind neu.«

»Sehr geschmeidig«, meinte Hunter mit einem anerkennenden Nicken. »Dass er ihre Schuhe erwähnt, statt ihr gleich als Erstes ein Kompliment über ihre Schönheit zu machen, ist ein guter Eisbrecher. Außerdem suggeriert es, dass er auf Details achtet, nicht nur auf das Offensichtliche.«

»Frauen lieben so was«, ergänzte Garcia.

»Und Schuhe lieben die meisten Frauen auch.«

Melissa lächelte noch eine Weile, ehe sie laut auflachte.

»Ein Schuhkompliment, gefolgt von einem Witz, um sie zum Lachen zu bringen«, kommentierte Hunter. »Er weiß, was er tut.«

»Komm schon, Mark«, drängte Garcia den Mann. »Beug dich doch mal ein kleines Stückchen nach vorn, damit wir dein Gesicht sehen können.«

Doch obwohl Mark sich inzwischen vollständig zu Melissa herumgedreht hatte, stand er weiterhin hinter dem Pfeiler.

Melissa lächelte erneut, ehe sie sich ebenfalls zu Mark umwandte. Falls dieser Mark Körpersignale deuten konnte – und Hunter war sich relativ sicher, dass er es konnte –, wusste er nun, dass sie nichts gegen seine Gesellschaft einzuwenden hatte.

Der Barkeeper kehrte mit Melissas Drink zurück – dem Aussehen nach war es ein Mojito. Als er sich Melissa näherte, erregte etwas Hunters Aufmerksamkeit. Er wartete ab, ob Garcia es ebenfalls bemerken würde, doch sein Partner schwieg. Hunter ließ die Aufnahmen weiterlaufen, merkte sich aber die Zeit. Sie sahen zu, wie Mark ebenfalls einen Drink orderte und darauf bestand, für Melissas Cocktail zu bezahlen.

Sie nahm das Angebot an.

Kurz darauf bestellte Mark zwei Jägerbombs.

Die beiden redeten und lachten noch etwa vier Minuten lang, ehe Janet und Tom sich zu ihnen gesellten.

00:34 Uhr.

»Sind das ihre Schwester und ihr Freund?«, fragte Garcia.

»Ja, das sind die beiden.«

Sie blieben weniger als zwei Minuten, ehe sie sich von Melissa und Mark verabschiedeten. Auch Janet wirkte ziemlich angetrunken.

Weitere fünf Minuten vergingen, ehe ein weiteres Pärchen auf Melissa und Mark zutrat. Diesmal waren es eine kurzhaarige Blondine mit einem breiten Lächeln und ein dünner Mann, der sich die langen Haare zu einem Knoten gedreht hatte.

»Das sind Kelly-Ann und ihr Freund Justin«, sagte Garcia.

00:42 Uhr.

Die vier gaben einander die Hand, und Mark bestellte noch eine Runde Jägerbombs für alle.

Garcia kniff sich in die Unterlippe. »Das kommt mir irgendwie seltsam vor.«

»Was?«, fragte Hunter. »Dass sie seit über einer Viertelstunde an der Bar stehen und Mark nicht ein einziges Mal hinter dem Pfeiler hervorgeschaut hat?«

»Genau«, sagte Garcia und nickte nachdrücklich. »Als wüsste er, wo die Kameras sind, und hätte sich absichtlich so hingestellt, dass man ihn nicht sehen kann.«

Kelly-Ann und ihr Freund gingen, nachdem sie ihre Shots ausgetrunken hatten.

Mark und Melissa hingegen blieben noch. Sie unterhielten sich weitere acht Minuten lang, ehe Mark sein Handy aus der Jackentasche holte und es Melissa reichte. Sie tippte etwas ein und gab es Mark zurück.

»Er hat sich also definitiv ihre Nummer geben lassen«, meinte Garcia.

Hunter hoffte, dass Mark Melissa anrufen würde, um zu überprüfen, ob die Nummer stimmte, und damit sie auch seine Nummer hätte. Doch stattdessen steckte er sein Telefon wieder ein.

»Er ruft sie nicht sofort an«, sagte Garcia. Offenbar hatte er denselben Gedanken gehabt wie sein Partner.

Melissa und Mark blieben noch etwa eine Viertelstunde, tranken jeweils einen Cocktail und noch zwei Shots, diesmal Tequila. Jedes Mal, wenn der Barkeeper ihnen die Gläser hinstellte, verlangsamte Hunter die Aufnahmen, um herauszufinden, ob Mark Melissa vielleicht heimlich etwas in den Drink mischte.

Falls er es tat, war davon nichts zu sehen.

Während der ganzen Zeit konnte man Marks Gesicht nicht ein einziges Mal vollständig erkennen.

Irgendwann leerte Melissa ihr Glas, sah auf die Uhr und verkündete, dass sie sich auf den Heimweg machen müsse.

Sie zückte ihr Handy, um eine App zu öffnen, und tippte mehrmals auf das Display. Dann sagte sie etwas zu Mark.

»Drei Minuten.«

»Sie hat sich ein Taxi gerufen«, teilte Hunter seinem Partner mit.

Melissa stand auf, und Mark erwiderte etwas, das sie zu einem scheuen, wenn nicht gar verlegenen Lächeln veranlasste. Hunter las die Antwort von ihren Lippen ab.

»Vielleicht nächstes Mal.« Ihr zuvor verlegenes Lächeln wurde verführerisch. *»Morgen bin ich mit meiner Schwester verabredet, aber ... schreib mir ruhig. Wenn du magst, können wir uns nächste Woche treffen.«*

Mark nahm ihre Hand und sagte etwas, woraufhin ihre Verlegenheit zurückkehrte.

»Ich bin mir sicher«, sagte sie und neigte den Kopf zur Seite. *»Aber heute kann ich nicht. Ruf mich an, okay? Dann können wir uns treffen.«* Daraufhin drehte sie sich um und ging.

Weniger als eine Minute später brach auch Mark auf.

Hunter stoppte die Aufnahmen.

»Wir haben uns gerade etwas mehr als eine halbe Stunde Material angeschaut«, sagte Garcia und sah Hunter mit großen Augen an. »Und dieser Mark stand die ganze Zeit hinter einem Pfeiler. Wie wahrscheinlich ist so was?«

»Rein statistisch gesehen, nicht sehr wahrscheinlich.«

»Es sei denn, er hat es ganz bewusst gemacht«, gab Garcia zurück.

»Da ist noch was anderes«, fügte Hunter hinzu. »Ist dir aufgefallen, dass er all seine Getränke – Cocktails und Shots – in bar bezahlt hat? Jedes Mal einzeln. Keine elektronische Spur.«

»Verdammt!«

Hunter spulte die Aufnahmen bis zu dem Zeitpunkt zurück, den er sich eingeprägt hatte, und suchte rasch nach dem besten Bild, ehe er einen Screenshot davon anfertigte.

»Wozu brauchst du das?« Garcia runzelte die Stirn. »Sein Gesicht ist die ganze Zeit nicht zu sehen.«

»Ich weiß. Ich möchte den Barkeeper draußen gerne was fragen.«

»Was denn? Ob er sich an Mark erinnert?«

»Das tut er ganz sicher.« Hunter klang sehr selbstbewusst.

Garcia stand auf. »Woher weißt du das?«

»Du wirst schon sehen.«

14

Nach Verlassen des Büros trafen Hunter und Garcia den Barkeeper hinter der Theke an, wo er gerade den letzten von vier Cocktails mixte. Momentan waren nur zwei Gäste an der Bar – ein junges Pärchen, das auf der rechten Seite des Tresens stand und an Frozen Margaritas nippte. Hunter und Garcia suchten sich einen Platz auf der linken Seite, genau dort, wo Mark gestanden hatte.

»Ich bin gleich bei Ihnen«, sagte der Barkeeper, während er den Cocktail durch ein Sieb in ein hohes Glas goss und den Rand mit einer zum Dreieck geschnittenen Scheibe Ananas dekorierte. Er stellte das Glas auf ein Tablett, wo bereits die drei anderen Cocktails warteten.

»Was kann ich Ihnen bringen?«, fragte er, als er zu den Detectives trat und zwei runde Untersetzer vor sie auf die Theke legte.

Hunter und Garcia zeigten ihm rasch ihre Dienstmarken und stellten sich vor.

»Ich bin Roger«, sagte der Barkeeper. »Stimmt, ich habe gesehen, wie Sie eben mit Chris ins Büro gegangen sind. Sie hat mir gesagt, dass Sie nach jemandem suchen, der am Samstag hier im Shaker war, richtig?«

»Stimmt genau.« Hunter deutete auf seine Füße. »Jemand, der genau an dieser Stelle hier stand.«

Roger lächelte bedauernd. »Samstagabend war viel los. Im Laufe des Abends haben sehr viele Leute an der Stelle gestanden.«

»Das glaube ich gern«, sagte Hunter. »Aber ich bin mir sicher, dass Sie sich an diese Person erinnern.« Er legte den Ausdruck des Screenshots auf den Tresen. Darauf war Mark zu sehen, auch wenn sein Gesicht fast vollständig hinter dem hölzernen Pfeiler verborgen war. Melissa stand etwa an Garcias Position, ihr lächelndes Gesicht war klar und deutlich zu erkennen. In erster Linie hatte Hunter sich für dieses Bild entschieden, weil darauf auch der Barkeeper zu sehen war. Er hatte Melissa gerade ihren ersten Mojito gebracht, doch sein Blick ruhte nicht auf ihr, sondern auf Mark. Seine Miene hatte Hunters Aufmerksamkeit erregt. Die Brauen waren leicht zusammengezogen, die Lippen zu einer dünnen Linie zusammengepresst – ein klarer Ausdruck des Missfallens.

Natürlich war es möglich, dass der Barkeeper schlicht und einfach eifersüchtig gewesen war. Vielleicht hatte er auf eine Gelegenheit gehofft, selbst ein bisschen mit Melissa zu flirten, und dann, während er ihren Cocktail gemixt hatte, war Mark ihm zuvorgekommen. Möglich … aber Hunter verstand sich seit jeher ausgezeichnet darauf, das Verhalten, die Gestik und Mimik anderer Menschen zu analysieren. Rogers missbilligender Blick hatte nicht allein mit Eifersucht zu tun, davon war er fest überzeugt.

Der Barkeeper betrachtete den Ausdruck, und von einem Augenblick zum anderen verzogen sich seine Lippen zu genau derselben Grimasse wie auf dem Bild.

»Oh«, sagte er und tippte mit dem Zeigefinger auf das Blatt. »Es geht um ihn?«

»Kennen Sie ihn?«, fragte Garcia ungläubig.

Ein energisches Kopfschütteln. »Nein. Nicht wirklich.«

Garcia warf Hunter einen Blick zu, ehe er sich wieder an den Barkeeper wandte. »Und was bedeutet das genau?«

Roger zuckte mit den Schultern. »Ich weiß nicht, wer er ist.« Am Ende des Satzes schwang ein deutlich hörbares »Aber« mit.

Hunter entschied sich, nachzuhaken.

»Aber Sie haben ihn schon mal hier gesehen.«

»Ja«, räumte Roger ein. »Mindestens einmal.«

»Und Sie können ihn nicht besonders gut leiden.«

Roger trat von einem Fuß auf den anderen, während er überlegte, wie er die Frage am besten beantworten sollte.

»Es steht mir nicht zu, Urteile über Gäste zu fällen«, sagte er. »Er kommt in die Bar ... ich bediene ihn ... er bezahlt ... das war's.«

»Trotz alledem«, insistierte Hunter. »Irgendetwas mögen Sie nicht an ihm.«

Roger sah die beiden Detectives an. »Es ist ... sein Verhalten gegenüber Frauen.«

Hunter und Garcia konnten sich denken, was er damit meinte, trotzdem wollten sie es aus seinem Mund hören.

Garcia bohrte nach. »Was ist mit seinem Verhalten gegenüber Frauen? Was stimmt nicht damit?«

Der Barkeeper kratzte sich im Nacken. »Er ist so ... schleimig.« Er hob entschuldigend die Hände. »Was ich damit sagen will ... Er ist ein Player. Ein gut aussehender Typ, der sich dessen auch bewusst ist. Er nutzt das aus. Er sieht eine attraktive Frau, spricht sie an und schmeichelt ihr ein bisschen, um sie abzuschleppen. Was danach passiert, weiß ich natürlich nicht, aber ich arbeite seit fast zehn Jahren als Barkeeper. Ich habe schon viele Typen wie ihn gesehen – Charmeure ... Süßholzraspler ... Aufreißer ... Solche gibt es in jeder Bar und jeder Cocktaillounge, vor allem in den gehobeneren. Manche wollen einfach nur eine Frau für die Nacht klarmachen, andere sind ganz üble Betrüger.«

»Und der hier?« Jetzt war Garcia derjenige, der mit dem Finger auf das Bild tippte. »Was glauben Sie, ist er für ein Typ? Ein Charmeur oder ein Betrüger?«

Roger schüttelte den Kopf. »Wie ich schon sagte – es steht mir nicht zu, über unsere Gäste zu urteilen.«

»Aber Sie halten ihn für einen Schleimer.« Hunter übernahm wieder die Gesprächsführung. »Ich gehe also davon aus, dass Sie einen Teil der Unterhaltung mitgehört haben.«

Er hatte die Formulierung »Ich gehe davon aus« benutzt, auch wenn er anhand der Aufnahmen, die sie kurz zuvor angesehen hatten, bereits wusste, dass Roger das Gespräch zwischen Mark und Melissa wenigstens teilweise belauscht haben musste.

Roger wirkte kein bisschen verlegen.

»Das lässt sich leider oft nicht vermeiden«, sagte er. »Unser Arbeitsbereich ist nicht besonders groß.« Er deutete auf seine Seite der Theke. »Wenn viel los ist, so wie letzten Samstag, wird es sehr voll an der Bar. Dann noch die Musik ...« Er zeigte auf das DJ-Pult zu ihrer Rechten. »Da reden die Gäste automatisch lauter. Wir kriegen ständig mit, was gesprochen wird. Das ist einfach so.«

»Und in diesem Fall«, sagte Garcia, »was haben Sie da mitgehört?«

Wieder ein Schulterzucken. »Nichts Besonderes. Nur ...«, er schnitt eine Grimasse, »schmalzige Anmachsprüche und jede Menge Komplimente. Nicht nur über ihr Aussehen.« Er deutete auf Melissa. »Auch über ihren Kleidungsstil und ihre Schuhe, ihr Parfüm und was weiß ich sonst noch alles. Wie gesagt – er hat ganz offensichtlich Routine darin. Er weiß, wie man Frauen um den Finger wickelt.«

Sie wurden durch eine Kellnerin unterbrochen, die eine Bestellung von einem der Tische im Restaurant an Roger weitergab. Der brauchte keine Minute, um die Cocktails zu mixen.

»Laut Überwachungsaufnahmen«, sagte Hunter, sobald der Barkeeper sich wieder zu ihnen gesellt hatte, und deutete auf Mark, »hat er mehrere Drinks bezahlt, jedes Mal mit Bargeld. Wissen Sie noch, ob das beim Mal davor auch so war? Oder hat er da mit Karte gezahlt?«

Roger musste nicht lange nachdenken.

»Tut mir leid, aber daran kann ich mich unmöglich erinnern. Er ist kein Stammgast. Es ist nicht so, als würde ich ihn jedes Wochenende hier sehen.« Er zuckte die Achseln. Ehrlich gesagt, erinnere ich mich überhaupt nur zufällig an ihn, weil er immer attraktive Frauen anspricht ... Frauen, die auffallen, wenn Sie wissen, was ich meine.« Sein Blick kehrte zu dem Ausdruck zurück. »Dürfte ich fragen, worum es geht? Ist dieser Frau etwas zugestoßen? Ist sie einem Betrüger zum Opfer gefallen? Hat er ihr das Portemonnaie geklaut oder so?«

Garcia nahm das Blatt von der Theke. »Sie wurde noch in derselben Nacht ermordet. Kurz nachdem sie die Bar verlassen hatte.«

Rogers Miene war eine Mischung aus Verblüffung und Entsetzen. »Ermordet?«

»Diese Frauen, die Sie eben erwähnt haben«, fuhr Garcia rasch fort. »Die, die auffallen ... die, mit denen er beim letzten Mal gesprochen hat ... sind sie denn Stammgäste hier in der Bar? Haben Sie sie seitdem noch mal hier gesehen?«

Abermals veränderte sich Rogers Gesichtsausdruck, diesmal wurde er ernst und nachdenklich. »Ich glaube nicht«, sagte er nach einigen Sekunden. »Jedenfalls kann ich mich nicht erinnern.«

»Ich dachte, Sie hätten gesagt, dass es immer besonders attraktive Frauen waren«, hakte Garcia nach.

»Das stimmt auch.« Roger wirkte ein wenig abwehrend. »Aber viele unserer Gäste sind gleichzeitig auch Gäste des Hotels. Sie kommen aus reiner Bequemlichkeit her – wenn man ein bisschen was über den Durst getrunken hat, ist es unkomplizierter, einfach runter aufs Zimmer torkeln zu können, statt sich ein Taxi nehmen und noch irgendwo hinfahren zu müssen, wissen Sie? Das ist auch der Grund, weshalb Aufreißer so gerne Hotelbars frequentieren. Wir haben hier viele Geschäftsfrauen, die allein auf Reisen sind.« Er zuckte die Achseln. »Männer sind nicht die Einzigen, die mal ein bisschen Spaß haben wollen, wenn sie unterwegs sind. Diese Frauen lassen sich hier in der Bar ansprechen, und wenn ihnen danach ist, nehmen sie den Mann mit aufs Zimmer. Wie gesagt – Bequemlichkeit spielt dabei eine große Rolle.«

Hunter nickte, ehe er seine Visitenkarte auf den Bartresen legte.

»Dieser Player, wie Sie ihn genannt haben, war eine der letzten Personen, die die Frau lebend gesehen haben. Wir müssen ihn finden. Falls Sie ihn sehen sollten, bitte melden Sie sich umgehend bei uns. Ohne zu zögern, verstanden?«

»Ja, natürlich.« Roger nahm die Karte.

»Glauben Sie«, sagte Hunter, während er den Reißverschluss seiner Jacke zuzog, »Sie könnten einem Polizeizeichner das Gesicht des Mannes beschreiben?«

Roger nickte, allerdings ohne viel Überzeugungskraft »Klar, ich meine ... Versuchen kann man es ja mal.«

15

Hunter und Garcia nahmen den Lift ins Erdgeschoss, wo sie sich als Nächstes mit dem Sicherheitschef des Hotels unterhielten.

Um in den Broken Shaker zu gelangen, musste Mark durch die Lobby gekommen sein, eine andere Möglichkeit gab es nicht. Hunter hatte bei ihrer Ankunft drei Überwachungskameras im Bereich der Rezeption entdeckt, und solange Mark nicht beschlossen hatte, die fünfzehn Stockwerke zu Fuß zu gehen, musste er einen der Aufzüge genommen haben. Das Freehand Hotel verfügte über insgesamt drei Fahrstühle, und alle drei waren videoüberwacht.

Sie wussten nicht, wie Mark aussah, doch aufgrund der Aufnahmen aus dem Broken Shaker war ihnen immerhin bekannt, was er an dem fraglichen Samstagabend getragen hatte. Jetzt mussten sie ihn nur noch auf den Aufnahmen der Lobby- oder Fahrstuhlkameras ausfindig machen.

Melissa hatte die Bar gegen ein Uhr fünfundzwanzig verlassen, und Mark war ziemlich genau eine Minute später gegangen, insofern war es sinnvoll, mit den Aufnahmen aus den Fahrstühlen um circa ein Uhr vierundzwanzig zu beginnen.

»Da ist sie«, sagte Garcia und deutete auf den Monitor.

Melissa hatte um ein Uhr fünfundzwanzig und zweiundvierzig Sekunden den linken Fahrstuhl nach unten genommen. Exakt eine Minute und zwanzig Sekunden später hatte Mark den mittleren Fahrstuhl betreten.

»Warte mal«, sagte Garcia. »Ist er das? Der Typ mit dem Hut?«

»Ja, das ist er«, bestätigte Hunter und nickte langsam.

Mark trug einen schwarzen Panamahut. In der rechten Hand hielt er sein Smartphone, mit dem er sich während der gesamten Fahrt beschäftigte. Nicht ein einziges Mal hob er den Blick vom Display.

»Na großartig«, brummte Garcia, als Mark aus dem Lift stieg.

»Jetzt die Kameras in der Lobby.« Hunter schrieb sich die Uhrzeit auf.

Es dauerte nur wenige Sekunden, die anderen Aufnahmen aufzurufen, doch auch diesmal hatten sie kein Glück. Um ein Uhr achtundzwanzig und zehn Sekunden trat Mark aus dem Lift, durchquerte die Lobby und verließ das Hotel. Dabei hielt er weiterhin den Kopf gesenkt und starrte auf sein Telefon. Man konnte sein Gesicht nicht erkennen.

Garcia lachte trocken. »Überraschung – er schaut nicht hoch. Nicht mal für eine Millisekunde.«

Sie spulten die Aufnahmen zurück, bis sie Melissa entdeckten, die den Fahrstuhl verließ. Am Ausgang des Hotels blieb sie kurz stehen und warf ihrerseits einen Blick auf ihr Handy, ehe sie ins Freie trat.

»Er war direkt hinter ihr«, sagte Garcia und füllte das Schweigen aus, das zwischen ihnen entstanden war.

Hunter notierte sich die Uhrzeit auf dem Monitor – 1:26:45. Das würde ihnen helfen, den Taxifahrer ausfindig zu machen, der Melissa in der besagten Nacht nach Hause gefahren hatte.

»Mach es dir bequem«, seufzte er. »Als Nächstes müssen wir nach seiner Ankunftszeit suchen.«

Sie benötigten etwas mehr als eine Dreiviertelstunde. In dieser Zeit sichteten sie gut vier Stunden Videomaterial im Schnelldurchlauf, ehe sie Mark endlich entdeckten. Er hatte das Hotel um einundzwanzig Uhr siebenundzwanzig alleine betreten – inklusive Panamahut, Smartphone und gesenktem Kopf.

»Schon wieder«, stöhnte Garcia.

Sie sahen zu, wie Mark die Lobby durchquerte und zusammen mit einem anderen Hotelgast den linken Fahrstuhl nach oben bestieg.

Zurück zu den Aufnahmen der Fahrstuhlkameras.

Der Hotelgast, ein beleibter Mann mit Halbglatze, stieg in der sechsten Etage aus, während Mark bis ganz nach oben fuhr. Kurz darauf hatten Hunter und Garcia endlich Glück.

Als die Fahrstuhltüren aufglitten, torkelte ein scheinbar stark alkoholisierter Gast in die Fahrstuhlkabine und stieß beinahe mit Mark zusammen, was diesen dazu zwang, einen Moment lang hochzuschauen.

Hastig betätigte Hunter die Pausentaste, bevor er die Aufnahmen Bild für Bild zurückspulte. Doch obwohl Mark den Kopf gehoben hatte, sorgten sein Hut und der ungünstige Kamerawinkel dafür, dass ein Großteil seines Gesichts verborgen blieb.

»Das ist alles?« Garcia starrte mit zusammengekniffenen Augen auf den Bildschirm. »Mehr können wir nicht rausholen?«

»Ich glaube nicht«, sagte Hunter.

Die Kamera hatte Mark im Profil eingefangen. Man sah ein kantiges Kinn und einen markanten Kiefer, aber das war auch schon alles – keine Nase, keine Lippen, keine Augen.

Obwohl er das beste Bild heraussuchte, ehe er einen Screenshot anfertigte, machte Hunter aus seiner Enttäuschung keinen Hehl.

»Ich glaube, nicht mal die IT-Abteilung mit einer ihrer Wunder-Apps kann daraus den Rest seines Gesichts rekonstruieren. Es ist wirklich nicht viel, aber ich frage sie trotzdem.«

»Sein ganzes Verhalten ist total merkwürdig, Robert«, meinte Garcia, während Hunter den Ausdruck holen ging. »Der Hut. Dass er die ganze Zeit auf sein Handy starrt. Dann die Position hinter dem Pfeiler oben an der Bar. Da stimmt doch was nicht.«

Hunter präsentierte seinem Partner den Ausdruck.

»Ernsthaft?« Garcia lachte leise. »Das ist das beste Bild? Das könnte doch praktisch jeder sein.«

»Mehr haben wir nun mal nicht.«

Wieder lachte Garcia. »Ein klassischer Satz mit X.«

16

Nach der dritten Zwölf-Stunden-Schicht in ebenso vielen Tagen saß Kirsten Hansen völlig erledigt im Schwesternzimmer im zweiten Stock des Los Angeles Surge Hospital in Westlake. Ihre Hände zitterten, ihre Augen brannten vor Müdigkeit, und ihr Kopf fühlte sich taub und benommen an. Es war einundzwanzig Uhr vierundzwanzig.

Kirsten arbeitete seit vier Jahren als Schwester in der chirurgischen Notaufnahme des Krankenhauses. In dieser Zeit hatte sie bei Hunderten von OPs assistiert, aber heute war sie zum ersten Mal bei einer septalen Myektomie dabei gewesen – ein extrem komplexer Eingriff, bei dem Verdickungen der Herzmuskeln reduziert wurden, wie sie bei Patienten im fortgeschrittenen Stadium einer hypertrophen Kardiomyopathie auftraten. Was die Operation so heikel machte, war, dass dem Patienten dafür ein kardiopulmonaler Bypass gelegt werden musste, weil der Chirurg nicht am schlagenden Herzen arbeiten konnte. Ursprünglich war der Eingriff auf sechs Stunden angesetzt gewesen, doch aufgrund eines Problems mit der Herz-Lungen-Maschine hatte er annähernd neuneinhalb Stunden gedauert. Am Ende war die OP erfolgreich verlaufen, allerdings hätten sie den Patienten um ein Haar verloren.

Obwohl Kirsten keine Chirurgin war, hatte sie sowohl beim Eingriff als auch dabei, dem Patienten das Leben zu retten, eine entscheidende Rolle gespielt.

Auf dem Klinikparkplatz setzte sie sich hinter das Steuer ihres Hyundai Accent und betrachtete sich im Rückspiegel. Keine Frage, sie sah fertig aus, doch jenseits der Erschöpfung war sie unfassbar stolz auf sich.

»Das war gute Arbeit heute, meine Liebe«, sagte sie und schenkte sich ein Lächeln. »Sehr gute Arbeit.«

Weil ihre Hände immer noch zitterten, langte sie ins Handschuhfach und kramte nach ihren Zigaretten.

Ja, Nikotin schadete der Gesundheit, das wusste jeder, erst recht jemand, der im Gesundheitswesen arbeitete. Aber sie rauchte nur ganz selten. Im Grunde war sie gar keine Raucherin. Sie mochte nicht mal den Geschmack von Zigaretten, ihr ging es nur um die beinahe magische Beruhigungswirkung, und sie schämte sich nicht, das zuzugeben.

Kirsten steckte sich eine Zigarette zwischen die Lippen, zündete sie an und nahm einen tiefen Zug. Sie lehnte sich auf dem Fahrersitz zurück, schloss die Augen und ließ das Nikotin seine Wirkung tun. Vier Züge, und schon fühlte sie sich zehnmal besser – keine zittrigen Hände und auch kein Herzklopfen mehr. Sie zog noch ein letztes Mal an der Zigarette, ehe sie den Stummel ausdrückte und auf die Uhr sah. Einundzwanzig Uhr achtundfünfzig.

Kirsten hatte nicht damit gerechnet, dass sie erst so spät Dienstschluss haben würde, doch als sie den Motor ihres Wagens anließ, zuckte sie mit den Schultern. Im Grunde spielte es keine Rolle, wann sie nach Hause kam.

Die nächsten zwei Tage hatte sie frei, und ihr Verlobter Troy, mit dem sie sich ein kleines Haus in Alhambra teilte, würde erst morgen Abend heimkommen.

Troy arbeitete als Verkaufsleiter in einem Waffengeschäft und war am Freitag nach San Francisco gefahren, um dort an einer dreitägigen Waffen- und Munitionsmesse teilzunehmen. Kirsten hatte das Haus für mindestens eine Nacht ganz für sich allein, und sie musste am nächsten Tag nicht früh aufstehen. Wenn sie Lust hatte, konnte sie sich ein schönes Glas Wein eingießen, eine Pizza bestellen und bis in die frühen Morgenstunden irgendwelche hirnlosen Fernsehserien glotzen.

Der Gedanke zauberte ihr ein Lächeln ins Gesicht.

Nicht, dass sie Troy nicht vermisste. Das tat sie. Sehr sogar. Sie waren seit drei Jahren ein Paar und lebten seit knapp zwei Jahren zusammen. In sieben Monaten wollten sie heiraten. Aufgrund von Kirstens Schichtdienst hatte Troy das Haus mindestens zwei Tage die Woche ganz für sich. Anders Kirsten. Wenn sie Glück hatte, konnte sie alle sechs Wochen mal einen Abend allein verbringen, wenn Troy zu einem seiner testosterongeladenen Männerabende mit seinen Kumpels aufbrach.

Die Fahrt von der Klinik nach Alhambra dauerte nur zwanzig Minuten, und als sie zu Hause ankam, bestellte sie sich gleich als Erstes telefonisch eine Pizza mit extrascharfer Salami und doppelt Käse.

Kirsten war eins siebzig groß, hatte dunkelblonde Haare, die sie zu einem klassischen Bob geschnitten trug, hellblaue Augen und ein herzförmiges Gesicht. Normalerweise achtete sie sehr auf ihre Gesundheit und ihr Aussehen. Es war ihr wichtig, sich ausgewogen zu ernähren, aber manchmal musste man sich etwas gönnen, und in ihren Augen schmeckten nur wenige Dinge besser als eine extrascharfe Salamipizza mit sehr viel Käse.

Der App auf ihrem Smartphone zufolge würde die Pizza in fünfundzwanzig Minuten geliefert werden.

Kirsten mochte es nicht, ohne Troy eine Flasche Wein aufzumachen, aber genau wie bei allen anderen Dingen im Leben gab es Ausnahmen, und in diesem Moment brauchte sie einfach ein Glas.

Sie suchte sich einen Napa Zinfandel aus, von dem sie

wusste, dass er ihr schmeckte. Während der Wein im Glas atmete, sprang sie schnell unter die Dusche. Danach fühlte sie sich gleich entspannter.

Mit einem flauschigen Handtuch um den Kopf und in ihren Bademantel mit Leopardenmuster gehüllt, kehrte Kirsten in die Küche zurück und griff nach ihrem Weinglas.

Wer hätte gedacht, dass der Himmel rot und flüssig ist, dachte sie bei sich, ehe sie die Augen schloss und sich einen Moment Zeit nahm, um die zarten Aromen zu genießen, die sich auf ihrer Zunge entfalteten – Kirschen, Himbeeren und Gewürze mit dezenten Noten von Holz und Kräutern.

Ding, ding.

Eine Textnachricht: Ihre Pizza war auf dem Weg.

Im Wohnzimmer schaltete Kirsten den Fernseher ein und wählte die zweite Folge einer Serie aus, die sie letzte Woche angefangen hatte – es ging um die Dreiecksbeziehung einer Nonne in einer fiktiven Stadt im ländlichen Amerika. Kurz bevor sie auf Play drückte, klingelte ihr Telefon. Es war ihr Verlobter.

Das Gespräch dauerte nicht lange. Kirsten berichtete Troy von ihrem anstrengenden Tag im Krankenhaus, und er erzählte ihr von einer neuen Maschinenpistole, die er auf der Messe gesehen hatte.

»Okay, Baby, ich muss jetzt Schluss machen«, sagte er irgendwann. Er klang müde. »Ich versuche, früh schlafen zu gehen. Ich bin morgen zum Frühstück mit einem Lieferanten verabredet, und danach will ich mich sofort auf den Weg machen.«

»Okay, Schatz. Weißt du ungefähr, wann du wieder zu Hause bist?«

»Ich peile neunzehn oder zwanzig Uhr an, aber ich melde mich von unterwegs noch mal.«

»Okay, dann schlaf gut. Ich schaue noch ein paar Folgen meiner Serie und warte auf die Pizza.«

»Aha, heute ist Pizzaabend?«

»Und Wein … viel Wein … Ich habe die nächsten beiden Tage frei, schon vergessen?«

»Lass aber noch was übrig. Dann können wir morgen Abend zusammen ein bisschen feiern.«

»Abgemacht.«

»Wir sehen uns dann morgen, meine Süße. Du fehlst mir, und ich liebe dich.«

»Nicht so sehr wie ich dich.«

Weniger als eine Minute nachdem Kirsten aufgelegt hatte, klingelte es an der Tür. Zeit für ihre Pizza.

Sie gab dem Mann vom Lieferdienst zehn Dollar Trinkgeld, nahm die Pizza mit ins Wohnzimmer, stellte die Schachtel auf den Couchtisch und kehrte in die Küche zurück, um Servietten zu holen. Einen Teller nahm sie nicht mit. Pizza, so fand sie, schmeckte besser, wenn man sie aus der Hand aß.

Als sie einige Stücke von der Küchenrolle abriss, spürte Kirsten einen leichten Luftzug an der rechten Wange. Sie drehte sich um und stellte fest, dass ein Windstoß das Fenster einen Spaltbreit aufgedrückt haben musste.

»Schon wieder?«, sagte sie laut und leicht genervt. »Verdammt noch mal, Troy.«

Troy hatte die Angewohnheit, beim Kochen das Küchenfenster zu öffnen, statt die Dunstabzugshaube über dem Herd einzuschalten, und meistens vergaß er hinterher, es wieder zu schließen. Das war prinzipiell nicht schlimm, aber heute Abend ärgerte sich Kirsten wirklich darüber, denn es bedeutete, dass das Fenster seit Freitag offen gestanden hatte. Da Kirsten die letzten drei Tage fast ununterbrochen in der Klinik gewesen war, hätte jederzeit jemand einsteigen und das ganze Haus leer räumen können.

Wenn Troy das nächste Mal anrief, würde er etwas zu hören kriegen.

Kirsten schloss das Fenster, verriegelte es und kehrte ins Wohnzimmer zurück, wo sie es sich auf dem Sofa gemütlich machte. Doch ihr Serienmarathon verlief nicht ganz so wie geplant. Sie schaffte nur eine einzige Folge. In derselben Zeit trank sie die halbe Flasche Wein aus und aß drei Viertel ihrer Pizza. Sie überlegte, ob sie mit Folge drei weitermachen sollte, doch nach so viel Wein und einem anstrengenden Arbeitstag fühlte sie sich reif fürs Bett. Sie schaltete den Fernseher aus und stellte den Rest der Pizza in den Kühlschrank. Sie liebte kalte Pizza zum Frühstück.

Ohne Troy fühlte sie sich einsam im Bett, und weil sie nicht mit ihm kuscheln konnte, umarmte sie stattdessen sein Kissen und vergrub ihr Gesicht darin.

Genau in dem Moment gab ihr Handy auf dem Nachttisch einen Signalton von sich. Das unerwartete Geräusch ließ sie vor Schreck zusammenfahren. Die Digitaluhr auf dem Nachttisch zeigte 00:29 Uhr an.

Kirsten ließ das Kissen los und tastete nach ihrem Telefon. Bestimmt war es Troy, der ihr schrieb, dass er sie liebte. Er war ein sehr romantischer und fürsorglicher Mensch.

Geistesabwesend öffnete sie die Nachricht, ohne vorher einen Blick auf den Absender zu werfen.

Harter Tag in der Klinik, Kirsten? Wie war die Pizza?

Sie blinzelte ein paarmal, um den Schleier vor ihren Augen loszuwerden. Die Nachricht konnte nicht von Troy sein. Er nannte sie fast nie bei ihrem Vornamen. Er sagte immer »Baby« oder »mein Liebling« oder benutzte andere Kosenamen. Außerdem kommunizierten sie normalerweise über WhatsApp, nicht über die gewöhnliche Nachrichtenfunktion des Handys.

Erst jetzt schaute Kirsten auf den Absender der Nachricht.

Unbekannt.

Wer ist denn das?, schrieb sie zurück.

Die Antwort kam innerhalb weniger Sekunden. *Ich bin eine Art Lehrer, Kirsten … ein Mentor, wenn du so willst.*

»Was?«, murmelte Kirsten und starrte stirnrunzelnd auf ihr Handy, ehe sie dem unbekannten Absender dieselbe Frage stellte.

Ich bin ein Mentor. Du weißt doch, was das Wort bedeutet, oder? Und dies hier … dies hier wird deine Lektion.

Kirsten knipste die Nachttischlampe an und lehnte sich mit dem Rücken an die Wand.

Jetzt mal im Ernst, wer bist du?, schrieb sie. *Ich hatte 'nen langen Tag im KH und liege schon im Bett. Deine Nachricht hat mich aufgeweckt. Habe echt keinen Bock auf blöde Scherze.*

Dreizehn Sekunden dauerte es, ehe eine Antwort erschien.

Scherz? Wer hat behauptet, das hier wäre ein Scherz?

Kirsten hatte die Nase voll.

Ich mach nicht mehr mit. Entweder du sagst mir, wer du bist, oder ich blockier dich, kapiert, du Arsch?

Wieder wartete sie, während sie sich gleichzeitig das Hirn darüber zermarterte, wer ihr Dienstagnacht um halb eins Textnachrichten schrieb. Theoretisch bestand die Möglichkeit, dass Troy sie ein bisschen aufziehen wollte, aber wenn sie anfing, Worte wie »Arsch« zu verwenden, wusste er, dass für sie der Spaß vorbei war. Sollte es wirklich Troy sein, würde er jetzt mit dem Blödsinn aufhören. Er würde es nicht noch weiter treiben.

Kurz darauf summte ihr Handy.

Ich habe dir doch schon erklärt, wer ich bin. Ich bin ein Mentor. Und das ist kein Scherz, Kirsten. Wie gesagt: Es ist eine Lektion.

Kirsten lachte trocken, doch obwohl sie sich fest vorgenommen hatte, die Nummer zu blockieren, war ihre Neugierde zu groß.

Eine Lektion?, tippte sie. *Worin denn? Wie man anderen Leuten auf den Geist geht?*

Die Antwort kam nach exakt zwanzig Sekunden.

Genau genommen sind es sogar drei Lektionen.

»Okay«, lachte Kirsten. »Gut zu wissen.« Sie hatte wirklich genug. Es war leicht, Textnachrichten von unbekannten Absendern zu blockieren. Bei Anrufen von verdeckten Nummern war das schon etwas komplizierter, und Kirsten kannte sich nicht besonders gut mit Smartphones aus.

Sie tippte auf die drei Punkte oben rechts, um das Menü aufzurufen, doch dort gab es keine entsprechende Option.

Ding, ding.

Eine neue Textnachricht von ihrem »Mentor«.

Kirsten öffnete sie.

Aber bevor wir mit unserer ersten Lektion beginnen, Kirsten, habe ich noch eine Frage an dich ...

Eine wohlüberlegte Pause.

Ding, ding.

Macht es dir Angst?

»Was denn?«, fragte Kirsten lachend. »Schwachsinnige Textnachrichten zu bek...«

Ding, ding.

Zu wissen, dass du heute Nacht sterben wirst.

17 Die Nacht war kalt und Unheil verkündend. Der Mond und die Sterne hatten einer großen, bedrohlich wirkenden Bank dunkler Wolken Platz gemacht. Windböen pfiffen durch die Straßen wie verlorene Geister. Im Laufe der letzten Stunde hatte der Geruch von Regen die Luft erfüllt, und gerade als Kirsten die letzte Nachricht las, fielen die ersten Tropfen auf das Dach ihres Hauses.

Macht es dir Angst? Noch einmal las sie die beiden letzten Nachrichten. *Zu wissen, dass du heute Nacht sterben wirst?*

Wieder tippte sie die drei Punkte oben an und suchte im Menü nach der Blockier-Funktion.

Es gab keine.

Ding, ding.

Sollen wir mit der ersten Lektion beginnen, Kirsten? ANGST.

Unsicher, was sie tun sollte, zögerte Kirsten einen Moment lang. Natürlich konnte sie ihr Telefon einfach ausschalten und weglegen, aber dann würde sie am nächsten Morgen, wenn sie es wieder einschaltete, gleich als Erstes all die ungelesenen Nachrichten sehen. Außerdem war sie ein von

Natur aus neugieriger Mensch. Sie würde kein Auge zutun, wenn sie wusste, dass irgendein Vollidiot ihr blöde Nachrichten schickte, um sie zu provozieren – denn das Ganze konnte doch bloß ein übler Scherz sein ... oder? Eine andere Erklärung gab es nicht.

Sie beschloss, noch ein allerletztes Mal zu antworten.

Hör zu, das geht jetzt echt zu weit. Das war von Anfang an nicht witzig, und so langsam wird es wirklich dämlich. Ich bin müde, es ist spät, und ich hatte einen sehr anstrengenden Tag. Schreib mir nie w...

Ding, ding. Noch ehe Kirsten ihre Antwort zu Ende getippt hatte, ging eine neue Nachricht ein.

Ich weiß nicht, ob es dir aufgefallen ist, aber das Fenster in der Küche stand offen.

Kirstens Finger zitterten. Wie zur Hölle konnte dieser Freak das wissen?

Hastig löschte sie, was sie zuvor getippt hatte, und begann eine neue Nachricht.

Das ist wirklich nicht mehr komisch.

Das weiß ich, Kirsten, weil ich derjenige war, der es geöffnet hat.

Instinktiv schaute Kirsten zur Tür ihres Schlafzimmers. Ein Schauer lief ihr den Rücken hinab, und ihr kamen Zweifel. War es vielleicht doch Troy? Wer sonst hätte das mit dem Fenster wissen können?

Troy, bist du das? Ich schwöre ...

Nein, ich bin nicht Troy, lautete die Antwort. *Ich bin die Person, die dein Küchenfenster geöffnet hat ...*

Wieder eine Pause.

Dann die nächste Nachricht.

Nachdem ich in dein Haus eingestiegen bin und mich versteckt habe.

Kirsten stockte der Atem. Sie musste die Nachricht mehrmals lesen, um sich zu vergewissern, dass sie sie auch richtig verstanden hatte.

Ding, ding.

Ganz recht, Kirsten. Ich bin hier im Haus. Wir zwei sind ganz allein. Wollen wir Verstecken spielen? Ich verstecke mich ... und du musst mich suchen.

Genug war genug.

Okay, du verfickter Freak, schrieb sie. *Jetzt reicht's. Ich rufe die Cops.*

Ding, ding.

Ein Pop-up, das lediglich den Anfang der neuen Nachricht zeigte, erschien oben auf Kirstens Display. Sie wollte es nicht beachten, doch ihre Finger tippten ganz von selbst darauf, und der Rest der Nachricht wurde angezeigt.

Was, wenn ich dir sage, dass ich schon in deinem Schlafzimmer bin?

Kirstens sprang förmlich das Herz aus der Brust. Sie drehte sich um, und ihr Blick zuckte durch den Raum. Sie versuchte, in sämtliche Ecken zu schauen, jeden dunklen Schatten zu durchdringen ... doch selbst bei eingeschalteter Nachttischlampe waren es zu viele.

Ding, ding.

Hier drin gibt es nicht viele Orte, an denen man sich verstecken könnte, Kirsten. Eigentlich nur zwei.

Kirstens Atmung beschleunigte sich. Sie wollte gerade auch die Nachttischlampe auf Troys Seite einschalten, als schon wieder eine neue Nachricht kam.

Wie groß wäre deine Angst, wenn du plötzlich merken würdest, dass sich unter deinem Bett etwas bewegt?

»Was?«, schrie Kirsten. Reflexartig zog sie die Knie an die Brust und kauerte sich so klein wie möglich zusammen.

Streich hin oder her ... Lektion oder nicht ... das mit der Angst hatte dieser Freak auf jeden Fall schon mal erreicht.

Ding, ding.

Würdest du nachschauen, Kirsten? Würdest du dich zur Seite lehnen und unters Bett schauen ... jetzt in diesem Moment?

Kirsten schaute nicht unter das Bett, allerdings neigte sie

leicht den Oberkörper, sodass sie auf ihrer Seite einen Blick über den Rand werfen konnte. Sie starrte einige Zeit lang auf den Fußboden, doch dort standen nur ihre Hausschuhe. Sie atmete tief ein und wappnete sich innerlich dafür, auf die andere Seite des Bettes zu rutschen und auch dort nachzuschauen, als sie eine neue Nachricht erhielt.

Was, wenn du plötzlich ein Geräusch aus deinem Kleiderschrank hörst? Würde dir das Angst machen?

Ding, ding.

Hör genau hin.

Kirstens Kopf schnellte in die Höhe. Ganz automatisch ging ihr Blick zum begehbaren Kleiderschrank auf der anderen Seite des Zimmers.

Sie erstarrte. Die Türen standen einen Spaltbreit offen. Sie war sich ganz sicher, sie geschlossen zu haben, als sie nach der Dusche ihre Hausschuhe herausgeholt hatte, ehe sie zurück ins Wohnzimmer gegangen war, um dort auf ihre Pizza zu warten.

Angst schlug in nackte Panik um.

Der Regen draußen wurde derweil immer heftiger. Das Trommeln der Tropfen gegen Fenster und Dach schwoll zu einem Rauschen an.

Kirsten wandte sich wieder ihrem Handy zu. Sie hatte genug von diesem widerlichen Spiel.

Ja, sie hatte Angst. Und nein, sie würde nicht unter dem Bett oder im Kleiderschrank nachschauen. Sie würde die Polizei rufen.

Schon wieder eine neue Nachricht.

Hast du es gehört?

Kirsten hatte nichts gehört. Der Regen war viel zu laut, was ihre Angst nur noch vergrößerte. Aber sie hatte eine Entscheidung getroffen. Sie würde jetzt sofort den Notruf wählen.

Nachdem sie die Telefontastatur aufgerufen hatte, schaute sie noch ein letztes Mal verängstigt zum Kleiderschrank. Die Türen waren immer noch geöffnet, trotzdem hätte sie schwören können, dass irgendetwas anders war, auch wenn sie nicht genau wusste, was. Instinktiv kniff sie die Augen zusammen.

Sie war so sehr auf den Kleiderschrank fixiert, dass sie die in Schwarz gekleidete Gestalt nicht bemerkte, die langsam und lautlos unter ihrem Bett hervorkroch.

18

Es war ein nasskalter Morgen. Die Pfützen verrieten, wie viel Niederschlag es in der Nacht gegeben hatte. Erst gegen fünf Uhr hatte der Regen nachgelassen.

Hunter hatte mit Unterbrechungen etwa vier Stunden geschlafen, was für jemanden, der unter chronischer Hyposomnie litt, keine schlechte Bilanz war.

Nachdem er vorher noch einen Abstecher zum SixPax-Studio in Culver City gemacht hatte, erreichte er das PAB um sieben Uhr sechsundzwanzig – exakt sechsundzwanzig Minuten nach Garcia.

»Und, was hast du über Kevin Garrison rausgefunden?«, fragte dieser, als Hunter die Tür hinter sich schloss.

»Nicht viel. Aber er ist nicht unser Mann.«

»Aha?« Garcia ließ sich gegen die Rückenlehne seines Stuhls sinken. Er klang ehrlich enttäuscht. »Wieso nicht? Was hat er denn gesagt?«

»Ich habe gar nicht mit ihm gesprochen. Er war nicht da«, antwortete Hunter. »Aber ich habe mich mit einem der Trainer unterhalten. Kevin ist seit Freitag in Sacramento. Er und zwei andere Mitglieder des Studios haben dort am Wochenende an einem Bodybuilding-Wettkampf teilgenommen. Er ist Vierter geworden.« Hunter schüttelte den Kopf. »Er war in der Mordnacht nicht in L. A., und sein Alibi ist absolut wasserdicht. Er ist nicht unser Mann.«

Garcia stützte einen Ellbogen auf den Tisch und kratzte sich am Kinn. »Das heißt, die einzige Person, auf die wir uns jetzt konzentrieren können, ist der schleimige Mark – falls Mark überhaupt sein richtiger Name ist.«

»So sieht es aus«, sagte Hunter, ehe auch er sich an seinem Schreibtisch niederließ. »Gibt es was Neues von der Kriminaltechnik?«

»Bisher nicht. Aber wir haben einen Bericht von der Rechercheabteilung erhalten. Wir hatten sie ja gebeten, nach ähnlichen Mordfällen zu suchen.«

»Und?«

Garcia seufzte niedergeschlagen. »Ich bin noch dabei, die Liste durchzugehen und zu schauen, ob mir irgendwas ins Auge springt, aber wahrscheinlich hängt das ganz davon ab, was man als ›ähnlich‹ definiert.« Mit der Maus scrollte er in einem Dokument nach unten. »Sei gewarnt, die Kollegen waren so freundlich, jedem einzelnen Fall Tatortfotos beizufügen, und sie haben uns brutale Morde aus dem ganzen Land geschickt – New York, Chicago, Miami, Seattle, L. A. ... Bislang bin ich noch nicht auf Morde gestoßen, die deutliche Gemeinsamkeiten mit unserem aufweisen. Zum Beispiel gibt es viele Fälle, wo das Mordopfer aufgehängt wurde, allerdings nicht mit einem Haken oder am Kiefer. Manche Täter haben gewöhnliche Seile benutzt, andere Kabel, Ketten, Strumpfhosen, Hundehalsbänder, Krawatten ... in einem Fall sogar ein Zingulum. Außerdem gibt es jede Menge Fälle, wo das Opfer an den Füßen oder Armen aufgehängt wurde.« Er scrollte weiter. »Es gibt eine Handvoll Fälle, bei denen die Täter einen Fleischer- oder Heuhaken verwendet haben, aber nur in drei Fällen wurde das Opfer lebendig aufgehängt, und in allen drei Fällen wurden die Leichen in einem Fleischkühlraum aufgefunden, und der Haken ging durch den Rücken, nicht durch Gesicht oder Schädel.«

Hunter nickte. Er hatte den Blick auf seinen eigenen Monitor gerichtet.

»Dann wären da noch ein paar Fälle, bei denen die Gesichter der Mordopfer extrem entstellt waren«, fuhr Garcia fort. »Schnittwunden, Verstümmelungen, stumpfe Gewalteinwirkung, Verätzungen, Verbrennungen, aufgeschlitzte Kehle, eingeschlagener Schädel ...« Er rang in einer Geste der Ratlosigkeit die Hände. »Die Kollegen haben einen einzigen Fall gefunden, bei dem der Täter den Unterkiefer seines weiblichen Opfers abgerissen hat, aber der liegt schon fünfzehn Jahre zurück, das Opfer wurde nicht aufgehängt, und der Täter war der eigene Ehemann, der gefasst und verurteilt wurde.« Hunter wollte etwas einwerfen, doch Garcia ließ ihn nicht zu Wort kommen. »Ja, mir ist klar, dass wir nicht nach einem identischen Fall suchen, sondern nach einer niedrigeren Eskalationsstufe. Nach einem Mord, bei dem die Brutalität noch nicht ganz so stark ausgeprägt ist, aber schon in dieselbe Richtung geht. Der das, was noch kommt, gewissermaßen erahnen lässt.«

»Ja, so weit die Theorie«, sagte Hunter, während er ebenfalls das Dokument überflog.

»Aber woher wissen wir, wie diese niedrigere Eskalationsstufe aussieht?«, fragte Garcia. »Suchen wir nach einem Mord, der ... sagen wir ... nur ein bisschen weniger brutal ist? Oder wesentlich weniger? Kann der vorangegangene Mord auch einer sein, der von der Methodik her deutlich von unserem abweicht? Wo das Opfer zum Beispiel nicht aufgehängt wurde? Wo es keine Verstümmelung des Gesichts gibt? Ehrlich gesagt, bin ich ein bisschen ratlos.«

Hunter lehnte sich auf seinem Stuhl zurück und rieb sich die Augen. »Das ist das Problem, Carlos. Menschliches Verhalten ist keine exakte Wissenschaft. Verhaltensmuster ändern sich, und sie können von einer Person zur nächsten drastisch variieren.« Jetzt war er derjenige, der Garcia mit einer Geste von einer Erwiderung abhielt. »Trotzdem wäre es sehr ungewöhnlich, wenn unser Täter sich von einer Stufe geringer bis mäßiger Brutalität in einem einzigen Schritt bis zu dem Ausmaß an Gewalt gesteigert hätte, mit dem wir es hier zu tun haben.«

»Genau darauf wollte ich ja hinaus«, sagte Garcia und deutete mit beiden Zeigefingern auf Hunter.

Die Eskalationstheorie war schlüssig. Wenn der Täter aufgrund eines unkontrollierbaren Triebs oder inneren Zwangs tötete, fing er in den allermeisten Fällen klein an – höchstwahrscheinlich nicht gleich mit einem Mord. Wie auch immer sich der Zwang im Einzelnen gestaltete, der Täter versuchte vermutlich, ihn irgendwie zu befriedigen, um den psychischen Druck loszuwerden, der auf ihm lastete. Genau das setzte eine Spirale der Gewalt in Gang, denn schon bald würde der Trieb sich wieder bemerkbar machen, und zwar stärker als zuvor ... wenn auch nicht *viel* stärker. Sobald der Punkt erreicht war, an dem der Täter sich nicht länger beherrschen konnte, würde er das Ungeheuer in seinem Innern erneut füttern, und so würde es immer weiter wachsen.

»Wenn das, was wir am Tatort gesehen haben«, fuhr Garcia fort, »wirklich das Ergebnis einer Eskalation ist, dann hat der Täter mittlerweile das Bosslevel erreicht, was bedeutet, dass er schon seit Langem aktiv sein muss. Da er sich in L. A. aufhält, erscheint es mir nur logisch, dass er bereits andere Taten hier begangen hat ... damit meine ich Morde.«

»Und jetzt fragst du dich, wie es sein kann, dass keins seiner früheren Verbrechen unsere Aufmerksamkeit erregt hat?«, sagte Hunter, der erraten hatte, worauf Garcia hinauswollte.

»Ganz genau. Wir sind die UV-Einheit. Irgendetwas hätte doch auf unserem Tisch landen müssen.«

»Vielleicht. Aber vergiss nicht, dass die Eskalationstheorie nicht unfehlbar ist. Es gibt auch Fälle, bei denen ein Großteil dieses Eskalationsgeschehens lediglich im Kopf des Täters stattfindet. Erst wenn das Monster im Innern zu groß wird, um noch durch kognitive Prozesse bewältigt zu werden, fängt der Täter an, seinen Trieb auszuagieren. In solchen Fällen ist oft schon der erste Mord extrem gewalttätig.«

»Und du glaubst, mit so einem Fall könnten wir es hier zu tun haben?« Garcia ließ das Kinn auf die Brust sinken.

»Ich weiß es nicht, Carlos. Ja, es könnte sein. Keine Regel

über menschliches Verhalten ist in Stein gemeißelt. Wir wissen noch zu wenig über den Fall. Vielleicht ist unser Mörder auch gar kein Serientäter, sondern es war doch eine rassistisch motivierte Einzeltat ... Es gibt viele Möglichkeiten. Alles, was wir erreichen wollen, indem wir uns die alten Fälle anschauen, ist, einer dieser Möglichkeiten nachzugehen, damit wir sie eventuell ausschließen können.«

Garcia ließ die Schultern hängen. Genau in dem Moment gab sein Rechner einen Signalton von sich. Er hatte eine neue E-Mail bekommen.

Garcia las die Betreffzeile.

»Oh, wow! Damit hatte ich, wenn überhaupt, erst Ende der Woche gerechnet.«

»Was ist es denn?«, wollte Hunter wissen.

»Die Unterlagen zu Melissa Hawthornes Telefonaten und Textnachrichten.« Garcia nickte in Richtung Hunters Computer. »Schau in deiner Inbox nach.«

Hunter tat wie geheißen. Die Mail enthielt zwei Zip-Ordner im Anhang – *Telefongespräche* und *SMS/Textnachrichten*.

19

Während Hunter weiterhin die von der Rechercheabteilung zusammengestellte Liste mit Fällen durchging, extrahierte und öffnete Garcia den ersten der beiden Ordner und überflog den letzten Anruf, den Melissa Hawthorne erhalten hatte.

»Scheiße!«, fluchte er nach wenigen Sekunden.

»Was ist?«

Garcia wandte den Blick nicht von seinem Bildschirm ab. »Ich hatte gehofft, dass der schleimige Mark sie vielleicht doch noch angerufen hat, nachdem sie sich verabschiedet hatten. Einfach um sich zu vergewissern, dass sie ihm auch die richtige Nummer gegeben hat.«

»Fehlanzeige?« Hunter minimierte das Fenster mit der Liste auf seinem Monitor und öffnete stattdessen die E-Mail.

»Ja. Das letzte Telefonat, das Melissa Hawthorne in ihrem Leben geführt hat, war vor der Party, um achtzehn Uhr dreiunddreißig am Samstagabend. Ihre Schwester, vermute ich mal.«

»Vielleicht hat er ihr ja eine Nachricht geschrieben«, meinte Hunter, ehe er rasch die zweite angehängte Datei mit den Textnachrichten anklickte.

»Vielleicht.« Garcia blieb jedoch fürs Erste bei den Telefonaten.

Als sich das Dokument öffnete und Hunter den ersten Chatverlauf sah, wurde er plötzlich ganz still.

Garcia war zu sehr in die Liste der Einzelgesprächsnachweise vertieft, um irgendetwas zu bemerken.

»Vergiss die Anrufe, Garcia«, sagte Hunter fassungslos. »Schau dir lieber die Textnachrichten an.«

»Hat er ihr geschrieben?«, fragte Garcia aufgeregt.

»Ob Mark ihr geschrieben hat, weiß ich nicht. Der Mörder hat es definitiv getan.«

»Was?« Garcia hob den Kopf und sah seinen Partner mit großen Augen an.

»Es ist gleich der erste Chatverlauf im Dokument. Das waren ihre letzten Nachrichten. Die erste kam am Sonntagmorgen um zwei Uhr zweiunddreißig.«

Garcia entpackte den Zip-Ordner, öffnete die erste Datei und begann, den Chatverlauf zu lesen. Seine anfängliche Neugierde schlug schon bald in ungläubiges Staunen, dann in Verwirrung und schließlich in Unmut um.

»Das kann doch nicht wahr sein«, brummte er, ehe er das Dokument minimierte und stattdessen noch einmal die Mail las, die er von Melissas Mobilfunkanbieter erhalten hatte. Sie enthielt wirklich nur zwei angehängte Ordner. »Was soll das?« Er schüttelte den Kopf, ehe er zu seinem Partner schielte. »Hier gibt es nirgendwo ein Video. Im Protokoll steht, dass eine der Nachrichten ein Video enthielt. Wo ist das? Warum ist es nicht im Ordner?«

»Wahrscheinlich weil wir es nicht ausdrücklich angefragt haben.«

»Wir haben es nicht angefragt, weil wir nicht wussten, dass es existiert!«, gab Garcia verärgert zurück. »Eigentlich hätten sie doch auf die Idee kommen müssen, es mitzuschicken, oder nicht? So was ist doch selbstverständlich.«

»Wenn Mobilfunkanbieter private Videos oder Fotos herausgeben sollen, ist nichts selbstverständlich, Carlos, das weißt du doch. Wir brauchen einen Beschluss.«

Ja, Garcia wusste dies. In den USA waren die Gesetze, die regelten, welche Daten Mobilfunkanbieter von ihren Nutzern speichern durften, sehr vage. Im Wesentlichen konnte jeder Anbieter selbst entscheiden, wie er mit der Datenspeicherung von Nachrichten, Anrufen und allem, was über normale Audio- und Textdateien hinausging, verfahren wollte. Die meisten Anbieter speicherten alles, einschließlich Bilder und Videos, aber um sich gegen Klagen wegen Missachtung des Datenschutzes abzusichern, sperrten sie sich oft, wenn es darum ging, privates Bild- oder Videomaterial ihrer Nutzer an die Behörden weiterzugeben.

»Das ging auch viel zu schnell für einen Mobilfunkanbieter«, meinte Garcia. »War ja klar, dass da was fehlt. Ich beantrage den Beschluss, sobald Captain Blake da ist.«

Hunter widmete sich wieder den Dokumenten. Er las die Nachrichten, die der Täter Melissa geschrieben hatte, noch zweimal durch, ehe er sich auf seinem Stuhl zurücklehnte, die Ellbogen auf die Armstützen stellte und die Finger unter dem Kinn verschränkte.

»Da lässt sich eine Menge reininterpretieren.« Garcia brach das Schweigen, das sich im Raum ausgebreitet hatte.

»Okay.« Hunter nickte. »Wie ist deine Einschätzung?«

»Na ja.« Garcia beugte sich vor. »Gleich am Anfang schreibt der Täter *Hattest du Spaß auf der Party?* Das beweist schon mal, dass er wusste, wo Melissa an dem Abend gewesen ist.«

Hunter nickte.

»Könnte auf den schleimigen Mark hindeuten«, fuhr Garcia fort. »Er hat sie schließlich auf der Party kennengelernt. Er kannte ihren Namen, er hatte ihre Nummer, und er hätte ihr unbemerkt nach Hause folgen können. Die Aufnahmen der Überwachungskameras zeigen ja, dass er das Hotel unmittelbar nach ihr verlassen hat. Er hätte in ein Auto oder ein Taxi springen und einfach hinterherfahren können.«

»Stimmt«, sagte Hunter. »Aber wenn es so war, hat der schleimige Mark ihr was vorgespielt.«

»Was vorgespielt?« Garcia runzelte die Stirn. »Wie meinst du das?«

»Wir sind ja bereits darin übereingekommen, dass es keine spontane Tat gewesen sein kann, richtig? Dafür war sie zu ausgeklügelt, zu komplex in der Ausführung ... Und der Chatverlauf stützt diese Vermutung. Klar, der schleimige Mark kann sich Melissa an diesem Abend im Broken Shaker zum ersten Mal genähert haben, aber wenn er wirklich ihr Mörder ist, muss er die Begegnung mit ihr im Voraus geplant haben. Es kann kein zufälliges Treffen gewesen sein. Er war nur ihretwegen in der Bar.«

Garcia deutete mit dem Zeigefinger auf Hunter. »Du hast recht. Sorry, daran habe ich im ersten Moment gar nicht gedacht. Aber die Aufnahmen der Überwachungskameras ... und so wie er sich in der Bar verhalten hat ...« Garcia schüttelte den Kopf. »Zutrauen würde ich es ihm auf alle Fälle. Er wusste, was er tat.«

»Sehe ich genauso. Der schleimige Mark ist nach wie vor unser Hauptverdächtiger.«

Garcia kehrte zu den Textnachrichten zurück.

»Das hier ist die Stelle, die mich wirklich beunruhigt – *Wer ich bin? Für dich bin ich ein Mentor, Melissa.*« Er sah Hunter mit hochgezogenen Augenbrauen an. »Er gibt sich einen Spitznamen, Robert. Dabei läuft es mir kalt den Rücken herunter, denn wir beide wissen, dass Mörder das in erster Linie deshalb tun, weil sie berühmt werden wollen ... Sie wollen, dass die Welt von ihren Taten erfährt ... Alle sollen wissen, was sie geleistet haben. Der BTK-Killer, Son of Sam, der Grim Reaper ... die Geschichte ist voll von solchen Typen. Und wir wissen, dass in einem solchen Fall die Wahrscheinlichkeit weiterer Taten hoch ist. Melissa war erst der Anfang.«

»Das ist eine Möglichkeit«, pflichtete Hunter ihm bei. »Allerdings bin ich mir nicht hundertprozentig sicher, dass es so war.«

»Nein? Warum nicht?«

Hunter legte leicht den Kopf schief. »Für mich wirkt die Formulierung fast ein bisschen gleichgültig – *Wer ich bin? Für dich bin ich ein Mentor, Melissa.* Da hört man doch praktisch sein Schulterzucken, findest du nicht? Als wäre ihm die Bezeichnung im Grunde völlig egal.«

Noch einmal konzentrierte sich Garcia auf die entsprechende Stelle des Chatverlaufs.

»Du hast insofern recht«, fuhr Hunter fort, »als Mörder wie der BTK-Killer, Son of Sam und so weiter auf Ruhm aus sind ... Sie wollen bekannt werden, und diese Bekanntheit erlangen sie unter anderem durch ihren Spitznamen, auch nachdem sie gefasst wurden. Der Spitzname ist ein wesentlicher Bestandteil ihrer Identität ... Er sagt aus, wer sie sind beziehungsweise wer sie sein wollen.« Er zeigte auf seinen Monitor. »Aber unser Mörder hebt in seiner Antwort das Wort ›Mentor‹ nicht extra hervor. Das wirkt so, als hätte er gar keine besondere Bedeutung für ihn. Außerdem benutzt er die Formulierung ›für dich‹ – so als hätte er bei einem anderen Opfer auch einen anderen Spitznamen verwenden können.«

Garcia ließ sich das einen Moment lang durch den Kopf gehen.

»Vielleicht irre ich mich ja auch«, räumte Hunter ein. »Aber nachdem ich den gesamten Chatverlauf noch mal durchgegangen bin, habe ich nicht den Eindruck, dass dem Täter die Bezeichnung wichtig ist. Sie hat nichts mit einem möglichen Streben nach Berühmtheit zu tun.«

»In Ordnung.« Garcia nickte. »Wie würdest du die Sache dann einordnen?«

Hunter atmete aus. »Ich würde sagen, dass diese Konversation bereits die erste Lektion war – Angst. Er wollte Melissa Angst machen, und genau das hat er erreicht, langsam und raffiniert. Erst der unbekannte Absender – der Mentor – und dann ...«, Hunter hob die Hand, um die nächsthöhere Eskalationsstufe anzuzeigen, »dann schreibt er ihr, dass er sie lehren will, was Angst, Schmerz und Tod bedeuten. Da könnte einem schon ein bisschen ungemütlich werden, aber man merkt an Melissas Reaktion, dass sie das Ganze noch für einen Scherz hält. Sie versucht sogar, den Absender dazu zu zwingen, sich zu erkennen zu geben, weil sie aus irgendeinem Grund glaubt, die Nachrichten könnten von Mark sein.«

»Was«, fuhr Garcia fort, »wiederum die These vom schleimigen Mark als unserem Hauptverdächtigen stützen würde.«

Hunter nickte, ehe er die Hand ein Stück weiter anhob. »Danach wird es ernst.« Er las aus dem Chatprotokoll vor. *»Das bedeutet, Melissa, dass du, nachdem du vor etwa einer halben Stunde von deiner kleinen Soiree zurückkamst und aus dem Taxi gestolpert bist, vergessen hast, die Haustür abzuschließen.* Er wusste, dass sie beim Aussteigen aus dem Taxi gestolpert ist ... und er wusste auch, wann sie zu Hause eintraf.«

Garcia nickte. »Jetzt wird ihr langsam klar, dass es sich nicht um einen Scherz handelt. Der Mentor hätte all das unmöglich wissen können, es sei denn, er ist ihr von der Party nach Hause gefolgt, war bereits in ihrem Haus oder hat sich irgendwo in der Nähe versteckt gehalten und auf ihre Rückkehr gewartet.«

»Exakt«, pflichtete Hunter ihm bei. »Und dann krönt er das Ganze noch, indem er sie dafür verantwortlich macht: *Du hast vergessen, die Haustür abzuschließen*. Mit anderen Worten: Das ist alles deine Schuld, nicht meine.«

»Ist mir auch aufgefallen«, sagte Garcia. »Und du hast recht – wenn man mitten in der Nacht allein zu Hause ist und solche Nachrichten bekommt? Zum Ende hin muss Melissa außer sich gewesen sein vor Angst.«

»Wie ich sagte – unser Täter ist ein Experte in langsamer Eskalation.«

»Und ich wette, das fehlende Video ist das Sahnehäubchen. Das hat ihr den Rest gegeben.«

Hunter nickte. »Wir brauchen unbedingt den Beschluss.«

20

Janet Lang fuhr nach einem weiteren schrecklichen Albtraum aus dem Schlaf. Darin hatte ihre Schwester Melissa verzweifelt um Hilfe geschrien, doch Janet hatte sie kaum verstehen können. Sie hing nicht an einem Seil, aber in ihrem Kiefer steckte ein riesiger Haken, und jedes Mal, wenn sie etwas sagen wollte, spritzte Blut wie ein roter Nebel aus ihrem Mund. Irgendwann ballte sich der Nebel zu Wolken zusammen, und auf einmal begann es im ganzen Wohnzimmer Blut zu regnen.

Seit Sonntagmorgen, als sie die Leiche ihrer Schwester gefunden hatte, vergingen ihre Tage und Nächte größtenteils auf diese Weise. Hin und wieder nickte sie ein – manchmal weil sie eine Tablette genommen hatte, manchmal aus purer Erschöpfung –, nur um wenig später brutal aus dem Schlaf gerissen zu werden. Ihre Träume waren dermaßen realistisch und beängstigend, dass sie auch nach dem Aufwachen noch am ganzen Leib zitterte. Zweimal waren sie sogar so schlimm gewesen, dass sie die Kontrolle über ihre Blase verloren und sich eingenässt hatte.

Diesmal war sie im Schlafzimmer eingeschlafen, während Tom in die Küche gegangen war, um sich etwas zu essen zu holen. Das Sandwich, das er um sechs Uhr für sie gemacht hatte, stand unangetastet auf einem Teller neben dem Bett.

Er hatte sich eine Woche freigenommen, damit er sich um seine Freundin kümmern konnte, und er machte sich große Sorgen um sie.

Janet litt unter psychischen Problemen, seit sie vierzehn war. Mit siebzehn hatte man bei ihr eine generelle Angststörung und Dysthymie, eine lang anhaltende depressive Verstimmung, diagnostiziert. Seitdem kam sie oft nur mithilfe starker Medikamente durch den Tag, und bislang hatten diese auch immer gewirkt, aber kein Medikament der Welt konnte einen Menschen schützen, wenn er Dinge erlebte, die eine ohnehin schon labile Psyche vollends zu zerstören drohten. Die grausam zugerichtete Leiche einer geliebten Person aufzufinden war zweifellos eine der schlimmsten Erfahrungen, die ein Mensch machen konnte.

Melissa war für Janet sehr viel mehr gewesen als eine Schwester. Sie war ihre beste Freundin gewesen und ihr Fels in der Brandung – jemand, auf den sie sich immer hatte verlassen können. Ohne Melissa hatte Janet jeden Halt verloren.

Tom wusste das.

Er hatte gerade das erste Mal von seinem Sandwich mit Erdnussbutter und Marmelade abgebissen, als er die gedämpften Schreie seiner Freundin hörte. Augenblicklich ließ er das Sandwich fallen und stürzte ins Schlafzimmer. Janet saß mit angezogenen Beinen im Bett, hatte das Gesicht in den Händen vergraben und schluchzte hemmungslos.

»Ist schon gut, Baby.« Tom setzte sich neben sie. »Es war bloß ein Traum ... bloß ein Traum.« Er legte den Arm um sie und zog sie an seine Brust.

Janet ließ sich von ihm halten, doch sie erwiderte die Umarmung nicht, sondern verbarg weiterhin das Gesicht in den Händen.

»Ich bin ja da, Jen ... ich bin da.« Tom nahm ihre Hände. »Schau mich an, Baby. Es war nur ein Traum.« Er küsste ihre Finger und streichelte ihr über die Haare. »Bitte, sieh mich an, Jen.«

Immer noch schluchzend, ließ Janet die Hände sinken und suchte Toms Blick.

Er küsste ihre Wangen und versuchte, ihr die Tränen wegzuwischen, doch Janet hörte und hörte nicht auf zu weinen.

»Ist ja gut, Baby«, versuchte er es aufs Neue. »Es ist vorbei. Du hast nur geträumt. Es war nur ein böser Traum ... mehr nicht. Es ist nicht real.«

»Da irrst du dich, Tom«, gab Janet mit schmerzerfüllter Stimme zurück. »Es *ist* real ... Mel ist tot ...« Ihre Stimme wurde mit jedem Wort dünner. »Sie ist tot. Mel ist tot. Sie ist tot. Meine Schwester ist nicht mehr da.« Erneut schlug sie sich die Hände vor das Gesicht.

Tom ärgerte sich über sich selbst, weil er sich so ungeschickt ausgedrückt hatte. Er nahm seine Freundin noch fester in die Arme. Sie so leiden zu sehen zerriss ihm das Herz. »Es tut mir leid, Baby.« Inzwischen kämpfte auch er mit den Tränen. »Es tut mir so furchtbar leid.«

Er spürte, wie Janet in seinen Armen bebte. Da er nicht wusste, was er noch sagen sollte, hielt er sie einfach nur fest, bis ihr Schluchzen sich allmählich legte und zu einem Schniefen wurde.

»Magst du nicht mit mir ins Wohnzimmer kommen, Jen?«, fragte er, während er ihr abermals die Tränen von den Wangen wischte. »Wir könnten eine alte Serie schauen. Irgendwas Unterhaltsames, was dich auf andere Gedanken bringt.«

Janet schwieg.

Tom küsste ihre Stirn und dann ihre Wangen. »Na, komm.« Er stand auf, jedoch ohne ihre Hände loszulassen. »Komm mit. Wir setzen uns ein bisschen aufs Sofa. Ich mache Popcorn.«

Janet wandte den Blick ab. Sie wusste nicht, was sie tun sollte. Sie wollte sich der Realität nicht stellen. Wenigstens nicht in diesem Moment. Jede wache Sekunde musste sie an ihre Schwester denken, die sie nie mehr wiedersehen würde. Aber gleichzeitig hatte sie auch schreckliche Angst davor, wieder einzuschlafen. Sie hatte Angst, auch nur die Augen zu schließen, denn dann sah sie jedes Mal die grauenhaften Bilder vom Sonntagmorgen vor sich. Es war, als hätten sie sich bis in alle Ewigkeit auf den Innenseiten ihrer Augenlider eingebrannt.

Tom konnte Janets Unentschlossenheit gut verstehen. Sie brauchte dringend Ruhe, aber Schlaf brachte ihr die nicht. Wenn sie mit ihm ins Wohnzimmer kam, konnte er wenigstens bei ihr sein. Er versuchte es noch einmal.

»Na, komm schon, Baby. Setz dich zu mir. Nur für eine Stunde oder so.« Sein Ton war sanft und lockend.

Immer noch schniefend, nickte Janet nach einer Weile und stand langsam auf. Tom ließ ihre Hände los, und sie trocknete sich mit einem Papiertaschentuch das Gesicht. An der Schlafzimmertür angekommen, blieb sie stehen.

»Mein Smartphone«, sagte sie und deutete auf ihren Nachttisch. »Ich hole nur kurz mein Smartphone. Ich habe seit gestern Abend nicht mehr draufgeschaut.«

Janet hatte es stumm geschaltet.

Tom wartete.

Sie nahm es und warf einen Blick auf das Display – zehn verpasste Anrufe und mehr als zwanzig ungelesene Nachrichten. Sie atmete aus und ging zurück zu ihrem Freund.

Während Tom sich im Wohnzimmer gefühlt durch mehrere hundert Sender zappte, ging Janet die verpassten Anrufe durch. Einer war von ihrem Arzt, acht waren von Freunden und einer von ihrer Chefin. Sie würde sie später zurückrufen, im Moment hatte sie nicht die Kraft dazu. Sie wollte mit niemandem sprechen. Dann machte sie mit den Nachrichten weiter. Die meisten kamen von Freunden – insgesamt vierundzwanzig WhatsApp-Nachrichten sowie eine SMS von einer unbekannten Nummer. Janet wischte nach unten, um die Vorschau der SMS zu lesen, und stutzte. MELISSA, stand dort. Die eigentliche Nachricht bestand lediglich aus einem Video ohne Text.

Ganz automatisch tippte sie auf die Vorschau, um die Nachricht zu öffnen, und das Video begann. Im nächsten

Moment begann ihr Herz so wild zu schlagen, dass es ihr die Kehle zuschnürte. Ihr Körper verlor alle Kraft, ihre Arme wurden schlaff, und sie ließ das Telefon auf den Boden fallen.

Der Schrei, den sie ausstieß, war ein Laut, wie Tom ihn noch nie zuvor in seinem Leben gehört hatte ... und der ihn vor Angst lähmte.

21

Im Police Administration Building standen Hunter und Garcia in Captain Blakes Büro. Sie hatte soeben den Chatverlauf zwischen Melissa Hawthorne und ihrem Mörder gelesen.

»Das Video?«, fragte sie und hob das Blatt Papier hoch. »Wo ist das Video, das er ihr angeblich gesendet hat?«

»Eben«, sagte Garcia mit einem knappen Nicken. »Man hätte ja meinen können, dass ihr Provider es gleich mitschickt, nicht wahr?«

»Hat er das nicht?« Das Erstaunen in ihrem Tonfall war nicht gespielt.

»Wir brauchen einen Beschluss, Captain«, klinkte Hunter sich ein. »Sie wissen doch, wie viel Angst Mobilfunkanbieter vor Datenschutzklagen haben. Es ist ein privates Video.«

»Unfassbar«, sagte Captain Blake, während sie zugleich den Knopf für die Gegensprechanlage an ihrem Festnetzapparat drückte.

»Ja, Captain?«, kam die Stimme von Officer Teresa Broody aus dem winzigen Lautsprecher. Sie kümmerte sich um Captain Blakes Termine.

»Teresa, könnten Sie bitte Richter Peterson vom Metropolitan Courthouse ans Telefon holen?«

»Sofort, Captain.«

»Glauben Sie, es besteht die Möglichkeit, dass der Täter auf dem Video sein Gesicht gezeigt hat?«, fragte Blake, nachdem sie den Knopf der Gegensprechanlage losgelassen hatte.

Die beiden Männer zuckten die Schultern.

»Das schreibt er doch, nicht wahr?« Erneut warf Captain Blake einen Blick auf das Blatt. »Hier steht es: *Aber das macht nichts, Melissa. Ich war so freundlich, sie für dich abzusperren. Hier, sieh mal.«*

»Auf dem Video könnte alles Mögliche zu sehen sein, Captain«, sagte Hunter. »Die Tür, wie sie abgeschlossen wird, eine Hand, die den Schlüssel umdreht, die angelehnte Tür ... was auch immer.«

»Er könnte auch maskiert gewesen sein«, ergänzte Garcia. »Das Hauptziel des Täters war es, Melissa mit den Nachrichten Angst einzujagen. Das war seine erste Lektion. Und was könnte schlimmer sein, als zu wissen, dass man mit einem Einbrecher in einer Horrormaske im eigenen Haus eingesperrt ist?«

»Mag alles sein«, sagte Captain Blake. »Aber man sollte niemals die Dummheit der Menschen unterschätzen. Vielleicht dachte der Killer, wenn er ihr Telefon mitnimmt, kann ihm nichts passieren.«

»Die Hoffnung stirbt zuletzt«, meinte Garcia.

»Richter Peterson auf Leitung eins, Captain«, meldete Officer Broody.

Captain Blake nahm den Hörer ab, und Hunter und Garcia warteten, während sie dem Richter in wenigen Worten die Situation schilderte, ihm Melissas vollen Namen sowie ihre Telefonnummer nannte und ihn bat, einen Beschluss für die Herausgabe des Videos auszufertigen.

Der Richter und Captain Blake kannten sich schon lange, und er vertraute auf ihr Urteil. Wenn sie einen Beschluss brauchte, wandte sie sich in achtzig Prozent der Fälle an ihn.

»Schicken Sie einen Officer her, Barbara«, sagte er. »Bis er hier ist, liegt der Beschluss vor.«

Captain Blake legte auf und bat Officer Broody, einen uniformierten Kollegen zum Gericht zu schicken, der den Beschluss abholen sollte.

Nachdem das erledigt war, vibrierte Hunters Telefon in seiner Jackentasche. Er warf einen Blick auf das Display. Die Rufnummer war nicht unterdrückt, aber sie stand auch nicht in seiner Kontaktliste. Er hob entschuldigend die Hand, dann nahm er den Anruf entgegen.

»Detective Hunter, UV-Einheit?«

Er lauschte etwa fünf Sekunden lang. Garcia und Captain Blake sahen, wie sich Verwirrung in seine Züge schlich, als könne er das, was der Anrufer zu sagen hatte, nicht richtig verstehen.

»Mal langsam, Tom«, sagte er mit ruhiger Stimme. »Atmen Sie einmal tief durch, und erzählen Sie mir dann noch mal alles von Anfang an.« Er zog sich in eine Ecke des Büros zurück.

»Wer ist Tom?«, raunte Captain Blake Garcia zu, der zunächst ratlos den Kopf schüttelte.

»Was hat Janet bekommen?«, fragte Hunter.

Das half Garcia auf die Sprünge. »Janet Langs Freund«, flüsterte er. »Sie ist die Schwester des Opfers.«

»Wann?«, fragte Hunter.

...

»Ich nehme an, es kam von einer unbekannten Nummer.«

Garcia sah seinen Partner mit großen Augen an. »Was ist passiert?«

Hunter bedeutete ihm, sich noch kurz zu gedulden.

»Tom ... Tom ... hören Sie mir zu ... Es ist viel einfacher, wenn Sie es an mich weiterleiten ... und zwar jetzt sofort. Können Sie das tun?«

Hunter nickte traurig, während er Toms Antwort lauschte.

»Das tut mir schrecklich leid, Tom. Ja, ich kann mir vorstellen, wie es Janet jetzt gehen muss ...«

...

»Wir hätten nichts tun können, um das zu verhindern. Aber vielleicht lässt er sich darüber orten.«

...

»Ja, das kann ich von hier aus machen. Wenn Sie die Nachricht von ihrem Handy aus an mich weiterleiten, habe ich ihre Nummer. Den Rest erledige ich. Wären Sie so gut?«

...

»Ja, bitte, jetzt gleich.«

...

»Danke. Ich melde mich dann wieder bei Ihnen.« Hunter legte auf.

»Was war das?«, fragte Garcia. »Um was für eine Nachricht geht es?«

»Janet, Melissas Schwester, hat heute Vormittag eine Nachricht erhalten«, klärte Hunter die anderen beiden auf. »Kein Text, nur ein Video.«

»Von wem?«, fragte Captain Blake. »Vom Mörder?«

»Ich bin mir nicht ganz sicher, aber es scheint so.«

Hunters Handy summte zweimal kurz hintereinander. Die Nachricht von Janet Langs Telefon war da. Er verlor keine Zeit, sie zu öffnen. Als er sich den Videoclip ansah, kniff er einen Moment lang die Augen zusammen, ehe er geräuschvoll den Atem ausstieß.

»*Fuck.*«

22

Barbara Blake war seit fast dreizehn Jahren Captain des Raub- und Morddezernats. Sie konnte an einer Hand abzählen, wie oft sie Hunter in dieser Zeit hatte fluchen hören.

Garcia war sofort an der Seite seines Partners. Auch Blake zögerte nicht lange.

Hunter spulte das Video bis zum Anfang zurück und drehte das Telefon so, dass beide das Display sehen konnten. Drei Herzschläge lang herrschte angespanntes Schweigen, ehe Hunter erneut auf Play drückte.

Garcia traute seinen Augen nicht. »Was ist das für ein kranker Scheißdreck ...?«, murmelte er.

Im Gegensatz zu seinem Partner war er wesentlich weniger zimperlich, was den Gebrauch von Kraftausdrücken anging. Aber diesmal, musste Captain Blake eingestehen, fluchte er völlig zu Recht.

Das Video war in Melissa Hawthornes Küche in der Nacht ihres Mordes aufgenommen worden und schlicht grotesk.

Zunächst sah man Melissa, wie sie in der Küche stand. Sie war nackt, ihre Hände waren hinter dem Rücken gefesselt, die Füße an den Knöcheln zusammengebunden. Der Angelhaken steckte bereits in ihrem Unterkiefer. Blut lief aus der Wunde und aus ihrem geöffneten Mund und lag wie eine dünne Decke auf ihrer Haut. Aber sie war noch am Leben.

Plötzlich ging ein heftiges Zucken durch ihren Körper, sie musste würgen und erbrach einen Schwall Blut, der in die Luft und auf ihr Gesicht spritzte. Im selben Moment zoomte die Kamera näher an ihre Augen heran. Sie waren weit aufgerissen, und man sah deutlich die Schmerzen und die unvorstellbare Angst, die sich darin spiegelten. Kurz darauf zoomte die Kamera wieder zurück, um zu zeigen, dass sie zu diesem Zeitpunkt noch festen Boden unter den Füßen hatte. Allerdings nicht mehr lange.

Bei der nächsten Szene wurde allen dreien schlecht. Man sah, wie das Kletterseil sich straffte und Melissa am Unterkiefer in die Höhe gezogen wurde. Hunter, Garcia und Captain Blake mussten hilflos mit ansehen, wie sie unbeholfen zappelte, verzweifelt mit den Beinen strampelte und die Füße streckte, so weit sie nur konnte, um irgendwie den Boden zu erreichen. Vergeblich. Der Schrei, der ihr über die Lippen kam, wurde durch die schiere Menge an Blut in ihrem Mund erstickt, das Blasen schlug, als würde es sieden.

Melissas verzweifelte Bemühungen hatten genau den gegenteiligen Effekt, da das wilde Zappeln ihren Hals und Kiefer noch zusätzlich belastete. Mitten in ihrem schrecklichen Überlebenskampf hörte man plötzlich das zutiefst verstörende Knacken von Knochen. Ihr Unterkiefer hatte sich aus den Gelenkgruben gelöst und war gebrochen.

Die nächste Einstellung zeigte, wie Melissa ein letztes Mal zuckte, ehe ihr Körper erschlaffte und ihre Augen sich schlossen. Doch der Mörder war noch nicht fertig. Kurz bevor das Bild schwarz wurde, erschien am unteren Rand eine Textzeile.

Wie ein Fisch am Haken.

»Du meine Güte!«, stieß Captain Blake mit ersterbender Stimme hervor. »Das hat er ihrer Schwester geschickt?«

Hunter nickte. »Ich schaue mal, ob die Kollegen feststellen können, woher es kommt.« Rasch rief er in der Rechercheabteilung an.

»Warum?«, fragte Blake, sobald Hunter aufgelegt hatte. Sie schüttelte den Kopf und zuckte gleichzeitig die Schultern.

»Das ist einfach nur widerwärtig«, sagte Garcia. »Dieser Täter ist ein absoluter Freak.«

»Das war keine rhetorische Frage, Robert«, beharrte Captain Blake. »Warum sollte der Mörder der Schwester des Opfers ein solches Video schicken? Welcher Sinn steckt dahinter? Was hat er davon? Es sei denn, es war doch ein rassistisch motiviertes Verbrechen.«

»Wollen Sie von uns wissen, ob Janet Lang auch in Gefahr ist, Captain?« Diese Frage kam von Garcia.

Captain Blake drehte sich zu ihm um. »Halten Sie das denn für denkbar? Ist das der Grund, weshalb der Mörder sie provoziert? Will er sie als Nächstes töten?«

Hunter hatte bereits über diese Möglichkeit nachgedacht. »Es könnte sein«, sagte er. »Aber ...« Dann schüttelte er ohne ersichtlichen Grund den Kopf.

»Aber?«, hakte Captain Blake nach.

Ehe er antworten konnte, klingelte sein Telefon. Er nahm den Anruf entgegen, lauschte eine Weile und legte dann auf.

»Recherche?«, fragte Garcia.

Hunter nickte. »Unmöglich zurückzuverfolgen. Kein GPS am Telefon des Absenders.«

Garcia schien dies nicht zu verwundern.

Hunter nahm sich einen Moment Zeit, um nach den richtigen Worten zu suchen. »Falls Janet Lang wirklich in Gefahr ist, weil derselbe Täter, der für den Tod ihrer Schwester verantwortlich ist, es auch auf sie abgesehen hat, ist das Ganze noch weitaus persönlicher, als wir anfangs dachten. Und der Täter ist noch wesentlich dreister als erwartet.«

Während sie nachdachte, rieb Captain Blake mit dem rechten Daumen die Knöchel ihrer linken Hand, immer hin und her über die knöchernen Erhebungen.

»Das würde bedeuten, dass der Täter einen Groll gegen die Hawthornes hegt«, schlussfolgerte sie. »Oder wenigstens gegen die beiden Schwestern.«

»Möglicherweise«, sagte Hunter.

»Aber er hätte doch vorausahnen müssen, dass wir mit der jüngeren Schwester in Kontakt stehen. Es wäre doch nur logisch, dass sie uns informiert, sobald sie die Nachricht bekommt ... was sie ja auch getan hat. Er muss davon ausgehen, dass wir über die Nachricht Bescheid wissen, und sofern er mehr als eine halbe Gehirnzelle besitzt, muss ihm auch klar sein, dass wir genau die Schlussfolgerungen daraus ziehen, zu denen wir gerade gekommen sind: dass man die Nachricht als eine Drohung gegen ihr Leben betrachten könnte. Und dann wiederum wäre es naheliegend, dass wir erwägen, sie unter Polizeischutz zu stellen.« Captain Blake kehrte zum Sessel hinter ihrem Schreibtisch zurück, ehe sie auf Hunter zeigte. »Das meinten Sie, als Sie sagten, der Mörder wäre noch dreister als vermutet, nicht wahr?«

Hunter nickte. »Wenn er es wirklich auf Janet Lang abgesehen hat, hat er sich seine Arbeit soeben deutlich erschwert. Diese Nachricht ... der Videoclip ... damit warnt er uns praktisch vor.«

Eine lange Pause trat ein, während Captain Blake sämtliche Optionen abwägte. Es war erst Februar, noch früh im Jahr, und sie hatte Erfahrung genug, um zu wissen, dass sie zurückhaltend sein musste, was die Verteilung des Etats betraf, erst recht angesichts der zahlreichen Kürzungen, die der Gouverneur angekündigt hatte.

»Vielleicht auch nicht«, sagte sie schließlich und sah ihre Detectives kopfschüttelnd an. »Weil ich nämlich gar nicht rechtfertigen kann, Miss Lang unter Polizeischutz zu stellen. Nicht, solange wir nur diesen Videoclip als Beweis haben.«

Garcia warf Hunter einen Blick zu, der Bände sprach, dennoch erhob keiner der beiden Einwände. Auch sie besaßen genug Erfahrung, um zu wissen, dass Captain Blake recht hatte. Letzten Endes lag es nicht in ihrer Hand. Sie musste ihre Entscheidung dem Polizeichef gegenüber rechtfertigen. Obwohl das Video widerwärtig und zutiefst schockierend war, beinhaltete es keine direkte Bedrohung. Es konnte so interpretiert werden, aber jede Interpretation, wie plausibel sie auch immer war, ließ Raum für Zweifel. Und mit Zweifeln kam man gemeinhin beim Polizeichef nicht weit.

Das zweite Problem, mit dem sich Captain Blake konfrontiert sähe, wenn sie für Janet Polizeischutz anordnen würde, wäre die Frage des Zeitraums. Wenn der Täter es wirklich auf sie abgesehen hatte, war es unmöglich, vorherzusagen, wann er zuschlagen würde. Es konnte heute sein, morgen, in einer Woche oder auch erst in einem Jahr ... niemand wusste das. Und jemandem auf unbestimmte Zeit ein Personenschutz-Team zuzuweisen war eine absolut unrealistische Vorstellung. Dessen waren sich alle Anwesenden bewusst.

Als Hunter sein Handy wieder einsteckte, klopfte es an der Tür.

»Was gibt's?«, rief Blake von ihrem Schreibtisch aus und beugte sich ein Stück nach rechts, um an den beiden Detectives vorbeischauen zu können.

Hunter und Garcia warfen ebenfalls einen Blick zur Tür, die gerade von einem jungen Polizisten in Uniform geöffnet wurde. Er hatte sich die Mütze unter den linken Arm geklemmt, und in der rechten Hand hielt er einen großen Umschlag.

»Entschuldigen Sie, Captain Blake«, sagte er mit leiser, aber fester Stimme und präsentierte ihr den Umschlag. »Ich sollte bei Gericht einen Beschluss abholen.«

Captain Blake winkte ihn herein, ehe sie auf Hunter und Garcia zeigte. »Geben Sie ihn gleich den Kollegen.«

Der Officer reichte Hunter den Umschlag, und Captain Blake wartete, bis er das Büro wieder verlassen hatte.

»Holen Sie sich dieses Video von ihrem Mobilfunkanbieter«, sagte sie und wies zur Tür. »Jetzt sofort.«

23

Hunter und Garcia erreichten das Hauptquartier der AT&T Entertainment Group, das unmittelbar gegenüber vom berühmten L.-A.-Times-Gebäude lag. Fünf Minuten sowie einen internen Anruf später fanden sie sich in einem Konferenzraum im dritten Stock von Gebäude 2 wieder. Bei ihnen saß einer der Firmenanwälte, ein großer, schlaksiger Mann Anfang vierzig, dessen dunkler Nadelstreifenanzug so aussah, als hätte er ihn erst wenige Minuten vor Betreten des Raums aus der Reinigung geholt. Er stellte sich ihnen als Martin Carr vor.

Es wurden nicht viele Worte gewechselt, der Beschluss sprach für sich. Der Anwalt war eine reine Vorsichtsmaßnahme des Unternehmens.

»Ich leite alles so schnell wie möglich in die Wege, Detectives«, sagte Carr und schenkte Hunter und Garcia ein unbekümmertes Lächeln, als wolle er andeuten, dass er in seinem Leben schon so ziemlich alles gesehen hatte. »Soll ich Ihnen die Datei mailen?«

»Dafür wären wir Ihnen sehr verbunden«, antwortete Hunter, ehe er seine eigene sowie Garcias E-Mail-Adresse auf einem Zettel notierte, den er dem Anwalt aushändigte. »Aber falls es keine Umstände macht, hätten wir gerne auch eine Kopie zum Mitnehmen.«

»Selbstverständlich«, sagte Carr, während er den Zettel

überflog. »Das lässt sich einrichten. Sie können gerne hier warten oder aber unten in der Lobby. Was immer Ihnen lieber ist.«

»Ich denke, wir warten hier, vielen Dank«, sagte Garcia und sah Hunter um Zustimmung heischend an.

Hunter nickte.

»Dann machen Sie es sich bequem. Den Gang runter gibt es einen Kaffeeautomaten. Gratis. Sie benötigen kein Kleingeld.«

»Wie praktisch«, sagte Garcia. »Danke sehr.«

An der Tür drehte Carr sich noch einmal um und deutete auf die drei Laptops an einem Ende des Konferenztischs, der insgesamt zwölf Personen Platz bot. »Ich kann nicht genau absehen, wie lange es dauert. Hoffentlich geht alles zügig vonstatten, aber Sie können so lange gern einen der Rechner benutzen, um im Internet zu surfen, Mails zu lesen oder was auch immer.« Wieder ein unbekümmertes Lächeln. »Pornoseiten sind natürlich gesperrt.«

Hunter und Garcia blickten ihn schweigend und mit ausdrucksloser Miene an.

»Äh ... das war ein Witz«, sagte Carr, dessen Lächeln verflog.

»Ein Witz?«, sagte Garcia ohne jeden Anflug von Humor. »Dann sind Pornoseiten also nicht gesperrt?«

»Doch«, antwortete Carr unbehaglich. »Natürlich.«

»Wo war dann der Witz«?, fragte Garcia ernst.

»Also ...« Der Anwalt verlagerte sein Gewicht von einem Fuß auf den anderen, ehe er zu dem Schluss kam, dass es wohl das Beste wäre, die Angelegenheit fallen zu lassen. Er winkte mit dem Beschluss in seiner Hand und nickte hölzern. »Ich erledige das dann mal«, sagte er, ehe er eilig den Raum verließ. Sobald die Tür hinter ihm ins Schloss gefallen war, musste Garcia grinsen.

»Natürlich sind Pornoseiten gesperrt«, sagte er in albernem Tonfall und schüttelte den Kopf.

»Ich glaube, den Witz macht er so schnell nicht wieder«, meinte Hunter.

Fast eine halbe Stunde verging, ehe der Anwalt zurückkehrte.

»Entschuldigen Sie, dass Sie so lange warten mussten«, sagte er und fischte einen USB-Stick aus seiner rechten Sakkotasche. »Manchmal dauert es ein Weilchen, bis man den richtigen Kollegen für eine so spezielle Aufgabe gefunden hat. Hier ist die Datei.«

Hunter erhob sich von seinem Platz und kam ihm auf halbem Weg zwischen Tür und Konferenztisch entgegen.

»Dieselbe Datei wurde auch an beide Mailadressen geschickt, so wie wir es besprochen hatten«, teilte Carr ihnen mit.

Garcia zückte sein Smartphone und rief rasch seine Inbox auf.

»Ja, wir haben sie bekommen.« Er nickte Hunter zu, bevor er ebenfalls aufstand.

Unten auf dem Parkplatz wollte keiner der beiden warten, bis sie wieder im PAB waren, um sich das Video anzuschauen, das der Täter Melissa geschickt hatte. Sie stiegen in Garcias Honda Civic, wo Hunter seinen Posteingang aufrief und die Mail von AT&T öffnete. Er klickte auf den Anhang und hielt sein Telefon so, dass Garcia mit schauen konnte.

Sie sahen, wie eine Hand in einem Lederhandschuh den Schlüssel in Melissas Haustür herumdrehte und abzog. Dann schwenkte die Kamera nach rechts und zeigte die Küchenuhr – 2:24 Uhr.

»Wann hat sie das Video bekommen?«, wollte Garcia wissen. »Weißt du das noch?«

»So gegen zwei Uhr achtunddreißig oder zwei Uhr neununddreißig«, antwortete Hunter.

»Der Täter war also die ganze Zeit in ihrem Haus?«, sagte Garcia ungläubig. »Warum? Was hat er dort gemacht? Worauf hat er gewartet?«

Hunter hielt das Video an.

»Vielleicht hat er darauf gewartet, dass sie ins Bett geht«, mutmaßte er, während er versuchte, sich die Situation im Kopf vorzustellen. »Denk daran, dass es ihm darum ging, Melissa Angst zu machen. Er wollte, dass sie sich fürchtet, das war Teil seines Plans. Und dass er gewartet hat, bis sie das Licht ausgemacht hatte und im Bett lag, hat diesen Angstfaktor noch mal gesteigert.«

Garcia nickte zustimmend. Trotzdem hatte er noch Fragen. »Wir wissen also, dass Melissa um kurz vor halb zwei Uhr morgens mit dem Taxi vom Hotel nach Hause gefahren ist, richtig?«

Hunter nickte. »Um ein Uhr achtundzwanzig.«

»Um die Uhrzeit braucht ein Taxi vom Freehand Hotel bis zu ihrem Haus in Leimert Park nicht länger als zwanzig, höchstens fünfundzwanzig Minuten. Sie wäre locker um zwei zu Hause gewesen. Aber sie hat die Nachricht mit dem Video erst um kurz nach halb drei erhalten – über eine halbe Stunde nach ihrer Rückkehr. Die erste Textnachricht kam um zwei Uhr zweiunddreißig, wenn ich mich recht erinnere.«

»Stimmt«, sagte Hunter.

»Er hat ihr also die erste Nachricht acht Minuten nach Aufnahme dieses Videos geschickt. Wieso hat er so lange gewartet? Wo war sie währenddessen?«

»Wahrscheinlich unter der Dusche«, meinte Hunter.

»Der Täter versteckt sich also irgendwo im Haus, passt den Zeitpunkt ab, als sie unter der Dusche ist, um das Video aufzunehmen, wartet, bis sie im Bett liegt, und schreibt ihr dann die erste Nachricht.«

»So scheint es gewesen zu sein«, sagte Hunter.

Garcia schüttelte den Kopf, während er sich den Ablauf bildlich vorstellte. »Er hat wirklich eine Menge Geduld und Selbstdisziplin.«

»Und er ist ruhig und fokussiert«, ergänzte Hunter. »Keine Hektik ... keine Nervosität.«

»Wenn er ihr Angst machen wollte«, sagte Garcia, »hat er das mit dem Video garantiert erreicht. Wenn man sich allein zu Hause so was anschaut, kann man gar nicht anders, als in Panik zu verfallen.«

»Das Video ist noch nicht zu Ende«, meinte Hunter nach einem Blick auf sein Display. »Es geht noch vier Sekunden weiter.«

Abermals setzte Garcia sich so zurecht, dass er auf das Display schauen konnte.

Hunter ließ den Clip weiterlaufen.

In den verbleibenden vier Sekunden passierte nicht mehr viel. Die Kamera verharrte auf der Küchenuhr, allerdings war in den letzten anderthalb Sekunden ein Geräusch zu hören, bei dem ihre Herzen zeitgleich einen Schlag aussetzten.

»Was war das?«, fragte Garcia stirnrunzelnd.

»Klang wie ein Flüstern.« Hunter spulte einige Sekunden zurück und regelte die Lautstärke bis zum Anschlag hoch. Als er das Video erneut startete, beugten er und Garcia sich instinktiv ganz dicht über das Handy.

Hunter hatte recht gehabt. Der Täter sagte etwas. Es waren nur fünf Worte – kaum verständlich, aber deshalb nicht weniger Furcht einflößend.

Ganz im Gegenteil. Der Täter säuselte sie zärtlich wie ein Liebhaber, was sie noch ungleich grauenerregender machte.

»Ich bin längst im Haus.«

24

Der Himmel über San Francisco war ein Flickenteppich aus Blau und Weiß. Dünne Schleierwolken ließen die Morgensonne bleich erscheinen, doch der Tag war warm genug, dass Troy Foster sein Lieblingshemd mit Camouflage-Muster tragen konnte.

Genau wie er es Kirsten gesagt hatte, war er gleich nach dem morgendlichen Termin in seinen Pick-up gestiegen und losgefahren. Um zehn Uhr vierzig überquerte er die Oakland

Bay Bridge, und um halb zwölf befand er sich bereits auf der Interstate 5 in Richtung Los Angeles.

In einer perfekten Welt hätte Troy für die dreihundertneunzig Meilen von San Francisco nach L. A. fünf bis sechs Stunden gebraucht, aber der Verkehr auf den Interstates in Kalifornien folgte seinen eigenen Gesetzen, und die I-5 war eine der meistbefahrenen Straßen im gesamten Bundesstaat. An diesem Tag sorgten jede Menge Lkw und eine lange Baustelle für Staus, und bereits kurz vor Fresno County kam Troy nur noch im Schneckentempo voran. Seine Lösung für das Problem bestand darin, die Musik lauter zu drehen. Etwas anderes konnte er ohnehin nicht tun.

Um wenigstens einen Teil der verlorenen Zeit wettzumachen, hielt er während der Fahrt nur dreimal an. Den ersten Stopp machte er gegen halb zwei in Merced County, wo er zu Mittag aß. Zweieinhalb Stunden später hielt er noch einmal an, um auf die Toilette zu gehen, zu tanken, seine Thermosflasche mit Kaffee aufzufüllen und sich ein paar Snacks zu kaufen. Sein dritter und letzter Stopp kam etwa anderthalb Stunden vor L. A. Inzwischen war es kurz vor halb acht Uhr abends, und der Verkehr wurde wieder dichter.

Ehe er am Morgen aus San Francisco aufgebrochen war, hatte er versucht, Kirsten anzurufen. Sie war nicht rangegangen, stattdessen war nach dem fünften Klingeln ihre Voicemail angesprungen. Er hatte ihr eine kurze Nachricht hinterlassen, um ihr mitzuteilen, dass er unterwegs war, sie später noch einmal anrufen und über etwaige Verzögerungen auf dem Laufenden halten würde.

Um halb zwei während seiner Mittagspause probierte er es erneut. Wieder nur die Mailbox.

»Hey, Baby, ich bin's. Hast du meine erste Nachricht schon abgehört? Egal, jedenfalls wollte ich dir nur kurz sagen, dass der Verkehr bisher ganz okay ist. Wenn es so weitergeht, müsste ich zwischen sechs und sieben zu Hause sein. Vermisse dich. Ruf mich zurück oder schreib mir, damit ich weiß, dass du meine Nachrichten bekommen hast. Muss jetzt weiter. Ich liebe dich.«

Für den Fall, dass mit Kirstens Voicemail etwas nicht stimmte, schickte Troy ihr sicherheitshalber auch noch eine Nachricht per WhatsApp. Zwei Stunden später hatte er immer noch nichts von ihr gehört, aber noch machte er sich keine Sorgen. Im Krankenhaus hatte Kirsten nie ihr Handy bei sich, damit es nicht mitten während einer OP klingelte. Sie schloss es immer in ihren Spind ein, was oft dazu führte, dass sie es komplett vergaß und erst am Ende ihrer Schicht kontrollierte. Andererseits hatte sie heute doch frei. Zugegeben, sie stellte es oft auf Stumm, und wenn sie joggen ging, ließ sie es meistens zu Hause, aber Troy hatte ihr die erste Nachricht am Vormittag hinterlassen, unmittelbar bevor er aufgebrochen war. Mittlerweile war es kurz vor vier. Sie hätte doch wenigstens mal kurz draufschauen müssen.

Vielleicht hatte sie es verloren, oder es war ihr heruntergefallen. Es wäre nicht das erste Mal.

Um halb acht, als Troy seine letzte Pause machte, hatte er immer noch nichts von Kirsten gehört.

Jetzt wurde er langsam unruhig.

Natürlich suchte er nach Gründen, weshalb sie ihn nicht zurückgerufen oder ihm zumindest eine kurze Nachricht gesendet hatte. War sie aus irgendeinem Grund sauer auf ihn? Er wüsste nicht, weshalb. Die einzige halbwegs plausible Erklärung, die ihm einfiel, war, dass sie außerplanmäßig in die Klinik gemusst hatte.

Vielleicht hat sich ein Kollege krankgemeldet, und sie ist kurzfristig eingesprungen, dachte er. Das war schon häufiger vorgekommen.

Wenn sie eine komplette Tagschicht übernommen hatte, wäre das eine Erklärung dafür, weshalb sie sich noch nicht zurückgemeldet hatte.

Das muss es sein. Bestimmt musste sie im Krankenhaus einspringen.

Trotzdem griff er abermals nach seinem Handy, um es ein letztes Mal bei Kirsten zu versuchen.

Wieder nur die Voicemail.

»Hi, Baby, ich bin's noch mal. Alles in Ordnung bei dir? Du bist doch nicht sauer auf mich, oder? Warum auch, ich bin schließlich perfekt.« Er lachte. »Na ja, ich nehme mal an, jemand in der Klinik ist krank geworden, und du musstest einspringen, was? So ein Mist, Baby. Ich weiß, du kannst schlecht Nein sagen, aber ... das ist echt hart. Nur ein ganz kurzes Update. Auf den Straßen geht gerade gar nichts mehr, deshalb werde ich mich definitiv verspäten. Es ist schon halb acht, und ich habe noch mindestens anderthalb Stunden vor mir. Wenn nichts schiefgeht, müsste ich zwischen neun und zehn zu Hause sein, aber bitte ruf an oder schreib mir, wenn du das abhörst. Ich liebe dich und kann es nicht erwarten, dich wiederzusehen.«

Es wurde langsam spät, und Troy bekam allmählich wieder Hunger. Da er wusste, dass er es nicht zum Abendessen nach Hause schaffen würde, beschloss er, noch einmal kurz anzuhalten und sich einen Burger mit einer großen Portion Pommes zu gönnen. Allerdings nahm er diesmal alles mit in den Truck. Er würde während der Fahrt essen, um nicht noch mehr Zeit zu verlieren.

Nach einer Weile floss der Verkehr etwas zügiger, und um halb neun hatte er den Ballungsraum Los Angeles erreicht. Um neun war er im Süden der Hollywood Hills angekommen, wo er statt des Golden Gate Freeways den Foothill Freeway nahm. Der Golden Gate Freeway führte durch Downtown Los Angeles, wo man oft kaum vorwärtskam. Das stellte sich als gute Entscheidung heraus. Das Verkehrsaufkommen auf dem Foothill Freeway war deutlich geringer.

Als er Glendale durchquerte, warf er einen Blick auf die Uhr am Armaturenbrett – Viertel nach neun, und immer noch kein Wort von Kirsten. Nicht mal eine Textnachricht.

Hatten sie ihr etwa an ihrem freien Tag eine Doppelschicht aufgebrummt? Falls ja, müsste sie sechzehn, vielleicht achtzehn Stunden am Stück arbeiten. Das wäre wirklich ärgerlich, aber wundern würde es ihn nicht. Kirsten hatte sich schon oft darüber beklagt, wie überarbeitet Ärzte und Pflegepersonal waren, weil die Klinik zu wenig Mitarbeiter hatte.

Troy überlegte immer noch, ob das der Grund für ihre Funkstille sein konnte, als er endlich in seine Straße einbog. Inzwischen war es fünf nach halb zehn.

Das Haus, das er und seine Verlobte gemeinsam gemietet hatten, war das letzte auf der rechten Seite – ein eingeschossiger Bungalow mit weißer Fassade und einem kleinen Vorgarten. Als er anhielt, runzelte er die Stirn. Kirstens Auto stand in der Einfahrt.

»Was ist denn hier los?«, murmelte er halblaut. Er parkte direkt hinter ihr, ehe er seine Armeetasche von der Rückbank nahm. Er fand Taschen praktischer als Koffer. »Sie ist zu Hause? Warum hat sie dann nicht zurückgerufen?«

Sein Blick ging zu den zwei Fenstern an der Vorderseite des Hauses. Dort brannte kein Licht.

In einem Anflug von Optimismus kam ihm ein neuer Gedanke.

Vielleicht musste sie für jemanden einspringen und ist gerade nach Hause gekommen. Wahrscheinlich hat sie gehofft, ich wäre schon da.

»Trotzdem. Sie hätte mir wenigstens eine schnelle Nachricht schreiben können, um Bescheid zu sagen, dass alles in Ordnung ist.«

Von jetzt auf gleich schlug seine Besorgnis in Ärger um.

Troy ging zur dunkelblau gestrichenen Haustür und wollte aufschließen.

Der Schlüssel ließ sich nicht im Schloss herumdrehen.

Die Tür war bereits offen.

Seltsam. Kirsten achtete strikt darauf, Türen und Fenster abzusperren. Troy war derjenige, der hin und wieder vergaß, dass irgendwo noch ein Fenster offen stand. Manchmal passierte ihm das sogar bei der Haustür.

»Baby, ich bin wieder da!«, rief er, als er das Wohnzimmer betrat, die Tür hinter sich schloss und das Licht einschaltete. Kirstens Hausschlüssel steckte auf der Innenseite der Tür im Schloss. »Du hast vergessen abzuschließen.«

Gedankenverloren ließ er den Blick durch den Raum schweifen. Seine Augen wurden schmal. Irgendetwas kam ihm komisch vor, auch wenn er nicht genau sagen konnte, was es war.

Die Möbel standen alle am richtigen Platz, und es herrschte keine Unordnung ... Was also störte ihn?

Vielleicht lag es daran, dass es so still im Haus war. Im nächsten Moment dämmerte es ihm: Wahrscheinlich hatte er recht gehabt, und sie war tatsächlich für einen Kollegen eingesprungen. Ihre Schicht war spät zu Ende gewesen, und zu Hause hatte sie sich sofort ins Bett gelegt, so wie sie es nach einem besonders anstrengenden Dienst manchmal tat.

Troy lehnte sich leicht zur Seite, um in den Flur und das Schlafzimmer an dessen Ende schauen zu können. Obwohl das Licht im Flur ausgeschaltet war, konnte er sehen, dass die Schlafzimmertür einen Spaltbreit offen stand. So machte Kirsten es immer, wenn sie ins Bett ging.

Vorsichtig, um keinen Lärm zu machen, stellte Troy seine Tasche auf den Boden.

Gleich würde er nach ihr sehen und ihr einen Kuss geben. Er hatte sie sehr vermisst. Aber erst mal brauchte er ein Bier. Er hatte über zehn Stunden lang am Steuer gesessen, und der Stress und die Erschöpfung machten sich langsam bemerkbar. Ein Bier würde ihm guttun.

Er ging in die Küche, öffnete den Kühlschrank und holte sich eine kalte Flasche heraus. Als er den ersten Schluck trank, stutzte er und schnupperte am Flaschenhals. Nein, am Bier lag es nicht, aber irgendetwas roch seltsam ... nicht direkt säuerlich, auch nicht bitter oder verdorben, nicht süß und auch nicht nach Schimmel ... es war eher eine Mischung aus allem. Es war ein unauffälliger Geruch, der einem nicht sofort in die Nase stieg, doch mit der Zeit wurde er immer stärker.

Er öffnete noch einmal den Kühlschrank und roch an der Innenseite der Tür sowie an allen vier Etagen im Kühlraum. Nichts. Er zog die Gemüseschublade ganz unten heraus. Sie enthielt nur ein paar Karotten, die aber alle noch halbwegs frisch aussahen. Sie konnten auch nicht die Ursache sein.

Troy schloss den Kühlschrank und schnüffelte wie ein Hund, der eine Witterung aufnimmt. Es war definitiv keine Einbildung. Troy folgte dem Geruch durch die Küche und ins Wohnzimmer, doch auch dort konnte er keine Quelle ausfindig machen. Als er am Durchgang zum Flur vorbeikam, blieb er stehen. Dort war der Geruch ein wenig intensiver.

So leise wie möglich und ohne das Licht einzuschalten, betrat er den Flur. Er wollte Kirsten nicht wecken. Er öffnete die Tür zum Gästezimmer, steckte den Kopf hinein und schnupperte.

Nein, von dort kam es nicht.

Dasselbe machte er im Bad.

Wieder Fehlanzeige. Aber der Geruch wurde eindeutig stärker.

Jetzt blieb nur noch das Schlafzimmer übrig.

»Hat Kirsten etwa im Bett gegessen?« Das sah ihr überhaupt nicht ähnlich. Wein – ja. Essen – niemals.

An der Tür hielt Troy inne und schnupperte erneut. Ja, der Geruch kam definitiv aus dem Schlafzimmer. Sein Blick ging zum Bett, und im ersten Moment vermochte er das Bild vor seinen Augen nicht richtig zu deuten. Das Licht, das aus dem Wohnzimmer hereinfiel, war schwach, sodass er nur grobe Umrisse erkennen konnte, aber das da auf dem Bett war doch nicht echt ... es konnte doch nicht echt sein.

»Baby?«, rief er zögerlich, aber zugleich so laut, dass sie ihn auch im Schlaf hören würde.

Keine Regung. Keine Antwort.

»Kirsten?«, rief Troy noch einmal, während seine Finger nach dem Lichtschalter tasteten.

Gleich darauf ging der Kronleuchter an der Decke an.

Was Troy sah, traf ihn mit der Wucht eines auf die Erde krachenden Meteoriten.

Innerhalb eines Augenblicks zog es ihm den Boden unter den Füßen weg. Nichts ergab noch einen Sinn.

Er spürte, wie ihm sein Magen in die Kniekehlen rutschte und tiefes Grauen von ihm Besitz ergriff.

»Kirsten?«, rief er, doch ihr Name klang eher wie der Schrei, den ein wildes Tier ausstieß, wenn es verwundet worden war.

Troy stürzte zum Bett. Ihm war eiskalt. Er zitterte am ganzen Leib.

»Baby? Baby!« Er fiel neben dem Bett auf die Knie, Tränen schossen ihm in die Augen, sodass er kaum noch etwas sehen konnte.

Er wollte nach seiner Verlobten greifen ... sie in seine Arme ziehen ... sie küssen. Aber er tat es nicht. Er konnte es nicht. Das Zimmer begann sich um ihn zu drehen, und er wusste nicht mehr ein noch aus. Er wusste nicht einmal, ob die Gestalt auf dem Bett seine geliebte Kirsten war.

25

Es war nach dreiundzwanzig Uhr dreißig, als Hunter den Anruf erhielt. Er hatte seit etwas mehr als einer halben Stunde im Bett gelegen, jedoch nicht geschlafen.

Hunter litt schon fast sein ganzes Leben unter chronischer Schlaflosigkeit. Früher hatte er noch versucht, dagegen anzukämpfen, was sich jedoch als reine Zeitverschwendung herausgestellt hatte, denn es war ein Kampf, den er nicht gewinnen konnte. Inzwischen fand er sich damit ab, so gut es eben ging. Er hatte seine eigenen Methoden entwickelt, um damit umzugehen, und genau das machte er gerade: Er lag mit geschlossenen Augen auf dem Rücken und atmete tief und gleichmäßig. Er war zwar wach, und sein Gehirn arbeitete weiter, aber seine Muskeln und Augen bekamen auf diese Weise immerhin ein wenig Erholung.

Er grübelte gerade über den Chatverlauf zwischen Melissa und dem Täter nach, als das Handy auf seinem Nachttisch summte. Ohne die Augen zu öffnen, griff er danach und hob es ans Ohr.

Der Anruf kam von einem Detective Pedro Lopez von der Polizei in Alhambra, und das Gespräch verlief fast genauso wie das, das Hunter am Sonntagvormittag auf Garcias Grillparty mit Detective William Barnes geführt hatte. Es ging um einen Mord in einem Wohnviertel in Alhambra, der aufgrund seiner extremen Brutalität zweifellos früher oder später auf dem Schreibtisch der UV-Einheit landen würde, und um die Sache abzukürzen, hatte Detective Lopez sich direkt an Hunter gewandt.

Zehn Minuten nachdem er aufgelegt hatte, fuhr Hunter auf der Santa Fe Avenue in Richtung Norden. Eine halbe Stunde später parkte er neben einem weißen Van der Spurensicherung in einer Straße, die bereits größtenteils vom Alhambra Police Department abgeriegelt worden war. Hinter dem Flatterband stand eine kleine Schar von Zaungästen – bei den meisten schien es sich um Nachbarn zu handeln.

Es war eine sternklare, aber kalte Nacht mit einem wunderschönen Vollmond. Der von Westen kommende Wind hatte die Temperatur zusätzlich um einige Grad nach unten gedrückt.

Hunter stieg aus, zog den Reißverschluss seiner Jacke hoch und sah sich um. Insgesamt vier Streifenwagen parkten am Straßenrand direkt vor dem letzten Haus auf der rechten Seite, um das ein zweiter, innerer Absperrring mit gelbschwarzem Flatterband gespannt worden war. In der Einfahrt standen ein weißer Chevrolet Malibu und ein Ford Pick-up. In dem Pick-up schienen mindestens zwei Personen zu sitzen,

Genaueres konnte Hunter aus der Entfernung nicht erkennen.

Er warf einen Blick auf seine Uhr – sechs Minuten nach halb eins.

Er hielt Ausschau nach dem Auto seines Partners, als dieser wie auf ein Stichwort die äußere Absperrung oben an der Straße passierte.

Hunter wartete, während Garcia am Straßenrand parkte und mit seinem Wagen teilweise die Einfahrt des Nachbarn blockierte.

»Warst du schon drinnen?«, fragte er, nachdem er sich zu Hunter gesellt hatte. Er deutete auf das Haus.

»Ich bin ungefähr eine halbe Minute vor dir angekommen«, antwortete Hunter mit einem Schulterzucken. »Ich habe noch nicht mal mit jemandem gesprochen.«

Garcia zog die Augenbrauen hoch. »Ich schätze, das wird sich gleich ändern.«

»Was?«

Garcia machte eine leichte Bewegung mit dem Kinn, um anzudeuten, dass sie Gesellschaft bekommen würden.

Hunter wandte sich um und sah einen kleinen, untersetzten Mann auf sie zusteuern. Er trug einen schlecht sitzenden dunklen Anzug, der seine besten Tage schon hinter sich hatte.

»UV-Einheit, richtig?«, sagte er, als er die beiden erreicht hatte.

»Genau.« Garcia hielt seine Dienstmarke in der Hand. »Ich bin Detective Garcia, das ist Detective Hunter.«

»Detective Pedro Lopez, Alhambra-PD-Morddezernat. Wir haben telefoniert.« Er nickte Hunter zu.

Detective Lopez hatte eine breite Stirn und rabenschwarzes, streng nach hinten gekämmtes Haar. Sein kurzer Bart wies am Kinn vereinzelte graue Stellen auf. Er hatte kleine Augen hinter runden Brillengläsern und buschige Augenbrauen. Sein Gesicht machte den Eindruck, als würde er nicht sehr oft lächeln.

»Also, was haben wir?«, fragte Garcia.

Lopez bedeutete ihnen, ihm zu folgen.

»Ein Opfer«, begann er. »Weiblich. Möglicherweise handelt es sich um eine gewisse Kirsten Hansen.«

»Möglicherweise?«, fragte Garcia.

Lopez blieb stehen und drehte sich zu den beiden Detectives um. Er atmete leise ein, so wie man es tat, kurz bevor man jemandem schlechte Nachrichten überbrachte.

»Wer auch immer das war, hat sie übel zugerichtet. Die Verstümmelungen sind schlimmer als alles, was ich bisher gesehen habe ... und ich habe schon so einiges gesehen. Ich weiß nicht, was Sie in der UV-Einheit gewohnt sind, aber so was wie das hier bestimmt nicht, da gehe ich jede Wette ein.«

Garcia und Hunter wechselten einen flüchtigen Blick.

Lopez entging das nicht. »Sie werden schon sehen.« Er setzte sich wieder in Bewegung.

Hunter und Garcia folgten ihm.

»Hansen?«, fragte Hunter. »Ist sie Dänin?«

Lopez sah ihn fragend an.

»Hansen ist ein gängiger skandinavischer Nachname«, erklärte er. »Hauptsächlich in Dänemark verbreitet.«

Lopez nickte. »Wenn Sie das sagen. Aber bestätigen kann ich das noch nicht. Uns liegen bislang noch kaum Informationen vor, und da ich den Fall sowieso an Sie abgebe, überlasse ich Ihnen alles Weitere.«

»Okay.« Garcia verkniff sich ein Schmunzeln. »Und was sind die Informationen, die Ihnen bislang vorliegen?«

»Falls das Opfer wirklich Kirsten Hansen ist«, sagte Lopez, »war sie neunundzwanzig Jahre alt. OP-Schwester im Los Angeles Surge Hospital in Westlake.«

»Lebte sie allein?«, fragte Hunter. »Wer hat die Leiche gefunden?«

»Nein, sie wohnte mit ihrem Verlobten zusammen, Troy Foster. Er war auf einer Waffenmesse in San Francisco.« Lopez hob die Hand, ehe sie ihm eine Zwischenfrage stellen konnten. »Er ist Filialleiter eines Waffenladens namens Gun Gallery in Glendale. Er war rein geschäftlich auf der Messe. Er hat sie heute Abend bei seiner Rückkehr tot aufgefunden.«

Sie näherten sich dem schwarzen Pick-up, und jetzt erkannte Hunter, dass nicht zwei, sondern drei Personen darin saßen – zwei Männer und eine Frau. Einer der Männer hatte das Gesicht in den Händen vergraben und schluchzte. Die Frau schien ebenfalls zu weinen.

»Das ist er, im Pick-up«, sagte Lopez. »Wir konnten noch nicht mit ihm sprechen. Er steht unter Schock, kein Wunder. Soweit ich es verstanden habe, ist er am Freitagmorgen nach San Francisco aufgebrochen. Die Messe ging von Samstag bis Montag. Am Dienstagmorgen, also gestern, hat Mr Foster aus dem Hotel ausgecheckt und sich auf den Heimweg gemacht. Das war um kurz vor elf. Auf der Interstate war ziemlich dichter Verkehr.« Lopez zuckte mit den Schultern. »Wann ist das mal nicht so? Jedenfalls hat die Fahrt statt der geplanten sechs Stunden am Ende gut neun Stunden gedauert. Er kam gestern Abend um kurz vor zehn zu Hause an.« Lopez deutete auf den Pick-up. »Die beiden mit ihm im Auto sind enge Freunde. Sein Bruder und seine Mutter sind auch auf dem Weg, sie müssten in etwa einer Stunde hier sein.«

»Wann hat er zuletzt von seiner Verlobten gehört?«, wollte Garcia wissen.

»Meines Wissens«, sagte Lopez unsicher, »und Sie können das alles selber nachprüfen, falls Sie das für nötig halten, haben sie zuletzt am Montagabend miteinander telefoniert. Mr Foster hat gestern im Laufe des Tages mehrmals versucht, seine Verlobte zu erreichen – erst kurz vor der Abreise und dann noch mehrmals während der Fahrt. Sie ist nie rangegangen. Er hat ihr einige Textnachrichten geschickt, aber auch auf die kam keine Antwort.«

Sie waren vor dem weißen Haus angelangt und schlüpften unter dem Plastikband hindurch, das den gesamten Vorgarten abriegelte.

»Die Kriminaltechnik ist seit ungefähr fünfundvierzig Minuten vor Ort«, fuhr Lopez fort. »Vielleicht ist es auch schon eine Stunde ...« Er zog die Augenbrauen hoch. »Und sogar die mussten erst mal schlucken, als sie ins Schlafzimmer gekommen sind.«

»Sie wurde in ihrem Schlafzimmer ermordet?«, fragte Hunter.

Lopez heftete den Blick auf seine abgewetzten Schuhe, ehe er traurig den Kopf schüttelte. »Nein, ich glaube nicht.«

Obschon ihnen eine Frage auf der Zunge lag, sprach weder Hunter noch Garcia sie aus. Stattdessen setzten sie ihre Unterschrift unter das Tatortprotokoll und bekamen jeweils einen eingeschweißten weißen Overall ausgehändigt.

»An dieser Stelle würde ich normalerweise sagen: ›Schön, Sie kennengelernt zu haben, und viel Glück, ich bin raus‹«, meinte Lopez, während er sich seinen struppigen Bart kratzte. Er wandte sich zum Gehen, doch am Absperrband angekommen, hielt er noch einmal inne. »Detectives ...«

Hunter und Garcia drehten sich zu ihm um.

»Ich hoffe sehr, dass Sie den Kerl finden, der das getan hat. Das da drin ist ...« Er starrte in die Luft, als hoffte er, dort das passende Wort zu finden. »Einfach nur unmenschlich.«

26

Der Wind schien aufzufrischen, und die Temperatur fiel weiter. Hunter und Garcia schlüpften in ihre Overalls, nahmen sich jeder ein Paar Latexhandschuhe und betraten das Haus.

Das Wohnzimmer war klein, aber geschmackvoll eingerichtet. Zwei Kriminaltechniker waren damit beschäftigt, Oberflächen und Fenster nach Fingerabdrücken abzusuchen. Mit der Innenseite der Haustür waren sie augenscheinlich bereits fertig.

Auf den ersten Blick schien alles seine Ordnung zu haben. Es gab keine Anzeichen auf ein Kampfgeschehen, allerdings entdeckte Hunter auf dem Fußboden einige kleine Blutflecke. Es waren Tropfen, keine Spritzer.

Sie grüßten die Kriminaltechniker mit einem knappen Nicken, ehe sie weitergingen.

Der Flur, der vom Wohnzimmer abging, war breit, aber recht kurz. Die Wände waren weiß verputzt und ansonsten schmucklos. Es gab zwei Türen auf der rechten Seite, eine weitere links und eine vierte am hinteren Ende. Sie alle standen offen. Im hellen Licht der Tatortlampen, das aus dem hinteren Zimmer drang, tanzten die Schatten der sich bewegenden Kriminaltechniker an den Wänden. Auf dem Boden waren weitere Blutstropfen zu sehen.

Als Hunter und Garcia an der ersten Tür auf der rechten Seite vorbeigingen, warfen sie einen raschen Blick hinein – ein Gästezimmer, das zugleich als Arbeitszimmer zu dienen schien. Auch hier gab es keinerlei Anzeichen auf einen Kampf.

Die Tür links führte in ein blau-weiß gefliestes Bad mit einer ebenerdigen Dusche – auch hier war alles ordentlich. Die nächste Tür auf der rechten Seite gehörte zu einer kleinen Abstellkammer, in der Handtücher, Bettwäsche, ein Staubsauger und diverse andere Haushaltsutensilien aufbewahrt wurden. Drei Schritte weiter, und sie waren bei der hinteren Tür angelangt.

Drei Kriminaltechniker hatten sich um ein Doppelbett versammelt, das direkt gegenüber der Tür an der östlichen Wand des Schlafzimmers stand. Einer befand sich auf der rechten Bettseite, einer auf der linken, der dritte am Fußende. Die beiden seitlich des Bettes knieten am Boden. Weder Hunter noch Garcia konnte erkennen, womit sie dort beschäftigt waren, weil ihnen der dritte Kriminaltechniker am Fuß des Bettes die Sicht versperrte.

Er war es auch, der die Schritte der Detectives gehört hatte und sich zu ihnen umwandte, kaum dass sie die Schlafzimmertür erreicht hatten. Es war Dr. Susan Slater.

Hunter suchte ihren Blick, und selbst aus der Entfernung sah er etwas in ihren blassblauen Augen, was er dort noch nie zuvor gesehen hatte – es war nicht direkt Ekel, auch nicht Empörung ... eher eine tiefe Traurigkeit, als hätte sie den Glauben an die Menschheit verloren.

»Robert ... Carlos ...« Dr. Slater trat einen Schritt zur Seite, sodass die beiden sehen konnten, was sich hinter ihr befand. Ihr Blick ging zu dem metallenen Bettgestell und der Leiche, die darauf lag.

Detective Lopez hatte recht, schoss es Hunter durch den Kopf. *Das ist wirklich nicht mehr menschlich.*

27

Draußen blies der Wind in unregelmäßigen Böen wie Wellen, die sich am Strand brachen, doch der Regen blieb aus. Hin und wieder pfiff der Wind an den Fensterbrettern entlang, was einen gespenstischen Flüstereffekt erzeugte.

Hunter hatte die Traurigkeit in Dr. Slaters Augen gesehen, aber auch sie sah etwas in seiner Miene, das sie von ihm nicht kannte – Betroffenheit vielleicht oder Verwirrung. Und Fassungslosigkeit.

Auf blutgetränkten Laken lag der nackte Körper einer Frau. Ihre Arme waren über ihren Kopf gestreckt, die Hände mit einem Strick gefesselt. An diesem Strick war mithilfe eines Karabiners eine etwa ein bis anderthalb Meter lange Eisenkette befestigt, und am anderen Ende der Kette hing ein Metallbügel ähnlich wie der Karabiner an ihren Händen, nur deutlich größer und schwerer. Diese merkwürdige Konstruktion erfüllte keinen erkennbaren Zweck, sondern hing, achtlos hingeworfen, über dem Kopfteil des Bettes.

Garcia war der Erste, der das beklommene Schweigen brach. Seine Stimme war zaghaft, sein Blick ratlos. Sein Verstand hatte Schwierigkeiten, das Grauen zu verarbeiten. »Was ... was ist denn mit ihr passiert?«

Ein Großteil der Haut am Körper der Toten fehlte, sodass

man darunter das rote, nässende Fleisch sehen konnte, das sich aufgrund der Oxidationsprozesse bereits bräunlich verfärbt hatte. Die Brüste schienen ihr brutal abgehackt worden zu sein, und von der Nase war nur noch ein Rest Knorpel übrig. Einige Stellen an Schultern, Händen, Knien, Ellbogen sowie im Gesicht sahen so aus, als wäre neben der Haut auch das Muskelgewebe entfernt worden, denn man konnte die Knochen durchschimmern sehen. Einige von ihnen wiesen klar erkennbare Frakturen auf, manche waren sogar mehrfach gebrochen. Der Großteil ihrer einstmals blonden Haare schien ihr mitsamt der Kopfhaut abgerissen worden zu sein, sodass stellenweise die blanke Schädeldecke zum Vorschein kam. Doch am erschreckendsten war, dass es nicht so aussah, als wären ihr Haut und Muskelgewebe chirurgisch entfernt worden. Der Täter hatte sie nicht gehäutet, jedenfalls nicht mit einem scharfen Gegenstand. Stattdessen hatte es den Anschein, als sei die Haut zusammen mit einzelnen Fleisch- und Muskelfetzen gewaltsam abgeschürft worden. Das Ergebnis war ein wahrhaft schauderhafter Anblick aus offenen Fleischwunden, bleichen Knochen und grausam entstellten Gliedmaßen. Alles war mit einer getrockneten Schicht Blut überzogen.

Auf Garcias Frage folgte zunächst ein langes Schweigen. Es war, als hätten sogar ihre Herzen einen Augenblick lang aufgehört zu schlagen. Dr. Slaters Blick driftete zu der Leiche, ehe sie sich wieder den beiden Detectives zuwandte.

»Um ganz sicher zu sein«, sagte sie schließlich, und die Traurigkeit in ihren Augen machte sich nun auch in ihrer Stimme bemerkbar, »müssen wir den Befund abwarten.«

Hunter und Garcia traten näher und stellten sich wie die beiden Kriminaltechniker neben dem Bett auf – Hunter rechts, Garcia links.

»Aber Sie haben eine Theorie«, sagte Hunter, der Slaters Miene richtig gedeutet hatte.

Sie wich einen Schritt vom Bett zurück, und Hunter hätte

schwören können, dass sie erschauerte. »Wir sind erst seit einer Stunde hier«, sagte sie. »Und ich würde es eher als Spekulation bezeichnen, nicht als Theorie. Aber ja, dem Zustand der Leiche und den bisherigen Spurenfunden nach ... könnte ich eine Vermutung anstellen, was sich möglicherweise hier abgespielt hat.«

Hunters Blick ging zu dem Kriminaltechniker auf seiner Seite des Bettes, der gerade an der Schenkelunterseite der Leiche, direkt unterhalb des Gesäßes, mit einer Pinzette einen winzigen Gegenstand aus dem offenen Fleisch entfernte. Er ließ ihn in einen Asservatenbeutel fallen – es war ein kleines Steinchen, von denen der Beutel bereits mehrere enthielt.

Garcia wartete, ob Dr. Slater noch etwas hinzufügen würde, doch sie schwieg.

»Und ist diese Vermutung geheim, Doc?«, fragte er schließlich. »Oder können Sie uns daran teilhaben lassen?«

»Sie wurde über den Boden geschleift.« Die Antwort kam von Hunter, nicht von Dr. Slater.

»Über den Boden geschleift?« Garcias Blick ging zu seinem Partner.

»Das war auch unser erster Eindruck«, bestätigte Dr. Slater mit einem Nicken.

»Geschleift im Sinne von ...?« Garcias Frage schwebte eine Weile unbeantwortet im Raum, ehe Hunter sich seiner erbarmte.

»Sie wurde an den Händen gefesselt und hinter einem Auto oder einem Motorrad hergezogen«, sagte er. »Über einen rauen Untergrund.« Er deutete auf den massiven Metallbügel am hinteren Ende der Kette. »Das ist ein gängiger Abschleppbügel, auch Schäkel genannt. Das war der erste Hinweis.«

Garcia sagte nichts, aber ihm war, als hätten die Worte seines Partners die Luft negativ aufgeladen, sodass die Haare auf seinen Armen zu Berge standen.

Als Nächstes deutete Hunter auf den durchsichtigen Asservatenbeutel, den der Kriminaltechniker neben ihm in der Hand hielt. »Der zweite Hinweis ist der Schotter, der sich überall in ihr Fleisch eingegraben zu haben scheint.«

Garcia reckte den Hals.

Der Kriminaltechniker hob den Asservatenbeutel in die Höhe, damit der Detective den Inhalt begutachten konnte. Noch immer schwieg Garcia. Sein Blick zuckte zu dem Karabiner an den gefesselten Händen der Frau, dann zum Asservatenbeutel, dann zurück zum Karabiner.

»Diese ganze Konstruktion mit der Kette und dem Strick«, erklärte Hunter hörbar angewidert, »ergibt im Kontext der Auffindesituation überhaupt keinen Sinn. Sie wurde nicht im Schlafzimmer getötet.«

»Sondern erst nach dem Tod hier abgelegt«, sagte Dr. Slater leise und respektvoll.

»Der Täter«, fuhr Hunter fort, »hätte ihre Hände problemlos von den Fesseln befreien können, bevor oder nachdem er sie aufs Bett gelegt hatte. Aber das hat er nicht getan. Er hat nicht nur die Kette und den Strick drangelassen, sondern sie auch noch mit über den Kopf gestreckten Armen hingelegt. Warum?«

Erneut betrachtete Garcia die Konstruktion an den Handgelenken der Frau. Dann begriff er. »Damit wir wissen, wie er sie umgebracht hat.«

»Sämtliche Verletzungen, die Sie hier sehen«, schaltete sich Dr. Slater ein, die ihre Aufmerksamkeit wieder der Leiche zugewandt hatte, »könnten durch ein solches Szenario erklärt werden.«

»Allerdings gibt es fast keine Schwellungen«, sagte Hunter, während er das grausig zugerichtete Gesicht der Toten betrachtete.

»Gut beobachtet, Robert.« Slater nickte. »Das deutet darauf hin, dass er sie weiter hinter sich hergeschleift hat, lange nachdem sie bereits tot war.«

»Ja, aber warum?«, fragte einer der Kriminaltechniker, der

seine Neugier nicht zügeln konnte. »Wozu quält er sie, wenn sie doch schon tot ist?«

Dr. Slater sah Hunter an.

»Weil es dem Täter nicht ausschließlich darum ging, sie zu quälen«, antwortete er und trat einen Schritt vom Bett zurück. »Er hat es auch für sich selbst getan ... zu seinem eigenen Vergnügen.« Kaum hatte er das Wort »Vergnügen« ausgesprochen, schüttelte er den Kopf. Es passte einfach nicht richtig.

Obwohl der Kriminaltechniker Hunters Erklärung grundsätzlich verstand, hatte er ganz offensichtlich Schwierigkeiten, sie zu akzeptieren.

»Sadismus ist ein Zwang«, versuchte Hunter ihm die Sache begreiflich zu machen. »Sadisten quälen andere, weil es einen Trieb in ihnen befriedigt.«

»Wie wenn es irgendwo juckt und man sich kratzen muss«, fügte Garcia hinzu, der den Vorgang unbewusst auf seinem linken Handrücken demonstrierte. »Haben Sie sich schon mal gekratzt, und es hat sich so gut angefühlt, dass Sie gar nicht mehr aufhören wollten, obwohl der Juckreiz längst abgeklungen war? So fühlt sich ein sadistischer Zwang an.«

Der Kriminaltechniker überlegte eine Weile, ehe er den Kopf schüttelte.

Hunter ging zurück zur Schlafzimmertür und suchte mit seinen Blicken den Laminatfußboden ab. Er war sauber. Keine Spuren oder Schmierflecken.

»Nirgendwo Schleifspuren«, sagte Slater, die erkannt hatte, wonach Hunter Ausschau hielt. »Ein paar Blutstropfen im Flur und im Wohnzimmer, aber das ist alles. Er hat sie also getragen.«

Hunter nickte. »Ja, das Blut drüben ist mir auch aufgefallen.«

Garcia umrundete das Bett. »Sie hier reinzutragen wäre ja nicht besonders schwer gewesen.« Er deutete mit einer Bewegung des Kinns auf die Leiche. »Sie ist vielleicht eins achtundsechzig oder eins siebzig groß und scheint recht schlank gewesen zu sein – nicht mehr als sechzig, vielleicht zweiundsechzig Kilo, würde ich schätzen.«

»Wenn überhaupt«, warf einer der Kriminaltechniker ein.

»Außerdem«, fuhr Garcia fort, »bin ich mir sicher, dass sie bereits tot war, als er sie hergebracht hat. Es gibt keinerlei Kampfspuren ... Sie konnte sich nicht mehr wehren.«

»Aber es sind zu wenig Blutstropfen von der Haustür bis hierher«, gab Hunter zu bedenken, der noch immer den Fußboden inspizierte. »Sie muss in irgendwas eingewickelt gewesen sein.«

»War sie auch«, bestätigte der Kriminaltechniker, der auf der linken Bettseite stand. »Abgesehen vom Schotter haben wir mehrere Faserspuren an ihrem Körper gefunden. Sieht nach Synthetikfaser aus. Ich denke, er hat sie in einen billigen Teppich oder Ähnliches eingerollt. Das Labor wird Genaueres dazu sagen können.«

»Mir ist klar, dass Sie zum gegenwärtigen Zeitpunkt noch keine Aussage dazu machen können«, wandte Hunter sich an Dr. Slater. »Aber wäre es denkbar, dass sie vor achtzehn bis zwanzig Stunden gestorben ist?«

Dr. Slater schürzte nachdenklich die Lippen. »Die Leichenstarre ist vollständig ausgeprägt.«

Beide Kriminaltechniker nickten zustimmend.

»Insofern, ja«, sagte Slater. »Eine recht gute Schätzung, würde ich sagen. Woher wussten Sie das?«

Hunter hatte die Leiche noch nicht aus der Nähe betrachtet. Aussehen und Zustand allein ließen keine Rückschlüsse darauf zu, wie weit die Leichenstarre fortgeschritten war.

»Weil sie ja ganz eindeutig nicht in diesem Zimmer getötet wurde«, sagte er, während er zum Bett zurückging. »Wie Sie sagten, der Täter muss sie ins Haus getragen haben.« Er deutete zum Fenster. »Die Straße ist nicht sehr belebt, aber es ist eine reine Wohngegend mit vielen Nachbarn. Um sie hier reinzuschaffen und aufs Bett zu legen, muss der Täter sie in einem Fahrzeug transportiert haben. Er muss draußen, vielleicht sogar in der Einfahrt, geparkt und sie dann ins Haus getragen haben. Die sicherste Zeit, um so was unbemerkt zu tun, sind die sehr frühen Morgenstunden – um drei oder vier Uhr vielleicht?«

Die Zustimmung kam in Form eines drückenden, fast bleiernen Schweigens.

»Aber nichtsdestotrotz«, fuhr Hunter fort, und diesmal waren die Worte an seinen Partner gerichtet, »hätte der Mörder in die Straße rein- und wieder rausfahren müssen. Er hätte parken, die Leiche nehmen, sie ins Haus tragen und aufs Bett legen müssen. Vielleicht haben wir Glück, und einer der Nachbarn ist eine Nachteule.«

Garcia verstand, worauf sein Partner hinauswollte. »Ich setze so schnell wie möglich ein Team darauf an.« Er warf einen Blick auf die Uhr. »Die Anwohner scheinen ja eh alle wach zu sein.«

Hunter trat zu der hölzernen Frisierkommode, die rechts neben dem Bett an der Wand stand. Darauf lehnte ein hoher, ovaler Spiegel. Links davon standen drei Parfümflakons und ein mit Rosen dekoriertes Schmuckkästchen, daneben lagen einige Haarbürsten. Rechts vom Spiegel stand außerdem ein Metallkasten ohne Deckel, der mit diversen Feuchtigkeitscremes für Gesicht, Hände, Füße, Körper und Augen gefüllt war.

Hunter zog die oberste der drei Kommodenschubladen auf – darin lagen jede Menge Schminkpinsel in den unterschiedlichsten Größen, fünf Paletten mit Lidschatten sowie Lippenstifte in allen Regenbogenfarben, Eyeliner und Augenbrauenstifte.

Ebenfalls auf der Kommode, unmittelbar hinter den Parfümflaschen, stand ein kleiner Bilderrahmen.

Hunter nahm ihn in die Hand.

Das Foto zeigte ein lachendes Pärchen am Strand. Das Meer im Hintergrund war spiegelglatt, und auf dem Wasser glitzerte die Sonne. Die Frau stand hinter dem Mann, hatte die Arme um ihn geschlungen und die rechte Wange an seine linke geschmiegt.

»Das ist sie«, sagte Dr. Slater. »Sehr hübsch ... schönes Lächeln.«

Hunter studierte die Frau auf dem Foto noch einen Moment lang. Dr. Slater hatte dies nicht bloß aus Nettigkeit gesagt. Die Frau war wirklich ausnehmend attraktiv. Sie hatte porzellanweiße Haut, fast durchscheinende goldblonde Haare und rosige Lippen. Ihr Lächeln war mehr als nur schön ... es war perfekt und stellte ihre geraden, makellos weißen Zähne zur Schau. Ihre großen Augen waren genauso strahlend blau wie der Himmel.

»Um sicher zu sein, dass sie es wirklich ist«, warf einer der Kriminaltechniker ein, »müssen wir einen DNA-Test machen.«

Hunter stellte das Foto zurück auf die Kommode, und sein Blick wanderte abermals zum Bett. Sie würden wirklich einen DNA-Test brauchen. Das Gesicht der Leiche war bis zur Unkenntlichkeit entstellt.

Hunter sparte sich eine Erwiderung, doch er hatte keinen Zweifel daran, dass die Tote auf dem Bett Kirsten Hansen war. Warum sonst hatte der Täter sie in Kirstens Schlafzimmer aufs Bett gelegt? Aus demselben Grund hatte er die Ketten-Seil-Konstruktion nicht entfernt. Alle sollten wissen, wie er sie getötet hatte. Und alle sollten wissen, wer sie war.

28

Endlich begann der Wind draußen abzuflauen. Das Pfeifen hatte sich gelegt, aber das Wispern war immer noch hin und wieder zu hören, wie gedämpfte Stimmen, die Geheimnisse austauschten.

»Jetzt, wo Sie beide die Leiche *in situ* gesehen haben«, sagte Dr. Slater, »mache ich ihre Hände los. Ich will mir die Fesselmarken anschauen, außerdem muss ich alles eintüten und ins Labor schicken.«

Hunter und Garcia nickten.

»Die Ligaturen wurden aus verschiedenen Perspektiven fotografiert«, fuhr sie fort. »Der Knoten sieht aus wie ein ganz gewöhnlicher Doppelknoten. Das Seil wurde um ihre Handgelenke gewickelt und am Ende ein weiteres Mal doppelt verknotet. So weit nichts Außergewöhnliches.«

Das war auch Hunter und Garcia bereits aufgefallen. Sie sahen zu, wie Dr. Slater nach dem Karabiner griff, der an dem Strick befestigt war, und ihn abnahm. Als Nächstes entfernte sie ihn von der Kette, ehe sie selbige von dem großen Schäkel am anderen Ende losmachte.

Sie reichte die Teile an einen der Kriminaltechniker weiter, der sie einzeln in Asservatenbeuteln verstaute. Als das erledigt war, begann Dr. Slater, vorsichtig die Knoten an den Handgelenken der Leiche aufzuknüpfen. Nicht mal eine Minute verging, dann hatte sie Kirstens Hände befreit. Beide waren zu Fäusten geballt.

Als sie den Strick abwickelte und ihn an ihren Mitarbeiter weitergab, damit dieser ihn eintüten konnte, blieben die Arme der Toten aufgrund der Leichenstarre ausgestreckt. Dr. Slater beugte sich ganz dicht über die Handgelenke, um die Fesselmarken aus der Nähe zu betrachten. Obwohl das Seil tief in ihre Haut eingeschnitten hatte, waren die Wunden an den Handgelenken noch die am wenigsten grauenerregenden.

»Die Arme«, sagte sie bestürzt. »Das ist wirklich ...« Als sie den Kopf schüttelte, blitzte im Licht einer der hinter ihr stehenden Tatortleuchten etwas auf, und sie hielt inne.

Hunter bemerkte die Veränderung in ihrer Miene sofort.

Sie neigte den Kopf erst nach links, dann nach rechts, während sie nach einem besseren Blickwinkel suchte. Hochkonzentriert betrachtete sie die geballte Faust der Toten.

»Könnten Sie mir bitte eine Pinzette reichen?«, wandte sie sich an einen der Kriminaltechniker.

»Stimmt was nicht?«, fragte Hunter mit neu erwachtem Interesse.

Auch Garcia hob den Kopf wie ein Raubtier, das soeben eine neue Beute ausgemacht hatte.

»Ich bin mir nicht ganz sicher«, entgegnete Dr. Slater, als der Kollege ihr die Pinzette reichte. »Aber es scheint, als würde sie etwas festhalten.«

»Festhalten?«, echote Garcia, ehe er und Hunter rasch zum Bett zurückkehrten.

»Ja, da ist etwas in ihrer rechten Hand.« Dr. Slater deutete mit der Pinzette darauf. »Es ist schwer zu erkennen, aber das Licht scheint durch die Ritzen zwischen ihren Fingern, dadurch ist es mir aufgefallen.«

Beide Detectives beugten sich vor, um besser sehen zu können, blieben jedoch auf Abstand, damit Slater genügend Platz hatte.

»Sieht aus wie ... ein kleiner Plastikbeutel«, verkündete sie. »Oder so was Ähnliches.« Behutsam griff sie mit der Pinzette eine winzige Ecke des Gegenstands.

Hunter trat näher an das Kopfende des Bettes heran.

Die beiden Kriminaltechniker hielten in ihrer Arbeit inne und schauten erwartungsvoll zu.

Langsam und vorsichtig begann Dr. Slater, den Gegenstand herauszuziehen.

»Ja, es ist definitiv ein Plastikbeutel«, bestätigte sie und setzte die Pinzette neu an, um ihn nicht zu beschädigen. »Und ... ich glaube, da steckt was drin.«

»Was denn?«, fragte Garcia.

»Das weiß ich noch nicht, aber es sieht aus wie ...« Dr. Slater brach ab, und es wurde still im Zimmer, als hielte es den Atem an. »Ein Stückchen Papier ... ein zusammengerolltes Stückchen Papier.«

Hunter und Garcia tauschten einen halb besorgten, halb erwartungsvollen Blick.

»Kann ich bitte eine zweite Pinzette bekommen?«, sagte Dr. Slater und streckte die linke Hand aus, ohne den Blick von dem kleinen Plastikbeutel abzuwenden. »An einigen Stellen wirkt das getrocknete Blut in ihrer Handfläche wie Klebstoff, und ich möchte den Beutel nicht zerreißen.«

Der Kriminaltechniker reichte ihr das gewünschte Werkzeug, und sie machte sich wieder an die Arbeit. Behutsam zog und drehte sie ... und befreite den kleinen Beutel Stück für Stück aus dem Griff der Toten.

Die anderen schauten gebannt zu.

Es dauerte etwas mehr als zwei Minuten, bis Dr. Slater den Beutel vollständig herausgezogen hatte.

»Interessant«, sagte sie, als sie sich aufrichtete. In der Pinzette hielt sie einen etwa fünf Zentimeter großen Kunststoffbeutel. Darin befand sich tatsächlich ein zu einem Röhrchen zusammengerolltes Stück Papier. »Kann das bitte jemand fotografieren?«

Der Mitarbeiter zu ihrer Rechten griff in seinen Koffer, holte die Digitalkamera heraus und machte rasch ein paar Bilder.

»Was genau ist das?«, fragte er. »Eine Botschaft?«

Dr. Slater drehte sich zu Hunter und Garcia um. »Ihr Fall – Ihre Entscheidung. Möchten Sie es gleich wissen, oder wollen Sie lieber warten, bis ich es zur Analyse ins Labor geschickt habe?«

Garcia sah Hunter um Bestätigung heischend an, doch eigentlich war das gar nicht nötig. Er wusste bereits, wie ihre Entscheidung ausfallen würde. Keiner von ihnen wollte mehrere Stunden warten, um zu erfahren, was es mit dem Stück Papier auf sich hatte.

»Wir wählen Option Nummer eins«, antwortete Garcia mit einem energischen Nicken.

»In Ordnung.«

Obwohl sie eine medizinische Maske vor Mund und Nase trug, sah man an Slaters Augen, dass sie lächelte. Auch sie war neugierig, womit sie es zu tun hatten.

»Da drüben.« Sie deutete mit einer Kopfbewegung zur Kommode. Wenn sie den Beutel an Ort und Stelle öffnete, wollte sie es auf einem ebenen Untergrund tun, für den Fall, dass etwas herausfiel, das von außen nicht zu sehen war.

Hunter und Garcia folgten ihr, genau wie die beiden Kriminaltechniker.

Dr. Slater legte die Pinzetten weg und öffnete mit ihren behandschuhten Fingern den Druckverschluss des Beutels, ehe sie das Papier in ihre offene Handfläche gleiten ließ.

Die anderen verfolgten aufmerksam jede ihrer Bewegungen.

Als Nächstes benutzte sie Daumen und Zeigefinger, um das winzige Röllchen vorsichtig abzutasten.

»Scheint nichts drin zu sein«, teilte sie den anderen mit. Dann nahm sie das Röllchen in die Hand und tippte nacheinander beide Enden sanft gegen ihre Handfläche, um es auf Pulverrückstände zu prüfen.

Nichts.

Also dann.

Unter den wachsamen Augen der anderen entrollte sie langsam und vorsichtig das Papier.

Da sie deutlich größer waren als Dr. Slater mit ihren eins siebzig, konnten Hunter und Garcia ihr bequem über die Schulter schauen.

Das Stück Papier war knapp fünfzehn Zentimeter lang und etwa vier Zentimeter hoch. Darauf stand ein einzelner handgeschriebener Satz.

Garcia starrte einen Moment lang darauf, ehe er den Blick seines Partners suchte. Zwei Sekunden später drehte er sich fassungslos zu der Leiche um.

»Das ... verdammt noch mal, wie kann das sein?«

29

Nachdem Kirsten Hansens Leiche in den Transporter geladen worden war und dieser sich auf die Fahrt ins rechtsmedizinische Institut in der North Mission Road gemacht hatte, blieben Hunter und Garcia noch etwa eine Stunde am

Tatort. Während Dr. Slater und ihr Team weiter nach Spuren suchten, ging Hunter nach draußen, um mit Troy Foster zu sprechen, der immer noch in seinem Pick-up saß. Er hatte die Ellbogen auf die Knie und die Stirn in die Hände gestützt. Hin und wieder ging ein Zucken durch seinen Körper. Er stand unter Schock.

Seine Freunde waren noch bei ihm.

Troy war so groß und muskulös wie Hunter, mit den breiten Schultern eines Linebackers und den Armen eines professionellen Turners, doch als er aus dem Truck stieg, um den Detective zu begrüßen, wirkte er klein und gebrochen. Er ließ den Kopf hängen. Sein ganzer Körper schien unter der schrecklichen Last seiner Trauer in sich zusammenzusacken.

Genau wie am Sonntagabend, als er versucht hatte, mit Janet Lang zu sprechen, benötigte Hunter annähernd eine Stunde, um Troy einige grundlegende Informationen zu entlocken. Wann immer dem Mann eine Frage gestellt wurde, geisterte der Blick seiner glasigen, blutunterlaufenen Augen zunächst ziellos umher, und wenn es ihm dann irgendwann gelang, sein Gegenüber zu fixieren, war sein Blick ratlos und verloren. Seine Stimme zitterte, und manchmal stockte ihm der Atem, sodass sein Brustkorb sich in einem seltsam abgehackten Rhythmus hob und senkte, als bekäme er nicht genügend Luft. Einzelne Worte fügten sich nur langsam zu Sätzen zusammen, und manchmal war es, als koste Troy das Sprechen mehr Kraft, als er in diesem Moment aufzubringen vermochte. Sein Schmerz war fast mit Händen zu greifen, und mitunter fiel es Hunter schwer, sich emotional davon abzugrenzen.

Er wollte den armen Mann nicht quälen. Sein Verstand hatte schon genug Mühe damit, ein Ereignis zu verarbeiten, das ihm vollkommen unmöglich erschien, weil es in seiner Realität einfach keinen Platz hatte. Nichtsdestotrotz gab es eine Frage, die er ihm dringend stellen musste.

»Mr Foster?«, sagte er leise. »Mir ist klar, wie schwer das für Sie ist, aber wenn ich Ihnen noch eine allerletzte Frage stellen dürfte? Es ist wirklich sehr wichtig.«

Anfangs schien es, als hätte er Hunter nicht gehört, doch irgendwann nickte Troy. Seine wettergegerbten Wangen waren gerötet, seine Augen schimmerten feucht, und er hatte sich die Arme wie einen Schutzschild um den Leib geschlungen, als müsse er sich für das Kommende wappnen.

»Wir haben in Ihrem Schlafzimmer einen Zettel gefunden«, begann Hunter und griff nach seinem Smartphone. »Wären Sie so freundlich, ihn sich einmal anzuschauen?«

Er sprach sanft und eindringlich, doch das schien kaum zu Troy durchzudringen. Mühsam blinzelte er den Schleier vor seinen Augen weg, ehe er Hunter ansah. Seine Arme schlangen sich noch fester um seinen Körper, und er zog die Schultern hoch. »Sie haben eine Nachricht gefunden? Wo denn?«

»Unter dem Bett«, sagte Hunter. Er hasste Lügen, aber er wollte es Troy nicht noch schwerer machen.

»Was denn für eine Nachricht? Wie lautet sie?« Troys Stimme klang erstickt vor lauter Emotionen.

Hunter öffnete das Foto, das er von dem Zettel gemacht hatte, und zeigte es Troy, der abermals blinzelte, diesmal schneller und heftiger als zuvor. Er bewegte die Lippen, als er die Botschaft las, doch kein Laut drang aus seinem Mund.

Hunter wartete geduldig.

Nach einer scheinbaren Ewigkeit riss Troy den Blick von dem Handy los und sah Hunter an. Er hatte wieder angefangen zu zittern.

»Ich ... verstehe nicht.«

»Haben Sie diesen Satz schon mal irgendwo gelesen?«, wollte Hunter wissen.

Noch einmal schaute Troy auf das Display. »Nein ... noch nie. Hat ...?« Seine Stimme erstarb, als hätte ein Wind sie mit sich fortgerissen. »Hat sie das für mich geschrieben?«

Hunters Atmung wurde unregelmäßig, und das Blut

rauschte in seinen Ohren. Auf genau diese Frage wollte er eine Antwort haben.

»Erkennen Sie die Handschrift?«, fragte er, um Ruhe bemüht. »Ist es Kirstens?«

Diesmal konnte Troy seine Tränen nicht mehr zurückhalten. Sie liefen ihm ungehindert über die Wangen und tropften von seinem Kinn.

»Ja«, sagte er mit belegter Stimme. In seinen Augen erkannte Hunter, dass die Welt für ihn keinen Sinn mehr ergab. »Das ist ihre Handschrift. Hat sie das für mich geschrieben?«, fragte er noch einmal, ehe er die Arme herunternahm und Hunter bei den Schultern packte. »Ja? Bitte, sagen Sie mir, ob sie das für mich geschrieben hat.«

Hunter spürte, wie sehr Troys Arme zitterten. Sein ganzer Körper bebte wie Espenlaub.

»Sagen Sie es mir ... Ist das für mich?«

Die Blicke der beiden Männer trafen sich, doch Hunter schwieg. Was hätte er sagen sollen?

30

Hunter blieb bei Troy, bis seine Mutter und sein Bruder eintrafen. Er gab beiden seine Visitenkarte und bat sie, ihn ohne Zögern anzurufen, falls sie etwas brauchten oder Fragen hatten.

Troy würde fürs Erste bei seiner Mutter in Sylmar bleiben.

Nachdem er endlich abgefahren war, trafen sich Hunter und Garcia vor dem Haus.

»Wie geht es ihm?«, fragte Garcia mit rauer Stimme. Seine Augen sahen müde aus.

Hunter schüttelte den Kopf, ohne seinen Partner anzusehen. »Er steht unter Schock ... ist seelisch gebrochen. Er wird Jahre brauchen, um sich davon zu erholen. Falls er sich je davon erholt.«

Garcia wunderte das nicht. Wenn man einen geliebten Menschen – den eigenen Partner, den man heiraten wollte –

so bestialisch zugerichtet auffand, musste das einen fürs Leben zeichnen.

Er massierte sich mit Daumen und Zeigefinger die geschlossenen Lider. »Konnte er dir denn was sagen? Über den Zettel? Die Handschrift? Ist es die seiner Verlobten? Hat er sie wiedererkannt?«

Hunter nickte. »Es ist ihre. Er war sich ganz sicher.«

»Scheiße!«, fluchte Garcia und drehte sich noch einmal zum Haus um. »Das ergibt keinen Sinn, Robert. Die Vorgehensweise ... die Methodik ... das passt doch alles nicht zusammen.«

Diesmal trafen sich ihre Blicke.

»Hat man ihr Mobiltelefon gefunden?«, wollte Hunter wissen.

Garcia schüttelte den Kopf. »Nein, bisher nicht. Und wenn wir hier wirklich über denselben Täter reden, werden wir es wohl auch nicht finden. Wahrscheinlich wurde es bereits zerstört.«

»Wir müssen uns ihre Textnachrichten anschauen.«

Garcias Blick wurde scharf. »Du glaubst, dass ...« Er vollendete den Satz nicht. »Natürlich«, beantwortete er seine unausgesprochene Frage. »Wenn es derselbe Täter ist, wissen wir ja, dass er seinem Opfer vorher Angst machen will. Das genießt er. Es ist wie ein Zwang für ihn.«

Hunter nickte. »Viel mehr habe ich nicht aus Troy rausbekommen«, sagte er. »Nur noch eine Sache.«

»Was denn?«

»Er hat mir gesagt, dass er am Montagabend gegen Viertel vor elf oder elf mit Kirsten telefoniert hat ... Da war sie zu Hause. Sie war erst spät von ihrer Schicht im Krankenhaus zurückgekommen, hatte sich eine Pizza bestellt und wollte noch ein bisschen fernsehen.«

Garcia begriff sofort. »Der Täter hat sie also von hier verschleppt?« Sein Blick wanderte zurück zum Haus.

»Scheint so«, sagte Hunter.

Eine nachdenkliche Pause folgte, in der Garcias Blick zu Kirstens Auto wanderte, das in der Einfahrt parkte.

»Kannst du dir vorstellen, wie entschlossen man für so was sein muss?«, sagte er und schüttelte kaum merklich den Kopf. »Er ist in ihr Haus eingebrochen, hat sie dort überwältigt, sie verschleppt und hinten an ein Fahrzeug gehängt, mit dem er sie dann so lange hinter sich hergeschleift hat, bis sie tot war ... bis sie sich die Hälfte ihres Fleisches abgeschürft hatte.« Er machte eine Pause, um Luft zu holen. »Dann hat er sie abgenommen, sie wieder ins Auto geladen, ist mit ihr zurück zum Haus gefahren und hat sie auf ihr Bett gelegt. Was ist das für ein Killer, Robert? Eine Armee von Dämonen?«

Obwohl er genauso wütend und frustriert war wie sein Partner, versuchte Hunter ruhig und analytisch zu bleiben.

»Das erfordert nicht nur Entschlossenheit, Carlos, sondern auch jede Menge Planungsaufwand. Der Ort, an den er sie verschleppt hat ... an dem sie gestorben ist – das kann nicht einfach irgendwo gewesen sein. Er muss ihn vorher ausgekundschaftet haben – eine freie Strecke irgendwo weit draußen, ein ehemaliger Parkplatz oder vielleicht sogar ein verlassenes Gebäude ... ein Hangar, eine Lagerhalle. Es musste ein möglichst abgeschiedener Ort sein, damit niemand ihn bemerkt. Ein Ort, an dem er sie ungestört für zehn, zwanzig, dreißig Minuten hinter sich herschleifen konnte. Vielleicht sogar noch länger.«

Garcia antwortete nicht. Er presste lediglich die Lippen aufeinander, bis er spürte, wie sich seine Zähne in das weiche Fleisch gruben.

»Es konnte ihm egal sein, wie lange es dauert«, fuhr Hunter fort. »Ich bin mir sicher, dass er genau wusste, dass es keine Zeugen geben würde.«

Beide Detectives schwiegen einen Moment lang.

»Wenn es wirklich ein und derselbe Täter ist, hält er sich bestimmt auch an seine Vorgehensweise. Wie du selbst gesagt hast: Er will die Angst seiner Opfer spüren. Das ist zwanghaft.«

Garcia nickte. »Ich setze mich gleich nachher mit Kirstens Mobilfunkanbieter in Verbindung. Diesmal sorge ich dafür, dass sie verstehen, dass wir auch das Video brauchen, falls es eines gibt.«

Hunter wandte sich noch einmal zum Haus. »Fahr heim, Carlos. Es ist schon spät. Ruh dich ein bisschen aus, wir sehen uns dann morgen früh.«

»Du bleibst noch?« Garcia warf einen Blick auf seine Uhr. Es war kurz vor drei Uhr nachts.

»Nicht mehr lange. Ich rede kurz mit der Kriminaltechnik, schaue mich noch mal um, und dann fahre ich auch nach Hause. Hier können wir momentan sowieso nichts mehr tun.«

31

Zurück in seiner Wohnung, fand Hunter den Rest der Nacht keinen Schlaf. Auch diesmal lag er regungslos im Bett und erlaubte seinem Körper, sich auszuruhen, während sein Gehirn auf Hochtouren arbeitete und sich an einem Puzzle versuchte, bei dem kein Teil zum anderen zu passen schien.

Vielleicht hatte Garcia recht. Vielleicht war der Täter wirklich eine Armee von Dämonen ... innerer Dämonen, die ihm keine Ruhe ließen. Die immer mehr wollten – mehr Schmerz, mehr Qualen, mehr Grausamkeit, mehr Angst. Oder vielleicht litt der Mörder auch unter einer Psychose. Vielleicht hörte er Stimmen, die ihn so sehr peinigten, dass er sein Handeln nicht mehr kontrollieren konnte. Wie sonst sollte man die irrwitzige Art und Weise erklären, mit der er vorging? Seine Methodik war anders als alles, was Hunter bisher gesehen oder gehört hatte. Nach ihren bisherigen Erkenntnissen ließ sich sein Vorgehen in sechs klar voneinander getrennten Stufen unterteilen.

Stufe eins: die Angst. Der Täter gierte förmlich nach der

Angst seiner Opfer, und er stillte diese Gier, indem er sich in ihren Häusern versteckte und ihnen Textnachrichten schickte, um sie wissen zu lassen, dass er ganz in der Nähe war und sie noch in dieser Nacht sterben würden. Er spielte mit ihnen, er entfachte ihre Furcht und steigerte sie bis ins Unermessliche.

Stufe zwei: der Beutefang. Die genaue Methode war noch unklar, aber da sich der Täter bereits im Haus seiner Opfer befand, ehe er zuschlug, dürfte es für ihn kein größeres Problem darstellen, sie zu überwältigen.

Stufe drei: die handgeschriebene Botschaft. Aus unerfindlichen Gründen zwang der Täter seine Opfer dazu, etwas niederzuschreiben, das wie ein Vers aus einem Gedicht oder einem romantischen Song klang. Die genaue Bedeutung dieser Stufe war bisher noch ungeklärt.

Stufe vier: die Folter. Der Täter weidete sich nicht nur an der Angst seiner Opfer, er wollte auch ihren Schmerz ... bis zum letzten Atemzug. Um seinen Hunger danach zu befriedigen, setzte er die Opfer vor der eigentlichen Tat grausamen, widerwärtigen Qualen aus.

Stufe fünf: der Mord. An diesem Punkt übertraf sich der Täter noch einmal selbst. Er tötete seine Opfer auf zutiefst verstörende und exzessiv brutale Weise. Allerdings unterschieden sich die einzelnen Morde stark voneinander, was eher ungewöhnlich war. Die Vorgehensweise, die Charakteristik der Tat ... alles schien sich von Mal zu Mal zu wandeln. Und doch war Hunter fest davon überzeugt, dass auch dies eine ganz bestimmte Bedeutung hatte.

Stufe sechs: die Inszenierung. Der Täter schien es zu genießen, die Leichen auf eine bestimmte Art und Weise zu arrangieren. Vielleicht tat er dies ausschließlich zu seinem eigenen Vergnügen ... vielleicht war ihm aber auch wichtig, dass sie so aufgefunden wurden. Möglicherweise war es auch eine Kombination aus beidem – was das betraf, war Hunter sich noch nicht hundertprozentig sicher.

Da der Wahn des Täters derart komplexe Formen annahm, war es nicht weiter verwunderlich, dass er wohlorganisiert und methodisch vorging. Jede einzelne Stufe war bei beiden Morden mit höchster Präzision durchgeführt worden. Er hatte keine Fehler gemacht, und wenn doch, so hatten Hunter und Garcia sie bisher nicht entdeckt.

Um halb sechs hatte Hunter geduscht und war bereit zum Aufbruch. Um sechs saß er an seinem Schreibtisch, und um sechs Uhr fünfundvierzig hatte er Captain Blake bereits einen ersten Bericht zum neuen Fall auf den Tisch gelegt. Um halb acht war er wieder in Alhambra.

Die Spurensicherung war endlich fertig geworden, deshalb hatte Hunter das Haus ganz für sich allein. Er verbrachte annähernd eine Stunde damit, von Raum zu Raum zu gehen und den Ablauf der Tat zu visualisieren. Wie war der Killer ins Haus gelangt? Warum hatte es allem Anschein nach keinen Kampf gegeben? Wieso hatte er Kirsten Hansen ausgerechnet auf diese Weise ermordet? Wozu die Nachricht in ihrer Faust? Was wollte der Täter ihnen damit sagen?

Irgendwann verließ er das Haus durch den Hinterausgang in der Küche und gesellte sich zu den Streifenpolizisten, die nach wie vor mit der Nachbarschaftsbefragung beschäftigt waren.

Zwei der Nachbarhäuser hatten Überwachungskameras, doch auch diesmal war ihnen das Glück nicht hold. Eine der Kameras war seit fast einem Jahr defekt, das andere Haus stand zu weit entfernt von der Straße, und die Kamera war hauptsächlich auf die Veranda ausgerichtet. Sie reichte nicht bis vorne zum Gehweg.

Die Befragung der Anwohner hatte ebenfalls nichts ergeben. Keiner hatte zwischen Montagnacht und Dienstagmorgen etwas Verdächtiges bemerkt. Dennoch fiel Hunter, als er die Informationen durchging, die die Officer bislang zusammengetragen hatten, etwas ins Auge. Der neunundsechzigjährige Mike Hennessey von schräg gegenüber hatte zwar angegeben, nichts Ungewöhnliches gesehen zu haben, allerdings war ihm aufgefallen, dass früh am Dienstagmorgen sowohl Kirstens weißer Chevrolet Malibu als auch Troys schwarzer Ford Pick-up in der Einfahrt gestanden hatten.

Wie war das möglich? Troy hatte ausgesagt, am Dienstagabend gegen halb zehn nach Hause gekommen zu sein. Wie konnte sein Wagen da am Dienstagmorgen in der Einfahrt gestanden haben?

Mr Hennessey wohnte in einem zweistöckigen weißen Terrassenhaus mit breiten Fenstern auf beiden Ebenen. In seiner Einfahrt stand ein älterer blauer Honda Accord. Der Vorgarten sah sehr gepflegt aus.

Ehe er auf die Klingel drückte, drehte Hunter sich um und blickte zu Kirstens und Troys Haus auf der anderen Straßenseite. Dann durchquerte er den Vorgarten und machte noch einmal dasselbe vom Fenster im Erdgeschoss aus. Das Fenster in der oberen Etage befand sich genau darüber. Von beiden Positionen aus hatte man freien Blick auf Kirstens und Troys Einfahrt.

Er ging zur Haustür, klingelte, trat zwei Schritte zurück und wartete. Einige Sekunden später sah er, wie sich der Spion verdunkelte, und gleich darauf wurde die Tür aufgeschlossen.

Mr Hennessey war etwa einen Meter fünfundsechzig groß, mit zurückgehendem Haaransatz, roten Wangen, dunkelbraunen Augen und einer dicken Brille, die auf einer schmalen Nase saß. Seine Kleider waren zu groß für seinen schmächtigen Körper. Die dunkle Hose rutschte ihm fast über die knochigen Hüften und wurde einzig von einem abgetragenen Ledergürtel gehalten, der bis ins letzte Loch stramm gezogen war. Die Ärmel seines schwarz-blauen T-Shirts reichten ihm bis über die Ellbogen.

»Was kann ich für Sie tun, junger Mann?«, fragte er, während er Hunter neugierig betrachtete. Seine Stimme klang weich, jedoch nicht zaghaft. Seine ganze Art wirkte offen und einladend.

Hunter stellte sich vor, ehe er erklärte, dass er lediglich eine kurze Frage bezüglich der Zeugenaussage habe, die Mr Hennessey früher am Morgen einem Officer gegenüber gemacht hatte.

»Natürlich«, sagte Mr Hennessey höflich. »Worum geht es denn?«

»Dürfte ich Sie zuerst fragen«, Hunter drehte sich zur Seite, um auf Kirstens und Troys Haus zu zeigen, »wie gut Sie das Paar aus Haus Nummer 802 kennen – Troy Foster und Kirsten Hansen?«

»Ach, eigentlich kaum«, antwortete Mr Hennessey. Sein Blick ging ganz kurz nach gegenüber, ehe er sich wieder auf Hunter konzentrierte. »Ehrlich gesagt, wusste ich bislang nicht mal, wie sie heißen. Ich kannte sie hauptsächlich vom Sehen. Ich meine ... manchmal, wenn ich am Fenster stehe oder vorne im Garten arbeite, sehe ich, wie sie ins Auto steigen oder den Müll rausbringen und so weiter ... Sie wissen schon ...« Mr Hennesseys Ton war beiläufig. »Manchmal sehe ich auch den jungen Mann, wenn er seinen Truck wäscht, aber ich habe mich noch nie mit ihnen unterhalten, falls es darum geht.«

»Aber Sie wissen, was für Autos sie fahren?«, fragte Hunter und wies mit dem Daumen nach hinten über seine Schulter.

»Ja, sicher.« Wieder glitt Mr Hennesseys Blick flüchtig zur Einfahrt schräg gegenüber. Kirstens Chevrolet Malibu stand noch dort, aber Troys Ford war verschwunden. Sein Bruder hatte ihn zum Haus ihrer Mutter in Sylmar gefahren.

»Sie fährt das weiße Auto da drüben. Und er einen schwarzen Pick-up.«

Hunter musste weiter nachhaken. Dass der Pick-up nicht mehr in der Einfahrt stand, konnte ihm dabei zu Hilfe kommen. »Wissen Sie zufällig auch, was für einen Pick-up er fährt? Die Marke oder das Modell?«

Mr Hennessey schüttelte den Kopf. »Tut mir leid, aber mit

Autos kenne ich mich nicht aus.« Er deutete auf seinen Honda. »Ich fahre die Klapperkiste da schon seit Jahren, und ich kann Ihnen so gut wie nichts darüber sagen. Für mich muss ein Auto einfach nur funktionieren. Der Rest ...« Er zuckte mit den Schultern.

Hunter nickte, ehe er fortfuhr. »Aber Sie haben dem Officer gesagt, dass Sie am frühen Dienstagmorgen beide Autos in der Einfahrt gesehen haben, ist das richtig?«

»Ja, das stimmt«, sagte der ältere Mann.

»Um wie viel Uhr war das, wissen Sie das noch?«

»Sicher«, antwortete Hennessey, ohne zu zögern. »Das war ungefähr um Viertel nach vier.«

Entweder hatte Mr Hennessey Hunters Blick bemerkt, oder er hatte das Gefühl, sich rechtfertigen zu müssen, denn er schob sofort eine Erklärung hinterher.

»Seit meine Frau vor anderthalb Jahren gestorben ist, schlafe ich nicht mehr so gut.« Bei der Erwähnung seiner verstorbenen Frau erlosch das Funkeln in seinen Augen. »Meistens bin ich schon um vier Uhr wach ... spätestens um fünf. Das Bett, das Zimmer ... das Haus ist zu groß für mich allein, wenn Sie wissen, was ich meine. Aber irgendwie kann ich mich auch nicht davon trennen. Die Erinnerungen sind alles, was ich noch habe.« Seine Stimme wurde noch leiser. Sein Blick ging ins Leere, ehe er blinzelte und zu Boden schaute. »Wie auch immer ... gestern war ich jedenfalls schon um vier auf den Beinen. Wenn ich aufstehe, mache ich immer zuerst mein Bett und ziehe die Vorhänge auf. Dann gehe ich nach unten, um mir einen Kaffee zu kochen.«

»Und von Ihrem Schlafzimmerfenster aus haben Sie beide Autos in der Einfahrt stehen sehen?«, fragte Hunter.

»Genau«, sagte Mr Hennessey und zeigte nach oben. »Das Schlafzimmer geht zur Straße raus.«

»Wissen Sie noch, wie und wo die Autos geparkt haben?«

»Ja, natürlich.« Der alte Mann streckte den Arm aus, um es Hunter zu demonstrieren. »Der weiße Wagen stand da, wo er jetzt gerade steht – direkt vor dem Haus. Der schwarze Pick-up parkte dahinter.«

»Und Sie sind absolut sicher, dass Sie den Pick-up gesehen haben?«

»Hundertprozentig, ja.«

Wieder schaute Hunter zu Troys und Kirstens Haus hinüber. Um vier Uhr fünfzehn am Morgen wäre es noch dunkel gewesen, aber ein kleines Stück von der Einfahrt entfernt stand eine Straßenlaterne. Sie hätte nicht ausgereicht, um die gesamte Einfahrt zu erhellen, aber in ihrem Licht hätte Mr Hennessey auf jeden Fall Troys Pick-up sehen können, erst recht, wenn er relativ nah zur Straße gestanden hatte.

»Und wie sicher sind Sie, dass der Pick-up, den Sie gesehen haben, der von Mr Foster war – dass es genau derselbe schwarze Truck war, der sonst auch in der Einfahrt steht?«

Mr Hennessey bewegte nachdenklich das Kinn und schaute Hunter von der Seite an. »Ah … verstehe.« Jetzt wusste er, worauf der Detective hinauswollte. Unsicher wandte er den Blick ab.

»Also, wenn ich ganz ehrlich sein soll«, sagte er beinahe entschuldigend, »bin ich mir da nicht so wirklich sicher. Er sah auf jeden Fall ähnlich aus … Er hatte dieselbe Farbe, und er stand in der Einfahrt. Es war noch dunkel, und ich war gerade erst aufgewacht. Als ich aus dem Fenster geschaut habe, sind mir die beiden Autos eigentlich auch nur aufgefallen, weil ihr Haus direkt gegenüber ist. Ich habe nicht wirklich auf Einzelheiten geachtet, sondern einfach nur einen Blick nach draußen auf die Straße geworfen und nicht weiter darüber nachgedacht.« Er hielt inne, um sich die Brille zurechtzurücken. »Wenn das Gehirn nicht aktiv versucht, Details oder Unterschiede zu erkennen, nimmt es sie in den meisten Fällen auch nicht wahr, selbst wenn es sie gibt.«

Hunters Augenbrauen schnellten in die Höhe. Mit so einer Erklärung hatte er nicht gerechnet.

»Alles war wie immer«, fuhr Mr Hennessey fort. »Ein

schwarzer Pick-up in der Einfahrt – deshalb hat mein Gehirn nichts Ungewöhnliches registriert.« Er räusperte sich. »Wenn Sie mich also fragen wollen, ob es theoretisch auch ein anderer Pick-up gewesen sein könnte, dann muss ich wohl mit Ja antworten. Ein anderes Modell, vielleicht sogar ein anderer Hersteller. Weil Farbe und Form ähnlich waren, bin ich einfach davon ausgegangen, dass es Troys Pick-up ist. So funktioniert das menschliche Gehirn nun mal ...«

»Kognitive Verzerrung.« Hunter nickte.

Diesmal war Mr Hennessey derjenige, der erstaunt die Augenbrauen hochzog.

»Sind Sie Psychologe, Sir?«, fragte Hunter.

»Ich war früher als Psychiater tätig«, antwortete Mr Hennessey. »Inzwischen im Ruhestand. Sie etwa auch? Woher wussten Sie, dass ...?« Der ältere Mann sah Hunter neugierig an.

»Ich lese viel«, sagte dieser bloß, weil er nicht weiter auf das Thema eingehen wollte.

»Aha, verstehe.« Mr Hennessey nickte, doch Hunter sah ihm an, dass er ihm seine Aussage nicht so recht abkaufte.

»Ich nehme an, Sie haben nicht gesehen, wie der Pick-up weggefahren ist?«, fragte er weiter.

»Leider nicht, nein.« Der alte Mann heftete den Blick auf seine Schuhe. »Aber ich bin mir sicher, dass er gegen halb sieben nicht mehr da stand.« Er machte eine Pause und hob den Kopf. »Um die Uhrzeit gehe ich nämlich immer raus und gieße die Blumen.« Er deutete in den Garten. »Da war der Pick-up nicht mehr dort. Das weiß ich noch ganz genau.«

Hunter hatte keinen Zweifel, dass der Mann die Wahrheit sagte.

Er bedankte sich bei Mr Hennessey, doch als er sich zum Gehen wandte, hielt dieser ihn zurück.

»Detective«, rief er ihm nach. In seiner Stimme schwang hörbare Besorgnis mit. »Der Pick-up, den ich gestern Morgen gesehen habe, gehörte nicht zu Haus Nummer 802, oder?«

Hunter verstand den Beweggrund für die Frage. Er wusste auch, weshalb Mr Hennessey so besorgt klang. Er war ein gebildeter, intelligenter Mann, und aus ihrem Gespräch hatte er geschlussfolgert, dass das Fahrzeug, das er am Dienstagmorgen gesehen hatte, der Person gehört haben musste, die seine Nachbarin ermordet hatte. Der Mörder war ganz in seiner Nähe gewesen. Diese Gewissheit löste eine regelrechte Lawine von Fragen aus. *Was, wenn er stattdessen in mein Haus gekommen wäre? Was, wenn ich eine Minute länger am Fenster gestanden hätte ... oder zwei oder fünf? Hätte ich ihn dann vielleicht gesehen, als er das Haus verließ?*

Nun musste Hunter eine möglichst diplomatische Erwiderung finden.

»Es ging mir nur um ein paar Einzelheiten, mehr nicht«, sagte er betont beiläufig. »Bei einigen Aussagen bestand noch Klärungsbedarf.«

Er wusste wohl, dass dies keine Antwort auf Mr Hennesseys Frage war, doch im Moment hatte er nichts Besseres zu bieten.

32

Nach seinem Gespräch mit Mr Hennessey fuhr Hunter zurück ins PAB. Während der Fahrt dachte er über etwas nach, das ihm aufgefallen war, als er Kirstens und Troys Haus durch den Hinterausgang verlassen hatte. Es passte zu dem, was er von dem ehemaligen Psychiater erfahren hatte. Das einzige Wort, das ihm dazu einfiel, war *clever.*

Im Büro hatte Garcia kurz zuvor die letzten Tatortfotos von Dr. Slaters Team aufgehängt und sie mehrere Minuten lang angestrengt betrachtet. Links an der Pinnwand der Melissa-Hawthorne-Tatort, rechts der von Kirsten Hansen. Ganz zum Schluss wanderte sein Blick zu den Fotos der beiden Botschaften, die der Täter hinterlassen hatte.

»Was hat das zu bedeuten?«, murmelte er, ehe er einen Schritt zurücktrat. Im selben Moment kam Hunter herein.

Garcia wusste, dass sein Partner noch einmal den Tatort besichtigt hatte.

»Irgendwas Neues?«, fragte er zögerlich.

»Kann sein«, gab Hunter zurück, öffnete den Reißverschluss seiner Jacke und hängte sie über seinen Stuhl, ehe er den Rechner einschaltete.

»Einer der Nachbarn hat gestern Morgen gegen Viertel nach vier Troy Fosters Pick-up hinter Kirstens Wagen in der Einfahrt stehen sehen.«

»Was?« Garcia zog die Brauen zusammen, sodass auf seiner Stirn zwei senkrechte Falten entstanden, die fast exakt der Kontur seiner Nase folgten. »Wie kann das sein?«

»Das ist es ja gerade: Es kann *nicht* sein. Troy Foster war zur fraglichen Zeit in San Francisco.«

Garcia drehte sich zu seinem Partner um. »Der Nachbar hat also gelogen. Warum?«

»Nein«, sagte Hunter, ehe er sich zu Garcia an die Pinnwand gesellte. »Ich glaube nicht, dass er gelogen hat.«

Einen Sekundenbruchteil später hatte Garcia ihn verstanden. »Er hat das Fahrzeug des Täters gesehen?«, sagte er mit großen Augen.

Hunter nickte.

»Kennzeichen?«, fragte Garcia, plötzlich ganz aufgeregt. »Aufkleber, Dellen, Kratzer? Hat er irgendwas bemerkt, was uns dabei helfen könnte, das Fahrzeug oder den Halter zu identifizieren?«

Hunter schüttelte den Kopf. »Nur dass es ein schwarzer Pick-up war. Möglicherweise war es dasselbe Modell wie das von Troy, vielleicht hat es aber auch nur sehr ähnlich ausgesehen.«

Garcia runzelte die Stirn, dann atmete er schnaubend aus. »Sein Nachbar hat also nur einen schwarzen Pick-up gesehen, sonst nichts?«

»Ja.«

»Keinerlei Einzelheiten ... bloß einen schwarzen Pick-up.«

»Ja.« Hunter berichtete Garcia von seinem Gespräch mit Mr Hennessey.

»Mit anderen Worten«, fasste Garcia zusammen, »es könnte irgendein beliebiger Pick-up gewesen sein, nur dass er schwarz war.«

»Ja, das ist richtig.« Hunters Blick ruhte auf der Pinnwand, nicht auf seinem Partner. »Allerdings glaube ich nicht, dass es irgendein beliebiger Pick-up war.«

Diese Bemerkung brachte ihm einen neugierigen Blick seines Partners ein, doch wieder dauerte es nicht lange, ehe Garcia begriff.

»Risikominimierung«, sagte er. »Entweder, der Täter fuhr einen identischen Pick-up, oder einen, der dem von Troy sehr ähnlich war.«

Statt seine Zustimmung laut zu äußern, hob Hunter lediglich die Augenbrauen.

»Auf diese Weise«, fuhr Garcia fort, »konnte er direkt in der Einfahrt parken. Das hätte es ihm wesentlich erleichtert, die betäubte Kirsten zum Wagen zu schleppen und ihre Leiche hinterher zurück ins Haus zu tragen. Selbst wenn er bemerkt worden wäre, hätte es bei der Dunkelheit keinen der Nachbarn stutzig gemacht.« Er lachte. »Clever.«

»Sehr«, gab Hunter zurück. »Dem Täter war von vorneherein klar, dass er für beides Zeit benötigen würde. Als er mit Kirstens Leiche zurückkam, hat er vielleicht eine ganze Weile im Haus verbracht, um sie nach seinen Vorstellungen auf dem Bett zu drapieren. Gut möglich, dass der Pick-up länger in der Einfahrt stand.«

»Und je länger er dort stand, desto größer war die Wahrscheinlichkeit, dass ihn jemand sieht.«

»Risikominimierung vom Feinsten«, sagte Hunter. »Vor allem weil der Pick-up auch noch einen ausgezeichneten Schutz vor neugierigen Blicken bot. Heute Morgen habe ich den Hinterausgang durch die Küche genommen, der befindet sich auf dieser Seite des Hauses.« Er zeigte auf das Bild mit beiden Fahrzeugen in der Einfahrt, auch wenn die Tür darauf nicht zu sehen war. »Ihr Haus ist das letzte in der Straße. Links davon kommt nur noch freies Gelände. Da beide Wagen in der Einfahrt standen, konnte der Täter auf der Fahrerseite aussteigen und den Kücheneingang benutzen. Kein Nachbar konnte sehen, wie er reinging oder rauskam. Er hatte alle Zeit der Welt, das Opfer in den Truck und später wieder auszuladen.«

Garcia trat näher an die Pinnwand heran und betrachtete aufmerksam das Foto. »Der Täter hat also einen Pick-up gemietet oder gestohlen, der dem von Troy möglichst ähnlich sieht.«

»Genau«, sagte Hunter.

»Ich bitte die Rechercheabteilung, sich ...«

»Habe ich schon gemacht«, fiel Hunter ihm ins Wort. »Ich habe sie auf der Fahrt hierher aus dem Auto angerufen.«

Garcia atmete rasselnd ein, dann seufzte er. »Wenn wir damit richtigliegen, ist das ganz schön viel Aufwand für einen einzigen Mord. Warum macht er das?«

Als Hunter den Mund öffnete, um etwas zu antworten, wurde die Tür zu ihrem Büro so heftig aufgerissen, dass einige Blätter von Garcias Schreibtisch segelten und zu Captain Blakes Füßen landeten. In der rechten Hand hielt sie den Bericht, den Hunter ihr am Morgen auf den Schreibtisch gelegt hatte. Sie wedelte damit und fixierte die Detectives über den Rand ihrer Lesebrille hinweg. Ihre Augen waren groß, ihre Haltung war angriffslustig.

»Zeigen Sie es mir.«

33

Das Büro der UV-Einheit war recht klein. Hunter und Garcia beschrieben es meistens als »Schuhkarton«, doch trotz der beengten Verhältnisse hatte alles seinen Platz. Die Pinnwand zum Beispiel stand an der hinteren Wand direkt hinter den beiden Schreibtischen. Von ihrer Position nahe der Tür hätte Captain Blake einen unverstellten Blick darauf gehabt, wenn Hunter und Garcia nicht im Weg gestanden hätten.

Garcia machte einen Schritt nach links, und Hunter machte einen Schritt nach rechts.

»Was genau sollen wir Ihnen zeigen, Captain?«, fragte Garcia, der mit einer ausladenden Geste auf die Pinnwand deutete. »Wir haben hier nämlich ein ganzes Büfett von Überraschungen.«

Captain Blake gab keinen Kommentar dazu ab. Stattdessen ließ sie die Tür hinter sich ins Schloss fallen, nahm die Lesebrille ab und trat schweigend näher. Ihre Aufmerksamkeit galt den Fotos auf der rechten Seite. Sie blinzelte mehrmals, als sie die Aufnahmen sah, die Kirsten Hansen mit über dem Kopf ausgestreckten Armen und gefesselten Handgelenken auf dem Bett zeigten. Die Konstruktion aus Karabinerhaken, Kette und Seil war noch nicht entfernt worden. Blake machte ein Gesicht, als könne sie den Wahnsinn nicht fassen.

Hunter und Garcia warteten schweigend ab, während sie das Grauen der Bilder zu verarbeiten suchte.

Sie öffnete den Mund, schloss ihn jedoch wieder, ohne etwas gesagt zu haben. Stattdessen seufzte sie lediglich. In ihrem Blick spiegelte sich eine Mischung aus Zorn und Resignation.

Mehrere Sekunden vergingen, während sie ein Foto nach dem anderen betrachtete.

»Hier.« Sie hob den Bericht, den sie noch immer in der Hand hielt. Ihre Stimme klang ruhig und gelassen. »Hier steht, Sie gehen davon aus, dass sie hinten an ein Fahrzeug gehängt und zu Tode geschleift wurde. Hat sich das in der Zwischenzeit bestätigt?«

»Noch nicht offiziell«, sagte Garcia. »Wir warten noch auf die Autopsieergebnisse.«

In seinen Worten schwang ein hörbares »Aber« mit. Captain Blake wartete. Als nichts kam, zog sie selbst die entsprechenden Schlussfolgerungen. »Aber es wird sich bestätigen.«

»Wir rechnen fest damit«, sagte Hunter.

Blake senkte kurz den Blick auf den Bericht in ihrer Hand, ehe sie sich wieder den Fotos widmete. Ungeduldig suchte sie die Pinnwand ab, doch die schiere Menge an Bildern machte es ihr schwer, zu finden, wonach sie suchte. Schließlich fixierte sie Hunter.

»In Ihrem Bericht schreiben Sie auch, dass beide Morde von demselben Täter begangen wurden. Wie kann das sein? Und wo ist die Botschaft, die angeblich in ihrer Hand gefunden wurde?« Sie zeigte auf die Hälfte der Pinnwand, auf der die Fotos von Kirsten Hansen hingen.

Garcia hatte die Aufnahmen der beiden Nachrichten nebeneinander ganz unten an die Pinnwand geheftet. Er zeigte darauf.

Captain Blake las beide Sätze.

Melissas lautete: *In diesen Augen wird nie ein Mensch so schön sein wie Du.*

Kirstens lautete: *In diesem Herzen wird keine Liebe je die meine für Dich übertreffen.*

Die Nachrichten waren nicht identisch, aber Ton, Rhythmus und Thema wiesen unverkennbare Ähnlichkeiten auf.

Captain Blake kniff sich in die Unterlippe. »Klingt wie ein Liebesgedicht.«

»Stimmt«, pflichtete Hunter ihr bei. »Oder ein Song, finden Sie nicht?« Er hob die Hand, um anzuzeigen, dass sie nicht darauf zu antworten brauchte. »In jedem Fall scheinen sie zusammenzugehören.«

Schweigend las Captain Blake noch einmal beide Sätze.

»Ich habe noch mal im Internet nach beiden Sätzen gesucht«, fuhr Hunter fort. »Einzeln und zusammen. Ich habe die Wörter umgestellt und die Sätze vertauscht.« Er schüttelte den Kopf. »Nichts. Was auch immer das für ein Text ist, im Netz scheint er nicht zu existieren.«

»Wahrscheinlich bedeutet das, dass der Killer die Zeilen selbst geschrieben hat«, meinte Garcia, ehe er sich rasch korrigierte. »Oder vielmehr: Er hat sie sich ausgedacht und dann seine Opfer dazu gezwungen, sie aufzuschreiben, ehe er sie getötet hat.«

»Ihr Verlobter hat es bestätigt«, setzte Hunter erklärend hinzu. »Es ist Kirstens Handschrift.«

Captain Blake legte seufzend den Bericht weg.

»Und«, fuhr Garcia fort, »genau wie bei Melissa Hawthorne fehlt auch von Miss Hansens Handy jede Spur.«

Captain Blake brauchte einen Moment, um diese Information zu verarbeiten.

»Textnachrichten«, sagte sie.

»Das vermuten wir, ja«, sagte Garcia. »Ich habe mich bereits an den Mobilfunkanbieter gewandt. Das war, kurz bevor du gekommen bist.« Er warf Hunter einen Blick zu. »Zum Glück ist es wieder AT&T. Diesmal bin ich kein Risiko eingegangen und habe Martin Carr direkt angerufen.«

»Wen?«, wollte Captain Blake wissen.

»Den Anwalt, mit dem wir gesprochen haben, als wir gestern im AT&T-Hauptquartier waren«, klärte Hunter sie auf.

Garcia nickte. »Er hat mir zugesichert, dass sie diesmal auch alle Videos und Fotos mitschicken, falls ihre jüngsten Nachrichten welche enthalten.«

»Und wie definieren Sie ›jüngste Nachrichten‹?«, fragte Blake.

»Genauso wie bei Miss Hawthorne – aus den letzten drei Monaten. Ich habe ihm klargemacht, dass es sehr dringend ist. Mit ein bisschen Glück haben wir heute Abend das Material.«

»Sehr gut.« Hunter nickte seinem Partner zu.

»Wer ist die Tote?«, fragte Captain Blake und trat von der Pinnwand zurück, um sich gegen Hunters Schreibtisch zu lehnen. »Was wissen wir über sie?«

»Wir haben ihre Akte vor etwa einer halben Stunde reinbekommen.« Garcia öffnete einen Anhang der Mail, die er von den Kollegen aus der Rechercheabteilung erhalten hatte.

»Kirsten Hansen. Neunundzwanzig Jahre alt. Hat als OP-Schwester im Los Angeles Surge Hospital in Westlake gearbeitet. Geboren in …« Er brach ab und schaute abermals in Hunters Richtung. »Du hattest recht, sie wurde in Dänemark geboren, in einer Stadt namens Odense. Ist vor acht Jahren in die USA gekommen, um an der UCLA Pflege zu studieren. Sie hat vor dreieinhalb Jahren ihren Masterabschluss gemacht. Ihr Praktikum hat sie …« Garcia scrollte weiter nach unten. » … im selben Krankenhaus absolviert, in dem sie später auch eine Stelle bekommen hat, im LA Surge. Sie lebte mit ihrem Verlobten Troy Foster zusammen in Alhambra.«

»Die beiden waren seit drei Jahren ein Paar«, ergänzte Hunter noch. »Er hat die Leiche gefunden.«

»Wie die meisten Leute heutzutage«, fuhr Garcia fort, »hat sie mehrere Social-Media-Accounts. Die üblichen Verdächtigen: Facebook, Insta, Twitter. Die schauen wir uns alle noch an.« Er scrollte weiter. »Keine Vorstrafen, nicht mal ein Knöllchen. Ihre Kreditkarte wurde zuletzt in der Mordnacht benutzt. Sie hat eine Pizza bei Angelo's Pizzeria am West Valley Boulevard bestellt, das liegt etwas mehr als eine Meile von ihrem Haus entfernt.«

»Hat sie sich die Pizza liefern lassen?«, wollte Captain Blake wissen.

»Ja, hat sie«, sagte Hunter. »Die Pizzeria macht um elf Uhr auf. Ich fahre später vorbei und schaue mal, ob ich mit dem Fahrer sprechen kann. Vielleicht hat er den Pick-up des Täters in der Nähe gesehen.«

Captain Blake zog die Brauen zusammen. »Woher wissen Sie, dass der Täter einen Pick-up fuhr?«

Hunter berichtete Captain Blake von ihrer Theorie. Er erklärte ihr auch, warum sie vermuteten, dass die Wahrscheinlichkeit hoch war, dass der Täter sich bereits im Haus des Opfers versteckt gehalten hatte, als die Pizza geliefert worden war.

»Wenn es wirklich ein und derselbe Täter ist«, sagte Garcia, der wieder auf die Fotos der beiden Botschaften deutete, »besteht die Wahrscheinlichkeit, dass gewisse Elemente seiner Vorgehensweise sich von Tat zu Tat wiederholen.«

»Wer auch immer er ist«, sagte Hunter. »Er scheint sich sehr gut mit psychologischer und körperlicher Folter auszukennen.«

»Wegen der Textnachrichten, meinen Sie?«, sagte Blake.

Hunter nickte, ehe er zur Pinnwand zurückkehrte und auf das Protokoll des Chatverlaufs zwischen dem Täter und Melissa Hawthorne deutete. »Wir wissen, wie seine Vorgehensweise aussieht, weil er sie selbst dokumentiert hat. Er will sein Opfer lehren, was Angst, Schmerz und Tod sind. Das ist der Trieb, den er ausleben muss. Und er genießt es.«

Ein betretenes Schweigen erfüllte den Raum.

Captain Blake schloss die Augen und massierte sich mit den Fingerspitzen die Schläfen. Sie freute sich wahrhaftig nicht auf die Migräne, von der sie spürte, dass sie im Anmarsch war.

»Okay, gehen wir noch mal kurz zurück«, sagte sie schließlich. »Als die erste Nachricht gefunden wurde, haben wir die Möglichkeit diskutiert, dass es sich um eine Art Liebeserklärung handeln könnte, sind aber nie zu einem abschließenden Ergebnis gekommen. Angesichts der zweiten, sehr ähnlichen Botschaft fragen wir uns nun, ob es sich um Auszüge aus ein und demselben Text handelt – einem Gedicht oder einem Song oder was auch immer.« Blake hob die Hände und zuckte gleichzeitig mit den Schultern. »Sagen wir der Einfachheit halber, es ist ein Gedicht. Für mich sieht es danach aus, als würde die zweite Botschaft, beziehungsweise der zweite Vers, unsere anfängliche Vermutung stützen, finden Sie nicht auch? Er redet explizit von ›Liebe‹. Könnte es nicht sein, dass der Täter eine Beziehung zu beiden Opfern hatte? Vielleicht hat er sich in sie verliebt und wurde von ihnen zurückgewiesen, und jetzt will er sich dafür rächen.«

»Ja«, sagte Garcia. »Die Möglichkeit besteht durchaus, Captain, und wir werden sämtliche Ex-Freunde, Affären und One-Night-Stands befragen, die wir aufspüren können.«

Hunter stand am Fenster und beobachtete, wie unten auf der Straße eine Frau, die einen Buggy mit einem Kleinkind vor sich herschob, bei Rot die Straße überquerte.

»Je länger ich über die Worte in den beiden Versen nachdenke«, sagte er, »desto mehr muss ich an Miss Peterson denken.«

»Wie bitte?« Captain Blake hustete. »Wer zum Teufel ist Miss Peterson?«

»Meine Englischlehrerin in der siebten Klasse«, sagte Hunter. »Sie hat mit uns ein ganzes Jahr lang jede Stunde mindestens zwanzig Minuten über Lyrik gesprochen. Sie hat uns etwas beigebracht, das ich nie vergessen werde.«

»Was denn?«

»Dass Lyrik immer offen für Interpretation ist. Wenn man einer beliebigen Anzahl von Personen ein und dasselbe Gedicht vorlegt und sie bittet, in ihren eigenen Worten zu beschreiben, worum es darin geht, bekommt man lauter verschiedene Antworten, und keine von ihnen ist per se falsch.«

Garcia und Captain Blake sahen Hunter fragend an.

»Miss Peterson hat uns beigebracht, dass die Worte in einem Gedicht auf jeden Menschen anders wirken, und deswegen ist auch die Interpretation von Mensch zu Mensch verschieden.« Er schüttelte den Kopf, als wolle er alles verneinen, was er soeben gesagt hatte. »Was ich damit sagen will, ist, dass wir diese Verse vielleicht als Liebesgedicht interpretieren, aber das ist *unsere* Interpretation, nicht die des Täters. Für ihn könnte es ein Schlaflied sein, das seine Mutter ihm früher vorgesungen hat, und wer weiß? Vielleicht hat er es gehasst.«

Captain Blake wollte das Thema vertiefen. »Okay, dann formuliere ich meine Frage anders. Was glauben *Sie*, was die Verse bedeuten?«

Hunters Blick driftete einmal mehr zum Fenster. »Meine Ansicht dazu ist momentan wohl kaum relevant.«

»Da irren Sie sich, Robert. Sie zwei sind die leitenden Detectives in diesem Fall. Was Sie denken, egal zu welchem Aspekt des Falls, bestimmt die Richtung der Ermittlungen. Der Täter hinterlässt diese Nachrichten nicht aus Spaß. Er weiß, dass sie gefunden werden – er weiß, dass *wir* sie finden. Er will uns damit herausfordern ... uns provozieren.« Sie zeigte mit dem Finger auf Hunter. »Sie haben mir das mehr als einmal gesagt. Mehr noch: Sie sagen mir das jedes Mal, wenn ein Mörder eine Botschaft, eine Zeichnung, einen Gegenstand oder was auch immer am Tatort zurücklässt. Das sind Hinweise, die wir interpretieren müssen – genau wie ein Gedicht. Und Sie sind der Experte, wenn es darum geht, wie ein Killer zu denken ... wenn es darum geht, die Dinge durch die Augen eines komplett gestörten Psychopathen zu sehen. Nichts anderes ist Sinn und Zweck dieser Abteilung. Wenn also jemand sagen kann, was diese Worte dem Killer bedeuten, dann Sie, Robert. Also ersparen Sie mir Ihr Gefasel von wegen ›Meine Ansichten dazu sind nicht relevant‹. Wir alle wissen, dass sie höchst relevant sind.«

Garcia rieb sich die Stelle zwischen den Augenbrauen. »Sie hat nicht ganz unrecht, Robert. Ich bin jedenfalls im Lyrikkurs durchgefallen.«

Hunter drehte sich zu den anderen um. »Das war auch nicht das, was ich gesagt habe, Captain. Ich habe nicht gesagt, dass meine Ansichten grundsätzlich irrelevant sind. Ich habe lediglich gesagt, dass sie höchstwahrscheinlich *momentan* nicht relevant sind.«

Captain Blake verschränkte die Arme vor der Brust. »Und was soll das jetzt wieder heißen?«

»Es heißt, dass ... ich nicht glaube, dass es schon zu Ende ist.«

Blakes Blick driftete von der Pinnwand zu Hunter.

»Was ist nicht zu Ende?«

»Das Gedicht. Es wirkt ... unfertig, Captain. Ich glaube, es kommt noch mehr.«

34

»Was zum Geier machst du da?«, fragte Josie Griffith, während sich ihre Mundwinkel zu einem amüsierten Lächeln verzogen.

Sie war gerade aus dem Bad ins Schlafzimmer gekommen. Ihr Ehemann Oliver stand vor dem mannshohen Spiegel, der an der Tür des Kleiderschranks hing, und kämpfte mit seiner Krawatte.

»Wonach sieht es denn aus, Schatz?« Oliver beantwortete die Frage seiner Frau mit einer Gegenfrage – etwas, das er von ihr gelernt hatte. Als Psychotherapeutin machte sie so etwas gewissermaßen professionell.

»Es sieht so aus, als würdest du versuchen, dich zu erhängen, Liebling«, gab Josie zurück. »Willst du mir vielleicht unbewusst etwas mitteilen?«

»Auf jeden Fall, Frau Doktor.« Oliver drehte sich zu ihr um. »Und zwar, dass ich Hilfe brauche.«

Josie trug ihren violetten Lieblingsbademantel und hatte sich ein weiches Handtuch um den Kopf geschlungen. Trotz dieses Aufzugs, ungeschminkt und mit unter dem Handtuch versteckten Haaren, sah sie besser aus, als ein Normalsterblicher zu dieser frühen Stunde das Recht hatte auszusehen.

Oliver ließ die Hände sinken, als hätte er den Kampf aufgegeben. »Kannst du mir bitte helfen, Schatz? Auf einmal bin ich wieder zehn Jahre alt. Weißt du, wie man eine Krawatte bindet?«

Oliver und Josie hatten sich siebzehn Monate zuvor auf einer privaten Party in Sherman Oaks, einer noblen Wohngegend im San Fernando Valley, kennengelernt. Es hatte von Anfang an zwischen ihnen geknistert, allerdings war Josie diejenige gewesen, die den ersten Schritt gemacht hatte.

»Hast du Angst, mich anzusprechen?«, hatte sie Oliver gefragt, als dieser gerade an der Bar einen Drink bestellen wollte.

Er hatte sie nicht kommen sehen und war komplett überrumpelt.

»Äh …« Er blinzelte zweimal, schaute zum Barkeeper, dann auf seine Schuhe und schließlich zu Josie. »Nein, eigentlich ni… – was meinst du damit?«

Seine Reaktion war so unbeholfen, dass Josie schmunzeln musste.

»Na ja, seit ich vor einer Dreiviertelstunde reingekommen bin, hast du mich immer wieder angeschaut«, sagte sie und schwieg so lange, bis Oliver ganz verlegen wurde. »Aber das macht nichts. Ich habe dich ja auch angeschaut, und ich weiß, dass es dir aufgefallen ist.«

Oliver trat von einem Fuß auf den anderen. »Stimmt, ja.«

»Und«, fuhr Josie fort, »weil ich bemerkt habe, dass du es bemerkt hast, habe ich dir zahlreiche Gelegenheiten gegeben, zu mir rüberzukommen und Hallo zu sagen, die du aber nicht genutzt hast. Du musst also entweder sehr schüchtern oder aber komplett ahnungslos sein. Also, was ist es?«

Oliver lächelte scheu. »Ein bisschen von beidem, würde ich sagen.«

Josie erwiderte sein Lächeln.

Sie schliefen in der ersten Nacht miteinander. Elf Monate später waren sie verheiratet.

Josie trat zu ihrem Ehemann. »Es ist mir ein Vergnügen, Ihnen zu helfen, Mr Griffith.« Sie gab ihm einen Kuss auf die Lippen, ehe sie sich an seiner Krawatte zu schaffen machte. »Und ja, ich weiß, wie man eine Krawatte bindet.«

Oliver Griffith war ohne Frage ein attraktiver Mann. Groß, schlank, muskulös, elegant. Er hatte die Arme, Schultern und Bauchmuskeln eines Profiboxers und das Gesicht eines Models. Er trug sein dunkles Haar gerne kurz, folgte frisurentechnisch aber keinem bestimmten Trend, was ihm einen gewissen eigenwilligen Charme verlieh. Seine Augen, eine Nuance heller als seine Haare, gaben nicht viel preis, ließen jedoch eine ruhige, wachsame Art und einen regen Intellekt erahnen.

»Warum trägst du heute überhaupt Anzug und Krawatte?«, fragte seine Frau. »Was ist der Anlass?«

Oliver arbeitete für eine weltbekannte Werbeagentur. In der Branche kannte man ihn als den Ideenmann, und er war wirklich ein brillanter Werber. Allein in den letzten drei Monaten hatte er mit seinen Pitches drei neue Kunden für die Agentur gewonnen, von denen zwei Firmen aus Europa waren, die mehrere Millionen Dollar schwere Accounts mitbrachten.

»Ich treffe mich heute Morgen mit einem potenziellen Neukunden«, sagte er. »Es könnte ein richtig dickes Ding werden – ein japanisches Elektronikunternehmen. Anscheinend legen sie großen Wert auf Förmlichkeit, deshalb hat Brendan mir gesagt, ich muss gut aussehen.«

»Du siehst immer gut aus, Schatz«, sagte Josie, während sie mit den Fingern über seine stahlgraue Seidenkrawatte strich. »Was für einen Knoten möchtest du?«

Oliver riss erstaunt die Augen auf. »Wie viele kennst du denn?«

Abermals küsste sie ihn. »Vier ... glaube ich.« Sie überlegte kurz. »Ja, vier. Windsor, halber Windsor, Four-in-Hand und den einfachen Krawattenknoten.«

Olivers Kopf zuckte zurück. »Und das sagst du mir erst jetzt? Wie lange sind wir schon zusammen?«

Josie sah Oliver auf die für sie typische Weise an – das Kinn gesenkt, die Augenbrauen hochgezogen, den Kopf leicht zur Seite geneigt, der Blick scharf wie Laserstrahlen. *Ich hoffe doch sehr, dass das ein Witz war,* sagte dieser Blick.

»Eine rein rhetorische Frage, Liebling«, ruderte Oliver wenig überzeugend zurück.

»Tatsächlich?« Josie ließ von seiner Krawatte ab. »Dann sagen Sie es mir doch bitte, Mr Griffith: Wie lange sind wir schon zusammen?«

»Willst du mich testen?«, fragte Oliver, ehe er den Blick seiner Frau zu spiegeln versuchte, obwohl es seinem merklich an Strenge fehlte.

Josie fand das gar nicht witzig.

»Anderthalb Jahre«, sagte er gelassen. »Wir waren ein Jahr lang ein Paar und haben vor sechs Monaten geheiratet – am 7. August. Zufrieden?«

»Siebzehn Monate, nicht anderthalb Jahre«, korrigierte sie ihn, ehe sie abermals nach seiner Krawatte griff. »Aber gut.« Sie lächelte. »Immerhin kannst du dich noch an unser Hochzeitsdatum erinnern. Du hast bestanden.«

Oliver lachte leise. »Dann war es also wirklich ein Test.«

»Das ganze Leben ist eine Prüfung, Schatz.« Sie fuhr mit der Fingerspitze an seinem Unterkiefer entlang. »Also, welcher Knoten darf es denn nun sein?«

»Hmm …« Er zuckte mit den Schultern. Wenn er ehrlich war, kannte er sich mit den Feinheiten des Krawattenbindens nicht aus. »Überrasch mich.«

Josie biss sich in die Unterlippe, dann suchte sie Olivers Blick. »Wirklich?« Sie ließ die Hand sinken und öffnete mit einer einzigen geschmeidigen Bewegung ihren Bademantel. »Meinst du so eine Überraschung?«

Sie spürte, wie er sich am ganzen Körper anspannte.

Oliver atmete langsam aus. Er musste all seine Willenskraft aufbringen, damit seine Blicke nicht abschweiften.

»Obwohl ich jeden Zentimeter deines Körpers kenne, mein Liebling«, sagte er bemüht ruhig, »werde ich nicht nach unten schauen, denn wenn ich das tue, kriege ich ernsthafte Probleme. Ich muss zu meinem Termin, ich darf auf keinen Fall zu spät kommen. Also, könntest du das bitte, bitte, bitte auf heute Abend verschieben und mir jetzt einfach nur die Krawatte binden?«

»Bist du sicher?« Josie trat noch dichter an ihn heran, schob ein Knie zwischen seine Beine und rieb die Innenseite ihres nackten Schenkels sanft gegen seinen. Sie musste nicht nach unten schauen, um zu wissen, dass die Berührungen den erwünschten Effekt hatten.

Oliver schloss die Augen und versuchte tapfer, ein lustvolles Stöhnen zu unterdrücken.

Er scheiterte kläglich.

»Ich …« Er schüttelte den Kopf, ehe er die Augen wieder öffnete.

Josie hielt seinen Blick noch einen Moment lang fest.

»Na gut«, sagte sie und ließ mit einem diebischen Lächeln von ihm ab. »Aber du musst mir versprechen, dass wir heute Abend zusammen spielen.«

»Oh, auf jeden Fall.«

»Bestrafst du mich dann, weil ich so ungezogen war und dich heißgemacht habe, obwohl du es eilig hattest?«

Abermals holte Oliver tief Luft, um sich zu fassen. »Willst du denn bestraft werden?«, konterte er.

Jetzt kam Josie wieder näher. Sie ging mit dem Mund ganz dicht an sein Ohr heran, und ihr Wispern war weicher als eine Daune.

»Und wie.«

Sie biss ihm zärtlich ins Ohrläppchen, woraufhin Oliver am ganzen Körper erschauerte.

»Vielleicht musst du mich ans Bett fesseln und mir den Hintern versohlen«, sagte sie genauso leise.

»Das werde ich definitiv tun, Mrs Griffith.«

»Ich kann es gar nicht erwarten«, wisperte sie. Als sie sich von ihm löste, streifte sie absichtlich mit ihrer Brustwarze seinen rechten Arm, ehe sie sich langsam den Bademantel zuknotete. »Okay, Schatz, und jetzt halt still, während ich dir deine Krawatte mache.«

»Du bist unmöglich.« Er gab ihr einen Kuss. »Weißt du das?«

»Natürlich«, gab sie stolz zurück. »Und jetzt nicht mehr bewegen.«

Weniger als eine Minute später war Josie fertig.

»So, bitte sehr«, sagte sie und deutete auf den Spiegel. »Schau ihn dir an, und sag mir, wie du ihn findest.«

Oliver drehte sich um. Seine Miene des Erstaunens war ein Bild für die Götter. »O mein Gott. Der sieht ... absolut perfekt aus«, sagte er zu ihrem Spiegelbild.

Sie zuckte die Achseln, als wäre es nicht der Rede wert. »Ich bin perfekt, Schatz. Weißt du das nicht?«

»Wow. Toll.« Oliver betrachtete immer noch seine Krawatte. »Und welcher Knoten ist das jetzt?«

»Windsor«, antwortete Josie, hielt dann jedoch inne, um nachzudenken. »Glaube ich jedenfalls. Manchmal komme ich durcheinander. Es ist schon ein Weilchen her.« Sie öffnete den Handtuchturban um ihren Kopf und ließ sich die langen blonden Haare über die Schultern fallen, ehe sie sie notdürftig mit den Fingern kämmte.

»Wie auch immer er heißt, ich liebe ihn.« Er küsste sie noch einmal. »Und dich liebe ich auch. Ich bin wirklich tief beeindruckt.« Er griff nach seinem anthrazitfarbenen Sakko, das er ordentlich auf dem großen Doppelbett bereitgelegt hatte. »Jetzt muss ich aber los. Was sind deine Pläne für heute? Hast du was Interessantes vor?«

Josie ging zu ihrer Seite des Kleiderschranks, öffnete eine der Schubladen und suchte sich einen violetten Spitzenslip samt passendem BH aus.

»Dasselbe wie gestern, Schatz«, sagte sie, ehe sie abermals ihren Bademantel öffnete. Diesmal ließ sie ihn zu Boden gleiten, um sich anzuziehen. »Ich habe den ganzen Tag Patienten, und heute Abend treffe ich mich mit Sylvia auf einen schnellen Drink im Arts District. Ich bleibe aber nicht lange. Schließlich muss ich ja noch bestraft werden.«

»Ganz genau«, sagte Oliver und nickte nachdrücklich.

»Und ich will heute Abend noch für unseren Trip packen, weil ich morgen so viel zu tun habe. Ich bin den ganzen Tag in der Praxis, und am Abend habe ich Maniküre, Pediküre und Waxing im Kosmetiksalon gebucht.«

Oliver drehte sich hin und her, um sein Profil im Spiegel zu begutachten. Sein maßgeschneiderter Anzug war klassisch geschnitten und saß wie angegossen.

»Trip?«, fragte er, ohne den Blick von seinem Spiegelbild abzuwenden.

Abermals sah Josie, die splitternackt neben ihm stand, ihn empört an. Diesmal war ihr Blick noch um einiges finsterer als beim letzten Mal.

Was Oliver selbstverständlich nicht entging.

»Ach ja, natürlich.« Er hob beschwichtigend die Hände. »Staceys Junggesellinnenabschied in Vegas. Ist der schon dieses Wochenende? Die Zeit ist ganz schön schnell vergangen, was?«

Er klang so, als hätte er es wirklich vergessen, und Josie war derselben Meinung wie er: Die Zeit war wirklich schnell vergangen.

»Ich weiß«, gab sie zurück. »Ich habe das Gefühl, dass wir die Reise erst letzte Woche geplant haben, nicht vor anderthalb Monaten.«

Oliver zog seine Hemdsärmel zurecht und wandte sich zum Gehen, doch seine Frau verstellte ihm den Weg.

»Wirst du mich denn vermissen, wenn ich in Vegas bin?«, fragte sie und strich zärtlich mit den Fingernägeln zwischen ihren Brüsten entlang.

Oliver blieb stehen. Diesmal konnte er seinen Augen keinen Einhalt gebieten. »Gott, Baby, du bist so schön, und wenn ich diesen Termin heute Morgen nicht hätte …« Er beendete seinen Satz nicht. Stattdessen schüttelte er den Kopf, während er gleichzeitig ihren Körper mit Blicken verschlang.

»Dann wirst du mich also vermissen?«, fragte sie noch einmal.

»Natürlich. Das weißt du doch.«

Josie lächelte, während sie sich den Slip anzog. »Stimmt. Ich wollte es trotzdem noch mal hören.«

»Ich muss wirklich los, Baby.« Oliver trat auf sie zu und gab ihr einen Kuss. »Wir sehen uns dann heute Abend. Ich liebe dich.«

»Ich liebe dich noch mehr. Hab einen schönen Tag.«

Draußen vor ihrem Haus in Valencia, einer gehobenen Wohngegend in Santa Clarita, schaute Oliver auf die Uhr, ehe er die Tür zu seinem schwarzen Mercedes öffnete. Wenn er sich beeilte, konnte er es noch rechtzeitig in die Agentur in Hollywood schaffen.

Als er rückwärts aus der Einfahrt setzte und auf der Straße beschleunigte, bemerkte er den schwarzen Pick-up nicht, der vor dem Haus der Nachbarn parkte. Die Person hinter dem Steuer hatte zugesehen, wie Oliver in sein Auto gestiegen und weggefahren war.

Jetzt war Josie ganz allein im Haus.

Im Rückspiegel des Pick-ups erschien ein breites Lächeln.

35

Hunters Besuch in Angelo's Pizzeria am West Valley Boulevard verlief ergebnislos. Der Lieferfahrer erinnerte sich zwar noch daran, am Montagabend Kirsten Hansen eine Pizza gebracht zu haben, hauptsächlich weil die Dame ihm ein gutes Trinkgeld gegeben hatte, aber mehr wusste er nicht. Falls zu der Zeit in der Nähe ein schwarzer Pick-up geparkt hatte, war er ihm nicht aufgefallen, und er hatte auch sonst nichts Verdächtiges bemerkt.

Von der Pizzeria fuhr Hunter direkt weiter ins Los Angeles Surge Hospital in Westlake, wo er sich fast drei Stunden lang unter den Ärzten, Schwestern, Pflegern, Verwaltungsangestellten, Kantinenmitarbeitern und dem Sicherheitspersonal umhörte ... Niemand hatte auch nur ansatzweise etwas Negatives über Kirsten Hansen zu berichten. Im Gegenteil, alle lobten sie für ihren Fleiß und ihre freundliche, fürsorgliche Art. Sie habe immer hart gearbeitet, sei überaus tüchtig und kompetent gewesen und so weiter ... die Komplimente wollten gar kein Ende nehmen. Sie schien allseits beliebt gewesen zu sein.

Doch eigentlich war Hunter aus einem anderen Grund ins Krankenhaus gefahren. Er wollte Kirstens Kollegen fragen, ob jemand womöglich die beiden Verse wiedererkannte, die der Mörder an den Tatorten zurückgelassen hatte. Vielleicht war es ein Spruch aus einer Genesungskarte oder dem Dankesschreiben eines Patienten ... Hunter war bereit, so ziemlich alles in Betracht zu ziehen, und je mehr Personen er die Verse zeigte, desto größer war die Chance, dass jemand sie wiedererkannte.

Fehlanzeige.

Außerdem hatte Hunter noch einen Ausdruck des Screenshots vom schleimigen Mark aus dem Freehand Hotel bei sich. Erwartungsgemäß war es der EDV-Abteilung des LAPD nicht gelungen, den Rest des Gesichts zu rekonstruieren. Es gab zwar ein entsprechendes Programm dafür, allerdings mussten für ein annehmbares Ergebnis mindestens fünfundvierzig Prozent des Gesichts vorhanden sein. Der Hut, den Mark beim Verlassen des Hotels getragen hatte, sowie der unvorteilhafte Kamerawinkel sorgten dafür, dass annähernd achtzig Prozent seiner Züge verdeckt blieben. Die EDV hatte es natürlich trotzdem versucht, jedoch ohne Erfolg. Das einzige Bild, das sie von Mark hatten, war die Phantomzeichnung, die ein Polizeizeichner unter Mithilfe von Roger, dem Barkeeper aus dem Broken Shaker, angefertigt hatte. Keine ideale Ausgangslage, aber besser als nichts.

Hunter legte jedem, mit dem er sich unterhielt, den Ausdruck und die Zeichnung vor. Sein Beweggrund dahinter war einfach: Kirsten war, genau wie zuvor Melissa, ganz bewusst als Opfer ausgewählt worden, deshalb musste der Mörder sie vor der Tat über Tage, vielleicht sogar Wochen hinweg beobachtet haben. Um sie aus ihrem eigenen Haus zu verschleppen, musste er mit ihrem Tagesablauf und ihren Gewohnheiten bestens vertraut gewesen sein. Er war in seinen Vorbereitungen sehr gründlich gewesen, daran hatte Hunter nicht den geringsten Zweifel. Vermutlich hatte er sie stundenlang observiert, und das stellte ein gewisses Risiko dar – ein kleines, kalkulierbares Risiko, aber trotzdem. Vielleicht war er jemandem aus dem Krankenhaus aufgefallen, weil er mehrere Tage hintereinander auf dem Parkplatz herumgelungert, im Wagen gesessen oder auf der anderen Straßenseite geparkt hatte. Vielleicht hatte er sogar das Krankenhaus betreten oder war in die Cafeteria gegangen. Es gab Mörder, die vor der Tat ganz bewusst die Nähe ihrer Opfer suchten, weil es sie erregte. Manche freundeten sich sogar mit ihnen an.

Falls der schleimige Mark und der Täter ein und dieselbe Person waren, bestand außerdem die Möglichkeit, dass er seinen Panamahut getragen hatte, um sein Gesicht zu verbergen. Vielleicht erinnerte sich noch jemand an das Kleidungsstück oder an einen Mann mit Kopfbedeckung.

Doch auch mit diesem Ansatz hatte Hunter keinen Erfolg.

Nach Verlassen der Klinik fuhr er ins San Fernando Valley nach Sylmar, die nördlichste Wohngegend der Stadt Los Angeles. Dort wohnte Troys Mutter, die ihren Sohn bis auf Weiteres bei sich aufgenommen hatte.

Hunter wusste, dass Troy immer noch unter Schock stand. Es war nicht einmal vierundzwanzig Stunden her, seit er die bestialisch zugerichtete Leiche seiner Verlobten in ihrem gemeinsamen Schlafzimmer gefunden hatte – ein Bild, das ihn für den Rest seines Lebens verfolgen würde. Aber Hunter musste versuchen, noch einmal mit Troy zu sprechen, ehe dessen posttraumatische Belastungsstörung sich vollständig manifestierte.

Das Problem mit PTBS in Fällen wie diesem war, dass der menschliche Verstand nach Antworten verlangte. Man suchte verzweifelt nach dem Warum und dem Wer, und wenn keine Antworten auf diese Fragen zu finden waren, fing die traumatisierte, unter enormem Druck stehende Psyche an, eigene zu fabrizieren. Es spielte keine Rolle, ob diese Antworten absurd oder unrealistisch waren. Für einen Menschen kurz vor dem psychischen Kollaps klangen sie plausibel, weil das Bedürfnis nach Klarheit das rationale Denken außer Kraft setzte. Von dort aus war es nicht weit bis zu bedrohlicheren Fragen wie »Was wäre wenn«, auf die unweigerlich Schuldgefühle und Selbstvorwürfe folgten. Es war nicht die Frage, ob dies auch bei Troy eintreten würde, es war nur die Frage, wann. Hunter wusste all dies aus langjähriger Erfahrung. Sobald der Verstand begann, sich seine eigenen Antworten zurechtzulegen, würde sich die dünne Trennlinie zwischen Wirklichkeit und Einbildung auflösen.

Er musste Troy dringend einige Fragen stellen, bevor das geschah.

36

Das bescheidene eingeschossige Haus lag ein Stück abseits der Straße. Es hatte einen kleinen Vorgarten, dessen Mittelpunkt ein einzelner Trompetenbaum mit rosafarbenen Blüten bildete. Troys Pick-up stand in der Einfahrt hinter einem weißen Golf.

Hunter stellte sein Auto vor dem Haus am Straßenrand ab und nahm sich vor dem Aussteigen noch einen Moment Zeit, seine Gedanken zu ordnen. Er musste mit Troy noch einmal über die Botschaft sprechen, die der Täter hinterlassen hatte. Da das Thema der beiden Botschaften eindeutig Liebe – oder eine pervertierte Form davon – war, konnte das unangenehm werden, erst recht für einen Mann in seinem Gemütszustand. Hunter würde ihn nach früheren Partnern fragen müssen, nach Beziehungsproblemen und nicht zuletzt auch nach geheimen Affären, Liebhabern, Seitensprüngen, One-Night-Stands und Flirts mit Kollegen ... immer ein heikles Thema, bei dem es den meisten Menschen schwerfiel, die Wahrheit zu sagen. Doch versuchen musste Hunter es. In diesem Stadium der Ermittlungen durften sie nichts und niemanden ausschließen.

Dementsprechend war es auch nicht das Ziel, herauszufinden, ob es in der Beziehung zwischen Troy und Kirsten gekriselt hatte. Hunter wollte wissen, ob es eine Verbindung zwischen den beiden Opfern gab, und im Moment waren die merkwürdigen Verse das Einzige, was darauf hindeutete.

Neunundneunzig Prozent aller Mörder, die ihre Opfer vorher auswählten, taten dies nach bestimmten Kriterien. Diese konnten sich auf etwas Oberflächliches wie die Optik beziehen – Haar- oder Augenfarbe, Größe, Körperform, Körbchengröße und so weiter. Manchmal war es auch ein Persönlichkeitsmerkmal oder eine bestimmte Angewohnheit – der Klang ihrer Stimme, die Art, wie sie mit ihren Haaren spielten, wenn sie nervös waren, oder wie sie beim Lachen den Kopf in den Nacken legten. Die Möglichkeiten waren schier endlos, doch wie auch immer dieses Kriterium im Einzelfall aussah, es war dasjenige Element, das den gesamten Prozess im Kopf des Killers in Gang setzte. Und genau dort lag die Schwierigkeit, denn das betreffende Kriterium musste für Außenstehende nicht zwangsläufig schlüssig erscheinen oder auch nur erkennbar sein. Sinn ergab es einzig und allein für den Mörder.

Ehe er zum Haus ging, warf Hunter noch einen Blick auf sein Telefon, um nachzuschauen, ob Garcia sich gemeldet hatte. Er war zum Taxiunternehmen gefahren, um mit dem Fahrer zu sprechen, der Melissa Hawthorne von der Geburtstagsparty ihrer Freundin nach Hause gebracht hatte.

Keine Nachrichten.

Auf der Veranda, wo ein Großteil der gelben Farbe rissig und abgeblättert war, sodass darunter der alte grüne Anstrich zum Vorschein kam, drückte Hunter auf die Klingel und wartete. Er hatte mit Mrs Foster telefoniert und sein Kommen angekündigt. Anfangs hatte sie sehr verhalten reagiert, was Hunter nur zu gut verstand. Sie hatte ihm gesagt, Troy sei mental in seinem sehr schlechten Zustand. Ihn jetzt zu befragen würde die ganze Situation für ihn nur verschlimmern und vermutlich keine brauchbaren Antworten liefern. Hunter hatte ihr nicht widersprochen, sondern ihr lediglich in ruhigem, sachlichem Ton das Problem mit dem richtigen Timing bei einer beginnenden posttraumatischen Belastungsstörung erläutert.

Er wollte gerade zum zweiten Mal klingeln, als er hörte, wie sich drinnen jemand näherte. Einen Moment später öffnete Mrs Foster die Tür.

Hunter hatte sie am frühen Morgen kurz kennengelernt, als sie und Troys Bruder Brett ihn in Alhambra abgeholt hatten. Sie sah ganz anders aus als in Hunters Erinnerung, und an ihren verquollenen Augen erkannte er, dass sie den Großteil des Tages geweint haben musste.

Nachdem er ihr versprochen hatte, sich so kurz wie möglich zu fassen, bat Mrs Foster ihn endlich ins Wohnzimmer, das zu klein wirkte für die Menge an Möbeln und Dekorationsgegenständen, die sich darin drängten.

»Bitte, setzen Sie sich«, sagte sie und deutete auf das Sofa und die zwei Sessel. »Ich hole Troy.«

Sobald sie den Raum verlassen hatte, richtete Hunter seine Aufmerksamkeit auf einige der zahlreichen gerahmten Fotos an den Wänden. Es waren alles Familienfotos, und er erkannte schnell, dass sie in chronologischer Reihenfolge von links nach rechts aufgehängt waren. Mrs Foster war ohne Zweifel eine stolze Ehefrau und Mutter.

Hunter erkannte Troy auf Anhieb, selbst auf den Fotos, auf denen er erst zwei oder drei Jahre alt war. Er und sein Bruder waren schon früh sehr sportlich gewesen. Beide hatten in der Highschool Football gespielt, und so wie es aussah, hatte Troy sich auch am Surfen versucht. Er schien ein glückliches Kind gewesen zu sein, auf den meisten Bildern lachte er.

Hunter betrachtete gerade mehrere Fotos von Troy mit seinem Surfbrett, als er schleppende Schritte hinter sich hörte.

»Mein Dad ist immer gerne mit uns an den Strand gefahren.«

Hunter drehte sich um. Troy stand in der Tür, die das

Wohnzimmer mit dem Flur verband, der ins restliche Haus führte. Mrs Foster tauchte neben ihm auf.

Troy schien innerhalb eines einzigen Tages auf die Hälfte seiner Größe geschrumpft zu sein. Es war, als hätte sein Körper sich in sich selbst zurückgezogen. Seine Schultern hingen herab, er hatte das Kinn gesenkt und stand vornübergebeugt, wie von der unsichtbaren Last seiner Trauer erdrückt. Seine blonden Haare standen in alle Richtungen ab, und seine Augen waren blutunterlaufen. Als Hunter ihn ansah, zog Troy geräuschvoll die Nase hoch und schob sich die Ärmel seines grünen Sweatshirts bis zu den Ellbogen hoch. Er trug eine schwarze Jogginghose und blaue Badelatschen mit weißen Socken.

»Sie surfen?«, fragte Hunter und deutete auf eins der Fotos.

Troy wiegte den Kopf und zog die Augenbrauen hoch. »Ich hab's versucht. War nicht besonders gut.«

»Santa Monica Beach?« Hunter wusste, dass Santa Monica ein guter Strand für Anfänger war.

»Ja.« Troy nickte. »Als mein Dad noch gelebt hat, waren wir oft dort.«

Hunter spürte, wie sich ein Kloß in seinem Hals formte. Er wollte Troy nicht an einen weiteren schmerzhaften Verlust erinnern.

»Das tut mir leid.« Mehr sagte er nicht, aber seine Worte waren aufrichtig. Er wandte sich von der Wand mit den Fotos ab und ging zum Sofa.

Troy folgte ihm.

»Ich hole Ihnen was zu trinken«, sagte Mrs Foster. »Wie wäre es mit einem Pfirsich-Eistee?«

»Für mich nicht, Mom«, sagte Troy, der neben einem der Sessel stehen geblieben war. Im ersten Moment sah er so aus, als könne er sich nicht mehr daran erinnern, weshalb er ins Wohnzimmer gekommen war.

»Detective?« Mrs Fosters Blick ging zu Hunter.

»Das wäre sehr nett. Vielen Dank.«

»Ich bringe dir trotzdem einen, Troy«, wandte Mrs Foster sich erneut an ihren Sohn. »Und ich mache dir auch ein Sandwich. Pastrami und Käse mit Senf auf Roggenbrot. Das isst du am liebsten.«

»Ich hab keinen Hunger, Mom.« Troys Stimme war nicht lauter als ein Flüstern.

»Du musst was essen, Troy.«

Das war kein Vorschlag, sondern ein mütterlicher Befehl.

Troy hatte nicht die Kraft, um Widerworte zu geben. Stattdessen starrte er schweigend auf eine Stelle im Teppich.

»Für Sie auch ein Sandwich, Detective?«

»Nein, danke, Ma'am. Mir reicht der Eistee.«

Sobald Mrs Foster den Raum verlassen hatte, blinzelte Troy und hob den Kopf.

»Gibt es schon Neuigkeiten?«, fragte er mit bebender Stimme. In seinen Augen schwammen Tränen.

»Es sind erst wenige Stunden vergangen, Mr Foster«, antwortete Hunter.

»Mr Foster war mein Vater.« Troys Daumen zeigte in Richtung der Fotos an der Wand. »Ich bin Troy. Und das heißt nein, oder? Sie haben noch nichts rausgefunden.«

»Wollen wir uns nicht setzen?« Hunter wies auf das Sofa und die Sessel. »Ich würde Ihnen gerne etwas zeigen.«

Das ließ Troy aufhorchen. »Was denn?«, fragte er mit neu erwachtem Interesse. »Was haben Sie?«

»Bitte«, beharrte Hunter.

Troy nahm einen der Sessel. Es war verständlich, dass er sofort Antworten wollte, aber Hunter, der schon oft in ähnlichen Situationen gewesen war, wusste, dass Menschen in Troys Lage eher bereit waren, schwierige Fragen zu beantworten, wenn sie das Gefühl hatten, dass die Ermittlungen vorangingen. Und das wiederum erreichte man am besten, wenn man Informationen nur scheibchenweise preisgab – *ein Geben und Nehmen*. Es war ein Ansatz, der meistens recht gut funktionierte.

Hunter setzte sich ganz links auf das Sofa in die Nähe des Sessels, in dem Troy Platz genommen hatte. Dann holte er den Ausdruck vom schleimigen Mark sowie die Phantomzeichnung aus seiner Tasche.

»Ich weiß, die Bilder sind nicht die allerbesten«, begann er. »Leider haben wir momentan keine besseren.« Er reichte die beiden Blätter an Troy weiter. »Ich möchte, dass Sie einen Blick darauf werfen und mir sagen, ob Sie diese Person schon einmal gesehen haben.«

Troy nahm den Ausdruck und die Zeichnung, sah sie jedoch kaum an.

»Ist er das?«, fragte er, und auf einmal schwang eine ganz andere Emotion in seiner Stimme mit. »Ist das der Dreckskerl, der Kirsten das angetan hat?«

Das war stets die größte Gefahr bei jemandem in Troys Situation. Weil er so verzweifelt nach Antworten suchte, brach er automatisch alles auf klare Ja/Nein-Antworten herunter.

Aber Hunter hatte damit gerechnet.

»Sie wissen, dass es nicht so einfach ist, Troy.«

Er achtete darauf, das Wort »wissen« besonders zu betonen. Ein kleiner psychologischer Trick, der Troy signalisieren sollte, dass Hunter ihn nicht von oben herab behandelte, sondern als gleichberechtigten Gesprächspartner anerkannte.

»Jede Ermittlung ist wie ein Puzzle.« Hunters Stimme war ruhig und fest. »Wir müssen erst die Einzelteile zusammensetzen, um das Bild sehen zu können. Ein einzelnes Stück kann niemals das ganze Bild zeigen.« Er deutete auf den Ausdruck in Troys Hand. »Im Moment ist die Person auf diesen Fotos nicht mehr als ein Puzzleteil, das wir gerne identifizieren möchten.«

»Aber warum?« Troy legte die Stirn in Falten. »Inwiefern ist er ein Puzzleteil?«

Wieder war sein überstrapazierter Verstand zu schnell.

»Das ist es ja gerade.« Hunter bedeutete ihm mit einer beschwichtigenden Geste, keine voreiligen Schlüsse zu ziehen.

»Es kann gut sein, dass er gar nichts mit dem Fall zu tun hat. Das wissen wir erst, wenn wir mit ihm gesprochen haben.«

»In Ordnung«, sagte Troy. »Aber was ist seine Verbindung zu dem, was Kirsten passiert ist? Woher haben Sie dieses Bild?«

Troy war so aufgelöst und durcheinander, dass er sich, wenn er alles auf einmal erfuhr, womöglich an Dinge erinnern würde, die gar nicht wirklich passiert waren. Dieses Risiko wollte Hunter auf keinen Fall eingehen.

Geben und Nehmen.

»Bitte.« Abermals deutete Hunter auf den Ausdruck. »Schauen Sie sich die Bilder zunächst an, dann erkläre ich Ihnen alles.«

Endlich gab Troy nach.

»Vielleicht haben Sie ihn irgendwo auf der Straße oder in Ihrem Laden gesehen.«

»In meinem Laden?«, fragte Troy verständnislos. »Wieso sollte er in meinem Laden gewesen sein?«

Auch das war eine reine Vermutung gewesen.

Hunter und Garcia waren zu dem Schluss gelangt, dass der Mörder im Vorfeld der Tat nicht nur Kirsten, sondern auch Troy beschattet haben musste. Dass er zugeschlagen hatte, als Troy nicht zu Hause gewesen war, und auch noch den gleichen Pick-up fuhr, war kein Zufall. Aber genau solche Dinge musste Troy nicht unbedingt wissen.

»Das waren nur Beispiele«, erklärte Hunter. »Was ich meinte, war ... Sie müssen ihn nicht unbedingt in der Nähe Ihres Hauses gesehen haben. Es könnte überall gewesen sein: im Supermarkt, im Park, im Fitnessstudio oder eben auch in Ihrem Waffenladen. Es ist eigentlich ganz egal.«

»Sind das die einzigen Bilder, die Sie von ihm haben?«, fragte Troy, nachdem er fast eine Minute lang auf den Screenshot gestarrt hatte.

»Leider ja.«

Troys Blick kehrte noch einmal kurz zu den Bildern zurück, dann seufzte er hilflos. »In meinem Kopf herrscht totales Chaos, Detective. Ich verstehe gar nichts mehr.« Er tippte sich mit dem Zeigefinger gegen den Schädel. »Aber mir kommt keins der Bilder bekannt vor.«

»Schon in Ordnung. Es war einen Versuch wert.«

»Warum ist die Qualität so schlecht?«, fragte Troy und zeigte auf den Ausdruck des Screenshots. Seine Stimme hatte einen flehentlichen Unterton angenommen. »Woher haben Sie das? Und weshalb glauben Sie, dass dieser Typ irgendwas mit unserem Fall zu tun haben könnte?«

Troy war an Bord. Er hatte »unser Fall« gesagt.

Geben und Nehmen.

»Das Bild stammt von den Aufnahmen einer Überwachungskamera in einer Hotellobby im Stadtzentrum.« Im nächsten Moment hob Hunter die Hand. Er wollte nicht, dass Troy dachte, Kirsten hätte sich womöglich in einem Hotel mit ihrem Liebhaber getroffen. »Es steht im Zusammenhang mit einem anderen Tatort ... einer anderen Ermittlung. Wir glauben, dass es eine Verbindung zwischen den beiden Fällen geben könnte.«

»Was?« Troys Augen wurden groß. »Wie kann das sein? Was für eine Verbindung? Was für ein anderer Tatort?« Die Fragen kamen schnell wie Peitschenhiebe.

Ehe Hunter zu weiteren Erklärungen ansetzen konnte, kehrte Mrs Foster ins Wohnzimmer zurück. Sie trug ein mit Blumen bedrucktes Tablett vor sich her, auf dem ein Krug Eistee, zwei Gläser und ein Teller mit einem säuberlich in vier Dreiecke geschnittenen Sandwich standen.

»Bitte sehr«, sagte sie und stellte das Tablett auf den Couchtisch zwischen Sofa und Sessel. Sie reichte Hunter ein Glas und schenkte ihm Eistee ein. Dann machte sie dasselbe für Troy.

»Vielen Dank«, sagte Hunter. »Das ist wirklich sehr nett von Ihnen.«

»Keine Ursache«, entgegnete sie und gab Troy das Sandwich.

»Mom, ich hab dir doch gesagt, ich hab keinen Hunger.«

»Ich habe es durchgeschnitten, Troy. Iss wenigstens ein Viertel.«

»Vielleicht später.« Troy stellte den Teller zurück auf das Tablett.

Mrs Foster sah ihn an, wie nur Mütter es können.

Troy wartete, doch statt zu gehen, setzte Mrs Foster sich in den zweiten Sessel.

»Mom.« Troy sah sie an. »Wir sind hier mitten im Gespräch, wenn es dir nichts ausmacht.«

»Aber überhaupt nicht«, erwiderte sie, lehnte sich zurück und schlug die Beine übereinander. »Macht nur weiter. Beachtet mich gar nicht.«

Troys Blick sprang zu Hunter, dann zurück zu seiner Mutter. »Nein, Mom. Was ich meinte, war ... Könntest du uns bitte allein lassen?«

»Ach so, du willst, dass ich gehe?« Sie machte ein erstauntes Gesicht.

»Ja. Wenn du nichts dagegen hast.«

Mrs Fosters Miene und die Art, wie sie die Schultern straffte, ließen bereits erahnen, wie ihre Reaktion ausfallen würde.

»Das hier ist mein Haus, Troy. Ich kann sitzen, wo ich möchte.« Sie zeigte auf Hunter. »Der Detective hat mir versprochen, dich mit seinen Fragen nicht zu sehr aufzuregen. Nicht, dass ich ihm nicht vertrauen würde.« Auf einmal wurde Hunter zur Zielscheibe ihres mütterlich strengen Blicks. »Aber wenn das möglich ist, würde ich gerne in meinem eigenen Wohnzimmer sitzen und mir selbst ein Urteil darüber bilden.«

Troy atmete geräuschvoll aus. »Du musst mich nicht beaufsichtigen, Mom. Ich bin erwachsen.«

»Das weiß ich«, lautete ihre Antwort, ehe sie nach oben zur

Decke zeigte. »Aber weißt du, was das da ist? Das über deinem Kopf?«

Hunter biss sich auf die Lippe. Dies war eine Auseinandersetzung, die Troy nicht gewinnen konnte.

»Mein Dach«, sagte sie. »Das Schlüsselwort dabei, Troy, ist ›mein‹.« Doch schon im nächsten Moment wurde ihr Tonfall sanft, fast flehentlich. »Ich bin deine Mutter, Troy.« Sie war den Tränen nahe. »Es bricht mir das Herz, dich so zu sehen, und ich weiß nicht, was ich tun soll, damit es dir besser geht.« Die Zärtlichkeit in ihren Augen war herzzerreißend.

Troy griff nach ihrer Hand. Auch er kämpfte mit den Tränen. »Ich weiß, Mom. Ich weiß.«

Mrs Foster atmete zitternd ein und gab sich einen Ruck. »Ich bin auch ganz leise. Ich sitze einfach nur da und tue nichts.«

Troy ließ ihre Hand los, dann widmete er sich wieder seinem Gespräch mit Hunter. »Sie wollten mir gerade von einem anderen Tatort und einer möglichen Verbindung erzählen. Was für ein Tatort ist das? Und was für eine Verbindung?«

Mrs Fosters Gesicht war ein einziges Fragezeichen.

Hunter langte in seine Tasche und holte ein weiteres Foto heraus. Es zeigte Melissa Hawthorne. »Kennen Sie diese Frau? Haben Sie sie schon mal gesehen?«

Mrs Fosters Neugier gewann die Oberhand, und sie reckte den Hals, um ebenfalls einen Blick auf das Foto werfen zu können.

Troy starrte es lange schweigend an.

Hunter trank einen Schluck von seinem Eistee und nickte Mrs Foster zu.

»Der ist köstlich. Danke.«

»Selbst gemacht«, sagte sie stolz. »Und gern geschehen.«

»Nein. Ich weiß nicht, wer sie ist«, meinte Troy schließlich mit einem leichten Kopfschütteln. »Ich glaube nicht, dass ich sie schon mal gesehen habe. Wer ist das?«

»Ihr Name ist Melissa«, sagte Hunter. »Melissa Hawthorne. Sagt Ihnen der Name etwas? Haben Sie ihn schon mal gehört?«

Troy zögerte einen Moment und kniff die Augen zusammen, während er angestrengt nachdachte.

»Nein. Kann ich nicht behaupten.«

»Dann können Sie mir also nicht sagen, ob sie vielleicht eine Freundin von Kirsten war?«, hakte Hunter nach.

Abermals richtete Troy seine Aufmerksamkeit auf das Foto. »Wenn ja, habe ich sie nie kennengelernt.« Er warf Hunter einen Blick zu. »Wieso? War sie eine Freundin von Kirsten?«

»Das wissen wir nicht. Wir hatten gehofft, Sie könnten es entweder bestätigen oder ausschließen.«

»Wenn sie Freundinnen waren«, wiederholte Troy, »dann können sie sich nicht besonders nahegestanden haben. Ich habe sie noch nie gesehen. Arbeitet sie auch im Krankenhaus?«

»Nein. Sie war Friseurin. Wissen Sie zufällig, zu welchem Friseur Kirsten gegangen ist? Wo sie sich die Nägel oder die Pediküre hat machen lassen?«

Troy nickte, doch um antworten zu können, musste er den Kloß in seinem Hals hinunterschlucken.

»Sie ging immer in einen Salon ganz in der Nähe von unserem Haus. Gleich die Straße runter. Er heißt ...« Er rieb sich mit den Fingerspitzen die Stirn. »Irgendwas mit ›Cut‹. MixedCut oder MixCut ... Ich kann mich nicht mehr genau erinnern. Aber er ist leicht zu finden, er liegt in dem japanischen Einkaufszentrum an der Ecke von der South Garfield und dem Valley Boulevard. Arbeitet sie dort?« Er deutete mit dem Kinn auf Melissas Foto, ehe er es Hunter zurückgab.

Doch Hunter kam nicht mehr dazu, ihm zu antworten, denn in dem Moment gab Troys Telefon, das vor ihnen auf dem Couchtisch lag, einen Signalton von sich. Troy beugte sich vor, um die neue Nachricht zu lesen, dann stutzte er. Sie war von einer unbekannten Nummer gesendet worden. Als er die Vorschau sah, runzelte er die Stirn.

KIRSTEN.

Man konnte erkennen, dass die Nachricht auch ein Video enthielt.

Hunter saß zu weit weg, um auf das Display schauen zu können.

»Entschuldigen Sie mich kurz«, sagte Troy. Er stand auf und griff nach dem Handy. Während er es entsperrte und die Nachricht antippte, trank Hunter von seinem Eistee.

Als er die ersten Bilder des Videos sah, wich alles Leben aus seinen Augen.

»O mein Gott!«, entfuhr es ihm. Seine Hände begannen zu zittern.

Erst in dem Moment begriff Hunter – es war eine Nachricht wie die, die Janet einen Tag nach dem Mord an ihrer Schwester vom Täter bekommen hatte.

In den letzten Tagen war so viel passiert ... Es gab so viele einzelne Aspekte, die sie ordnen und deren Bedeutung für den Fall sie verstehen mussten, dass ihm einer dieser Aspekte komplett aus dem Blick geraten war: die Tatsache, dass es bei den Taten des Mörders noch eine siebte Stufe gab.

37

Von einem Atemzug zum nächsten hatte Troy das Gefühl, als würden die Wände des mit Möbeln vollgestellten Wohnzimmers über ihm zusammenstürzen. Seine Knie drohten nachzugeben, und alles – sein Leben, das gesamte Universum – wurde von einem Strudel kalten Grauens fortgerissen.

Hunter merkte erst, dass Troy auf dem Handy ein Video geöffnet hatte, als er die dazugehörige Tonspur hörte. Die Lautstärke war gering, und er saß relativ weit weg, doch das erste Geräusch war definitiv das Aufheulen eines Motors.

Speichel sammelte sich in Troys Mund, Galle stieg seine

Speiseröhre hinauf, und er musste würgen, ehe er das Handy auf den Tisch fallen ließ. Er hatte nur wenige Sekunden des Videos angeschaut.

Einen Sekundenbruchteil später stieß er einen so markerschütternden Schrei aus, dass selbst dem mit allen Wassern gewaschenen Hunter die Nackenhaare zu Berge standen.

Mrs Foster fuhr in ihrem Sessel vor Schreck zusammen.

»Troy!«, rief sie mit erstickter Stimme. »Was ist denn los? Was ist passiert?« Ihr hilfloser Blick zuckte von ihrem Sohn zum Handy auf dem Tisch zu Hunter und wieder zurück zu ihrem Sohn.

Troy schlug sich die Hände vors Gesicht, ehe er erneut schrie. Dieser zweite Schrei enthielt mehr Zorn als Angst.

Hastig, ehe die Bildschirmsperre aktiviert wurde, griff Hunter nach dem Telefon. Obwohl das Video mittlerweile zu Ende war, konnte man den dazugehörigen Text noch auf dem Display sehen. Als er ihn las, wurde ihm das Herz schwer.

Er hatte überhaupt nicht mehr daran gedacht – an das Danach, die seelische Folter der Hinterbliebenen. Die Komplexität, mit der dieser Täter operierte, sprengte jede Vorstellungskraft. Das Video, das er Troy gesendet hatte, war der Beweis dafür.

Mrs Foster war zwar selbst zu Tode erschrocken, sprang jedoch aus ihrem Sessel auf und eilte zu ihrem Sohn, um ihn zu trösten. Sie wollte ihn an sich ziehen, doch ihre zierlichen Arme reichten kaum um seinen muskulösen Körper herum.

»Troy, was ist denn?«, fragte sie.

Keine Reaktion.

Hilfe suchend wandte sie sich an Hunter. »Was ist los? Was hat er da bekommen?«

Hunter schüttelte kaum merklich den Kopf, um sie wissen zu lassen, dass es besser wäre, wenn sie keine weiteren Details erfuhr.

Mrs Foster wiegte ihren Sohn in ihren schmalen Armen.

Hunter entfernte sich ein paar Schritte. Vor einer der zwei

Vitrinen blieb er stehen, kehrte Mutter und Sohn den Rücken zu und tippte das Video an.

Es war aus fünf einzelnen Sequenzen zusammengeschnitten worden und so grauenhaft und schockierend, dass man es kaum in Worte fassen konnte.

Der erste Teil, der etwa sechs Sekunden lang war, zeigte die nackte Kirsten, die mit gefesselten Händen am Boden lag. Man sah, wie der Schäkel mit der Kette hinten an ein Fahrzeug gehängt wurde, das auf einer scheinbar verlassenen Straße stand. Hunter konnte Asphalt erkennen, jedoch keine Markierungen. Das Licht kam auch nicht von Straßenlaternen, sondern entweder von einer Taschenlampe oder einer billigen Beleuchtungseinheit.

Um was für ein Fahrzeug es sich handelte, war nicht auszumachen. Kamera und Lichtquelle waren so am Heck angebracht, dass Kirstens Körper vollständig im Bild war. Hunter meinte einen brutalen Stich ins Herz zu spüren.

Die junge Frau lebte noch. Sie lag mit über dem Kopf ausgestreckten Armen auf dem Rücken und blickte mit weit aufgerissenen, tränennassen Augen verängstigt in die Kamera. Sie zitterte krampfartig am ganzen Leib. Noch nie hatte Hunter solche Angst im Gesicht eines Menschen gesehen.

Ihre Lippen bewegten sich, doch ihre gelähmten Stimmbänder brachten keinen Laut zustande.

Hunter verstand trotzdem, was sie sagen wollte. Es war nur ein einziges Wort. *Bitte*, flehte sie stumm.

Gleich darauf hörte man, wie der Motor des Wagens angelassen wurde. An dieser Stelle endete die erste Sequenz.

Der Übergang zum zweiten Teil erfolgte relativ abrupt durch einen einfachen Schnitt. Im einen Moment sah man noch die gefesselt am Boden liegende und um ihr Leben flehende Kirsten, im nächsten wurde sie bereits mit hoher Geschwindigkeit über die Fahrbahn geschleift.

Die Aufnahmen waren selbst für Hunter kaum erträglich. Er sah, wie Kirstens Körper wild hin und her rollte und über den Asphalt sprang wie ein riesiges Stück Fleisch. Immer wenn ihr Körper mit großer Wucht auf die Fahrbahnoberfläche prallte, konnte man sehen, wie einzelne Fetzen von Haut und Gewebe zusammen mit einem feinen Nebel aus Blut in die Luft geschleudert wurden.

Hunter musste tief durchatmen.

Er hatte während seines Berufslebens schon zahlreiche Grausamkeiten erlebt. Er hatte aus nächster Nähe gesehen, zu welchen Abscheulichkeiten die Menschen fähig waren, und war an mehr blutrünstige Tatorte gerufen worden als irgendjemand sonst im LAPD. Doch diese Bilder waren so entsetzlich … so brutal und abstoßend, dass eine eisige Kälte von seinem Körper Besitz ergriff und ihn erzittern ließ. Er schmeckte saure Galle in seiner Kehle.

Es war nicht genau zu erkennen, zu welchem Zeitpunkt diese zweite Sequenz aufgenommen worden war, aber es musste kurz nach Beginn von Kirstens Tortur gewesen sein. *Höchstens eine Minute, nachdem er losgefahren ist,* dachte Hunter, denn ein Großteil der Haut an Kirstens Körper war noch intakt, und sie lebte noch. Ihre Schmerzensschreie wurden vom Motorengeräusch des Fahrzeugs verschluckt. Nach acht Sekunden endete auch dieser Teil mit einem abrupten Schnitt.

Wieder ein abrupter Schnitt.

Die dritte Sequenz dauerte nur etwa vier Sekunden, allerdings war sie so bearbeitet worden, dass sie in Zeitlupe ablief.

Zu Beginn ging die Kamera ganz nah an Kirstens Gesicht heran, wobei es sich jedoch nicht um einen echten Kamerazoom, sondern um einen nachträglich beim Schneiden eingefügten Effekt zu handeln schien.

Der Täter hatte die Bilder ganz bewusst ausgewählt, um einen möglichst großen Schockeffekt zu erzielen.

Man sah Kirsten auf dem Rücken liegend, wie sie wild hin und her schlingerte. Inzwischen war ihr Gesicht mehrmals mit dem Asphalt in Kontakt gekommen. Teile der Haut waren abgeschürft, sodass darunter das nackte Fleisch frei lag. Ihre blutige, verformte Nase sah so aus, als sei sie gebrochen, und ihre Lippen waren vollkommen zerfetzt. Doch Mittelpunkt des Bildausschnitts waren ihre Augen. Trotz des blutüberströmten Gesichts war die verzweifelte Qual in ihrem Blick deutlich zu erkennen. So sah man sie etwa zwei Sekunden lang, dann schlug sie plötzlich hart mit dem Hinterkopf auf den Asphalt. In dem Moment trübte sich ihr Blick. Ihre Lider senkten sich flatternd, und Hunter wusste, dass sie den Kampf aufgegeben hatte ... Ihre Hoffnung war erloschen. Sie wusste, dass es keine Rettung für sie gab.

Dies war, wie Hunter vermutete, noch nicht der Augenblick ihres Todes. Allerdings hatte sie durch den heftigen Schlag gegen den Hinterkopf das Bewusstsein verloren, und von nun an wäre es nur noch eine Frage von Minuten, vielleicht Sekunden, bis sie starb. Ihr Kopf würde wieder und wieder ungebremst gegen den harten Untergrund prallen, was angesichts der hohen Geschwindigkeit unzählige Schädelfrakturen zur Folge hätte. Ihr Schicksal war besiegelt, der Tod eine Gewissheit. Es gab kein Zurück mehr.

Als ihre Augen sich schlossen, war der dritte Teil zu Ende.

Der vierte und letzte Teil war ungefähr so lang wie der erste und diente als eine Art Outro für den Clip. Nach einem weiteren abrupten Schnitt sah man zunächst das Fahrzeug, das zum Stehen gekommen war. Es war vorbei. Kirstens zerschundener Körper lag leblos und blutüberströmt auf dem Asphalt.

Hunter spürte, wie sein Herz rasend schnell gegen seine Rippen hämmerte, denn die Bilder bestätigten eine Vermutung, die er und Dr. Slater bereits am Tatort geäußert hatten: Der Mörder hatte Kirsten noch weiter hinter sich hergeschleift, lange nachdem sie bereits tot gewesen war.

Sie musste kurz nach Ende der dritten Sequenz gestorben sein, wahrscheinlich wenige Augenblicke nachdem sie das Bewusstsein verloren hatte. Daran, wie viel Haut zu dem Zeitpunkt noch an ihrem Körper vorhanden war, konnte er ablesen, dass sie wohl schon recht früh während ihrer schrecklichen Tortur das Bewusstsein verloren hatte. Gegen Ende des Videos jedoch war sie bis zur Unkenntlichkeit entstellt. Achtzig bis fünfundachtzig Prozent der Haut, zusammen mit einem beträchtlichen Teil ihres Muskelgewebes, waren abgeschürft. Fast alle Gliedmaßen schienen mehrfach gebrochen zu sein, an beiden Beinen sah man offene Frakturen. Ihr Körper war dermaßen blutig und verformt, dass er aussah wie ein Kadaver, der von Geiern heimgesucht worden war.

Um ein solches Ausmaß von Verstümmelung zu erreichen, musste der Täter sie nach ihrem Tod noch mindestens zwanzig oder dreißig Minuten hinter seinem Fahrzeug hergeschleift haben.

Doch das Video war damit nicht zu Ende. Der fünfte und schlimmste Teil kam erst noch.

38

Im Wohnzimmer hatte Mrs Foster noch immer die Arme um ihren Sohn geschlungen und versuchte verzweifelt, ihn zu beruhigen. Sie wirkte hilflos, verwirrt und verängstigt, gab sich jedoch große Mühe, nicht auch die Fassung zu verlieren.

Ihr tränenfeuchter Blick zuckte zu Hunter. In ihren Augen las er die stumme Frage, was bei Troy solche Qualen ausgelöst haben könnte.

Was um alles in der Welt war das für eine Nachricht gewesen?

Doch Hunter gab ihr keine Antwort ... er begegnete nicht einmal ihrem Blick.

In ihrer Not wiederholte Mrs Foster mit tränenerstickter Stimme immer und immer wieder dieselben Worte. »Bitte, Troy ... bitte.«

Troy hatte das Gesicht in den Händen vergraben. Jedes Mal, wenn er atmete, ging ein Beben durch seinen Körper.

Wie kann jemand so monströs, so durch und durch böse sein?, fragte sich Hunter, während er die letzten Sekunden des Videos verfolgte.

Dieses endete mit einem weiteren Schnitt und einer Nahaufnahme von Kirstens Gesicht. Die Einstellung musste vor dem Mord aufgenommen worden sein, denn ihr Körper wies noch keine Verletzungen auf. Man sah nur die Todesangst in ihren Augen.

Am unteren Bildrand erschien eine Textzeile, von der Hunter wusste, dass sie Troy seelisch vernichten würde, wenn er sie las.

Wie ein altes Stück Fleisch.

Gleich darauf war der Clip zu Ende.

Im ersten Moment war Hunter wie gelähmt. Er begriff einfach nicht, weshalb der Täter Videos seiner Taten verschickte. Menschen, die es genossen, andere seelisch oder körperlich leiden zu lassen, bezogen ihr Vergnügen normalerweise daraus, dass sie ihren Opfern dabei zusahen. Sie wollten die Qualen ihrer Opfer hautnah miterleben. Narzissten legten oft ähnliche Verhaltensweisen an den Tag. Doch diesem Täter ging es ganz offensichtlich um mehr als nur seine persönliche Befriedigung. Er hatte eine ganz neue Kategorie von Sadismus erschaffen.

»Warum?«, schrie Troy unvermittelt und riss Hunter aus seinen Gedanken.

Der junge Mann hatte die Hände sinken lassen. Seine Stimme war wütend und voller Schmerz.

Rasch tippte Hunter auf die Option »Video teilen«, ehe er seine eigene Nummer eingab und sich den Clip aufs Handy schickte.

»Warum?«, rief Troy noch einmal, machte sich aus der Umarmung seiner Mutter los und kam auf Hunter zu.

Der hatte nicht die Absicht, Troy die Psychologie hinter extremen Formen von Sadismus und dem damit einhergehenden Zwang zur Gewaltausübung zu erläutern. Selbst wenn er es versucht hätte – etwas, das den menschlichen Verstand überstieg, konnte man nicht erklären.

Statt ihm zu antworten, drückte er an seinem Handy die Kurzwahltaste für Shannon Hatcher, die Leiterin der Rechercheabteilung im LAPD-Hauptquartier.

»Shannon«, sagte er, als am anderen Ende abgenommen wurde. »Robert hier. Du musst versuchen rauszufinden, woher die letzte Nachricht kam, die an ein bestimmtes Handy geschickt wurde. Die Nummer lautet ...« Er warf einen Blick auf Troys Nummer, ehe er sie Shannon diktierte. »Ruf mich zurück, sobald du was hast.«

Hunter machte sich wenig Hoffnung. Er glaubte nicht, dass der Mörder einen derartigen Anfängerfehler gemacht hatte – aber versuchen musste er es trotzdem.

»Kann ich mein Telefon wiederhaben?«, sagte Troy, sobald Hunter aufgelegt hatte.

Hunter zögerte kurz. Troy hatte nicht das ganze Video angeschaut. Er hatte die letzte Botschaft des Täters nicht gelesen, und Hunter wollte, dass dies auch so blieb. Aber zugleich war ihm klar, dass er Troy im Zweifelsfall nicht daran hindern konnte, sich den Clip anzusehen – wieder und wieder, wenn er es wollte. Es war schließlich sein Telefon.

»Detective.« Troy streckte eine zitternde Hand aus. »Mein Telefon?«

»Bitte, Troy, schauen Sie sich das Video nicht noch einmal an«, sagte Hunter mit ruhiger Stimme. »Lassen Sie nicht zu, dass es sich in Ihrem Kopf festsetzt. Genau das will er. Deshalb hat er es Ihnen geschickt. Geben Sie ihm nicht diese Genugtuung. Lassen Sie ihn nicht gewinnen. Sie sind stärker. Glauben Sie mir, Sie wollen diese Bilder nicht für immer in Ihrem Kopf haben ...«

Hunters Appell war gut gemeint, hatte allerdings einen Haken: das Phänomen der psychologischen Reaktanz. Wenn man jemanden bat, etwas nicht zu tun, wurde der Drang, es zu tun, dadurch oft nur noch größer, sodass das genaue Gegenteil von dem eintrat, was man eigentlich hatte erreichen wollen. Hunter war sich dessen bewusst, doch welche andere Möglichkeit hatte er?

»Was ist sonst noch in dem Video zu sehen?«, fragte Troy mit stockender Stimme, während ihm die Tränen über das Gesicht liefen.

Hunter schüttelte den Kopf. »Nichts Gutes. Glauben Sie mir.«

Troy starrte zu Boden. Ihm war anzusehen, wie sehr er mit sich rang.

»Was für ein Video?«, fragte Mrs Foster verwirrt.

Wieder ein Kopfschütteln von Hunter.

»Erlauben Sie mir, die Nachricht zu löschen, Troy«, sagte er, weil er die Gelegenheit nutzen wollte. »Bitte. Ich habe sie an mein eigenes Handy weitergeleitet, damit wir das Video Bild für Bild analysieren können. Sie müssen sich das nicht zumuten.«

»Ich weiß ja nicht, um was für ein Video es geht«, sagte Mrs Foster, ehe sie erneut versuchte, ihren Sohn in die Arme zu nehmen, »aber bestimmt hat der Detective recht. Wenn es von demjenigen geschickt wurde, der uns Kirsten weggenommen hat, kann es nur etwas Schreckliches enthalten. Dieser Mensch ist abgrundtief böse, und was der Detective gesagt hat, stimmt: Er will, dass du leidest. Lass das nicht zu, mein Schatz. Bitte, lass diesen Widerling nicht gewinnen.«

Troy war hin- und hergerissen. Einerseits wollte er ... nein, er *musste* wissen, wie Kirsten gestorben war. Andererseits ahnte er, wie traumatisierend die Bilder sein würden. Sie nicht anzuschauen war eine Frage der Selbsterhaltung.

»Mein Handy, Detective«, sagte er. Seine Hand zitterte immer noch.

»Bitte, Troy«, flehte seine Mutter ihn an.

»Ich lösche sie selbst«, sagte Troy.

Hunter konnte nichts weiter tun. Er gab Troy das Handy zurück, der zunächst lange Zeit die Liste der Nachrichten auf seinem Display anstarrte. Die Nachricht des Killers stand ganz oben. Ihm bei seinem inneren Kampf zuzusehen war beinahe schmerzhaft.

Endlich markierte Troy mit dem Zeigefinger die Nachricht, dann tippte er auf »Löschen«.

»Sie ist gelöscht«, sagte er und zeigte Hunter sein Telefon. »Sehen Sie?«

»Sind Sie sicher?«, fragte Hunter in beinahe entschuldigendem Ton. »Manche Handys speichern eingegangene Foto- oder Videoanhänge automatisch in der Galerie, sobald man sie zum ersten Mal öffnet.«

»Ja, das weiß ich, Detective.« Zu dem Chaos der Emotionen in Troys Stimme gesellte sich eine wachsende Verärgerung hinzu. »Ich hab die Einstellung auf meinem Handy deaktiviert.«

Hunter wollte den jungen Mann nicht gegen sich aufbringen. Es blieb ihm nichts anderes übrig, als seinem Wort zu vertrauen.

»Es tut mir leid, Detective, aber ich denke, wir sollten das Gespräch jetzt beenden«, schaltete Mrs Foster sich mit energischer Stimme ein.

Troys Blick ruhte immer noch auf dem Display, als bereute er, was er getan hatte. Er nickte, ohne Hunter anzusehen. »Ja, ich glaube, ich kann nicht mehr, Detective. Tut mir leid.«

Obwohl Hunter noch viele Fragen hatte, musste er einsehen, dass dies kein günstiger Moment war, um mit Troy über etwaige Affären und ehemalige Partner zu sprechen.

»Natürlich«, sagte er, ehe er zurück zum Couchtisch ging, um Melissa Hawthornes Foto an sich zu nehmen. Er drehte sich zu Troy um und hielt ihm eine seiner Visitenkarten hin.

Er hatte ihm bereits am Tag zuvor eine gegeben, aber sicher war sicher.

»Wenn Sie weitere Nachrichten erhalten ... oder irgendetwas anderes im Zusammenhang mit Kirsten ... rufen Sie mich bitte sofort an, okay?«

Troy blickte nicht auf. Die Trauer wütete in seinem Innern. »Ich hab Ihre Karte doch schon, Detective.«

»Ich weiß.« Hunter legte sie auf den Couchtisch. »Ich lasse sie trotzdem hier. Und ...« Er machte eine Pause und wartete, bis Troy den Kopf hob. »Falls Sie irgendetwas brauchen ... egal was ... Bitte zögern Sie nicht, sich zu melden ... Tag und Nacht. Meine Handynummer steht hinten drauf.« Er deutete mit einem Nicken auf die Karte.

Troy starrte sie an, als würde er sie gar nicht wirklich wahrnehmen.

»Und nochmals danke für den Eistee«, wandte Hunter sich an Mrs Foster, die wortlos nickte.

Genau in dem Moment vibrierte das Handy in seiner Jackentasche.

»Shannon«, sagte er. »Was gibt's?«

Mit offenem Mund hörte er ihr zu. Sein Blick ging zum Fenster.

»Um Himmels willen!«, wisperte er, ehe er in Richtung Haustür stürzte.

39

Nachdem Shannon Hatcher die Telefonnummer in das GPS-Tracking-System der Polizei eingegeben hatte, um den Ursprungsort der Textnachricht zu ermitteln, lehnte sie sich auf ihrem Stuhl zurück und wartete. Große Hoffnungen machte sie sich nicht. Acht von zehn GPS-Ortungen, die sie für die UV-Einheit durchführten, verliefen ergebnislos, weil das betreffende Mobiltelefon entweder nicht über GPS verfügte oder selbiges deaktiviert worden war.

Heutzutage kannten sich selbst Amateure mit dem Prinzip des GPS-Trackings aus. Kaum ein Kleinkrimineller machte noch solche dummen Fehler.

Aus diesem Grund fielen Shannon fast die Augen aus dem Kopf, als auf ihrem Monitor nach weniger als zwei Minuten ein Standort angezeigt wurde.

»Das gibt's doch nicht!« Sie setzte sich kerzengerade auf und gab einen Befehl ein. Sobald der Monitor das neue Bild geladen hatte, griff sie nach dem Telefon auf ihrem Schreibtisch.

Hunter antwortete beim zweiten Klingeln.

»Shannon«, sagte er. »Was gibt's?«

»Robert, du wirst es nicht glauben, aber ich habe einen Treffer. Das Telefon ist nicht registriert und auch nicht mehr eingeschaltet, das habe ich gerade überprüft, aber die letzte Textnachricht an die Nummer, die du mir eben genannt hast, kam von der Ecke Dronfield Avenue und Herron Street in Sylmar.«

»Um Himmels willen!«

40

Mrs Foster und Troy sahen mit weit aufgerissenen Augen zu, wie Hunter, das Telefon ans Ohr gepresst, durchs Wohnzimmer und zur Haustür hinaus stürzte, als wäre der Teufel hinter ihm her. Mrs Fosters Haus lag direkt an der Ecke Dronfield Avenue und Herron Street in Sylmar. Der Mörder war ganz in der Nähe gewesen, als er die Nachricht abgesendet hatte.

»Shannon«, sagte Hunter, während er sich auf der Straße umsah. »Wie präzise ist die Ortung?«

»Ziemlich präzise. Abweichung maximal fünf Meter.«

Es war kurz nach vierzehn Uhr, aber da sowohl die Dronfield Avenue als auch die Herron Street reine Wohnstraßen waren, herrschte kaum Verkehr. Hunter ließ den Blick in die Runde schweifen. Mehrere Autos parkten am Straßenrand, allerdings konnte er keinen schwarzen Pick-up entdecken, und es stand auch nirgendwo jemand auf dem Gehweg und beobachtete das Haus. Es waren überhaupt nur wenig Leute unterwegs – eine Frau mit mehreren vollen Einkaufstüten, zwei Kinder auf Fahrrädern und zwei weitere mit Skateboards. Ansonsten war weit und breit niemand zu sehen.

Direkt gegenüber, in der Dronfield Avenue, befand sich der eingezäunte Parkplatz eines Wohnkomplexes.

Im Laufschritt überquerte Hunter die Straße.

»Robert, alles in Ordnung?«, fragte Shannon, die seine Anspannung gespürt hatte.

»Ich bin da, Shannon.«

»Wo da?«

»An dem Standort, den du mir durchgegeben hast. Ich stehe direkt an der Ecke Dronfield und Herron in Sylmar.«

»Was? Wie bist du so schnell da hingekommen?«

»Gar nicht. Ich war schon dort, als ich dich angerufen habe.«

Shannon verkniff sich die Fragen, die ihr auf der Zunge lagen. »Ich habe veranlasst, dass das Telefon für die nächsten vierundzwanzig Stunden lang überwacht wird, wir kriegen eine Benachrichtigung, sobald es wieder eingeschaltet wird. Aber ich würde mir nicht allzu viel davon versprechen.«

Die Einfahrt zum Privatparkplatz war verschlossen. Das Tor ließ sich nur durch eine Fernbedienung öffnen oder indem man einen Code in ein Ziffernfeld eingab, doch durch die Eisenstäbe des Zauns konnte Hunter den Parkplatz gut überblicken. Um diese Uhrzeit parkten lediglich acht Fahrzeuge auf dem Platz – allesamt leer, und keins von ihnen war ein schwarzer Pick-up.

Hunter lief zurück zu Mrs Fosters Haus.

»Shannon, bist du noch dran?«

»Ja, ich bin noch da, Robert. Was brauchst du?«

»Kannst du mein Handy orten und meinen Standort mit dem des anderen Handys abgleichen? Sag mir, wie weit ich jetzt gerade von der Position des Absenders entfernt bin.«

»Kein Problem. Warte ganz kurz.«

Hunter hörte Tastenklackern und wartete. Währenddessen fuhr er fort, in beide Richtungen die Straße zu beobachten.

»Okay, ich habe dich jetzt auf dem Bildschirm«, meldete Shannon sich nach einer Weile zurück. »Die Nachricht wurde von der anderen Straßenseite aus gesendet, ein Stückchen weiter rechts von dir ... vielleicht drei Meter. Ziemlich nah an der nordwestlichen Ecke der Straße.«

Hunter fuhr sich mit der Hand über den Mund und seufzte frustriert. Der Täter hatte direkt auf Mrs Fosters Haus geschaut, als er die Nachricht abgeschickt hatte. Er war ganz in der Nähe gewesen. Er hätte die Straße überqueren und durch eins der Fenster ins Haus spähen können. Warum auch nicht? Unverfroren genug war er. Er war sogar noch viel unverfrorener, als Hunter bislang vermutet hatte.

41

Eine Dreiviertelstunde nachdem er aus Sylmar losgefahren war, kam Hunter wieder im Büro der UV-Einheit an. Garcia saß am Schreibtisch und starrte mit ernster Miene auf seinen Computerbildschirm.

»Wenn das nicht krank ist«, sagte er, während er den Blick seines Partners suchte, »dann weiß ich es auch nicht.«

»Ich nehme an, du redest vom Video«, entgegnete dieser.

Auf der Fahrt zum PAB hatte Hunter den Videoclip an Garcia sowie in die EDV-Abteilung weitergeleitet.

»Das ist so unfassbar widerwärtig.« Garcia schüttelte sich, ehe er seine Aufmerksamkeit wieder seinem Monitor zuwandte. »Das ist jenseits von grotesk und sadistisch und grausam und monströs. Es gibt überhaupt keine passenden Begriffe, um so was zu beschreiben.«

»Ich weiß.« Hunter seufzte niedergeschlagen.

»Und du warst ganz in der Nähe?«

Hunter nickte. »Nur wenige Meter entfernt.«

Garcia sank auf seinem Stuhl in sich zusammen. »Glaubst du, er wusste es? Dass du im Haus warst?«

Hunter zuckte mit den Schultern und setzte sich an seinen Schreibtisch. »Möglich. Kommt darauf an, wie lange er schon draußen war, bevor er Troy das Video geschickt hat. Ich war ungefähr zehn, fünfzehn Minuten bei ihnen, als die Nachricht kam. Danach habe ich nicht mehr richtig auf die Zeit geachtet«, gestand er. »Ich bin mir nicht ganz sicher, wie viele Minuten zwischen dem Eingang der Nachricht und der Ortung des Standorts vergangen sind, aber mehr als drei oder vier können es eigentlich nicht gewesen sein. Und da war er schon weg.«

»Glaubst du, er spielt mit uns?«

Hunter sah Garcia zögerlich an.

»Ich frage nur, weil ...«

»... er diesmal sein GPS eingeschaltet hat«, führte Hunter den Satz zu Ende.

»Genau. Gestern hat er Janet eine Nachricht gesendet, die nicht geortet werden konnte. Heute schickt er Troy ein Video und vergisst, sein GPS zu deaktivieren? Das glaube ich nicht. Er wollte, dass wir wissen, dass er ganz in der Nähe war, und das heißt, er muss gewusst haben, dass du zur betreffenden Zeit im Haus warst, Robert.«

»Shannon hat mir gesagt, das Telefon wurde gleich nach dem Senden der Nachricht ausgeschaltet.«

Ein angespanntes Schweigen folgte.

»Ich weiß nicht, Robert«, meinte Garcia nach einer Weile. »Aber ich habe das Gefühl, dass der Trieb des Täters über den reinen Sadismus seiner Taten hinausgeht. Vielleicht liebt er die Herausforderung. Wieder mal ein Freak, der mit uns Fangen spielen will. Als hätten wir nicht schon genug von der Sorte. Es würde mich nicht wundern, wenn er plötzlich anfangen würde, uns direkt zu kontaktieren – einfach nur aus Spaß.«

»Mich auch nicht«, pflichtete Hunter ihm bei. »Ich habe schon die Verkehrspolizei in Sylmar kontaktiert und nach den Aufnahmen der Verkehrskameras in der Nähe von Mrs Fosters Haus gefragt.« Ein resigniertes Kopfschütteln. »Versuchen können wir es ja mal. Ich bitte die Kollegen von der Recherche, sich die Aufnahmen anzusehen, auch wenn ich nicht glaube, dass etwas dabei rauskommt. Die nächsten Kameras sind zu weit entfernt – in der Hubbard Street und am Foothill Freeway, drei Blocks östlich beziehungsweise nördlich von Mrs Fosters Haus. Es gibt zu viele mögliche Fluchtrouten – das ist Problem Nummer eins. Problem Nummer zwei ist, dass wir nicht mal wissen, nach was für einem Fahrzeug wir Ausschau halten sollen.«

Garcia sah Hunter mit hochgezogenen Augenbrauen an.

»Wir wissen, dass der Täter, als er Kirsten verschleppt und getötet hat, einen Pick-up gefahren ist, der so ähnlich aussieht wie der von Troy. So weit – so gut. Aber der Kerl ist schlau. Wahrscheinlich schlauer, als wir ahnen. Es besteht die Wahrscheinlichkeit, dass er den Pick-up nur für die eine Tatnacht gestohlen, gemietet oder sogar gekauft hat. Heute in Sylmar könnte er auch auf einem Motorrad unterwegs gewesen sein.«

»Pech für uns«, sagte Garcia, ehe er an seinen Rechner zurückkehrte und eine neue Datei öffnete. »Wieder mal. Deshalb habe ich auch schon damit angefangen, Anzeigen wegen Autodiebstahls durchzugehen und Mietwagenfirmen und Gebrauchtwagenhändler zu kontaktieren.«

»Und?«

»Also. Troy fährt einen Ford F-150, Baujahr 2014.«

»Ja, das stimmt.«

»Dann komm und schau dir das mal an.« Garcia winkte seinen Partner zu sich.

»Dies hier ist das betreffende Modell«, erklärte er und deutete auf ein Foto auf seinem Bildschirm.

»Aha.« Hunter konnte sich bereits denken, worauf Garcia hinauswollte.

»Und jetzt schau dir das an.« Mit einem Doppelklick öffnete er ein weiteres Foto. »Das hier ist ein Chevy Silverado 1500 von 2014. Von vorne und …« Noch ein Klick. »Von hinten.«

Hunter seufzte. Der Ford F-150 und der Chevy Silverado 1500 sahen sich aus beiden Perspektiven fast zum Verwechseln ähnlich.

Und Garcia war längst noch nicht fertig.

»Das hier ist ein 2014er GMC Sierra 1500. Von vorne ... und von hinten.«

Auch er hatte große Ähnlichkeiten mit Troys Ford.

Der nächste Klick.

»Ein 2014er Ram 1500 – von vorne ... von hinten.«

Klick.

»Ein 2014er Toyota Tundra – von vorne ... und von hinten. Und zu guter Letzt: der Nissan Titan – von vorne ... und noch mal von hinten.«

Hunter verzog frustriert das Gesicht. Die fünf Pick-ups sahen einander so ähnlich, dass die meisten Menschen, solange sie keine Kenner der Materie waren, sie kaum voneinander hätten unterscheiden können.

»Der Täter könnte irgendeins dieser Modelle in der Mordnacht gefahren haben«, sagte Garcia. »Und jeder Nachbar, der zufällig vorbeigekommen wäre oder aus dem Fenster geschaut hätte, so wie Mr Hennessey, wäre davon ausgegangen, dass es sich um Troys F-150 handelt – erst recht im Dunkeln. Ich bin mir sicher, dass der Täter dies wusste.«

Hunter nickte langsam. »Wie gesagt. Er ist schlau.«

»Sehr«, pflichtete Garcia ihm bei, ehe er aufstand und zur Kaffeemaschine in der Ecke ging. »Das Video ist ein weiteres Beispiel dafür – fünf extrem kurze Sequenzen, kleiner Bildausschnitt, miese Beleuchtung. Man kann kaum den Straßenbelag richtig sehen. Wir haben keine Chance, zu ermitteln, an welchem Ort es aufgenommen wurde – es sei denn, den Kollegen aus der EDV gelingt ein Wunder.«

Hunter bezweifelte, dass es dazu kommen würde.

»Kaffee?«, fragte Garcia.

»Ja, bitte.«

Garcia goss zwei große Becher voll und reichte einen an seinen Partner weiter. Dann drehte er sich zur Pinnwand um. »Der Clip, den er Janet gestern geschickt hat, war ja schon an der Grenze des Erträglichen ...« Er lachte freudlos. »Aber das hier spottet wirklich jeder Beschreibung. Ich kann mir nicht mal ansatzweise vorstellen, wie Troy …«

»Er hat nicht das ganze Video gesehen«, fiel Hunter ihm ins Wort und schilderte kurz den Ablauf der Ereignisse.

»Dann hat er den Text ganz am Ende also nicht gelesen?«

»Jedenfalls nicht, während ich bei ihnen war.«

Garcia sah seinen Partner stirnrunzelnd an. »Aber du hast mir doch eben gesagt, dass er das Video gelöscht hat.«

»Ja, habe ich.«

»Dann ist es doch weg. Oder glaubst du, der Killer könnte es ihm noch mal schicken?«

Hunter erzählte ihm von der Funktion, die Anhänge eingehender Textnachrichten automatisch speicherte.

Garcias Smartphone verfügte über dieselbe Voreinstellung, allerdings hatte er noch nie Gebrauch davon gemacht.

»Troy hat mir versichert, dass er die Funktion auf seinem Telefon deaktiviert hat.«

Garcia nippte an seinem Kaffee und musterte Hunter einen Moment lang. »Du glaubst, er hat gelogen?«

Er wusste, dass Hunter ein Meister darin war, andere Menschen zu lesen. Und es gab immer bestimmte Mikroausdrücke, Formulierungen, Gesten, Augenbewegungen, Veränderungen der Gesichts- oder Stimmfarbe, die verrieten, ob jemand log.

»Nein, ich denke nicht.«

»Das ist doch gut, oder? Es bedeutet, dass er wenigstens den Text am Ende nicht lesen muss – der setzt der Abartigkeit des Ganzen nämlich noch die Krone auf.«

Hunter nickte, allerdings war er sich bewusst, dass es einen entscheidenden Unterschied gab, den viele Menschen nicht bedachten: Wenn jemand nicht log, bedeutete dies nicht zwangsläufig im Umkehrschluss, dass er die Wahrheit sagte.

Doch Hunter wäre ohnehin nicht in der Lage gewesen, Troys Signale richtig zu deuten, und das hatte einen ganz einfachen Grund: Der Anfang des Videos hatte den jungen Mann dermaßen aus der Bahn geworfen, dass man seiner Körpersprache, seiner Stimme, seinem Verhalten insgesamt schlichtweg nicht mehr trauen konnte.

»Hast du das Video auf deinem Rechner?«, wollte Hunter wissen.

»Ja.« Garcia deutete auf seinen Monitor. »Nur zu. Ich glaube, ich kann mir das nicht noch mal antun. Das war mit Abstand das Widerlichste, was ich je im Leben gesehen habe.«

Dem konnte Hunter nicht widersprechen.

»Wie lief es mit dem Taxifahrer?«, fragte er, als er an Garcias Schreibtisch trat. »Irgendwelche neuen Erkenntnisse?« Er betätigte die Leertaste, und das Video lief von vorne ab. Auf dem Siebenundzwanzig-Zoll-Monitor wirkten die Bilder noch grauenerregender, vor allem während des dritten Teils, in dem die Kamera ganz auf Kirstens Augen fokussiert war. Hunter konnte klar erkennen, wie das Licht in ihnen erlosch, als sie begriff, dass ihr Leben zu Ende war.

Garcia wartete, bis Hunter alles gesehen hatte, ehe er antwortete.

»Nichts.« Er trank noch einen Schluck von seinem Kaffee.

»Wirklich? Er konnte dir gar nichts sagen?«

»Sie«, gab Garcia zurück, stellte seinen Kaffeebecher hin und nahm einen Notizblock von seinem Schreibtisch. »Linda Evans. Sehr nette Frau. Fünfundvierzig Jahre alt. Sie weiß noch, wie sie Melissa in der Nacht von Samstag auf Sonntag am Freehand Hotel abgeholt hat. Ihrem Fahrtenschreiber zufolge war das um ein Uhr neunundzwanzig.«

»Ja, das deckt sich mit unseren Infos«, sagte Hunter und kehrte an seinen Schreibtisch zurück.

»Die Fahrt vom Hotel zu Melissas Haus«, fuhr Garcia fort, »dauerte knapp eine halbe Stunde. Sie hat sie um ein Uhr achtundfünfzig vor ihrem Haus abgesetzt.« Er blätterte eine Seite um. »Mrs Evans meinte, Melissa hätte deutlich erkennbar unter Alkoholeinfluss gestanden. Sie ist ausgestiegen und konnte nicht mal die Autotür richtig schließen, obwohl sie es mehrmals versucht hat. Weil sie so betrunken war, hat Mrs Evans gewartet, bis sie im Haus verschwunden war, erst dann ist sie weitergefahren.«

»Das war nett von ihr«, sagte Hunter.

»Sie hat eine Tochter im Teenageralter. Sie meinte, sie hätte schon zu viele Geschichten über Frauen gehört, die beim Nachhausekommen überfallen wurden – vor allem, wenn sie Alkohol getrunken hatten. Deshalb macht sie das bei jedem weiblichen Fahrgast, zu jeder Uhrzeit und egal, ob Alkohol im Spiel ist ... einfach zur Sicherheit.«

»Wir brauchen mehr Menschen wie sie in dieser Stadt.«

»Deshalb«, fuhr Garcia fort, »habe ich sie gefragt, ob ihr vielleicht aufgefallen ist, dass Melissa vergessen hat, die Haustür zu schließen.«

»Und?«

»Sie meinte, sie wäre losgefahren, sobald Melissa im Haus verschwunden war. Aber wir waren ja selber dort. Das Haus liegt etwas zurückgesetzt von der Straße, erinnerst du dich? Wenn man mitten in der Nacht in einem Auto sitzt, das am Straßenrand parkt, bräuchte man Adleraugen, um erkennen zu können, ob jemand die Tür vielleicht nur angelehnt hat. Wahrscheinlich würde man es nicht mal sehen, wenn sie sperrangelweit offen stünde.«

»Stimmt«, räumte Hunter ein. »Aber der Mörder hat ja auch nie gesagt, dass Melissa vergessen hat, die Tür zu schließen. Er hat gesagt, sie hätte vergessen, sie abzuschließen. Vielleicht hat sie sie zwar zugemacht, aber hinterher den Schlüssel nicht im Schloss herumgedreht – was mich zu meiner nächsten Frage führt.«

Garcia konnte sie bereits erahnen. »Ist Mrs Evans jemand in der Nähe des Hauses aufgefallen?« Jetzt war er derjenige, der resigniert den Kopf schüttelte. »Soweit sie sich erinnern konnte, war alles ruhig. Ich habe sie auch gefragt, ob sie irgendwelche Fahrzeuge bemerkt hat, die ihnen vom Freehand

Hotel aus gefolgt sind. Fehlanzeige. Sie meinte, sie hätte bestimmt fünf Minuten vor Melissas Haus gestanden ... Sie hatte Mühe beim Aussteigen, weil sie nur noch torkeln konnte. Dann hat sie die Autotür erst nicht richtig zubekommen, und es hat lange gedauert, bis sie am Haus war und die Tür aufgeschlossen hatte. Mrs Evans konnte sich nicht erinnern, in der ganzen Zeit auch nur ein einziges vorbeifahrendes Auto gesehen zu haben. Sie hätte ja die Scheinwerfer bemerkt.« Garcia konsultierte seinen Notizblock. »Das heißt, wir haben nach wie vor nichts in der Hand.« Er trank seinen Kaffee aus und ließ sich wieder auf seinen Stuhl fallen.

»So sieht es wohl aus.« Hunter beschloss, dass sein Partner etwas Aufmunterung gebrauchen konnte. »Aber es gibt noch viele Zeugen, mit denen wir sprechen können. Die Theorie, dass der Täter ein wie auch immer geartetes romantisches Verhältnis zu den beiden Frauen hatte, ist noch nicht vom Tisch. Wir müssen ihr Leben genauer durchleuchten, vielleicht finden wir irgendwo eine Verbindung. Die beiden können unmöglich Zufallsopfer gewesen sein.«

Garcia nickte und rollte näher an seinen Schreibtisch heran. »Ich wollte mir gerade ihre Social-Media-Seiten anschauen, um ...« Er rang die Hände. »Ach, keine Ahnung. Ich dachte, vielleicht finde ich irgendwelche Gemeinsamkeiten zwischen ihnen. Aber dann kam die Nachricht von dir mit dem Video.« Er massierte sich den Nacken. »Ich will nicht lügen, Robert, das hat mich ziemlich mitgenommen. Dieses Ausmaß an Brutalität ist so verstörend ... selbst für unsere Verhältnisse. Ich weiß, wir gehen davon aus, dass alles, was dieser Killer tut, eine Bedeutung hat, aber mal ganz im Ernst?« Er deutete auf seinen Monitor. »Welche Bedeutung könnte das sein außer ›Ich bin krank im Kopf und will Menschen wehtun, wie es vor mir noch kein anderer getan hat‹?«

Hunter war geneigt, seinem Partner zuzustimmen. Während ihrer Arbeit in der UV-Einheit hatten er und Garcia schon so manchen Mörder gejagt, dessen Hang zur Grausamkeit nicht von dieser Welt zu sein schien.

Doch dieser hier übertraf sie alle.

42

Grace Bauer saß in angespannter Haltung, die Knie eng zusammengepresst, mit hochgezogenen Schultern auf der Couch. Sie hatte sich die Arme um den Leib geschlungen und zitterte.

»Ich dachte wirklich, ich schaffe das«, sagte sie mit müder, heiserer Stimme. »Und jetzt schauen Sie mich an. Gleich bei der ersten Sitzung breche ich komplett zusammen. Aber ich weiß einfach nicht weiter. Die Tabletten helfen nicht mehr.«

Ihr gegenüber am Fenster saß Josie Griffith in einem dunkelroten Chesterfield-Sessel. Sie hatte entspannt die Beine übereinandergeschlagen, Hände samt Notizblock ruhten locker in ihrem Schoß. Dem Patienten-Informationsblatt und ihren bisherigen Schilderungen war zu entnehmen, dass Grace seit etwas mehr als zehn Monaten verschiedene Antidepressiva wie Paxil und Brintellix einnahm, und obschon die Präparate ihre Beschwerden ein wenig abgemildert hatten, vermochten sie dauerhaft kaum etwas gegen die überwältigende Dunkelheit auszurichten, die ihre Gedanken beherrschte. Anderthalb Jahre zuvor war bei ihr eine schwere Depression in Kombination mit Angststörungen diagnostiziert worden. Trotzdem war dies ihr erster Termin bei einem Psychotherapeuten – und das erste Mal in ihrem Erwachsenenleben, dass ihr jemand für länger als fünf Minuten zuhörte.

»Jeder Tag ist gleich«, fuhr sie fort, während sich Tränen an ihren unteren Lidrändern sammelten, die jeden Moment überzulaufen drohten. »Ich will morgens gar nicht aufstehen. Ich will nicht zur Arbeit gehen, ich will nichts essen. Ich will am Abend nicht mit meinem Ehemann ins Bett gehen. Ich habe keine Lust, mich mit Freunden zu treffen. Ich habe keine Lust, auszugehen. Ich habe keine Lust …« Sie brach ab und blickte nach unten auf ihre Arme, die ihren Körper umschlungen hielten. Am Ende waren die Tränen stärker als ihre Selbstbeherrschung. »Ich will dieses Leben nicht mehr.«

Josies Praxis lag im zweiten Stock eines Gebäudes im Zentrum von L. A. Sie blickte aus dem Fenster auf das Bürohochhaus gegenüber und fragte sich flüchtig, wie viele der Angestellten wohl wirklich dort sitzen wollten. Wie viele von ihnen übten einen Beruf aus, der ihnen Freude bereitete? Ihr Blick wanderte nach unten zur Straße und der Schlange von Autos, die vor der roten Ampel warteten. Wie viele der Menschen, die da unten in ihren Autos saßen, fuhren irgendwohin, wo sie tatsächlich gern waren? Wie viele kehrten in ein Haus oder in eine Beziehung zurück, die sie eigentlich gar nicht wollten? Die hässliche Wahrheit war, dass nur wenige Menschen den Luxus genossen, einen Beruf auszuüben, der sie wahrhaftig erfüllte. Nur wenige lebten ein Leben nach ihren Vorstellungen, das galt auch für die Reichen.

Während sie dasaß und Grace zuhörte, musste Josie daran denken, welches Glück sie hatte, jemanden wie Oliver gefunden zu haben ... jemanden, den sie über alles liebte und der diese Liebe erwiderte.

Ich will dieses Leben nicht mehr. Für einen Psychotherapeuten war eine solche Aussage ein klares Warnsignal.

»Haben Sie schon einmal darüber nachgedacht, sich selbst etwas anzutun, Grace?«, fragte Josie ruhig und sah ihre Patientin an.

Diese wandte den Blick ab und fuhr sich nervös mit der Zunge über die Zähne. Dann wischte sie sich mit den Fingerspitzen vorsichtig die Tränen weg. Eine Antwort blieb sie schuldig.

»Oder vielleicht jemand anderem?« Josie probierte es mit einem anderen Ansatz. Ihr Tonfall war nach wie vor neutral, ihre Körperhaltung entspannt und beherrscht.

Grace hustete. Ihr Mund fühlte sich an wie Sandpapier, und sie brachte die Worte nur schwer über die Lippen. »Ich will einfach nur, dass dieses schreckliche Gefühl aufhört. Ich will mich nicht mehr so fühlen. Das ist alles, was ich mir wünsche.«

Für Josie klang das nach einer Ausflucht. Wenn man einem Menschen gegenüber eine für ihn unbequeme Wahrheit ansprach, verriet er dies oft durch bestimmte Verhaltensweisen – er wandte den Blick ab, räusperte sich, kratzte sich an einer Stelle, die nicht gekratzt werden musste, errötete oder leckte sich die Lippen. Es gab viele solcher Signale. Josie wollte Grace nicht auf den Kopf zusagen, dass diese nicht ehrlich zu ihr war – jedenfalls nicht gleich in der ersten Sitzung –, aber sie wollte das Thema auch nicht einfach auf sich beruhen lassen, zumal es ihr ernsthafte Sorgen bereitete.

»Erzählen Sie mir mehr über dieses Gefühl, Grace. Wie ist es? Warum ist es so schrecklich?«

Grace schaute die Psychotherapeutin an, doch ihr Blick wirkte leer, geradezu seelenlos, als warteten hinter ihren wunderschönen dunklen Augen nichts als Leid und Schmerz.

»Es ist ein Gefühl totaler innerer Leere«, sagte sie monoton. »Diese furchtbare Leere überall. Ich habe das Gefühl, wertlos zu sein.«

Josie bemerkte, wie Grace abermals die Tränen kamen.

Grace sah aus wie Mitte oder gar Ende vierzig und war noch immer sehr attraktiv, mit ebenmäßigen Zügen, gewellten rotbraunen Haaren und großen dunklen Augen. Auch körperlich schien sie sehr gut in Form zu sein.

Während ihrer Sitzung hatte Grace bereits viel über sich und ihr Leben erzählt. Sie hatte mit zweiundzwanzig ihren jetzigen Ehemann Dayton geheiratet, der zwölf Jahre älter und zum damaligen Zeitpunkt bereits extrem wohlhabend gewesen war, nachdem er ein Vermögen an der Börse gemacht hatte. Anfangs hatte Grace sich eingeredet, glücklich zu sein, doch nun, über zwanzig Jahre später, verblassten ihre Schönheit und Ausstrahlung allmählich – zumindest glaubte sie selbst das –, und sie musste der bitteren Tatsache ins Auge blicken, dass sie den Mann, mit dem sie verheiratet war, nie wirklich geliebt hatte. Dasselbe galt für ihr sorgenfreies, aber oberflächliches Leben. Sie hatte sich von Schönheit und materiellem Luxus blenden lassen, und das hatte sie immer weiter von ihrem wahren Selbst entfremdet. Inzwischen wusste sie gar nicht mehr, wie sie den Menschen wiederfinden sollte, der sie einmal gewesen war – und ob es ihn überhaupt noch gab.

»Bringt Ihre Arbeit Ihnen denn ein gewisses Maß an Erfüllung?«, fragte Josie. »Kann sie eine kleine, aber sehr wichtige Brücke über den Abgrund schlagen, den Sie in Ihrem Innern wahrnehmen? Haben Sie Freude an Ihrem Beruf?«

Grace hatte Josie erzählt, dass sie eine Firma für Inneneinrichtung besaß. Einige Jahre zuvor hatte sie kurz hintereinander mehrere Aufträge von Hollywoodstars erhalten, und von da an war es mit ihrem Unternehmen steil bergauf gegangen, denn wenn man erst einmal einige bekannte Namen zu seinen Klienten zählte, kamen ganz automatisch immer neue hinzu.

Grace lachte abfällig, ehe sie endlich die Arme herunternahm und die Hände in ihren Schoß sinken ließ. »Ich verrate Ihnen jetzt mal ein kleines Geheimnis.« Sie setzte sich auf der Couch zurecht. »Ich habe nicht die geringste Ahnung von Inneneinrichtung. Mein Mann hat mich dazu gedrängt, die Firma zu gründen, wahrscheinlich weil er es nicht ertragen konnte, dass ich den ganzen Tag untätig zu Hause herumsitze. Er meinte, ich hätte ein gutes Gespür für Ordnung.« Sie hielt inne und nickte zynisch. »Ja, genau. Ordnung – das hat er gesagt. Ich bin keine Innendesignerin, sondern eine Blenderin. Ich kann Farben miteinander kombinieren und Möbel so hinstellen, dass es nicht so aussieht, als hätte der Blitz eingeschlagen.«

Josie gestattete sich ein kleines Lächeln.

»Das ist mein Ernst«, betonte Grace. »Sie wären überrascht, wenn Sie eins meiner Häuser von innen sehen würden. Farben und Möbel halbwegs vernünftig zu kombinieren scheint die Fähigkeiten der meisten Leute in dieser Stadt zu übersteigen, vor allem die der Reichen und Schönen. Die gehen einfach nur los und kaufen, was das Zeug hält. Dann schmeißen sie alles in einen Raum und denken, weil sie ein Vermögen für den ganzen Scheiß ausgegeben haben, muss es ja toll aussehen.« Sie schüttelte verächtlich den Kopf. »Die ersten Promis in meinem Portfolio sind nur wegen meines Mannes und seiner Beziehungen zu mir gekommen, nicht weil ich so gut war.« Sie zuckte die Achseln. »In einer Stadt, die so künstlich und oberflächlich ist wie L. A., reicht das schon. Der Rest kommt dann von ganz allein. Sie wissen doch, wie das läuft, oder?« Grace sprach mit näselnder Stimme weiter. »Oh, sie hat das Haus von Soundso eingerichtet, sie muss großartig sein. Wir sollten ihr den Auftrag unbedingt geben, Schatz.«

Abermals ein Lächeln von Josie.

Einen Herzschlag lang schien Grace in sich zusammenzusacken. Sie ließ den Kopf hängen und lehnte sich, wie unter einer unsichtbaren Last gebeugt, nach vorn. Waren es Schuldgefühle? Scham? Irgendetwas dazwischen?

»Die Wahrheit ist«, fuhr sie ein wenig versöhnlicher fort, »dass ich alles andere als großartig bin. Weit davon entfernt. Ich bin einfach nur nicht vollkommen unfähig oder blind, wenn es darum geht, einen Raum mit Möbeln, Stoffen und Dekorationsgegenständen zu füllen, das ist alles.«

Josie fragte sich, was Grace wohl von der Einrichtung ihres Büros hielt. Flüchtig sah sie sich um. War es zu dunkel? Zu hell? Zu bunt?

Als ihr Blick das Fenster streifte, blickte sie erneut nach unten auf die Straße.

In dem Moment sah sie ihn.

Auf der gegenüberliegenden Straßenseite stand ein großer, kräftig aussehender Mann. Er stand einfach nur da, gegen eine Hauswand gelehnt. Der Reißverschluss seiner schwarzen Jacke war bis zum Hals hochgezogen. Er hatte die Kapuze aufgesetzt und die Hände in den Taschen vergraben. Eigentlich war an ihm nichts weiter bemerkenswert – bis auf den Umstand, dass er direkt zu ihrem Fenster hinaufzuschauen schien, und zwar mit einer Intensität, die ihr einen Schauer über den Rücken jagte. Ihre Blicke trafen sich für einen kurzen Moment, und Josie hätte schwören können, dass sie trotz der beträchtlichen Entfernung das Flackern des Zorns in seinen Augen sehen konnte. Und es war kein gewöhnlicher Zorn. Er wirkte regelrecht hasserfüllt und rachsüchtig, als ginge es um etwas sehr Persönliches. Der Anblick machte ihr Angst.

Der Mann blinzelte. Dann lächelte er stolz, als wüsste er, dass Josie ihn gesehen hatte.

Auch Josie musste blinzeln. Im nächsten Moment war der Mann verschwunden. Sie schaute nach rechts und links, doch er war in der Menge untergetaucht wie ein Schatten. Also wandte sie ihre Aufmerksamkeit wieder ihrer Patientin zu, die in der Zwischenzeit ihre rechte Hand auf die linke gelegt hatte, wo ihre Finger über das Ziffernblatt einer teuer aussehenden Uhr strichen.

Josie beobachtete sie, doch der Mann, den sie kurz zuvor gesehen hatte, ließ sie nicht los. Sie hatte das Gefühl, ihn zu kennen. Sie wusste bloß nicht, woher.

»Dieses Zeug«, sagte Grace und berührte den kleinen Schmetterlingsanhänger an ihrer Halskette. »Wissen Sie, was das ist?«

Allem Anschein nach extrem teuer, wollte Josie erwidern, doch sie zügelte sich. Stattdessen antwortete sie auf ihre altbewährte Art und Weise – mit einer Gegenfrage.

»Was ist es denn für Sie?«

Grace wandte vorübergehend den Blick ab. Als sie Josie wieder ansah, lag ein kleines wütendes Funkeln in ihren Augen. Sie lachte.

»Sie erinnern mich an den Fehler, den ich gemacht habe ... an das Gefängnis, in das ich mich vor all den Jahren freiwillig begeben habe. Ich war jung und sehr, sehr arm. So arm, dass ich dummerweise glaubte, materielle Dinge wie diese hier könnten mich glücklich machen. Das tun sie aber nicht. Das haben sie auch noch nie getan. Ich hasse das ganze Zeug, und ich hasse mich selbst, weil ich so naiv und dumm war ... so leichtgläubig.«

Josie fragte sich, welche Abgründe wirklich in Grace' Gedanken lauerten. Sie hatte es vermieden, auf die Frage zu antworten, ob sie jemals darüber nachgedacht hatte, sich oder anderen etwas anzutun. Sie hatte ihr Leben mit einem Gefängnis verglichen, und sie hatte zweimal das Wort »Hass« verwendet – davon einmal in Bezug auf sich selbst. All das innerhalb weniger Minuten. Wie groß war die Gefahr, dass ihre zerstörerischen Gedanken irgendwann Einfluss auf ihr Handeln nahmen? Der Eindruck, den Josie bisher von ihr gewonnen hatte, war, dass Grace mit aller Macht gegen den stetig wachsenden Impuls ankämpfte, sich selbst ein Leid zuzufügen. Sie war die sprichwörtliche »tickende Zeitbombe«. War das der Grund, weshalb sie nach all der Zeit beschlossen hatte, sich Hilfe zu suchen – weil sie kurz davor war, etwas Unwiderrufliches zu tun? Mit dieser Möglichkeit im Hinterkopf beschloss Josie, es weiter zu versuchen.

»Haben Sie manchmal das Gefühl, dass Ihnen alles über den Kopf wächst?«, fragte sie. »Das Leben, das Sie führen?«

»Ha!«, lachte Grace. »Manchmal? Immer. Ich habe es Ihnen doch gesagt, ich hasse dieses Leben. Ich will es nicht mehr.«

Schon wieder.

Josie schrieb etwas in ihren Notizblock.

»Was genau denken Sie in solchen Momenten?«, fragte sie weiter. »Haben Sie das Gefühl, sich selbst in irgendeiner Weise bestrafen zu müssen? Oder vielleicht andere?«

Grace schaute auf ihre gefalteten Hände, ehe sie Josie mit forschendem Blick musterte.

Josie wartete, doch Grace sah lediglich auf ihre Uhr.

»Können wir vielleicht nächste Woche weitermachen – falls Sie noch einen freien Termin haben?«, fragte sie und griff nach ihrer Handtasche. »Ich muss jetzt los.«

Schon wieder wich sie einer Frage aus.

Josie betrachtete sie schweigend. Sie wusste sehr gut, wie spät es war.

»Wir haben noch eine Viertelstunde, Grace.«

»Ach ja?« Grace erhob sich.

Josie blieb sitzen. Sie wollte klarstellen, dass Grace diejenige war, die die Sitzung abbrach. Grace war diejenige, die sich weigerte, sich mit ihren Gefühlen auseinanderzusetzen.

»Ja, in der Tat«, sagte Josie.

Doch ihre Patientin ließ sich davon nicht beeindrucken. »Leider muss ich wirklich gehen«, sagte sie noch einmal etwas entschiedener. Sie machte drei Schritte in Richtung Tür, ehe sie stehen blieb und sich noch ein letztes Mal zu Josie umdrehte.

»Ich kann Ihnen versichern«, sagte sie gemessen, fast sanft, während sie die Therapeutin unverwandt fixierte, »dass ich in keinster Weise eine Gefahr für mich oder andere darstelle. Ich hatte noch nie den Wunsch, mir oder anderen Gewalt anzutun. Das schließt Tiere mit ein.«

Die Worte hatten eine ähnliche Wirkung, als wäre in Josies Praxis eine Bombe hochgegangen. Sie spürte förmlich, wie sie ihre Nervenenden entlangkrochen. Ein Schauer ging durch ihren Körper, und sie fragte sich, ob sie sich womöglich verhört hatte. Was Grace Bauer soeben gesagt hatte, wurde in der psychiatrischen Praxis gemeinhin als »Non-Suizid-Vertrag« bezeichnet – eine Vereinbarung, die ein potenziell selbstmordgefährdeter Patient aus freien Stücken eingehen musste, um nicht gegen seinen Willen ins Krankenhaus gebracht oder in eine Anstalt eingewiesen zu werden.

Auf einmal hatte Josie den Eindruck, dass Grace weit mehr über Psychiatrie und Psychotherapie wusste, als sie durchblicken ließ. Bestimmt wusste sie auch, dass die Sitzung aufgezeichnet wurde und ihre Aussage nun auf Band war. Solange Grace den Kontrakt nicht explizit widerrief, hatte Josie keine Möglichkeit, sie einweisen zu lassen, selbst wenn sie während der kommenden Sitzungen zu der Einschätzung gelangen sollte, dass sie sehr wohl eine ernst zu nehmende Gefahr für sich oder andere darstellte.

»Vielen Dank, dass Sie sich Zeit für mich genommen haben«, sagte Grace mit einem kleinen Lächeln. »Hoffentlich sehen wir uns nächste Woche wieder. Ich rufe an, um einen Termin auszumachen.«

Mehrere Sekunden nachdem Grace Bauer die Praxis verlassen hatte, versuchte Josie immer noch zu begreifen, was gerade passiert war. In einer instinktiven Bewegung wandte sie sich zum Fenster. Sie wusste nicht genau, was sie sich davon versprach. Sie wollte Grace einfach nur noch ein letztes Mal sehen, ehe sie in einen Wagen mit Chauffeur stieg oder in der Menge verschwand.

Doch Josie sah Grace nicht mehr. Stattdessen war da wieder der Mann von eben. Auch diesmal stand er regungslos da, die Hände in den Taschen, die Kapuze auf dem Kopf, den Blick auf Josies Fenster im zweiten Stock gerichtet. Jetzt lächelte er nicht mehr. Stattdessen hatte er einen ganz seltsamen Ausdruck in den Augen. Ein Ausdruck, bei dem Josie erneut ein kalter Schauer den Rücken hinunterlief und ihr Herz einen Schlag aussetzte.

43

Im Büro der UV-Einheit waren Hunter und Garcia eben von einer Besprechung mit Captain Blake zurückgekehrt, als eine neue E-Mail einging. Der Absender war Martin Carr aus der Rechtsabteilung von AT&T. Die Betreffzeile der Nachricht war leer.

»Das sind bestimmt die Chatverläufe von Kirsten Hansens Handy.« Garcia verlor keine Zeit, die Mail zu öffnen.

Auch Hunter setzte sich an seinen Rechner.

Der eigentliche Text der E-Mail bestand lediglich aus zwei Worten: *wie angefordert*. Das war alles – kein einleitender Gruß, keine Erläuterungen, keinerlei Höflichkeitsfloskeln. Gleich darunter folgten ein knappes »Mit freundlichem Gruß« sowie Martin Carrs digitale Signatur mit dem AT&T-Logo. Auch diese Mail enthielt zwei Zip-Ordner im Anhang – *Telefonate* und *SMS/Textnachrichten*.

»Will der mich verarschen?«, brummte Garcia, sobald er die Mail geöffnet hatte.

»Kein Video?«, fragte Hunter, der den Grund für den Frust seines Partners erriet.

»Du sagst es.«

»Vielleicht hat er Kirsten keins geschickt. Lass mich mal sehen.« Hunter klickte auf den Ordner, der die Textnachrichten enthielt.

»Das will ich hoffen«, entgegnete Garcia verärgert. »Wenn ich nämlich noch mal mit einem Beschluss bei ihm antanzen muss, damit er ein Video rausrückt, das er rein zufällig vergessen hat, werde ich wirklich sauer.«

»Ja, das merkt man«, kommentierte Hunter, ehe er sich dem Anfang des Dokuments mit den Textnachrichten widmete. Kirstens letzter Chat war am Dienstagmorgen um null Uhr neunundzwanzig von einem Absender mit unbekannter Nummer initiiert worden.

ABSENDER: Harter Tag in der Klinik, Kirsten? Wie war die Pizza?

KIRSTEN: Wer ist denn das?

ABSENDER: Ich bin eine Art Lehrer, Kirsten ... ein Mentor, wenn du so willst.

»Ja«, sagte Garcia, sobald er diese Zeile gelesen hatte. »Das ist unser Killer. Er bleibt seiner Vorgehensweise treu.«

Schweigend lasen sie auch die restlichen Textnachrichten.

»Kein Video«, stellte Hunter hinterher fest und ließ sich gegen die Lehne seines Stuhls sinken.

»Nein. Was glaubst du, warum nicht? Das mit dem offenen

Fenster wäre doch die ideale Gelegenheit gewesen. So ähnlich wie bei Melissa und der unverschlossenen Haustür, weißt du noch?«

»Auch keine Emojis«, merkte Hunter an.

»Insgesamt«, sagte Garcia, »ist die Konversation deutlich kürzer als die mit Melissa. Was meinst du, woran könnte das liegen?«

»Ich denke mal, er hatte sein Ziel schon erreicht.« Hunters Blick war noch immer auf den Text gerichtet. »Da brauchte es keine Emojis und auch kein Video mehr. Lektion eins: Angst. Lies den Chat noch mal von Anfang an durch, Carlos, aber diesmal stell dir vor, du wärst Kirsten – eine Frau, die mitten in der Nacht ganz allein zu Hause ist.«

»Das muss ich gar nicht«, sagte Garcia. »Mich gruselt es auch so schon – am helllichten Tag, während ich mit dir zusammen im Büro sitze. Jedes einzelne Wort dieser Nachrichten ist unheimlich.« Er deutete auf seinen Monitor. »Von Anfang an. Als er die Pizza erwähnt, hat ihr das bestimmt einen gehörigen Schrecken eingejagt. Woher wusste er, dass sie sich eine Pizza bestellt hatte? Und dann setzt er gleich noch einen drauf. Er sagt ihr, dass sie noch in derselben Nacht sterben wird.« Er warf einen Blick auf den Zeitstempel der Nachrichten. »Wenige Minuten nach seiner ersten Nachricht.«

»Genau«, sagte Hunter.

»Und dann«, fuhr Garcia fort, »erwähnt er gleich in seiner nächsten Nachricht, dass das Fenster in der Küche nicht verriegelt war. Wie du sagtest: Einer Frau, die nachts allein zu Hause ist, muss er damit ganz schön Angst machen. Falls ihr das offene Fenster in der Küche vorher aufgefallen war und sie es zugemacht hat, stellt sie sich jetzt dieselbe Frage wie bei der Pizza: *Woher kann er das wissen?* Und falls es ihr nicht aufgefallen war, bekommt sie Panik, weil sie nicht weiß, was sie tun soll. Aufstehen und nachschauen? Im Bett bleiben und hoffen, dass das alles bloß ein Scherz ist? So oder so, jetzt hat er sie da, wo er sie haben will.«

»Eben«, sagte Hunter. »Ziel erreicht. Wozu noch weitere Zeit verschwenden?«

Garcia kratzte sich am Kinn. »Und glaubst du, dass er wirklich durchs Küchenfenster eingestiegen ist? Oder hat er gelogen? Laut Kriminaltechnik gab es keine Einbruchsspuren. Könnte es sein, dass Kirsten wirklich früher am Tag vergessen hatte, das Fenster zu schließen, oder hat er sich das bloß ausgedacht, um ihr noch mehr Angst zu machen? Es ist dieselbe Taktik wie bei Melissa mit der unverschlossenen Haustür. Vielleicht will er, dass seine Opfer sich selbst die Schuld geben, weil sie nachlässig waren.«

»Ich weiß es nicht«, sagte Hunter mit nachdenklicher Miene. »Möglich wäre es. Andererseits schreibt er ja gar nicht, dass sie diejenige war, die das Fenster offen gelassen hat. Er schreibt, es sei seinetwegen offen gewesen. Damit verrät er uns etwas, was wir vorher noch nicht wussten«, fügte er hinzu, während er gleichzeitig nach dem Telefonhörer auf seinem Schreibtisch griff.

Garcia sah ihn durch zusammengekniffene Augen an.

»Ich glaube nicht, dass es eine Lüge war, als er behauptet hat, sich entweder unter ihrem Bett oder im Kleiderschrank versteckt zu haben. Er hat recht: Das sind wirklich die einzigen Stellen im Schlafzimmer, die dafür infrage kommen.« Hunter wählte Dr. Slaters Nummer im kriminaltechnischen Labor.

Es klingelte fünfmal, ehe sie abnahm.

»Susan. Robert hier.«

»Robert.« Dr. Slater klang undeutlich, so als hätte sie den Mund voll. »Was kann ich für Sie tun?«

»Der Kirsten-Hansen-Tatort …«, begann Hunter, doch ehe er noch mehr sagen konnte, fiel Dr. Slater ihm ins Wort.

»Warten Sie ganz kurz.« Sie machte eine Pause, in der Hunter das Rascheln von Papier hörte. »Tut mir leid. Ziemlich hektischer Tag heute.«

»Habe ich Sie in der Mittagspause gestört?« Er warf einen Blick auf die Uhr. Es war schon nach fünfzehn Uhr.

»Pause würde ich es nicht nennen ... und Mittag eigentlich auch nicht. Bloß ein paar Minuten für ein schnelles Sandwich. Aber jetzt bin ich fertig.« Mehr Rascheln. Diesmal klang es so, als würde sie sich mit einer Serviette den Mund abwischen. »Okay, wir sind noch dabei, die Spuren vom Tatort auszuwerten – so viele waren es ja nicht –, aber ich kann Ihnen schon mal sagen, dass Sie recht hatten. Der Täter hat ihre Leiche in etwas eingewickelt, ehe er sie zurück ins Haus getragen und aufs Bett gelegt hat. Die Fasern, die wir gefunden haben, sind aus Baumwolle. Sie waren zwar blutgetränkt, aber wir konnten trotzdem noch die ursprüngliche Farbe feststellen – hellbeige. Leider passen Dicke und Struktur zu dem Bauwollgarn, aus dem Abdecktücher für Möbel hergestellt werden, die man in so ziemlich jedem Baumarkt kaufen kann.«

»Danke, Doc.« Hunter hatte sich von der Analyse der Fasern ohnehin nichts erhofft. »Ich weiß Ihre Mühe wirklich zu schätzen, aber eigentlich rufe ich aus einem ganz anderen Grund an. Ich wollte Sie bitten, noch mal zwei Kollegen zu Kirsten Hansens Haus zu schicken.«

»Ach ja? Warum?«

»Ich weiß, dass Sie und Ihr Team immer sehr gründlich sind, aber ich vermute, Sie haben weder unter dem Bett noch im Kleiderschrank nach Spuren gesucht, oder?«

Eine kurze, nachdenkliche Pause folgte. »Ich weiß, dass wir dort nachgesehen haben, aber wahrscheinlich eher oberflächlich. Wieso?«

»Weil der Täter sich entweder unter dem Bett oder im Kleiderschrank versteckt haben muss.«

»Moment mal ... woher wissen Sie das?«

»Er hat es uns gesagt.«

»Äh ... was? Wie meinen Sie das, er hat es Ihnen gesagt?«

»Das ist Teil seiner Vorgehensweise.« Rasch erklärte Hunter ihr, was er meinte.

»Ist das Ihr Ernst?« Eine Mischung aus Schock und Fassungslosigkeit hatte sich in Dr. Slaters Stimme geschlichen. Sie hatte zuvor nichts von den Textnachrichten gewusst. »Er macht seinen Opfern zuerst Angst, ehe er sie tötet.«

»Ja.«

Hunter hörte, wie Dr. Slater tief Luft holte. »Das Böse, zu dem Menschen fähig sind, erstaunt mich immer wieder aufs Neue.«

»Mich auch, Doc.«

»Warten Sie einen Moment, Robert.«

Hunter hörte das gedämpfte Klackern einer Tastatur.

»Ich kann das, was ich gerade mache, nicht unterbrechen«, sagte Dr. Slater nach einer kurzen Pause, »aber ich kann in … zweieinhalb bis drei Stunden zwei Kollegen zum Haus schicken. Früher geht es leider nicht.«

»Das reicht mir«, sagte Hunter. »In einer seiner Nachrichten an das Opfer hat der Täter außerdem behauptet, er wäre durchs Küchenfenster ins Haus gelangt. Ich weiß, dass Ihr Team keine Spuren gewaltsamen Eindringens festgestellt hat, aber könnten Sie sich das Fenster zur Sicherheit noch einmal ansehen?«

»Ja, selbstverständlich.«

»Danke, Susan. Vielleicht fahre ich auch noch mal beim Haus vorbei, um mich umzusehen, aber damit warte ich, bis Ihre Kollegen vor Ort sind.«

»Alles klar. Ich sage Ihnen Bescheid, wenn sie losgefahren sind.«

Kaum dass Hunter aufgelegt hatte, klingelte sein Handy. Er nahm es und warf einen Blick auf das Display. Dort wurde lediglich eine Nummer angezeigt, aber kein Name.

»Detective Hunter, LAPD, UV-Einheit.«

Wer auch immer am anderen Ende war, musste sehr verzweifelt sein. Garcia hörte das hysterische Schluchzen sogar von seinem Schreibtisch aus.

»Ganz ruhig«, sagte Hunter. »Bitte, atmen Sie einmal tief durch, und dann erklären Sie es mir noch mal.«

Garcia horchte auf.

…

»Wann?«, fragte Hunter tonlos.

Er lauschte einige Sekunden lang, ehe er die Augen schloss und den Kopf hängen ließ. Seine Lippen bewegten sich lautlos.

Garcia verstand trotzdem, was sein Partner sagte. Jeder hätte seinen stummen Fluch verstanden.

»Fuck!«

44

Mit eingeschalteten Sirenen und Blaulicht legten Hunter und Garcia die Strecke zu Mrs Fosters Haus in Sylmar in unter fünfundzwanzig Minuten zurück. Ein Einsatzfahrzeug der Polizei parkte vor der Einfahrt, und mehrere Nachbarn standen mit betroffenen Mienen draußen auf der Straße zusammen und unterhielten sich im Flüsterton. Ein Officer in Uniform hielt an der Haustür Wache.

Garcia parkte neben dem Streifenwagen. Er und Hunter durchquerten im Laufschritt den Vorgarten und zeigten dem Officer ihre Dienstmarken, ehe sie ins Haus eilten.

Mrs Foster saß im Wohnzimmer auf dem Sofa. Ihre Kleidung, ihre Arme, Hände sowie ein Teil ihres Gesichts waren voller Blut. In ihrem tränenüberströmten Gesicht zeichnete sich ein Ausdruck tiefen Schmerzes ab, und sie zitterte am ganzen Leib. Troys Bruder Brett hatte schützend die Arme um den zierlichen Körper seiner Mutter geschlungen. Er tat sein Bestes, sie zu trösten, obwohl er fast ebenso mitgenommen wirkte wie sie und auch ihm Tränen über die Wangen liefen.

Ihnen gegenüber im Sessel saß eine Frau in Jeans, weißer Bluse und dunklem Blazer. Sie hatte sich die Haare hinter die Ohren gekämmt, wo sie von zwei Haarspangen gehalten wurden. Sie hielt einen Schreibblock in der Hand.

Als Hunter das Zimmer betrat, suchte Mrs Foster sofort seinen Blick. Sie legte den Kopf schief und öffnete den Mund, als wolle sie etwas sagen, doch es kamen keine Worte. Stattdessen stieß sie einen Schrei aus, der so herzzerreißend war, dass Hunter und Garcia automatisch die Schultern hochzogen.

Ein zweiter uniformierter Officer stand am Durchgang zum Flur. Als Hunter in seine Richtung blickte, deutete er mit einer diskreten Kopfbewegung hinter sich.

»Da drin«, sagte er.

Gefolgt von Garcia, betrat Hunter den Flur. An der ersten Tür auf der rechten Seite blieben sie stehen. Traurigkeit und Verzweiflung hingen in der Luft wie eine riesige unsichtbare Wolke, die jeden infizierte, der in ihre Nähe kam.

Als sie die Szene sahen, die sich ihren Augen bot, zuckte Garcia unwillkürlich zurück.

Das Zimmer war annähernd quadratisch geschnitten mit einem Doppelbett an der hinteren Wand, einem Schrank zur Linken und einer Kommode in der Nähe der Tür. Auf dem Nachttisch rechts neben dem Bett stand eine geöffnete, zu drei Viertel geleerte Flasche Bourbon. Bettlaken, Nachttisch, zwei der Wände sowie ein Teil der Zimmerdecke waren über und über mit Blut bespritzt.

Auf dem Fußboden rechts neben dem Bett lag Troy Foster. Sein Gesicht war kaum noch zu erkennen, da mindestens ein Drittel seines Schädels nicht mehr da war. Von der Waffe fehlte jede Spur, aber sie nahmen noch den Hauch von Schießpulver in der Luft wahr.

»Mein Gott!«, entfuhr es Garcia. Er ließ kraftlos die Arme hängen und atmete mühsam ein.

Hunter stand stumm, mit trockener Kehle und verlorenen Augen da.

Sie hörten Schritte näher kommen, aber keiner der beiden riss den Blick von der grausigen Szene los.

»Ich bin Detective Louisa Carson vom LAPD Valley Bureau«, sagte die dunkelhaarige Frau, die mit Mrs Foster im Wohnzimmer gesessen hatte.

Im ersten Moment antwortete keiner.

Sie wartete.

Garcia war der Erste, der Blickkontakt zu ihr aufnahm. »Entschuldigen Sie. Ich bin Detective Carlos Garcia, das ist Detective Robert Hunter – UV-Einheit des LAPD.«

»Ja«, sagte Carson. »Sie wurden mir bereits angekündigt.« In ihren Worten schwang etwas Fragendes mit.

Garcia lieferte eine halbherzige Erklärung. »Anderer Fall. Er war der Verlobte des Opfers.«

»Ach du meine Güte.«

Garcia nickte. »Ja. Es ist kompliziert.«

»Das ist es immer«, sagte Carson, ehe sie mit dem Kinn in Richtung Wohnzimmer deutete. »Ich habe versucht, von seiner Mutter und seinem Bruder etwas über den Hergang zu erfahren. Ich meine …« Sie klang aufrichtig betroffen. »Über die Umstände, die dazu geführt haben. Dienstvorschrift. Aber sie stehen unter Schock. Kein Wunder bei so einem Anblick. Ich habe nicht viel aus ihnen rausbekommen.«

»Wenn Sie wollen, können wir nachher den Bericht einreichen«, sagte Garcia. »Haben Sie den Rechtsmediziner schon informiert?«

»Ja, vor ungefähr zwanzig Minuten.«

»Wurde irgendwas hier drin angefasst?«, fragte er mit einer vagen Handbewegung.

»Na ja, sicher. Ich habe den Raum betreten, um mir ein Bild der Lage zu machen. Dienstvorschrift, das wissen Sie doch. Und wenn bei einem Suizid eine Schusswaffe verwendet wurde, muss sie zur Analyse ins Labor.«

»Natürlich. Aber könnten wir sie uns vielleicht vorher noch mal ansehen?«

»Klar, warten Sie kurz.« Carson kehrte ins Wohnzimmer zurück.

»Das Telefon«, sagte Hunter und deutete aufs Bett.

Garcia folgte seinem Blick. Auf der Bettdecke, halb unter

dem Kissen auf der linken Seite verborgen, war die Ecke eines Smartphones zu sehen.

Sie betraten das Zimmer und gingen um das Bett herum. Hunter langte in seine Tasche und holte ein paar Latexhandschuhe heraus.

Garcia folgte seinem Beispiel.

»Das ist Troys Handy«, sagte Hunter, der sich noch daran erinnerte. Er zog es unter dem Kissen hervor und tippte auf das Display.

»Entsperren mit Fingerabdruck« lautete die Anweisung.

Die beiden Detectives tauschten einen Blick. Dann trat Hunter zu Troy, wobei er achtgab, nicht die Blutlache zu berühren. Seine Atmung wurde automatisch flacher, als sein Blick auf Troys verheerende Kopfwunde fiel. Er musste eine sehr durchschlagskräftige Waffe benutzt haben. Die Eintrittswunde befand sich direkt unterhalb des Kinns. Die Kugel war durch den Schädel und das Gehirn gegangen und hatte alles auf ihrem Weg zerfetzt, ehe sie oben am Hinterkopf wieder ausgetreten war. Die Austrittswunde hatte annähernd die Größe einer Grapefruit. Gehirnmasse und Knochensplitter waren überall im Raum verteilt – auf dem Bett, an den Wänden, auf dem Fußboden ... einige klebten sogar an der Decke. Die massiven Verletzungen an Schädel und Gehirn ließen auf ein großkalibriges Hohlspitzgeschoss schließen.

Hunter ging in die Hocke und legte Troys Zeigefinger vorsichtig auf den Sensor. Einen Sekundenbruchteil später erwachte das Display zum Leben, und Hunter spürte, wie sich ihm die Kehle zuschnürte. Die letzte App, die Troy verwendet hatte, war noch geöffnet – es war der Video-Player. Man konnte das erste Bild des letzten Videos sehen, das er sich angeschaut hatte. Darunter befand sich eine Taste, auf der »Abspielen« stand.

Auch ohne darauf zu tippen, wussten sie, um welches Video es sich handelte. Hunter navigierte zurück zum Video-Ordner der Galerie.

Der Kloß in seinem Hals wurde größer.

»Scheiße!«, murmelte Garcia kopfschüttelnd. »Dann war die automatische Speicherung von Video-Anhängen also doch nicht deaktiviert.«

»Ich hätte es überprüfen müssen«, sagte Hunter leise und bedrückt.

»Nein.« Garcia sah seinem Partner fest in die Augen. »Mach das nicht, Robert.«

»Ich hätte es überprüfen müssen, Carlos.«

»Du hast ihm gesagt, er soll sich das Video nicht anschauen.« Garcia klang wie ein Lehrer, der sanft, aber bestimmt einen Schüler zurechtwies. »Du hast ihn ausdrücklich gebeten, es zu löschen, und du hast gesehen, wie er dem nachgekommen ist. Du hast ihn daran erinnert, dass es eine Einstellung zum automatischen Speichern gibt, und er hat dir versichert, dass er sie auf seinem Handy ausgeschaltet hat. Du kannst nichts dafür.«

Hunters Blick ging zu Troys Leiche auf dem Fußboden.

»Das hätte nicht passieren dürfen.«

»Du hast recht. Aber es ist passiert, und weißt du was, Robert? Es lag nicht in deiner Hand. Du hättest es nicht verhindern können.« Garcia holte tief Luft. »Es war doch von Anfang an purer Zufall, dass du dabei warst, als dieser Psychopath ihm das Video geschickt hat. Was, wenn Troy es erst bekommen hätte, nachdem du gegangen bist? Oder vorher? Dann hättest du überhaupt nichts tun können, um ihn davon abzuhalten, es sich anzuschauen.« Er zeigte mit dem Finger auf seinen Partner. »Und noch was, was du garantiert viel besser verstehst als ich: Die menschliche Neugierde ist stark. Da ist dieser Drang, Bescheid zu wissen. Nur sehr wenige Menschen besitzen die erforderliche Willenskraft, um ihn zu unterdrücken. Troy Foster besaß sie offenbar nicht. *Er* hat sich dazu entschieden, das Video anzuschauen, Robert. Nicht du.«

»Welches Video?«, fragte Carson, als sie zurück ins Zimmer kam. Sie hatte drei transparente Asservatenbeutel dabei.

Garcia zuckte mit den Schultern. »Wie gesagt, Detective. Es ist kompliziert.«

Carson verstand den Wink und hakte nicht weiter nach.

»Nun ja«, sagte sie und hielt ihnen den ersten der drei Asservatenbeutel hin. »Er hat jedenfalls keine halben Sachen gemacht.«

In dem Beutel befand sich eine Desert Eagle .50 AE Magnum Halbautomatik – eine der leistungsstärksten Handfeuerwaffen der Welt.

Hunter nahm den Beutel und hielt ihn ins Licht, ehe Carson ihm den zweiten reichte. Dieser enthielt das Magazin der Waffe.

»Sechs von sieben Patronen sind noch drin«, teilte sie ihnen mit. »Alles Hohlspitzgeschosse, die beim Eintritt aufpilzen. Er hatte nicht den Hauch einer Überlebenschance.« Sie deutete zum Nachttisch. »Und das hier haben wir in der Schublade gefunden.« Sie reichte Hunter den dritten und letzten Asservatenbeutel. Darin befand sich ein weiterer, kleinerer Plastikbeutel mit den Resten eines weißen Pulvers. »Kokain.«

Tief betroffen standen sie da. Lange sagte niemand ein Wort.

»Sind Sie sicher, dass Sie den Bericht einreichen wollen?«, fragte Carson irgendwann.

»Ja«, sagte Hunter. »Wir übernehmen das. Kein Problem. Vielen Dank für Ihre Hilfe, Detective Carson.«

Nachdem die Frau gegangen war, wartete Garcia draußen auf den Transporter der Rechtsmedizin, während Hunter einige Minuten lang mit Mrs Foster und Brett im Wohnzimmer saß.

Mrs Foster hatte inzwischen aufgehört zu weinen. Stattdessen schwieg sie und starrte mit versteinerter Miene ins Leere. Ihre Trauer war so erdrückend, dass sie den gesamten Raum auszufüllen schien. Wahrscheinlich zerbrach sie seelisch vor Hunters Augen, und er konnte nichts dagegen tun.

Er kannte diesen verschleierten, weggetretenen Blick – auch von sich selbst. So schaute man, wenn sich im Kopf immer wieder ein und dieselbe Szene abspielte, die sich viel zu real anfühlte, um bloß eine Erinnerung zu sein. Hunter konnte allenfalls erahnen, welche Bilder Mrs Foster für den Rest ihres Lebens verfolgen würden ... wie sie im Wohnzimmer saß und plötzlich den Knall hörte, laut wie ein Kanonenschuss. Wie sie erschrocken aufsprang, in Troys Zimmer lief und dort etwas sah, was diesen Tag zum schrecklichsten ihres Lebens machte. Der Anblick ihres tot am Boden liegenden Sohns würde sie nie mehr loslassen.

Als Hunter sie und Brett betrachtete, konnte er nur hoffen, dass beide die nötige Kraft finden würden, um diese furchtbare Tragödie halbwegs unbeschadet hinter sich zu lassen.

45

Die nächsten zwei Tage gab es keine nennenswerten Erkenntnisse, dafür aber jede Menge Frust.

Das zweiköpfige Team, das Dr. Slater zu Kirstens und Troys Haus geschickt hatte, um noch einmal gründlich unter dem Bett und im Kleiderschrank nach Spuren zu suchen, hatte einige Haare und verschiedene Faserspuren sichergestellt, die meisten davon im Kleiderschrank. Die Haare waren bereits analysiert und entweder Kirsten oder Troy zugeordnet worden. Die Fasern wurden per Infrarot-Spektralphotometrie untersucht, um Gattungsnamen und Zusammensetzung zu ermitteln, doch das Ergebnis war wenig aussagekräftig. Prinzipiell konnten sie von jedem der zahlreichen Kleidungsstücke stammen, die in Kirstens Kleiderschrank hingen ... und das waren ziemlich viele. Eine exakte Zuordnung würde Tage in Anspruch nehmen, weil die vollständige Analyse sämtlicher Fasern extrem zeitaufwendig war. Die bisherigen Befunde jedenfalls waren wenig hilfreich.

Auch das Küchenfenster mitsamt Schloss war noch einmal kriminaltechnisch behandelt worden. Es konnten keine Einbruchsspuren nachgewiesen werden, allerdings hatte einer der Kriminaltechniker Hunter erklärt, dass das Schloss mehrere Jahre alt und nicht von hoher Qualität sei. Es zu knacken, ohne Schloss oder Fenster zu beschädigen, wäre nicht sehr schwierig gewesen, der Täter hätte dafür lediglich ein dünnes, stabiles Stück Draht und die entsprechenden Fachkenntnisse benötigt.

Auch Dr. Hove hatte Hunter und Garcia zwei Befunde geschickt.

Nach Abklingen der Totenstarre hatte sie endlich die Autopsie bei Kirsten Hansen durchgeführt. Ihre Ergebnisse bestätigten Hunters Vermutung: Todesursache waren ein Schädel-Hirn-Trauma sowie massive Gehirnblutungen, die durch das Eindringen von Knochensplittern infolge heftiger Schläge gegen den Hinterkopf verursacht worden waren. Die Toxikologie hatte Spuren eines schnell wirkenden Beruhigungsmittelns namens Triazolam in Kirstens Blut nachgewiesen – dasselbe, das auch bei Melissa Hawthorne gefunden worden war. Der Täter verwendete es offenbar, um seine Opfer zu betäuben, ehe er sie überwältigte.

Dr. Hove schrieb, dass Triazolam leider ein sehr leicht zu beschaffendes Medikament sei. Das Internet sei voller Onlineshops, in denen man es ohne ärztliches Rezept kaufen konnte.

In Kalifornien war bei einem Suizid grundsätzlich eine Autopsie vorgeschrieben, auch wenn keine Zweifel an der Todesursache bestanden. In Troys Fall fiel das Ergebnis so aus, wie alle erwartet hatten: Der Tod war infolge eines einzelnen Kopfschusses eingetreten, der eine umfassende Schädigung des Gehirns und Schädels verursacht hatte. Troy hatte sehr viel Alkohol im Blut. Die vollständige toxikologische Untersuchung würde noch einige Tage dauern, aber abgesehen von dem Beutelchen mit Kokain, das Louisa Carson ihnen gezeigt hatte, hatte Hunter auch noch ein leeres Fläschchen Oxycodonhydrochlorid in der Schublade seines Nachttischs gefunden. Oxycodon war ein Opiat, das gegen starke und chronische Schmerzen eingesetzt wurde. Obwohl es ein verschreibungspflichtiges Medikament war, machte Oxycodon, wie viele andere Opioide auch, extrem schnell abhängig und wurde von vielen als Droge missbraucht.

Es wunderte niemanden, dass Troy alles getan hatte, um Körper und Geist zu betäuben, ehe er sich das Leben genommen hatte.

46

Garcia stieß sich mit seinem Stuhl vom Schreibtisch ab, rieb sich die brennenden Augen und sah auf die Uhr. Es war kurz vor sieben.

»Okay, ich bin hier fertig«, verkündete er, ehe er den letzten Schluck aus seinem Kaffeebecher trank. »Wenn ich heute noch einen Facebook- oder Twitter-Post lesen muss, drehe ich durch.«

Hunter, der noch an seinem Schreibtisch saß und in etwas auf seinem Bildschirm vertieft war, schaute zu seinem Partner. »Irgendwas Nützliches entdeckt?« Er wusste, dass Garcia schon seit geraumer Zeit versuchte, eine wie auch immer geartete Verbindung zwischen Melissa Hawthorne und Kirsten Hansen zu finden – einen gemeinsamen Freund, einen Ort, eine Aktivität, was auch immer.

Garcia streckte die Arme über den Kopf und drehte den Oberkörper erst nach links und dann nach rechts, um seine verkrampften Muskeln zu lockern.

»Nicht das Geringste«, antwortete er in einem Tonfall, der verriet, wie genervt er war und dass er keine Ahnung hatte, was er sonst noch tun sollte. »Dabei habe ich alles geprüft, was geprüft werden kann. Ich habe nachgeschaut, wann sie wo eingeloggt waren, um zu sehen, ob sie vielleicht mal zur selben Zeit am selben Ort gewesen sind. Ich habe ihre Vorlieben verglichen, was Filme, Musik, TV-Serien und Bücher angeht ... Ich habe Veranstaltungen gecheckt, auf denen sie waren, ich habe mir die Gruppen angesehen, denen sie angehören, ich habe mir jedes einzelne Foto angeschaut und nach gemeinsamen Freunden gesucht …« Resigniert zuckte er mit den Schultern. »Nichts. Sie mochten zwar teilweise dieselbe Musik … hier und da die gleichen Filme … aber mehr Überschneidungspunkte gibt es nicht. Wenn ihre Social-Media-Accounts ihr echtes Leben widerspiegeln …«, er zog die Augenbrauen hoch, »dann waren Melissa und Kirsten Fremde.«

Hunter teilte den Frust seines Partners. Alles, was sie versuchten, stellte sich schon nach kurzer Zeit als Sackgasse heraus. In den letzten zwei Tagen hatten sie mit mehreren von Melissas und Kirstens Freunden gesprochen. Sie hatten nach Ex-Freunden und Affären gefragt und ob es Männer gab, die den Frauen Avancen gemacht hatten und von ihnen abgewiesen worden waren und nun möglicherweise einen Groll gegen sie hegten, weil ihre Gefühle nicht erwidert worden waren. Alles ohne Ergebnis.

»Melissa hat fast ausschließlich irgendwelche witzigen Memes gepostet«, sagte Garcia. »Oder Fotos von den neuen Frisuren ihrer Kunden. Kirsten Hansens Posts waren etwas ernster, sie hat viel über ihre Arbeit im Krankenhaus geschrieben – über die verschiedenen Eingriffe, bei denen sie assistiert hat, wie schwierig sie waren, ob sie gut verlaufen sind und so weiter. Sie hat auch ziemlich viele Fotos von sich und Troy geteilt und des Öfteren ihre bevorstehende Hochzeit erwähnt. Es gibt Fotos ihrer Heimatstadt in Dänemark, ein paar von ihr mit ihren Eltern oder Freunden … das Übliche halt. Ich habe bei all ihren Accounts jeden Post und jeden Kommentar aus dem vergangenen Jahr gelesen – es gab keine Auseinandersetzungen, keine Streitigkeiten, kein Cybermobbing, nichts, wo man auch nur im Entferntesten ansetzen könnte.«

Hunter nickte, ehe auch er sich mitsamt Stuhl von seinem Schreibtisch abstieß. »Dann fahr nach Hause, Carlos. Es ist Freitag, und du hast diese Woche jeden Tag Überstunden gemacht. Hier im Büro gibt es im Moment nichts mehr zu tun. Schnapp dir Anna und geh mit ihr essen. Noch ist Zeit dafür.«

»Ja, ich weiß«, sagte Garcia, der abermals auf die Uhr schaute. »Ich muss sowieso los.« Er stand auf und nickte Hunter zu. »Ich gehe nämlich wirklich mit Anna essen ... und mit den Schwiegereltern.«

»Oh, okay.« Hunter machte eine kurze Pause. »Grüß sie von mir. Deine Schwiegermutter ist ein toller Mensch.«

Garcia lachte leise. »Das stimmt.« Er legte den Kopf schief. »Ihr Mann eher weniger.« Dann schnippte er plötzlich mit den Fingern und deutete auf Hunter. »Mann, jetzt hätte ich es fast wieder vergessen.« Er griff nach seinem Mobiltelefon.

»Was denn?«

Garcia schrieb etwas auf ein Stück Papier und legte es auf Hunters Schreibtisch.

»Das ist Denises Nummer. Sie hat mich am Sonntag nach der Grillparty gebeten, sie dir zu geben, aber seitdem ist so viel passiert, dass ich gar nicht mehr daran gedacht habe.«

»Wer?«, fragte Hunter.

»Fang bloß nicht wieder damit an.« Garcia verzog ungehalten das Gesicht, was ihm ein schiefes Lächeln von Hunter einbrachte. »Ruf sie an, Robert. Ich bin mir sicher, dass sie liebend gern mit dir ausgehen würde, und wie du sagtest: So spät ist es noch nicht. Ich weiß genau, dass du für heute Abend noch keine Pläne hast.«

»Wirklich? Woher denn?«

»Du hast nie Pläne, Robert.«

Sie sahen einander einen Moment lang an.

»Ich meine es ernst«, beharrte Garcia. »Sie hat mich wirklich gebeten, dir ihre Nummer zu geben. Auch du hast diese Woche jeden Tag Überstunden gemacht, und im Moment gibt es hier nichts mehr zu tun – deine Worte. Unsere Köpfe brauchen eine Pause.« Er deutete auf die Pinnwand. »Wir können uns zum millionsten Mal die Fotos anschauen oder diese Verse lesen, es wird nichts dabei rauskommen, weil wir überhaupt nicht mehr klar denken können. Wir brauchen Zeit, um unsere Akkus wieder aufzuladen. Wir müssen zwischendurch mal auf andere Gedanken kommen.« Er griff nach seiner Jacke. »Du musst doch sowieso was zu Abend essen, oder nicht? Und ein freier Abend in netter Gesellschaft würde dir definitiv guttun. Es ist Freitag, wir müssen erst am Sonntag wieder im Büro sein ... obwohl ich mir ziemlich sicher bin, dass du auch in der Zwischenzeit die Finger nicht von der Arbeit lassen kannst.«

Hunter schwieg.

»Ruf sie an. Sie ist humorvoll, intelligent und wunderschön ... und sie ist Single.« Garcia machte eine Pause, als sei ihm soeben noch etwas eingefallen. »Ach so ... und sie liebt Whisky. Wann bist du zuletzt mit einer Frau ausgegangen, die einen guten Scotch zu schätzen wusste?«

Bei diesen Worten fühlte sich Hunter unversehens in die Vergangenheit zurückversetzt. *Tracy*. Er sprach den Namen nicht laut aus, aber das musste er auch gar nicht. Garcia las ihn in seinen Augen.

An der Tür blieb er stehen und drehte sich noch einmal zu Hunter um.

»Du hättest es nicht verhindern können, Robert.«

Hunter sah ihn an.

»Ich weiß, was dir gerade durch den Kopf geht. Du hättest ihn nicht abhalten können.«

Hunter erwiderte nichts, doch der Ausdruck in seinen Augen war voller Traurigkeit.

»Tu dir einen Gefallen, mein Freund – denk einen Tag lang mal nicht an den Fall. Ruf Denise an. Am Sonntag wirst du mir danken. Sie kann dich zum Lachen bringen, das garantiere ich dir.«

»Ich wäre heute Abend keine gute Gesellschaft, Carlos«, gab Hunter zurück, als sich ihre Blicke erneut trafen. »Ich wäre nicht mit dem Herzen dabei, und das wäre ihr gegenüber nicht fair. Vor allem nicht beim ersten Date.«

Garcia nickte. »Aber das würde ja nur bedeuten, dass ihr noch auf ein zweites Date gehen müsstet. Du kennst doch das Sprichwort: Wenn du beim ersten Mal keinen Erfolg hast ...« Er machte eine effektheischende Pause. »Ist Fallschirmspringen definitiv nicht das Richtige für dich.«

Hunter sah seinen Partner schweigend an.

Garcia wartete.

»Wow. Gar nichts?«, fragte er nach einer Weile. »Nicht mal ein winziges Zucken der Mundwinkel? Hast du den Witz überhaupt verstanden?«

Hunter nickte. »Ja, ich habe ihn verstanden. Und er war nicht schlecht.«

»Das hat man an deiner Reaktion gemerkt. Bist ja fast vom Stuhl gefallen vor Lachen.« Garcia zog sich mit beiden Händen den Pferdeschwanz straff. »Ernsthaft, nimm dir den Abend frei. Du hast es genauso nötig wie ich. Geh mit Denise was trinken. Du musst dringend mal raus aus diesem Büro. Und aus deinem Kopf.«

Nachdem die Tür hinter Garcia ins Schloss gefallen war, wanderte Hunters Blick zu dem Zettel auf seinem Schreibtisch. Es war schon eine ganze Weile her, seit er mit einer Frau auf ein Date gegangen war.

Garcia hatte in ihm gelesen wie in einem Buch. Hunter hatte an Troy gedacht. Und an Janet Lang. Er hatte täglich mit Tom telefoniert, um sich zu erkundigen, wie es seiner Verlobten ging, aber Garcia hatte recht: Im Moment brauchte er dringend eine Pause von dem Fall, und sei es nur für ein paar Stunden. Ihm platzte fast der Kopf, und noch einmal – höchstwahrscheinlich wieder ergebnislos – alle Informationen durchzugehen würde seinen Frust nur vergrößern.

Er schaute auf die Uhr – elf Minuten nach sieben.

Wenn er sich mit Denise zum Abendessen oder auf einen Drink treffen wollte, musste er vorher nach Hause fahren, duschen und sich umziehen. Vielleicht konnten sie sich für neun Uhr verabreden?

Er lehnte sich auf seinem Stuhl zurück und verschränkte die Arme vor der Brust. Abermals driftete sein Blick zu dem Zettel mit der Telefonnummer.

»Ach, na ja. Warum eigentlich nicht?«, murmelte er, doch gerade als er nach seinem Handy greifen wollte, vibrierte es. Er warf einen Blick auf das Display. Dort stand eine ihm unbekannte Nummer.

Er nahm den Anruf an. »Detective Hunter, UV-Einheit LAPD.«

»Detective, hier ist Roger Wynn – der Barkeeper aus dem Broken Shaker im Freehand Hotel. Wir haben uns am Montag unterhalten?«

»Roger«, sagte Hunter und schüttelte den Kopf. »Aus dem Broken Shaker. Ja, natürlich.«

»Also.« Roger klang etwas zögerlich. »Sie hatten mir ja Ihre Visitenkarte gegeben und mich gebeten anzurufen, falls ich den Typen wiedersehe. Sie wissen schon – den, der am Samstag hier war und sich mit der Frau unterhalten hat, die hinterher ermordet wurde.«

»Ja, das stimmt.« Hunter setzte sich kerzengerade auf. »Und? Haben Sie ihn gesehen?«

»Ich sehe ihn gerade in diesem Moment.«

»Was?« Hunter war bereits aufgesprungen. »Wo sind Sie?«

»Im Shaker«, sagte Roger. Jetzt hörte Hunter auch die Musik im Hintergrund. »Er ist mit einer Frau hier ... sehr jung ... sehr hübsch. Sie wollen später noch im Exchange zu Abend essen.«

»Exchange?«

»Das ist das Restaurant hier im Hotel. Der Typ und sein Date sind vor dem Essen noch auf einen Drink in den Shaker gekommen.«

»Woher wissen Sie, dass sie nachher dort essen wollen?«

»Als er kam, um die Getränke zu bestellen, hat er mich gefragt, ob ich sie auf seine Rechnung setzen und die dann ins

Exchange übertragen könnte. Er meinte, er hätte für halb acht einen Tisch reserviert.«

Noch einmal warf Hunter einen Blick auf die Uhr. Viertel nach sieben.

»Der Shaker und das Exchange befinden sich zwar beide im Freehand«, fuhr Roger fort, »aber sie gehören nicht zur Hotelkette. Die Räumlichkeiten sind verpachtet, sie gehören zwei völlig unterschiedlichen Betreibern. Deswegen können die Rechnungen auch nicht übertragen werden.«

»Verstehe.« Hunter nahm seine Jacke. »Und Sie sind ganz sicher, dass er es ist? Derselbe Mann, den Sie am Samstag zusammen mit Melissa an der Bar gesehen haben?«

»Er ist es, hundertprozentig«, sagte Roger mit Nachdruck.

»Okay. Ich bin im Police Administration Building, das ist ungefähr eine Meile entfernt. Ich mache mich sofort auf den Weg und bin in fünf, maximal zehn Minuten bei Ihnen. Tun Sie mir einen Gefallen, Roger, und behalten Sie ihn im Auge. Es ist sehr wichtig.«

»Klar, ich tue, was ich kann, aber hier finden heute Abend zwei Partys statt. Eine hat um sieben angefangen, die andere ist für halb acht gebucht. Die Gäste kommen bereits in Scharen. Ich versuche, ihn nicht aus den Augen zu verlieren.«

»Vielen Dank.«

Sie legten auf.

Keine Sekunde später stürzte Hunter aus dem Büro.

47

Hunter war von Roger Wynns Anruf so überrumpelt gewesen, dass er vergessen hatte, dass es Freitagabend in Los Angeles war – einer Stadt, deren Bewohner fast nichts so sehr liebten, wie auszugehen, zu trinken und bis zum Umfallen zu feiern.

Der Verkehr war nicht mal das Schlimmste, schließlich lag das Freehand Hotel nur gut eine Meile vom PAB entfernt. Die Schwierigkeit bestand vielmehr darin, in der Nähe des Hotels einen Parkplatz zu finden. Hunter fuhr zweimal um den Block, ehe er sich notgedrungen für ein Parkhaus in der South Olive Street entschied. Trotzdem musste er bis in die dritte Ebene hinauffahren, ehe er einen freien Stellplatz entdeckte.

Dazu kam noch die Zeit, die er benötigte, um nach unten zu laufen, um die Ecke zu biegen, das Hotel zu betreten und dann mit dem Fahrstuhl nach oben bis zur Dachterrasse zu fahren. Insgesamt vergingen etwas mehr als zwanzig Minuten, bis er endlich den Broken Shaker erreichte.

An diesem Abend arbeiteten drei Leute hinter der Bar. Roger machte gerade eine Bestellung fertig, als er Hunter erspähte, der sich im Zickzackkurs einen Weg zwischen den Tischen hindurch bahnte. Rasch bedeutete er ihm mit einer Geste, in den Bereich des Tresens zu kommen, der normalerweise für die Kellnerinnen reserviert war.

Hunter tat wie geheißen.

»Detective«, sagte Roger halb entschuldigend. »Sie haben ihn knapp verpasst. Um fünf Minuten oder so.«

»Er ist weg?« Hunter riss die Augen auf.

»Er hat die Bar verlassen«, sagte Roger. »Aber wie gesagt, er hat ja einen Tisch im Restaurant reserviert, da sitzt er jetzt. Im Erdgeschoss.«

»Sind Sie sicher?«

Roger nickte energisch und schenkte Hunter ein stolzes Lächeln. »Ja, ich bin extra nach unten gefahren, um mich zu vergewissern. Blaues Hemd, dunkle Hose mit passendem Sakko und Panamahut. Er sitzt mit einer Frau am Tisch. Kurze dunkle Haare. Tisch sechzehn, im hinteren Bereich des Restaurants.«

Hunter seufzte erleichtert und bedankte sich bei Roger, ehe er zurück zu den Aufzügen eilte.

48 Unten vor dem Eingang zum Exchange standen keine Gäste, die darauf warteten, platziert zu werden.

»Guten Abend«, begrüßte ihn der Maître mit einem einnehmenden Lächeln. Er war ein stämmiger Mann, dessen rotes Haar und heller Teint samt Sommersprossen auf irische Wurzeln hindeuteten.

Rasch erklärte Hunter, dass er mit einem Bekannten verabredet sei, der an Tisch sechzehn sitze.

»Tisch sechzehn befindet sich im hinteren Bereich.« Der Mann deutete in die entsprechende Richtung. »Rechts beim Fenster, um die Ecke herum.«

»Danke.« Hunter steckte seine Dienstmarke wieder ein. »Ich finde ihn schon, aber könnten Sie bitte den Namen in den Reservierungen überprüfen? Nur um ganz sicherzugehen.«

»Selbstverständlich«, sagte der Mann und warf einen Blick auf seinen Monitor. »Wobei ...« Er sah Hunter stirnrunzelnd an. »Die Reservierung läuft auf den Namen der Dame – Sarah Hartley.«

Hunter seufzte. »Das war ja klar.«

Als er das Restaurant betrat, stiegen ihm sogleich die zarten, warmen Noten von orientalischen Gewürzen, gebratenem Knoblauch und Chili in die Nase. Es war ein betörender Duft, bei dem ihm das Wasser im Mund zusammenlief und sein Magen ihn mit einem lauten Knurren daran erinnerte, dass er noch nichts zu Abend gegessen hatte.

Der Mann an Tisch sechzehn saß mit dem Rücken zu ihm. Er hatte kurze, seitlich gescheitelte Haare. Sein blaues Sakko hing über der Lehne seines Stuhls.

Die Frau, mit der er gekommen war, schien jünger als dreißig zu sein und war wirklich ausnehmend attraktiv. Als Hunter Kurs auf ihren Tisch nahm, griff der Mann nach der bereits zur Hälfte geleerten Flasche Cabernet Franc, die vor ihm stand, und füllte beide Gläser auf, ehe er die Hand der Frau nahm.

»Mark?«, sagte Hunter, der hinter seinen Stuhl getreten war.

Der Mann und die Frau blickten auf und beäugten ihn neugierig.

Jeder Detective in den USA wusste, dass Phantomzeichnungen fehlerbehaftet waren. Die meisten Menschen taten sich schwer damit, Gesichter aus dem Gedächtnis zu beschreiben. Das lag daran, dass das Gehirn sie in der Regel ganzheitlich und nicht auf der Ebene einzelner Elemente abspeicherte. Aber genauso arbeitete ein Polizeizeichner: Er nahm sich systematisch einen Teil nach dem anderen vor – die Augen, Nase, Lippen, Brauen und so weiter. Wenn man versuchte, solche Einzelteile aus dem Gesamtbild herauszulösen, gelang das oft nur unter großen Schwierigkeiten.

Roger jedoch hatte fantastische Arbeit geleistet und die einzelnen Gesichtspartien des Mannes sehr präzise beschrieben. Der markante Kiefer, die rundliche Nase, die leicht schräg stehenden Augen, der in der Mitte spitz zulaufende Haaransatz, die leicht fliehende Stirn – fast alle charakteristischen Merkmale waren vorhanden. Hunter war beeindruckt.

»Ich bin Detective Robert Hunter vom LAPD.« Er zeigte seine Marke. »Ich wollte Sie fragen, ob ich kurz unter vier Augen mit Ihnen sprechen könnte?«

Die Frau sah zunächst Hunter, dann ihren Begleiter an.

Der stellte sein Weinglas hin und lächelte, scheinbar gelassen.

»Hmm ... sind Sie sicher, dass Sie mich meinen, mein Freund?«, sagte er unbekümmert. Sein Blick zuckte kurz zu der Frau.

Die entzog ihm ganz langsam ihre Hand.

»Ja, das bin ich«, antwortete Hunter ohne Zögern. »Ich bin mir nur nicht sicher, ob Ihr Name wirklich Mark ist.«

»Wir sind hier gerade mitten bei einem romantischen Abendessen.« Der Mann schenkte seiner Begleiterin ein Lächeln. »Und falls es Ihnen noch nicht aufgefallen ist, Sie verderben uns die Stimmung. Was wollen Sie denn von mir, Detective …?«

»Hunter. Robert Hunter.« Er sah die dunkelhaarige Frau einige Sekunden lang an. »Es handelt sich um eine etwas delikate Angelegenheit. Ich glaube, es wäre wirklich besser, wenn wir uns unter vier Augen unterhalten könnten.«

Die Frau verstand den Wink, griff nach ihrer Handtasche und sah instinktiv auf die Uhr.

»Na dann …« Sie zögerte. »Gehe ich wohl nach draußen eine rauchen. Oder auch zwei.« Sie stand auf, ging jedoch nicht, sondern schaute den Mann unschlüssig an.

Der zwinkerte ihr zu. »Geh aber nicht zu weit weg, Babe. Das Essen kommt gleich, und der Detective bleibt bestimmt nicht lange.« Von dem Blick, den er Hunter zuwarf, hätte Milch sauer werden können.

Als die Frau um die Ecke gebogen war und Kurs auf den Ausgang des Restaurants nahm, seufzte der Mann ungehalten. »Das war ja mal richtig geschmeidig.«

Hunter setzte sich auf den frei gewordenen Platz.

»O ja, sicher, nehmen Sie ruhig Platz. Tun Sie sich keinen Zwang an, Detective.«

»Danke«, sagte Hunter ruhig.

Einen Moment lang musterten die beiden Männer einander forschend, während sich ihre Augen wie Scanner hin und her bewegten. Falls Hunters Gegenwart den Mann nervös machte, ließ dieser sich nicht das Geringste anmerken.

»Wie wäre es, wenn wir mit Ihrem Namen anfangen?«, begann Hunter das Gespräch. »Heißen Sie wirklich Mark, oder ist das bloß Ihr Date-Name?«

Der Mann lachte. »Sie kommen einfach so an unseren Tisch, stören uns beim Abendessen und sagen meiner Begleiterin, sie soll rausgehen – nur um mich zu fragen, wie ich heiße? Ich stehe nicht auf Männer, falls es Ihnen darum geht.«

Hunter erwiderte nichts, sondern blickte den Mann weiterhin an. Dessen Körpersprache und Mimik ließen erkennen, dass er über ein hohes Maß an Selbstbeherrschung verfügte.

Als Nächstes wandte Hunter seine Aufmerksamkeit Marks Händen zu.

Er hatte die Erfahrung gemacht, dass Hände und Finger viel über einen Menschen verraten konnten. Sie trommelten auf Oberflächen, sie nestelten, verkrampften sich ineinander, machten sich am Mund zu schaffen, sie rieben, zupften oder zitterten … es gab eine schier endlose Zahl unwillkürlicher Bewegungen, die alle etwas zu bedeuten hatten.

Sobald Hunter Platz genommen hatte, hatte sich der Mann auf seinem Stuhl zurückgelehnt, die Beine übereinandergeschlagen und die Hände in den Schoß gelegt. Sein Stuhl war weit genug vom Tisch entfernt, dass Hunter sie sehen konnte – die rechte lag auf der linken, allerdings in einer etwas unnatürlichen Position. Die Finger waren gekrümmt, die Daumen nach innen gedreht. Es sah nicht direkt verkrampft aus, aber definitiv auch nicht entspannt.

»Mark ist mein richtiger Name«, lenkte der Mann schließlich ein. »Zufrieden?«

Hunter wartete darauf, dass Mark ihm auch seinen Nachnamen nennen würde, doch das geschah nicht. Stattdessen verlangte er eine Erklärung.

»Also, wenn Sie nicht hier sind, um meinen Namen zu erfahren oder mich um ein Date zu bitten …« Er griff nach dem Weinglas der Frau und schüttete den Inhalt in sein eigenes um. »Worum geht es dann?«

»Nur fürs Protokoll.« Hunters Stimme war gerade so laut, dass Mark ihn hören konnte, ohne dass etwas bis zu den Nachbartischen vordrang. »Dürfte ich bitte Ihren vollständigen Namen erfahren?«

Mark trank einen Schluck von seinem Wein und kratzte sich an der linken Wange.

Hunter hatte den Eindruck, dass er sich nicht zum ersten Mal in dieser Situation befand.

»Nun«, sagte Mark mit ruhiger Miene. »Fürs Protokoll: Ich bin nicht verpflichtet, Ihnen meinen vollständigen Namen zu nennen, es sei denn, Sie wollen mich verhaften, was aber nicht der Fall ist, denn sonst hätten Sie es längst getan.«

»Das ist richtig.« Hunter spiegelte Marks Gesichtsausdruck. »Ich bin nicht hier, um Sie zu verhaften. Es ist eher ein zwangloses Gespräch. So wäre es mir jedenfalls lieber. Aber wenn Sie darauf bestehen, kann ich die Sache selbstverständlich auch anders handhaben. Ich kann Sie gerne mit aufs Revier nehmen, wo unser Gespräch dann etwas weniger zwanglos ausfallen dürfte.« Hunter neigte ganz leicht den Kopf zur Seite und zuckte mit den Schultern. »Eins sage ich Ihnen gleich: Wenn es dazu kommt, könnte das ein bisschen unangenehm für Sie werden. Ich werde nämlich dafür sorgen, dass alle mitbekommen, was hier vor sich geht. Sie wissen schon: Handschellen, laute Anweisungen ... vielleicht tue ich auch so, als würden Sie Widerstand leisten, damit ich meine Waffe ziehen kann ... Ich befehle Ihnen, sich auf den Boden zu legen, die Hände hinter den Kopf zu nehmen und so weiter. Wir können es richtig hollywoodmäßig inszenieren. Ein erstklassiges Spektakel. Ihr Date wird mit Sicherheit beeindruckt sein.« Er deutete in Richtung Fenster. »Ihre Entscheidung.«

Marks Zunge bewegte sich in seinem halb geöffneten Mund hin und her. »Warum muss jeder Cop in dieser Stadt so ein Arschloch sein?«

Hunter zog die Augenbrauen hoch. »Das lernen wir während der Ausbildung.«

Mark lächelte auf eine Weise, die verriet, dass er wusste, dass Hunter keine seiner Drohungen wahr machen würde. Nichtsdestotrotz hob er in einer Geste der Kapitulation die Hände. »Ich heiße Mark Waller.«

Aus unerfindlichen Gründen hörte sich das für Hunter nicht nach der Wahrheit an.

»Haben Sie vielleicht ein Ausweisdokument dabei?«, fragte er. »Damit ich es verifizieren kann?«

Mark lachte. »Nein.«

»Eine Kreditkarte auf Ihren Namen würde schon ausreichen.«

»Ich habe mein Portemonnaie nicht mitgebracht.« Mark deutete mit einer Kopfbewegung zum Fenster, ehe sein Blick zu der Weinflasche auf dem Tisch wanderte. »Sie zahlt.«

Hunter nickte.

»Also, Detective, wollen Sie mir jetzt verraten, worum es geht, oder spielen wir dieses alberne Spiel noch länger? Unser Essen kommt jeden Moment, und es wäre wirklich fantastisch, wenn Sie bis dahin verschwunden sein könnten.«

Wie auf ein Stichwort hin trat eine zierliche Kellnerin freundlich lächelnd an ihren Tisch.

»Kann ich Ihnen etwas bringen, Sir?«, fragte sie Hunter. »Möchten Sie vielleicht ein Weinglas?«

»Nein, danke.« Die Antwort kam von Mark. »Er bleibt nicht lange.«

Die Kellnerin schaute verdutzt zwischen Mark und Hunter hin und her.

»Ich brauche nichts.« Hunter lächelte höflich. »Vielen Dank.«

»Ich warte immer noch, Detective«, sagte Mark, sobald die Frau außer Hörweite war. »Bisher haben Sie mein Date unterbrochen, mich bedroht, mir ungefähr drei oder vier Minuten meiner Zeit gestohlen ... und ich habe immer noch keine Ahnung, worum es eigentlich geht.«

»Ich bin wegen Melissa hier ... Melissa Hawthorne.«

Marks Augen verengten sich zu Schlitzen, während er den Namen einzuordnen versuchte. Doch schon wenig später gab er es auf.

»Entschuldigen Sie. Wer?«

Hunter sah ihn unverwandt an. »Melissa Hawthorne«, wiederholte er. Er zog ein Foto von Melissa aus seiner Tasche und legte es auf den Tisch. »Sie haben sie letztes Wochenende oben im Broken Shaker kennengelernt. Sie haben zusammen mit ihr an der Bar gesessen und sich eine Zeit lang unterhalten. Sie hat Ihnen ihre Telefonnummer gegeben.«

Mark betrachtete das Foto konzentriert.

»Ach so! *Die.*« Er blinzelte verdutzt, dann griff er abermals nach seinem Weinglas. »Ja, ich erinnere mich ... Letztes Wochenende oben in der Bar. Stimmt.« Er trank einen Schluck. »Was ist mit ihr?«

»Was ist passiert, nachdem Sie beide die Bar verlassen hatten?«

Mark zog die Brauen zusammen, dann schüttelte er leicht den Kopf und schürzte die Lippen. »Nichts. Wir sind nicht zusammen gegangen.« Er zuckte mit den Schultern. »Verstehen Sie mich nicht falsch, ich hätte schon Lust auf mehr gehabt, aber sie hat Nein gesagt, von daher ...« Wieder kniff er die Augen zusammen. »Wenn ich mich recht erinnere, bin ich kurz nach ihr gegangen. Es war schon spät, im Shaker war nicht mehr viel los, also bin ich nach Hause gefahren.«

»Sie sind Melissa nicht gefolgt?«, fragte Hunter.

Mark sah ihn verständnislos an. »Was meinen Sie damit, ich soll ihr gefolgt sein? Wie denn?«

»Indem Sie in ein Auto oder ein Taxi steigen und hinter ihr herfahren, ohne dass sie etwas davon mitkriegt.«

Mark hätte sich um ein Haar an seinem Wein verschluckt. »Was? Weshalb hätte ich das denn tun sollen?«

Hunter musterte ihn aufmerksam. Er registrierte alles – jede Bewegung, jede Veränderung der Mimik, seine Stimme ... sogar sein Schweigen. Mark ließ keinerlei Anzeichen von Nervosität oder gar Angst erkennen.

»Vielleicht weil sie Sie abgewiesen hat?« Hunter formulierte es als Frage. »Vielleicht kommen Sie nicht gut mit Zurückweisung klar, und Sie fühlten sich in Ihrem Stolz verletzt? Vielleicht wollten Sie ...« Die Pause war bewusst gesetzt, denn Hunter wollte seinen nächsten Worten besonderes Gewicht verleihen. »... ihr eine Lektion erteilen?«

Mark stellte sein Weinglas ab und sah Hunter in übertriebenem Erstaunen an. »Ist das Ihr Ernst? Und was zum Geier meinen Sie überhaupt mit ›ihr eine Lektion erteilen‹?«

Hunters Miene war kühl und unergründlich.

Noch einmal richtete Mark den Blick auf das Foto. »Hören Sie, sie ist eine hübsche Frau, das gebe ich gerne zu – aber ich bitte Sie. Schauen Sie mich an … Schauen Sie sich die Frau an, die eben noch da gesessen hat, wo Sie jetzt sitzen.« Er lachte leise. »Die rennen mir praktisch die Türen ein. Alle sind scharf auf mich und das, was ich zu bieten habe.« Er zeigte auf sich selbst. »Ich laufe ganz bestimmt keiner Frau hinterher. Andersherum wird eher ein Schuh draus. Und von ›Zurückweisung‹ kann auch keine Rede sein. Sie war mehr als willig, sonst hätte sie mir ja nicht ihre Nummer gegeben. Sie wollte mich bloß ein bisschen zappeln lassen … Wahrscheinlich hat sie gehofft, dass ich anfange zu betteln, aber für so was bin ich nicht der Typ.«

Hunter nahm Marks Ausführungen mit einem Nicken zur Kenntnis. »Sie sind also gleich nach Hause gefahren, nachdem Sie die Bar am Samstagabend verlassen hatten?«

»Das habe ich doch gerade gesagt, oder nicht?«

»Und wo ist Ihr Zuhause?«

Mark lachte leise. »Zu Hause ist, wo das Herz wohnt, Detective, wissen Sie das nicht?«

»Gibt es jemanden, der das bestätigen kann?«

»Was? Dass ich direkt nach Hause gefahren bin?«

Hunter nickte.

»Nein«, sagte Mark ruhig. »Ich lebe allein.«

»Haben Sie ein Taxi genommen? Vielleicht kann sich der Fahrer an Sie erinnern.«

»Nein, ich bin zu Fuß gegangen. Es war eine schöne Nacht.«

»Haben Sie sie angerufen?« Hunter deutete auf das Foto. »Oder ihr geschrieben?«

Statt eine Antwort zu geben, drehte Mark den Oberkörper zur Seite, sodass er aus dem Fenster schauen konnte.

»Sie sagten, dass Melissa Ihnen ihre Nummer gegeben hat.« Hunter ließ nicht locker. »Haben Sie sie zu einem späteren Zeitpunkt angerufen oder ihr eine Textnachricht geschickt?«

Wieder ein Stirnrunzeln von Mark, während er einige Sekunden lang nachdachte. »Nein, ich glaube nicht. Ich habe diese Woche ziemlich viele Termine. Am Mittwochabend bin ich ausgegangen, heute genauso ... Morgen Abend habe ich auch ein Date, das wahrscheinlich bis Sonntag dauern wird ...« Seine Mundwinkel verzogen sich zu einem süffisanten Lächeln. »Ich bin eben sehr gefragt, Detective, was soll ich sagen?« Er zuckte die Achseln. »Vielleicht rufe ich sie irgendwann doch noch mal an. Attraktiv war sie ja.«

»Sie daten also viele Frauen?«, fuhr Hunter fort.

Mark lachte selbstbewusst. »Ja, das könnte man so sagen.«

Seine narzisstische Persönlichkeit trat mit jedem Augenblick stärker zutage. Sein Pokerface war gut, das musste man ihm lassen, aber Hunter hatte mehr als nur eine Waffe in seinem Arsenal. Er griff in seine Tasche und holte ein weiteres Foto heraus. Diesmal war es eins von Kirsten Hansen. Ohne ein Wort zu sagen, legte er es auf den Tisch direkt neben das von Melissa. Dabei ließ er Mark keinen Moment lang aus den Augen.

Mark studierte das neue Foto eine ganze Weile.

»Sehr hübsch«, meinte er schließlich anerkennend. »Wer ist das?« Er trank einen Schluck von seinem Wein.

»Sie kennen sie nicht?«

Ein unbekümmertes Kopfschütteln. »Nein, wieso? Sollte ich?«

»Sie ist nicht eine der vielen Frauen, mit denen Sie mal ausgegangen sind?«, fragte Hunter. »Vielleicht ist es schon etwas länger her?«

Mark wandte seine Aufmerksamkeit erneut dem Foto zu, ehe er abermals den Kopf schüttelte. »Nein, ich glaube nicht.

An so ein hübsches Gesicht würde ich mich erinnern.« Er warf einen Blick auf seine Uhr. »Ernsthaft, Detective, was wollen Sie denn nun von mir? Sie überfallen mich hier regelrecht, ruinieren die romantische Stimmung zwischen mir und Sarah ...« Er deutete in Richtung Fenster. »Sie zeigen mir das Foto einer Frau, mit der ich mich am Samstag ungefähr eine halbe Stunde lang unterhalten habe, und stellen mir eine Menge vollkommen sinnloser Fragen ...« Unvermittelt brach er ab. Er starrte Hunter an und hob die Hand. »Moment mal. Warten Sie mal ganz kurz. Könnte ich noch mal Ihre Dienstmarke sehen?«

Hunter legte sie vor Mark auf den Tisch.

»Morddezernat? Sie sind vom Morddezernat?« Mark sagte das Wort ein wenig zu laut, woraufhin das Paar am Nebentisch sich neugierig zu ihnen umdrehte.

Schweigend nahm Hunter seine Dienstmarke wieder an sich und ließ sie in seiner Tasche verschwinden.

»Sie machen Witze, oder?« Marks Entsetzen wirkte gekünstelt. »Diese Frau.« Er tippte mit dem Zeigefinger auf Melissas Foto. »Wollen Sie mir sagen, dass sie ermordet wurde? Wann?«

»In derselben Nacht«, teilte Hunter ihm mit. »Nachdem sie die Bar verlassen hatte.«

Marks Lachen war schwer zu deuten. »Und Sie glauben, ich hätte was damit zu tun? Deshalb sind Sie hier? Deshalb haben Sie mich gefragt, ob jemand bestätigen kann, dass ich von der Bar direkt nach Hause gegangen bin? Sie wollen mich doch auf den Arm nehmen!«

Hunter sparte sich eine Erwiderung.

»Hören Sie.« Mark setzte sich auf und stützte beide Ellbogen auf den Tisch. Sein Bedauern wirkte unaufrichtig. »Es tut mir sehr leid, dass sie gestorben ist – wirklich. Aber dass Sie andeuten, ich hätte was damit zu tun gehabt, nur weil ich mich kurz mit ihr unterhalten habe, ist einfach lächerlich. Sagen Sie das zu jedem, der am Samstag im Shaker war? Allen, die mit ihr gesprochen haben?« Mark wartete nicht auf eine Antwort. »Ja, das dachte ich mir nämlich. Wenn Sie mich dann also jetzt entschuldigen würden, Detective. Ich habe ein Date, das ich gerne fortsetzen möchte.«

Hunter rührte sich nicht vom Fleck. »Sie sagten, Sie wären am Mittwoch auf einem Date gewesen, richtig? Vor drei Tagen?«

»Ja, das ist richtig. Und?«

»Was war am Dienstag?«

»Wie bitte?«

»Waren Sie am Dienstagabend auch aus? Hatten Sie da auch ein Date?«

Trotz der hartnäckigen Fragen blieb Mark ruhig, was Hunters Eindruck, dass er sich nicht zum ersten Mal in einer solchen Situation wiederfand, nur noch verstärkte. Er warf Hunter ein Lächeln hin, das eher nach einem Zähnefletschen aussah.

»Ich glaube, wir sind hier fertig, Detective.«

»Das war doch eine ganz simple Frage.«

»Auf die Sie eine ganz simple Antwort erhalten haben«, gab Mark zurück. »Wir sind hier fertig.«

Hunter konnte nichts tun. Es war klar, dass Mark keine weiteren Fragen beantworten würde, wenigstens nicht an diesem Abend.

Also nickte er, nahm die Fotos vom Tisch und stand auf. Als er sich zum Gehen wandte, streifte er mit der rechten Hand Marks Weinglas, sodass es umfiel und ein Großteil seines Inhalts sich auf Marks Schoß ergoss.

»Ihr Ernst?« Mark schnappte nach Luft und sprang auf. »Wow, das war nicht schlecht.« Er reagierte wesentlich gefasster, als Hunter es vermutet hätte.

»Das tut mir furchtbar leid«, sagte er, während er hastig eine Serviette nahm und damit die kleine Pfütze auf dem Tisch zu beseitigen versuchte.

»Es tut Ihnen leid? Soll das ein Witz sein?« Mark schüttelte den Kopf, ehe er ebenfalls nach einer Serviette griff. »Ich habe es doch genau gesehen, Detective. Das war Absicht.«

Marks Hose war voller Rotwein – insbesondere der Schritt.

Hunter rettete das umgestürzte Weinglas, ehe es vom Tisch rollen konnte. Dabei achtete er darauf, es nicht mit den Fingern, sondern nur mit der Handfläche und noch dazu ganz unten am Fuß anzufassen. »Es tut mir wirklich leid. Ich sage der Kellnerin, sie soll Ihnen auf meine Kosten eine neue Flasche bringen.«

Mark lächelte selbstgewiss. »Schon gut, Detective. Ich kann mir selbst eine zweite Flasche leisten, wenn ich eine möchte. Ich bin mir sicher, der Preis übersteigt Ihr Budget.«

»Ich dachte, Ihre Begleitung zahlt heute Abend.«

»Tut sie auch«, gab Mark zurück. »Und sie kann sich auch eine zweite Flasche leisten.«

Aus dem Augenwinkel sah Hunter, wie die Kellnerin und der Maître auf ihren Tisch zuhielten.

»Es tut mir wirklich ganz furchtbar leid«, entschuldigte Hunter sich auch bei ihnen. »Mir ist da ein kleines Malheur passiert.«

»Schon gut«, sagte Mark. »Können Sie jetzt bitte einfach verschwinden?«

Während alle anderen damit beschäftigt waren, die Spuren von Hunters *Missgeschick* zu beseitigen, trat dieser einen Schritt vom Tisch zurück, holte unauffällig sein Handy heraus und machte ein paar Fotos von Mark, ohne dass dieser es mitbekam.

Die Kellnerin und der Maître bemerkten nicht, dass Hunter das Weinglas, das er vor dem Herunterfallen bewahrt hatte, nicht zurück auf den Tisch stellte.

49

Oliver Griffith war es nicht gewohnt, allein zu Hause zu sein – wenigstens nicht über Nacht. Seit Josie und er sich vor siebzehn Monaten begegnet waren, hatten sie praktisch jeden

Abend zusammen verbracht. Seit ihrer Heirat galt das umso mehr. Sie genossen die Zweisamkeit. Sie hörten die gleiche Musik, mochten die gleichen Filme und das gleiche Essen. Ihr Sinn für Humor war derselbe, denn sie brachten einander fortwährend zum Lachen. Und auch sexuell teilten sie dieselben Vorlieben, kurzum: Sie waren wie füreinander geschaffen. Allein im Ehebett schlafen zu müssen war eine ganz neue Erfahrung für Oliver, die er so schnell nicht wiederholen wollte.

Josie und ihre Freundinnen waren am Morgen des Vortags zu Staceys Junggesellinnenabschieds-Wochenende in Las Vegas aufgebrochen. Am ersten Abend hatte Oliver versucht, das Beste aus der Situation zu machen. Er hatte ein paar Freunde eingeladen, und zusammen hatten sie das knappste Basketballspiel angeschaut, das die LA Lakers und die San Antonio Spurs je gegeneinander gespielt hatten. Leider hatten die Spurs am Ende mit vier Punkten Vorsprung 110 zu 106 gewonnen.

Nachdem seine Freunde gegangen waren, hatte Oliver sich im leeren Haus einsam und verloren gefühlt. Er hatte mit dem Gedanken gespielt, Josie anzurufen, aber sie war garantiert mit den Mädels unterwegs. Wahrscheinlich amüsierte sie sich gerade königlich, und er wollte nicht wie ein klettender Ehemann erscheinen, der ohne seine Frau nicht zurechtkam. Also hatte er sich noch ein paar Gläser Whisky eingeschenkt, um besser schlafen zu können – eine Entscheidung, die er am nächsten Morgen bitter bereute. Beim Aufwachen hatten ihn dermaßen starke Kopfschmerzen geplagt, dass es sich anfühlte, als würde sein Gehirn in der Schädelhöhle hin und her schwappen und gegen die Schädelwände stoßen, wann immer er den Kopf bewegte. Erst gegen halb zwölf, nach einem spanischen Omelette und einem Detox-Smoothie, wurde es allmählich besser.

Den Rest des Tages faulenzte er. Gegen ein Uhr mittags rief Josie an, deren Brummschädel noch wesentlich schlimmer zu sein schien als seiner. Trotzdem waren die Mädels glänzend aufgelegt. Sie saßen gerade im Mandala Bay Hotel beim Mittagessen und hatten für den ganzen Tag verschiedene Aktivitäten geplant. Höhepunkt sollte ein Dinner im Edge Steakhouse werden, gefolgt von einem großen Überraschungsabend für Stacey.

»Äh ... sind an diesem Überraschungsabend zufällig auch Stripper anwesend?«, fragte Oliver. Sein Ton war scherzhaft, doch der Gedanke beunruhigte ihn wirklich.

»Wir sind in Vegas, Baby«, antwortete Josie. »Was glaubst du denn? Man nennt die Stadt ja nicht umsonst Sin City.«

»Aha, okay ... Na ja, in dem Fall werdet ihr bestimmt jede Menge Spaß haben.« Oliver gab sich Mühe, sich nichts anmerken zu lassen, aber Josie kannte ihn zu gut.

»Oh, Baby, bist du etwa eifersüchtig?«

»Nein. überhaupt nicht. Alles bestens«, sagte er kurz angebunden, fast brüsk.

Das sah ihm gar nicht ähnlich.

»Och, das ist ja total süß.« Oliver hörte das Lächeln in Josies Stimme. »Aber du weißt, dass du keinen Grund hast, eifersüchtig zu sein, oder?«

Er schwieg.

»Erstens ...« Ihre Stimme wurde ganz weich und sexy. Immer, wenn sie so mit ihm sprach, wurden ihm davon die Knie ganz weich. »Weil ich dich mehr liebe als alles andere auf der Welt. Das weißt du doch, oder?«

...

»Oder?«

»Ja«, sagte Oliver schließlich.

»Und weil mich niemand so anmacht wie du. Du weißt, wovon ich rede.« Josie wusste wirklich, was sie tat. Ein wohliges Kribbeln durchlief Olivers Körper. »Keiner kann mir auch nur ansatzweise so viel Vergnügen bereiten wie du, Baby. Warum sollte ich also mit jemand anderem vorliebnehmen?«

Oliver atmete frustriert aus. »Jetzt hast du mich ganz scharfgemacht.«

Josie lachte. »Leg einen Eisbeutel drauf, Baby, und denk dran: Morgen Abend bin ich wieder da. Ich verspreche dir, das Warten lohnt sich.«

Oliver musste den Schritt seiner Hose zurechtrücken. »In Ordnung.«

Josies Antwort war ein glockenhelles Lachen.

»Amüsiert euch gut, Baby … und mach ein paar Fotos vom Überraschungsabend.«

»Oh, auf jeden Fall. Das Ereignis wird gebührend für die Nachwelt festgehalten. Ich liebe dich.«

»Und ich dich erst.«

Sie legten auf.

Dank einer unerwarteten Luftströmung aus westlicher Richtung war der Tag für Mitte Februar angenehm mild, was im kalifornischen »Winter« hin und wieder vorkam. Oliver verbrachte den Nachmittag mit einem großen Glas Eistee am Pool. Zum Schwimmen war es noch nicht warm genug, aber es tat gut, ein paar Stunden lang in der Sonne zu liegen und zu dösen.

Gegen fünf Uhr rief Stuart, einer seiner wenigen unverheirateten Freunde, an und fragte ihn, ob sie sich später auf einen Drink treffen wollten. Bei der bloßen Erwähnung von Alkohol begann es in Olivers Magen unangenehm zu brodeln, als befände er sich auf hoher See. Es wäre das Klügste, seiner Leber eine Erholungspause zu gönnen und zu Hause zu bleiben.

Auch an diesem Abend wurde eine Basketballpartie im Fernsehen übertragen, die um neunzehn Uhr begann. Diesmal spielten die LA Clippers in Arizona gegen die Phoenix Suns. Oliver konnte sich das Match anschauen, und je nachdem, wie müde er war, würde er danach entweder ins Bett gehen oder noch einen Film sehen.

Etwa eine halbe Stunde vor Anpfiff fuhr er zu seinem Lieblings-Burgerladen, dem Habit Burger Grill direkt um die Ecke, und bestellte sich eine Santa Barbara Char Combo zum Mitnehmen. Er ließ sich wie immer eine Scheibe Ananas und eine Portion Guacamole dazugeben. Das hatte Josie ihm beigebracht, denn diese beiden Geheimzutaten machten den Burger in ihren Augen zum besten Burger des Planeten.

Wieder zu Hause, machte Oliver es sich auf der Couch bequem und freute sich auf eine spannende Partie. Stattdessen wurde es ein Spaziergang für die Suns. Zu Beginn des zweiten Viertels führten sie bereits mit zweiundzwanzig Punkten Vorsprung, und es sah nicht danach aus, als würden die Clippers den Rückstand noch aufholen können.

Olivers Magen war so voll und das Spiel so langweilig, dass er bereits vor der Halbzeitpause kurz davor war, einzunicken. In diesem Zustand zwischen Traum und Wachen vernahm er plötzlich ein vertrautes Geräusch.

Noch im Halbschlaf sah er sich auf der Suche nach der Geräuschquelle im Zimmer um.

War das ein Signal fürs Time-out? Er warf einen Blick auf den Fernsehbildschirm.

Nein, danach sah es nicht aus. Allerdings hatte sich der Rückstand der Clippers um weitere sechs Punkte erhöht.

Als er den Blick vom Fernseher abwandte, bemerkte er, dass das Display seines Mobiltelefons auf dem Couchtisch leuchtete.

Er griff danach.

Eine Nachricht von einer unbekannten Nummer.

Mithilfe seines Fingerabdrucks entsperrte er das Telefon und tippte die Vorschau an.

Wärmer als erwartet heute, was, Oliver?

Die Nachricht kam ihm ein bisschen merkwürdig vor – erstens, weil sie von einer unbekannten Nummer geschickt worden war, und zweitens, weil alle seine Freunde ihn Ollie nannten, nicht Oliver.

Mit einem Schulterzucken nahm er seinen Eistee. Der war inzwischen lauwarm geworden, aber weil sein Mund sich so trocken anfühlte, trank er das Glas in zwei tiefen Zügen aus, ehe er eine Antwort tippte.

Definitiv. War schön, ohne Jacke draußen sein zu können. BTW, wer ist denn da?

Es dauerte nicht lange, ehe eine Antwort kam. Allerdings war es nicht die, mit der Oliver gerechnet hatte.

Sogar warm genug, um die Fenster offen zu lassen, während man sich einen Burger holt.

»Was?«, murmelte Oliver, während er den Kopf schüttelte, um wach zu werden. Er las die Nachricht ein zweites Mal. »Was soll der Mist?« Er setzte sich auf und straffte die Schultern.

Wer schreibt da?, fragte er noch einmal.

Mehrere Sekunden vergingen.

Du weißt doch, dass du die Fenster offen gelassen hast, während du dir deinen Burger holen warst, oder?

Instinktiv hob Oliver den Kopf und sah sich um. Beide Wohnzimmerfenster waren einen Spaltbreit geöffnet. Er erinnerte sich noch daran, sie aufgemacht zu haben, ehe er nach draußen an den Pool gegangen war.

»Ja, und?«, sagte er laut, ehe ihm eine Idee kam. *Ist das Mrs Miles von gegenüber, die wieder mal ihre Nase in Dinge steckt, die sie nichts angehen?* Doch er verwarf diese Möglichkeit sofort wieder. Woher hätte Mrs Miles seine Handynummer haben sollen?

WER IST DA?, tippte er ungehalten in lauter Großbuchstaben.

Diesmal gab der Absender endlich eine Antwort auf seine Frage.

Für dich ... bin ich eine Art Mentor, Oliver.

Als er das las, musste Oliver lachen. »Ja, sicher. Ein Mentor. Alles klar.«

Das musste einer seiner Kumpels sein. Wahrscheinlich Stuart, der ihm eins auswischen wollte, weil er nicht mit ihm was trinken gegangen war.

Stu, du Idiot, bist du das? Schon besoffen? Wo bist du? Er hielt inne, als ihm ein neuer und recht besorgniserregender Gedanke kam, dann fügte er seiner Nachricht noch eine Zeile hinzu. *Und woher weißt du, dass ich mir einen Burger geholt habe und dass die Fenster offen waren?*

Nein, ich bin nicht Stu, kam wenig später die Antwort. *Wie gesagt: Ich bin ein Mentor, Oliver, denn das hier ist im Grunde genommen eine Lektion.*

Langsam hatte Oliver genug.

»Leck mich doch.« Er lachte. »Eine Lektion. Von mir aus.«

Stu, du bist kein Mentor, sondern ein Arsch, schrieb er. *Deine Lektion kann mich mal. Du solltest die Finger vom Alkohol lassen. Reiß meinetwegen irgendwo eine Frau auf oder was weiß ich, aber lass mich in Ruhe, Mann. Ich schaue gerade das Spiel.*

Du hast das Spiel nicht geschaut, Oliver, antwortete der Mentor. *Du warst schon vor der Halbzeitpause fast eingeschlafen. Du hast nicht mal deine Pommes aufgegessen.*

Augenblicklich versteiften sich Olivers Schultern. Jetzt wurde es langsam unheimlich.

»Was soll der Schwachsinn?«, schimpfte er laut. *Woher weiß er das mit meinen Pommes oder dass ich eingeschlafen bin?* Er legte sein Handy zurück auf den Couchtisch und stand auf. Dabei wurde ihm plötzlich schwindlig, als hätte nicht Stu, sondern er zu tief ins Glas geschaut. *Was zum Teufel ist hier los?*

Oliver stützte sich am Sofa ab und versuchte, den Nebel in seinem Kopf wegzublinzeln, ehe er ans Fenster trat. In Mrs Miles' Haus brannte kein Licht. Bei den Nachbarn auch nicht.

Nachdem er einige Sekunden lang die Straße beobachtet hatte, schloss er das Fenster und verriegelte es. Als er zum Sofa zurückkehrte, vibrierte sein Telefon erneut. Zur gleichen Zeit wurde das Schwindelgefühl stärker.

Er nahm das Telefon in die Hand und las die Nachricht.

Das ist kein Schwachsinn, Oliver.

Oliver kniff die Augen zusammen. Er hatte die Frage doch gar nicht gesendet, sondern nur vor sich hin gemurmelt.

Das konnte kein Zufall sein.

Ding, ding. Schon wieder eine neue Nachricht.

Leider ist es jetzt ein bisschen zu spät, um die Fenster zu schließen, meinst du nicht?

Olivers Magen krampfte sich zusammen, während sein Blick erneut durch den Raum zuckte, auch wenn er nicht wusste, wonach er eigentlich Ausschau hielt.

Nichts.

Ding, ding.

Ich verrate dir auch, woher ich das mit deinen Pommes weiß, Oliver. Und dass du eingeschlafen bist.

Als er diese letzte Nachricht gelesen hatte, verschwamm für einen Moment lang alles vor seinen Augen. Irgendetwas stimmte definitiv nicht. Warum war ihm so schwindlig?

Ding, ding.

Weil ich im Haus bin. Wirf mal einen Blick hinter dich.

In dem Moment war es bereits zu spät.

50 Hustend und röchelnd kam Oliver zu sich. Das Erste, was er wahrnahm, als er langsam aus der Besinnungslosigkeit auftauchte, waren die Schmerzen. Sie rauschten wie heißes Gift durch seine Adern. Jeder Muskel, jeder Knochen, jedes einzelne Gelenk in seinem Körper tat weh, als wären sie mit einem Vorschlaghammer bearbeitet worden ... Als Nächstes setzte die Verwirrung ein, drückend und düster wie eine Gewitterwolke. Sein Kopf war wie leer gefegt. Er bekam keinen einzigen Gedanken zu fassen.

Oliver hatte keine Ahnung, wie lange er bewusstlos gewesen war. Er wusste auch nicht, wo er sich befand. In der Tat hatte er sogar mehrere Sekunden gebraucht, um sich daran zu erinnern, wer er war.

Trotz der Schmerzen zwang er sich dazu, die Augen zu öffnen. Wenn er wusste, wie seine Umgebung aussah, würde das bestimmt gegen diese lähmende Verwirrung helfen. Doch seine Lider waren bleischwer ... er vermochte sie nicht zu heben. Es reichte nur für ein kurzes Flattern, ehe sie wieder zufielen.

Sein Mund war staubtrocken, ein Anzeichen dafür, dass er zu wenig getrunken hatte und seine Drüsen nicht mehr ausreichend Speichel produzierten. Die wenigen Tropfen, die sie spendeten, gingen auf seiner Zunge verloren, ehe er sie hinunterschlucken konnte. Seine Kehle brannte, als hätte er mit Glasscherben gegurgelt.

Abermals hustete Oliver. Es war ein natürlicher Reflex, um die Atemwege freizubekommen, doch der dadurch entstehende Druck fühlte sich an, als würde sein Gehirn zusammengequetscht. Ihm wurde schwindlig, und die Schmerzen explodierten.

In dem Moment hörte er ein Geräusch.

Bum, bum.

Es war leise, aber so regelmäßig wie ein Beat, der von einem Maestro dirigiert wurde.

Er versuchte nachzudenken, zu verstehen, jedoch nichts ergab einen Sinn.

Was ist das? Ein Albtraum?

So musste es sein. Das war die einzig plausible Erklärung. Weshalb sonst war er hier? Wo auch immer »hier« war?

Bum, bum.

Da war es wieder, dieses Geräusch, so präzise und gleichförmig wie ein Metronom. Und es schien lauter zu werden ... Es kam immer näher.

Furcht ergriff von ihm Besitz.

Bum, bum.

Oliver füllte seine Lungen mit Luft, die warm und schal schmeckte. Ihm stieg ein seltsamer Geruch in die Nase, den er nicht identifizieren konnte, obwohl er ihm bekannt vorkam.

Bum, bum.

Das Geräusch dauerte an, und endlich begriff Oliver, dass es gar nicht von außen kam ... sondern aus seinem Innern. Es war das Blut in seinen Ohren. Mit jedem Pochen dröhnte der Herzschlag in seinem Kopf.

Was ist das für ein verrückter Traum?

Platsch.

Eine Ladung eiskaltes Wasser landete in seinem Gesicht. Es schmerzte wie eine Ohrfeige und sorgte dafür, dass er endlich den angsterfüllten Schrei losließ, der ihm im Hals festgesessen hatte, seit er zu sich gekommen war.

Er hörte den Widerhall. Ein klares Anzeichen dafür, dass er sich in einem geschlossenen Raum befand.

Er prustete und schnappte verzweifelt nach Luft.

Das ist kein Albtraum. Sein Körper zitterte, sein Herz war kurz davor, ihm aus der Brust zu springen. *Das ist real. Was zum Teufel passiert hier gerade?*

Die unerwartete Kälte des Wassers rief eine Vielzahl körperlicher Reaktionen hervor: Sein Zittern wurde noch stärker, seine Muskeln verkrampften sich, sein Zwerchfell zog sich zusammen, er bekam eine Gänsehaut, und was am schlimmsten war: Seine Angst wurde noch größer, denn jetzt wusste er, dass er nicht allein war.

Während ihm das Wasser über das Gesicht lief, auf seine nackte Brust und schließlich auf den Boden unter seinen Füßen tropfte, musste er heftig husten. Ein rasender Schmerz begann hinten in seinem Nacken, pflanzte sich durch seine Rippen fort und fuhr bis hinunter in sein Becken und seine Oberschenkel.

Doch das eisige Wasser hatte ihn zugleich auch wach gemacht. Abermals flatterten seine Lider, und diesmal fand er tatsächlich die Kraft, die Augen zu öffnen. Er sah verschwommene Umrisse. Sein Verstand war immer noch nicht ganz klar, aber Angst hatte die Angewohnheit, physiologische Reaktionen zu beschleunigen. Einen Sekundenbruchteil später lichtete sich der Nebel vor seinen Augen.

Estrich.

Er schien auf glatten Estrich zu blicken.

Noch einmal atmete er tief ein. Sein Brustkorb dehnte sich und zog sich langsam wieder zusammen, als seine Lungen den dringend benötigten Sauerstoff in sich aufnahmen. Seine Augen hatten sich noch nicht vollständig an das schummrige Licht gewöhnt, aber ja – er war sich relativ sicher, dass er auf einen polierten Estrichboden schaute.

Er benötigte weitere Sekunden, um zwei und zwei zusammenzuzählen. Er befand sich in einer aufrechten Position. Sein Kopf war so weit nach vorn gesackt, dass sein Kinn fast seine Brust berührte. Was er sah, war der Boden unter seinen Füßen, den diese jedoch nicht berührten.

Auf einmal ging ein sengender Schmerz von seinen Fingerspitzen bis in Schultern und Nacken, von wo er wie ein Feuer in den gesamten Rücken ausstrahlte. Erst in diesem Moment wurde ihm bewusst, was los war. Er war in aufrechter Haltung an ein großes Andreaskreuz gefesselt. Seine Hand- und Fußgelenke waren durch dicke Ledermanschetten fixiert. Sie waren so stramm gezogen, wie es möglich war, ohne dass dabei der Blutfluss unterbunden wurde, und schnitten schmerzhaft in seine Haut. Und seine Arme, Schultern und Hals taten deshalb so weh, weil sie den Großteil seines Körpergewichts tragen mussten.

Dann erkannte Oliver, dass er nackt war.

Platsch.

Noch eine Ladung eiskaltes Wasser.

Noch eine unwillkürliche Reaktion seines Körpers.

Die Lederbänder um seine Handgelenke gruben sich noch tiefer in seine Haut, als er zuckte.

»Aufwachen, Schlafmütze«, hörte er jemanden sagen. Die Stimme klang sanft, hatte aber einen verstörend ernsten Unterton. Da war keinerlei Ungeduld herauszuhören ... kein Zorn ... überhaupt keine Emotion. Nur diese unnatürliche Ruhe.

Oliver musste seine gesamte Willenskraft aufbringen, um den Kopf zu heben, damit er sehen konnte, wer zu ihm gesprochen hatte. Ein rotes Licht blendete seine Augen. Er blinzelte, und sein Kopf zuckte zurück.

Wo kommt die Stimme her?

Er gab seinen Augen Zeit. Es dauerte nicht lange, ehe das Brennen nachließ und eine Gestalt erkennbar wurde ... groß und athletisch. Aber das rote Licht war immer noch da. Es befand sich irgendwo hinter der Gestalt, weshalb Oliver nicht viel mehr als deren Umriss erkennen konnte ... ein Schatten, der ihn anstarrte.

Er versuchte, das Gesicht des Schattens auszumachen, doch da war nichts als ein dunkles Oval. Oliver konnte keinerlei Einzelheiten erkennen – keine Augen, keine Nase, keinen Mund. Gar nichts.

»Wer sind Sie?«, rief er, oder vielmehr: Er wollte es rufen, doch seine Stimmbänder gehorchten ihm nicht, und ihm kam nur ein kaum verständliches Röcheln über die Lippen.

Die Gestalt verlagerte das Gewicht von einem Fuß auf den anderen. Noch immer sah man nichts von ihr als einen dunklen Schemen.

»Die Kopfschmerzen ...«, sagte die Gestalt, noch immer mit ruhiger und beherrschter Stimme. »Die Muskelschmerzen, der Schwindel, das Brennen in der Kehle ... das sind alles Nebenwirkungen des Medikaments, das ich dir in den Eistee gerührt habe, als du kurz eingeschlafen warst. Deine Arme tun weh, weil fast dein gesamtes Körpergewicht auf ihnen lastet. Die Nebenwirkungen müssten in wenigen Minuten abklingen.« Eine Pause trat ein. »Aber glaub mir, du wirst dir noch wünschen, es wäre nicht so.«

Die Art, wie die Gestalt diesen letzten Satz sagte, hatte etwas Unmenschliches.

Oliver fuhr sich mit der Zunge über die spröden Lippen und versuchte, einige Tropfen Wasser aufzufangen, um seine ausgedörrte Kehle zu benetzen. Irgendwie gelang es ihm, Angst, Schmerz und Erschöpfung zu verdrängen und die nötige Kraft zum Sprechen aufzubringen.

»Wer ... sind Sie?«, fragte er noch einmal mühsam und keuchend.

Diesmal schien der Schatten ihn verstanden zu haben.

»Ich habe dir doch schon gesagt, wer ich bin. Erinnerst du dich nicht?«

Oliver hörte ein Lächeln in den Worten.

»Für dich ... bin ich ein Mentor, Oliver ... ein Lehrer, wenn du so willst.«

Ein Erinnerungsfetzen löste sich in Olivers Kopf, doch er konnte sich keinen Reim darauf machen. Wo hatte er das schon mal gehört?

Für dich ... bin ich ein Mentor, Oliver.

Er grub weiter in seinem Gedächtnis, bis er endlich etwas zu fassen bekam. Er hatte es gar nicht gehört. Er hatte es gelesen ... in einer Textnachricht.

Dann kam ihm noch eine Erinnerung – er hatte im Wohnzimmer gesessen und Basketball im Fernsehen geschaut, als sein Handy gepiept hatte.

Es war kein Traum gewesen.

»Möchtest du etwas trinken?«, fragte der Mentor.

Oliver hatte schrecklichen Durst, konnte jedoch vor lauter Angst nicht antworten.

»Keine Sorge, Oliver. Es ist nicht mit Drogen versetzt. Das ist gar nicht mehr nötig.« Der Mentor goss Wasser in einen Plastikbecher und trank einen Schluck davon, ehe er sich Oliver näherte. »Siehst du?«

Als der Mentor sich endlich von dem roten Licht entfernte, versuchte Oliver, so viele Details wie möglich zu erhaschen.

Was er sah, schien direkt aus einem Albtraum zu kommen.

Der Mentor war ganz in Schwarz gekleidet. Ein Neoprenanzug, wie es aussah. Seine Haare wurden von der Kapuze vollständig verdeckt, lediglich das Gesicht war frei. Oliver kniff angestrengt die Augen zusammen und versuchte, sich alles einzuprägen – Augen, Lippen, Nase, Wangenknochen, die Form des Kinns, die Augenbrauen ... alles, was sich erkennen ließ. Er brauchte mehrere Sekunden, bevor sein Gedächtnis ihm signalisierte, dass er nicht die geringste Ahnung hatte, wer diese Person war. Er hatte den Mentor noch nie zuvor gesehen, was seine Verwirrung und seine Angst nur noch steigerte.

Der Mentor hielt den Plastikbecher an Olivers Lippen, der das Wasser in kleinen, gierigen Schlucken trank. Anfangs scheuerte es in seiner Kehle, als würde er flüssiges Sandpapier trinken, doch schon kurz darauf fühlte es sich an wie Ambrosia.

»Nette Ausstattung hast du hier«, sagte der Mentor und sah sich im Raum um. »Hat mir eine Menge Zeit und Arbeit erspart.«

Oliver trank den letzten Tropfen Wasser aus dem Becher, ehe er zaghaft den Blick umherschweifen ließ. Er war so verängstigt und durcheinander gewesen, dass er sich nur auf den Schatten konzentriert hatte. Dem Raum, in dem er sich befand, hatte er bis zu diesem Zeitpunkt gar keine Beachtung geschenkt, doch trotz des dämmrigen Lichts brauchte er nur einen kurzen Moment, um zu erkennen, wo er war. Die Wände, die Decke, die Möbel, die Einrichtung ... Auch seine Nase schien endlich wieder zu funktionieren, und er nahm den schwachen Geruch von Leder und Latex wahr.

Wieder schien der Mentor seine Gedanken zu erraten.

»Ja, Oliver, genau, wir sind hier in deinem Keller. Und ich muss zugeben, ich bin beeindruckt. Wirklich ein erstklassig ausgestatteter Dungeon. Du und deine Frau, ihr mögt es gerne ein bisschen kinky, was?«

Sowohl Oliver als auch Josie hatten Spaß an den unterschiedlichsten Spielarten von Sex, darunter auch BDSM und Rollenspiele. Abenteuerlust und Experimentierfreude waren ein wichtiger Aspekt ihres Liebeslebens. Kurz vor ihrer Hochzeit war es ihnen gelungen, ein Haus mit einem ausreichend großen Keller zu finden, was in L. A. eine echte Seltenheit darstellte. Innerhalb von zwei Monaten hatten sie ihn zu ihrem privaten kleinen Dungeon ausgebaut, mit Eisenringen an Wänden und Decke, an denen sie sich gegenseitig fesseln konnten, einer breiten Auswahl an Spielzeugen sowie diversen Peitschen, Ruten, Stricken und Ketten. Es gab auch zwei Fesselstühle sowie das Andreaskreuz, an dem Oliver gegenwärtig hing. Dies war ihr Spielzimmer.

Was zum Teufel ist hier los?

Noch heftigere Angst packte ihn, und er begann am ganzen Leib zu zittern. Die Schmerzen in den Armen versuchte er auszublenden.

»Wir ... wir haben nicht viel Geld«, sagte er mit bebender Stimme. »Nur ein paar Ersparnisse ...«

Der Mentor legte ihm einen behandschuhten Finger auf die Lippen.

»Schhhhh. Du glaubst, es geht mir um Geld?«

Ihre Blicke trafen sich, und Oliver sah etwas in den Augen seines Gegenübers lodern, das er noch nie zuvor gesehen hatte ... etwas Düsteres, Abgrundtiefes, wie ein schwarzes Loch voller Zorn. Wenn an dem Sprichwort »Die Augen sind das Fenster zur Seele« etwas dran war, dann hatte der Mentor keine Seele, denn in seinen Augen sah man nichts als bodenlose Finsternis.

Der Mentor lächelte, ehe er sich wieder in den Schatten zurückzog.

Oliver spürte, wie seine Panik immer größer und größer wurde und sich wie ein eisiges Kribbeln auf seiner Haut ausbreitete.

»Das, was gleich kommt, wird nicht angenehm werden«, sagte der Mentor. »Zumindest nicht für dich. Also, fangen wir an. Lektion Nummer eins.«

In dem Moment sah Oliver, was der Mentor in der Hand hielt.

Die Panik, die ihn in diesem Augenblick überrollte, raubte ihm den Atem.

»Nein … warten Sie … bitte …«

Der Mentor lächelte.

»Wenn dir das hier schon Angst macht, Oliver, dann kann ich es gar nicht erwarten, dass du siehst, was sich hinter dir befindet.«

51

Garcia hatte recht gehabt – Hunter arbeitete tatsächlich an seinem freien Tag. Allen Bemühungen zum Trotz gelang es ihm einfach nicht, abzuschalten. Immer wieder musste er an den Fall denken, und der Kampf gegen diese Gedanken war genauso aussichtslos wie der gegen seine Schlaflosigkeit. Er konnte ihn nicht gewinnen.

Am Morgen seines freien Tages fuhr er als Erstes zum kriminaltechnischen Labor des LAPD an der California State University im Bezirk University Hills. Dort gab er Marks Weinglas ab, das er am Abend zuvor heimlich aus dem Exchange-Restaurant hatte mitgehen lassen, und forderte eine DNA- sowie eine Fingerabdruckanalyse an. Sicher, bislang hatten sie weder die DNA noch die Fingerabdrücke des Mentors. Hunter hoffte einfach auf einen glücklichen Zufall.

Er war sein Gespräch mit Mark öfter im Kopf durchgegangen, als ihm lieb war, und er konnte sich noch genau an sämtliche Einzelheiten erinnern – an Marks Intonation, an seine Gestik und Mimik, an den Ausdruck in seinen Augen und an jedes einzelne Wort, das er gesagt hatte.

Mark war ein klassischer Aufreißer, so viel stand fest. Aber nicht nur das: In den wenigen Minuten, die sie einander gegenübergesessen hatten, hatte Hunter den Eindruck gewonnen, dass Mark seine motorischen Reaktionen fast nach Belieben kontrollieren konnte. Und das war extrem schwierig.

Er hatte während ihres kurzen Gesprächs immer wieder Hinweise darauf entdeckt, doch erst als er ihm Kirsten Hansens Foto gezeigt hatte, war es offensichtlich geworden. Marks Augen hatten sich ein klein wenig geweitet. Das bedeutete nicht, dass er sie kannte, denn dann kniff man die Augen meist eher zusammen – manchmal war diese Bewegung kaum merklich, manchmal auch deutlich sichtbar. In jedem Fall musste man sehr aufmerksam sein und ganz bewusst auf solche Anzeichen achten, und selbst dann waren sie leicht zu übersehen.

Das Zusammenkneifen der Augen war ein Zeichen erhöhter Konzentration, etwa wenn jemand sein Gedächtnis nach einem identischen oder ähnlichen Bild durchforstete. Doch das eigentlich Verräterische war die Bewegung der Augen. Wanderten sie nach rechts oben, deutete das darauf hin, dass jemand auf sein visuelles Gedächtnis zugriff. Eine Bewegung nach links oben suggerierte hingegen, dass die betreffende Person versuchte, ihren visuellen konstruktiven Kortex zu aktivieren, um ein Bild oder eine Erinnerung zu konstruieren, das oder die in ihrem Gedächtnis eben nicht existierte.

Als Hunter Mark im Restaurant das Foto von Melissa Hawthorne vorgelegt hatte, hatte dieser die Augen zusammengekniffen, ehe sein Blick nach rechts oben gewandert war. Er hatte sich also eindeutig an sie erinnert. Bei Kirstens Foto allerdings hatten sich seine Augen überhaupt nicht bewegt, weder nach rechts noch nach links. Dass er sie ganz leicht aufgerissen hatte, war Hunter nur aufgefallen, weil er Mark die ganze Zeit über sehr aufmerksam beobachtet hatte. Ein Weiten der Augen deutete in der Regel auf Überraschung oder Schock hin, doch es konnte auch ein Anzeichen für Bewunderung sein – etwa wenn jemand einen Menschen sah, den er als attraktiv betrachtete. Dann hatte Mark auch noch eine Bemerkung hinterhergeschoben, die sich ganz natürlich und ungezwungen angehört und perfekt zu seiner Aufreißer-Persönlichkeit gepasst hatte: »Ziemlich hübsch.«

Derartige Mikroausdrücke waren Beispiele von unwillkürlichen Reaktionen auf verschiedene Stimuli. Bei den meisten Menschen liefen sie unterhalb der Wahrnehmungsschwelle ab, weshalb es auch so schwer war, sie zu steuern. Denn wie steuerte man etwas, von dem man nicht einmal wusste, dass es existierte?

Hunter wusste aus Erfahrung, dass es zwar schwierig, aber nicht unmöglich war, die eigenen Mikroausdrücke bewusst zu kontrollieren. Man brauchte viel Übung, eine hohe Konzentrationsfähigkeit und Hunderte Stunden Praxis, aber es war machbar. Und sobald man diese hohe Kunst einmal beherrschte, konnte man logischerweise auch bewusst die falschen Signale senden.

Es gab viel, was sie noch nicht über den Täter wussten, doch es bestand kein Zweifel daran, dass der Mentor extrem diszipliniert, systematisch, kreativ und geduldig war. Alle diese Eigenschaften deuteten darauf hin, dass er über eine überdurchschnittliche Intelligenz verfügte – ein absolutes Muss, wenn man lernen wollte, seine motorischen Reaktionen zu kontrollieren.

52

Flug WN 167 von Las Vegas nach Los Angeles sollte am Sonntag um siebzehn Uhr fünfzehn landen, doch aufgrund einer kleinen Verzögerung beim Boarding erreichte er die Landebahn 24R in LAX mit siebenminütiger Verspätung. Das Aussteigen ging schnell vonstatten, aber danach musste Josie fast fünfzig Minuten warten, bis alle aus ihrer Gruppe ihr Gepäck hatten.

Eine Stretchlimousine in Barbie-Pink würde sie nach Hause bringen, sie gehörte zum umfassenden Service des »Junggesellinnenabschieds-Wochenendspektakels«, das Josie mit organisiert hatte. Allerdings konnte man nicht umhin, zu bemerken, dass die Stimmung auf der Heimfahrt eine ganz andere war als beim Aufbruch zwei Tage zuvor.

Am Freitagmorgen waren alle in ausgelassener Stimmung gewesen. Sie waren ausgeruht und bereit für das große Abenteuer. Es versprach ein Wochenende für die Ewigkeit zu werden.

Zwei Tage später waren die sechs Frauen, die die ganze Zeit über fast kein Auge zugetan hatten, hundemüde und wollten nur noch ins Bett.

Kaum eingestiegen, ließen sich alle sechs kraftlos in die Polster sinken und machten die Augen zu.

Während die anderen langsam wegdämmerten, versuchte Josie es erneut bei Oliver. Sie hatte ihn bereits dreimal angerufen, einmal beim Auschecken aus dem Hotel und dann noch zweimal vom McCarran International Airport aus, doch es war jedes Mal nur die Mailbox rangegangen.

Sie hatte ihm zwei Nachrichten hinterlassen, aber bisher noch nichts von ihm gehört, was seltsam und absolut untypisch für Oliver war.

Bei ihrem Telefonat am Tag zuvor war noch alles in Ordnung gewesen. Klar, das mit dem Stripper hatte ihm nicht gefallen, aber Oliver neigte – genau wie Josie – nicht zur Eifersucht. Sie vertrauten einander, sie vertrauten sich selbst, und sie vertrauten ihrer Liebe.

»Baby, ich bin's noch mal«, flüsterte Josie, um Stacey nicht aufzuwecken, die auf dem Sitz neben ihr schlief. »Ich weiß nicht, ob du meine Nachrichten bekommen hast. Falls ja, warum hast du mir dann nicht wenigstens kurz Bescheid gegeben? Ist alles in Ordnung bei dir? So langsam mache ich mir Sorgen.« Sie atmete tief ein. »Wie dem auch sei, ich wollte dir nur sagen, dass wir sicher gelandet sind und ich auf dem Weg nach Hause bin. Wir sitzen jetzt alle in der Limo, aber ich bin erst als Fünfte dran, es kann also noch anderthalb Stunden dauern. Ich freue mich schon so, dich wiederzusehen. Ich liebe dich. Bis nachher.« Sie legte auf.

»Immer noch nichts von Ollie gehört?«, fragte Stacey, die ein Auge geöffnet hatte.

»Tut mir leid, Süße, ich wollte dich nicht wecken«, sagte Josie leise.

»Ich habe nicht geschlafen, bloß meine Augen ausgeruht.«

Josie schüttelte den Kopf. »Nein, nicht mal eine Textnachricht. Das sieht ihm gar nicht ähnlich. Keine Ahnung, was da los ist.«

Stacey legte ihrer Freundin eine Hand aufs Knie. »Mach dir keinen Kopf, Babe. Wahrscheinlich hat er ... sein Handy verloren oder so. Wäre ja nicht das erste Mal, oder?«

Josie nickte. Daran hatte sie auch schon gedacht. »Ja, das ist ihm schon zweimal passiert. Manchmal ist er ein bisschen zerstreut – vor allem, wenn er mit seinen Kumpels was trinken war. Aber wenn er sein Handy verloren hat, hätte er mir doch über Facebook eine Nachricht schicken können.«

Nun öffnete Stacey auch ihr linkes Auge. »Soll ich Scott anrufen und ihn fragen, ob er was weiß? Sie haben am Freitagabend zusammen das Spiel geschaut.«

Josie überlegte nur kurz. »Nee, ist schon gut. Wir sind ja bald zu Hause. Aber trotzdem danke, Süße.«

»Vielleicht hat er ja eine Überraschung für deine Rückkehr geplant«, meinte Stacey. »Das wiederum sähe ihm sehr ähnlich.«

Josie zog eine ihrer perfekt gezupften Augenbrauen hoch.

Oliver war ein hoffnungsloser Romantiker und liebte es, sie mit Geschenken, kleinen Nachrichten, Gedichten oder Blumen zu überraschen. So auch auf diesem Trip. Als sie im Hotel ihren Kulturbeutel geöffnet hatte, war sie auf einen Zettel von ihm gestoßen. Er hatte einen imaginären Dialog zwischen ihnen verfasst.

JOSIE: Ollie, ich möchte, dass du ganz laut schreist, dass du mich liebst, damit die ganze Welt es hört.
OLLIE (rutscht rüber und flüstert Josie ins Ohr): Ich liebe dich.
JOSIE (verwirrt): Warum hast du mir das ins Ohr geflüstert?
OLLIE: Weil du meine ganze Welt bist.

Der Zettel hatte ihr Tränen der Rührung in die Augen getrieben.

»Stimmt«, räumte sie ein. »Das wäre wirklich typisch für ihn.«

Josie hatte die Dauer der Heimfahrt recht gut eingeschätzt. Da das Verkehrsaufkommen auf den Freeways deutlich geringer war als erwartet, benötigte der Fahrer eine Stunde und siebenundzwanzig Minuten, bis er vor ihrem Haus in Santa Clarita hielt. Josie gab Stacey zum Abschied einen Kuss und schnappte sich ihren Koffer.

Olivers schwarzer Mercedes parkte neben ihrem Mini Cooper in der Einfahrt.

»Echt jetzt, Ollie?«, murmelte sie halb verärgert, halb fassungslos. Wenn er zu Hause war, hätte er sich doch melden können.

Josie hasste es, wenn sie und ihr Mann Streit hatten. Seit sie sich kannten, hatten sie sich erst zweimal wirklich gestritten, beide Male aus eher belanglosen Gründen. Aber wenn Oliver nicht mit einer erstklassigen Erklärung für sein Schweigen aufwarten konnte, würde er etwas von ihr zu hören kriegen.

Sie trug ihren Koffer die Stufen zur Haustür hinauf und kramte in ihrer Handtasche nach dem Haustürschlüssel. Doch als sie ihn ins Schloss stecken wollte, schwang die Tür von ganz allein auf. Sie war nur angelehnt gewesen.

»Was soll das denn?« Josie runzelte die Stirn. Jetzt war sie beunruhigt.

»Ollie?«, rief sie auf der Schwelle.

Keine Antwort.

Sie betrat den kleinen Eingangsflur, in dem sie sich normalerweise immer die Schuhe auszogen, um den Teppichboden zu schonen.

Hastig streifte Josie sich die Schuhe von den Füßen und schloss die Tür hinter sich.

Als Nächstes ging sie ins Wohnzimmer. Dort brannte kein Licht. Josie tastete nach dem Schalter rechts neben der Tür.

»Oliver, bist du hier irgendwo?«, rief sie noch einmal lauter.

Schweigen.

»Oliver?«

Totenstille.

Josie sah sich um. So weit konnte sie nichts Ungewöhnliches entdecken. Die Kissen waren an einem Ende des Sofas übereinandergestapelt, aber das war auch schon alles. Erst als sie ihren Koffer abstellte, fiel es ihr auf. Auf dem Boden, einen knappen Meter von der Tür zur Küche entfernt, lagen ... rote Rosenblätter?

Sie richtete sich auf und neigte mit gerunzelter Stirn den Kopf zur Seite. Nein, es war keine Einbildung, auf dem Boden lagen wirklich rote Rosenblätter. Und es sah nicht so aus, als wären sie zufällig heruntergefallen. Sie bildeten eine Spur, die vom Wohnzimmer in die Küche führte.

Staceys Worte kamen ihr wieder in den Sinn.

Vielleicht hat er ja eine Überraschung für deine Rückkehr geplant. Das sähe ihm sehr ähnlich.

Josie konnte sich ein Lächeln nicht verkneifen. Trotzdem hätte Ollie ihr schreiben können – das hatte mit der Überraschung ja nichts zu tun. Er hätte ruhig daran denken können, dass sie sich Sorgen machen würde, wenn er nicht auf ihre Anrufe und Nachrichten reagierte.

Ist die Überraschung in der Küche?, fragte sie sich, als sie auf die Rosenblätterspur zuging.

Vielleicht hatte Oliver Abendessen für sie gekocht.

Oliver war alles andere als ein leidenschaftlicher Koch, aber er hatte sich einige Gerichte beigebracht, darunter auch Josies Leibgericht Rindergulasch mit Kartoffelplätzchen. Das wäre in der Tat eine fantastische Überraschung, denn ihr Kater hatte endlich nachgelassen, und jetzt hatte sie einen Bärenhunger. Allerdings konnte sie nichts riechen, und wenn Oliver Gulasch kochte, erfüllte der köstliche Duft jedes Mal das ganze Haus.

»Ollie, Babe«, rief sie erneut, etwas weniger verärgert als noch kurz zuvor. »Bist du in der Küche?«

Keine Reaktion.

Josie erreichte die Tür, schaltete das Licht ein und runzelte irritiert die Stirn.

Oliver war nicht in der Küche, und es deutete auch nichts darauf hin, dass er irgendetwas gekocht hatte – keine Töpfe auf dem Herd, kein Geschirr in der Spüle oder auf dem Abtropfgitter, keinerlei Unordnung auf den Arbeitsflächen, kein Essensduft. Die Rosenblätter verliefen in einer unregelmäßigen Linie quer durch die Küche wie die Spur aus Brotkrumen, die Hänsel und Gretel im Wald verstreut hatten. Sie führte erst nach links, dann rechts an der Kücheninsel vorbei und von dort weiter in Richtung Kellertür – hinter der ihr Dungeon lag.

»Ah, verstehe«, sagte Josie und seufzte. Der Dungeon war ihre Idee gewesen, und sie hatte sämtliche Möbel und einen Großteil der Requisiten ausgesucht. Sie liebte Sex, allerdings spielte ihre Laune dabei stets eine wichtige Rolle. Man musste gut vorbereitet und in der richtigen Stimmung sein, und im Moment verlangte ihr Körper in erster Linie nach Schlaf. Vielleicht vorher noch eine Pizza, aber zu mehr war sie heute nicht mehr imstande.

Sie folgte den Blütenblättern bis zur Tür des Dungeons und stieß sie auf. Die Lichterketten, die an den Rändern der mit rotem Teppich ausgelegten Kellertreppe entlangliefen, waren eingeschaltet und tauchten die Stufen in stimmungsvolles Licht. Josie blieb oben an der Treppe stehen und holte tief Luft.

Sie wollte Oliver wirklich nicht seine Überraschung verderben. Was immer er für sie geplant hatte, musste sehr aufregend sein, aber ihr war an diesem Abend einfach nicht nach Sexspielen zumute. Wahrscheinlich würde sie mittendrin vor lauter Müdigkeit einschlafen, und das war das Letzte, was sie wollte.

»Ollie, Babe, bist du da unten?«, rief sie mit samtweicher Stimme. »Du weißt, dass ich dich liebe, oder? Und normalerweise würde ich auch nie Nein sagen, wenn du mit mir spielen möchtest.« Sie ging die ersten beiden Stufen hinunter. »Aber ich bin total erledigt. Es war echt ein anstrengendes Wochenende. Können wir heute Abend vielleicht einfach im Bett liegen und kuscheln? Du hast auch was gut bei mir, versprochen. Und du weißt, dass ich meine Schulden immer begleiche … mit Zinsen.«

Mittlerweile war sie unten angekommen. Hier waren alle Lichter ausgeschaltet, und die Lichterketten reichten nicht aus, um den Raum zu erhellen. Irgendwie merkwürdig.

Doch was sie am meisten irritierte, war der Geruch. Er hatte in ihrem Spielzimmer nichts zu suchen. Es war nicht der Geruch von Latex oder Leder, der Josie so vertraut war, dass sie ihn niemals verwechselt hätte. Nein, dieser Geruch hatte etwas Metallisches – Eisen? Jedenfalls weckte er ein deutliches Unbehagen in ihr.

»Ollie«, rief sie erneut, während sie zugleich die Hand nach dem Lichtschalter ausstreckte. »Was hat es denn mit diesem komischen …«

Das Licht ging an. Im selben Moment berührten ihr Zehen etwas Nasses.

Dann traf sie das Grauen mit voller Wucht und lähmte jeden Muskel in ihrem Körper.

Tränen schossen ihr in die Augen, und ihre Pupillen weiteten sich, bis man kaum noch das Grün ihrer Iris sehen konnte. Ein Zittern der Angst und des Ekels ging durch ihren Körper, ehe alles von einem schwarzen Loch des Entsetzens verschlungen wurde. Sie stieß einen Schrei aus, der so unmenschlich klang, dass sie überhaupt nicht realisierte, dass er aus ihrer Kehle gekommen war. Er wurde von den Wänden zurückgeworfen und kehrte in vibrierenden Wellen zu ihr zurück, die sie wie ein Hammer gegen die Brust trafen.

Sie wollte wegrennen, doch ihre Beine versagten den Dienst.

Sie wollte nachdenken, doch ihr Gehirn funktionierte nicht mehr.

Der Schock hatte ihren Körper komplett gelähmt.

Sie schrie erneut, und auf einmal begann der ganze Raum, sich um sie zu drehen. Sie konnte nichts dagegen tun.

Die Knie gaben unter ihr nach, und sie sank in einer seltsam taumelnden Drehbewegung zu Boden. Doch kurz bevor ihr die Augen zufielen ... kurz bevor die Dunkelheit sie übermannte ... merkte sie, dass sie nicht allein war. Hinter ihr, am Fuß der Treppe, war eine Gestalt aufgetaucht.

53

Die Adresse, die man Hunter gegeben hatte, führte ihn in eine kleine Sackgasse im nördlichen Teil von Santa Clarita. Selbst um diese Zeit an einem Sonntagabend herrschte im Canyon zäh fließender Verkehr, sodass er für die fünfundvierzig Meilen lange Strecke eine Stunde und fünfzehn Minuten benötigte.

Das gesuchte Haus war das dritte auf der linken Seite, doch Hunter sah das Flackern der blauen und roten Lichter der Einsatzfahrzeuge bereits, als er noch einen Block entfernt war.

Der äußere Ring der Absperrung befand sich unmittelbar an der Einmündung zur Straße. Die innere Absperrung, die den Arbeitsbereich der Spurensicherung markierte, ging einmal um das Haus herum und schloss Vorgarten, Einfahrt sowie Garage mit ein. Die äußere Absperrung diente lediglich dazu, Gaffer und Journalisten auf Abstand zu halten.

Als Hunter eintraf, konnte er nirgendwo Übertragungswagen oder professionell aussehende Kameras entdecken, allerdings hatten sich bereits zahlreiche Schaulustige am Ort des Geschehens eingefunden. Bei den meisten von ihnen schien es sich um Anwohner aus den Nachbarstraßen zu handeln, die gekommen waren, um zu sehen, was los war.

Hunter rollte langsam durch die Menge, bis er zur Polizeiabsperrung gelangte, an der zwei Deputys des L. A. County Sheriff's Department Wache hielten. Als der kleinere der beiden auf ihn zutrat, ließ Hunter das Fenster herunter.

»Könnten Sie mir einen Gefallen tun, Deputy?«, fragte er,

nachdem er dem Mann seine Dienstmarke gezeigt hatte. »Wäre es vielleicht möglich, das Blaulicht auszuschalten?« Er deutete auf das in der Nähe parkende SUV des Sheriff's Department. »Die Lichter locken immer mehr Leute an.« Er wies hinter sich auf die Gaffer. »Ich konnte sie schon aus einer Meile Entfernung sehen – genau wie die gesamte Nachbarschaft. Je weniger Aufmerksamkeit wir erregen, desto besser.«

Der Deputy registrierte Hunters Marke mit demselben gleichmütigen Nicken, mit dem er auch auf dessen Anliegen reagierte. »Klar doch.« Er bedeutete dem anderen Deputy, eine der Barrieren aus dem Weg zu räumen. »Wohnen Sie in derselben Straße? Dann hätten Sie doch zusammen fahren können.«

»Wie bitte?« Hunter sah den Deputy verständnislos an.

»Ein anderer Detective der UV-Einheit ist kurz vor Ihnen angekommen«, erklärte der Mann und deutete hinter sich. »Ist noch nicht mal eine Minute her.«

»Ist die Spurensicherung auch schon da?«, fragte Hunter.

»Ja. Sind schon seit gut einer Dreiviertelstunde im Haus.«

Als Hunter an der Absperrung vorbei in die Straße einbog, warf er einen Blick in den Rückspiegel. Der Deputy, mit dem er soeben gesprochen hatte, gesellte sich wieder zu seinem Kollegen. Das Blaulicht auf dem Dach seines SUVs leuchtete immer noch.

Ein Stück voraus hatte Garcia seinen Wagen am Straßenrand abgestellt. Er erspähte Hunter sofort und machte ihm ein Zeichen, vor seinem Honda Civic zu parken.

»Der Deputy hat mir gesagt, dass du auch gerade erst gekommen bist«, meinte Hunter beim Aussteigen.

»Stimmt.« Reflexartig warf Garcia einen Blick auf seine Uhr. »Vor einer Minute.« Als er zurück zur Absperrung schaute, lachte er trocken. »Die sind ja immer noch an.«

»Was ist noch an?«

»Ich habe den Deputy gebeten, das Blaulicht auszuschalten«, klärte Garcia seinen Partner auf. »Es wird von den Hauswänden zurückgeworfen und wirkt wie ein Signalfeuer. Es zieht die Leute in Scharen an.«

Hunter nickte, sagte jedoch nichts dazu. Stattdessen befestigte er seine Dienstmarke an seinem Gürtel, und dann wandten sich die beiden dem zweigeschossigen hellbraunen Haus zu, dessen Grundstück von schwarz-gelbem Flatterband umgeben war. Auf der rechten Seite befand sich eine Doppelgarage. Ein roter Mini Cooper und ein schwarzer Mercedes parkten nebeneinander in der Einfahrt. Draußen vor der Haustür hielt ein weiterer Deputy Wache, während auf der Straße vier Kollegen bei ihren Einsatzfahrzeugen herumstanden und offenbar nichts zu tun hatten.

»UV-Einheit, richtig?« Die Frage kam von einer Frau, die aus dem Nichts aufgetaucht war. Ihre scharfen, aber nicht unattraktiven Gesichtszüge waren von glatten, schulterlangen kastanienbraunen Haaren eingerahmt. Sie hatte haselnussbraune Augen, ihre rahmenlose Brille saß auf einer zierlichen Nase. Sie schien etwa Mitte, Ende dreißig zu sein.

»Genau«, sagte Hunter, als sie sich zu ihr umdrehten.

Sie trug die Uniform des L. A. County Sheriff's Department. Die drei Streifen an ihrem Ärmel verrieten Hunter und Garcia, dass sie den Rang eines Sergeants innehatte.

Die Frau war einen ganzen Kopf kleiner als Hunter mit seinen eins dreiundachtzig, doch ihr Auftreten führte automatisch dazu, dass andere zu ihr aufschauten.

»Ich bin Sergeant Jacqueline Logan vom L. A. County Sheriff's Department«, sagte sie und streckte den beiden Männern zum Gruß die Hand hin.

Hunter und Garcia schüttelten ihr nacheinander die Hand und stellten sich ebenfalls vor.

»Waren Sie als Erste am Tatort?«, fragte Hunter.

»Das ist richtig«, bestätigte Sergeant Logan. »Die Meldung aus der Zentrale kam gegen zehn nach neun – mögliches Tötungsdelikt, der Disponent war sich nicht ganz sicher, weil die

Anruferin so aufgelöst war.« Ihr Blick ging zum Haus. »Ehrlich gesagt, überrascht mich das nicht, wenn man bedenkt, wie es da drinnen aussieht.«

Hunter und Garcia schwiegen und ließen Sergeant Logan fortfahren.

»Ich war auf Nachtstreife, als der Funkspruch reinkam«, sagte sie. »Deputy Suarez und ich waren nur etwa acht Blocks weg.« Wieder deutete sie zum Haus, dann zückte sie ein kleines Notizbuch. »Er ist oben mit der Ehefrau des Toten, ihrer besten Freundin und deren Verlobtem. Das Opfer ist Oliver Griffith, dreißig Jahre alt, hat als Creative Director für eine Werbeagentur in Playa Vista gearbeitet.«

»Oliver Griffith?«, fragte Garcia. »Das Opfer ist ein Mann?«

Auf diese Frage hin blickte Sergeant Logan verwirrt von einem zum anderen. Das ungläubige Staunen in Garcias Tonfall war ihr nicht entgangen.

»Ja, genau.« Sie rückte ihre Brille zurecht. »Ansonsten weiß ich noch nicht viel. Ich wollte nicht mit der Befragung beginnen, wenn Sie ohnehin die Ermittlungen übernehmen, aber meines Wissens war Mr Griffith allein zu Hause. Seine Frau, Josie Griffith, war übers Wochenende in Las Vegas. Der Junggesellinnenabschied einer Freundin, ging über zwei Tage.« Abermals deutete Logan in Richtung Haus. »Dieselbe Freundin, die momentan bei Mrs Griffith ist. Ihr Name lautet Stacey Green. Ihr Verlobter, ein gewisser Scott Summers, ist auch oben. Die Teilnehmerinnen des Junggesellinnenabschieds – insgesamt sechs Frauen – sind am Freitagmorgen aufgebrochen und heute Abend zurückgekehrt. Nach der Ankunft in LAX wurden sie von einer im Voraus bestellten Limousine abgeholt und nacheinander nach Hause gebracht. Bis sie hier waren, dauerte es circa anderthalb Stunden, das heißt, Mrs Griffith kam gegen zwanzig Uhr vierzig hier an. Sie hat das Haus betreten, ist nach unten in den Keller gegangen und …« Sergeant Logan holte tief Luft. »… hat ihren toten Ehemann gefunden.«

»Dann hat sie auch den Notruf verständigt?«, wollte Hunter wissen.

»Nein«, sagte Logan. »Das war ihre Freundin. Mrs Griffith hatte ihr Handy in der Limousine liegen lassen. Miss Green hat das bemerkt, als sie vorne an der Ecke waren. Sie hat den Fahrer gebeten, anzuhalten und zu warten, damit sie schnell aussteigen und es ihr bringen konnte.« Logan blätterte eine Seite in ihrem Notizbüchlein um. »Miss Greens Aussagen zufolge wollte sie gerade klingeln, als sie einen Schrei von drinnen hörte. Die Haustür war nicht abgeschlossen, also ist sie reingegangen. In dem Moment hat sie einen zweiten Schrei gehört. Sie ist in die Küche gelaufen, weil der Schrei mutmaßlich von dort kam, und dann weiter in den Keller. Dort fand sie Mrs Griffith am Boden liegend vor – zusammen mit der Leiche.« Sie machte eine Pause, um sich zu sammeln. »Das war mit Abstand das Widerwärtigste, was ich je in meinem Leben gesehen habe.«

»Ich danke Ihnen«, sagte Hunter, ehe sich die drei in Richtung Haus wandten.

»Wie gesagt«, fuhr Logan fort, während sie ihr Notizbuch wieder einsteckte. »Wir haben den Funkspruch gegen zehn nach neun bekommen und waren keine zehn Minuten später hier. Aber ein Blick auf den Tatort hat gereicht, um zu wissen, dass das kein Fall fürs Sheriff's Department ist. Wenigstens nicht für ein so kleines wie Santa Clarita.« Sie bückten sich, um unter dem Flatterband hindurchzuschlüpfen. »Ich habe meinen Captain angerufen, und wir haben uns darauf verständigt, dass der Fall entweder an die UV-Einheit oder ans FBI gehen sollte. Am Ende haben wir uns für die UV-Einheit entschieden – was laut Leiterin der Kriminaltechnik auch die richtige Entscheidung war. Das Erste, was sie sagte, als sie den Tatort und die Botschaft gesehen hat, war: ›Wir müssen die UV-Einheit anrufen. Das ist ihr Fall.‹«

Sie waren wenige Meter von der Haustür entfernt stehen geblieben.

»Die Botschaft?«, fragte Hunter.

Sergeant Logan sah die beiden an. »Also, na ja ... der Täter hat unten im Keller eine Art Botschaft hinterlassen ... an der Wand.« Ihr Blick ging an Hunter vorbei und ruhte einige Sekunden lang auf dem Haus, ehe sie sich wieder dem Detective zuwandte. »Und wenn Ihnen das nicht unheimlich genug ist, warten Sie ab, bis Sie sehen, was er mit dem Opfer gemacht hat.«

54

An der Haustür bekamen Hunter und Garcia Vliesoveralls ausgehändigt, die sie schweigend überzogen, ehe sie das Tatortprotokoll unterzeichneten und das Haus betraten.

Im Wohnzimmer untersuchte ein Kriminaltechniker gerade die Fenster auf Fingerabdrücke. Genau wie bei den vorherigen zwei Tatorten gab es nirgends offensichtliche Anzeichen auf ein Kampfgeschehen. Die beiden Detectives grüßten den Kriminaltechniker mit einem wortlosen Nicken, ehe sie sich nach links in Richtung Küchentür wandten. Doch schon nach einem einzigen Schritt blieben sie stehen.

»O Mann«, murmelte Garcia, der den Plastik-Tatortmarker mit der schwarzen Nummer 1 auf dem Fußboden gesehen hatte. »Sind das Rosenblätter?«

Hunter nickte. »Sieht ganz danach aus.«

Sobald sie die Küche betraten, begriffen sie auch, weshalb die Spurensicherung die Blütenblätter markiert hatte.

»Das ist eine Spur«, sagte Garcia erstaunt. »Der Täter hat eine Spur aus Rosenblättern gelegt, die nach unten in den Keller führt? Das ist neu.«

Hunter ging in die Hocke, hob eins der Rosenblätter auf und hob es an seine Nase. »Die sind echt«, sagte er, als er den zarten Duft wahrnahm.

Abgesehen von den Rosenblättern gab es in der Küche nichts Ungewöhnliches zu sehen. Die Spur führte an der Kücheninsel vorbei zu einer offenen Tür auf der linken Seite.

Hunter und Garcia hörten Stimmen von unten. Eine von ihnen gehörte Dr. Susan Slater.

Die zwölf schmalen Stufen der Kellertreppe wurden von den Tatortleuchten erhellt, die man unten aufgestellt hatte. Hunter und Garcia stiegen langsam in die Tiefe und hüteten sich, dabei die anderen Tatortmarker zu streifen, die auf insgesamt acht der Stufen jeweils neben einem blutigen Fußabdruck aufgestellt waren. Unten angekommen, stockte ihnen der Atem. Wie erstarrt betrachteten sie das Bild, das sich ihren Augen bot.

Man sah auf den ersten Blick, dass die Griffiths ihren Keller zu einem Sex-Dungeon ausgebaut hatten. Links an der Decke hingen verschiedene Requisiten und Sexspielzeuge. An die Wand zu ihrer Rechten hatte jemand in großen roten Buchstaben eine Botschaft geschrieben. Doch das wahre Grauen – und der wahre Grund, weshalb Hunters und Garcias Herz auf einmal schmerzhaft pochte – waren der Zustand der Leiche und die Art, wie der Täter sie inszeniert hatte.

Direkt vor ihnen, knapp einen Meter von der hinteren Wand entfernt, hing der tote Oliver Griffith mit gespreizten Armen und Beinen an einem hölzernen Andreaskreuz. Seine Hände und Füße wurden von dicken Lederriemen gehalten, die an den kräftigen Balken des Kreuzes befestigt waren. Ein weiterer Lederriemen verlief quer über seinen Bauch. Olivers Kopf war nach vorne gesackt, und in seinem weit geöffneten Mund steckte ein Ballknebel, der mithilfe eines Geschirrs und einer Schnalle im Nacken befestigt worden war. Sein Oberkörper war unversehrt – es gab keine Schnittverletzungen oder andere Wunden. Erst von der Taille abwärts wurde es schlimm.

Die untere Hälfte seines Körpers war blutüberströmt.

Von der Lendenregion abwärts bedeckte es beide Beine und hatte sich unter ihm auf dem Fußboden zu einer riesigen Lache gesammelt. Das Blut auf seiner Haut war bereits vollständig getrocknet, dennoch konnte man deutlich die Wunde sehen, welche die massive Blutung verursacht hatte.

Oliver Griffith war brutal kastriert worden.

Sein Penis sowie sein Hodensack waren dicht am Körper abgetrennt worden und hatten eine großflächig offene Fleischwunde hinterlassen, die aufgrund seiner gespreizten Beine noch grausiger aussah.

Garcia schüttelte sich unwillkürlich, wandte den Blick jedoch nicht vom Opfer ab. Trotz der Tatortleuchten, die den gesamten Kellerraum in ihr gleißendes Licht tauchten, konnte er immer noch nicht recht glauben, was er da vor sich sah.

»Was ... um alles in der Welt ... ist das?«, murmelte er benommen. Die Frage war eigentlich an Hunter gerichtet, doch auch Dr. Slater und die beiden Kriminaltechniker, die dabei waren, den Tatort zu untersuchen, hörten sie.

»Ich nehme an, Sie beziehen sich auf die Hummer«, kam es von Dr. Slater, die ein Stück rechts von ihnen stand.

»Danach sieht es zumindest von hier aus«, gab Garcia zurück. »Aber stimmt das? Sind das wirklich Hummer?« Sein fragender Blick ging zu ihr, ehe er zur Leiche zurückkehrte. »An seinen Beinen?«

»So verrückt es auch klingt«, sagte Dr. Slater, »ja, das sind tatsächlich Hummer.«

Der Täter hatte zwei rohe Hummer an Oliver Griffiths Oberschenkeln befestigt. Ihre Fühler waren senkrecht aufgestellt, sodass sie wie Dornen aussahen. Die Beine – acht bei jedem Hummer – waren so positioniert, dass es so aussah, als würden die Krustentiere Olivers Beine hochlaufen. Doch das Schauderhafteste waren ihre Scheren. Ihre Stellung suggerierte, dass sie Oliver die Geschlechtsteile abgekniffen hatten. Die große Knackschere des Hummers auf der linken Seite befand sich dort, wo sein Hodensack gewesen war, während die Knackschere des rechten Tiers direkt über der Wunde an der Peniswurzel platziert worden war.

Das Gesamtergebnis war schockierend und übelkeiterregend.

»Bitte, sagen Sie mir, dass der Täter nicht wirklich mit diesen Dingern ...« Garcia ließ den Rest der Frage unausgesprochen und schüttelte lediglich den Kopf.

»Nein.« Diesmal kam die Antwort von Hunter. Er klang ruhig, wenngleich in seinem Ton eine gewisse Fassungslosigkeit mitschwang. Sein Blick ruhte weiterhin auf der Leiche. »Hummerscheren sind nicht kräftig oder scharf genug, um Muskelgewebe durchzuschneiden. Eigentlich schneiden sie gar nicht, sie knacken und greifen, deshalb werden sie auch als Knack- beziehungsweise Greifschere bezeichnet. Die Knackschere ist die größere der beiden, und selbst wenn sie scharf genug wäre, hätte das Tier nicht die nötige Kraft, um jemandem die Geschlechtsteile abzutrennen.«

»Robert hat recht«, bestätigte Dr. Slater, die einen der Fesselstühle umrundete und sich zu ihnen gesellte. »Ich habe alles so gelassen, wie wir es vorgefunden haben, sodass Sie sich ein genaues Bild vom Tatort machen können.« Sie deutete auf die Leiche am Kreuz. »So was wie das wäre selbst mit Fotos schwer zu erklären. Allerdings habe ich schon mal kurz die Wunden untersucht. Die Schnitte sehen extrem sauber aus.«

»Messer?«, fragte Hunter.

»Ein sehr scharfes, möglich«, sagte Dr. Slater. »Der Täter könnte auch ein Skalpell oder sogar eine kräftige Schere benutzt haben. Ich glaube nicht, dass er sein Tatwerkzeug hier zurückgelassen hat, jedenfalls haben wir es bisher nicht gefunden.«

Garcia presste unwillkürlich die Beine zusammen wie ein Kind, das dringend auf die Toilette muss, und verzog das Gesicht.

»Vielleicht war der Täter mit den Hummern auf den Schockeffekt aus«, meinte einer der Kriminaltechniker.

»Ich glaube nicht«, hielt Garcia dagegen. »Schauen Sie sich das doch mal an.« Er deutete auf das Opfer am Kreuz. »Das ist auch ohne Hummer schlimm genug. Sie haben ja die anderen Tatorte gesehen, oder?« Diese Frage war an Dr. Slater gerichtet. »Er braucht keine zusätzlichen Requisiten, um seine Morde schockierend zu inszenieren. Das sind sie auch so.« Ein Hauch von Verärgerung schlich sich in seine Stimme. »Vielleicht verstehen wir im Moment noch nicht, warum ... Vielleicht werden wir es auch nie verstehen, aber es muss eine Bedeutung hinter alldem stecken ... auch hinter den Hummern.«

Hunter ging um die Blutlache herum, um sich die Leiche aus der Nähe anzusehen.

Garcia folgte ihm.

Zunächst inspizierte Hunter den Hals des Toten, sah jedoch keinerlei Hämatome, Abschürfungen oder Würgemale ... keine Anzeichen von Strangulation. Am Knebel und an seinen Lippen klebten getrocknete Galle und Reste halb verdauter Nahrung, die ihm teilweise über das Kinn auf seine nackte Brust gelaufen waren. Dies deutete darauf hin, dass Oliver Griffith sich während seines Martyriums übergeben hatte ... wahrscheinlich sogar mehrmals. Man sah, dass sich auch in Griffiths Mund noch Erbrochenes befand. Der Geruch war so streng, dass es einem die Tränen in die Augen trieb.

Garcia wich instinktiv einen Schritt zurück und hielt sich die Hand vor Mund und Nase.

Hunter bückte sich, um die tödlichen Verletzungen sowie die beiden Hummer an Oliver Griffiths Schenkeln zu betrachten. Der Täter hatte sie mithilfe zweier T-förmiger taxidermischer Nadeln fixiert. Die Schnitte an den Wunden sahen, wie Dr. Slater bereits angemerkt hatte, sehr sauber und präzise aus.

Von der Hocke aus blickte Hunter zu Oliver empor. Die Augen des Toten waren geschlossen, doch sein Gesicht war zu einer Grimasse verzerrt, die daraufhindeutete, dass er unvorstellbare Angst und Schmerzen erlitten haben musste. Fast konnte Hunter die verzweifelten, vom Knebel gedämpften Schreie hören, mit denen Oliver seinen Mörder um sein Leben anflehte.

»Ist er verblutet?«, fragte er, während sein Blick von der Leiche zu der roten Lache am Boden wanderte.

»Davon gehen wir aus«, sagte Dr. Slater. »Wie ich eben sagte, die Schnittverletzungen sind sauber und wurden direkt an der Basis von Glied und Skrotum ausgeführt. Die durchtrennten Blutgefäße wurden nicht versorgt. Obwohl die Arterien und Venen, die den Penis mit Blut versorgen, im Vergleich zu den Hauptarterien des Körpers eher klein sind, kann eine solche Verletzung mit der Zeit tödlich sein, wenn die Blutung nicht gestillt wird ...« Auch ihr Blick ging zu der Lache am Boden.

»Mit der Zeit?«, wiederholte Garcia. »Wie lange hat er denn noch gelebt?«

»Sehr schwer zu sagen. Das hängt von mehreren Faktoren ab – Allgemeinzustand, Herzgesundheit und so weiter. Die wären auch ein Indikator dafür, wie oft er zwischendrin das Bewusstsein verloren hat. Selbst ohne medizinische Intervention hätte er theoretisch noch über eine Stunde lang weiterleben können. An dem Punkt hätte er höchstwahrscheinlich mehr als vierzig Prozent seines Blutes verloren, und seine Organe hätten versagt.«

»Irgendeine Vermutung, was den Todeszeitpunkt angeht?«, fragte Hunter.

»Ähnlich wie beim letzten Opfer. Leichenstarre ist vollständig ausgeprägt, er ist also seit mehr als zwölf Stunden tot. Die Körpertemperatur deutet darauf hin, dass er vor weniger als zwanzig Stunden gestorben ist. Also irgendwann heute in den frühen Morgenstunden.«

»Was für ein Irrsinn«, murmelte Garcia.

»Zweifellos«, sagte Dr. Slater. »Und dann wäre da ja auch noch das.« Sie lenkte die Aufmerksamkeit der beiden Detectives auf die Botschaft an der Wand.

Hunter stand auf und gesellte sich zu seinem Partner. Gemeinsam betrachteten sie die Wand rechts von der Treppe.

Dort standen in etwa anderthalb Metern Höhe und in achtzehn bis zwanzig Zentimeter großen roten Buchstaben vierzehn Worte geschrieben.

Falls es noch irgendwelche Zweifel gegeben hatte, dass es sich um eine Tat des Mentors handelte, lösten sich diese in Luft auf, sobald die Detectives den neuesten Vers seines Gedichts lasen.

In dieser Seele wird kein Schmerz je größer sein als der, Dich zu verlieren.

Hunter zog den Reißverschluss seines Overalls herunter und zückte sein Handy, um einige Fotos von dem Vers zu machen. Als er damit fertig war, trat er näher an die Wand heran.

»Das ist Blut.« Es war keine Frage, sondern eine Feststellung. Er spürte ein unangenehmes Kribbeln im Nacken.

»Ja, richtig«, bestätigte Dr. Slater.

Hunter trat von der Wand zurück und ließ den Blick erneut zu der Blutlache auf dem Boden wandern.

»Das Blut des Opfers.« Auch dies war keine Frage.

»Vermutlich – es sei denn, der Täter hat ein paar Beutel Fremdblut mitgebracht.« Dr. Slater legte den Kopf schief. »Was niemanden überraschen würde, wenn wir bedenken, mit wem wir es hier zu tun haben. Wie auch immer – für eine Bestätigung müssen Sie die Laborergebnisse abwarten.«

»Er hat seine Vorgehensweise schon wieder geändert«, sagte Hunter, an seinen Partner gewandt. Der nickte.

»Sie meinen, weil er Blut zum Schreiben benutzt hat?«, fragte Dr. Slater. »Und weil er den Vers an die Wand statt auf ein Stück Papier geschrieben hat?«

»Ja, auch das. Aber viel bedeutsamer ist, dass er bisher seine Opfer dazu gezwungen hat, den Vers aufzuschreiben. Dieser hier ist mit Blut geschrieben ... vermutlich mit dem des Toten.« Hunter schüttelte den Kopf. »Damit ist praktisch ausgeschlossen, dass Oliver Griffith ihn an die Wand gebracht hat.«

»Keine Chance«, stimmte Garcia ihm zu.

»Dann muss dies also die Handschrift des Täters sein«, schlussfolgerte Dr. Slater.

Hunter nickte. »Wahrscheinlich ist das auch der Grund, weshalb er Druckbuchstaben verwendet hat. Das erschwert eine grafologische Analyse.«

Einen Moment lang herrschte Schweigen, ehe erneut Garcia das Wort ergriff.

»Die abgetrennten Geschlechtsteile«, sagte er und sah sich im Raum um. »Wurden die gefunden?«

Dr. Slater hielt inne, um sich den Schweiß von der Stirn zu wischen. Die Hitze der Strahler verwandelte den schallisolierten Kellerraum in eine Sauna.

»Bislang nicht.« Sie schüttelte den Kopf. »Aber wir suchen noch.«

»Was ist mit seinem Handy?« Diese Frage kam von Hunter. »Haben Sie das irgendwo sichergestellt?«

Abermals ein Kopfschütteln. »Weder hier unten noch im Wohnzimmer oder in der Küche. Den Rest des Hauses haben wir noch nicht durchsucht.«

Abermals umrundete Hunter die Blutlache, um zurück zur Treppe zu gelangen. »Wir lassen Sie jetzt in Ruhe weiterarbeiten, Susan, aber ich bleibe noch eine Weile hier, sagen Sie also bitte Bescheid, falls Sie was Neues entdecken.«

»Aber sicher doch«, sagte Dr. Slater. »Sind Sie draußen?«

»Erst will ich mit der Frau des Opfers sprechen. Soweit ich es verstanden habe, ist sie diejenige, die die Leiche gefunden hat.«

»Das sind auch meine Informationen«, sagte Dr. Slater. »Aber sie steht unter Schock, Robert. Eine Befragung wird nicht viel bringen ... wenigstens nicht heute.«

»Ich will sie auch gar nicht befragen.« Hunter setzte den Fuß auf die unterste Stufe. »Ich will sie warnen.«

55 Als Hunter und Garcia wieder vom Keller in die Küche hinaufkamen, betrachtete Letzterer noch einmal die Rosenblätter auf dem Fußboden und seufzte tief.

»Weißt du was?« Seine Stimme klang müde. »Eben, als ich dem Kriminaltechniker gesagt habe, dass es einen Grund geben muss, weshalb der Täter zwei Hummer an den Schenkeln seines Opfers befestigt hat ...« Er schüttelte den Kopf. »Keine Ahnung, ob ich wirklich daran glaube oder ob das einfach nur so dahergesagt war.«

Hunter hielt inne und blickte seinen Partner forschend an.

Garcia zuckte die Achseln. »So langsam weiß ich gar nichts mehr, Robert. An den anderen beiden Tatorten gab es keine Tiere oder andere Lebewesen – bis auf die Opfer selbst, versteht sich. Und es war auch so schon schlimm genug.« Er ließ sich gegen den Küchentresen sinken. »Allmählich kommt mir der Verdacht, dass es vielleicht doch keine tiefere Bedeutung hinter alldem gibt. Was, wenn der Täter einfach nur vollkommen durchgeknallt ist und versucht, sich bei jedem neuen Mord selbst zu übertreffen? Was, wenn all das ... die Brutalität ... die extrem komplexe Methodik ... die Verse, die er am Tatort zurücklässt ... die Hummer da unten ... die abartigen Mordmethoden ... was, wenn er das alles nur macht, um mit uns zu spielen? Heutzutage weiß jeder, der fernsieht, dass Detectives allen Hinweisen nachgehen müssen.« Er deutete auf die Rosenblätter. »Außerdem hat er jetzt auf einmal einen Mann getötet – noch eine deutliche Abweichung vom Schema.« Garcia rieb sich mit beiden Händen das Kinn. »Ich kann nicht anders, irgendwie stelle ich mir vor, wie dieser Freak bei sich zu Hause sitzt, die Cremefüllung aus seinen Oreos leckt und Selbstgespräche führt.« Er verstellte die Stimme. »Ich hab's! Ich fahre in den Supermarkt, kaufe zwei Hummer und baue sie in meinen nächsten Mord mit ein. Mal sehen, was für absurde Interpretationen dem LAPD dazu einfallen.«

Hunter konnte den Frust seines Partners nur allzu gut nachvollziehen, doch es gehörte zu ihrem Job, diesen Frust auszuhalten – was Garcia genauso gut wusste wie er. »Hey«, sagte er. »Ist alles in Ordnung mit dir? Geht es dir gut?«

Garcia streifte sich die Kapuze seines Overalls vom Kopf und fuhr sich mit der Hand durch die Haare. »Ja«, sagte er nach einigen Sekunden des Schweigens. »Alles okay. Ich ... ich komme mir nur so machtlos vor, verstehst du?« Er deutete auf die Kellertür.

»Ja, ich weiß ... Mir sind schon ganz ähnliche Gedanken gekommen. Aber das alles wirkt viel zu persönlich. Wir haben es hier nicht mit einem Irren zu tun, der auf nichts anderes aus ist als darauf, sich mit jeder Tat zu steigern. Selbst diese scheinbar wahnsinnigen, übertriebenen Mordmethoden ...« Hunter nahm die Finger der rechten Hand zu Hilfe, um die einzelnen Fälle aufzuzählen. »Opfer eins und drei wurden auf vollkommen unterschiedliche Weise getötet, aber beide in ihren eigenen vier Wänden. Opfer Nummer zwei wurde verschleppt, an einem anderen Ort getötet und dann zurück nach Hause gebracht und dort vom Täter aufs Bett gelegt. Warum? Wieso gibt er sich so viel Mühe? Weshalb geht er diese Risiken ein?«

Garcia zögerte einen Moment. »Weil er wollte, dass jeder auf seine ganz eigene Art stirbt. Das war ihm offenbar sehr wichtig.«

»Genau«, sagte Hunter. »Die Mordmethoden sind eigens auf jedes Opfer zugeschnitten. Und dafür muss es einen konkreten Grund geben – jenseits von schlichtem Wahnsinn.«

Garcia nickte. »Das hoffe ich. Im Moment habe ich nämlich das Gefühl, selber langsam den Verstand zu verlieren.« Er holte tief Luft und gab sich einen Ruck. »Brauchst du mich oben?«

Garcia wusste, dass Hunter mit Josie Griffith reden wollte, um sie vor dem Video zu warnen, das der Mentor den Hinterbliebenen seiner Opfer schickte.

Hunter warf einen Blick auf die Uhr – es war kurz nach halb eins in der Nacht.

»Nein, ich glaube, das ist nicht nötig«, antwortete er. »Ich brauche nicht lange.«

»Dann warte ich solange draußen.« Garcia zeigte zum Fenster. »Einige der Nachbarn sind ja offensichtlich wach, da können wir die Gelegenheit gleich nutzen und ihnen ein paar Fragen stellen. Ich koordiniere die Zeugenbefragungen mit dem Sheriff's Department und dem LAPD. Die, die wir heute Nacht nicht mehr schaffen, nehmen wir uns morgen früh vor.«

»Gute Idee. Wir treffen uns dann draußen.«

In der Tür zum Wohnzimmer blieb Garcia noch einmal stehen. »Dir ist klar, dass es im Zweifelsfall keine Rolle spielt, ob du sie vorwarnst, oder?« Sein Blick ging zur Decke. »Die menschliche Neugier ist wahrscheinlich stärker als jede Erklärung, mit der du aufwarten kannst, und sei sie noch so überzeugend.«

Hunter nickte. Sein Partner hatte recht. »Ich kann es nur versuchen, Carlos.«

Diesmal wusste er, dass Garcia die Angst in seinem Ton bemerkt hatte.

56

Ehe Hunter nach oben in den ersten Stock ging, entledigte er sich im Wohnzimmer des Vliesoveralls. Das Letzte, was Josie Griffith jetzt brauchte, war, dass ein Wildfremder in so einem Aufzug in ihr Zimmer kam.

Oben hörte er gedämpfte Stimmen aus dem Zimmer ganz am Ende des Flurs, wo die Tür nur angelehnt war. Zu seiner Rechten stand auf einer Kommode eine Vase mit einem wunderschönen Blumenstrauß aus roten Rosen und violetten Azaleen. Hunter nahm eine der Rosen heraus und roch daran – es war derselbe Duft wie unten. Die Kriminaltechnik würde also auch hier nach Fingerabdrücken suchen müssen.

Um die Vase herum standen mehrere Fotos in teuer aussehenden Rahmen: Hochzeitsfotos, alte Bilder von Josie als Cheerleader in der Highschool oder von ihrer Abschlussfeier an der Uni, Oliver mit einem Tennisschläger und im Kreis seiner Freunde – typische Bilder eines glücklichen Pärchens.

Hunter stellte die Rose in die Vase zurück und ging den Flur hinunter.

»Mrs Griffith?«, sagte er von der Schwelle her. Er sprach bewusst nicht zu laut. Auf sein vorsichtiges Klopfen hin schwang die Tür gerade so weit auf, dass er ins Zimmer schauen konnte.

Auf einem großen Himmelbett lag eine blonde Frau. Sie hielt ein Kissen im Arm, in dem sie auch ihr Gesicht vergraben hatte, doch sie schlief nicht. Ihre Schultern bebten. Sie schluchzte. Auch ohne ihr Gesicht zu sehen, erkannte Hunter Josie Griffith von den Fotos wieder, die er kurz zuvor betrachtet hatte.

Eine zweite Frau, diese mit kurzen braunen Haaren, saß neben Josie und streichelte ihr sanft den Kopf.

Als die Dunkelhaarige Hunters Stimme hörte, drehte sie sich um. Auch sie weinte. Durch die Tränen waren ihre Mascara und ihr Lidstrich verschmiert und in gezackten schwarzen Linien über ihre Wangen und bis hinunter zum Kinn gelaufen.

Sergeant Logan zufolge musste es sich um Josies beste Freundin Stacey Green handeln.

Am Fenster gegenüber der Tür stand ein großer, dünner Mann. Staceys Verlobter Scott Summers. Auch er wandte sich zu Hunter um. Verstört und fassungslos blickte er ihn aus blutunterlaufenen Augen an.

Außer den dreien befand sich niemand im Raum, was bedeutete, dass Sergeant Logan und ihr Partner vermutlich bereits gegangen waren.

Weder Stacey noch Scott sagten ein Wort, sondern sahen Hunter lediglich an, als erwarteten sie noch weitere schreckliche Neuigkeiten von ihm.

Hunter nickte höflich zur Begrüßung, ehe er ins Zimmer trat.

»Hat sie ein Beruhigungsmittel bekommen?«, flüsterte er.

»Ja, aber nichts allzu Starkes«, antwortete Stacey ebenfalls im Flüsterton, ehe sie sich frische Tränen aus ihrem verschmierten Gesicht wischte. »Sie ist wach.«

»Mrs Griffith«, sagte Hunter noch einmal leise.

Josie rührte sich nicht.

»Ich bin Detective Hunter vom LAPD.« Er wartete.

Noch immer keine Regung von Josie.

»Was Ihnen passiert ist, tut mir schrecklich leid«, fuhr er fort, um die Pause auszufüllen. »Und ich bedauere es sehr, Sie in dieser Situation zu belästigen, aber ich müsste wirklich kurz Ihre Zeit beanspruchen.«

Das schien Scott aus seiner Erstarrung zu reißen.

»Entschuldigen Sie, Detective«, sagte er und machte einen Schritt auf Hunter zu. Seine Stimme zitterte. »Kann das nicht warten? Ich weiß, Sie machen nur Ihren Job, und Sie haben sicher jede Menge Fragen, aber ...«

»Ich bin nicht gekommen, um Mrs Griffith Fragen zu stellen«, fiel Hunter ihm ins Wort, ehe er sich wieder an Josie richtete. »Ich möchte nur, dass Sie mir einen Augenblick lang sehr gut zuhören ... bitte. Es ist außerordentlich wichtig.«

Endlich ließ Josie das Kissen los und drehte sich zu Hunter um. Ihre Augen waren so rot und verquollen, dass es aussah, als wäre sie in eine Schlägerei geraten ... und hätte den Kürzeren gezogen. Sie weinte immer noch.

Hunter nahm sich einen Moment Zeit, um sich zu sammeln. Er musste unbedingt die richtigen Worte wählen.

»Können Sie fürs Erste bei Ihren Freunden unterkommen?«, fragte er, mit einer Kopfbewegung auf das Pärchen deutend.

»Ja.« Die Antwort kam von Stacey, die erst Hunter, dann ihrem Verlobten zunickte, ehe sie Josie ansah. »Du kommst erst mal mit zu uns, Süße.« Sie bückte sich, um Josie in die

Arme zu nehmen, doch die reagierte nicht darauf. Ihr Körper war steif wie ein Brett, ihr Blick starr und leblos.

Hunter hatte die Frage gestellt, weil es sich bei dem, was er gleich sagen würde, um vertrauliche Informationen handelte, die für die Ermittlungen von kritischer Bedeutung waren. Je weniger Personen Bescheid wussten, desto besser. Außerdem musste er sie so formulieren, dass sie sie nicht für absolute Gewissheit hielten.

»Ich weiß, das klingt jetzt vielleicht merkwürdig«, begann er, »aber der Grund, weshalb ich hier bin ... weshalb das LAPD den Fall vom Sheriff's Department übernommen hat, ist, dass es gewisse Ähnlichkeiten zwischen diesem Fall und einem anderen gibt, in dem wir bereits ermitteln.«

Die drei sahen ihn verständnislos an.

Scott schien eine Frage stellen zu wollen, doch Hunter gebot ihm mit erhobener Hand Einhalt.

»Bitte, lassen Sie mich zuerst erklären. Wenn Sie danach noch Fragen haben, kann ich sie alle zusammen beantworten.«

Scott trat einen Schritt zurück.

»Haben Sie Ihr Handy bei sich, Mrs Griffith?«, fragte er.

Josie brauchte mehrere Sekunden, ehe sie begriff, dass die Frage an sie gerichtet war.

»Ja«, sagte sie mit matter Stimme. »In meiner Handtasche.« Ihr Blick geisterte ziellos umher. Die Tasche, die neben der Tür zum Badezimmer auf einem Stuhl lag, nahm sie gar nicht wahr. »Ich weiß nicht, wo sie ist. Wieso?«

Hunter atmete aus. Der nächste Teil würde heikel werden.

Mit ruhiger Stimme und in einfachen Worten erklärte er Josie, dass sie innerhalb der nächsten Tage möglicherweise eine Textnachricht von einem unbekannten Absender erhalten würde. Das erste Wort der Nachricht, sofern diese in der Vorschau auf dem Display zu sehen war, würde höchstwahrscheinlich »OLIVER« lauten, um ihre Aufmerksamkeit zu erregen. Höchstwahrscheinlich werde die Nachricht ein Foto, eine Audiodatei oder ein Video enthalten, die sie sich auf keinen Fall anhören oder anschauen sollte, weil sie das seelische Leid, das sie gerade empfand, noch unendlich verschlimmern würde.

Während Hunter ihr all dies darlegte, bemerkte er die wachsende Verwirrung in den Mienen ihrer Freunde.

»Warum?«, fragte Scott, dessen Blick zwischen Josie und Hunter hin und her sprang. »Warum sollte ihr jemand so eine Nachricht schicken?«

»Noch wissen wir nicht, weshalb der Täter das tut«, antwortete Hunter wahrheitsgemäß. »Aber wir wissen, *dass* er es tut.« Abermals richtete er sich an Josie. »Deswegen bin ich hier, Mrs Griffith – um Sie zu bitten, sich die Nachricht nicht anzuschauen. Spielen Sie das Video nicht ab, hören Sie sich die Audioaufnahmen nicht an ... egal, wie groß die Versuchung auch sein mag.« Er holte zwei Visitenkarten aus seiner Tasche. »Wenn Sie eine solche Nachricht bekommen, melden Sie sich bitte umgehend bei mir, egal, wie spät es ist.« Er legte eine der Karten vor Josie aufs Bett, die andere gab er Stacey.

Josies Blick ruhte mehrere Sekunden lang auf der Karte, doch sie vermochte sie kaum zu fokussieren. Ihr Verstand kämpfte immer noch mit dem Unbegreiflichen. Als sie irgendwann den Kopf hob, sah Hunter, dass es eine Million Fragen gab, die sie ihm gerne gestellt hätte, und doch sah sie so aus, als sei sie nicht einmal imstande, die simpelsten Sätze zu bilden. Nach einer Weile sank sie erneut auf dem Bett zusammen und vergrub das Gesicht im Kissen.

Mehr konnte Hunter nicht tun. Nun blieb nur zu hoffen, dass seine Warnung ausreichen würde. Als er das Zimmer verließ, eilte Scott ihm nach.

»Detective?«

Hunter wandte sich um.

»Ist Josie in Gefahr?«, fragte er, nachdem er die Schlafzimmertür hinter sich geschlossen hatte. »Sie wissen schon, die

Sache mit der Nachricht. Wenn derjenige, der Ollie das angetan hat, Josie ein Foto oder ein Video oder so schickt ... bedeutet das, sie könnte auch in Gefahr sein?«

Hunter begegnete seinem flehentlichen Blick.

»Und bitte erzählen Sie mir keinen Schwachsinn, Detective. Ich bin Anwalt.«

Hunter begriff nicht, welche Relevanz Scotts Beruf bei der Frage hatte, ob Hunter ihm die Wahrheit sagte oder nicht.

»Soweit wir wissen, nicht«, sagte er, »Bisher hatte der Täter es nie auf die Hinterbliebenen seiner Opfer abgesehen. Aber der Inhalt der Nachricht ist extrem traumatisierend.« Er deutete in Richtung Schlafzimmertür. »Im Moment ist Mrs Griffith verständlicherweise in einem sehr labilen Zustand. Sie bewegt sich seelisch auf dünnem Eis, um es metaphorisch auszudrücken. Der Täter weiß dies, und die Nachricht, die er schickt, hat dieselbe Wirkung, als würde man mit einem Hammer auf dieses Eis schlagen. Es entstehen überall Risse, und es besteht die Gefahr, dass sie einbricht.« Hunter hielt inne und gab Scott einige Sekunden Zeit, sich den Ernst der Lage zu vergegenwärtigen. »Deshalb ist es sehr, sehr wichtig, dass sie die Nachricht nicht öffnet und mich stattdessen sofort kontaktiert.«

Scott trat unbeholfen von einem Fuß auf den anderen. »Ich weiß, dass Stacey sie rund um die Uhr nicht aus den Augen lassen wird. Ich sage ihr noch mal, wie wichtig es ist, dass sie darauf achtet.«

»Danke.«

Als Scott sich zum Gehen wandte, hielt Hunter ihn zurück.

»Wie gut kannten Sie Mr Griffith?«

Scott blinzelte, legte den Kopf schief und zuckte die Schultern. »Ollie war einer meiner besten Freunde.«

»Ich nehme an, Sie waren unten im Keller?«

Scott blickte auf seine Schuhe, ehe er die Hände ans Gesicht hob. Er nickte, ohne Hunter anzusehen.

»War Mr Griffith allergisch gegen Krustentiere?«, fragte

Hunter. »Vor allem Hummer? Hatte er Angst vor ihnen, oder war Hummer vielleicht sein Lieblingsgericht? Wissen Sie das?«

Scott atmete einmal tief durch, um sich zu besinnen. »Josie kann Ihnen da sicher Genaueres sagen, aber ich weiß, dass er keine Allergie hatte, weil wir schon mehrmals im Restaurant Hummer gegessen haben. Angst hatte er meines Wissens auch nicht vor ihnen. Sein Lieblingsgericht war Pasta, glaube ich.«

Sein Instinkt sagte Hunter, dass die Antwort auf das Rätsel um die Hummer unmöglich so simpel sein konnte, doch er wollte nichts unversucht lassen.

»Wenn ich Ihnen noch eine allerletzte Frage stellen dürfte«, sagte er. »Ich nehme an, dass Sie auch die Botschaft an der Wand gesehen haben?«

Wieder nickte Scott, wenngleich eher zaghaft. »Ich habe sie gesehen, ja, aber ich kann mich nicht mehr wirklich daran erinnern, was da stand.«

Mehr wollte Hunter nicht wissen. Wenn Scott sich nicht an den Wortlaut der Botschaft erinnern konnte, hatte sie offensichtlich keinerlei Bedeutung für ihn.

57

Um acht Uhr am darauffolgenden Morgen saßen Hunter und Garcia bereits wieder in ihrem Büro. Um halb zehn hatten sie sämtliche Tatortfotos ausgedruckt, die das Team von Dr. Slater gemacht hatte, und eine halbe Stunde später stand Captain Blake vor der Pinnwand und konnte das alles nicht fassen.

»Was zum …« Kopfschüttelnd wandte sie sich an ihre beiden Detectives. »Sind das echte Hummer?«

»Ja«, sagte Garcia.

»Und diesmal war es ein männliches Opfer. Wieso die plötzliche Veränderung?«

»Für uns mag es aussehen, als käme die Veränderung

plötzlich, Captain«, gab Hunter zurück. »Für den Täter war es sicher nicht so.«

»Woher wollen Sie das wissen?«

»Weil er seine Opfer sorgfältig auswählt. Das lässt sich mittlerweile deutlich genug herauslesen. Er studiert sie, er beobachtet sie, und er plant seine Taten minutiös. Alles, was er tut, hat ein zutiefst persönliches Element, das gilt vor allem für die Auswahl seiner Opfer.«

»Glauben Sie etwa, dass die Opfer für ihn keine Fremden waren?«, fragte Captain Blake. »Er kannte sie?«

»Ja«, sagte Hunter. »Das glaube ich.« Er wiegte frustriert den Kopf hin und her. »Woher und wie gut ... daran arbeiten wir noch.«

Captain Blake nahm diese Information mit einem Nicken zur Kenntnis, ehe sie sich wieder der Pinnwand zuwandte. »Und das sind die einzigen Verletzungen des Opfers? Keine Kopfverletzung? Keine Würgemale? Keine weiteren Schnittwunden, Abschürfungen, nichts?«

»Richtig«, sagte Garcia. »Wir müssen noch auf den Autopsiebericht warten, um ganz sicherzugehen, aber bislang gehen wir davon aus, dass er verblutet ist.«

Captain Blake richtete den Blick auf eine Nahaufnahme der Verletzungen von Oliver Griffith, doch schon nach wenigen Sekunden drehte sich ihr der Magen um. Erschauernd wandte sie sich ab. »Und was ist die Theorie bezüglich der Hummer? Das sieht nämlich unfassbar grotesk und abstoßend aus.«

Garcia schielte zu Hunter, der seinerseits seinen Partner anschaute. Keiner von beiden gab eine Antwort.

»Ich meine ...«, fuhr sie fort. »Es ist doch offensichtlich, dass er die Hummer nicht als Tatwerkzeuge benutzt hat. Also, was soll das Ganze? Wollte er seinem Opfer damit Angst machen? Hatte der arme Mann eine Hummerphobie? Hat der Täter sie dazu benutzt, um sein Opfer noch zusätzlich zu quälen?«

»Wir wissen derzeit noch nicht, was es mit den Hummern auf sich hat, Captain«, antwortete Hunter. »Sie haben recht, der Täter weidet sich an der Angst seiner Opfer, aber Oliver Griffith hatte nach Aussage seines besten Freundes keine Angst vor Hummern. Eine Allergie bestand offenbar auch nicht.«

Captain Blake entfernte sich einen Schritt von der Pinnwand. »Und wir sind ganz sicher, dass an den anderen beiden Tatorten nichts dergleichen gefunden wurde? Vielleicht waren sie irgendwo im Raum versteckt?«

»Wir sind ganz sicher«, bekräftigte Garcia.

Captain Blake hob ratlos die Hände. »Das Einzige, was die drei Taten miteinander verbindet, ist also das hier?« Sie zeigte auf ein Foto mit der Schrift an der Kellerwand. »Irgendwelche Textzeilen, von denen wir nicht wissen, woher sie stammen oder was sie bedeuten.« Sie ließ die Hände sinken, als würde sie kapitulieren. »Wissen wir überhaupt mit Sicherheit, dass es sich um ein und denselben Täter handelt?«

»Hundertprozentig, Captain«, sagte Hunter. »Seine Methodik ist zu komplex, als dass jemand sie kopiert haben könnte ... zu komplex für einen Zufall. Es ist derselbe Täter, daran besteht nicht der geringste Zweifel.«

Er deutete auf die Liste mit den sieben Stufen, die Captain Blake rasch überflog.

1 – Angst
2 – Beutefang
3 – Botschaft/Gedicht
4 – Folter
5 – Mord
6 – Inszenierung
7 – das Danach

»Wenn das so ist, habe ich eine Frage.« Blake sah Hunter mit hochgezogenen Brauen an. »Die erste Stufe – Angst –, konnte die bei unserem neuesten Opfer verifiziert werden?«

»Wir warten noch auf die Unterlagen von Mr Griffiths Mobilfunkanbieter Verizon«, sagte Garcia, der sich zu Hunter und Captain Blake an die Pinnwand gesellt hatte. »Ich habe heute Morgen gleich als Erstes eine Anfrage losgeschickt, in der ich deutlich gemacht habe, dass sie auch Fotos, Videos oder Audiodateien mitschicken müssen, falls er in den achtundvierzig Stunden vor seinem Tod welche erhalten hat. Hoffen wir mal, dass sie kooperativer sind als AT&T.«

»Wann bekommen Sie die Unterlagen?«, fragte Blake.

»Morgen, wenn wir Glück haben.«

Ihr Blick ging zurück zu der Liste. »Okay, nächste Frage: Warum sollte der Täter auf einmal einen Teil seiner Vorgehensweise ändern? Ich beziehe mich konkret auf die dritte Stufe. Diesmal hat er das Opfer nicht gezwungen, diesen Satz ... oder wie auch immer man es nennen will ... auf ein Stück Papier zu schreiben. Stattdessen wurde er an die Wand gemalt.«

»Vermutlich mit dem Blut des Opfers«, ergänzte Garcia. »Wir warten noch auf die Bestätigung aus dem Labor.«

Captain Blake sah Garcia an. »Das bedeutet also, die Botschaft wurde nicht vom Opfer geschrieben, sondern vom Täter?«

»Davon gehen wir aus.«

»Das stellt eine deutliche Abweichung von seiner ursprünglichen Methodik dar, oder nicht?« Die Frage war an beide gerichtet. »Warum tut er das?«

»Darüber haben wir gerade gesprochen, als Sie kamen, Captain«, antwortete Garcia.

»Aha. Und?«

»Und wir sind bisher noch zu keinem endgültigen Schluss gelangt«, sagte Hunter. »Aber bei genauerem Nachdenken ist es auch nicht wirklich eine Veränderung in seiner Vorgehensweise, Captain. Es ist fast so, als würde er ... sich anpassen.«

»Sich anpassen?«

Hunter nickte. »Er hat es schon mal getan, vom ersten auf den zweiten Mord, und jetzt wieder.«

Captain Blake runzelte die Stirn. »Ich kann Ihnen nicht ganz folgen. Die ersten beiden Botschaften wurden auf ein

Stück Papier geschrieben, und zwar von den Opfern selbst, wie sich herausstellte. Wo und inwiefern hat der Täter seine Vorgehensweise von der ersten zur zweiten Nachricht ›angepasst‹?«

»In Bezug auf den Fundort«, erklärte Hunter. »Bei der ersten Tat hat er die Botschaft im Körper seines Opfers versteckt. Sie wurde erst bei der Autopsie gefunden. Das zweite Opfer hatte die Botschaft in der Hand. Die Spurensicherung konnte sie direkt am Tatort sicherstellen.« Er schielte zu Garcia. »Wir waren dabei, als sie gefunden wurde.«

Garcia nickte.

»Und diesmal gab es gar keinen Zettel. Diesmal stand die Botschaft an der Wand.«

»So weit, so gut – aber wieso? Woran genau passt er sich an? Und welchen Unterschied macht es, wo er die Botschaft hinterlässt?«

»Das weiß ich noch nicht genau«, räumte Hunter ein. »Auch darüber haben wir gerade spekuliert, als Sie reinkamen.«

Captain Blake hob die Hände und wich einen Schritt zurück. »Wenn das so ist, spekulieren Sie ruhig weiter. Lassen Sie sich von mir nicht aufhalten.«

Hunter nahm die drei Fotos der Botschaften von der Pinnwand und legte sie in der korrekten Reihenfolge auf seinen Schreibtisch.

In diesen Augen wird nie ein Mensch so schön sein wie Du.

In diesem Herzen wird keine Liebe je die meine für Dich übertreffen.

In dieser Seele wird kein Schmerz je größer sein als der, Dich zu verlieren.

Hunter begann mit seinen Erläuterungen und zeigte dabei auf die entsprechenden Fotos. »Melissa Hawthorne – bei ihr befand sich die Botschaft in der Vagina. Kirsten Hansen – sie hielt die Botschaft in der rechten Hand. Oliver Griffith – die Botschaft stand an der Kellerwand.«

Captain Blakes Blick sprang zwischen Hunter und Garcia hin und her. »Okay, und was verrät uns das?«

»Mein erster Gedanke«, sagte Hunter etwas zögerlich, »war, dass die Formulierungen uns vielleicht einen Hinweis darauf liefern können, warum der Täter für die einzelnen Botschaften unterschiedliche Orte gewählt hat. Aber ich habe sie zigmal gelesen, und mir fällt nichts dazu ein. Ihnen?«

Garcia und Blake lasen die drei Verse.

»Nicht wirklich«, meinte Blake.

Garcia pflichtete ihr mit einem Nicken bei.

»Dann liegt die Antwort vielleicht nicht in den Versen selbst«, fuhr Hunter fort. »Vielleicht ist die Lösung des Rätsels viel simpler.«

»Vielleicht spielt der Täter ein Spiel mit uns?«, fragte Captain Blake mit einem Hauch Verachtung in der Stimme. »Schauen Sie sich diese Verse doch mal an. Sie kommen daher wie ein Liebesgedicht, aber nach drei bestialischen Morden ... Es kann bei der Sache doch nicht um Liebe gehen. Dieser Mörder verarscht uns nach Strich und Faden. Das hat er von Anfang an getan.«

»Die Möglichkeit besteht«, räumte Hunter ein. »Aber angesichts einer derart komplexen Vorgehensweise und dem hohen Grad an Brutalität ... ganz zu schweigen von der peniblen Vorbereitung jeder Tat ... Mir scheint, der Täter hat eine ganz andere Agenda, Captain. Er will nicht bloß mit uns spielen.« Er machte eine Pause. »Sie wissen es bestimmt, aber die meisten Serienmörder, die sich auf Liebe oder religiöse Symbolik berufen, töten nicht wirklich im Namen der Liebe oder im Namen Gottes. Diese Dinge sind für sie lediglich ein Vorwand ... eine Rechtfertigung für das Ausleben ihres Triebs. Was sie morden lässt, ist der Trieb selbst, nicht Liebe oder Frömmigkeit.«

»Was ist denn dann Ihre Einschätzung, Robert?«, fragte Captain Blake.

Noch einmal drehte Hunter sich zur Pinnwand um, und

dabei überkam ihn ein eigenartiges Gefühl. Es war, als wüsste er, dass die entscheidenden Hinweise bereits vorhanden waren. Sie ergaben ein Bild, das er bloß noch nicht erkennen konnte ... Sein Gehirn war nicht dazu in der Lage, die einzelnen Punkte miteinander zu verbinden, weil er etwas Entscheidendes übersah. Er wusste, dass er einen Schritt zurücktreten und die Gesamtheit der Informationen aus einer anderen Perspektive betrachten musste.

»Nun«, begann er. »Wir hatten schon viele Fälle, bei denen die Täter Botschaften hinterlassen haben – irgendwo versteckt oder an der Wand oder im Körper der Opfer ... in ihre Haut geritzt, was auch immer.«

»Ja, das ist mir bekannt«, sagte Blake. »Aber mit so etwas wie dem hier haben wir es noch nie zu tun gehabt.«

»Das meine ich ja gerade, Captain«, sagte Hunter. »Lassen wir den Inhalt der Botschaften des Killers mal kurz außer Acht. Der eigentliche Grund, weshalb Mörder Botschaften hinterlassen, ist das Bedürfnis zu kommunizieren. Zugegeben, es ist eine recht eigenwillige Form der Kommunikation, aber genau darum geht es ihnen. Die Schlüsselfrage lautet also: Kommunikation mit wem?« Er hob einen Finger, um eventuellen Fragen zuvorzukommen. »In neun von zehn Fällen will der Täter mit den Ermittlern kommunizieren. Aber was, wenn das hier nicht der Fall ist? Was, wenn dieses ›Gedicht‹ in Wahrheit gar nicht für uns bestimmt ist?«

Das nachdenkliche Schweigen, das eintrat, hielt einige Sekunden länger an, als Hunter erwartet hätte.

»Für wen dann?«, fragte Captain Blake. »Für seine Opfer?«

»Das wäre eine Möglichkeit«, sagte Hunter. »Aber wenn dem so wäre, würde seine wahre Bedeutung mit ihnen sterben.«

»Welche Alternativen gibt es denn noch?«

»Genau zwei«, sagte Hunter. »Die Angehörigen der Opfer oder die Medien.«

»Die Medien?«

»Irgendwie macht das Sinn«, meinte Garcia, der endlich begriffen hatte, worauf Hunter hinauswollte.

Captain Blake drehte sich zu ihm um.

»Der Täter kann ja nicht wissen, ob seine Botschaften gefunden wurden oder nicht«, sagte er. »Überlegen Sie mal. Die erste Botschaft steckte in der Vagina des Opfers. Wie Robert eben erwähnt hat, wurde sie erst während der Autopsie entdeckt – aber sie hätte auch übersehen werden können. Wir hatten alle schon mit Fällen zu tun, bei denen aus dem einen oder anderen Grund während der Obduktion wichtige Hinweise nicht entdeckt wurden.« Er zuckte mit den Achseln.

»Der Täter hätte nur erfahren können, ob seine erste Botschaft gefunden wurde«, fuhr Hunter fort, »wenn er Kontakt zu unserer Einheit aufgenommen hätte – was er nicht getan hat – oder wenn die Medien darüber berichtet hätten.«

»Was ebenfalls nicht der Fall war«, warf Garcia ein. »Weil wir es der Presse gegenüber nie erwähnt haben. Die Einzigen, die von der Botschaft wussten, waren Dr. Hove und wir. Nicht mal die Spurensicherung war informiert.«

»Nehmen wir also an, der Täter glaubt, seine erste Botschaft wäre aus irgendeinem Grund untergegangen«, fuhr Hunter fort. »Beim zweiten Mord beschließt er, das Ganze etwas offensichtlicher zu machen, und platziert sie an einer Stelle, wo sie leichter zu finden ist – in der Hand des Opfers. Aber wieder kommt davon nichts in den Medien.«

»Moment, Moment«, fiel Captain Blake ihm ins Wort. »Wenn der Täter Medienaufmerksamkeit wollte, wäre es dann nicht viel einfacher gewesen, seine Botschaften gleich an die Presse oder ans Fernsehen zu schicken ... anonym? Wäre ja nicht das erste Mal.«

»Stimmt«, pflichtete Garcia ihr bei. »Aber die Medien könnten nichts senden oder drucken, was wir nicht vorher offiziell bestätigt haben. Schließlich könnte es sich ja auch um einen Scherz handeln. Auch das ist schon oft genug vorgekommen.«

Dagegen konnte Captain Blake keine Einwände vorbringen.

»Und wenn wir nicht wollten, dass etwas über die Botschaften an die Öffentlichkeit dringt, weil wir in der Stadt nicht für unnötiges Aufsehen sorgen wollen, müssten wir es einfach nur dementieren.«

»Aber die zweite Botschaft wurde gleich am Tatort gefunden«, sagte Hunter. »Von Dr. Slater und ihrem Team. Das heißt, der Kreis der eingeweihten Personen war größer. Und wir wissen alle: Je mehr Personen ein Geheimnis kennen, vor allem bei einem Mordfall, desto höher ist die Wahrscheinlichkeit, dass etwas davon zur Presse durchsickert.«

Endlich begriff Captain Blake. »Aber es ist trotzdem nichts von den Botschaften in den Medien aufgetaucht.«

»Eben«, sagte Hunter. »Weil der Personenkreis nach wie vor überschaubar war. Und vor allem waren alle vertrauenswürdig. Aus Dr. Slaters Team hätte niemals jemand solche Informationen zur Presse durchgestochen oder sie im privaten Kreis weitererzählt. Das heißt, der Täter konnte auch nach dem zweiten Mord immer noch nicht sicher sein, dass seine Botschaft, sein Gedicht oder wie auch immer den gewünschten Effekt hatte. Denn seien wir ehrlich, Captain, jedem Täter, der so etwas am Tatort zurücklässt ...«, er wies auf die drei Fotos auf seinem Schreibtisch, »geht es um den Effekt.«

»Beim dritten Opfer«, sagte Captain Blake, die inzwischen verstanden hatte, »schreibt er die Botschaft also an die Wand, wodurch der Kreis der Personen, die sie sehen oder von ihr hören, noch mal deutlich größer wird.«

»Genau«, sagte Hunter. »Der erste Officer am Tatort und alle anderen, die nach ihm den Keller betreten haben – Deputys und Detectives vom Sheriff's Department, Familie, Freunde, die Tatortreiniger ... ganz zu schweigen von allen, denen diese Personen davon erzählt haben. So etwas bleibt nicht lange geheim.«

Captain Blake massierte sich mit den Fingerspitzen die

Schläfen, ehe sie Hunter fixierte. »In Ordnung. Mal angenommen, Sie haben recht. Warum will der Täter denn die Aufmerksamkeit der Medien? Was verspricht er sich davon?«

»Das ist die große Frage, Captain. Vielleicht möchte er in Wahrheit auch die Aufmerksamkeit einer anderen Person erregen ... einer Person, die mit den Verbrechen nicht direkt in Verbindung steht, aber der die Verse etwas bedeuten.«

Captain Blake dachte einen Moment lang nach. Sie schürzte die Lippen. »Das ist aber eine ziemlich wilde Theorie, meinen Sie nicht, Robert?«

»Mag sein«, klinkte Garcia sich erneut ins Gespräch ein. Er machte eine ausladende Handbewegung in Richtung der Pinnwand. »Andererseits: Welcher Teil von alldem hier kommt Ihnen nicht wild vor?«

Hunter richtete seine Aufmerksamkeit wieder auf die drei Verse auf seinem Schreibtisch. »Oder vielleicht hat derjenige doch irgendwie damit zu tun ...«

»Was?« Captain Blake fuhr zu ihm herum.

»Eben sagte ich, der Täter will vielleicht die Aufmerksamkeit einer dritten Person erregen ... einer Person, die nicht mit den Verbrechen in Verbindung steht. Aber vielleicht hat diese Person doch irgendwie damit zu tun.«

»Robert.« Captain Blakes Blick wurde stechend. »Es wäre wirklich großartig, wenn Sie es vermeiden könnten, in Rätseln zu sprechen. Ich habe noch einen sehr anstrengenden Tag vor mir.«

»Die ersten beiden Verse«, sagte Hunter, »haben, abgesehen von der Spurensicherung und den zuständigen Ermittlern, nur die Angehörigen gesehen, die die Leichen gefunden haben – Melissa Hawthornes Schwester Janet beziehungsweise Kirsten Hansens Verlobter Troy. Sie haben jeweils die Handschrift identifiziert. Aber ...« Er schaute zur Pinnwand, dann wieder zu den Fotos auf seinem Schreibtisch. »Aber sie haben immer nur den Vers gesehen, der in direktem Zusammenhang mit ihrem Fall stand. Die anderen nicht.«

Captain Blake und Garcia schwiegen, während sie über Hunters Worte nachdachten.

»Vielleicht will der Täter, dass sie alle Verse sehen. Das komplette Gedicht.«

Garcia und Blake wechselten einen Blick.

»Gestern Nacht«, sagte Blake schließlich. »Die Frau, die die Leiche ihres Ehemanns gefunden hat – konnte sie mit dem Vers an der Wand etwas anfangen?«

»Das wissen wir nicht«, gab Hunter zurück. »Ich konnte nicht wirklich mit ihr sprechen. Sie stand unter Schock.«

»Na ja«, meinte Garcia mit bleischwerer Stimme. »Troy Foster können wir leider nicht mehr fragen. Aber vielleicht lohnt es sich, noch mal zu Janet Lang zu fahren.« Er nickte Hunter zu. »Einen Versuch wäre es doch wert ...«

Hunter las den Blick in den Augen seines Partners. Das unausgesprochene Ende seines Satzes lautete: *Was sollen wir auch sonst tun?*

58

Einen Augenzeugen, der eine brutal ermordete Leiche gefunden hatte, ein zweites Mal befragen zu müssen war immer eine heikle Angelegenheit.

Es war erst acht Tage her, dass Janet Lang das Haus ihrer Schwester betreten und den schlimmsten Albtraum erlebt hatte, den man sich nur vorstellen konnte. Wie schwer das seelische Trauma war, das der Verlust zusammen mit den grauenhaften Bildern bei ihr ausgelöst hatte, war noch nicht abzusehen. In jedem Fall würde ihr Leben nie wieder dasselbe sein wie vorher.

Hunter und Garcia kannten solche Situationen, doch daran gewöhnt hatten sie sich nie, und sie glaubten auch nicht, dass sie sich jemals daran gewöhnen würden. Aber entkommen konnten sie ihnen ebenso wenig. Sie waren Teil ihres Jobs.

Hunter rief vorher an, um zu fragen, ob Janet zu Hause sei und ihnen ein paar Minuten ihrer Zeit schenken könne. Auch diesmal ging ihr Freund Tom ans Telefon, der sich anfangs vehement gegen einen weiteren Besuch der Detectives sperrte. Janet habe schon genug durchgemacht, argumentierte er, sie habe eine posttraumatische Belastungsstörung und leide unter Nachtangst, die sich durch zusätzliche Fragen noch verschlimmern würde. Erst nachdem Hunter ihm versichert hatte, dass sie Janet nur eine einzige Frage stellen müssten, lenkte Tom ein.

Es war schon nach Mittag, als er ihnen die Tür öffnete und sie in die Wohnung bat. Auch diesmal saß Janet im Wohnzimmer am Tisch und starrte regungslos aus dem Fenster.

»Das macht sie schon die ganze Woche«, sagte Tom leise. »Wenn sie sich nicht im Schlafzimmer einsperrt und sich die Augen ausweint, sitzt sie am Fenster und stiert in die Gegend. Sie isst kaum. Sie schläft fast gar nicht, und wenn es ihr doch mal gelingt, wacht sie meistens schon nach kurzer Zeit schreiend und zitternd wieder auf. Es bricht mir das Herz, sie so zu sehen, weil ich einfach nicht weiß, was ich für sie tun kann.«

Hunter und Garcia konnten ihm auch keinen Rat geben. Trauer war ein zutiefst individuelles Gefühl, sie hatte kein Verfallsdatum, und jeder Mensch ging anders damit um. Was dem einen half, musste nicht zwangsläufig auch dem anderen guttun. Der einzige gemeinsame Nenner bei der Trauerarbeit war die Zeit, und die konnte Janet sich nur selbst geben.

Hunter griff in seine Tasche und holte eine Visitenkarte heraus.

»Ich weiß, dass sie wahrscheinlich erst mal nicht das Haus verlassen möchte«, sagte er, als er Tom die Karte hinhielt. »Aber dies hier ist eine der besten Psychologinnen in ganz L. A. Sie ist auf Traumatherapie spezialisiert und wird Janet helfen, wann immer sie bereit ist, sich Unterstützung zu holen. Bitte rufen Sie sie an.«

»Vielen Dank, Detective«, sagte Tom, der die Karte nahm. »Aber ich glaube nicht, dass wir uns eine der besten Psychotherapeutinnen von ganz L. A. leisten können.«

Hunter schüttelte den Kopf. »Sie ist eine sehr gute Freundin von mir. Ich habe schon mit ihr gesprochen, sie ist bereit, Janet honorarfrei zu behandeln. Rufen Sie sie einfach an, sobald Janet dafür offen ist, ja?«

Schweigend starrte Tom den Namen auf der Karte an, ehe er sie in seine hintere Hosentasche steckte.

»Janet?«, rief er. »Detective Hunter ist da.«

Janet riss den Blick vom Fenster los und sah ihren Freund sowie die zwei Gäste an. Sie trug eine Schlafanzughose mit einem Highschool-Footballtrikot und darüber einen rosaweißen Bademantel. Man sah ihr an, dass sie im Laufe der letzten Woche deutlich an Gewicht verloren hatte.

»Hallo, Miss Lang«, sagte Hunter. »Das hier ist mein Partner Detective Carlos Garcia.«

»Freut mich, Sie kennenzulernen, Miss Lang«, sagte Garcia, der vortrat und Janet die Hand reichen wollte, doch die junge Frau starrte sie lediglich mehrere Sekunden lang an, ehe sie sich wieder dem Fenster zuwandte.

»Haben Sie das Monster gefasst, das meine Schwester ermordet hat, Detective?« Die Frage kam wie ein wütender Peitschenhieb. »Oder sind Sie gekommen, um mir wieder mal zu sagen, dass Sie ›alles in Ihrer Macht Stehende tun‹?«

»Ich bin gekommen, weil ich Ihre Hilfe brauche, Miss Lang«, gab Hunter in einem Tonfall zurück, der erkennen ließ, wie wichtig ihm die Angelegenheit war.

»Meine Hilfe?«

Garcia trat einen Schritt zurück und überließ seinem Partner das Feld.

»Ich möchte Sie fragen, ob Sie sich etwas anschauen könnten. Vielleicht erkennen Sie es wieder ... Vielleicht hat es eine Bedeutung für Sie.«

Janet betrachtete Hunter einen Moment lang, dann sah sie weg, ehe ihr Blick schließlich zu ihm zurückkehrte. Ihre Haare waren ungekämmt, ihre Haut trocken und gerötet, und Hunter konnte jede einzelne ihrer schlaflosen Nächte in den dünnen blauen Venen unter ihren traurigen Augen sehen.

»Was soll ich mir denn anschauen?«, fragte sie.

Hunter langte in seine Jackentasche und holte einen Zettel heraus, auf dem er alle drei Verse des Mentors notiert hatte. Er hatte sich dafür entschieden, ihr keine Fotos der Originale zu zeigen, zum einen, weil der erste Vers in der Handschrift ihrer Schwester verfasst worden war und dies in Janets Kopf vermutlich eine ganze Lawine grauenhafter Bilder auslösen würde. Zum anderen wollte er ihr den Anblick der blutigen Schrift an der Kellerwand ersparen.

Er legte den Zettel vor sie auf den Tisch.

»Dieser Text liest sich wie ein Gedicht«, erklärte er. »Aber es könnte auch etwas anderes sein ...« Er zuckte mit den Schultern. »Wir wissen es nicht genau. Wir haben nirgendwo Verweise darauf gefunden.«

Während Janet den Text las, ging Tom an Hunter und Garcia vorbei und trat an den Tisch.

Hunter beobachtete Janet sehr genau. Er suchte nach Anzeichen dafür, dass sie die Zeilen wiedererkannte. Doch sie runzelte lediglich die Stirn und neigte leicht den Kopf zur Seite.

Tom betrachtete den Zettel sichtlich perplex.

»Haben Sie mir das nicht schon mal gezeigt?«, fragte Janet nach einer Weile. »Ist das nicht die Botschaft, die angeblich im Haus meiner Schwester gefunden wurde? In ihrer Handschrift?«

Hunter nickte. »Richtig, ich habe Ihnen das schon mal gezeigt, allerdings nur einen Teil. Der erste der drei Verse wurde im Haus Ihrer Schwester gefunden. Ich weiß, Sie haben mir gesagt, dass er Ihnen nichts bedeutet, aber ich dachte mir, zusammen mit den anderen Versen ergibt er vielleicht mehr Sinn und löst eine Erinnerung aus.«

»Ich bin ein bisschen verwirrt«, meldete Tom sich zu Wort. »Sie haben doch gerade gesagt, dass Sie nirgendwo Verweise auf den Vers gefunden haben. Wo kommen denn dann die anderen beiden her?«

»Gute Frage«, sagte Janet. »Was verheimlichen Sie uns, Detective?«

Hunter und Garcia verständigten sich mit einem Blick.

»Der erste Vers wurde in der Küche Ihrer Schwester gefunden. Neben dem Herd«, sagte Hunter, der sich zum Glück noch an die Geschichte erinnerte, die er den beiden beim ersten Mal erzählt hatte.

Der Blick, den Garcia seinem Partner zuwarf, war so unauffällig, dass weder Janet noch Tom ihn bemerkten.

»Anfangs wussten wir nicht, ob es überhaupt einen Zusammenhang zwischen dem Vers und der Tat gibt, vor allem weil er ja in der Handschrift Ihrer Schwester geschrieben war, wie Sie mir selbst gesagt haben. Es hätte auch ein Satz sein können, den sie in einem Buch gelesen und auf einen Zettel geschrieben hat, den sie dann zufällig neben den Herd gelegt hat, bevor ...«

»Anfangs?«, fiel Tom ihm ins Wort.

Hunter senkte den Blick auf den Zettel und nickte. »Die anderen beiden Verse wurden an zwei weiteren Tatorten gefunden.«

»Was?«, riefen Janet und Tom wie aus einem Mund.

»Sie folgen demselben Schema.« Abermals flüchtete Hunter sich in eine Notlüge. »Was ich meine, ist ... sie wurden beide in der Nähe der Leiche gefunden, waren in der Handschrift des Opfers geschrieben, und wie man anhand der ersten drei Wörter erkennen kann, scheinen sie zu demselben Text zu gehören.«

Erneut betrachteten Janet und Tom den Text.

Hunter und Garcia warteten geduldig.

»Warten Sie kurz«, murmelte Janet unsicher. »Heißt das, meine Schwester ist Opfer eines Serienmörders geworden?«

»Bisher deutet alles darauf hin, ja«, bestätigte Garcia.

Das Entsetzen im Raum war mit Händen zu greifen.

»Aber warum?«, fragte Janet. Ihr verzweifelter Blick pendelte zwischen den drei Männern hin und her. »Warum meine Schwester?«

»Das versuchen wir herauszufinden, Miss Lang«, sagte Hunter. »Aber in Wahrheit weiß wohl nur der Mörder, weshalb er Ihre Schwester ausgewählt hat und nicht jemand anderen. Vielleicht hat er sie zufällig auf der Straße gesehen und eine fixe Idee entwickelt. Vielleicht sind sie sich in einem Coffeeshop oder in einer Bar begegnet, und sie hat ihn zurückgewiesen. Das kann man unmöglich sagen. Meistens sind die Gründe dahinter nur für den Täter selbst nachvollziehbar.«

»In den meisten Fällen«, fügte Garcia hinzu, »ist es, als wäre ihr Gehirn anders vernetzt. Manche empfinden sehr viel mehr Wut und Aggression als normale Menschen, was sie überdurchschnittlich gewalttätig machen kann. Andere empfinden gar nichts – keine Empathie, keine Reue, kein Mitleid … nichts.«

Hunter konnte Janet ansehen, dass diese große Mühe hatte, nicht die Beherrschung zu verlieren.

»Ich möchte Sie wirklich nicht unnötig lange aufhalten, Miss Lang«, sagte er, ehe er noch einmal auf den Zettel deutete. »Sagen Ihnen diese Verse etwas? Entweder einzeln oder zusammen? Vielleicht hat Ihre Schwester sie Ihnen irgendwann mal gezeigt oder darüber gesprochen?«

Janet sah Hunter fragend an.

»Ich dachte einfach, dass es beispielsweise ein Gedicht sein könnte, das ein Ex-Freund oder ein Verehrer mal für sie geschrieben hat. Jemand, der unsterblich in sie verliebt war?«

Janet schüttelte den Kopf. »Nein. Nichts davon sagt mir irgendetwas, und ich kann mich auch nicht daran erinnern, dass meine Schwester mir diesen Text gezeigt oder irgendwann mal erwähnt hätte, dass jemand ihr so was geschrieben oder geschickt hat. Das ist doch alles total verrückt.« Ihre Tränen liefen über.

Hunter bot ihr ein Papiertaschentuch an.

»Danke.« Janet betupfte sich die Augen und holte tief Luft, um sich zu sammeln. »Wer waren denn die anderen?« Ihr Ton war genauso flehentlich wie ihr Blick. »Sie sagten, die anderen Verse wären auch an Tatorten gefunden worden. Wer waren die anderen beiden Opfer?«

Hunter und Garcia hatten bereits mit dieser Frage gerechnet. Hunter griff nach seinem Handy und öffnete ein Foto.

»Das hier ist Kirsten Hansen.« Er hielt ihr das Display hin. »Sie war OP-Schwester im Los Angeles Surge Hospital in Westlake und hat in Alhambra gewohnt. Sie war im selben Alter wie Ihre Schwester.«

Janet nahm Hunter das Telefon aus der Hand und betrachtete das Foto kurz.

»Ich habe das schon mal gesehen«, sagte sie. »Tom hat es mir vor ein paar Tagen gezeigt.«

»Ich weiß. Ich habe es ihm geschickt und ihn gebeten, Sie zu fragen, ob Ihnen die Frau auf dem Foto bekannt vorkommt.«

»Ja. Und ich habe ihm gesagt, dass ich sie nicht kenne.«

»Sind Sie sicher, dass sie nicht vielleicht eine Freundin Ihrer Schwester war?«, fragte Garcia. »Sie kommt Ihnen gar nicht vertraut vor?«

Janet schüttelte den Kopf. »Nein, ich habe sie noch nie gesehen.«

»Sind Sie wirklich ganz sicher?« Garcia ließ nicht locker. »Lassen Sie sich ruhig Zeit.«

»Sie ist sehr hübsch«, sagte Janet. »An so ein Gesicht würde man sich erinnern. Falls sie wirklich eine Freundin von Melissa war, habe ich sie nie zusammen gesehen.«

Hunter ließ sich sein Handy zurückgeben, öffnete als Nächstes ein Foto von Oliver Griffith und zeigte Janet auch dies.

»Das ist Oliver Griffith«, sagte er. »Er hat für eine Werbeagentur in Playa Vista gearbeitet und in Valencia gewohnt. In

Santa Clarita, um genau zu sein. Auch er war ungefähr in Melissas Alter.«

Diesmal sahen Janet und Tom Hunter verblüfft an.

»Ein Mann?«, fragte Tom. »Eins der Opfer war männlich?«

»Ja«, sagte Garcia.

»Ist das normal?«, fragte Tom. »Ich meine, haben Serienmörder nicht normalerweise einen bestimmten Opfertypus? Nur Blondinen oder nur PoCs oder nur Männer oder so?«

»Nicht unbedingt«, sagte Garcia. »Das ist ein Irrglaube, der vor allem durch Filme und Serien propagiert wird. In Wirklichkeit sind die Regeln, denen Serienmörder folgen – falls es überhaupt solche Regeln gibt –, immer nur solche, die sie sich selbst auferlegt haben, und deshalb können sie sich prinzipiell jederzeit ändern.«

»Kommt Ihnen sein Gesicht denn in irgendeiner Weise bekannt vor?« Hunter lenkte Toms und Janets Aufmerksamkeit wieder auf das Foto.

»Nein.« Janet war die Erste, die antwortete. »Ich kann nicht behaupten, ihn schon mal gesehen zu haben. Sein Name sagt mir auch nichts.« Sie sah ihren Freund an, der den Kopf schüttelte.

»Nein«, sagte er. »Ich kann mich auch nicht daran erinnern, ihn jemals gesehen zu haben.«

Einen Moment lang blickte Hunter zu Boden, ehe er nickte und sein Telefon wieder einsteckte.

»Vielen Dank, dass Sie sich Zeit genommen haben«, sagte er. »Wir wissen das wirklich zu schätzen.«

»Was sollen wir jetzt machen, Robert?«, fragte Garcia frustriert, sobald sie wieder beim Wagen waren. »Troy Foster können wir nicht bitten, sich die Verse oder die Fotos anzuschauen. Willst du es mal mit Josie Griffith versuchen?«

Hunter seufzte. »Das würde ich gern, aber es ist noch zu früh. Sie hat vor nicht mal vierundzwanzig Stunden ihren ermordeten Ehemann gefunden. Wahrscheinlich hat sie letzte

Nacht kein Auge zugetan, oder aber sie ist bis oben hin voll mit Beruhigungsmitteln. Worte und Bilder ergeben für sie momentan wahrscheinlich nur wenig Sinn. Wir müssen ihr ein paar Tage Zeit geben.«

»Du hast recht«, sagte Garcia, als er sich hinters Steuer setzte. »Also was dann?«

Hunter schnallte sich an. »Wie wäre es, wenn wir uns noch mal im Haus der Griffiths umsehen? Es ist ziemlich groß, und gestern Nacht hatten wir keine Gelegenheit dazu.«

Garcia nickte und ließ den Motor an. »Gute Idee.«

59

In den fünfundsiebzig Minuten, die Garcia benötigte, um von Leimert Park nach Santa Clarita zu fahren, verwandelte sich das strahlende Blau des Himmels über Los Angeles in ein Unheil bringendes Grau. Dichte Wolken hatten sich vor die Sonne geschoben und kündigten Niederschlag an, den man in der Ferne über dem Los Padres National Forest bereits sehen konnte.

»Wow«, sagte Garcia und zog den Reißverschluss seiner Jacke hoch, als er zum zweiten Mal am Straßenrand vor Oliver und Josie Griffiths Haus hielt. »Das nenne ich mal einen finsteren Himmel.«

Hunter, der die Wolken betrachtete, musste seinem Partner recht geben. »Ja, aber der Wind weht in nördliche Richtung, und wir sind im Südosten.« Er zeigte nach Westen, wo der Regen fiel. »Wenn wir Glück haben, bleibt uns das Schlimmste erspart.«

»Das hoffe ich. Bei starkem Regen wird der Canyon zu einem Aquädukt. Ich möchte nur ungern hier festsitzen.«

Das Haus war immer noch von schwarz-gelbem Flatterband umgeben. An der Tür stand ein gelangweilt aussehender Deputy mit teilweise ergrautem Hufeisenschnauzbart und ließ sich von ihnen das Tatortprotokoll unterzeichnen.

»Die Tatortreiniger waren noch nicht da?«, fragte Hunter.

»Sollten eigentlich in zwei Stunden kommen«, antwortete der Deputy schulterzuckend.

Im Haus nahmen sich Hunter und Garcia als Erstes den Keller vor.

Obwohl die Leiche längst fortgeschafft worden war, lag noch immer der unverwechselbare Geruch des Todes in der Luft. Er war einzigartig und schwer zu beschreiben. Er brannte in der Nase und drohte selbst den stabilsten Magen aus dem Gleichgewicht zu bringen.

Aber das war noch nicht alles. Die ganze Atmosphäre unten im Keller wirkte dumpf und drückend, als wären Olivers Angst und Schmerz zurückgeblieben und hafteten nun an den Wänden wie alte Farbe. Die Blutlache bedeckte einen Großteil des Bodens. Die Worte, die der Mentor an die Wand geschrieben hatte, waren ebenfalls noch da – bedrohlich und herausfordernd.

»Von allen Tatorten, die ich in meinem Leben besichtigt habe …«, sagte Garcia und wandte sich dem Andreaskreuz zu, an dem Olivers Leiche gehangen hatte, »ist dieser hier irgendwie …« Unfähig, die passenden Worte zu finden, schüttelte er den Kopf.

Hunter vergrub die Hände in den Taschen. »Keiner von uns weiß genau, wonach wir hier eigentlich suchen. Wenn wir uns aufteilen«, sein Blick ging nach oben, »können wir in weniger Zeit mehr schaffen und sind vielleicht noch vor dem Regen zu Hause. Was meinst du?«

Garcia brauchte keine weitere Ermunterung. »Ist mir recht. Ich schaue mich oben um.«

Hunter brauchte im Keller nicht lange. Es stimmte zwar, dass er nicht wirklich wusste, wonach er suchte, aber er wusste, dass Dr. Slaters Team gründlich gewesen war. Falls es etwas zu finden gab, hätten sie es gefunden.

Diesmal versuchte er auch nicht, den Tatablauf zu visualisieren, denn der war kein Geheimnis. Der Mentor hatte Oliver an das Andreaskreuz gefesselt, ihn verstümmelt und mit seinen offenen Wunden zurückgelassen, woraufhin er verblutet war.

Hunter und Garcia trafen sich im ersten Stock neben der Kommode mit den Bilderrahmen und der Blumenvase. Die Rosen welkten bereits, aber die Azaleen standen noch in voller Blüte.

»Alles klar bei dir?«, erkundigte sich Hunter, dem der seltsame Ausdruck in den Augen seines Partners aufgefallen war.

»Ich wusste nicht, dass die beiden praktisch frisch verheiratet waren«, sagte er und zeigte auf ein Foto von Oliver und Josie an ihrem Hochzeitstag. »Das ist erst ein halbes Jahr her.« Er warf einen Blick auf die Uhr. »In vier Tagen wären es exakt sechs Monate gewesen.«

Hunter betrachtete das Foto.

»Sechs Monate, Robert«, sagte Carlos. »Sie waren noch in dieser unvergleichlichen Verliebtheitsphase, wo alles wundervoll und aufregend ist. Man entdeckt jede Menge Sachen zusammen ... man lernt einander kennen ... schmiedet verrückte Pläne für die Zukunft ... Vielleicht haben sie sogar über Kinder nachgedacht.«

Hunter wusste, dass Garcia an Anna dachte. Es war ein ganz natürlicher Reflex. Wenn man mit einer Tragödie konfrontiert wurde, die man nachfühlen konnte, dachte man oft an die Menschen, die man am meisten liebte.

»Sieht so aus, als wären sie ein sehr glückliches Paar gewesen«, fügte Garcia hinzu.

Doch Hunter war mit seiner Aufmerksamkeit bereits bei einem ganz anderen Foto. Er stutzte und kramte in seinem Gedächtnis nach einer Erinnerung. Er wusste, sie war da, er musste sie nur finden.

Eine Sekunde verging ... zwei ... drei.

Dann hatte er es.

Ein einzelnes Element.

Ein Puzzleteil, durch das sich das gesamte Bild von jetzt auf gleich veränderte.

Garcia fiel sofort auf, dass mit seinem Partner etwas nicht stimmte.

»Alles klar bei dir?«, fragte er. »Du machst ein Gesicht, als müsstest du zum Zahnarzt.«

Statt seinen Partner anzusehen, murmelte Hunter lediglich einen einzigen Satz. »Wir haben uns komplett geirrt, Carlos.« In seinem Tonfall schwangen Betroffenheit und Bedauern mit.

»Was?« Garcia versuchte zu ergründen, was Hunter da anstarrte. »Wie meinst du das, Robert? Wo schaust du denn hin?«

Hunter deutete auf ein Detail auf einem der Fotos. »Kommt dir das bekannt vor?«

Anfangs sah Garcia es nicht. Es dauerte mehrere Sekunden, bis er auch ansatzweise eine Verbindung hergestellt hatte. Doch selbst das reichte aus, um ihn im Innersten zu erschüttern.

Mit weit aufgerissenen Augen drehte er sich zu Hunter um.

»Scheiße.«

»Du sagst es.«

60

»Detectives?«, sagte ein sehr erstaunter Tom Molina, als er die Tür zu seiner Wohnung öffnete und Hunter und Garcia gegenüberstand. »Was führt Sie schon wieder hierher?«

Diesmal hatte Hunter sich nicht telefonisch angekündigt.

»Entschuldigen Sie, dass wir einfach so auftauchen.« Seine Stimme war freundlich, ließ jedoch keinen Raum für Widerspruch. »Wir müssten Miss Lang doch noch einige Fragen stellen.«

»Wozu?«, fragte Tom, der die Tür nur halb geöffnet hatte und den Weg in die Wohnung mit seinem Körper versperrte. »Geht es wieder um dieses absurde Gedicht?« Er klang hörbar verärgert.

»Nein«, sagte Garcia. »Diesmal nicht.«

Tom schnaubte. »Hören Sie, nachdem Sie weg waren, hat es fast zwei Stunden gedauert, bis Janet aufgehört hat zu weinen.« Er sah auf die Uhr. »Es ist jetzt kurz vor sechs, sie hat endlich was gegessen und sich ein paar Minuten hingelegt. Wie ich Ihnen bereits erklärt habe, schläft sie nachts kaum, insofern bin ich heilfroh darüber. Es wäre mir wirklich lieber, wenn Sie sie nicht schon wieder aufregen würden, erst recht nicht mit Fragen, auf die sie keine Antwort weiß.«

»Das ist es ja gerade, Mr Molina«, sagte Garcia. »Diesmal ist Miss Lang eine der wenigen, die uns helfen kann.« Auch er trat freundlich, aber bestimmt auf. »Wir bleiben nicht lange, aber es kann wirklich nicht warten.«

»Was müssen Sie sie denn fragen?«, wollte Tom wissen.

»Sie können gerne dabei sein, wenn Sie möchten«, sagte Garcia.

»Oh, das werde ich auch, darauf können Sie Gift nehmen.«

»Wer ist denn da, Tom?«, drang Janets Stimme aus den Tiefen der Wohnung.

Tom ließ den Kopf hängen und presste die Lippen zu einem dünnen Strich zusammen. »Na super«, knurrte er. »Sie haben sie aufgeweckt.« Er wandte sich ab. »Es sind noch mal die Detectives, Schatz. Sie haben doch noch eine Frage an dich.«

Janet tauchte hinter Tom auf. Sie weinte nicht, aber ihre Augen waren nach wie vor gerötet. Sie trug immer noch die Schlafanzughose und das Footballtrikot. Sie schien den Ernst in den Mienen der Detectives registriert zu haben. »Geht es noch mal um dieses Gedicht?«

»Nein«, beruhigte Hunter sie. »Um etwas ganz anderes.«

Einige Sekunden lang stand Janet einfach nur da, ehe sie sich fester in ihren Bademantel wickelte und die Arme vor der Brust verschränkte. »Dann kommen Sie rein.«

Erst jetzt trat Tom beiseite und ließ die beiden passieren. »Bitte, wühlen Sie sie nicht auf«, raunte er, als Hunter und Garcia an ihm vorbeigingen. Er klang sehr besorgt.

Sie kehrten zum Tisch im Wohnzimmer zurück.

Wieder nahm Janet den Stuhl am Fenster.

Hunter vergeudete keine Zeit.

»Dürfte ich Sie fragen, wo Sie zur Schule gegangen sind, Miss Lang? Ihre Junior High oder die Highschool ... waren die irgendwo hier in der Nähe?«

»Nein, früher habe ich noch nicht hier gewohnt.« Sie blickte auf das Shirt, das sie unter dem Bademantel trug. Das Logo bestand aus einem großen grünen G mit dem Kopf eines schwarzen Panthers in der Mitte. Janet zeigte darauf. »Ich war auf der Gardena High. Dort haben wir damals gewohnt.« Sie neigte den Kopf zur Seite. »Jedenfalls von der achten Klasse an. Davor waren wir in Inglewood. Von der Grundschule bis zur siebten Klasse bin ich auf die Morningside gegangen.«

»Ihre Schwester auch?« Hunter deutete auf Janets Trikot.

»Nein. Mel war nie auf der Gardena High. Sie ist nach dem Umzug auf der Morningside geblieben. Sie war drei Jahre älter als ich und stand direkt vor dem Abschluss. Es wäre verrückt gewesen, so kurz vorher noch die Schule zu wechseln.« Sie zuckte die Achseln. »Ganz allein mit lauter Fremden den Abschluss machen, ohne ihre Freunde? Mel? Ausgeschlossen.« Sie lachte leise. »Ich weiß noch, wie sie sich deswegen mit Mom gestritten hat. Sie hat Mom zur Weißglut getrieben, aber Mel war Mel, deshalb hat sie sich am Ende durchgesetzt. Sie musste um fünf Uhr aufstehen, manchmal sogar noch früher, um den Bus nach Morningside zu kriegen. Eigentlich waren es sogar zwei Busse, sie musste umsteigen. Aber sie hat es ein ganzes Jahr lang durchgezogen. Jeden Tag.« Ihre Augen füllten sich mit Tränen. »Mel war ein sehr entschlossener Mensch. Wenn sie sich etwas in den Kopf gesetzt hatte ... ließ sie sich nicht davon abbringen.«

»Hatten Sie auf der Schule einen festen Freundeskreis?«, wollte Garcia als Nächstes wissen.

Janet beäugte ihn fragend.

»Na ja. In der Schule, vor allem auf der Highschool, hängen

viele Kids doch meistens mit denselben Freunden ab. Man hat eine Clique, mit der man Dinge zusammen unternimmt. Sie wissen doch, was ich meine, oder?«

Im ersten Moment wirkte Janet verwirrt. »Wie gesagt, Mel ging ja nicht auf die Gardena High, außerdem war sie drei Klassen über mir. Wir hatten auf der Schule eigentlich kaum was miteinander zu tun ...«

»Nein, nein«, sagte Garcia. »Nicht Sie und Ihre Schwester. Nur Sie. Hatten Sie auf der Gardena High stets dieselbe Gruppe von Freunden?«

Janet zog die Brauen zusammen und blickte Hilfe suchend zu Tom.

»Detectives«, sagte dieser und gab sich keine Mühe, seine Gereiztheit zu verbergen. »Können wir den Small Talk bitte überspringen und zum Punkt kommen? Deshalb sind Sie doch hier, oder nicht? Bringen wir es einfach hinter uns ... bitte.«

»Wir machen keinen Small Talk«, sagte Garcia mit einem Blick zu Hunter.

Der griff in seine Jackentasche, zückte sein Mobiltelefon und rief das Foto auf, das er von dem Bilderrahmen auf der Kommode in Josie und Oliver Griffiths Haus gemacht hatte.

»Kennen Sie zufällig diese Person?«, fragte er und legte das Telefon auf den Tisch.

Janet und Tom betrachteten das Bild, während Hunter und Garcia sie aufmerksam beobachteten. Tom runzelte zunächst die Stirn und schürzte die Lippen, dann schüttelte er den Kopf. Kein Wiedererkennen.

Janet hingegen stutzte. Sie betrachtete das Foto mindestens fünf Sekunden lang, dann blickte sie auf.

»Ja«, sagte sie und nickte. »Ich kannte sie.«

Das Foto auf Hunters Display zeigte die junge Josie Griffith in einer weißen Cheerleading-Uniform, wie sie ein Paar grüne Pompons schwenkte. Vorne auf dem Uniformoberteil prangte ein großes grünes G mit dem Kopf eines schwarzen

Panthers. Sie war Mitglied im Gardena-High-Cheerleading-Team gewesen.

»Das ist Jo«, sagte Janet. »Josie ...« Sie brauchte eine Weile, ehe ihr der Nachname einfiel. »Moss, glaube ich. Josie Moss. Wir waren in derselben Klasse.« Wieder eine Pause. »Bis zum Ende der Neunten. Danach ist sie auf eine andere Schule gewechselt.«

»Ich nehme an, Sie stehen nicht mehr mit ihr in Kontakt?«, fragte Garcia.

Janet lachte. »Nein. Nachdem sie die Gardena verlassen hat, habe ich sie nie wiedergesehen.« Sie hielt inne und hob die Hände, um ihre Verwirrung zu signalisieren. »Moment mal – warum fragen Sie mich nach Jo?«

Hunter wischte über das Display. Das nächste Foto war das von Oliver Griffith, das er ihr bereits beim vorherigen Besuch gezeigt hatte.

»Nun«, sagte er. »Moss war ihr Mädchenname. Das hat sich vor etwa sechs Monaten geändert, als sie Oliver Griffith geheiratet hat.«

Janet stand der Mund offen.

»Aber«, sagte Tom verständnislos, »ist das nicht der Tote von eben?«

»Richtig«, sagte Garcia.

»Ich glaube, ich verstehe nicht ganz.« Janets unsicherer Blick ging von Garcia zu Hunter. »Was ist hier eigentlich los?«

Statt ihr zu antworten, griff Hunter abermals nach seinem Handy und zeigte ihr ein drittes Foto. »Was ist mit diesem Mann? Kennen Sie den vielleicht?«

Es war fast genauso wie wenige Minuten zuvor, als Hunter ihnen das alte Cheerleader-Foto von Josie gezeigt hatte. Tom schürzte lediglich die Lippen und schüttelte den Kopf. Janet starrte das Foto lange an, ohne etwas zu sagen, doch sah Hunter sofort, dass sie die Person wiedererkannt hatte.

»Ja, natürlich kenne ich den. Das war einer der Stars unserer Footballmannschaft.« Janet rutschte auf ihrem Stuhl hin und her. »Sein Name war Troy … äh … Troy Foster, wenn ich mich nicht irre. Er war auch in meinem Jahrgang.«

Im Auto auf der Herfahrt hatte Hunter bei Mrs Foster angerufen und sie gebeten, ihm ein altes Foto von Troy zu schicken. Sobald Hunter den Zusammenhang zwischen Josies Cheerleading-Uniform und Janets Trikot erkannt hatte, war ihm eine Erinnerung gekommen: Bei seinem Besuch im Haus von Troy Fosters Mutter einige Tage zuvor, kurz vor dem Selbstmord, hatte er an der Fotowand ein Bild von Troy beim Footballspielen gesehen. Sein Trikot hatte genauso ausgesehen wie das von Janet. Das musste die entscheidende Verbindung sein.

»Waren er und Josie Moss zur selben Zeit in Ihrer Klasse?«, wollte Garcia wissen.

Janet blinzelte ihn an.

»Sie sagten eben, Josie hätte am Ende der neunten Klasse die Schule verlassen. Ging Troy Foster zu der Zeit auf die Gardena High?«

Janet dachte kurz nach, dann nickte sie. »Ja, ich hatte einige Kurse mit ihm zusammen. Sie waren beide schon auf der Gardena, als ich in der Achten dazukam. Wieso?« Man sah und hörte ihr an, dass sie nichts begriff. »Was soll das alles? Warum stellen Sie mir Fragen zu Troy? Was haben er und Josie damit zu tun?«

Hunter öffnete das Foto von Kirsten Hansen, das Janet und Tom bereits gesehen hatten.

»Troy Foster«, sagte er, »war Kirsten Hansens Verlobter. Sie wollten in sieben Monaten heiraten.«

Hunters Worte hingen einen Moment lang im Raum, während Janet und Tom einander verunsichert ansahen.

»Sie war eins der anderen Opfer.« Tom formulierte es nicht als Frage.

»Ja«, sagte Garcia.

»Ich …« Janet hob in einer abwehrenden Geste die Hände,

während ihr abermals die Tränen kamen. »Ich verstehe langsam gar nichts mehr. Was hat das alles zu bedeuten?« Sie befeuchtete mit der Zunge ihre Lippen. »Was wollen Sie denn damit sagen?«

»Miss Lang …«, setzte Garcia an, doch Janet brachte ihn mit einem wütenden Blick zum Schweigen.

»Janet!« Sie schrie fast. »Ich heiße Janet. Ich hasse es, wenn man mich Miss Lang nennt.«

»Ich bitte um Entschuldigung«, sagte Garcia. »Und um Ihre Frage zu beantworten: Ehrlich gesagt, wissen wir nicht, was das zu bedeuten hat. Noch nicht. Diese Informationen sind auch für uns noch ganz neu, wir haben das alles rausgefunden, kurz nachdem wir uns von Ihnen verabschiedet hatten. Aber eins wissen wir aus Erfahrung, nämlich dass Zufälle in unserem Job sehr, sehr selten sind. Vor allem Zufälle wie dieser hier.«

Hunter bot Janet ein frisches Taschentuch an, und Garcia wartete, während die junge Frau sich die Tränen trocknete.

Jetzt kam der schwierige Teil.

61

In Santa Clarita hatten Hunter und Garcia Glück gehabt. Der Wind hatte den starken Niederschlag, den sie über dem Los Padres National Forest gesehen hatten, in die entgegengesetzte Richtung getrieben. Aber dann war das Wetter erneut umgeschlagen, und über dem Nordpazifik hatte sich eine weitere Wolkenfront gebildet. Sie sah zwar nicht annähernd so bedrohlich aus, hatte jedoch, durch einen frischen Wind vom Meer her in Richtung Land gedrückt, den Himmel vor Janets Fenster in die Farbe schmutziger Asche verwandelt. Gerade als sie ihre Tränen trocknete, fielen draußen die ersten Tropfen aufs Fensterbrett.

Janet zerknüllte das Taschentuch in ihrer Hand und betupfte sich damit die Nase.

»Möchten Sie vielleicht ein Glas Wasser?«, fragte Hunter.

Janet schluckte den Kloß in ihrem Hals hinunter, dann nickte sie. »Ja, bitte.«

»Ich hole es.« Tom stand auf. »Möchte sonst noch jemand was?«

Die beiden Detectives verneinten.

Tom brachte Janet das Wasser, die einen winzigen Schluck davon trank, ehe sie das Glas auf den Tisch stellte.

»Lassen Sie uns noch einmal zur allerersten Frage zurückkehren, die ich Ihnen eben gestellt habe«, begann Garcia und lenkte Janets Aufmerksamkeit wieder auf sich. »Hatten Sie in der Schule einen festen Freundeskreis?«

Die Venen in Janets Hand zuckten, als sie erneut nach ihrem Wasser griff. Diesmal trank sie einen großen Schluck.

»Also ... ja ... eigentlich schon.« Sie wandte den Blick ab.

»Was heißt ›eigentlich schon‹?«, bohrte Garcia nach.

»Ja, ich schätze, man könnte sagen, dass wir zu Anfang recht oft zusammen waren.«

Hunter und Garcia rechneten damit, dass Janet fortfahren würde, doch das tat sie nicht.

»Zu Anfang?«, wiederholte Hunter.

»Ja ... hauptsächlich in der achten Klasse, auf der Junior High. Damals haben wir viel Zeit zusammen verbracht – in der Schule und auch nachmittags. Aber später auf der Highschool ...«, sie starrte in ihr Glas, »ist jeder von uns seiner eigenen Wege gegangen.«

»Gab es dafür einen konkreten Grund?«, fragte Hunter.

Janet machte eine Pause und dachte kurz nach, dann zuckte sie mit den Schultern. »Nein.« Sie schaute nach links oben. »Ich glaube, es hatte in erster Linie mit dem Übergang auf die Highschool zu tun. Da ändert sich einfach vieles, war das bei Ihnen nicht auch so?«

In der Tat hatten Hunter und Garcia ähnliche Erfahrungen gemacht. Die Highschool war eine ganz eigene Welt, und viele Teenager in den USA betrachteten den Übertritt zugleich als den Beginn des Erwachsenseins. Sie durchliefen eine Menge körperlicher und psychischer Veränderungen, und dass in dieser Phase des Umbruchs alte Freundschaften kaputtgingen und neue entstanden, war wirklich nichts Ungewöhnliches.

»Troy wurde in die Footballmannschaft aufgenommen«, fuhr Janet fort. »Und von jetzt auf gleich ...« Sie schnippte mit den Fingern, »hatte er keine Zeit mehr für seine alten Freunde. Er war eine dieser typischen Sportskanonen. Alle Mädchen standen auf ihn, alle Jungs wollten mit ihm befreundet sein.« Sie trank noch einen Schluck von ihrem Wasser. »Jo war ausgesprochen attraktiv. Zu Beginn der Neunten hat sie bei den Tryouts fürs Cheerleading mitgemacht. Sie hat sofort einen Platz in der Mannschaft bekommen, und das war's dann. Ihre neuen Cheerleader-Freunde waren natürlich viel cooler als die alten von der Junior High.« Janet hob in einer Geste der Kapitulation die Hände, um anzuzeigen, dass auch sie nicht ganz schuldlos war. »Aber ich habe mich genauso neu orientiert. In der Neunten hatte ich einen Freund ... meinen ersten auf der Highschool ...« Sie sah ihren Verlobten an, den das Thema jedoch nicht weiter zu stören schien. »Ich habe viel Zeit mit seinen Kumpels verbracht. Tja, das war's eigentlich. Wir haben uns eben auseinandergelebt.«

»Okay«, sagte Garcia. »Dann lassen Sie uns noch mal kurz auf die Zeit in der achten Klasse zu sprechen kommen. Sie sagten, damals hätten Sie viel Zeit mit Troy und Josie verbracht, habe ich das richtig verstanden?«

»Ja.«

»Und wie lange ist das jetzt her?«

»Hmm ...« Sie überlegte. »Ich war ... dreizehn, also war das vor dreizehn Jahren. Wir haben die Junior High 2009 abgeschlossen.«

Garcia notierte sich dies, ehe er fortfuhr. »Und gab es außer Ihnen, Troy und Josie sonst noch jemanden in der Clique?« Er hob die Hand, ehe Janet antworten konnte. »Bitte denken Sie genau nach. Es ist sehr, sehr wichtig.«

»Wir waren eigentlich keine Clique im engeren Sinne«, sagte Janet. »Wir haben zwar oft zusammen abgehangen, aber wir hatten auch noch andere Freunde auf der Schule.«

»Trotzdem«, beharrte Garcia. »Gab es sonst noch jemanden, der viel Zeit mit Ihnen dreien verbracht hat?«

Wieder musste sich Janet mit dem Taschentuch die Tränen wegwischen. Einige Sekunden lang ruhte ihr Blick auf der Tischplatte. »Sophie«, sagte sie schließlich und nickte. »Sophie war auch oft dabei.«

»Sophie?«

»Ja. Na ja – wir haben sie Sophie genannt, in Wahrheit hieß sie Sofia ...« Janet rieb sich die Wange. »Wir haben uns oft über sie lustig gemacht, weil ihr Nachname so ähnlich wie ›Ravioli‹ klang.«

»Sie hatte italienische Wurzeln?«

»Sie ist hier geboren, aber ich glaube, ihre Eltern kamen aus Italien.« Janet benötigte noch einige Sekunden, dann fiel ihr der Name ein. »Risoli«, sagte sie und sah Garcia an. »Sie hieß Sofia Risoli.«

»Sehr gut.« Garcia notierte sich den Namen.

»Ist Sofia später auf der Highschool dann auch ihrer Wege gegangen?«, klinkte Hunter sich ein.

»Ja«, antwortete Janet. »Ehrlich gesagt, wurde sie ein bisschen komisch.«

»Wie ist das zu verstehen?«

»Na ja, sie hat sich mit den Langhaarigen angefreundet«, sagte Janet. »Sie wissen schon ... Jungs mit Zottelhaar und schwarzen Klamotten. Hat die ganze Zeit Metal gehört oder Gothic oder Emo oder irgendein Gekreische, das man eigentlich gar nicht als Musik bezeichnen kann.«

Garcia warf Hunter einen Blick zu und grinste.

»Ich nehme an, mit ihr hatten Sie nach der Schule auch keinen Kontakt mehr?«

»Nein. Nach der Abschlussfeier habe ich sie alle nie wiedergesehen.« Janet hielt inne und sah die Detectives ratlos an.

»Fällt Ihnen sonst noch jemand ein?«, fragte Garcia.

Zunächst herrschte Schweigen, dann schüttelte Janet den Kopf. »Nein, ich glaube nicht.«

»Vielleicht noch ein anderer Junge?«, half Hunter ihr auf die Sprünge.

Janet zog fragend die Brauen hoch.

»Nun ja, wir reden hier von Teenagern. Und die Clique, die Sie erwähnt haben, bestand aus drei Mädchen und einem Jungen. Sofia Risoli kennen wir nicht, aber Sie und Josie Moss waren beide sehr attraktive junge Frauen, und für Sofia galt das wahrscheinlich auch.«

Janet nickte. »Ja, stimmt.«

»Auf der Junior High«, fuhr Hunter fort, »bleibt ein Junge, der drei hübsche Mädchen als Freundinnen hat, doch nicht unbemerkt. Wäre er einer meiner Kumpels gewesen, hätte ich mich jedenfalls sehr bemüht, Teil seiner Clique zu werden. Ich hätte auch mit den schönen Mädchen abhängen wollen.«

Aus dem Augenwinkel sah Hunter, wie Tom nickte. Offenbar sah er die Sache ähnlich.

Janet legte den Kopf schief, während sie nachdachte. Einige Sekunden später blinzelte sie.

»Vielleicht noch Pedro«, sagte sie mit einem unschlüssigen Schulterzucken. »Er und Troy waren gute Freunde, und er stand ein bisschen auf Sophie. Ja, jetzt, wo Sie es sagen ... Er war auch oft dabei. Aber nicht immer. Seine Eltern waren sehr streng, daran erinnere ich mich noch. Er musste immer zu einer bestimmten Uhrzeit zu Hause sein und jeden Sonntag in die Kirche ... eine dieser extrem religiösen Familien, Sie wissen schon, deshalb hatte er nicht so oft Zeit.«

»Können Sie sich noch an seinen Nachnamen erinnern?«

Janet bemühte sich, gab jedoch nach kurzer Zeit auf. »Irgendwas Mexikanisches. Keine Ahnung. Aber Troy erinnert sich bestimmt noch.«

Garcia ließ sich nichts anmerken, bemerkte jedoch, wie Hunter einen Moment lang betreten zu Boden blickte.

»Kein Problem, wir finden den Namen schon raus«, versicherte er. »Fällt Ihnen sonst noch jemand ein? Ein weiteres Mitglied der Clique?«

Janet schüttelte den Kopf. »Nein. Wie gesagt, wir waren nicht sehr eng befreundet, aber wenn wir was zusammen unternommen haben, dann normalerweise zu viert ... Pedro kam halt dazu, wann immer er konnte.« Ehe die Detectives eine weitere Frage stellen konnten, hob sie die Hände. »Bitte ... es reicht jetzt. Ich verstehe das alles nicht. Was hat das mit meiner Schwester zu tun? Sie war doch gar nicht auf der Gardena High.«

Hunter griff nach seinem Mobiltelefon, das immer noch auf dem Tisch lag, und steckte es wieder in seine Tasche. »Jetzt kommt der Punkt, an dem wir wirklich Ihre Hilfe brauchen, Janet.« Er wartete, bis er ihre ganze Aufmerksamkeit hatte. »Wer auch immer für diese Taten verantwortlich ist ... der Mörder ... muss jemand sein, der in irgendeiner Verbindung zu Ihrer Clique von damals steht.«

»Was für eine Verbindung sollte das denn sein?«

»Das wissen wir noch nicht«, gab Hunter zurück. »Genau deshalb sind wir ja auf Ihre Hilfe angewiesen. Sie müssen sich an die Zeit auf der Schule zurückerinnern ... an Ihre Clique ... daran, was Sie zusammen gemacht haben. Ist damals irgendwas vorgefallen?«

»Vorgefallen?« Janet schüttelte den Kopf, während ihr Blick von Hunter zu Garcia und wieder zurück zu Hunter ging. »Was meinen Sie denn damit?«

Jetzt wurde es heikel.

»Etwas, in das Sie alle involviert waren«, versuchte Hunter es zu umschreiben, ehe er beschloss, sich selbst als Beispiel zu nehmen. »Nehmen Sie mich, zum Beispiel. Ich war auf der Junior High auch fast immer mit denselben Freunden zusammen. In meinem Fall waren wir vier Jungs. Wir sind ins Einkaufszentrum gegangen, ins Kino, auf Partys ... was man in dem Alter eben so macht.«

Garcia nickte, wie um die Aussage seines Partners zu bekräftigen.

»Aber wir haben auch ein paar Dinge gemacht, die nicht so gut waren – obwohl wir das damals natürlich anders gesehen haben«, fuhr Hunter fort. Er wusste, dass er mit Fingerspitzengefühl vorgehen musste. »Wie das manchmal so ist. Wir wollten allen zeigen, wie cool wir sind ... wollten rebellieren und so weiter. Rückblickend betrachtet, bin ich auf einige unserer Aktionen wirklich nicht stolz.«

Janet sah ihn zweifelnd an. »Was haben Sie denn gemacht?«, fragte sie. »Haben Sie im Park Alkohol getrunken? Gras geraucht? Bargeld aus dem Spind eines Mitschülers geklaut? Was genau meinen Sie denn?«

»Nein«, sagte Hunter. »Dummheiten, mit denen wir andere gekränkt oder verletzt haben. Manchmal haben wir uns über Mitschüler lustig gemacht.« Er hielt kurz inne. »Oder über Lehrer. Wir haben sie verspottet, über ihre Frisur gelästert oder ihr Gewicht, ihr Aussehen, ihre Klamotten oder darüber, wie schlecht ihr Unterricht war ... Teenager machen so was nun mal. Von solchen Vorfällen rede ich, Janet. Gab es eine Lehrkraft, einen Mitschüler oder vielleicht sogar mehrere, die Ihre Clique öfter aufs Korn genommen hat ... über die Sie sich lustig gemacht haben ... denen Sie vielleicht Streiche gespielt haben?«

Janet machte ein erstauntes Gesicht. »Reden Sie von Mobbing?«

»Unter anderem.« Hunter klang ernst.

»Sie wollen von mir wissen, ob wir damals andere Kids gemobbt haben.«

»Und? Haben Sie?«

»Nein«, sagte sie mit Nachdruck.

»Was ist mit Witzen?«, hakte Garcia nach. »Vielleicht haben Sie sich damals gar nicht viel dabei gedacht.« Auch er hielt kurz inne. »Es ist wirklich sehr wichtig, Janet.«

Janet versuchte ihre Gedanken zu ordnen. »Also schön«,

sagte sie, und die Trauer in ihrer Stimme machte wachsender Verärgerung Platz. »Natürlich haben wir hin und wieder mal einen Witz über die Klamotten oder die Frisur von jemandem gemacht oder weil er dick war, oder aus welchem Grund auch immer. Auch bei Lehrern. Wir haben das sogar untereinander gemacht ... ziemlich oft sogar. Und klar haben wir anderen auch mal Streiche gespielt, so wie alle Schüler im ganzen Land. Aber Sie meinen doch wohl, ob es jemanden gab, den wir regelmäßig gemobbt haben, oder? Den wir systematisch fertiggemacht haben, so wie man das in Highschool-Filmen sieht, stimmt's?«

»Möglich«, sagte Hunter. »Aber es muss gar nicht unbedingt so schlimm gewesen sein. Viel hängt auch von der Wahrnehmung und der mentalen Verfassung der betroffenen Person ab. Bei manchen reicht ein einziger Vorfall schon aus. Deshalb müssen Sie gründlich nachdenken, Janet.« Hunter spürte, dass er ihr die Angst nehmen musste. »Wir sind nicht hier, um Sie für irgendetwas zu verurteilen, was vielleicht damals passiert ist. Wie ich eben sagte, so sind Teenager nun mal. Ich war selbst nicht besser.« Er legte sich eine Hand an die Brust. »Ich habe mich über Mitschüler und Lehrer lustig gemacht. Manchmal habe ich es sogar so weit getrieben, dass andere meinetwegen geheult haben. Ich bin nicht stolz darauf, aber solche Sachen kommen vor. Sie passieren tagtäglich an jeder Schule. Das ist eine Tatsache.«

Er blickte Janet forschend an, doch die schien immer noch nicht verstanden zu haben, was genau er von ihr wollte. Also fuhr er fort.

»Wenn es jemanden gab, den Sie als Clique geärgert oder gehänselt haben – und wie gesagt, es muss nicht mal besonders gravierend gewesen sein –, dann ist dieser Jemand möglicherweise die Verbindung, nach der wir suchen.«

Garcias Miene gab nichts preis, obwohl er wusste, dass sein Partner nicht die Wahrheit gesagt hatte. Während der Schulzeit war Hunter stets der Außenseiter gewesen, der schlaksige

Streber, der mittags in der Cafeteria allein sitzen musste. Er war derjenige gewesen, der verspottet wurde, nicht umgekehrt. Aber Garcia wusste auch, was Hunter mit dieser Lüge bezweckte. Die meisten Menschen taten sich schwer damit, eine Schuld einzugestehen, sei sie auch noch so gering. Wenn Janet hörte, dass Hunter, ein Detective beim LAPD, in seiner Jugend alles andere als ein Unschuldslamm gewesen war, konnte sie dies vielleicht dazu ermutigen, ihm ihr eigenes Fehlverhalten zu offenbaren.

»Wie gesagt«, meinte Janet. »Natürlich haben wir hin und wieder Witze gemacht und Streiche gespielt. Das hat jeder in der Achten irgendwann mal getan. Aber wir waren keine Mobber. Wir haben uns nicht bestimmte Schüler herausgepickt, die wir dann aus Spaß systematisch schikaniert haben.«

»Was ist mit einem Lehrer?«, fragte Garcia. Er wollte ihr in Erinnerung rufen, dass es nicht zwangsläufig nur um Schüler gehen musste. »Gab es irgendeine Lehrkraft, über die Sie sich oft lustig gemacht haben?«

»Wahrscheinlich über alle«, gestand Janet. »Aber wir waren nie bösartig, und wir haben auch nie jemanden direkt beleidigt. Wir haben einfach untereinander über sie gelästert oder Witze gemacht. ›Ich hasse den Kurs‹, ›Mr Soundso hat Mundgeruch‹ ... so was eben. Kleinigkeiten.«

»Und andersherum?«, fragte Hunter. »Gab es eine Lehrkraft, die Sie oder jemand anderen aus Ihrer Clique nicht mochte?« Er zuckte mit den Schultern. »Auch Lehrer können gemein sein.«

Janet zögerte. Sie biss sich auf die Lippe und kramte in ihrem Gedächtnis. »Nicht dass ich wüsste«, sagte sie nach einer Weile. »Wir waren alle keine besonders guten Schüler, aber die Beziehung zu unseren Lehrern war, soweit ich mich erinnern kann, völlig normal.«

»Ist einer von Ihnen jemals in einem Fach auf der Junior High durchgefallen?« Hunter versuchte es mit einem anderen Ansatz.

»Ich selber nie«, antwortete Janet. »Bei den anderen bin ich mir nicht ganz sicher, aber ich glaube nicht.«

»Warten Sie mal kurz«, unterbrach Tom das Gespräch und fuchtelte mit der Hand. »Wollen Sie uns ernsthaft weismachen, dass jemand da draußen drei Menschen gefoltert und getötet hat, nur weil er vor dreizehn Jahren als Kind in der Schule gemobbt wurde?«

»Es könnte auch ein Lehrer gewesen sein«, betonte Garcia zum wiederholten Mal.

»Wir versuchen nur«, antwortete Hunter, »jedem erdenklichen Hinweis nachzugehen. Das haben wir eingangs auch erklärt. Der Umstand, dass alle Opfer Angehörige derselben Clique waren, kann kein Zufall sein. Es gibt einen Zusammenhang, und den müssen wir finden.«

»Mag sein«, lenkte Tom ein. »Aber es klingt vollkommen absurd.«

Hunter fiel das Video ein, das der Täter Janet einen Tag nach seinem Mord an Melissa geschickt hatte. Er erinnerte sich an die Textzeile ganz am Ende. Eigentlich wollte er Janet nicht daran erinnern, doch er sah keine Alternative.

»In diesem schrecklichen Videoclip, den Sie bekommen haben«, sagte er, »standen ganz am Ende die Worte ›Wie ein Fisch am Haken‹. Sagt Ihnen das irgendetwas? Haben Sie jemals einen Streich gespielt, der mit einem Fisch zu tun hatte?«

Janet sah Hunter an, als wäre er nicht mehr ganz richtig im Kopf. »Ein Streich mit einem Fisch ... Was meinen Sie?«

»Ich weiß es auch nicht genau«, sagte Hunter. »Vielleicht haben Sie oder jemand aus Ihrer Clique zum Spaß einen Fisch in den Spind eines Mitschülers gelegt oder dergleichen.«

Tom sah Hunter mit hochgezogenen Augenbrauen an.

»Oder Sie haben jemandem einen Fisch in die Schultasche gesteckt«, fuhr Hunter fort. »Oder in die Brotdose ... Sie wissen schon – ein dummer Streich. Irgendetwas mit einem Fisch?«

Janet schüttelte entschieden den Kopf. »Nein. Nie. Wir haben nie jemandem einen Streich gespielt, in dem ein Fisch vorkam. Und auch keine anderen Meerestiere. Nicht mal eine Muschel. Wollen Sie mich auf den Arm nehmen?«

»Okay, okay.« Tom hob abwehrend die Hände. »So langsam kommen wir hier wirklich vom Absurden ins Bescheuerte. Sind Sie high? Haben Sie was geraucht?«

Ein unangenehmes Schweigen breitete sich aus, ehe Garcia beschloss, die Richtung zu wechseln.

»Gab es jemanden, der unbedingt zu Ihrer Clique gehören wollte?«, fragte er. »Jemand, der mit Ihnen befreundet sein wollte, aber von Ihnen zurückgewiesen wurde? Ist das vielleicht mal vorgekommen? Wie mein Kollege sagte, andere Jungs waren doch sicher ganz wild darauf, mit Ihnen abzuhängen?«

Diesmal dachte Janet immerhin eine Weile ernsthaft über die Frage nach. »Ich glaube nicht.« Sie ließ das Kinn auf die Brust sinken. »Das klingt so, als wären wir ein Geheimbund gewesen, bei dem man sich bewerben muss, um dazuzugehören, so wie diese Vampire in *Twilight*. Wir waren ganz gewöhnliche Achtklässler, die manchmal was zusammen unternommen haben. Wir haben dieselben Sachen gemacht wie alle anderen auch. Nicht mehr und nicht weniger. An uns war absolut nichts Besonderes.«

Hunters Blick schweifte durch den Raum, ehe er am Bücherregal hängen blieb.

»Sie haben nicht zufällig noch Ihr Jahrbuch aus der Junior High?«, fragte er auf gut Glück.

Janet sah ihn halb erstaunt, halb spöttisch an. »Mein Jahrbuch aus der Junior High? Definitiv nicht. Ich glaube, ich habe damals gar keins gekauft.« Sie kniff ganz leicht die Augen zusammen, während sie sich zu erinnern versuchte. »Nein, habe ich nicht, weil ... wer macht das schon? Niemand interessiert sich für den Abschluss von der Junior High. Es ist ja bloß der Übergang von der Achten in die Neunte ... Man bleibt auf derselben Schule, und im Grunde ändert sich nichts. Man beginnt das nächste Schuljahr mit den gleichen Leuten. Es ist nicht mit dem Abschluss nach der Zwölften zu vergleichen, wenn man aufs College geht und nicht weiß, ob man seine Freunde je wiedersehen wird.«

Das stimmte. Die meisten Schüler in den USA veranstalteten keinen großen Wirbel um den Übertritt auf die Highschool. Wenn die Jahrbücher in der Junior High nicht umsonst verteilt wurden – was sich nur sehr wenige Schulen leisten konnten –, entschieden sich viele Schüler gegen einen Kauf. Das war beim Jahrbuch der Highschool ganz anders.

Hunter merkte, dass es keinen Sinn hatte, Janet mit weiteren Fragen zu bedrängen. Damit riskierten sie nur, sie gegen sich aufzubringen.

»Vielen Dank für Ihre Zeit, Janet«, sagte er daher, ehe er und Garcia sich von ihren Plätzen erhoben. Doch als er sich zum Gehen wandte, hielt er noch einmal inne. »Wissen Sie, mit dem menschlichen Gedächtnis ist es manchmal so eine Sache. Wenn man sich unbedingt an etwas erinnern will, klappt es oft nicht, aber wenn man an etwas ganz anderes denkt, kommen die verschütteten Erinnerungen manchmal ganz von selbst. Falls Ihnen noch was einfällt, setzen Sie sich bitte sofort mit uns in Verbindung.«

Janet gab keine Antwort. Als Hunter und Garcia die Wohnungstür erreicht hatten, konnten sie hören, dass sie erneut angefangen hatte zu weinen.

62

»Glaubst du, sie verheimlicht uns was?«, fragte Garcia, als sie ins Auto stiegen. »Was das Mobbing angeht, meine ich?«

»Den Eindruck hatte ich eigentlich nicht«, antwortete Hunter. »Sie hat ja zugegeben, dass sie sich über andere Schüler lustig gemacht und hin und wieder Streiche gespielt haben. Vielleicht hat jemandem einer dieser Witze oder Streiche härter zugesetzt, als ihr bewusst war. Der klassische Fall: Für den einen ist es ein harmloser Scherz, für den anderen wird es zum psychischen Trauma.«

Garcia nickte, ehe er einen Blick auf die Uhr warf.

»Es ist fast halb acht«, teilte er Hunter mit. »Was willst du jetzt tun? Wollen wir es für heute gut sein lassen und morgen neu starten?«

Hunter fuhr sich mit der Hand durch die Haare und blickte zum Himmel hinauf. Der Regen hatte aufgehört, doch die Wolken waren noch da.

»Ich schätze«, fügte Garcia hinzu, »im Moment könnten wir höchstens noch Josie Griffith einen Besuch abstatten und ihr dieselben Fragen stellen.« Er hielt inne und bewegte nachdenklich die Zunge im Mund hin und her. »Aber wie du schon sagtest: Von ihr können wir noch keine verlässlichen Antworten erwarten.«

»Ja, du hast recht. Ich glaube, heute Abend können wir nicht mehr viel tun. Morgen werde ich gleich als Erstes die Kollegen von der Recherche bitten, Sofia Risoli und diesen Pedro ausfindig zu machen. Sobald wir die zwei gefunden haben, werden sie uns bestimmt mehr über ihre Zeit auf der Gardena High sagen können als Miss Lang und Mrs Griffith.«

Garcia nickte. »Wir sollten uns auch mal mit Troys Bruder unterhalten«, schlug er vor. »Vielleicht ist er auf dieselbe Schule gegangen.«

»Ich recherchiere heute Abend ein bisschen im Netz.« Hunter öffnete den Reißverschluss seiner Jacke. »Aber ja, wir sollten für morgen definitiv ein Gespräch mit ihm einplanen. Allerdings möchte ich vorher zur Gardena High fahren, mir das Jahrbuch von 2009 ansehen und vielleicht mit ein paar Leuten reden … Lehrkräften, dem Hausmeister, den Sekretärinnen und so weiter … Mal schauen, wer schon damals an der Schule war.«

»Was, wenn es niemanden mehr gibt?«

»Irgendwie werden wir sie schon finden.«

Garcia nickte und schloss den Wagen auf. Doch ehe sie einsteigen konnten, erhielt Hunter einen Anruf.

»Detective«, kam eine Frauenstimme aus der Leitung. Sie klang aufgelöst und schien den Tränen nahe. »Hier ist Stacey Green ... Josies Freundin. Sie wohnt momentan bei mir.«

»Ja, hallo, Miss Green«, sagte Hunter. »Geht es Mrs Griffith den Umständen entsprechend gut?«

»Sie schläft. Sie stand den ganzen Tag unter Beruhigungsmitteln. Gestern Abend haben Sie Scott und mich ja gebeten, ihr Handy im Auge zu behalten und Bescheid zu sagen, falls sie eine seltsame Nachricht von einer unbekannten Nummer erhält.«

Hunter bedeutete Garcia einzusteigen. Im Auto schaltete er den Anruf auf Lautsprecher.

»Ja, das stimmt. Und? Hat sie eine Nachricht bekommen?«

Sie hörten, wie Stacey die Nase hochzog. Sie versuchte sich zusammenzureißen, damit sie mit halbwegs normaler Stimme sprechen konnte, doch es half kaum. Stattdessen fing sie an zu schluchzen.

»Miss Green«, sagte Hunter fest. »Atmen Sie einmal tief durch. Sind Sie bei sich zu Hause?«

Wieder zog sie die Nase hoch. »Ja.«

»Können Sie sich ein Glas Wasser holen? Oder vielleicht bitten Sie Ihren Verlobten, Ihnen eins zu bringen?«

»Scott ist nicht da.« Eine Pause, gefolgt von weiteren Schniefgeräuschen.

»Er ist gerade nicht zu Hause.« Eine Pause. »Es geht schon.«

»Sind Sie sicher?«

»Ja.«

»Okay. Lassen Sie sich ruhig Zeit.«

Stacey brauchte noch eine Weile, ehe sie sich einigermaßen beruhigt hatte.

»Ja ... also ... Schlechte Neuigkeiten verbreiten sich schnell«, sagte sie mit brüchiger Stimme. »Josie hat heute ziemlich viele

Nachrichten bekommen. Alle schreiben ihr, wie leid es ihnen tut.«

»Hat sie Ihnen all diese Nachrichten gezeigt?«, fragte Hunter.

»Wie gesagt, sie stand den ganzen Tag unter Beruhigungsmitteln und hat die meiste Zeit geschlafen. Ich kenne ihre PIN und hatte ihr Handy bei mir.«

»Schlau«, murmelte Garcia unhörbar.

»Vor etwa einer halben Stunde ...«, fuhr Stacey fort, »kam wieder eine Nachricht.« Sie musste kurz innehalten.

»Wie lautete sie?«

»Es war genau so, wie Sie gestern gesagt haben. Die ersten beiden Worte waren ›VON OLIVER‹ in Großbuchstaben, man konnte sie im Pop-up der Vorschau sehen.«

»Haben Sie sich die Nachricht angeschaut?«, fragte Hunter. Staceys aufgelöstem Zustand nach konnte er sich die Antwort bereits denken.

»Ja, habe ich.« Stacey weinte heftiger. »Sie hatte ... sie hatte ein Video im An...« Ihre Stimme versagte, und sie konnte den Satz nicht zu Ende führen.

Wie unter Schmerzen schloss Hunter die Augen.

»Warum ...?«, stieß Stacey hervor. »Warum schickt jemand so was ...?«

»Miss Green«, sagte er. »Bitte, tun Sie mir den Gefallen, gehen Sie in die Küche und machen Sie sich ein Glas Wasser mit Zucker. Ein Teelöffel reicht schon aus. Das beruhigt ein bisschen.«

Hunter und Garcia hörten, wie sie mühsam durch ihre verstopfte Nase einatmete. Dann hörten sie etwas, das wie das Aufschnappen eines Zippo-Feuerzeugs klang, gefolgt von einem leisen Knistern, als sie einen tiefen Zug von einer Zigarette nahm.

»Mir geht's gut«, sagte sie schließlich. »Was soll ich denn jetzt machen?«

Ihrem Tonfall war anzuhören, dass es ihr alles andere als

gut ging, doch Hunter und Garcia konnten nicht viel für sie tun.

»Haben Sie Mrs Griffiths Handy noch?«, fragte Hunter.

»Ja. Ich habe es bei mir.«

»Gut. Dann leiten Sie die vollständige Nachricht samt Video an mich weiter. Wissen Sie, wie man das macht?«

»Ja, natürlich.«

»Bitte, tun Sie es jetzt sofort. Spielen Sie das Video nicht noch einmal ab, sondern wählen Sie einfach die Nachricht aus der Liste aus, tippen Sie auf ›Weiterleiten‹, geben Sie die Nummer ein, die Sie eben gewählt haben, und schicken Sie mir die Nachricht.«

»Okay ... einen Moment.«

Hunter und Garcia hörten leise die Tastentöne durch den Lautsprecher.

»So. Haben Sie sie?«

Drei Sekunden später vibrierte Hunters Telefon.

»Ja, sie ist angekommen. Vielen Dank. Jetzt müssten Sie bitte noch etwas für mich erledigen. Es ist sehr, sehr wichtig.« Um nichts in der Welt würde Hunter denselben Fehler machen wie bei Troy.

Stacey folgte seinen Anweisungen, als dieser ihr Schritt für Schritt erklärte, was sie tun musste, um die Nachricht einschließlich des Videos vollständig aus dem Speicher des Handys zu löschen.

»Okay ... ist erledigt«, sagte sie schluchzend.

Um ganz sicherzugehen, bat Hunter sie, noch einmal alles zu überprüfen.

»Sie ist wirklich gelöscht«, beteuerte sie. »Die Nachricht befindet sich nicht mehr auf dem Handy.«

»Miss Green, dürfte ich Ihnen noch eine Frage stellen, ehe Sie auflegen?«, fragte Hunter. »Woher kennen Sie und Mrs Griffith sich? Waren Sie zufällig mit ihr auf der Gardena Junior High?«

Stacey holte tief Luft. »Nein, wir haben uns an der UCLA

kennengelernt. Wir haben beide im Hauptfach Psychologie studiert und auch zusammen den Abschluss gemacht.«

»Okay, vielen Dank.« Hunter rieb sich die vor Müdigkeit brennenden Augen. »Ich rufe Sie morgen noch mal an, um mich nach Mrs Griffith zu erkundigen, in Ordnung?«

»Ja«, sagte Stacey kaum hörbar.

»Sie haben alles genau richtig gemacht, Miss Green. Vielen Dank.«

Kaum dass er aufgelegt hatte, öffnete er die Nachricht von Stacey. Der Text bestand lediglich aus zweimal zwei Worten, die durch sechs Leerzeilen voneinander getrennt waren. Die ersten lauteten *VON OLIVER*, so wie Stacey es gesagt hatte. Nur dieser Teil der Nachricht war in der Vorschau sichtbar gewesen. Der Rest der Nachricht lautete: *Für Josie.*

»Gerissen«, sagte Garcia. »Da will man natürlich sofort das angehängte Video sehen. Erst recht, wenn man tags zuvor den Ehemann verloren hat.«

Hunter nickte.

»Okay.« Garcia atmete einmal tief durch, um sich für das Kommende zu wappnen. »Dann lass mal sehen, womit wir es diesmal zu tun haben.

Hunter tippte auf Play.

63

Der nächste Morgen begann wie die meisten Tage mit einer Besprechung im Büro der UV-Einheit, doch bevor Captain Blake eingetroffen war, hatten Hunter und Garcia noch einige Veränderungen an der Pinnwand vorgenommen. In der oberen rechten Ecke waren drei neue Fotos hinzugekommen – Janet Lang, Troy Foster und Josie Griffith –, die durch eine rote Linie miteinander verbunden waren.

Captain Blake lauschte schweigend, während die Detectives sie auf den neuesten Stand brachten. Als sie mit ihrem Bericht fertig waren, trat sie einen Schritt von der Pinnwand zurück, und ihr Blick ging von einem Foto zum anderen, als versuche sie, sich in einem komplexen Labyrinth zurechtzufinden.

»Und es gibt eine neue Nachricht vom Mörder?«, sagte sie, während ihr Körper instinktiv eine Abwehrhaltung einnahm. »Ein neues Video?«

»Das ist richtig«, sagte Hunter und deutete auf seinen Monitor. Er hatte das Video bereits von seinem Smartphone auf die Festplatte des Rechners überspielt.

»Ich hole mir was zu trinken«, verkündete Garcia, als Captain Blake hinter Hunters Schreibtisch trat. »Ich kann mir das nicht noch mal antun.«

An der Tür blieb er stehen. »Soll ich jemandem was mitbringen?«

Sowohl Hunter als auch Blake schüttelten den Kopf.

Als Garcia die Tür hinter sich geschlossen hatte, holte Hunter tief Luft. »Es ist ... wirklich sehr verstörend«, warnte er seine Chefin vor.

»Nach allem, was wir bisher über den Fall wissen«, sagte sie, »erwarte ich nichts anderes.«

Hunter öffnete den Clip und klickte auf Play.

Das neue Video war mit insgesamt fünfundzwanzig Sekunden etwas kürzer als die beiden vorherigen. Es begann mit einer Nahaufnahme von Olivers Gesicht. Panik und Verzweiflung verzerrten seine Züge, sodass man fast übersah, wie rot und verquollen seine Augen waren. Tränen liefen ihm über das Gesicht und tropften von seinem Kinn. Sein Atem ging kurz und flach, als wäre die Luft zu dünn.

Diese Einstellung dauerte etwa acht Sekunden und endete damit, dass seine zitternden Lippen sich bewegten. Man konnte nicht hören, was er sagte, doch das war auch nicht nötig.

Selbst ein Kind hätte es erraten können: *»Bitte ... nicht.«*

Die nächste Einstellung musste mehrere Minuten nach der ersten aufgenommen worden sein. Auch sie begann mit einer Nahaufnahme. Olivers Augen waren noch immer gerötet und tränennass, doch mittlerweile spiegelte sich eine neue Emotion darin: Todesangst.

Außerdem hatte ihm der Täter einen Ballknebel angelegt. Er konnte nicht mehr schreien oder flehen. Er konnte kein einziges Wort mehr sagen.

Der Bildwinkel wurde aufgezogen, bis man Olivers ans Andreaskreuz gefesselten Körper sehen konnte. Er war nackt, aber noch unversehrt. Von den beiden Hummern war nichts zu sehen.

Dann versteifte er sich auf einmal. Jeder Muskel in seinem Körper spannte sich an, sein Kopf zuckte heftig zurück, und er riss die Augen auf. Der Knebel dämpfte seinen Schrei. Er versuchte sich zu wehren, versuchte zu treten, zu zappeln, sich irgendwie zu befreien. Doch die Lederriemen saßen fest. Er konnte nichts gegen sie ausrichten.

»O mein Gott!«, entfuhr es Captain Blake, die in böser Vorahnung die Schultern hochzog.

Hunter wandte den Blick ab. Er wusste, was gleich geschehen würde, und genau wie Garcia wollte er es kein zweites Mal sehen.

Auf dem Bildschirm wurde das Bild schwarz. Die nächste Einstellung war genau wie die beiden vorangegangenen wieder eine Nahaufnahme, allerdings nicht von Olivers Gesicht, sondern von seiner Lendenregion.

Plötzlich tauchte von rechts eine Gartenschere mit langen, kräftigen Schneiden im Bild auf.

»Ach du Scheiße!« Captain Blake schlug sich die Hände vor die Augen, allerdings spreizte sie die Finger gerade so weit, dass sie hindurchschauen konnte. Sie wollte nicht weiter hinsehen, aber sie musste.

Hunter wartete auf das Geräusch, von dem er wusste, dass es jeden Moment kommen würde.

Es ging ganz schnell. Die Klingen der Schere öffneten sich, dann schlossen sie sich mit einem übelkeiterregenden *Schnick*, bei dem Captain Blake einen Moment lang aufhörte zu atmen. Es war ein präziser Schnitt, der Olivers Glied am Ansatz sauber abtrennte.

»Gott!« Captain Blake kniff die Augen zusammen und vergrub das Gesicht in den Händen.

Auf dem Bildschirm sah man Blut aus der frischen Wunde sprudeln wie Wasser aus einem geöffneten Wasserhahn.

Oliver zitterte und zuckte am ganzen Leib, als hätte man seinen Körper unter Strom gesetzt, und seine wilden Schmerzensschreie drangen durch den Knebel in seinem Mund.

Das Geräusch der Schere hatte Captain Blake den Atem geraubt, doch Olivers Schreie sorgten dafür, dass sich ihr der Magen umdrehte.

Der Mentor wartete nur eine Sekunde.

Schnick.

Mit derselben Präzision wie beim ersten Schnitt wurde auch Olivers Hodensack abgetrennt.

Ein Beben ging durch seinen Körper ... dann noch eins ... und noch eins, ehe er ein letztes Mal erschauerte. Gleich darauf erschlafften seine Muskeln, und er bewegte sich nicht mehr. Die Schmerzen waren so groß gewesen, dass er das Bewusstsein verloren hatte.

Captain Blake presste sich die Hand vor den Mund. Ihr Blick huschte ganz kurz zu Hunter, ehe sie sich wieder dem Bildschirm zuwandte.

Abermals wurde das Bild schwarz, ehe die letzte Sequenz begann. Jetzt konnte man Oliver wieder in der Totalen sehen. Das Blut war seine Beine hinuntergelaufen und hatte sich am Boden in einer zähen, klebrigen Lache gesammelt. Seine Lendenregion war eine einzige offene Wunde. Er hing schlaff und kraftlos in den Lederriemen, und der Kopf war ihm nach vorne gesackt, als wäre er zu schwer für seine Nackenmuskeln.

Ein letztes Mal zoomte die Kamera ganz nah an Olivers Gesicht heran. Seine Lider waren halb geöffnet, seine Pupillen zuckten unkontrolliert hin und her – nicht ganz so schnell wie in der REM-Phase, aber fast.

Die Schmerzen, der Schock und der massive Blutverlust hatten eine Art Delirium ausgelöst.

Dann musste er urplötzlich husten. Sein Kopf schnellte in die Höhe, nur um gleich darauf wieder nach unten zu sinken.

Seine Wangen blähten sich wie bei einem Pufferfisch, gleichzeitig spritzten Tropfen aus seinen Mundwinkeln. Es war nicht nur Speichel. Oliver hatte sich übergeben, konnte das Erbrochene wegen des Knebels jedoch nicht ausspucken.

»O Gott«, stieß Captain Blake abermals hervor, schüttelte heftig den Kopf und wandte sich vom Bildschirm ab. »Ich habe genug gesehen«, teilte sie Hunter mit. »Schalten Sie das aus.«

Hunter pausierte das Video. »Mehr kommt auch nicht«, sagte er. »An der Stelle ist der Clip zu Ende, es erscheinen bloß noch die Worte ›*KLACK, KLACK, KLACK*‹ unten am Bildrand.«

Blakes Aufmerksamkeit kehrte zum Monitor zurück. »Klack, klack, klack? Was soll das bedeuten?«

»Wahrscheinlich eine Anspielung auf die Hummerscheren.«

Das kurze Video schien Captain Blake jeglicher Kraft beraubt zu haben. Ihr Brustkorb hob und senkte sich, als sie sich schwer atmend aufrichtete und um Fassung rang. In einer schützenden Geste verschränkte sie unwillkürlich die Arme vor der Brust.

»Ist es vorbei?«, fragte Garcia, der mit einer Dose Dr Pepper in der Hand im Türrahmen erschien.

Hunter nickte, doch Captain Blake schüttelte den Kopf.

»Ich brauche eine Minute«, sagte sie mit einem Zittern in der Stimme, das Hunter und Garcia erst wenige Male bei ihr gehört hatten. »Geben Sie mir einen Moment«, sagte sie noch einmal, ehe sie sich an Garcia vorbeischob und in Richtung der WCs davoneilte.

64 Captain Blake brauchte deutlich länger als eine Minute, bis sie sich einigermaßen von dem Gesehenen erholt hatte. Als sie endlich in Hunters und Garcias Büro zurückkehrte, fiel Hunter auf, dass ihre Augen anders aussahen als zuvor. An den unteren Lidrändern war ihr Make-up ein wenig verwischt, und das war noch nicht alles. Zu der Traurigkeit und Abscheu in ihrem Blick war noch eine neue Emotion hinzugekommen: Zorn.

»Geht es Ihnen gut?«, erkundigte sich Garcia. Er und Hunter hatten mittlerweile wieder vor der Pinnwand Stellung bezogen.

»So gut es mir gehen kann, nachdem ich die wahrscheinlich widerwärtigsten Bilder meines Lebens gesehen habe.«

»Wem sagen Sie das?«, gab Garcia zurück, als Blake sich zu ihnen gesellte.

Sie betrachtete die Fotos und bemühte sich, den roten Linien zu folgen, die sie miteinander verbanden.

»So«, sagte sie ohne große Überzeugungskraft. »Wenn ich Ihre Ausführungen eben richtig verstanden habe, lautet Ihre neue Theorie, dass der Mörder, wer auch immer dieser Psychopath ist, aus ... Rache tötet?« Sie legte zweifelnd den Kopf schief. »Weil er einen Groll hegt – aber nicht gegen eins der Opfer, die er gequält und brutal ermordet hat, sondern gegen Personen, die jeweils in einer engen Beziehung zu ihnen standen.«

Garcia war im Begriff, etwas zu erwidern, doch Captain Blake brachte ihn mit einer einzigen Handbewegung zum Schweigen.

»Und dieser Groll«, fuhr sie fort, »hat seine Ursache vermeintlich in einem Ereignis von vor dreizehn Jahren, weil diese Leute«, sie zeigte auf die drei neuen Fotos in der oberen Ecke, »zu der Zeit zusammen auf die Schule gegangen sind. Mit anderen Worten: All das hier«, sie machte eine Geste, die die gesamte Pinnwand mit einbezog, »einschließlich des absolut abscheulichen Videoclips, den ich mir gerade anschauen musste – ist nichts anderes als ein Rachefeldzug ... die Bestrafung für etwas, was sie getan haben, als sie ... Wie alt waren sie da?«

»Janet Lang war damals dreizehn«, sagte Garcia. »Troy Foster und Josie Griffith waren beide vierzehn, und offenbar gab es noch zwei weitere Mitglieder in der Clique – eine Sofia Risoli und einen gewissen Pedro, dessen Nachnamen wir leider noch nicht kennen. Wir hatten noch keine Zeit, sie ausfindig zu machen, aber die Kollegen aus der Rechercheabteilung arbeiten daran.«

»Dreizehn?« Captain Blakes Augen wurden groß. »Und vierzehn?« Sie richtete ihren Blick auf Hunter.

»Vielleicht war die Person, nach der wir suchen, damals auch kein Schüler«, sagte der, woraufhin Captain Blake erst stutzte und sich dann erneut der Pinnwand zuwandte.

»Er nennt sich Mentor«, sagte sie.

Garcia nickte. »Wahrscheinlich nicht ohne Grund.«

»Sie denken, es könnte sich um einen ihrer ehemaligen Lehrer handeln?«

»Uns ist bewusst, wie abwegig das klingt, Captain«, sagte Hunter.

»Abwegig?« Captain Blake lachte freudlos, während sie mit ihrem linken Ohrring spielte. »Aus Ihrer Theorie spricht die pure Verzweiflung, Robert.«

»Jede Ermittlung in einem Serienmord hat etwas Verzweifeltes, Captain«, gab Hunter zurück. »Sie ist ein verzweifelter Wettlauf gegen die Zeit. Wir jagen jemanden, der nach einem Plan, den nur er allein kennt, Menschen ermordet. Je länger wir brauchen, um ihn zu finden, desto näher kommt er seinem nächsten Opfer. Die Zeit ist gegen uns.«

»Glauben Sie, das weiß ich nicht, Robert?« In Captain Blakes Stimme schwang eine Spur von Gereiztheit mit.

»Ich weiß, dass Sie das wissen, Captain.« Hunter hingegen blieb ganz bewusst ruhig. »Und ich weiß auch, dass Sie wissen, dass so was wie das hier«, er deutete auf die drei neuen Fotos an der Pinnwand, »kein reiner Zufall sein kann. Nicht, wenn es um Gewaltverbrechen geht.«

Während Captain Blake die Pinnwand betrachtete, spürte sie, wie sich in ihrer Brust etwas zusammenzog. »Es ist nur ...« Sie schüttelte den Kopf und biss sich auf die Unterlippe. »Wie verrückt ist es, dass man sich mit dem Gedanken anfreunden muss, dass es jemanden gibt, der Unschuldige foltert und tötet als Vergeltung für etwas, das vor dreizehn Jahren passiert ist? Verflucht noch mal, sie waren damals noch Kinder. Was kann eine Gruppe Dreizehn- und Vierzehnjähriger getan haben, dass sich jemand zu solchen Grausamkeiten bemächtigt fühlt?«

Garcia lachte. »Sie unterschätzen, wozu die Kids heute fähig sind.«

»Wir reden aber nicht von heute, Carlos«, gab sie zurück. »Sondern von vor dreizehn Jahren.«

»Trotzdem.«

»Es macht keinen Sinn, Mutmaßungen anzustellen«, ging Hunter dazwischen. »Ob wir wissen, was vor dreizehn Jahren geschehen ist, oder nicht, ändert nichts an der Tatsache, dass wir den Mörder fassen müssen, und diese ehemalige Clique von der Gardena High ist unser einziger Ansatzpunkt. Wenn wir die Verbindung finden, finden wir auch den Täter.«

Genau in dem Moment klingelte Garcias Festnetztelefon auf seinem Schreibtisch.

»Detective Garcia, UV-Einheit?«

Er lauschte einige Sekunden lang, ehe er nach seinem Schreibblock griff. Er machte sich ein paar Notizen, hielt dann jedoch abrupt inne.

»Was?« Beunruhigt suchte er den Blick seines Partners. »Wann?«

Eine Pause trat ein, dann atmete Garcia hörbar aus und ließ seinen Stift auf den Schreibtisch fallen. »Okay. Mailt mir alles. Ich brauche auch den Polizeibericht.«

»Was war das?«, fragte Captain Blake, sobald Garcia aufgelegt hatte.

»Die Kollegen von der Recherche«, sagte Garcia.

Hunter horchte auf.

»Wir haben eine Adresse für Sofia Risoli. Es hat etwas länger gedauert, weil sie inzwischen nicht mehr Risoli heißt.«

»Sie hat geheiratet?«

»Genau. Sie heißt jetzt Sofia Elliot.« Er las von seinen Notizen ab. »Siebenundzwanzig Jahre alt. Ihr Mann Lucas Elliot ist Projektmanager bei T-Mobile.«

»Kinder?«

»Nein.«

»Geschwister?«, fragte Captain Blake.

»Eine Schwester«, sagte Garcia. »Älter, lebt in San Francisco. Aber ihre Eltern wohnen in L. A.«

»Wo?«

»Immer noch in Gardena, wo sie zur Schule gegangen ist.«

»Und Sofia Elliot selbst?«, fragte Hunter. »Wo leben sie und ihr Mann?«

»El Monte im San Gabriel Valley.«

Hunter sah auf die Uhr, und zur selben Zeit warf Garcia einen Blick auf seinen Computermonitor. Die E-Mail aus der Rechercheabteilung war soeben eingegangen.

»Was macht sie beruflich?«, fragte Hunter weiter.

Garcia scrollte durch die Mail. »Steuerberaterin. Hat ihre eigene Firma und arbeitet von zu Hause aus.«

»Was ist mit dem Jungen, der auch Teil der Clique war?«, wollte Blake wissen. »Diesem Pedro?«

Garcia nickte, und Hunter erkannte die Resignation in der Geste. »Er hieß Pedro Bustamente.« Er buchstabierte den Namen, ehe er kurz innehielt und abermals seinen Partner ansah. »Leider hat er vor etwa einem Jahr Selbstmord begangen. Er war fünfundzwanzig Jahre alt.«

»Selbstmord?«, wiederholte Captain Blake. Hunter war genauso erstaunt wie sie.

Garcia öffnete die Datei mit dem Polizeibericht, die die Kollegen an die E-Mail angehängt hatten.

»Genau«, sagte er, während er das Dokument hastig überflog. Er wusste, wo er suchen musste. »Sein Vermieter hat die Leiche in seiner Wohnung in Pomona gefunden.«

»Wie hat er sich umgebracht?«, fragte Captain Blake, ehe sie und Hunter um Garcias Schreibtisch herumkamen, um ebenfalls einen Blick in die Akte werfen zu können. Der Name des Detectives, der an den Ort des Geschehens gerufen worden war, lautete James Lee.

»Hat sich im Badezimmer die Pulsadern aufgeschnitten«, sagte Garcia.

»Detective Lee zufolge gab es keinerlei Anzeichen auf Gewalteinwirkung von außen«, las Hunter ab. »Es wurden keine Ermittlungen eingeleitet. Haben wir auch den Autopsiebericht bekommen?«

Garcia klickte noch einmal auf die Mail. »Ja.« Er öffnete einen weiteren Anhang.

Hunter scrollte nach unten bis zum toxikologischen Befund. »Er hatte Alkohol und Tramadol im Blut.«

»Die meisten Leute betäuben sich, bevor sie sich das Leben nehmen, Robert«, gab Captain Blake zu bedenken. »Das wissen Sie doch.«

»Richtig. Aber er hatte von beidem genug im Blut, um sich für mindestens einen halben Tag komplett auszuknocken.« Hunter deutete auf die Zahlen.

»Glauben Sie, dass es in Wirklichkeit gar kein Selbstmord war?«, fragte Blake.

»Ich weiß es nicht.«

»Ich rufe bei Detective Lee an«, verkündete Garcia. »Wir brauchen mehr Informationen.«

»Gut«, pflichtete Hunter ihm bei. »El Monte und Pomona liegen beide im San Gabriel Valley, du könntest also beides übernehmen. Rede zuerst mit Detective Lee in Pomona und dann mit Sofia Elliot in El Monte.«

»Geht klar.« Garcia griff nach seiner Jacke.

»Und was machen Sie?«, wandte Captain Blake sich an Hunter.

»Ich fahre zur Gardena Junior High, schaue mir das Jahrbuch von 2009 an und befrage ein paar Leute, unter anderem Sofia Elliots Eltern. Das Jahrbuch müsste uns ein paar weitere Namen liefern, die die Kollegen von der Recherche ausfindig machen können. Irgendwer muss sich doch daran erinnern, was damals vorgefallen ist. Danach versuche ich es bei Josie Griffith. Hoffentlich ist sie inzwischen in der Lage, ein paar Fragen zu ihrer alten Clique zu beantworten.«

»In Ordnung.« Captain Blake war bereits auf dem Weg zur Tür und schaute gleichzeitig auf die Uhr. »Ich muss heute Nachmittag dem Chief berichten, also halten Sie mich auf dem Laufenden, wenn sich was Neues ergibt.«

»Machen wir.«

Hunter schnappte sich seine Jacke, und er und Garcia eilten zur Tür hinaus.

65

Die Gardena High lag direkt gegenüber vom berühmten Roosevelt National Park in der West 182nd Street. Mit fast fünfzehnhundert Schülerinnen und Schülern, einem eigenen Footballfeld und insgesamt mehr als zwanzig Gebäuden nahm das riesige Schulgelände fast zwei Blocks ein.

Am Tor ließ sich Hunter von einem der Wachleute den Weg zum Büro der Schulleiterin der Junior High erklären. Nach einem zweiminütigen Fußmarsch erreichte er das Sekretariat. Es war überraschend geräumig, und die hellen Wände waren mit zahlreichen gerahmten Urkunden, Preisen, einigen Schülerfotos sowie einem großformatigen Porträt des US-Präsidenten geschmückt. Zwei Sekretärinnen saßen an ihren Schreibtischen und tippten emsig, und auf einer Bank an der Wand hockte ein Schüler mit missmutigem Gesichtsausdruck.

Als Hunter das Vorzimmer betrat, blickte die Sekretärin, die der Tür am nächsten saß, auf. Sie war eine Afroamerikanerin mittleren Alters mit Cornrows im Haar.

»Guten Tag, Sir«, sagte sie mit hoher Stimme und lächelte herzlich. »Wie kann ich Ihnen weiterhelfen?«

Hunter trat an ihren Tisch und erklärte ihr leise, dass er mit der Schulleiterin sprechen müsse.

»Sie telefoniert gerade«, antwortete die Sekretärin, deren Lächeln einem besorgten Gesichtsausdruck gewichen war. »Aber es dürfte nicht allzu lange dauern. Nehmen Sie doch Platz, ich sage ihr Bescheid, dass Sie hier sind.«

Als Hunter sich neben den mürrischen Schüler auf die Bank setzte, schrieb die Sekretärin etwas auf einen Klebezettel, ehe sie nach nebenan ins Büro der Schulleiterin ging. Zwei Sekunden später klingelte Hunters Handy. Der Anruf kam von Garcia.

»Carlos, wo bist du gerade?«

»El Monte«, antwortete Garcia. »Vor Sofia Elliots Haus. Ich mache mich gleich auf den Weg nach Pomona zu Detective Lee.«

»Das ging ja schnell. Hast du mit ihr gesprochen?«

»Nein. Deshalb rufe ich ja an. Es gibt Neuigkeiten.«

Hunter rutschte ungeduldig auf der Bank hin und her.

»Sofia Elliot und ihr Ehemann Lucas sind vor zwei Tagen nach Italien geflogen. Ihr Großvater feiert dort seinen fünfundachtzigsten Geburtstag.«

Hunter wunderte sich. »Wie hast du das so schnell rausgefunden?«

»Von ihrer Nachbarin. Als ich ankam, habe ich erst geklingelt und dann geklopft. Als niemand reagiert hat, habe ich versucht, durchs Fenster zu schauen, daraufhin kam sie aus ihrem Haus. Ich habe ihr erklärt, wer ich bin – was übrigens eine ganze Weile gedauert hat –, und sie meinte, dass die beiden vor zwei Tagen nach Italien aufgebrochen seien. Sie passt solange auf ihre Katzen auf. Sie meinte, Sofias komplette Familie sei zu dem Geburtstag gereist, du musst also nicht mehr bei ihren Eltern vorbeifahren.«

Hunter überlegte einen Moment lang. »Das könnte durchaus sein Gutes haben.«

»Genau das war auch mein Gedanke. Keine nahen Angehörigen, die der Mentor töten kann.«

»Wann kommen Mrs Elliot und ihr Mann denn zurück? Wenn die Nachbarin sich in ihrer Abwesenheit um die Katzen kümmern soll, muss sie ja zumindest grob wissen, wann mit ihrer Rückkehr zu rechnen ist.«

»Tut sie auch. Der Ehemann soll in drei Tagen zurückkommen, am Samstagmorgen. Sofia will wohl noch ein paar Tage länger bleiben, da war sich die Nachbarin aber nicht ganz sicher.«

»Wir brauchen ein Team, das ihn unauffällig beschattet, sobald er in LAX gelandet ist«, sagte Hunter.

»Ja, sehe ich genauso. Wenn der Mentor es auf nahe Angehörige abgesehen hat, steht der Ehemann sicher ganz oben auf seiner Liste. Es würde perfekt zu seiner Vorgehensweise passen – auch dass das Opfer alleine zu Hause ist.«

»Hast du die Nachbarin gefragt, ob sich in den letzten zwei Tagen sonst noch jemand nach Sofia oder ihrem Mann erkundigt hat?«

»Ach, Mist«, sagte Garcia todernst. »Das habe ich glatt vergessen. Soll ich noch mal zurückgehen?« Er machte eine kleine Pause. »Das ist nicht mein erster Tag in dem Job, Robert. Natürlich habe ich sie gefragt, und nein, sie hat sonst niemanden an der Haustür oder in der Nähe des Hauses gesehen. Ich habe mir sämtliche Schlösser angeschaut, es scheint sich keiner daran zu schaffen gemacht zu haben.«

»Noch nicht«, entgegnete Hunter.

»Du denkst dasselbe wie ich, stimmt's? Dass wir das Haus observieren lassen sollten.«

»Definitiv.« Im selben Moment sah Hunter, wie an der Gegensprechanlage der Sekretärin ein Licht anging. »Ich habe gleich einen Termin bei der Schulleiterin der Gardena Junior High. Du hast gesagt, du bist auf dem Weg nach Pomona, richtig?«

»Setze mich gerade ins Auto.«

»Okay, könntest du dann Captain Blake anrufen?«, fragte Hunter. »Gib ihr Sofia Elliots Adresse, und bitte sie, sofort ein Team auf die Beine zu stellen. Bis Ende des Tages muss die Observierung stehen.«

»Mache ich. Wir sprechen uns dann später.«

Weniger als zehn Sekunden nachdem sie aufgelegt hatten, öffnete sich die Tür zum Büro der Schulleiterin, und eine durchschnittlich große Frau mit rundlichem, unscheinbarem Gesicht tauchte auf. Die Farbe ihrer zu einem adretten Dutt frisierten Haare befand sich irgendwo zwischen blond und braun.

»Mr Hunter«, sagte sie. Offenbar hatte sie sich entschieden, Hunter in Anwesenheit eines Schülers nicht mit »Detective« anzusprechen.

Hunter stand auf und reichte ihr die Hand.

»Ich bin Schulleiterin Martinez«, sagte sie und machte eine einladende Geste. »Bitte, kommen Sie doch in mein Büro.«

Ehe sie gingen, wandte sie sich noch kurz an den Jungen auf der Bank. »Mr Goodwood. Wieso überrascht mich das nicht?«

»Ich hab nix gemacht, Mrs Martinez«, sagte der Junge und schüttelte den Kopf.

»Das behauptest du jedes Mal. Deine Lehrkräfte scheinen da leider anderer Ansicht zu sein.«

Der Junge wich ihren Blicken aus.

»Gedulden Sie sich noch ein Weilchen, Mr Goodwood. Ich bin gleich bei Ihnen.«

Der Junge schob die Unterlippe vor. Schulleiterin Martinez nahm Hunter mit in ihr Büro und schloss die Tür.

Das Gespräch dauerte nicht lange. Mrs Martinez hatte die Stelle acht Jahre zuvor übernommen, nachdem der alte Schulleiter Joseph Greer nach fast zwanzig Jahren in Rente gegangen war. Somit kannte sie weder Melissa noch Troy, noch Josie oder sonst jemanden aus dem Jahrgang 2009. Hunter fragte sie, wo er Mr Greer finden könne, woraufhin Mrs Martinez ihm mitteilte, dass dieser leider drei Jahre zuvor an Krebs gestorben sei.

»Gibt es denn noch andere Lehrkräfte oder Angestellte, die bereits 2009 an der Schule gearbeitet haben?«, wollte Hunter als Nächstes wissen. »Oder sogar noch früher?«

»Ich glaube, der eine oder andere sollte sich da finden lassen«, sagte Mrs Martinez, während sie sich ihrem Computer zuwandte. »Ich schaue mal nach.«

Erwartungsvoll griff Hunter in seine Jackentasche und holte sein Notizbuch heraus.

»Der Lehrerberuf ist im Laufe der Jahre immer schwerer geworden, Detective«, erklärte Mrs Martinez, während sie eine Liste durchging. »Das können Sie sicher nachvollziehen. Der Lehrplan verlangt einem viel ab … die Schüler verlangen einem viel ab … die Eltern und das Bildungsministerium genauso. Dazu noch die langen Arbeitszeiten, viel Arbeit für zu Hause und ein vergleichsweise niedriges Gehalt.« Sie sah Hunter achselzuckend an. »Ich habe die Erfahrung gemacht, dass Mittelschullehrer entweder nach acht bis zehn Jahren ausgebrannt sind oder sich eine andere Tätigkeit suchen, die weniger stressig ist und besser bezahlt wird. Lehrer, die mit Leib und Seele dabei sind und ihrem Beruf ein Leben lang treu bleiben, gibt es nur noch selten.« Sie hielt inne und nickte. »Aber ja, ich hatte recht. Mr Hartley, der Geschichtslehrer, und Mrs Anderson – Englisch – waren beide schon 2009 an der Schule. Mrs Anderson ist allerdings derzeit krankgeschrieben. Sie hatte vor knapp einer Woche eine OP.«

Hunter schrieb sich beide Namen auf. »Aber Mr Hartley ist heute in der Schule, ja?«

»Ja, das ist er.«

Schulleiterin Martinez brauchte fünf Minuten, um herauszufinden, ob es noch weitere Mitarbeiter gab, die bereits 2009 an der Schule gewesen waren. Am Ende stellte sich heraus, dass dies nur auf den leitenden Hausmeister, zwei der Wachmänner, drei Mitarbeiterinnen aus der Cafeteria und einen Gärtner zutraf.

»Nach Möglichkeit möchte ich heute noch mit allen sprechen«, sagte Hunter. »Vor allem mit Mr Hartley.«

»Natürlich«, sagte Schulleiterin Martinez mit einem Blick zur Uhr. »Das Problem ist nur, dass ich niemanden habe, der ihn im Unterricht vertreten kann. Falls es Ihnen nichts ausmacht, ein bisschen zu warten, wird er sich bestimmt gerne mit Ihnen unterhalten, sobald er frei hat. Allerdings könnte es sein, dass das erst nach Schulschluss der Fall sein wird.«

»Ich kann warten«, versicherte Hunter. »Das ist überhaupt kein Problem.«

Mrs Martinez griff nach einem Stift. »Okay, dann schreibe ich Ihnen jetzt die Namen der Mitarbeiter auf.« Rasch notierte sie die sieben Namen. »Ich kenne ihren Arbeitsplan für heute nicht, aber ich kann Brenda bitten, sie zu kontaktieren und ins Sekretariat zu bestellen.« Sie deutete in Richtung Tür.

»Danke.« Hunter stand auf. »Aber zuerst würde ich mir gerne noch das Jahrbuch der Junior High von 2009 anschauen, wenn es Ihnen nichts ausmacht. Oft erinnert man sich viel leichter an Gesichter als an Namen.«

»Sicher, das ist problemlos möglich«, sagte die Schulleiterin, ehe sie Hunter den Zettel mit den Namen reichte. »Sie finden eine Ausgabe in unserer Bibliothek.« Sie hielt kurz inne. »In dem Fall wäre es vielleicht sinnvoller, wenn ich die Mitarbeiter auch in die Bibliothek schicke. Dort wären Sie ungestört.«

»Ist mir recht«, sagte Hunter. »Aber dürfte ich Sie noch um einen Gefallen bitten, bevor ich gehe?«

»Selbstverständlich.«

»Gibt es eine Möglichkeit, herauszufinden, ob einer dieser fünf Schüler«, er reichte Mrs Martinez einen Zettel mit fünf

Namen, »aus der Junior-High-Abschlussklasse von 2009 während ihres letztes Schuljahres in irgendeinem Fach durchgefallen ist?«

Die Schulleiterin nahm den Zettel und las schweigend die Namen.

»Auf jeden Fall.« Sie setzte sich wieder hinter ihren Computer. »Geben Sie mir einen Moment, dann rufe ich die Akten auf.«

Sie brauchte nicht lange.

»Äh ... nein. Sieht nicht danach aus, als wäre einer der fünf in irgendeinem Fach durchgefallen. Es gibt ein paar schlechte Noten, die eine oder andere Vier, aber sie haben in allen Fächern bestanden.«

»Die Akten enthalten nicht zufällig auch Anmerkungen von Lehrern?«, fragte Hunter. »Beschwerden ... Probleme ... besondere Vorkommnisse ... irgendwas in der Richtung?«

Schulleiterin Martinez schüttelte den Kopf. »Nein, nichts dergleichen. Es geht hier ja auch um dreizehn- bis vierzehnjährige Kinder, Detective. Damit ein Eintrag in den Akten vorgenommen wird, muss schon etwas Gravierendes vorgefallen sein – ein Schulverweis oder Ähnliches. Ermahnungen oder Tadel werden nicht schriftlich festgehalten. Wenn wir das täten, bei einer Schule mit tausendfünfhundert Schülerinnen und Schülern ... da könnten wir jedes Jahr eine ganze Bücherei füllen.«

Zurück im Vorzimmer, wies Mrs Martinez die Sekretärin an, ihm den Weg zur Bibliothek zu erklären und den sieben Mitarbeitern Bescheid zu geben, deren Namen sie aufgeschrieben hatte.

Während Brenda eine Karte des Schulgeländes aus einer ihrer Schubladen holte, hielt Schulleiterin Martinez die Tür zu ihrem Büro auf, stemmte die Hände in die Hüften und fixierte den Schüler, der immer noch auf der Bank wartete.

»So, Mr Goodwood.« Sie deutete mit einer Kopfbewegung in ihr Büro. »Wollen wir dann?«

66

Garcia lachte leise, als er die Polizeiwache in Pomona erreicht hatte und den Motor abschaltete. Jedes einzelne trostlose Detail des gedrungenen Gebäudes verströmte das typische Flair einer Provinzbehörde.

Garcia hatte sich telefonisch angekündigt, damit er den Weg nicht umsonst auf sich nahm. Detective Lee, etwa zehn Jahre älter und gut dreißig Zentimeter kleiner als Garcia, saß an seinem Schreibtisch über einen Berg von Unterlagen gebeugt, als er eintraf.

»Bitte, nehmen Sie Platz.« Lee deutete auf einen der mit Polyester bezogenen Metallstühle vor dem Schreibtisch.

Lee trug einen dunklen engen Nadelstreifenanzug. Seine schwarzen Haare waren mit Gel zurückgekämmt, und Bartstoppeln lagen wie ein dunkler Schatten auf seinen Wangen und seinem kantigen Kinn. Seine Augen hatten etwas Gütiges, und er wirkte wie ein intelligenter, nachdenklicher Mann.

»Am Telefon erwähnten Sie, dass es um einen Suizid geht«, sagte er, als Garcia sich gesetzt hatte. Seine Stimme klang tief und sonor wie die eines Moderators einer Jazzsendung im Radio. »Von vor einem Jahr?«

»Ganz genau«, sagte Garcia. »Der Name war Pedro Bustamente.«

Der Name war Detective Lee offenbar noch im Gedächtnis, das sah man ihm an, auch wenn er ihn nicht genau einordnen konnte.

»Ich habe die Fallnummer, wenn Ihnen das weiterhilft«, sagte Garcia.

»Wenn es Ihnen nichts ausmacht.« Lee rollte näher an seinen Schreibtisch heran.

Garcia las ihm die Kombination aus Buchstaben und Zahlen vor, die er sich notiert hatte, und Lee gab sie in den Computer ein. Nachdem er die Enter-Taste gedrückt hatte, dauerte es weniger als zwei Sekunden, bis die Unterlagen auf seinem

Bildschirm erschienen. Er nickte und lehnte sich auf seinem Stuhl zurück.

»Ach ja ...« Er hob die Schultern. »Jetzt erinnere ich mich wieder. Der Junge hat sich im Badezimmer mit einem Küchenmesser die Pulsadern aufgeschlitzt. Schreckliche Sache. Er hat sich nur ein Handgelenk aufgeschnitten.«

»Wirklich?« Das kam Garcia seltsam vor.

Detective Lee nickte. »Extrem tiefer Schnitt, er hätte sich fast die Hand amputiert. Das ist wahrscheinlich auch der Grund, weshalb er es bei der linken Hand belassen hat. Danach hätte er damit gar nichts mehr greifen können. Die Sehnen waren komplett durchtrennt.« Mit der Maus zog Detective Lee etwas über den Bildschirm. »Das Badezimmer sah furchtbar aus. Er hatte keine Wanne, deshalb hat er sich einfach auf den Boden gesetzt. Es war buchstäblich alles voller Blut. Sein Vermieter hat ihn gefunden, als er die wöchentliche Mietzahlung abholen wollte.« Er überflog den Rest der Akte. »Das war's eigentlich schon. Ansonsten gab es nichts Ungewöhnliches – nur einer von vielen traurigen Selbstmordfällen. Der Junge war erst fünfundzwanzig Jahre alt.«

Garcia nickte ernst.

»Leider«, fuhr Lee fort, »steigen die Zahlen für Suizide unter jungen Leuten an, Detective. Das wissen Sie bestimmt. Vor allem unter jungen Männern.«

»Sie sagten gerade, es hätte nichts Ungewöhnliches an dem Fall gegeben«, hakte Garcia nach. »Fanden Sie es denn nicht ungewöhnlich, dass er sich nur ein Handgelenk aufgeschlitzt hatte? Und dazu noch der extrem tiefe Schnitt?«

»Nicht, wenn man so viele Suizide gesehen hat wie ich«, gab Lee zurück. »Es gibt da kein Regelbuch, Detective. Sicher, man kann im Internet die richtige Technik recherchieren, aber letzten Endes ist das ja jedem selbst überlassen. In diesem Fall wollte der Junge sich die Pulsadern aufschlitzen, hatte aber keine Ahnung, wie viel Druck er ausüben oder wo genau er schneiden musste. Er setzt das Messer an ...« Mit der rechten Handkante demonstrierte Detective Lee, was er meinte. »Und zack. Statt einen sauberen Schnitt zu machen, übt er extrem viel Druck auf die Klinge aus ... Vielleicht weil er nervös ist, vielleicht hat er aber auch einfach keine Ahnung, was er tut. So oder so, wenn man eine sehr scharfe, lange Klinge hat und mit zu viel Kraft in weiches Gewebe schneidet, sieht das Ergebnis so aus.« Er deutete auf seinen Computermonitor. »Solche Suizide passieren häufiger, als man meint.«

»Die Akte, die wir bekommen haben, enthielt keine medizinische Vorgeschichte«, sagte Garcia. »Gibt es denn eine? Ich meine, war bekannt, ob er zu Depressionen neigte? Litt er am Borderlinesyndrom? Haben Sie seine Familie dazu befragt ... oder seinen Hausarzt?« Garcia achtete darauf, nur interessiert, nicht aber fordernd oder gar anklagend zu klingen.

»Hmm ...« Lee wandte sich erneut seinem Rechner zu, um noch einmal die vorliegenden Dokumente zu überprüfen. Doch er fand keine Krankenakte, und nirgendwo stand ein Vermerk darüber, ob Pedro Bustamentes Eltern oder sein Arzt etwas von Depressionen erwähnt hatten. »Ich weiß es nicht mehr genau, aber nein, wahrscheinlich haben wir das nicht überprüft. Es wurde ja keine Ermittlung eingeleitet, weil es nichts zu ermitteln gab. Keine Anzeichen auf Gewalteinwirkung von außen. Es war ein klarer Fall, und wenn ich ganz offen sein darf«, er sah Garcia an, »ist es auch nicht unsere Aufgabe, die Beweggründe zu finden, weshalb jemand sich das Leben nimmt.« Er deutete auf den Stapel Unterlagen auf seinem Schreibtisch. »Wir haben auch so schon genug zu tun.«

Garcia nickte verständnisvoll.

»Rein aus persönlicher Erfahrung würde ich allerdings sagen, dass eine steigende Zahl von Suiziden unter jungen Leuten – und ich würde Mr Bustamente noch zu dieser Gruppe zählen – mit einem Mangel an sozialer Anerkennung zu tun hat. Das kommt von Social Media und diesem Cancel-Culture-Irrsinn, nicht von einer nachgewiesenen Depression oder einem chemischen oder hormonellen Ungleichgewicht im Gehirn. Ein Großteil des psychischen Leids in der heutigen Welt, vor allem unter Teenagern und jungen Erwachsenen, ist elektronischen Ursprungs – es wird ihnen über die sozialen Netzwerke direkt in die Psyche injiziert.« Lee trommelte mit den Fingern auf seinen Schreibtisch. »Heutzutage suchen mehr und mehr Menschen nach Bestätigung durch Fremde. Sie vergleichen sich und ihr Leben mit dem von Personen, die sie nie getroffen haben und wahrscheinlich auch nie treffen werden. Wenn sie das Gefühl haben, nicht mithalten zu können – und das können sie nie, denn im Wesentlichen vergleichen sie sich mit einer Illusion –, werden sie traurig. Manchmal so traurig.« Erneut deutete Detective Lee auf seinen Computer und Pedro Bustamentes Akte.

Garcia musterte den Detective fragend.

»Was ich damit sagen will«, fuhr Lee fort, stützte die Ellbogen auf die Armlehnen seines Stuhls und faltete die Hände, »ist, dass ihre eigenen Familien, ihre Freunde, sogar ihre Ärzte oft keine Ahnung haben, was in diesen jungen Leuten vorgeht. Sie haben keine Ahnung, dass sie depressiv sind oder an Selbstmord denken. Und die Wahrheit ist, dass die meisten Menschen da draußen, vor allem junge Leute, oft gar nicht wissen, wie sie jemanden um Hilfe bitten sollen. Sie wissen nur, wie man einen Filter anwendet, seine Traurigkeit versteckt und anderen die Lüge verkauft, dass alles perfekt ist. Und die erste Person, der sie diese Lüge verkaufen, sind sie selbst. Sie tun so, als hätten sie keine Probleme, und das alles nur für ein falsches Gefühl von Zugehörigkeit.«

Garcia konnte dieser Analyse nicht widersprechen. »Was ist mit dem Autopsiebericht?«, fragte er. »Hat der keine Fragen aufgeworfen?«

Detective Lee zog die Brauen zusammen. »Den Autopsiebericht habe ich nie zu Gesicht bekommen. Das war auch gar nicht nötig. Wie gesagt, es war ja eine klare Sache. Nichts deutete auf etwas anderes als Selbstmord hin. Es wurde überhaupt nur eine Autopsie vorgenommen, weil das Gesetz es so vorschreibt, ich nehme an, Sie wissen das. Der Befund wird dann, in erster Linie für die Familie, der Sterbeurkunde beigefügt.«

Doch Garcias Frage hatte Detective Lee neugierig gemacht. »Warum?«, fragte er. »Kam Ihnen irgendwas an dem Autopsiebericht seltsam vor?«

Garcia nickte. »In der Tat. Er hatte extrem viel Alkohol und Tramadol im Blut.«

Lees Reaktion schwankte zwischen Erstaunen und Sarkasmus. »So naiv können Sie doch wohl kaum sein, Detective Garcia«, sagte er und machte eine kleine Pause. »Neunundneunzig Prozent der Menschen, die Suizid begehen, haben Alkohol oder Drogen im Blut. Oft auch eine Kombination aus beidem. Was sie vorhaben, ist endgültig. Und ich meine *endgültig*. Es gibt keine Wiederholung. Kein Zurück.«

»Ja, das verstehe ich, aber ...«

»Lassen Sie mich mal anders fragen, Detective.« Lee gab Garcia keine Möglichkeit, seinen Satz zu Ende zu bringen. »Warum interessiert sich die UV-Einheit des LAPD für einen alten Suizid aus Pomona?«

»Der Name tauchte im Zusammenhang mit unserer aktuellen Ermittlung auf«, sagte Garcia. »Wir versuchen, so viele Informationen wie möglich zusammenzutragen.«

»Tja, ich glaube nicht, dass ich Ihnen etwas sagen kann, was nicht im Bericht steht, den Sie erhalten haben«, meinte Lee und lehnte sich erneut auf seinem Stuhl zurück.

»Sind Sie denn sicher, dass sein Vermieter derjenige war, der ihn gefunden hat?« Garcia ließ nicht locker. »Nicht vielleicht jemand anders ... sein Freund oder seine Freundin ... oder ein Familienmitglied?«

»Ja, ich bin mir sicher.« Lee scrollte. »So steht es im Protokoll. Der Vermieter, ein Mr Juan De Bastila, wollte wie jeden Donnerstag die Wochenmiete abholen. Das war um zehn nach acht Uhr abends. Weil niemand auf sein Klingeln hin reagierte, hat er sich mit seinem Schlüssel Zutritt zur Wohnung verschafft. Er wollte Mr Bustamente eine Nachricht hinterlassen, um ihn an die fällige Zahlung zu erinnern, und als er die Wohnung betrat, entdeckte er die Leiche auf dem Boden im Badezimmer. Sie schwamm praktisch in einem See aus Blut. Er hat sofort den Notruf verständigt.« Lee machte eine Pause, während er etwas von seinem Bildschirm ablas. »Obwohl …«

Garcia bemerkte Lees Verunsicherung und rückte mit seinem Stuhl herum, sodass er einen Blick auf den Inhalt des Bildschirms werfen konnte. »Obwohl was?«

»Obwohl ich gerade sehe, dass ich seinerzeit einen Vermerk in der Akte gemacht habe.« Lee deutete auf seinen Monitor. »Ich hatte die Vermutung, dass er sich aus Liebeskummer das Leben genommen hat.«

Garcia las die Anmerkung.

»Wegen eines handgeschriebenen Zettels?« Garcia sah Lee erstaunt an. »Er hat einen Abschiedsbrief hinterlassen? Davon wurde in der Akte, die wir erhalten haben, nichts erwähnt.«

Detective Lee zuckte lediglich mit den Schultern.

»Wo ist dieser Abschiedsbrief?«, wollte Garcia wissen. »Was stand drin? Sie haben doch Unterlagen darüber, oder nicht?«

»Hmm …« Lee klickte sich zurück in den Ordner mit den einzelnen Unterlagen zum Fall. »Bestimmt gibt es irgendwo ein Foto davon.«

Einer der Unterordner trug den Namen »Fotos«. Lee öffnete ihn und stellte fest, dass er lediglich zwölf Bilder enthielt. Das Foto, nach dem sie suchten, war das achte in der Reihe. Es zeigte ein liniertes Blatt Papier, das in Pedro Bustamentes Badezimmer auf dem Waschbeckenrand gelegen hatte. Darauf stand eine einzelne handgeschriebene Zeile – zwölf Worte, bei denen sich Garcia sämtliche Nackenhaare sträubten.

»Stimmt was nicht, Detective?«

Garcia starrte den Abschiedsbrief mit großen Augen an.

»Das glaub ich jetzt nicht.«

67 Die Bibliothek der Gardena High war sehr viel größer, als Hunter erwartet hatte. Der Bereich mit den Jahrbüchern befand sich im ersten Stock, und das erste Jahrbuch im Regal stammte aus dem Jahr 1948. Hunter widerstand dem Drang, aus reiner Neugier darin zu blättern, und griff stattdessen nach der Ausgabe von 2009, auf deren hellblauem Einband das Maskottchen der Schule, der schwarze Panther, prangte.

Er suchte sich einen freien Tisch im Sitzbereich der Bibliothek und blätterte rasch die Seiten durch, bis er zur Abschlussklasse von 2009 gelangte.

Es war nicht ungewöhnlich für eine Schule mit so großer Schülerzahl, mehr als eine Klasse pro Jahrgang zu haben. Im Schuljahr 2008/2009 war die Gardena High mit den Klassen 8A, 8B, 8C und 8D insgesamt vierzügig gewesen. Jeder Klasse hatten etwas mehr als fünfzig Schüler angehört.

Als Abschlussjahrgang hatten der achten Klasse mehr Seiten im Jahrbuch zur Verfügung gestanden als den anderen. Es gab sogar einen fast vierzig Seiten umfassenden Teil, der akademischen und sportlichen Erfolgen bestimmter Schüler, ihrem Engagement in verschiedenen Clubs oder der Schülervertretung und anderen Beiträgen zum Schulleben gewidmet war. Hunter jedoch interessierte sich in erster Linie für die Seiten mit den Schülerfotos. Die sahen im Wesentlichen genauso aus wie in jedem anderen Jahrbuch: Die einzelnen Schüler waren jeweils mit Namen und einem kleinen Porträtfoto aufgeführt. Ein echtes »Who's who« der Klasse von 2009.

Langsam ging Hunter die vier Seiten der 8A durch. Er fand keinen der fünf Schüler, nach denen er suchte, nahm jedoch trotzdem sein Handy und machte ein Foto von jeder Seite, ehe er mit der 8B fortfuhr.

Hunter entdeckte Janet Lang und Troy Foster gleich auf der ersten Seite. Er musste nicht einmal die Namen lesen. Auf der nächsten Seite folgte das Foto von Pedro Bustamente. Er war ein durchschnittlich aussehender Junge mit mitternachtsschwarzen Locken, dunklen Augen und Pausbacken. Er lachte in die Kamera, als hätte es ihm tatsächlich Spaß gemacht, sich fotografieren zu lassen – was man vom Großteil seiner Altersgenossen nicht behaupten konnte.

Das allererste Foto auf der dritten Seite der 8B zeigte Josie Moss. Ihre Haare waren ein wenig kürzer und einen Farbton dunkler als bei Hunters erster Begegnung mit ihr vor zwei Tagen, trotzdem erkannte er sie auf Anhieb wieder. Ihrer Schönheit hatten die letzten dreizehn Jahre keinen Abbruch getan, im Gegenteil, sie war noch gereift. Hunter war fest davon überzeugt, dass jeder Junge der achten Klasse so ziemlich alles getan hätte, um von einem Mädchen wie Josie beachtet zu werden.

Das fünfte Foto auf der Seite zeigte die letzte Schülerin der Clique, Sofia Risoli. Auch sie war ein attraktives Mädchen gewesen. Lange dunkle Haare verdeckten teilweise ihre geheimnisvollen braunen Augen und umrahmten ein zartes, herzförmiges Gesicht. Trotz Zahnspange hatte sie ein warmes und einnehmendes Lächeln. Hunter fragte sich, ob auch sie mit dem Alter noch schöner geworden war.

Aus reiner Neugierde schaute er sich danach noch die Schülerfotos der anderen beiden achten Klassen an. Als er damit fertig war, sah er auf die Uhr und kehrte rasch ins Büro der Schulleitung zurück, um Brenda mitzuteilen, dass er nun bereit sei, mit den sieben Mitarbeitern zu sprechen, deren Namen er von Mrs Martinez erhalten hatte. Zehn Minuten später traf er sich mit Mr Barros, dem Chefhausmeister.

Mr Barros war vierundsechzig Jahre alt, groß und schlank. Er war seit fünfundzwanzig Jahren an der Gardena High tätig, davon fünfzehn als Chef der Hausmeisterbrigade.

Hunter legte ihm die fünf Jahrbuchfotos von Janet, Troy, Josie, Sofia und Pedro vor.

Der Erste, den Mr Barros bereits nach einem kurzen Blick wiedererkannte, war Troy Foster.

»O ja«, sagte er mit einer Stimme, die genauso freundlich war wie seine Augen. »An den erinnere ich mich noch. Ein Footballspieler. Wide Receiver. Blitzschnell und unglaublich stark. Der Junge war für Großes bestimmt.«

Ansonsten erinnerte er sich nur noch an Josie Moss und das auch nur, weil sie Cheerleader gewesen war.

Hunter versuchte, Mr Barros einige Einzelheiten über Troy und Josie zu entlocken, doch vergeblich. Er sei ein alter Mann, meinte er entschuldigend, und sein Gedächtnis sei nicht mehr so gut wie früher. Außerdem sei er nur der Hausmeister. An ihm gingen die Schüler achtlos vorbei, während er die Gänge, Klassenräume und Toiletten reinigte, und nur sehr wenige richteten je das Wort an ihn. Er mache einfach nur seinen Job, sagte er Hunter, und kümmere sich um seine eigenen Angelegenheiten – das Leben der Schüler gehe ihn nichts an. An Troy und Josie könne er sich auch nur deshalb erinnern, weil er ein großer Sportfan sei und sich alle Spiele der Schulmannschaften anschaue, wann immer seine Zeit es erlaube.

Danach traf sich Hunter mit den drei Mitarbeiterinnen der Cafeteria, dem Schulgärtner und einem der beiden Wachleute. Der andere hatte an diesem Tag frei.

Alle fünf erinnerten sich noch an den Footballstar Troy, doch die anderen Namen sagten ihnen nichts. Hunter fragte, ob es Vorfälle von Mobbing, Auseinandersetzungen oder Streiche unter den Schülern gegeben habe, in die Troy verwickelt gewesen sei, doch auch dazu fiel keinem etwas ein. Sie alle gaben Hunter eine ähnliche Antwort: Das Ganze liege dreizehn Jahre zurück, und in einer Schule mit so vielen Schülern seien Mobbing, Auseinandersetzungen und dumme Streiche praktisch an der Tagesordnung. Das war keine Übertreibung, sondern eine Tatsache: Stärkere Schüler schikanierten schwächere, Sportler hänselten Sportmuffel, Mädchen verspotteten andere Mädchen wegen ihrer Haare, ihrer Klamotten, ihrer Schuhe oder aus irgendeinem anderen von Millionen von »Gründen«. Deshalb schlossen sich die meisten Schüler auch einer Gruppe an. Sobald jemand als Einzelgänger oder Außenseiter wahrgenommen wurde, war er Freiwild.

Hunter hatte gerade sein kurzes Gespräch mit dem Wachmann, der letzten Person auf der Liste, beendet, als das Handy in seiner Jackentasche vibrierte.

»Robert«, sagte Garcia, sobald Hunter abgenommen hatte. »Du wirst es nicht glauben.«

»Hast du was rausgefunden?«

»Das kann man wohl sagen.«

»Ich höre.«

»Pedro Bustamentes Tod war kein Suizid.«

Hunter schwieg einen Augenblick lang. »Hat dir das Detective Lee gesagt?«

»Nein. Detective Lee ist der Ansicht, dass es Selbstmord war«, gab Garcia zurück. »Klarer Fall, meinte er. Aber ich habe etwas entdeckt, das nicht in der Akte stand, die wir heute Morgen bekommen haben.«

»Wirklich? Was denn?«

»Es gab einen handgeschriebenen Abschiedsbrief ... er lag auf dem Waschbecken im Bad. In Mr Bustamentes Handschrift. Seine Mutter hat das damals bestätigt.«

Hunter spürte, wie sich seine Kiefermuskeln anspannten. »Okay, und was stand drin?«

»Sitzt du?«

»Ja. Was stand in dem Brief?«

»In dieser Dunkelheit wird kein Licht je so hell strahlen wie Deins.«

68

Das Handy fest gegen sein rechtes Ohr gepresst, saß Hunter ganz still da und starrte ins Leere ... Sein Gehirn allerdings arbeitete auf Hochtouren. Es versuchte eine Abfolge von Ereignissen zu rekonstruieren, deren Sinn sich ganz allmählich immer mehr abzeichnete – zumindest für ihn.

»Robert?«, sagte Garcia nach mehreren Sekunden Totenstille. »Bist du noch dran?«

»Ja, ich bin noch da.« Wieder folgte eine kurze, gedankenvolle Pause. »Das bedeutet, Mr Bustamente war das allererste Opfer des Mentors.«

»So muss es gewesen sein. Anders kann man nicht erklären, weshalb der Mentor ihn und nicht einen seiner nächsten Angehörigen getötet hat. Es lag nicht daran, dass er ein Einzelgänger war und niemanden hatte. Daran habe ich als Erstes gedacht, aber Detective Lee meinte, Pedro hätte ein sehr enges Verhältnis zu seinen Eltern gehabt, vor allem zu seiner Mutter. Seine Eltern leben in Covina, das ist nicht weit von hier. Ich fahre bei ihnen vorbei, sobald ich hier fertig bin.«

»Ausgezeichnete Idee.«

»Wenn Pedro das erste Opfer war«, fuhr Garcia fort, »würde das auch erklären, weshalb die Tat längst nicht so brutal war wie die anderen. Als der Mentor ihn getötet hat, hatte er noch keine Vision, keinen Plan. Er war noch nicht mal der Mentor, sondern einfach nur jemand mit einer Mordswut im Bauch, der sich rächen wollte. Sein erster Mord war eine spontane Tat. Im Affekt. Aus Zorn.«

»Sehe ich genauso«, sagte Hunter. »Deshalb hat der Mentor danach auch mehr als ein Jahr gewartet, ehe er erneut zugeschlagen hat. Im Nachhinein war er mit seinem ersten Mord nicht zufrieden. Kein Leiden, keine Schmerzen, keine Folter ... das reichte ihm einfach nicht. Er musste sich erst mal organisieren ... er brauchte einen konkreten Plan ... und er musste die übrigen Mitglieder der alten Clique aufspüren.«

In dem Moment läutete die Schulglocke. Es war Zeit für sein Gespräch mit Mr Hartley.

»Wenn wir damit recht haben, Robert, und sein erster Mord wirklich eine spontane Tat war, die er vorher nicht durchgeplant hatte ...«

»Bedeutet das, dass er höchstwahrscheinlich nicht so vorsichtig war wie bei seinen späteren Taten«, beendete Hunter den Satz seines Partners. »Möglicherweise hat er Spuren hinterlassen. Wurde der Tatort kriminaltechnisch untersucht?«

»Nein.« Garcia machte keinen Hehl aus seinem Frust. »Er wurde ja gar nicht als Tatort deklariert – klarer Fall von Suizid. Insgesamt hat das Pomona PD nur zwölf Fotos und ein Protokoll des Polizeieinsatzes. Das ist alles.«

»Sie sollen uns alles mailen. Jede Datei, jedes Foto. Man weiß nie.«

»Habe ich bereits veranlasst.«

»Sehr gut.«

»Wie läuft es denn an der Gardena High? Schon Erfolg gehabt?«

»Noch nicht, aber ich rede gleich noch mit einem Lehrer, der die Klasse von 2009 unterrichtet hat.«

»Klingt doch vielversprechend. Ich bin hier gleich fertig und fahre weiter zu Pedro Bustamentes Eltern. Sobald ich mit ihnen gesprochen habe, melde ich mich wieder.«

Hunter legte auf, blieb jedoch regungslos sitzen. Er war damit beschäftigt, die Dinge in seinem Kopf neu zu ordnen und Theorien zu entwickeln, auch wenn sie noch aus der Luft gegriffen zu sein schienen. Er hatte schon mit ähnlichen Tätern zu tun gehabt: Ihre ersten Morde waren spontane Affekttaten gewesen, darauf war eine Ruhephase gefolgt, in der sie sich sammelten und für die nächste Tat einen genauen Plan ausarbeiteten. Bei dieser Art von Fällen gab es immer eine Konstante: Der Zorn war niemals stärker als die Vernunft.

Aus reiner Neugier betrachtete Hunter die kleine Ausleihkarte hinten an der Innenseite des Pappumschlags. Sie war komplett leer. Das Jahrbuch war noch nie ausgeliehen worden.

Abermals warf er einen Blick auf seine Uhr. Es war wirklich höchste Zeit für sein Treffen mit Mr Hartley. Er wollte gerade die Hand ausstrecken, um das Jahrbuch zuzuklappen, da fiel ihm auf, dass die letzten vier Seiten zu einem Sonderteil gehörten, der ihm zuvor nicht aufgefallen war.

Rasch überflog Hunter diesen Teil und studierte die zwölf Fotos auf den Seiten – so weit nichts Ungewöhnliches. Doch als er auf der allerletzten Seite angelangt war, kam ihm ein neuer Gedanke. Er war ziemlich weit hergeholt, aber …

Hastig sprang er auf und ging zurück zum Regal. Diesmal nahm er das Jahrbuch aus dem Jahr 2010 heraus.

Im Stehen schlug er die letzte Seite auf und suchte nach demselben Sonderteil wie im Jahrbuch 2009. Da war er – diesmal waren es nicht nur vier, sondern sogar sieben Seiten. Er las sie durch und betrachtete aufmerksam die Fotos – nichts. Auch dieser Versuch hatte sich nicht ausgezahlt.

Doch als er das Buch schon an seinen Platz zurückstellen wollte, hielt er urplötzlich inne.

»Moment mal«, murmelte er. »Vielleicht habe ich das falsche Jahrbuch.«

Sein Blick wanderte über die Regalreihen, bis er das andere Jahrbuch von 2010 gefunden hatte – nicht das der Junior High, sondern das der Highschool.

»Das würde viel mehr Sinn ergeben.«

Er griff nach dem Buch und blätterte auch diesmal bis zu den letzten Seiten vor.

Das Highschool-Jahrbuch war deutlich dicker als das der Junior High. Der letzte Sonderteil umfasste insgesamt einundzwanzig Seiten, doch Hunter kam nicht dazu, sich alle anzuschauen. Als er an den Anfang des Teils zurückblätterte, erstarrte er unwillkürlich, weil er kaum glauben konnte, was er sah.

»Das kann doch nicht wahr sein.«

Die fassungslos hervorgestoßenen Worte hallten zwischen den Regalen wider. In Hunters Kopf begann sich eine wahnwitzige Theorie zu formen, die er jedoch ganz schnell wieder verwarf. Sie war zu haarsträubend.

»Das kann nicht die Lösung sein.«

Auch das hörte niemand als er selbst.

Er kehrte an seinen Tisch zurück, wo er die drei Fotos auf

der Seite eingehend betrachtete, ehe er noch einmal das Jahrbuch der Junior High von 2009 aufschlug. Er legte beide Bücher aufgeschlagen nebeneinander, um zu überprüfen, ob er richtiglag. Nach weniger als einer Minute hatte er Gewissheit.

Er blätterte weiter zurück und hielt schließlich bei einem Foto inne. Der Junge darauf blickte den Betrachter aus tieftraurigen Augen an.

Hunter schlug das Herz bis zum Hals. Blindlings tastete er nach seinem Handy.

»Robert«, sagte Garcia, der sofort abnahm. »Was gibt's?«

Schweigend las Hunter noch einmal den Namen unter dem Foto. »Carlos«, sagte er. »Ich glaube, ich weiß, nach wem wir suchen.«

»Was?«

»Der Mentor … ich glaube, ich schaue gerade sein Foto an.«

69

Nachdem er von der Gardena Junior High aufgebrochen war, kämpfte Hunter gegen den Drang an, Janet Lang und Josie Griffith mit dem zu konfrontieren, was er in der Schulbibliothek herausgefunden hatte. Er wusste, dass er irgendwann mit ihnen darüber sprechen musste, aber vorher sollte die Rechercheabteilung wenigstens einen Teil seiner Theorie bestätigen. Er hatte genug Erfahrung, um zu wissen, dass die meisten Menschen, wenn sie mit einer unangenehmen Wahrheit konfrontiert wurden, zu Ausflüchten und Lügen neigten, selbst wenn dies negative Konsequenzen für sie hatte.

Hunter war als Erster zurück im Police Administration Building. Garcia kam etwa eine halbe Stunde nach ihm an, nur wenige Minuten vor Captain Blake, deren Termin mit dem Chief of Police und dem Bürgermeister von Los Angeles ein wenig länger gedauert hatte als geplant.

»Sie haben ihn?«, fragte sie entgeistert, als sie in ihr Büro gerauscht kam. »Sie haben den Killer gefunden? Wer ist er?«

Sobald Blakes Meeting beendet gewesen war, hatte sie zwei dringende Nachrichten erhalten. Die erste kam von Garcia, der sie über Sofia Elliots Italienreise informierte und ein Observierungsteam beantragte, das ab sofort ihr Haus überwachen sollte. Die zweite Nachricht war von Hunter.

»Wir haben einen Namen«, sagte er. »Aber noch keinen Aufenthaltsort.«

Captain Blake trat auf ihn zu. »Also gut, ich bin ganz Ohr. Wer ist der Kerl?«

»Sein Name lautet Michael Williams.« Hunter deutete auf eins der neu hinzugekommenen Bilder an der Pinnwand. Es war der Ausdruck eines Fotos aus einem der Jahrbücher der Gardena High. Darauf sah man einen kräftig gebauten Jugendlichen mit blassem Teint, hellbraunen Augen, schwarzen Haaren und einer spitzen Nase. Der lange Pony war schräg nach links gekämmt, sodass er teilweise sein linkes Auge verdeckte, und seine Mundwinkel waren ein Stück nach oben gezogen, als gebe er sich große Mühe zu lächeln, obwohl ihm nicht danach zumute war.

»Williams war siebzehn, als das Foto gemacht wurde«, berichtete Hunter. »Das war vor dreizehn Jahren. Er hat 2009 seinen Highschool-Abschluss gemacht. Bislang haben wir noch kein aktuelles Foto von ihm finden können, aber die Rechercheabteilung arbeitet daran.«

»Nichts auf Social Media?«, fragte Garcia. Auch er stand vor der Pinnwand zwischen Hunter und Blake. »Es muss doch Bilder von ihm geben.«

»Die Kollegen haben Dutzende User mit Namen Michael Williams auf drei verschiedenen Social-Media-Plattformen gefunden. Dummerweise ist Michael der vierthäufigste männliche Vorname in den USA.«

Captain Blake lachte trocken. »Typisch ... und lassen Sie mich raten: Dasselbe gilt für Williams?«

»Top drei«, sagte Hunter. »Mehr als zwei Millionen Amerikaner heißen Williams mit Nachnamen, aber ehrlich gesagt, ist das Problem bei Social Media eher, dass man als User ein Profil mit beliebigem Namen erstellen kann. Aus Michael kann also Mike oder Mick oder MC oder sonst was werden.« Hunter legte den Kopf schief. »Wir hoffen natürlich, dass er seinen eigenen Namen benutzt hat, aber sicher können wir nicht sein, deshalb führen die Kollegen zusätzlich auch noch eine Gesichtserkennung durch, und zwar nicht nur von jedem Michael Williams auf Social Media, sondern auch von allen amtlichen Fahrerlaubnissen in Kalifornien, die auf diesen Namen ausgestellt sind.« Die Pause, die folgte, war bleischwer. »Bisher gibt es noch keine Treffer, aber sie haben gerade erst angefangen. Sie jagen den Namen auch durch verschiedene Adressdatenbanken – Grundbesitzer, Kraftfahrzeughalter, Energieversorger, Kreditkarten ... das volle Programm.«

»Können wir nicht seine Eltern ausfindig machen?«, fragte Garcia. »Die wissen doch bestimmt, wo er sich aufhält.«

»Auch darum kümmern sich die Kollegen.«

»Warten Sie mal kurz«, sagte Captain Blake, die bei dem Wort »Kraftfahrzeughalter« leicht die Augenbrauen hochgezogen hatte. »Sie sagten, er hätte 2009 die Highschool verlassen, richtig? Damals wurde doch noch an den Schulen Fahrunterricht erteilt. Falls ich mich recht entsinne, wurde das erst 2012 oder 2013 eingestellt?«

»Stimmt«, sagte Hunter. »Das habe ich auch gleich überprüft, als ich dort war. Michael Williams hat in der Schule keinen Fahrunterricht genommen. Ich habe mir auch seine Anschrift von damals geben lassen. Er hat in der Nähe der Schule gewohnt.«

»Kein Glück, nehme ich an«, sagte Garcia.

Hunter schüttelte den Kopf. »Die Familie Williams ist 2010 weggezogen. Sie lebten in einem kleinen Apartmentkomplex in der West 156th Street. Ich habe mit allen Bewohnern gesprochen, die mir die Tür aufgemacht haben. Niemand konnte sich an sie erinnern.«

»Niemand?« Captain Blake sah Hunter von der Seite an.

»Es waren insgesamt zwölf Wohnungen«, erklärte dieser. »Alle gehören demselben Besitzer, der den Aussagen der Mieter zufolge ziemlich hohe Mieten verlangt. In solchen Wohnungen bleiben die Leute maximal drei oder vier Jahre. Es gab niemanden im Gebäude, der vor zwölf Jahren schon dort gelebt hat. Sie haben die Familie Williams nie gekannt.«

»Haben Sie auch mit dem Vermieter gesprochen?«, wollte Captain Blake wissen.

»Nur am Telefon. Er meinte, sie wären eine nette Familie gewesen und hätten immer pünktlich die Miete gezahlt. Seinen Akten zufolge sind sie im Februar 2010 ausgezogen. Eine neue Adresse hatte er nicht.«

In dem Moment erinnerte sich Garcia an etwas, das Hunter einige Augenblicke zuvor erwähnt hatte. »Warte mal.« Er hob die Hand und sah seinen Partner forschend an. »Du sagtest, er hätte 2009 seinen Abschluss gemacht.« Er zeigte auf das Foto an der Pinnwand. »Und dass er siebzehn war, als das Foto hier aufgenommen wurde ... im selben Jahr?«

»Das sagte ich, genau«, bestätigte Hunter, der bereits wusste, was Garcia daran merkwürdig vorkam. Captain Blake hatte nachdenklich die Stirn gerunzelt, als wäre auch sie kurz davor, den entscheidenden Schluss zu ziehen.

»Als Janet, Troy, Josie, Sofia und Pedro dreizehn beziehungsweise vierzehn waren und gerade die Junior High beendet hatten«, sagte Garcia, der nun auf die Fotos der Clique zeigte, »war Michael Williams schon siebzehn. In der Zwölften.«

»Das ist richtig«, sagte Hunter.

Jetzt begriff auch Captain Blake, was an dem Szenario nicht stimmte.

»Moment«, sagte sie und machte einen Schritt nach vorn. »Es ist doch wohl ausgeschlossen, dass eine Gruppe Achtklässler einen Zwölftklässler mobbt – vor allem wenn er so aussieht.« Sie deutete auf das Foto von Michael Williams. »Er ist gebaut wie ein Boxer.«

»Richtig«, sagte Hunter. »Er wurde auch nicht von ihnen gemobbt.«

Der entscheidende Hinweis lag in der Art, wie Hunter den Satz betonte.

70 *Einige Stunden zuvor – Bibliothek der Gardena High*

Aus reiner Neugier betrachtete Hunter die kleine Ausleihkarte hinten an der Innenseite des Pappumschlags. Sie war komplett leer. Das Jahrbuch war noch nie ausgeliehen worden.

Abermals warf er einen Blick auf seine Uhr. Es war wirklich höchste Zeit für sein Treffen mit Mr Hartley. Er wollte gerade die Hand ausstrecken, um das Jahrbuch zuzuklappen, da fiel ihm auf, dass die letzten vier Seiten zu einem Sonderteil gehörten, der ihm zuvor nicht aufgefallen war. Er war all jenen Schülerinnen und Schülern gewidmet, die während des Schuljahrs verstorben waren. Der Teil trug die Überschrift »In liebevoller Erinnerung«.

Diese drei Worte lösten in Hunters Kopf eine wahre Achterbahnfahrt der Gedanken aus.

Er wusste aus persönlicher Erfahrung und aus seiner langen Zeit als Detective beim Morddezernat, dass nichts größere Rachegefühle weckte als der Verlust eines geliebten Menschen. Was, wenn er und Garcia sich geirrt hatten? Was, wenn der Mentor es gar nicht auf die Clique abgesehen hatte, weil er von ihr gemobbt und erniedrigt worden war? Was, wenn er einen schrecklichen Verlust erlitten hatte, für den er – aus welchem Grund auch immer – diese Clique verantwortlich machte?

Hunter blätterte die vier Seiten um.

Es gab insgesamt zwölf Fotos, auf denen vier verschiedene Schüler zu sehen waren, drei Jungen und ein Mädchen. Jede Seite war einer einzelnen Person gewidmet und enthielt drei großformatige Farbfotos sowie eine Widmung von der Familie, einem Lehrer oder Freunden. Zwei der Jungen waren Brüder, neun beziehungsweise elf Jahre alt, die am selben Tag gestorben waren. Dann gab es noch ein zehnjähriges Mädchen und einen Viertklässler.

Keins der Kinder war in der achten Klasse gewesen. Dennoch entdeckte Hunter auf der allerletzten Seite etwas, das seine Gedanken-Achterbahn in eine neue Richtung lenkte.

Der Viertklässler war im August 2008 gestorben, wurde aber erst im Jahrbuch 2009 aufgeführt – fast ein Jahr nach seinem Tod. Wieso? Die Antwort lag auf der Hand: Der Junge war kurz nach Ende des Schuljahres verstorben, und zu dem Zeitpunkt war das aktuelle Jahrbuch bereits im Druck gewesen. Normalerweise lagen die Jahrbücher Ende Juni vor. Das bedeutete, dass Schüler, die während der Sommerferien oder kurz davor starben, erst im darauffolgenden Jahr ihre Widmung bekamen.

Hunter stand auf und kehrte noch einmal zum Regal zurück. Diesmal nahm er das Jahrbuch von 2010 und schlug es auf den letzten Seiten auf. Dort gab es insgesamt sieben Gedenkseiten. Auch diesmal wurde jedem Schüler eine Seite gewidmet. Hunter las alle Widmungen und studierte sämtliche Fotos. Keiner der verstorbenen Schüler war in der achten Klasse gewesen.

Wieder ein Versuch, der sich nicht ausgezahlt hatte.

Doch als er das Buch schon an seinen Platz zurückstellen wollte, hielt er urplötzlich inne.

»Moment mal«, murmelte er, als ihm bewusst wurde, wo er eventuell einen Fehler gemacht hatte. »Vielleicht habe ich das falsche Jahrbuch.«

Wenn ein Schüler aus der Klasse von 2009 nach Ende des Schuljahrs verstorben war, bekam er erst im nächsten Jahrbuch eine Gedenkseite – allerdings nicht in dem der Junior High, sondern in dem der Highschool, weil er ja normalerweise zum fraglichen Zeitpunkt ein Neuntklässler gewesen wäre.

Hunters Blick flog über die Regalreihen, ehe er das 2010er-Jahrbuch der Gardena High fand.

»Das würde viel mehr Sinn ergeben.«

Er griff nach dem Buch und schlug es auf den letzten Seiten auf.

Das Highschool-Jahrbuch war deutlich dicker als das der Junior High. Der letzte Sonderteil umfasste insgesamt einundzwanzig Seiten, doch Hunter kam nicht dazu, sich alle anzuschauen. Als er an den Anfang des Teils zurückblätterte, erstarrte er unwillkürlich, weil er kaum glauben konnte, was er sah.

Er blickte in das Gesicht eines vierzehnjährigen Mädchens mit glänzendem schwarzem Haar, mandelförmigen braunen Augen und einem fröhlichen Lächeln. Sie war im Juli 2009 wenige Wochen nach ihrem Abschluss von der Junior High gestorben.

Auf einmal krampfte sich Hunters Magen zusammen, und sein Mund wurde trocken, als er die Widmung auf der Seite las.

In dieser Dunkelheit wird kein Licht je so hell strahlen wie Deins.
In diesen Augen wird nie ein Mensch so schön sein wie Du.
In diesem Herzen wird keine Liebe je die meine zu Dir übertreffen.
In dieser Seele wird kein Schmerz je größer sein als der, Dich zu verlieren.
In diesem Leben zählt nichts mehr ohne Dich.

Die Unterschrift unter der Widmung gehörte einem Jungen namens Michael Williams, der 2009 seinen Highschool-Abschluss an der Gardena gemacht hatte. Er hatte diese Verse geschrieben. Das tote Mädchen war seine Schwester gewesen, eine gewisse Genesis Williams.

71

Captain Blake und Garcia lauschten schweigend, während Hunter ihnen berichtete, wie er auf Michael und Genesis Williams gestoßen war. Fassungslos betrachteten sie die Seite aus dem Jahrbuch mit der von Michael geschriebenen Widmung an seine tote Schwester.

»Die Verse, die er an jedem Tatort zurücklässt«, sagte Captain Blake, »die waren also gar nicht für die Opfer bestimmt, sondern für seine Schwester?«

»In Wahrheit«, sagte Hunter, »beschreibt er darin seinen Schmerz und seine Trauer. Es ist ein Gedicht über sein eigenes Leid.«

»Wie ist sie denn gestorben?«, wollte Captain Blake wissen.

Hunter schaute zu seinem Partner, und Garcia spürte, wie sich sein Herzschlag beschleunigte. Er kannte die Antwort, noch ehe Hunter sie aussprach.

»Sie hat Selbstmord begangen.«

Schweigen senkte sich über den Raum.

»Wie?«, fragte Blake.

»Sie hat sich die Pulsadern aufgeschnitten.« Die Antwort kam von Garcia, der langsam zwei und zwei zusammenzählte.

Hunter nickte. »Ich habe mit ihrem ehemaligen Geschichtslehrer gesprochen. Er unterrichtet immer noch an der Schule und konnte sich daran erinnern, wie er in den Sommerferien – im Juli 2009 – davon gehört hat.« Hunters Miene war betroffen. »Sie hat sich in der Badewanne die Pulsader aufgeschnitten … im Badezimmer ihrer Familie. Aber jetzt kommt's.« Hunters Blick kehrte zu Garcia zurück.

»Nur auf einer Seite«, sagte dieser, während er seinen Partner ansah. »Auf der linken … Der Schnitt war so tief, dass sie sich fast die Hand abgetrennt hat.«

Hunter nickte.

Captain Blake kniff sich in die Nasenwurzel. »Die logische Schlussfolgerung wäre also, dass diese fünf hier«, sie zeigte auf die Fotos von Janet, Troy, Josie, Pedro und Sofia, »das Mädchen damals so übel gemobbt haben, dass sie es irgendwann nicht mehr aushielt.«

»Offenbar«, bestätigte Hunter. »Und das ist vermutlich auch der Grund, weshalb er nicht sie umbringt, sondern sich stattdessen ihre Schwestern, Freundinnen, Ehemänner vornimmt ... Menschen, die ihnen nahestehen.«

Blake stutzte. »Ach ja? Warum?«

»Weil das Sterben in gewisser Hinsicht einfach ist«, lautete Hunters Antwort. »Er will es ihnen aber nicht einfach machen. Er will sie leiden sehen.«

»Einfach?« Captain Blake legte die Stirn in Falten.

»Wenn man stirbt, hört man auf zu existieren, Captain. Alle Emotionen sind weg. Man empfindet keine Schmerzen mehr, keine Liebe, keinen Zorn, keine Reue oder Schuld oder Scham ...« Er hob die Schultern. »Wenn man tot ist, hat das Leiden ein Ende. Leiden müssen immer nur diejenigen, die weiterleben.«

»Und genau das will er«, führte Garcia den Gedankengang seines Partners fort. »Er gibt diesen fünf Menschen nicht nur die Schuld an dem, was seiner Schwester passiert ist, sondern auch daran, was er durchmachen muss ... an all den Schmerzen, die er in den letzten dreizehn Jahren gelitten hat.«

»Carlos hat recht«, sagte Hunter. »Er gibt ihnen die Schuld. Vielleicht auch noch anderen. Wir wissen noch nicht, wie weit sich das erstreckt. Klar ist aber, dass er sie nicht tot sehen will. Er will, dass sie Trauer und Schmerz und Verzweiflung erleben – alles, was man empfindet, wenn man einen geliebten Menschen verliert. Er will sie emotional vernichten.« Hunter machte eine Pause. Er fuhr sich mit der Zunge über den Gaumen, fand die Erhebung hinter den Schneidezähnen und übte leichten Druck darauf aus. Das half ihm, sich zu erden. »Wie tötet man jemanden, ohne ihn zu töten?«

Garcias Blick wanderte zu seinem Partner.

»Man höhlt seine Seele aus«, beantwortete Hunter seine

eigene Frage, »und füllt sie mit Schmerz. Man nimmt ihm das, was er am meisten liebt.«

Diese Worte lösten etwas in Captain Blake aus. »Wieso kommt mir das bekannt vor?«, fragte sie und fuhr sich mit der linken Hand über den Nacken. »Und warum wird mir dabei ganz anders?«

»Lucien Folter«, sagte Garcia.

Captain Blakes Herz setzte einen Schlag aus. »Was?«

»Das hat er zu Robert gesagt, nachdem er Tracys Eltern getötet hatte, wissen Sie noch?«

Hunter heftete den Blick zu Boden.

»Sie wollen doch nicht etwa andeuten, dass …«

»Nein«, sagte Hunter schnell, ehe Captain Blake ihre Frage zu Ende formulieren konnte. »Lucien hat nichts mit diesem Fall zu tun, aber der Grundgedanke hinter den Taten ist derselbe. Wenn man jemanden wirklich leiden sehen will, bringt man ihn nicht um – man nimmt ihm das, was ihm am wertvollsten ist, und zwingt ihn, den Rest seines Lebens die Qualen dieses Verlusts zu ertragen.«

»Das muss auch der Grund sein, weshalb der Mentor ihnen hinterher eine Nachricht mit einem Video schickt«, ergänzte Garcia. »Das macht er, um sie vollends zu brechen. Um ihnen vor Augen zu führen, wie sehr ihre Lieben gelitten haben. Wenn sie den Schmerz nicht ertragen können … wenn sie den Tod diesem Leiden vorziehen … dann müssen sie die Sache selbst in die Hand nehmen, so wie Troy es getan hat.«

»Und Genesis Williams«, sagte Hunter.

Captain Blake stemmte die Hände in die Hüften und ließ den Blick über die Pinnwand wandern … dann noch einmal … und schließlich ein drittes Mal.

»Okay«, seufzte sie. »Dann habe ich jetzt ein paar Fragen. Wenn dieses Mädchen – Genesis Williams – sich im Juli 2009 das Leben genommen hat und ihr Bruder der alten Clique die Schuld daran gibt, warum hat er dann so lange damit gewartet, sich an ihnen zu rächen?«

»Die naheliegendste Erklärung«, sagte Hunter, »wäre, dass Michael Williams erst vor ungefähr einem Jahr herausgefunden hat, dass die Clique für den Suizid seiner Schwester verantwortlich war. Davor hat er wahrscheinlich bei niemandem die Schuld gesucht und deshalb auch nichts unternommen.«

Captain Blake biss sich nachdenklich auf die Unterlippe.

»Wir wissen ja nicht, was aus ihm geworden ist, nachdem seine Schwester sich das Leben genommen und er die Gardena High verlassen hat«, fuhr Hunter fort. »Ja, dreizehn Jahre später foltert und mordet er auf unfassbar sadistische Weise, aber das bedeutet nicht zwangsläufig, dass er sofort nach dem Suizid seiner Schwester durchgedreht ist. Es ist gut möglich, dass er nach seinem Schulabschluss einen Job angenommen und sich in die Arbeit gestürzt hat, um nicht an das Geschehene denken zu müssen ... Vielleicht ist er aufs College gegangen oder hat sich eine Auszeit genommen, hat Kalifornien oder sogar das Land verlassen, weil er Abstand brauchte. Das alles wissen wir nicht, Captain, aber was immer auch passiert ist ... egal, wie gut oder wie schlecht jemand einen solchen Verlust verarbeitet ... die entscheidende Frage, die sich jeder stellt, wenn er mit dem Selbstmord einer nahestehenden Person konfrontiert wird, ist die nach dem Warum.«

Diesmal war Captain Blake diejenige, die zu Boden blickte. Weder Hunter noch Garcia wussten dies, aber kurz bevor sie zum Captain des Raub- und Morddezernats des LAPD ernannt worden war, hatte sich eine ihrer engsten Freundinnen das Leben genommen. Bis zum heutigen Tag fragte sich Captain Blake, was sie dazu getrieben hatte.

»Das Problem«, fuhr Hunter dort, »ist, dass es in den seltensten Fällen eine zufriedenstellende Antwort auf diese Frage gibt, selbst wenn die Person einen Abschiedsbrief hinterlässt. Der Einzige, der die wirklichen Gründe kennt, ist die Person selbst. Alle anderen können letzten Endes nur spekulieren ... und leider kann der Mensch in solchen Fällen auch gar nicht anders. Wir suchen immer nach Antworten auf Dinge, die wir nicht verstehen. Das liegt in unserer Natur.«

»Und wenn wir keine wahren Antworten bekommen können, die unseren Schmerz lindern«, sagte Garcia, »erfinden wir welche.«

»Das stimmt«, sagte Hunter. »Ich wette, in seinem Kopf hat Michael Williams diese Frage unzählige Male auf verschiedenste Weise beantwortet. Aber tief im Innern wissen wir meistens, dass das, was wir uns in Gedanken zurechtspinnen, nichts mit der Wirklichkeit zu tun hat, deshalb hören wir nie auf, uns zu fragen.« Er tippte mit dem Zeigefinger auf Michael Williams' Foto. »Er hat jedenfalls nie damit aufgehört.«

Captain Blake dachte an all die vielen Szenarien, die sie sich nach dem Suizid ihrer Freundin im Laufe der Jahre im Kopf zurechtgelegt hatte. Warum hatte sie es getan? Was war ihr in den Augenblicken vor ihrem Tod durch den Kopf gegangen? Warum hatte sie sich keine Hilfe gesucht?

»Und zwölf Jahre später«, sagte Garcia und holte Blake in die Gegenwart zurück, »muss Michael Williams auf etwas gestoßen sein, was er vorher nicht wusste. Vielleicht ist er zufällig einer alten Freundin seiner Schwester begegnet ... oder jemandem aus der Clique.«

»Möglich«, sagte Hunter. »Falls es so war, muss es Pedro Bustamente gewesen sein. Deshalb war er auch das erste Opfer. Deshalb musste er sterben, nicht einer seiner Lieben wie bei den späteren Morden.«

»Das wäre meine nächste Frage gewesen«, sagte Captain Blake. »Alles, was Sie eben gesagt haben – dass der Täter seine Opfer leiden sehen will, indem er sie weiterleben lässt –, trifft auf den ersten Fall nicht zu ... wenn es denn überhaupt ein Mord war.«

»Es war Mord«, bekräftigte Garcia, ehe er ihr rasch von seinem Gespräch mit Detective Lee berichtete. Er erzählte vom ersten Vers aus Michael Williams' Gedicht an seine Schwester, der im Badezimmer des Toten gefunden worden war und den man fälschlicherweise für einen Abschiedsbrief gehalten hatte. Dann erklärte er ihr das mit der einen aufgeschnittenen Pulsader.

»Pedro Bustamente war der Anfang«, schloss er. »Vor ihm gab es keinen Mentor, keinen Racheplan, keine sieben Stufen. Der erste Mord war noch nicht minutiös durchgeplant – wenigstens nicht in einem vergleichbaren Maß wie die anderen. Es war eine relativ spontane Tat. Michael Williams war voller Wut, nachdem er die Wahrheit über den Tod seiner Schwester erfahren hatte.«

Hunter sah an Captain Blakes Miene, dass das Ganze für sie langsam einen Sinn ergab.

»Nach diesem ersten Mord«, sagte sie, »hat er also beschlossen, auch die anderen ausfindig zu machen.«

»Exakt«, sagte Hunter. »Aber er hat auch gemerkt, dass ein vorgetäuschter Selbstmord nicht genug war, um seinen Zorn und seinen Rachedurst zu befriedigen.« Er fuhr sich mit der Hand über den Mund. »Und man kann leicht nachvollziehen, warum. Pedro Bustamente war tot, das bedeutete ein Ende seiner Qualen. Aber Michael Williams lebte noch. Seine Qualen, sein Schmerz, sein Zorn waren noch da. Was für eine Ungerechtigkeit.«

»Also hat er sich die Zeit genommen, einen Plan auszuarbeiten«, sagte Blake. »Damit sie so litten, wie er gelitten hatte und immer noch leiden musste?«

»Er wollte ihnen antun, was sie ihm angetan hatten.« Garcia nickte. »Auge um Auge.«

»Menschen sind immer schon dem Irrglauben aufgesessen, dass Rache sie heilen kann«, sagte Hunter. »Man braucht nur einen Blick in die Geschichte zu werfen.«

Captain Blake seufzte. »Jetzt müssen wir ihn also nur noch fassen.«

»Wir kennen seinen Namen, Captain«, sagte Garcia. »Wir wissen, wer er ist, und es sieht ganz danach aus, als wüssten wir auch, wen er als sein nächstes Opfer auserkoren hat.«

»Sofia Elliots Ehemann.« Captain Blake nickte. »Und ehe Sie fragen: Ja, heute Abend beginnt die Überwachung ihres Hauses.« Sie sah auf ihre Uhr. »Das SIS ist wahrscheinlich schon vor Ort.«

Die Special Investigation Section des LAPD war eine Elitetruppe für taktische Einsätze. Sogar das FBI nutzte gelegentlich ihre Dienste bei Observierungen.

»Dann dürfte es ja nur noch eine Frage der Zeit sein, bis wir ihn schnappen«, meinte Garcia.

»Waren Sie mit diesen neuen Informationen schon bei Janet Lang oder Josie Griffith?«, wollte Blake wissen.

»Nein, bisher noch nicht. Ich will vorher noch so viele Informationen wie möglich über Michael und Genesis zusammentragen. Die beiden Frauen machen gerade Entsetzliches durch, Captain. Sie sind nahe daran, seelisch zu zerbrechen, falls das nicht bereits geschehen ist. Sie jetzt mit so was zu konfrontieren – mit dem Gedanken, dass dieser ganze Wahnsinn möglicherweise die Vergeltung für etwas ist, das sie vor dreizehn Jahren getan haben – könnte der Tropfen sein, der das Fass zum Überlaufen bringt. Genau das will der Täter. Er will, dass sie wissen, dass es ihre Schuld ist.«

Wieder einmal studierte Captain Blake die neuen Bilder an der Pinnwand. Diesmal richtete sie ihre Aufmerksamkeit auf die drei Farbfotos von Genesis Williams. Es gab nur ein einziges Ganzkörperfoto von ihr, auf dem sie an einer Backsteinwand lehnte. Ihr rechtes Bein war abgewinkelt, der Fuß an die Wand gestützt, und sie hatte die Daumen durch die Gürtelschlaufen ihrer Jeans gehakt, die an beiden Knien zerrissen waren. Offene schwarze Haare umrahmten ihr zartes Gesicht. Die Pose wirkte in keinster Weise gestellt. Die Freundlichkeit und Offenherzigkeit in ihrem Blick verliehen ihr etwas Friedvolles, als könne sie nur sehr wenig aus der Fassung bringen.

»Auf diesen Fotos«, sagte Blake mit verwunderter Miene, »sieht sie aus wie ein sehr nettes, hübsches Mädchen. Jemand, der keine Schwierigkeiten hat, Freunde zu finden.«

»Sie nehmen mir die Worte aus dem Mund, Captain«, sagte Garcia. »Weshalb wurde sie gemobbt? Sie wäre attraktiv genug gewesen, um Teil der Clique zu sein.«

Hunter sah die beiden mit hochgezogenen Augenbrauen an. »Euch ist nichts Ungewöhnliches an ihr aufgefallen?«

Garcia und Captain Blake betrachteten das Foto noch einmal sehr aufmerksam und versuchten, auf jedes Detail zu achten.

Um ihnen auf die Sprünge zu helfen, hakte Hunter die Daumen in die Gürtelschlaufen seiner schwarzen Jeans.

In dem Moment fielen ihnen Genesis Williams' Hände auf.

72

Das Studio-Apartment war klein. Es bestand lediglich aus einer winzigen Küche, einem Bad sowie einem kombinierten Wohn- und Schlafzimmer von der Größe einer Parklücke. Sowohl Bett als auch Tisch ließen sich an die Wand klappen, und man konnte immer nur ein Möbelstück von beiden benutzen. Im Moment war das Bett hoch- und der Tisch heruntergeklappt. Auf ihm stand eine halb leere Flasche Heaven's Door Bourbon neben einem Glas, mehreren Fotos und einem angebissenen Sandwich. Der Himmel jenseits des einzigen Fensters war schon einige Stunden zuvor dunkel geworden, aber die Nacht war sternklar mit einem hellen honiggoldenen Mond.

Am Tisch mit Blick aufs Fenster saß »der Mentor« und packte sorgfältig die Gegenstände, die er auf dem Fußboden zurechtgelegt hatte, in eine Reisetasche, ehe er den Reißverschluss zuzog.

Es hatte eine Planänderung gegeben. Dieser Detective vom LAPD kam mit seinen Ermittlungen deutlich schneller voran als gedacht. Sicher, ihre erste Begegnung war erwartbar, sogar geplant gewesen. Aber nicht das Aufeinandertreffen heute. Offenbar kam er der Wahrheit langsam näher ...

Obwohl – eigentlich konnte man das, was am Nachmittag passiert war, nicht wirklich als ein Aufeinandertreffen bezeichnen. Im Grunde war es sogar ein großer Glücksfall gewesen.

»Dem Mentor« war es bereits gelungen, eine Kopie des Schlüssels zu Sofia Elliots Haus anfertigen zu lassen. Das war relativ einfach gewesen. Die Nachbarin, eine Mrs Perks, hatte sich netterweise bereit erklärt, auf die Katzen aufzupassen, während Sofia und ihr Mann in Italien waren, und hatte Sofias Hausschlüssel unter einem Blumentopf neben dem Haus deponiert –, wahrscheinlich, damit sie ihn nicht aus Versehen verlegte. Am Morgen nachdem Sofia und ihr Mann aufgebrochen waren, hatte der Mentor das Versteck entdeckt. Es war ein Kinderspiel gewesen, den Schlüssel zu nehmen, eine Kopie davon machen zu lassen und das Original an seinen Platz zurückzulegen, ehe Mrs Perks zum nächsten Mal kam, um die Katzen zu füttern.

An diesem Nachmittag hatte »der Mentor« eigentlich vorgehabt, sich einmal gründlich im Haus umzusehen. Im Voraus zu wissen, wo man sich gut verstecken konnte, hatte sich bisher jedes Mal bezahlt gemacht.

Aber dann war etwas dazwischengekommen.

»Der Mentor« hatte seit nicht mal fünf Minuten an der Straße geparkt, als der Detective gekommen war. Er hatte vor Sofias Haus gehalten, war ausgestiegen und hatte geklingelt.

Natürlich hatte niemand aufgemacht.

Er hatte durch die Fenster gespäht, ehe Mrs Perks herausgekommen war und ihn angesprochen hatte.

Damit hatte der Mentor nicht gerechnet. Wenn das LAPD bereits über Sofia Elliot Bescheid wusste, hieß dass, sie arbeiteten schneller als erwartet. Deshalb war eine Anpassung des Plans vonnöten gewesen.

Es hatte vierzehn Monate Vorbereitung sowie schier übermenschliche Geduld und Disziplin gekostet, Tag für Tag, Nacht für Nacht jede einzelne Zielperson zu observieren und sich mit ihren Gewohnheiten und ihrem Tagesablauf vertraut zu machen, damit sie irgendwann das bekommen konnten, was sie verdienten.

Der neue Plan war alles andere als narrensicher. Er war längst nicht so ausgereift und detailliert wie der ursprüngliche, außerdem war das Risiko, dass etwas schiefging, deutlich höher. Aber er würde funktionieren – ganz einfach deshalb, weil er funktionieren musste.

»Der Mentor« füllte sein Glas auf und trat ans Fenster. Das Brennen des Alkohols in der Kehle tat gut.

Bald hätte das Warten ein Ende. Doch vorher gab es noch etwas zu erledigen.

73 Aufgrund des Kamerawinkels und der Tatsache, dass Genesis Williams ihre Daumen in die Gürtelschlaufen ihrer Jeans gesteckt hatte, fiel es nicht sofort ins Auge. Erst durch Hunters Hinweis bemerkten Garcia und Captain Blake, dass Genesis' Hände irgendwie ungewöhnlich aussahen. Trotzdem konnten sie, selbst nachdem sie das Foto aus nächster Nähe studiert hatten, nicht genau erkennen, was mit ihnen nicht stimmte.

»Was ist mit ihren Händen?«, fragte Captain Blake, die mit zusammengekniffenen Augen auf das Foto starrte. »Fehlt ihr ein Finger?«

»Es nennt sich Ektrodaktylie«, sagte Hunter. »Ein Gendefekt, charakterisiert durch das Fehlen oder die Missbildung eines oder mehrerer Finger oder Zehen. Mr Hartley hat mir erzählt, dass bei Genesis Williams nur die Hände betroffen waren, nicht die Füße. In ihrem Fall haben sich an beiden Händen der Zeige- und Mittelfinger nie entwickelt.« Hunter deutete auf die Pinnwand. »Auf dem Foto kann man es nicht richtig erkennen, aber ihre Daumen waren an den Knöcheln nach innen gekrümmt, und Ring- und kleiner Finger waren zusammengewachsen, sodass es so aussah, als hätte sie nur den Daumen und einen Finger.« Er ging zu seinem Schreibtisch und nahm einen Ausdruck in die Hand. »Ich habe es nachgelesen. Ektrodaktylie wird in sechs Schweregrade unterteilt. Ein gekrümmter Daumen und zusammengewachsene Ring- und kleine Finger entsprechen Schweregrad fünf.«

»Mit anderen Worten«, sagte Garcia, »die Krankheit war bei ihr ziemlich stark ausgeprägt.«

Hunter nickte. »Ja, aber sie konnte ihre Hände trotzdem relativ gut benutzen. Sie konnte schreiben, zeichnen, tippen, Auto fahren, Gegenstände greifen und so weiter.« Er heftete den Ausdruck an die Pinnwand. »Ungefähr so haben ihre Hände ausgesehen.« Der Ausdruck stammte von einer medizinischen Website und zeigte eine Hand, bei der Ring- und kleiner Finger zusammengewachsen waren und der Daumen nach innen gebogen war.

Hunter gab Garcia und Captain Blake einige Sekunden Zeit, um das Bild zu studieren, ehe er die Bombe platzen ließ.

»Weil diese Krankheit zu einer Atrophie der Muskeln und zu einer Fehlbildung des Skeletts führt«, erklärte er, »wird Ektrodaktylie auch als ›Hummerklauen-Syndrom‹ bezeichnet.«

Zwei weit aufgerissene Augenpaare starrten ihn an.

»Ist das ein Witz?«, fragte Garcia, obwohl er genau wusste, dass Hunter über so etwas niemals Witze gemacht hätte.

Hunter schüttelte leicht den Kopf.

Garcia richtete seine Aufmerksamkeit auf die Fotos des toten Oliver Griffith. »Jetzt ergibt das langsam einen Sinn.« Er deutete auf die Hummer an Olivers Oberschenkeln.

»Sie waren Hinweise«, sagte Hunter. »Aber sie waren nicht für uns gedacht, sondern für die Person, von der der Täter wusste, dass sie die Leiche finden würde.«

»Olivers Frau Josie.«

»Exakt. Er wollte, dass sie wusste, weshalb ihr Mann gestorben war. Deshalb die Hummer. Deshalb hat er auch den Vers an die Wand geschrieben. Das waren alles Hinweise. Er wollte ihrem Gedächtnis auf die Sprünge helfen.«

»Er spielt also ein gottverdammtes Spiel«, sagte Captain Blake verärgert. »*Fang mich, wenn du kannst.*«

»Eher eine Art Scharade«, gab Hunter zurück. »*Wer bin ich?*«

»Aber warum gab es nur am letzten Tatort solche Hinweise?«, wollte Blake wissen.

»So war es ja gar nicht«, sagte Hunter. »Er hat an jedem seiner vier Tatorte eine Verszeile zurückgelassen, nur konnte sie niemand einordnen. Und vielleicht gab es auch noch weitere Hinweise – die Art, wie die Leichen inszeniert waren, die Mordmethoden oder bestimmte Requisiten, die er verwendet hat.« Hunter zuckte mit den Schultern. »Wir wissen es nicht, weil die Hinweise nicht für uns bestimmt waren, sondern für die Leute, die Genesis Williams gekannt haben.«

»Hat ihr Lehrer denn erzählt, dass es Probleme mit Mobbing gab?«, fragte Captain Blake. »Haben andere Schüler sie gehänselt?«

»Er sagte, in seinem Unterricht hätte er so was nie erlebt. Er wusste nichts von Mobbing, aber das bedeutet natürlich nicht, dass es nie vorkam. Das hat er auch bereitwillig eingeräumt.«

»Wir haben es ja schon festgestellt, Captain«, meinte Garcia. »Kinder sind Kinder – und damit meine ich, dass Kinder manchmal richtige Arschlöcher sein können. Selbst wenn Mobbing kein wiederkehrendes Problem war, bin ich mir sicher, dass es gemeine Bemerkungen, blöde Witze, Zettel in ihrem Spind und so weiter gab ... Garantiert.«

»Aber so oft, dass sie sich deswegen das Leben nimmt?«, fragte Blake.

»Das kommt auf ihre psychische Verfassung an«, sagte Hunter. »Kinder und Jugendliche mit körperlichen Beeinträchtigungen oder einem von der Norm abweichenden Äußeren sind tendenziell anfälliger für depressive Verstimmungen und Unsicherheit, unabhängig davon, ob das Ganze eine genetische Ursache hat oder wie schwerwiegend der Makel wirklich ist. Noch dazu war sie dreizehn – das ist die Zeit, in der man anfängt, sich vermehrt Gedanken über sein Aussehen und seinen Körper zu machen. Mädchen bemerken Jungs, Jungs bemerken Mädchen ... Sie wissen doch, wie das ist. Genesis Williams sah anders aus als die anderen, und gerade in einem Alter, in dem man sich vielleicht zum ersten Mal fürs andere Geschlecht interessiert, kann sich das negativ auf ihr Selbstwertgefühl ausgewirkt und vorhandene Unsicherheiten noch verschärft haben. Selbst wenn sie nicht regelmäßig gemobbt wurde, gab es, wie Carlos sagte, sicher hin und wieder gemeine Kommentare, Spitznamen und dumme Witze. Und leider perlt so was nicht einfach an einem ab. Es wirkt nach. Es häuft sich im Innern an.«

»Das ist so unfassbar traurig«, sagte Captain Blake, als sie einen Schritt von der Pinnwand zurücktrat. »Aber es rechtfertigt nicht diesen wahnsinnigen Mordzug, auf den sich ihr Bruder begeben hat.« Sie warf einen Blick zur Uhr. Es wurde allmählich spät. »Denken Sie, wir schaffen es noch heute Abend, ihn ausfindig zu machen?«

»Schwer zu sagen«, meinte Hunter. »Die Rechercheabteilung gibt ihr Bestes. Die Programme zur Gesichtserkennung laufen sicher die ganze Nacht durch – oder bis es einen Treffer gibt. Wenn wir morgen früh immer noch kein Ergebnis haben, benutzen wir Alterungssoftware bei den Jahrbuchfotos von Michael Williams, um zu extrapolieren, wie er heute aussehen könnte. Die Bilder können wir dann an sämtliche Polizeidienststellen in L. A. und Umgebung schicken und ihn zur Fahndung ausschreiben.«

»Aber wir sind jetzt im Vorteil, Captain«, warf Garcia ein. »Denn wenn wir mit der Vermutung, dass Sofia Elliots Ehemann Lucas sein nächstes Opfer ist, richtigliegen – und ich gehe mal stark davon aus –, dann ist er fürs Erste in Italien in Sicherheit. Es ist Dienstag, er will am Samstag zurückkommen. Das gibt uns drei volle Tage, um Michael Williams zu finden. Und selbst wenn wir das aus irgendeinem Grund nicht schaffen sollten, werden wir Mr Elliot ab dem Zeitpunkt, in dem er aus dem Flieger steigt, jede Sekunde im Auge haben. Sein Haus wird bereits observiert. Um ihn vor uns zu erwischen, müsste der Mentor beziehungsweise Michael sich unsichtbar machen können.« Garcia schüttelte den Kopf. »Und das kann er nicht. Sein Spiel ist aus.«

74

Als Hunter vor seinem Apartmentgebäude in Huntington Park hielt, warf er zunächst einen Blick auf die Uhr am Armaturenbrett seines alten Buick – es war kurz vor elf. Er ließ den Kopf auf das Lenkrad sinken und seufzte in einer Mischung aus Erschöpfung, Anspannung und nervöser Erwartung.

Trotz aller Bemühungen war es der Rechercheabteilung bisher nicht gelungen, Michael Williams aufzuspüren. Hunter wusste, dass es in einer Stadt mit einer Bevölkerung von annähernd neunzehn Millionen selbst mit einem Namen und einem aktuellen Foto Tage, manchmal sogar Wochen dauern konnte, jemanden zu finden. Erst recht, wenn die betreffende Person nicht gefunden werden wollte.

Ehe er nach oben in seine Wohnung ging, rief er noch einmal bei dem SIS-Team an, das Sofia und Lucas Elliots Haus observierte. Er war davon überzeugt, dass Michael, wenn er in Sofias Haus einbrechen und sich dort auf die Lauer legen wollte, dies frühestens vierundzwanzig Stunden vor Lucas' Rückkehr tun würde, mithin nicht vor Samstag. Aber Hunter wusste auch, dass der Mentor bis an die Grenze zur Obsession diszipliniert und systematisch war. Falls er es noch nicht getan hatte, würde er jede Einzelheit überprüfen, ehe er zuschlug. Er würde sich mit jedem Quadratzentimeter des Hauses vertraut machen wollen, um das Risiko eines Fehlers zu minimieren, und was wäre eine bessere Gelegenheit dafür als die paar Tage, in denen niemand zu Hause war?

Bisher hatte es keine Auffälligkeiten gegeben. Abgesehen

von der Nachbarin, die die Katzen gefüttert hatte, war niemand in der Nähe des Hauses gesichtet worden.

Nachdem er geduscht und sich ein Fertiggericht in der Mikrowelle warm gemacht hatte, goss Hunter sich einen großzügigen Schluck fünfzehn Jahre alten GlenAllachie Single Malt ein und setzte sich im Wohnzimmer aufs Sofa. Licht machte er nicht. Im Dunkeln fand er es angenehmer.

Er hob das Glas an die Lippen und genoss das Brennen des Alkohols in der Nase. Er registrierte Aromen von Karamell und süßen Gewürzen, ehe er einen Schluck der bernsteinfarbenen Flüssigkeit trank. Der weiche Scotch erwärmte sich auf seiner Zunge, und er behielt ihn einen Moment lang im Mund, bis sich die Aromen vollständig entfaltet hatten.

Der Whisky linderte die Anspannung in seinen Muskeln und verlangsamte das Gedankenkarussell in seinem Kopf. Irgendwann war er so entspannt, dass er sogar einnickte – direkt auf dem Sofa.

In dieser Nacht blieb er kurioserweise von seiner Schlaflosigkeit verschont und schlief vier Stunden ohne Unterbrechung. Was ihn schließlich weckte, waren nicht die Albträume oder düsteren Gedanken, die ihn seit seiner Kindheit heimsuchten. Es war auch nicht sein Gehirn, das ihn aus dem wohlverdienten Schlaf riss, oder das Klingeln seines Telefons. Diesmal war es ein ganz normaler, weder besonders ungewöhnlicher noch beängstigender Traum.

Er träumte, dass er Blumen auf das Grab seiner Eltern legte, was er tatsächlich immer noch etwa alle zwei Wochen tat.

Er fuhr blinzelnd in die Höhe, ehe er einen Blick auf die Uhr warf. Es war vier Uhr dreiundfünfzig.

Er hatte die Blumen diesen Monat nicht vergessen. Er war sogar erst vor wenigen Tagen auf dem Friedhof gewesen – am Samstag. Das war also nicht der Grund, weshalb er so plötzlich aus dem Schlaf gefahren war. Vielmehr hatte ihn der Traum auf eine Idee gebracht.

Obwohl er das Grab seiner Eltern regelmäßig besuchte, zahlte Hunter eine jährliche Summe, damit sich die Friedhofsgärtner um die Instandhaltung kümmerten – sie führten kleinere Reparaturen aus, machten nach starken Regenfällen sauber, jäteten Unkraut und dergleichen mehr. Das bedeutete, dass der Friedhofsverwaltung seine Kontaktdaten vorlagen – Name, Adresse, Telefonnummer und E-Mail. Er war ihr Ansprechpartner, wenn es Probleme gab oder etwas gebraucht wurde.

In diesem Zusammenhang lag es nahe, dass jemand, der so an seiner Schwester gehangen hatte wie Michael – jemand, der Menschen ermordete, um ihren Tod zu rächen –, hin und wieder ihr Grab besuchte, um dort Blumen niederzulegen. Und wenn dem so war, bestand die Möglichkeit, dass Michael Williams genau wie Hunter für die Grabpflege einen jährlichen Beitrag bezahlte. Man musste lediglich herausfinden, auf welchem Friedhof Genesis Williams begraben lag, und ein bisschen Glück haben.

Die Regierung der USA unterhielt ein spezielles digitales Grabregister, das der Öffentlichkeit nicht zugänglich war. Es wurde von einem Ableger des Gesundheitsministeriums, der sogenannten Health Care Agency, unterhalten. Als Polizist konnte Hunter sich in die Datenbank einloggen und darin suchen. Er hoffte nur, dass Genesis Williams nicht eingeäschert worden war.

Es dauerte nicht lange, ehe das Ergebnis seiner Suche auf dem Bildschirm seines Laptops sichtbar wurde. Genesis Williams war nicht eingeäschert worden. Sie lag auf demselben Friedhof wie Hunters Eltern – was keine besonders große Überraschung war, denn der Rose Hills Memorial Park in Whittier war mit über vierhundertfünfzigtausend Gräbern der größte Friedhof der Vereinigten Staaten.

Doch als er den Eintrag überflog, stutzte er und starrte ungläubig auf die Worte auf dem Bildschirm. Er las alles dreimal, ehe er sich mit den Fingerspitzen die Schläfen massierte.

»Das kann doch nicht sein«, murmelte er, ehe er rasch eine zweite Suche startete.

Das Ergebnis blieb dasselbe.

Das konnte nur eins bedeuten: Sie hatten sich schon wieder geirrt.

75

Der Rose Hills Memorial Park öffnete jeden Tag um Punkt acht Uhr seine Pforten für die Öffentlichkeit, aber Hunter, der seit langer Zeit ein regelmäßiger Besucher war, wusste, dass das Büro der Friedhofsverwaltung oder die Totenhalle immer ab sieben Uhr besetzt waren. Er wusste auch, dass einige Totengräber und Gärtner lange davor mit ihrer Arbeit begannen. Das war der Grund, weshalb er um sechs Uhr dreißig am Haupttor des gut fünfhundertsechzig Hektar großen Geländes in der Workman Hill Road stand. Er wusste, dass er früh dran war, drückte aber trotzdem auf den Knopf der Gegensprechanlage. Vielleicht hatte er ja Glück.

Niemand meldete sich.

Er wollte gerade wieder in sein Auto steigen, um zu warten, als Rafael Ramos, ein dreiundsechzigjähriger Mann, der seit über dreißig Jahren als Gärtner auf dem Friedhof arbeitete, in seinem kleinen grünen Elektrowagen am Tor vorbeifuhr. Er sah Hunters Frontscheinwerfer und ging zu ihm.

»Tut mir leid, Sir«, sagte er mit einem höflichen Lächeln und vom jahrelangen Rauchen heiserer Stimme. Sein mexikanischer Akzent war immer noch stark ausgeprägt. »Der Friedhof öffnet erst um acht.«

»Ich weiß.« Hunter erwiderte das Lächeln des Mannes. »Ich bin in einer offiziellen Angelegenheit hier.« Er zeigte ihm seine Dienstmarke. »Ich dachte, vielleicht ist schon jemand im Büro.«

Ramos rückte seine dicke Brille zurecht und musterte Hunter durch zusammengekniffene Augen. Nach einer Weile erkannte er ihn wieder.

»Ich habe Sie hier schon öfter gesehen, nicht wahr?«, fragte er und trat einen Schritt zur Seite, um nicht von Hunters Scheinwerfern geblendet zu werden.

»Kann gut sein. Ich komme oft her. Meine Eltern liegen hier begraben.«

Ramos überlegte kurz. »Im Garden of Peace, richtig?«, sagte er, stolz auf sein gutes Gedächtnis.

Der Rose Hills Memorial Park war in mehrere Abteilungen gegliedert, die keine Nummern, sondern Namen trugen. Insgesamt gab es drei verschiedene Kategorien von Abteilungen: Gärten, Terrassen und Wiesen.

»Das stimmt«, sagte Hunter. »Ich war erst letzten Samstag hier.«

»Ja, ich glaube, ich habe Sie gesehen.« Der alte Mann sah ihn aufmerksam an und hob den Zeigefinger. »Ganz früh am Morgen, richtig?«

»Frühmorgens komme ich am liebsten.« Hunter nickte. »Manchmal mache ich danach noch einen Spaziergang übers Gelände. Um die Zeit ist alles noch ruhig und friedlich.«

»Hier ist es immer friedlich. Aber ich weiß, was Sie meinen.« Ramos verlagerte das Gewicht von einem Fuß auf den anderen. Er wirkte besorgt. »Sind Sie deshalb hier? Gibt es ein Problem mit dem Grab Ihrer Eltern?«

»Nein, nein, gar nicht«, sagte Hunter und erklärte rasch, dass er nach den Kontaktdaten einer Person suche, die als Ansprechpartner für ein anderes Grab im Friedhofsregister eingetragen sei.

»Ach so, verstehe.« Ramos war beruhigt. »Um welches Grab geht es denn?«

»Der Name lautet Genesis Williams«, antwortete Hunter. »Abteilung und Grabnummer weiß ich allerdings nicht.«

»Ach, damit kann ich Ihnen helfen.« Der alte Mann hob die Hand, ehe er zu seinem Wagen ging und ein Tablet holte. »Genesis Williams, sagten Sie?«

»Genau.«

Ramos tippte den Namen in die Suchmaske ein und betätigte die Enter-Taste.

»Wir haben zwei Genesis Williams«, teilte er dem Detective durch die Gitterstäbe des Tors mit. »Eine Genesis A. Williams in der Terrace of Faith und eine Genesis Williams ohne zweiten Vornamen im Parkview Lawn. Genesis A. Williams liegt hier seit 1956, die andere Genesis Williams seit 2009.«

»Die ist es«, sagte Hunter. »Die von 2009.«

Ramos sah ihn entschuldigend an. »Leider habe ich hier nur sehr begrenzte Informationen verfügbar.« Er zeigte Hunter den Bildschirm. »Die Daten der Angehörigen kann ich nicht einsehen, dafür müssten Sie wirklich ins Büro der Friedhofsverwaltung gehen.« Er zeigte mit dem Daumen über seine Schulter. »Aber ich kann Ihnen das Grab zeigen, wenn Sie möchten? Es ist nicht weit von hier.«

»Ja«, sagte Hunter und nickte energisch. »Wenn es Ihnen nicht zu viele Umstände macht, würde ich es sehr gerne sehen.«

»Ist überhaupt kein Problem, Sir.«

Der alte Mann warf einen Blick auf seine Armbanduhr, ehe er einen sechsstelligen Code in das elektronische Schloss des Tors eingab.

»Parkview Lawn ist direkt hinter der Kapelle. Wissen Sie, wie Sie da hinkommen?«

»Ja, das weiß ich«, sagte Hunter, als er zu seinem Auto eilte.

»Wir treffen uns dann dort, Sir.« Mit diesen Worten schwang sich Ramos wieder auf seinen kleinen grünen Elektrowagen und fuhr davon.

Wenige Minuten später waren sie angekommen und gingen zu Fuß weiter die schmalen Wege zwischen den Gräbern entlang.

»Es ist gleich da drüben«, sagte Ramos und wies voraus. »Gleich hinter den Bäumen.«

Sie gingen noch ein kurzes Stück, dann blieb er stehen und

deutete auf ein Grab direkt vor ihnen. Ein Strauß aus gelben und weißen Blumen stand vor dem Grabstein. Er sah frisch aus. »Aha, das hier ist es. Ja, richtig.«

Der Tonfall des Gärtners machte deutlich, dass er sich an die Grabstelle erinnerte, doch Hunter hörte ihn gar nicht. Er stand wie angewurzelt da und starrte die Inschrift auf dem Grabstein an.

Genesis Williams
19. März 1995 – 14. Juli 2009
14 Jahre
Unsere über alles geliebte Tochter und Schwester
In dieser Dunkelheit wird kein Licht je so hell strahlen wie Deins.
In diesen Augen wird nie ein Mensch so schön sein wie Du.
In diesem Herzen wird keine Liebe je die meine zu Dir übertreffen.
In dieser Seele wird kein Schmerz je größer sein als der, Dich zu verlieren.
In diesem Leben zählt nichts mehr ohne Dich.

Für immer unvergessen

Hunter hatte gewusst, was er vorfinden würde, doch als er nun vor dem Grab stand, lief ihm ein Schauer über den Rücken.

Vor allem, als er die Inschrift auf dem zweiten Grabstein direkt daneben las.

Michael Williams
25. Mai 1992 – 2. Oktober 2010
18 Jahre
Unser lieber Sohn und Bruder
Jetzt passt Du im Himmel auf Deine Schwester auf
Ruht in Frieden, meine Engel

Hunter fröstelte in der kühlen Morgenluft.

»Die Gräber in dieser Abteilung werden von Mario gepflegt«, teilte Ramos ihm mit. »Ich kann ihn holen, wenn Sie wollen, er hat heute um fünf angefangen, zur selben Zeit wie ich. Ich habe sie hier schon oft gesehen. Die Blumen auf dem Grab sind immer frisch. Immer.« Er hielt inne und kratzte sich am Kopf. »Ich bin mir sogar ziemlich sicher, dass sie gestern Nachmittag erst hier war. Deshalb sehen die Blumen auch noch so neu aus.«

Hunter starrte Ramos verständnislos an.

»Sie?«

Ramos nickte. »Ja, die Dame, die dieses Grab besucht. Sie kommt regelmäßig.«

76

Als Garcia um Viertel vor neun im Büro eintraf, hatte Hunter bereits mehr als eine Stunde im vierten Stock verbracht und das Rechercheteam bei seiner Arbeit unterstützt.

Im Friedhofsbüro des Rose Hills Memorial Park hatte er erfahren, dass als Ansprechpartner für die Gräber von Genesis und Michael Williams ihr Vater, ein gewisser John Williams, eingetragen war. Aber erst Friedhofsgärtner Mario Castro hatte Hunter auf die entscheidende Spur gebracht.

»Was ist das alles?«, fragte Garcia beim Eintreten und deutete auf die neuen Fotos und Dokumente, die Hunter gerade an die Pinnwand heften wollte.

»Kein Wunder, dass wir ihn nicht finden konnten«, sagte Hunter, ohne von seinen zahlreichen Unterlagen aufzublicken. »Wir haben nach der falschen Person gesucht.«

»Was?« Garcia warf seine Jacke über die Lehne seines Stuhls. »Wie meinst du das, nach der falschen Person?«

»Michael Williams ...« Endlich hob Hunter den Kopf und sah seinen Partner an, »ist tot.«

»Wie bitte?« Garcia machte ein Gesicht, als hätte er sich verhört. »Wann ist er gestorben?«

»2010«, sagte Hunter. »Ungefähr ein Jahr nach seinem Highschool-Abschluss. Er war achtzehn.«

Garcia zögerte verunsichert. »Bist du sicher?«

Hunter griff nach einem Blatt Papier auf seinem Schreibtisch und reichte es seinem Partner. Es war ein Ausdruck von einem der Fotos, die er auf dem Friedhof gemacht hatte. Darauf waren die Grabsteine von Genesis und Michael zu sehen.

Garcia starrte das Foto lange an, ohne ein Wort zu sagen. Als er den Kopf hob, war seine Miene ein einziges Fragezeichen.

»Ja, ich weiß.« Hunter nickte.

»Was ist passiert? Woran ist er gestorben?«

Hunter nahm ein weiteres Blatt von seinem Schreibtisch. »Wenn man den genauen Todestag kennt«, sagte er, »hat man es deutlich leichter, den Autopsiebericht zu finden.«

Er gab seinem Partner auch das zweite Blatt.

»Überdosis?«, murmelte dieser fassungslos.

»Heroin.«

Garcias Blick geisterte einen Moment lang ratlos umher. »Moment mal. Wie hast du das alles über Nacht rausgefunden? Woher wusstest du überhaupt, wo du suchen musst?«

»Das wusste ich gar nicht«, entgegnete Hunter, ehe er Garcia in wenigen Worten von seiner Idee berichtete, auf die ihn sein Traum gebracht hatte. Er schilderte ihm auch, was er bei der Friedhofsverwaltung herausgefunden hatte.

»Jetzt suchen wir also nicht mehr nach einem Michael, sondern nach einem John Williams«, unterbrach Garcia den Bericht seines Partners. »Ist dir klar, dass der Name John noch häufiger vorkommt als Michael? Und wenn wir mit dem schon solche Probleme hatten ...«

»Nein, wir suchen nicht nach John«, widersprach Hunter. »Er ist nicht der Täter.«

»Und woher weißt du das jetzt schon wieder?«

»Weil er nicht derjenige ist, der regelmäßig Michaels und

Genesis' Grab besucht. Er ist nicht derjenige, der alle zwei Wochen frische Blumen bringt ... das macht ihre Mutter.«

Garcia blinzelte seinen Partner ungläubig an.

»Ihr Name ist Linda Williams.«

Garcias Verstand brauchte eine Weile, um das alles zu verarbeiten. Dann schüttelte er den Kopf, als wäre er soeben aus tiefem Schlaf erwacht. »Warte mal. Soll das heißen, du glaubst, der Täter ist eine Frau?« Er deutete zur Pinnwand. »Eine Frau soll so grausam morden? So sadistisch?«

Es war eine recht gut erforschte Tatsache, dass weibliche Mörder wesentlich weniger brutal vorgingen als ihre männlichen Kollegen. Sie bevorzugten eher Mordmethoden wie Vergiften und Erwürgen und neigten nicht dazu, ihre Opfer zu verstümmeln oder auf eine Weise umzubringen, die sichtbare Verletzungen oder starke Blutungen zur Folge hatte. Darüber hinaus kam es nur höchst selten vor, dass sie ihre Opfer folterten.

»Das Böse trägt nicht immer eine hässliche Fratze, Carlos«, sagte Hunter. »Das weißt du so gut wie ich. Es versteckt sich oft mitten unter uns ... es tarnt sich als Freundlichkeit, Rechtschaffenheit und Hilfsbereitschaft.« Er zuckte mit den Schultern. »Wir reden hier von einer seelisch gebrochenen Frau. Von einer sehr, sehr wütenden Mutter. Ich kann mir durchaus vorstellen, dass jemand in ihrer Situation zur Mörderin wird.«

Garcia wandte seine Aufmerksamkeit wieder der Pinnwand mit all den blutigen, schaurigen Tatortfotos zu. »Und wie bist du dahintergekommen?«

»Mario Castro«, antwortete Hunter. »Er arbeitet seit achtzehn Jahren im Rose Hills Memorial Park als Friedhofsgärtner und kümmert sich unter anderem um die Abteilung, in der das Grab von Genesis und Michael liegt.«

Garcia lehnte sich gegen seinen Schreibtisch. »Und was hat er dir gesagt?«

»Er hat gesagt, dass er nicht bei den Beisetzungen anwesend war, ihre Mutter Linda im Laufe der Jahre aber Hunderte

Male auf dem Friedhof gesehen hat. Er meinte, sie käme mindestens zweimal pro Monat – sie stellt frische Blumen hin, zupft Unkraut, manchmal bringt sie sogar eine Thermoskanne mit und sitzt stundenlang am Grab.«

Garcia sah Hunter mit großen Augen an. »Das heißt, wir müssen nur das Grab observieren lassen und abwarten.«

»Vielleicht«, sagte Hunter. »Allerdings war sie erst gestern Abend da. Die Blumen auf dem Grab waren ganz frisch, und ein anderer Gärtner hat sie gesehen. Das bedeutet wahrscheinlich, dass sie für mindestens zwei Wochen nicht wiederkommt. Lucas Elliot kehrt in drei Tagen aus Italien zurück. Ich wette, sie wird nicht so lange warten, ehe sie zuschlägt.«

»Du hast recht«, sagte Garcia. »Aber wir lassen ja sein Haus beobachten, und sobald er in LAX landet, sind unsere Kollegen an ihm dran.«

Hunter war skeptisch. »Aber was, wenn noch weitere Personen auf ihrer Liste stehen, die wir noch nicht kennen? Was, wenn es mehr Menschen gibt, die sie für den Tod ihrer Tochter verantwortlich macht, als wir glauben? Was, wenn der nächste Name auf ihrer Liste gar nicht Lucas ist?«

Garcia nickte und biss sich auf die Unterlippe. »Dann haben wir ein Problem.«

»Wir müssen sie finden, und zwar schnell. Wir können es uns nicht leisten abzuwarten.«

»Okay. Was wissen wir sonst noch über sie?«

»Tja, Mr Castro hat mir gesagt, dass er sich im Laufe der Jahre ein paarmal mit ihr unterhalten hat. Er meinte, anfangs sei sie fast nie allein gekommen. Sie hat das Grab immer zusammen mit ihrem Mann und ihrem Sohn besucht – zumindest vermutete er, dass es sich um ihren Mann und ihren Sohn handelt. Dann kam der Sohn auf einmal nicht mehr mit. Mr Castro konnte nicht mehr genau sagen, ab wann das war, aber wir wissen ja jetzt, dass es ungefähr nach einem Jahr gewesen sein muss. Zu dem Zeitpunkt ist ihm auch aufgefallen, dass es jetzt ein Doppelgrab war – für Schwester und

Bruder. Eine Weile später – auch hier konnte er nichts mehr über den genauen Zeitraum sagen – kam sie dann nur noch allein.«

Garcia neigte den Kopf zur Seite. »Geschieden?«

»Möglich. Ich habe allerdings die Information erhalten, dass ihr Ehemann John Williams ebenfalls verstorben ist.« Er gab Garcia keine Gelegenheit, eine Frage zu stellen. »Wir wissen nicht, wann, und wir wissen auch noch nicht, wie. Sie hat es Mr Castro gegenüber in einem kurzen Gespräch erwähnt, die Kollegen von der Recherche bemühen sich, die Angaben zu verifizieren. Er meinte, eines Tages vor vielleicht acht oder neun Jahren sei sie auf ihn zugekommen, um ihm mitzuteilen, dass sie in den nächsten Wochen nicht zum Friedhof kommen kann. Sie hat ihn gebeten, sich während ihrer Abwesenheit um das Grab zu kümmern. Er hat mir auch gebeichtet, dass sie ihn direkt bezahlt hat und nicht den Umweg über die Friedhofsverwaltung gegangen ist. Bei der Gelegenheit hat sie auch erwähnt, dass sie verwitwet ist.«

»Aber die Grabstätte ihres Mannes ist nicht in der Nähe?«, fragte Garcia.

»Nein. Das Grab ihrer Kinder ist das einzige, das sie im Rose Hills Memorial Park besucht. Falls er tatsächlich tot ist, glaube ich nicht, dass er dort beerdigt wurde.«

»Eingeäschert?«

»Ich habe im Friedhofsregister nachgeschaut«, sagte Hunter. »Falls John Williams eingeäschert wurde, dann nicht im Rose Hills Memorial Park. Aber jetzt kommt die gute Neuigkeit.«

Garcia sah seinen Partner erwartungsvoll an.

»Linda Williams war damals ja mehrere Wochen lang weg. Das wiederholte sich in den Folgejahren immer wieder in unregelmäßigen Abständen ... bis vor ungefähr einem Jahr, als sie aufhörte zu reisen.«

»Pedro Bustamente«, sagte Garcia. »Der Beginn ihres Rachefeldzugs.«

»Scheint so«, sagte Hunter. »Während ihres Gesprächs mit Mr Castro hat sie auch erwähnt, warum sie so oft unterwegs war. Linda Williams hat früher als Schwester in der Notaufnahme des Gardena Memorial Hospital gearbeitet, aber ein paar Jahre nach dem Suizid ihrer Tochter hat sie gekündigt und stattdessen angefangen, durchs Land zu reisen.«

»Durchs Land zu reisen? Wie ist das zu verstehen?«

»Sie hat Schulen besucht, darunter auch Schulen für Menschen mit Beeinträchtigungen, um dort Vorträge über Depressionen, Suizid und Sucht bei Teenagern zu halten. Sie hat mit Lehrern und Eltern gesprochen und sie darüber aufgeklärt, wie man die Anzeichen besser erkennen kann.« Hunters Schweigen war bedrückt ... nachdenklich. »Sie hat versucht, Gutes zu tun, Carlos. Sie hat versucht, ihren Schmerz in etwas umzuwandeln, das anderen eine wahrhaftige Hilfe sein konnte.«

»Bis etwas passiert ist, was alles verändert hat«, sagte Garcia. »Vor gut einem Jahr.«

Hunter nickte und griff nach einem weiteren Blatt Papier auf seinem Schreibtisch. »Es hat eine Weile gedauert, das hier zu finden, weil die Website nicht mehr existiert, aber das Foto ist ganz passabel.« Er reichte Garcia das Blatt. Das Bild darauf zeigte eine große Frau zwischen Anfang und Mitte vierzig. Ihre glatten schwarzen Haare waren zu einem Pferdeschwanz gebunden, ihre Augenbrauen professionell gezupft. Sie trug nur ein leichtes Make-up, das ihr Gesicht jedoch gekonnt akzentuierte. Man sah sofort, dass Genesis die mandelförmigen Augen und das Lächeln von ihrer Mutter geerbt hatte.

Garcia betrachtete den Ausdruck eine Zeit lang. Hunter entging die Veränderung in seiner Miene nicht.

»O mein Gott!«, stieß Garcia auf einmal entsetzt hervor.

»Was ist?«

Garcia wirkte wie erstarrt.

»Carlos, was ist denn los?«

»Ich kenne sie.« Fassungslos sah er Hunter an. »Robert, ich habe mit ihr gesprochen.«

Hunter erschauerte. »Was? Wann denn?«

»Ganz am Anfang der Ermittlungen«, murmelte Garcia mit versagender Stimme. »Sie war die Taxifahrerin, Robert … die Frau, die Melissa Hawthorne nach der Party im Freehand Hotel nach Hause gefahren hat.«

77

Es dauerte nicht lange, bis die Rechercheabteilung die Adresse von Linda Evans ermittelt hatte – so lautete der Mädchenname von Genesis Williams' Mutter, und unter diesem Namen hatte sie sich auch als Taxifahrerin registrieren lassen. Die Kollegen hatten das Büro des Taxiunternehmens kontaktiert und in Erfahrung gebracht, dass Linda, seit sie Melissa Hawthorne am Sonntagmorgen vor zweieinhalb Wochen vor ihrem Haus in Leimert Park abgesetzt hatte, keine weiteren Fahrgäste mehr befördert hatte.

Aber wenn sie eine Taxilizenz besaß, bedeutete das, dass sie einen gültigen Führerschein haben musste, auf dem ihre aktuelle Adresse stand, und eine Kopie ihrer amtlichen Fahrerlaubnis musste in den Akten des Taxiunternehmens abgelegt sein.

Wie sich herausstellte, lebte Linda Evans in einem kleinen Einzimmerapartment in Torrance, einer Ortschaft unmittelbar südlich von Gardena in der South-Bay-Region des Ballungsraums Los Angeles.

Zwei Minuten nachdem sie die Informationen erhalten hatten, standen Hunter und Garcia in Captain Blakes Büro.

»Wissen wir mit Sicherheit, dass sie sich zurzeit in ihrer Wohnung aufhält?«, wollte Blake wissen, nachdem sie die Neuigkeiten vernommen hatte.

»Nein«, antwortete Hunter. »Aber wir fahren jetzt hin. Ihr Mazda 3 wurde zur Fahndung ausgeschrieben. Wenn eine Streife ihn sieht, sollen sie sie anhalten und festnehmen.«

»In Ordnung.« Captain Blake griff nach dem Telefon auf ihrem Schreibtisch. »Das SWAT-Team ist in fünf Minuten bereit.«

»Warten Sie noch, Captain.« Hunter unterbrach die Verbindung, indem er die Taste der Gabel herunterdrückte. »Wir brauchen kein SWAT-Team.«

Captain Blake fixierte ihn über den Rand ihrer Lesebrille hinweg. »Robert. Sie wollen die wahrscheinlich sadistischste Serienmörderin verhaften, die dieses Dezernat jemals gejagt hat. Sie brauchen sehr wohl ein SWAT-Team.«

»Das sehe ich anders, Captain. Sie ist nicht so wie andere Serienmörder. Sie ist keine geborene Psychopathin. Ihr geht es nicht um den Kick des Tötens, sie versucht nicht, einen mörderischen Trieb in ihrem Innern zu stillen, und sie ist auch nicht auf sexuelle Befriedigung aus. Es gibt keinen unkontrollierbaren Drang, der sie zum Töten zwingt. Sie will sich für den Selbstmord ihrer Tochter rächen. Sie streift auch nicht auf der Suche nach dem nächsten Opfer durch die Straßen. Sie wählt die Menschen, die sie tötet, nicht nach irgendwelchen durch ein Trauma verfestigten Kriterien aus. Sie hat eine Liste mit Namen.«

Captain Blake nahm ihre Brille ab, legte den Telefonhörer jedoch nicht aus der Hand.

»Das Verhalten solcher Mörder«, fuhr Hunter fort, »weicht erheblich von dem psychopathischer Serientäter ab. Wenn ihr klar wird, dass das Spiel aus ist, könnte sie versuchen zu fliehen, aber ich glaube nicht, dass sie tödliche Gewalt anwenden würde.«

»Das wissen Sie nicht, Robert«, hielt Captain Blake dagegen. »Ein SWAT-Team würde Ihnen Sicherheit geben.«

»Im Gegenteil, Captain.« Diese Erwiderung kam von Garcia. »Ein SWAT-Team ist alles andere als unauffällig. Dicke schwarze Autos mit sechs bis zwölf maskierten Polizisten mit Helmen und Maschinenpistolen. Die ganze Nachbarschaft wird es mitbekommen, wenn sie anrauschen.«

»Und falls sie nicht zu Hause ist«, ergänzte Hunter, »kann es gut sein, dass sie irgendwie erfährt, dass wir da waren, und wenn das passiert, finden wir sie so schnell nicht wieder.«

»Wie denn?«, sagte Captain Blake. »Wie sollte sie davon erfahren?«

Garcia lachte leise. »Was glauben Sie denn, was die Leute machen werden, sobald sie sehen, dass ein Fahrzeug vom SWAT-Team vorfährt und schwer bewaffnete Polizisten rausspringen, um ein Gebäude zu stürmen?« Er nickte. »Genau. Social Media. Das Ganze wird überall im Netz zu sehen sein, noch ehe wir bei ihr an die Tür klopfen.«

»Das Gebäude, in dem sie wohnt«, fügte Hunter hinzu, während er einige Luftaufnahmen auf Blakes Schreibtisch legte, »ist drei Stockwerke hoch mit einem Vorder- und einem Hinterausgang, einem Fahrstuhl und Treppenhaus. Es gibt keine externe Feuertreppe. Ihr Apartment liegt im obersten Stockwerk.« Er zeigte es ihr auf den Fotos. »Zu hoch, als dass sie aus dem Fenster springen könnte. Somit stehen ihr nur zwei Fluchtwege offen. Sie muss entweder die Treppe oder den Fahrstuhl benutzen, eine andere Möglichkeit hat sie nicht. Ein SWAT-Team wäre übertrieben.«

Captain Blake wägte einen Augenblick lang ab. »Okay, und wie sieht dann Ihr Plan aus? Sie wollen ja wohl nicht einfach raufgehen und bei ihr klingeln, oder?«

»Doch, genau das haben wir vor, Captain«, sagte Garcia.

Sie funkelte ihn an.

»Wir sagen jedem Zeugen, den wir im Rahmen unserer Ermittlungen befragen, dass wir möglicherweise zu einem späteren Zeitpunkt noch mal auf ihn zukommen müssen. Ich glaube nicht, dass sie weiß, dass wir ihr auf der Spur sind. Sie wird denken, dass wir sie noch mal sprechen wollen, um einige Details abzuklären. Vollkommen harmlos.«

Captain Blakes Blick ging weiter zu Hunter.

»Manchmal ist der simpelste Plan der effektivste«, sagte der.

»Sie tragen aber wenigstens Kevlar-Westen, nicht wahr?«, sagte sie.

»Selbstverständlich«, sagte Garcia.

Ein nachdenkliches Schweigen trat ein.

»Also schön«, sagte sie schließlich und legte den Hörer auf. »Kein SWAT-Team. Aber ein paar Streifenwagen sollen die Straße bewachen, und ich will zwei weitere Detectives am Vorder- und Hinterausgang des Gebäudes haben. Wenn sie wirklich so diszipliniert und systematisch vorgeht, wie Sie glauben, Robert, dann muss sie auch einen Fluchtplan für den Notfall in der Tasche haben.«

»Damit bin ich einverstanden«, sagte Hunter.

»Nehmen Sie Milton und Jacob mit«, wies Blake sie an. »Die sitzen draußen an ihren Schreibtischen. Beides ausgezeichnete Schützen. Falls was schiefgeht, können Sie sich hundertprozentig auf sie verlassen.«

»Wir sagen ihnen Bescheid, wenn wir gehen«, versprach Hunter.

»Gut.« Captain Blake nickte ihren Detectives zu und zeigte zur Tür. »Los geht's. Ab mit euch.«

78

Als Garcia in Richtung Südwesten auf den Harbor Freeway auffuhr, schaltete er Blaulicht und Sirene ein. Torrance war nur neunzehn Meilen entfernt, aber auf dem Freeway garantierte die Sirene, dass sie eine Fahrspur für sich hatten.

Die Detectives Milton und Jacob, die ihnen in einem Kia Optima folgten, machten dasselbe.

»Ich hätte es merken müssen«, sagte Garcia, ohne Blickkontakt zu Hunter aufzunehmen. Er ärgerte sich über sich selbst.

Hunter wusste, dass er von seinem Gespräch mit Linda Evans sprach.

»Nein, Carlos«, sagte er. »Mach dir deswegen bloß keine Vorwürfe.«

»Du weißt, dass sie sich immer irgendwie verraten – durch ein Zucken, ein Zögern, eine Übersprunghandlung … Irgendwas gibt es immer.«

»Nicht immer. Wenn sie unvorbereitet sind, vielleicht – aber das war bei Linda nicht der Fall. Sie ist klug, und sie war auf die Befragung vorbereitet, weil sie genau wusste, dass die Polizei sich früher oder später bei ihr melden würde.«

Garcia sah Hunter aus dem Augenwinkel an.

»Sie war die Letzte, die Melissa Hawthorne lebend gesehen hat«, fuhr Hunter fort. »Sie hat sie nach Hause gefahren. Und sie war keine Fremde, die sie einfach mitgenommen hat, sondern eine lizenzierte Taxifahrerin. Ihr war von Anfang an klar, dass wir rausfinden würden, dass Melissa vom Hotel aus ein Taxi genommen hat, somit wusste sie auch, dass wir sie vernehmen würden.« Er zuckte die Achseln. »Und sie konnte sich denken, welche Fragen du ihr stellen würdest.«

Garcia schaute wieder geradeaus auf die Straße.

»Vielleicht nicht im Wortlaut, aber sie wusste, worum es bei der Befragung gehen würde. Bestimmt hat sie sich auf jede mögliche Frage eine Antwort zurechtgelegt und sie einstudiert – wahrscheinlich sogar vor dem Spiegel, damit sie auf genau die Sachen achten konnte, die dir aufgefallen wären – Gestik, Mimik und so weiter. Ich wette, sie hat alles geprobt. Niemand hätte ihr etwas angemerkt, dafür hat sie gesorgt, Carlos. Sie war perfekt auf dich vorbereitet.«

Sie fuhren an South Park und Green Meadows vorbei in Richtung Athens und Gardena.

»In knapp zehn Minuten müssten wir da sein«, meldete Garcia durchs Funkgerät.

»Wir sind direkt hinter euch«, antwortete Detective Milton.

»Glaubst du, sie ist zu Hause?«, wollte Garcia von Hunter wissen. »Um diese Uhrzeit?«

»Sie nimmt keine Fahrgäste mehr an. Sie arbeitet nicht mehr im Krankenhaus, und sie hält auch keine Seminare mehr ab. Sie ist auf der Suche nach ihren Opfern. Ich an ihrer

Stelle würde mich vorbereiten, noch mal alle Einzelheiten durchgehen … den Ablaufplan für den nächsten Mord studieren. Bislang hat sie nichts dem Zufall überlassen, und das wird sie auch weiterhin nicht tun. Ihre Wohnung ist wahrscheinlich der sicherste Ort für ihre Vorbereitungen.«

Sie hatten gerade die eingemeindete Ortschaft Torrance erreicht, als Hunters Telefon klingelte. Der Anruf kam von Shannon Hatcher aus der Recherche.

»Robert«, sagte sie, als Hunter abnahm. Sofort registrierte er den drängenden Unterton in ihrer Stimme. »Wo bist du gerade?«

»Auf dem Weg nach Torrance zu Linda Evans' Wohnung. Wieso?«

»Sie ist nicht dort«, sagte Shannon.

»Was?« Hunter schaltete den Anruf auf Lautsprecher. »Woher weißt du das?«

»Eine Meldung vom LAX, ihr Reisepass wurde benutzt. Sie ist vor etwa anderthalb Stunden durch den Check-in gegangen.«

»Was?«, riefen die Detectives wie aus einem Mund.

»Vor anderthalb Stunden?«, fragte Hunter alarmiert.

»Wir haben gerade erst die Daten reinbekommen«, sagte Shannon. »Sie sitzt im American Airlines Flug 8649 nach Rom.«

Garcia warf Hunter einen Blick zu. Beiden stand buchstäblich der Mund offen. »Das darf doch nicht wahr sein«, flüsterte er und nahm instinktiv einen Moment lang den Fuß vom Gas.

»Wann soll die Maschine starten?«, wollte Hunter wissen.

»Das ist es ja gerade, Robert.« Shannons nervöse Unruhe schlug in unverhohlenen Frust um. »Der Flug geht in exakt neunzehn Minuten.«

Unbewusst driftete Hunters Blick zu der Uhr am Armaturenbrett.

Garcia schüttelte den Kopf. Er musste nicht erst sein Navi

zurate ziehen, um zu wissen, dass die Zeit niemals reichen würde. »Wir müssen die Maschine irgendwie aufhalten. Selbst mit Blaulicht brauchen wir mindestens fünfundzwanzig Minuten bis zum Flughafen, und dann müssen wir noch durchs Terminal und zum Gate und ... Das können wir unmöglich schaffen.« Trotzdem hatte Garcia bereits die Spur gewechselt, um die nächste Ausfahrt zu nehmen. Er musste auf den San Diego Freeway Richtung Nordwesten.

»Äh ... wo wollt ihr denn hin?«, kam es kurz darauf aus dem Funkgerät. Es war Detective Milton. »Warum fahren wir ab? Ich dachte, es geht nach Torrance.«

»Planänderung«, sagte Garcia hastig. »Wir müssen zum Flughafen. Folgt uns einfach.«

»Verstanden.«

»Shannon, wissen wir, welches Gate es ist?«, fragte Hunter.

»Ja«, antwortete sie. »AA Flug 8649, Abflug von Terminal B, Gate 210 A. Leider liegt das ganz am Ende des Terminals.«

»Wo auch sonst?«, sagte Garcia trocken. »So viel Glück wie wir muss man erst mal haben.«

»Sie hat einen Platz in der Economyclass«, fuhr Shannon fort. »35G, das ist ein Gangplatz im vorderen Bereich. Wir haben auch nach einer Mobilfunknummer gesucht, die auf Linda Evans oder Linda Williams registriert ist. Es gibt über einhundert Nummern auf den Namen Linda Williams im Ballungsraum Los Angeles und einundzwanzig auf Linda Evans. Keine von ihnen gehört zu einer Adresse in Torrance, und keins der Telefone, die wir orten konnten, befindet sich derzeit am LAX.« Sie musste kurz Luft holen. »Es tut mir leid, Robert, wenn sie eine Kreditkarte benutzt hätte, hätten wir das mit dem Flugticket spätestens vor einer Stunde erfahren, aber sie hat mit PayPal bezahlt, und das Konto läuft noch auf den Namen Linda Williams. Dieser kleine Trick hat uns wertvolle Zeit gekostet.«

»Ist schon gut, Shannon«, sagte Hunter. »Halt uns auf dem

Laufenden, falls du sonst noch was rausfindest, und jetzt stell mich zu Captain Blake durch.«

»Wird sofort erledigt.«

Drei Sekunden später war Captain Blake in der Leitung.

Noch fünfzehn Minuten bis zum Start von Flug AA 8649.

79

Linda Evans war ganze zweieinhalb Stunden vor Abflug ihrer Maschine am Flughafen. Eine Stunde später hatte sie den Check-in und die Sicherheitskontrollen durchlaufen und betrat die Lounge für die internationalen Abflüge.

Nachdem sie diesen Garcia vor Sofia Elliots Haus gesehen hatte, war ihr klar geworden, dass sie einen neuen Plan brauchte ... und zwar schnell. Es lag nahe, dass das LAPD davon ausging, dass entweder Sofia oder Lucas Elliot auf ihrer Liste stand. Der nächste Schritt wäre demnach, Sofias Haus observieren zu lassen, was bedeutete, dass sie sich dort ab sofort nicht mehr blicken lassen konnte.

Linda hatte die Visitenkarte behalten, die der Detective ihr vor über einer Woche gegeben hatte – Detective Carlos Garcia, LAPD UV-Einheit. Wie immer hatte sie ihre Hausaufgaben gemacht. Ihren Nachforschungen zufolge war die UV-Einheit des LAPD das erfolgreichste Dezernat im ganzen Land, wenn es darum ging, Serienverbrechen und andere aufsehenerregende Mordfälle aufzuklären. Ihre Quote war sogar noch besser als die des FBI.

Linda war immer schon ein gut organisierter Mensch gewesen. Sie dachte nicht nur voraus, sondern legte auch Wert darauf, für den Fall der Fälle immer einen Plan B parat zu haben. Sie hatte ein ganzes Jahr damit verbracht, ihre Rache zu planen ... hatte jedes einzelne Detail einschließlich möglicher Alternativen genauestens ausgearbeitet. Sie hatte Stunden in Krav Maga genommen, hatte ihre Ernährung umgestellt, sie hatte mit Gewichten trainiert, um ihre Kraft und Fitness zu steigern ... Sie hatte sich sogar eine Neunmillimeter gekauft und schießen gelernt. Bisher war alles reibungslos gelaufen, aber jetzt ... jetzt war ein solcher Fall der Fälle eingetreten.

Linda hatte gewartet, bis der Detective sein Gespräch mit Sofias Nachbarin beendet hatte. Sobald er weg gewesen war, war sie zurück in ihre Wohnung gefahren. Sie musste Plan B in die Tat umsetzen, und zwar schnell.

Der nächste Flug von L. A. nach Rom ging noch am selben Abend. Zu früh – sie hatte nicht genug Zeit, um alles zu organisieren, zu packen und zum Flughafen zu fahren. Aber es gab eine noch recht neue Verbindung von American Airlines, die am darauffolgenden Morgen um zehn Uhr dreißig startete und einen Tag später gegen kurz vor zehn Uhr Ortszeit in Rom ankommen würde. Es gab sogar noch genügend freie Plätze. Ausgezeichnet. Sie hatte Zeit, noch einmal das Grab ihrer Kinder zu besuchen und alles vorzubereiten. Allerdings kam ihr etwas an dem Datum und der Abflugzeit seltsam bekannt vor. Sie konnte nicht genau sagen, weshalb, also schaute sie in ihren Aufzeichnungen nach, und als sie las, was sie sich vor einigen Wochen notiert hatte, musste sie laut lachen.

»Was für ein verrückter Zufall«, murmelte sie kopfschüttelnd. »Oder wer weiß, vielleicht ist es auch ein Omen.« Sogleich machte sie sich daran, das Ticket zu buchen.

Nachdem sie die Sicherheitskontrollen am Flughafen passiert hatte, sah sie sich ein paar Minuten im Duty-free-Shop um. Früher hätte sie dort ein Mitbringsel gekauft – einen teuren Lippenstift für Genesis, ein schönes Eau de Cologne für Michael ... vielleicht sogar etwas für sich und John. Aber diese Zeiten waren lange vorbei. Stattdessen nahm sie eine Flasche Mitcher's Bourbon aus dem Regal. Es war ihr Lieblingswhiskey. Er würde ihr helfen, ihre Nerven zu beruhigen, wenn sie in Italien war.

In einem der Coffeeshops in der Abfluglounge bestellte sie sich einen Espresso und suchte auf den Monitoren nach ihrem Flug. Nicht mehr lange bis zum Boarding.

Sie saß da und ging noch einmal ihren neuen Plan durch.

Dabei strich sie unwillkürlich mit den Fingerspitzen über die langen weißen Narben an ihren Handgelenken. Sie erinnerten sie daran, wie verzweifelt und gebrochen sie gewesen war. Aber auch das lag in der Vergangenheit. Sie hatte endlich ein Ziel gefunden, und das würde sie nicht aus den Augen verlieren.

Linda trank ihren Kaffee aus und sah sich um. Neben einer großen Reklametafel, auf der Werbung für Sonnenbrillen gemacht wurde, standen zwei Flughafenpolizisten und unterhielten sich angeregt. Sie wirkten weder nervös oder alarmiert und schienen auch nicht in der Menge der Passagiere nach jemandem Ausschau zu halten. Das war ein sehr gutes Zeichen, vor allem weil in diesem Moment auf der Anzeigetafel der Status ihres Flugs von »Wartet« zu »Boarding« wechselte. Wenige Sekunden später folgte der Aufruf durch den Lautsprecher.

Ehe sie ihr Handgepäck und die Tragetasche aus dem Duty-free-Shop nahm, tastete Linda abermals nach der zarten Kette um ihren Hals, bis ihre Finger den kleinen Anhänger gefunden hatten. Es war ein winziger goldener Schmetterling. Früher hatte die Kette Genesis gehört. Sie hatte sie an dem Tag getragen, als sie sich das Leben genommen hatte.

Linda hob den Schmetterling an ihre Lippen und küsste ihn zärtlich. »Es wird Zeit, mein Engel«, sagte sie. »Bringen wir es zu Ende.«

80

»Ich habe nicht die Befugnis, einer Maschine vom LAX die Starterlaubnis zu verweigern, Robert«, sagte Captain Blake am Telefon, nachdem Hunter sie über die neuesten Entwicklungen in Kenntnis gesetzt hatte. »Erst recht keinem internationalen Flug. Dafür benötigen wir einen Bundesbeschluss, und um den zu kriegen, brauchen wir stichhaltige Beweise, dass Linda Evans ... Linda Williams ... wie auch immer ... all diese Menschen ermordet hat. Leider sind Beweise genau das, was wir *nicht* haben.« Eine kurze Pause. »In Wahrheit, Robert, haben wir überhaupt nichts in der Hand, was sie mit einem der Tatorte in Verbindung bringt – keine Fingerabdrücke, keine DNA. Das wissen Sie genauso gut wie ich. Kein Bundesrichter wird einen internationalen Flug aufgrund einer vagen Theorie am Start hindern. Was sagten Sie, wann soll die Maschine starten?«

Zum wiederholten Mal sah Hunter auf die Uhr. »In elf Minuten.«

Blake lachte freudlos. »Selbst wenn ich sämtliche Beweise beisammenhätte, wären wir immer noch chancenlos. Wie weit sind Sie noch vom Flughafen entfernt?«

»Etwa siebzehn Minuten, Captain«, sagte Garcia. »Plus minus.«

»Am LAX startet kein Flieger pünktlich«, meinte Blake. »Es kommt immer zu kleinen Verzögerungen.«

»Bei der Glückssträhne, die wir haben«, meinte Garcia, »würde es mich nicht wundern, wenn dieser Flug zehn Minuten zu früh abhebt.«

»Ich rufe den Chief an«, entschied Blake aufgewühlt. »Irgendjemand muss doch ein paar Strippen ziehen können. Wenn er das Flugzeug schon nicht aufhalten darf, kann er vielleicht wenigstens den Abflug verzögern. Wie auch immer, geben Sie Gas, Carlos.«

»Was glauben Sie denn, was wir machen, Captain?«, brummte Garcia. »Den Wagen schieben?«

»Melden Sie sich, wenn es Neuigkeiten gibt, Captain.« Hunter legte auf.

»Dir ist klar, dass Linda Evans nicht fliehen will, oder?«, fragte Garcia, während er nach links ausscherte, um einen VW Golf zu überholen, der sich von den Blaulichtern und Sirenen nicht beeindrucken ließ.

Statt etwas zu erwidern, suchte Hunter in der Kontaktliste seines Telefons nach einer Nummer.

»Sie fliegt nach Italien, um Lucas Elliot zu töten«, fuhr Garcia fort. »Ich bin mir nicht sicher, ob das von Anfang an ihr Plan war oder ob sie gemerkt hat, dass wir ihr auf der Spur sind, und die Angelegenheit beschleunigen will. So oder so, das ist ein verdammt kühner Zug.«

Hunter fand den Namen, nach dem er gesucht hatte.

»Warte kurz«, sagte er. »Ich habe da eine Idee.«

»Wirklich?« Garcias Blick huschte ganz kurz zu seinem Partner, ehe er sich wieder aufs Fahren konzentrierte. »Was denn für eine? Wen rufst du an?«

»Amber Burnett«, sagte Hunter und hob das Telefon ans Ohr.

»Wer ist Amber Burnett?«

»Eine Bekannte von mir. Sie war früher Flugsicherheitsbegleiterin. Inzwischen arbeitet sie als Leiterin der Federal Air Marshal Office am Flughafen hier in L. A. Ich weiß, es ist ein internationaler Flug, aber vielleicht kann sie irgendeine Lösung aus dem Hut zaubern.«

Noch sieben Minuten bis zum Start.

Garcia nickte. »Dann hoffen wir mal, dass sie einen sehr großen Hut hat.«

81

Obwohl Linda in der Economyclass saß, war der Platz wesentlich bequemer, als sie erwartet hatte.

Dies hier war erst ihr zweiter internationaler Flug. Vor zwei Jahren war sie nach Kanada geflogen, um dort sechs verschiedene Schulen zu besuchen und ihre Tagesseminare über Depressionen und Suizid bei jungen Erwachsenen abzuhalten. Linda wünschte, sie würde unter anderen Umständen nach Europa fliegen. Sie hätte zu gerne mehr Zeit in Italien verbracht – und in anderen Ländern Europas ... Frankreich, Großbritannien, Deutschland, Spanien. Aber das sah das Schicksal nicht vor. Sie musste das Beste aus den Karten machen, die man ihr ausgeteilt hatte.

Lindas Handgepäck und der Beutel mit dem Whiskey waren bereits im Gepäckfach über ihrem Sitz verstaut. An der Tür der Maschine begrüßten zwei sehr hübsche, sehr blonde Flugbegleiterinnen die zusteigenden Passagiere.

Zwei weitere Flugbegleiter halfen den Leuten in der Economyclass, ihre Plätze zu finden. Die erste Klasse hatte ihre eigenen Flugbegleiter. Das Boarding erfolgte über die mittlere, unmittelbar vor den Tragflächen gelegene Tür der Maschine. Die Passagiere der ersten Klasse wurden von dort aus nach rechts, diejenigen der Economyclass nach links in die Mitte und den hinteren Bereich der Kabine geleitet.

Linda gab sich Mühe, entspannt zu wirken – sie lehnte sich in ihrem Sitz zurück, hatte die Beine übereinandergeschlagen, den Sicherheitsgurt angelegt, und ihre Hände ruhten locker in ihrem Schoß. Doch in Wahrheit war sie alles andere als entspannt. Bis die Maschine in der Luft war, konnte immer noch eine Menge schiefgehen. Obschon sie sich nach außen hin nichts anmerken ließ, hatte sie die ganze Zeit den Blick auf die beiden Flugbegleiterinnen weiter vorn gerichtet und beäugte aufmerksam jeden einzelnen Passagier, der die Maschine bestieg.

Bisher hatte niemand Anlass zur Beunruhigung gegeben.

Die Maschine war eine Boeing 777, ein relativ breites Flugzeug, das hauptsächlich für Interkontinentalflüge eingesetzt wurde und in der Economyclass über eine Bestuhlung von neun Sitzen pro Reihe verfügte – drei links, drei rechts und drei in der Mitte.

Linda saß auf der linken Seite auf dem Gangplatz 35G. Die zwei Sitze neben ihr belegte ein Paar mittleren Alters, das sich sehr auf seine Italienreise zu freuen schien. Die Frau hatte den Fensterplatz genommen, sodass ihr Ehemann zwischen ihr und Linda saß. Die beiden hatten sie höflich gegrüßt, doch seitdem unterhielten sie sich miteinander und beachteten Linda nicht weiter, was ihr nur recht war.

Erneut schaute sie auf die Uhr – offiziell waren es noch fünf Minuten bis zum Start, allerdings wusste sie, dass es aus dem einen oder anderen Grund fast immer zu einer kleineren Verzögerung kam.

Der Strom zusteigender Passagiere war seit etwa einer Minute versiegt. Wahrscheinlich würde man bald die Tür der Kabine schließen.

Linda atmete auf. Sie konnte nicht bestreiten, dass sie nervös war. Ihr Herz klopfte ein wenig zu schnell. Sie schaute hoch zu dem Gepäckfach über ihrem Sitz. Jetzt hätte sie einen Schluck von dem Bourbon gebrauchen können.

»Guten Morgen, meine Damen und Herren«, kam eine Männerstimme durch die Kabinenlautsprecher. »Hier spricht Ihr Kapitän. Es sind jetzt alle Passagiere an Bord, sodass wir uns bald in Startposition begeben können. Wir warten nur noch auf die Freigabe vom Tower. Bitte stellen Sie sicher, dass Ihr Handgepäck in den Fächern über Ihren Sitzen verstaut und Ihr Sicherheitsgurt geschlossen ist. Ich melde mich wieder, sobald es weitere Informationen gibt. Cabin crew, arm doors and cross-check.«

Auf diese Durchsage hin schloss eine der Flugbegleiterinnen die Tür in der Mitte der Kabine und verriegelte sie.

Linda nahm sich einen Moment Zeit und wartete, bis sich ihr rasender Puls beruhigt hatte. Sie schloss die Augen und griff erneut nach dem Schmetterlingsanhänger an ihrer Halskette.

»Wir sind auf dem Weg, mein Engel«, sagte sie leise. »Wir sind auf dem Weg.«

82

Hunter versuchte, Amber Burnett am Telefon in möglichst wenigen Worten zu erklären, wie wichtig es war, dass Flug AA 8649 am Boden blieb, bis sie LAX erreicht hatten, was in ungefähr dreizehn Minuten der Fall sein würde.

»Wann soll die Maschine planmäßig starten?«, fragte sie. Hunter hörte hektisches Tippen am anderen Ende.

»In circa vier Minuten«, sagte er.

»Scheiße, Robert, ist das dein Ernst? Das Boarding ist längst abgeschlossen, und die Kabinentüren sind verriegelt. Gut möglich, dass sie bereits auf dem Weg zum Runway sind.«

»Irgendwas muss sich da doch machen lassen«, flehte Hunter eindringlich, während er gleichzeitig Garcia einen Blick zuwarf und eine Grimasse schnitt. »Gibt es nicht irgendeinen Code, den man dem Kapitän per Funk übermitteln könnte? Der Flug muss ja nicht gestrichen werden, er soll nur eine Weile warten.«

»Was ein Riesenproblem für den Flughafen und die Fluggesellschaft darstellen würde, Robert«, entgegnete Amber. »Weißt du, wie das System mit den Startzeiten funktioniert?«

Ja, Hunter war mit dem System vertraut. Die Startzeiten der einzelnen Flüge waren eng getaktet. Wenn eine Maschine das ihr zugewiesene Zeitfenster verpasste, musste sie warten, bis ein neues frei wurde. Es stimmte zwar, dass die Flugüberwachung einige Zeitfenster für den Notfall freihielt, weil es immer mal wieder zu Verzögerungen kam, aber auf einem Flughafen mit einem hohen Verkehrsaufkommen wie LAX gab es zwei, vielleicht drei solcher Notfall-Zeitfenster pro Stunde. Falls eine andere Maschine vor 8649 Verspätung hatte, würde sie den ersten freien Platz bekommen. Das bedeutete, dass Flug 8649 lange warten musste, ehe er die Starterlaubnis erhielt.

»Ja«, sagte Hunter. »Ich weiß, wie es funktioniert.«

»Dann verstehst du ja auch, dass jede Verzögerung für eine Fluggesellschaft mit Kosten verbunden ist … mit sehr hohen Kosten. Was nicht unbedingt Begeisterung auslöst.«

»Das ist mir doch alles bewusst, Amber«, sagte Hunter. »Ich hatte einfach gehofft, dass du vielleicht was machen kannst.«

»Damit ich den Piloten offiziell zwingen kann, den Start zu verschieben«, sagte sie, »brauche ich einen Beschluss von einem Bundesrichter.« Eine kurze Pause folgte. »Die Maschine soll in weniger als drei Minuten starten. Logistisch betrachtet, sind wir am Arsch.«

Hunter schloss die Augen und kniff die Lippen zusammen.

»Es sei denn ...«

Hunter riss die Augen wieder auf. »Es sei denn ...?«

»Komm einfach her, so schnell du kannst, Robert ... beeil dich.« Sie beendete die Verbindung.

Hunter und Garcia waren noch elf Minuten vom Flughafen entfernt.

83

Nachdem die Flugbegleiterin die Tür verriegelt hatte, drehte sie sich um und betrat die Bordküche, die sich direkt gegenüber befand.

Drei Minuten nach der offiziellen Startzeit. Bald würden sie sich auf den Weg zum Runway machen.

Die zweite Flugbegleiterin begann derweil, die Trennvorhänge zwischen der ersten Klasse und der Economyclass zu schließen. In dem Moment piepte die Gegensprechanlage an der Wand vor der Bordküche, und ein kleines rotes Licht über dem Hörer leuchtete auf – eine private Nachricht aus dem Cockpit.

Linda reckte den Hals, um besser sehen zu können.

Es fiel ihr nicht schwer, die Miene der Flugbegleiterin zu deuten, während diese den Anweisungen des Kapitäns lauschte. Zunächst war es ein Ausdruck der Verwunderung, der jedoch rasch in Beunruhigung umschlug. Sobald sie aufgelegt hatte, drehte sie sich zu den Passagieren in der Economyclass um. Es sah nicht danach aus, als würde sie nach einer bestimmten Person suchen, sie warf lediglich einen Blick in die Runde. Dennoch hatte Linda den Eindruck, dass etwas nicht stimmte.

»Meine Damen und Herren«, kam erneut die Stimme des Piloten durch die Lautsprecher. »Leider gibt es eine kleinere

Verzögerung. Nichts Dramatisches, bitte machen Sie sich keine Sorgen, es geht lediglich um ein fehlendes Dokument. Wir warten noch kurz, bis ein Mitglied des Bodenpersonals an Bord kommt, damit wir die Sache so schnell wie möglich klären können. Leider bedeutet das, dass wir noch ein Weilchen länger am Boden bleiben müssen. Ich entschuldige mich für die Unannehmlichkeiten, aber wie gesagt, es sollte nicht allzu lange dauern. Ich halte Sie selbstverständlich auf dem Laufenden.«

Drei Sekunden nach dieser Durchsage piepte und leuchtete die Gegensprechanlage bei der Bordküche erneut. Dieselbe Flugbegleiterin nahm den Hörer ab. Kurze Zeit später legte sie auf und entriegelte die Kabinentür. Beide Flugbegleiterinnen nahmen wieder ihre Positionen vom Anfang ein und spähten die mobile Fluggastbrücke hinunter, die die Maschine mit dem Gate verband.

Sechs Minuten nach der offiziellen Startzeit.

Etwas stimmte definitiv nicht, Linda spürte es ganz deutlich. Und es ging dabei nicht um irgendwelche Dokumente. Dann hätten die Flugbegleiterinnen niemals so nervös gewirkt.

Plötzlich machten beide einen Schritt nach vorn, um jemanden in Empfang zu nehmen, der vermutlich gerade den Gang entlangkam.

Lindas Mund wurde staubtrocken.

An der Tür erschien eine Frau. Sie trug Jeans und ein schwarzes Oberteil unter einer dunkelbraunen Lederjacke, die ihr eine Nummer zu groß zu sein schien. Sie hatte einen adretten Kurzhaarschnitt und war ganz sicher kein Mitglied des Bodenpersonals von American Airlines.

Die Flugbegleiterinnen wichen einen Schritt zurück, damit die Frau die Kabine betreten konnte. Gleich darauf wurden die Vorhänge zur ersten Klasse wieder geöffnet, und der Kapitän tauchte auf. Die vier standen im Kreis zusammen, während die Frau ihnen augenscheinlich etwas erklärte. Die größere der beiden Flugbegleiterinnen wandte sich erneut zu den Passagieren in der Economyclass um und ließ den Blick scheinbar ziellos über die Sitzreihen schweifen.

Auch Linda beäugte die anderen Passagiere. Die ersten unter ihnen wurden langsam unruhig.

Vielleicht geht es ja gar nicht um mich, dachte sie. Vielleicht war sie paranoid – aber Paranoia hin oder her, sie musste sich etwas einfallen lassen, und zwar schnell.

Sie hatte bereits den nächstgelegenen Notausgang lokalisiert, der sich nur vier Sitzreihen hinter ihr befand. Rasch dorthin zu gelangen konnte allerdings zum Problem werden, zumal in der betreffenden Reihe alle drei Plätze belegt waren.

Abermals beäugte sie die kleine Gruppe an der Tür. Die Frau war immer noch mit Erklärungen beschäftigt. Der Blick des Piloten driftete ganz kurz zu den Passagieren.

Linda wandte sich ab und tat so, als würde sie ihren Sicherheitsgurt einstellen. In dem Moment erinnerte sie sich an den Zufall – den unglaublichen, irrwitzigen Zufall, auf den sie gestern bei der Buchung des Fluges gestoßen war.

Vielleicht war es wirklich ein Omen. Zufall oder nicht, vielleicht eröffnete sich ihr dadurch ein Plan C. Sie überlegte nur wenige Sekunden, ehe sie eine Entscheidung traf. Es würde hässlich werden, das wusste sie jetzt schon, aber so, wie die Dinge im Moment standen, sah sie keinen anderen Ausweg.

Linda atmete einmal tief durch, löste ihren Sicherheitsgurt und stand auf. Einen Augenblick später hatte sie Kurs auf die Gruppe an der Tür genommen.

84

Während Garcia nach rechts in den World Way abbog, schaute Hunter zum wiederholten Mal auf das Display seines Handys. Keine Nachrichten von Amber Burnett. Der Uhr am Armaturenbrett zufolge hätte der Flug Nummer 8649 von American Airlines vor sieben Minuten abheben müssen.

»Hat sie es geschafft?«, fragte Garcia, der seinem Partner einen schnellen Blick zuwarf.

»Weiß ich nicht«, gab Hunter zurück und hob sein Handy. »Ich habe noch nichts von ihr gehört.«

»Okay«, meinte Garcia. »Scheiß auf die Parkhäuser, ich fahre direkt in die Entladezone der Abflughalle vor Terminal B. Näher kommen wir nicht ran. Von dort müssen wir sprinten wie Usain Bolt.«

Die Sirenen und Blaulichter machten ihnen den Weg frei, doch Garcia brauchte trotzdem noch annähernd eine Minute, bis er endlich vor Terminal B anhielt. Der nächstgelegene Eingang war Eingang A.

Die Detectives Milton und Jacob erreichten das Terminal keine zehn Sekunden später.

Von den Blaulichtern und Sirenen alarmiert, kamen die Sicherheitsleute des Flughafens auf sie zugeeilt, um herauszufinden, was los war, doch noch ehe sie bei Garcias Wagen ankamen, waren beide Detectives mit gezückten Dienstmarken ins Freie gesprungen.

»Morddezernat, LAPD«, rief Hunter. »Aus dem Weg!«

Er wusste, dass das Wort »Morddezernat« in der Regel dazu führte, dass die Leute schneller reagierten, und so war es auch diesmal. Der entstehende Tumult sorgte dafür, dass alle in Haltezone A einen großen Schritt zurückwichen und sich mit großen Augen umsahen. Die meisten griffen hektisch nach ihren Handys, um den Moment festzuhalten.

»Sie können Ihr Auto hier nicht stehen lassen«, rief einer der Sicherheitsleute Hunter und Garcia nach, doch diese waren bereits im Gebäude verschwunden.

»Ist schon gut«, sagte Milton, der sich mit Detective Jacob den Männern näherte, damit diese ihre Dienstmarken gründliche inspizieren konnten, statt lediglich im Vorübereilen einen kurzen Blick darauf zu werfen. Für sie gab es keinen Grund, hinter Hunter und Garcia herzurennen.

»Morddezernat des LAPD. Wir kümmern uns um alles.«

Um diese Uhrzeit herrschte in der Abflughalle von Terminal B nicht sonderlich viel Betrieb, trotzdem waren zahlreiche Passagiere unterwegs. Es war hilfreich, dass Hunter und Garcia wussten, wo sie hinmussten, doch obwohl sie alle paar Sekunden »LAPD, machen Sie Platz!« brüllten, mussten sie fast die gesamte Strecke zwischen Menschen und Gepäckstücken im Slalom zurücklegen.

Als sie sich endlich den Sicherheitskontrollen näherten, traten zwei Officer der Transportsicherheitsbehörde TSA, beide gebaut wie Kleiderschränke, an den Tresen vorbei und stellten sich Hunter und Garcia in den Weg.

»LAPD, Morddezernat«, sagte Hunter außer Atem, die Marke in der Hand. »Wir müssen ...«

»Detective Robert Hunter?«, fragte einer der beiden.

»Ja ...« Er rang keuchend nach Luft. »Das bin ich.«

Garcia war direkt hinter ihm.

»Hier entlang«, sagte der Officer und zeigte auf einen Ausgang ganz weit rechts, der gegenwärtig für Passagiere geschlossen war.

»Amber Burnett vom Federal Air Marshals Office hat uns informiert«, fuhr der Mann fort, während er vorausging. »Wir müssen uns beeilen.«

Zu viert rannten sie weiter.

»Sind Sie bewaffnet?«, fragte der Officer, als sie Ausgang C passiert hatten.

»Ja, wir beide«, antwortete Hunter.

»Dachte ich mir. Hier lang.« Wieder deutete er nach rechts zu einem Durchgang, der an den Sicherheitskontrollen und Metalldetektoren vorbeiführte.

»Ist die Maschine noch am Boden?«, fragte Garcia.

»Für den Moment. Amber befindet sich an Bord.«

Mit dieser Antwort hatten die beiden nicht gerechnet.

Sobald sie die Metalldetektoren umgangen hatten, erreichten sie eine knapp einhundert Meter lange Brücke, die die Abflughalle mit den verschiedenen Gates verband. Die vier rannten, so schnell sie konnten. Hunter und Garcia lief bereits der Schweiß, und Hunter spürte, wie seine Lungen brannten.

Am Ende der Brücke wandten sie sich nach rechts und standen vor Gate 201B.

»Ach du Scheiße!«, japste Garcia, der wusste, dass sie zu Gate 210 A mussten, das sich ganz weit hinten auf der linken Seite der Halle befand – noch gut hundert Meter entfernt. »Müssen wir den ganzen Weg bis nach Rom rennen?«

Sie stürzten an den Passagieren der Gates 202, 203, 204 und 205 vorbei, die aufs Boarding warteten. In der Nähe von Gate 206 A riss sich plötzlich ein kleiner Junge von seiner Mutter los und rannte ihnen quer über den Weg.

»Jason!«, rief seine Mutter und hetzte verzweifelt hinter ihm her.

Hunter, der die Gruppe anführte, war dazu gezwungen, einen Haken zu schlagen. Irgendwie gelang es ihm um Haaresbreite, Mutter und Kind auszuweichen, aber Garcia und die zwei Officer sahen die beiden einen Augenblick zu spät. Um eine Kollision zu vermeiden, wich Garcia nach links aus, während die beiden Officer sich nach rechts wandten. Das Ergebnis hätte nicht komischer sein können, wenn es choreografiert gewesen wäre. Die drei Männer stießen mit voller Wucht zusammen. Garcia, der mit Abstand zierlichste der drei, wurde umgeworfen und traf mit dem Hinterkopf ungebremst auf dem harten Boden auf, wo er benommen liegen blieb.

Die beiden Officer stolperten und gingen ebenfalls zu Boden. Es grenzte an ein Wunder, dass es keine gebrochenen Knochen gab.

Während Hunter mit voller Geschwindigkeit weiterlief, eilten zahlreiche Passagiere von Gate 206 A den drei gestürzten Männern zu Hilfe.

Als Hunter Gate 210 A erreicht hatte, schrie jeder Muskel in seinem Körper nach Sauerstoff. Immerhin musste er jetzt nur noch den kurzen Tunnel zwischen Gate und Maschine zurücklegen, durch den die Passagiere das Flugzeug bestiegen hatten. Ohne ein Wort schoss er an der Mitarbeiterin von American Airlines vorbei. Er hatte weder Zeit noch Atemluft, um ihr zu erklären, was los war.

Der Tunnel machte einen Knick nach links, und sobald Hunter um die Ecke bog, hörte er Lärm und verzweifelte Schreie. Weiter vorn sah er die sperrangelweit geöffnete Tür der Maschine. Im nächsten Moment blieb er abrupt stehen.

Im Innern der Kabine, ein Stück links von der Tür, stand eine zu Tode verängstigte Flugbegleiterin. Zu ihrer Rechten erkannte Hunter Amber Burnett – mit blutüberströmtem Gesicht.

Dann sah er die Pistole.

Wie zum Teufel war es Linda Evans gelungen, eine Waffe an Bord zu schmuggeln?

85

Neun Minuten nach der offiziellen Startzeit.

Linda stand aus ihrem Sitz auf und steuerte die Gruppe bei der Tür an. Dabei tat sie so, als hätte sie etwas im Hals, und fing an zu husten. Sofort wurden die vier auf sie aufmerksam und drehten sich zu ihr um.

»Ma'am«, sagte eine der Flugbegleiterinnen und trat einen Schritt auf sie zu. »Bitte begeben Sie sich wieder an Ihren Platz ...«

Linda hustete nur noch heftiger. Sie presste sich die linke Hand über den Mund und streckte die andere in Richtung der Flugbegleiterin aus, um ihr zu verstehen zu geben, dass sie einen Moment brauchte.

»Bitte, ich muss nur ein Glas Wasser haben«, stieß sie röchelnd hervor. »Mir steckt irgendwas in der Kehle fest.«

»Wenn Sie an Ihren Platz zurückkehren, Ma'am«, sagte die Flugbegleiterin, »bringe ich Ihnen sofort eins.«

Aber Linda ging weiter und hörte nicht auf zu husten. Dabei wandte sie sich ganz leicht nach links, um näher an die dunkelhaarige Frau heranzukommen.

Aus Zeitgründen hatte Hunter nicht allzu viele Details genannt, als er Amber erklärt hatte, dass sie Flug American Airlines 8649 aufhalten müsse, bis er und Garcia den Flughafen erreichten. Er hatte lediglich gesagt, dass eine Verdächtige in einem Dreifachmord versuche, außer Landes zu fliehen. Allerdings hatte er Amber keine Beschreibung gegeben und auch keinen Namen oder eine Platznummer genannt, weil er nicht damit gerechnet hatte, dass sie auf die Idee käme, selbst an Bord zu gehen. Das war ein Fehler gewesen, denn Amber hatte keine Ahnung, hinter wem Hunter und Garcia her waren.

Von ihrem Platz aus hatte Linda bereits registriert, dass die Dunkelhaarige Linkshänderin war. Außerdem war sie sich relativ sicher, dass die zu große Lederjacke dazu diente, eine Schusswaffe zu verbergen. Vermutlich befand sich diese in einem Schulterholster, was bedeutete, dass die Frau entweder eine Polizistin oder eine Luftsicherheitsbegleiterin war. Als Linkshänderin trug sie ihre Schusswaffe mit großer Wahrscheinlichkeit unter der rechten Achsel.

Als Linda noch etwa einen Schritt von der Gruppe entfernt war, drehte Amber sich zu ihr um. Dadurch spannte sich die Jacke etwas über ihrem Bauch, sodass man die Ausbuchtung unter ihrem rechten Arm erkennen konnte.

In dem Moment schlug Linda zu.

Es ging alles ganz schnell – so schnell, dass die Flugbegleiterinnen und der Pilot gar nicht wussten, wie ihnen geschah.

Bei der Gruppe angekommen, tat Linda so, als würde sie über etwas stolpern, und ließ sich gegen Amber fallen. Damit überrumpelte sie alle vier, was auch ihre Absicht gewesen war. Als die beiden Frauen zusammenstießen, fasste sie Amber mit beiden Händen unmittelbar unter deren Armen. Dieses Manöver hatte sie im Krav-Maga-Training gelernt. Amber, durch den Zusammenprall aus dem Gleichgewicht gebracht, taumelte rückwärts in Richtung der geöffneten Kabinentür, doch Linda hielt sie an ihrer Jacke fest. Sie senkte das Kinn auf die Brust und rammte ihren Kopf gegen Ambers Nase.

Ein schauderhaftes Knirschen war zu hören, als wäre jemand auf Glasscherben getreten. Blut spritzte aus Ambers Nase wie aus einem geplatzten Wasserballon und landete auf Linda, dem Kapitän und den beiden Flugbegleiterinnen.

Der Angriff war mit einer solchen Wucht ausgeführt, dass ein markerschütternder Schmerz durch Ambers Nase direkt bis in ihr Gehirn fuhr und ihr fast das Bewusstsein raubte. Sie verlor vollends das Gleichgewicht und hob automatisch die Hände ans Gesicht, um es zu schützen.

Innerhalb eines Herzschlags riss Linda den Reißverschluss von Ambers Jacke herunter, öffnete den Verschluss am Holster und zog die Waffe heraus. Mit der linken Hand stieß sie Amber gegen die Kabinenwand, dann ging sie zwei Schritte auf Abstand.

Das Ganze hatte nur wenige Sekunden gedauert.

Einige der Passagiere in der Economyclass, die auf der linken Seite in der Nähe der Tür saßen, bekamen alles hautnah mit und stießen einen verängstigten Schrei aus, der sich wie eine Welle durch die Kabine fortpflanzte und dabei immer lauter wurde. Er wanderte bis nach hinten und hallte im Innern der Fahrgastbrücke wider, die die Tür immer noch mit dem Gate verband.

Das Geschrei und die Aufregung der Passagiere kümmerten Linda nicht. Im Zurückweichen packte sie die kleinere der beiden Flugbegleiterinnen an den Haaren und schleifte sie mit sich in die Bordküche. Jetzt hatte sie einen menschlichen Schutzschild.

Von hinten hielt Linda der Frau die Waffe an die Schläfe. Sie wollte die anderen gerade auffordern, sich ihr ja nicht zu nähern, als ein großer, muskulöser Mann im Tunnel auftauchte. Als er stehen blieb, sah Linda die Marke an seinem Gürtel. Sie erkannte ihn wieder. Bei ihren Recherchen zur UV-Einheit hatte sie mehrere Fotos von ihm gesehen. Es war der Leiter der Einheit, ein gewisser Detective Robert Hunter.

»Alle bleiben genau da, wo sie sind«, brüllte sie aus voller Kehle, ehe sie die Waffe hoch über den Kopf hob, damit Amber und Hunter sie sehen konnten. Sie entsicherte sie mit dem Daumen, ehe sie sie erneut der Flugbegleiterin an die Schläfe drückte. »Wenn irgendjemand aufsteht, erschieße ich erst die Frau und dann denjenigen, der aufgestanden ist. Wenn ich auch nur ein einziges Handy sehe, erschieße ich zuerst die Frau und dann denjenigen mit dem Handy.« Sie blickte Hunter ins Gesicht. »Und glauben Sie mir, ich treffe immer. Haben das alle verstanden?«

86

Völlig außer Atem stand Hunter, dessen Beine kurz davor waren, den Dienst zu quittieren, wie angewurzelt da, nur wenige Schritte von der Tür der Maschine entfernt.

Von seiner Position aus konnte er Amber sehen, die beide Hände an ihr mit Blut und Rotz verschmiertes Gesicht presste. Der Kapitän und eine der Flugbegleiterinnen standen ganz in der Nähe. Auch ihre Uniformen waren blutbespritzt, allerdings war nicht zu erkennen, ob es sich um ihr eigenes Blut handelte. Auf den ersten Blick wirkten sie unverletzt.

Doch der Großteil seiner Aufmerksamkeit galt der Person, die in der Bordküche stand und einer anderen Flugbegleiterin eine halb automatische Waffe an den Kopf hielt.

Einen flüchtigen Moment lang schauten Hunter und Linda einander in die Augen. In ihrem Blick spiegelte sich eiserne Entschlossenheit.

»Alle bleiben, wo sie sind«, rief Linda, ehe sie sich vergewisserte, dass Hunter sah, dass ihre Waffe entsichert war.

Im gesamten Flieger erhob sich panisches Geschrei, das mehrere Sekunden lang anhielt, doch als Linda erklärte, was passieren würde, wenn sie nicht gehorchten, taten die Passagiere, was von ihnen verlangt wurde. Keiner rührte sich vom Fleck, keiner griff nach seinem Handy.

Sein Instinkt riet Hunter, die Waffe zu ziehen – eine Pattsituation herzustellen, bis Verstärkung eintraf, von der er wusste, dass sie bereits unterwegs war. Aber das, was er über menschliche Psychologie wusste, sagte ihm, dass er die Situation damit nur unendlich schlimmer machen würde. Er wusste kaum etwas über Linda Evans' Geisteszustand oder darüber, wie gestört ihre Realitätswahrnehmung war. Einen bereits verängstigten und seelisch labilen Menschen zu bedrohen war ein Risiko, das er angesichts so vieler Unschuldiger, deren Leben auf dem Spiel stand, nicht einzugehen bereit war. Stattdessen hob er die Hände.

»Linda«, rief er, noch immer außer Atem. »Das wollen Sie doch gar nicht.«

Amber drehte sich um und sah Hunter an. Blut tropfte aus ihrer Nase, und in ihren blutunterlaufenen Augen blitzte der Zorn.

Hunter erwiderte ihren Blick nur ganz kurz, um sie wortlos um Verzeihung zu bitten.

»Ist das so, Detective?«, entgegnete Linda, deren Entschlossenheit nur noch zu wachsen schien.

»Ja«, sagte er energisch, obschon er immer noch nicht wieder ganz zu Atem gekommen war.

Die Flugbegleiterin, die Linda als Geisel genommen hatte, begann zu schluchzen. »Bitte«, sagte sie mit zitternder, kaum hörbarer Stimme. »Bitte, lassen Sie mich los. Ich habe eine Tochter.«

»Seien Sie still«, gab Linda zurück und zerrte noch ein wenig fester an den Haaren der Frau, woraufhin diese einen verängstigten Schrei von sich gab.

»Sie wollen diesen Menschen nichts tun, Linda«, rief Hunter mit erhobenen Händen. »Das weiß ich.« Die beste Chance, sie zu beruhigen, bestand darin, das zu nutzen, was er über sie herausgefunden hatte. »Das weiß ich, weil keiner von diesen Leuten hier ... kein Einziger von ihnen ... Genesis etwas angetan hat.«

Als sie den Namen ihrer Tochter hörte, blinzelte Linda unwillkürlich.

»Wagen Sie es ja nicht, ihren Namen in den Mund zu nehmen«, fauchte sie durch zusammengebissene Zähne. »Sie wissen nichts über Genesis.«

»Ich weiß einiges. Ich weiß, dass keiner der Leute in diesem Flugzeug sie jemals gemobbt oder sich über sie lustig gemacht hat. Sie tragen keine Schuld an dem, was ihr zugestoßen ist, Linda.« Die beiden starrten einander in die Augen. »Und Sie selbst tragen auch keine Schuld.«

Hunter wusste, dass jeder, der einen geliebten Menschen durch Selbstmord verloren hatte, von schrecklichen Schuldgefühlen gequält wurde – vor allem, wenn es Eltern waren, deren Kind gestorben war. Sie suchten verzweifelt nach Antworten. Wo hatten sie versagt? Warum hatten sie die Warnzeichen nicht erkannt? Diese und andere Fragen würden sie den Rest ihres Lebens nicht mehr loslassen. Und selbst wenn sie irgendwann Antworten fanden, hielt das die meisten Eltern nicht davon ab, sich weiterhin Vorwürfe zu machen. Schließlich wären sie für die Sicherheit und das Wohlbefinden ihrer Kinder verantwortlich gewesen. Hunter wusste, dass auch Linda sich zumindest teilweise die Schuld an Genesis' Suizid gab. Weil sie nicht für sie da gewesen war. Weil sie die Not ihrer Tochter nicht rechtzeitig erkannt hatte.

Abermals blinzelte Linda. Jetzt sah Hunter nichts als brennenden Hass in ihren Augen.

»Sie haben keine Ahnung, wessen Schuld es war«, spie sie. »Sie wissen nicht, was passiert ist.«

Die Anspannung unter den Passagieren war kurz davor, in Panik umzuschlagen, alle spürten es. Hunter musste sich etwas einfallen lassen. In solchen Situationen war es oft das Klügste, einfach weiterzureden. Ein Gespräch war allemal besser als eine Schießerei, und Hunter hatte die ideale Gelegenheit dazu, da Lindas letzter Satz ihm die Möglichkeit gab, ihr zu beweisen, dass er sehr viel mehr wusste, als sie glaubte.

»Warum sagen Sie mir dann nicht, was passiert ist?«, fragte er. »Was ist damals an der Gardena Junior High vorgefallen, Linda? Was war mit Janet, Troy, Josie, Sofia, Pedro und Genesis? Was haben sie ihr getan? Warum bestrafen Sie sie jetzt? Ich möchte es wirklich verstehen. Aber erst müssen Sie die Leute gehen lassen.« Hunter atmete aus, während er sich seine nächsten Worte gut überlegte. »Sie können mich als Geisel nehmen, wenn Sie wollen, aber die anderen müssen Sie freilassen, und zwar so schnell wie möglich.«

Erneut machte Hunter eine Pause. Er wollte, dass Linda den Ernst der Lage begriff. Sie musste verstehen, dass sie in mindestens ebenso großer Gefahr schwebte wie alle anderen.

»Eine geladene Waffe in einem Flugzeug – das ist eine der größten Bedrohungen gegen menschliches Leben«, erklärte er ihr. »Auch wenn die Maschine sich noch am Boden befindet. Ich bin mir sicher, dass der Co-Pilot bereits über Funk Meldung gemacht hat. In weniger als zehn Minuten wird die Maschine von SWAT-Teams umstellt sein.« Er schüttelte den Kopf. »Und die wollen definitiv nicht reden, Linda.« Wieder eine Pause, diesmal noch länger und bedeutungsschwerer. »Wenn Sie alle anderen gehen lassen, kann ich die SWAT-Teams zurückhalten. Das hier muss kein tragisches Ende nehmen, aber dafür müssen Sie die Passagiere und die Besatzung freilassen. Ich weiß, dass Sie niemandem hier wehtun wollen, Linda. Diese Leute ... die Passagiere ... auf die haben Sie es doch gar nicht abgesehen.«

»Sie scheinen ja eine ganze Menge über mich und meine Absichten zu wissen, Detective ... Hunter, richtig?«

»Robert«, sagte Hunter.

»Na, dann erzählen Sie mir doch mal ... *Robert.*« Lindas Ton war herausfordernd. »Weshalb sind Sie sich so sicher, dass ich niemandem hier etwas antun will?«

Die Rechercheabteilung hatte keine Zeit gehabt, eine Akte über Linda Evans anzulegen, doch sie war eine von Trauer zerfressene Mutter, und der Psychologe in ihm wusste, wie er sich diesen Umstand zunutze machen konnte.

»Alle hier im Flugzeug, Linda«, sagte er. »Die Passagiere und die Besatzung ... sind wie Genesis.«

Wieder flackerte Zorn in ihren Zügen auf.

Hunter beeilte sich, fortzufahren. »Was ich meine, ist ... jeder hier in der Maschine ist eine Tochter ...« Er ließ die Worte einen Augenblick lang in der Luft hängen. »... oder ein Sohn, ein Bruder, eine Schwester, eine Mutter oder ein Vater ... Es sind unschuldige Menschen, die einfach nur in ein Flugzeug gestiegen sind. Wenn Sie sie töten, ist das keine Rache mehr, Linda. Wenn Sie diese Menschen töten, sind Sie genauso schlimm wie diejenigen, die Ihnen Genesis genommen haben. Dann haben auch Sie jemandem das Kind genommen ... oder die Mutter oder den Vater ...«

Hunter ließ Lindas Finger am Abzug der Pistole keinen Moment lang aus den Augen, und eine Millisekunde lang hätte er schwören können, dass die Anspannung in ihrem Arm ein klein wenig nachließ. Er hatte sie fast so weit. Seine Stimme wurde zugleich ernst und sanft.

»Deshalb sollten Sie lieber mich nehmen. Ich bin allein. Ich habe keine Familie mehr. Meine Eltern sind schon vor langer Zeit gestorben. Ich war nie verheiratet und habe keine Kinder. Ich bin von niemandem der Ehemann, Vater oder Partner.« Er fixierte sie mit einem offenen Blick. »Lassen Sie die anderen frei und nehmen Sie mich, Linda. Und falls es am Ende dazu kommen sollte, dass Sie mich töten, zerstören Sie wenigstens keine Familie ... Sie nehmen mich niemandem weg.«

87 Wenn Linda Evans eines verstand, dann seelischen Schmerz – die Art von Schmerz, die das Herz erdrückte und die Gedanken lähmte … die Art von Schmerz, die einen für immer zeichnete und die man nur dann kennenlernte, wenn man einen schweren Verlust erlitten hatte. Jedes einzelne Wort, das der Detective zu ihr gesagt hatte, schien von genau diesem Schmerz geprägt zu sein.

Sie versuchte, dem Eindruck nachzuspüren, kam jedoch nicht weit, denn Hunter gab nichts preis. Außerdem verlangte die wachsende Angst unter den Passagieren ihre Aufmerksamkeit.

Die Situation konnte jeden Moment eskalieren, und wenn das geschah, würde es für alle katastrophale Folgen haben.

Linda sah ein, dass sie bessere Chancen hatte, wenn die Maschine leer war. Sie konnte nicht jeden Einzelnen im Auge behalten, und das war ein erheblicher Nachteil, da immer das Risiko bestand, dass jemand beschloss, den Helden zu spielen. Außerdem war dies womöglich die perfekte Gelegenheit, Plan C in die Tat umzusetzen.

»In Ordnung«, sagte sie nach reiflicher Überlegung und noch ein wenig zögernd. »Die Passagiere können gehen. Aber vorher müssen Sie Ihre Waffe fallen lassen, Robert.« Sie ging hinter der Flugbegleiterin in Deckung. »Schön langsam. Wenn Sie Dummheiten machen, stirbt sie.«

»Ich mache keine Dummheiten«, beteuerte Hunter.

»Nehmen Sie nur eine Hand«, befahl sie.

»Kein Problem.«

Hunter ließ seine linke Hand, wo sie war, und griff mit der rechten in seine Jacke, um die Waffe herauszuholen. Er hielt sie zwischen Daumen und Zeigefinger.

»Legen Sie sie auf den Boden«, wies Linda ihn an. »Und schieben Sie sie mit dem Fuß von sich weg.«

Hunter tat wie geheißen, allerdings kickte er die Waffe nicht in Lindas Richtung, sondern hinter sich in die Fahrgastbrücke.

»Auch Ihre Zweitwaffe.«

»Ich habe keine«, sagte Hunter.

Ambers Augen weiteten sich vor Erstaunen.

»Und das soll ich Ihnen glauben?«, fragte Linda.

»Ich hoffe es, weil ich nämlich wirklich keine habe.«

Ein angespannter Moment verging.

»Dann müssen wir es wohl auf die harte Tour machen«, sagte Linda schließlich. »Ziehen Sie Jacke und Hemd aus. Langsam.«

Hunter nickte und nahm erleichtert seinen linken Arm herunter, der ihm bereits schwer geworden war. Er zog die Jacke aus und warf sie hinter sich. Dann nahm er sein Schulterholster ab, zog das Hemd aus und ließ beides auf seine Jacke fallen.

»Hände hoch und umdrehen. Keine falsche Bewegung.«

Hunter gehorchte.

Alle, die durch die Tür der Maschine in den Fahrgasttunnel schauen konnten – der Pilot, die Flugbegleiterinnen, Amber und Linda –, stutzten, als sie Hunters Narben sahen. Es waren so viele ... alte Schussverletzungen, Schnittwunden von Glasscherben und verbrannte Haut.

»Sie sehen aus, als hätte man Sie durch den Schredder gejagt«, meinte Linda. Die Emotion in ihrem Blick veränderte sich, doch Hunter konnte sie aus der Entfernung nicht lesen.

»Das bringt der Job so mit sich«, gab er zurück. »Reicht das jetzt?«

»Noch nicht ganz. Knöchelholster?«

»Nein.« Hunter hob erst das rechte, dann das linke Bein. »Ich habe es Ihnen doch gesagt, ich habe keine Zweitwaffe.«

»Ich glaube Ihnen immer noch nicht«, seufzte Linda. »Hose ausziehen.«

Hunter zögerte.

»Beeilung, Detective.«

»Schon gut.«

Er streifte sich die Schuhe von den Füßen, öffnete seinen Gürtel und zog sich die Hose aus. Jetzt trug er nur noch seine schwarzen Boxershorts und Socken.

»Sehen Sie?«, sagte er. »Keine Zweitwaffe.«

In dem Moment hörte er hinter sich das Gepolter schwerer, unregelmäßiger Schritte, und gleich darauf kam Garcia um die Ecke gehinkt. In seinem Kielwasser folgten die beiden Officer der Flughafensicherheit. Auch sie wirkten sichtlich angeschlagen.

Garcia brauchte einen Moment, bis er Linda und die Waffe registriert hatte. Keine Sekunde später hatte er seine eigene Waffe gezogen und auf sie angelegt.

»Was ist hier los?«, rief er. Nach dem heftigen Schlag auf den Kopf war seine Aussprache noch ein wenig schleppend.

Linda knirschte mit den Zähnen und presste den Lauf der Waffe fester gegen die Schläfe der Flugbegleiterin.

»Carlos«, rief Hunter und streckte ihm die Hand entgegen, ohne dabei den Blick von Linda abzuwenden. Ein Signal, sich zurückzuhalten. »Nimm die Waffe runter.«

»Was?«, sagte Garcia, der weiterhin auf Linda und die Flugbegleiterin zielte.

»Ich habe hier alles unter Kontrolle, Carlos«, sagte Hunter. »Linda will die Passagiere freilassen. Sobald sie das getan hat, musst du Captain Blake Bescheid geben, sie soll die SWAT-Teams zurückpfeifen. Keine Leute auf dem Runway ... und erst recht nicht hier im Tunnel.« Er deutete mit einem Kopfnicken in Lindas Richtung. »Wir haben die Lage im Griff.«

Garcia sah Hunter an. »Ich dachte, wir hätten uns darauf geeinigt, dass du nicht noch mal versuchst, jemanden zum Aufgeben zu bewegen, indem du dich ausziehst, Robert. Hast du wieder deine Polizisten-Strip-Nummer abgezogen? Sehr beeindruckt sieht sie ja nicht aus.«

»Sagen Sie ihm, er soll die Waffe runternehmen, oder sie stirbt«, rief Linda aus der Bordküche.

»Hier stirbt heute niemand, Linda«, entgegnete Hunter. »Aber mein Partner muss zurückgehen. Er muss mit unserem Captain sprechen, damit sie die SWAT-Einheit zurückhält. So einfach ist das. Sie müssen ihm erlauben zu gehen.«

Linda blickte Garcia in die Augen und studierte sein Gesicht. Sie sah ihm an, dass er Schmerzen hatte. »Kein SWAT. Niemand kommt den Gang runter. Ist das klar?«

Garcia begegnete Lindas Blick.

»Ob das klar ist?«

»Klar«, antwortete Garcia.

Sie nickte ihm zu. »Gut. Dann gehen Sie.«

88

Nachdem Garcia und die beiden Officer von der Flughafensicherheit kehrtgemacht hatten und durch den Fahrgasttunnel zurück in Richtung Gate gehumpelt waren, setzte Hunter die Verhandlungen fort.

»Uns bleibt nicht viel Zeit, Linda«, sagte er. Er benutzte bewusst das Pronomen »uns«, um ihr unterschwellig die Botschaft zu senden, dass sie im selben Boot saßen. »Wir müssen die Passagiere jetzt aussteigen lassen.«

Linda zog sich einen Schritt tiefer in die Bordküche zurück und schleifte die Flugbegleiterin hinter sich her.

»Okay«, rief sie laut, sodass ein Großteil der Passagiere sie hören konnte. »Das wird alles schön langsam und geordnet ablaufen. Keine Panik, kein Gedränge. Und vorweg: Ehe jemand aufsteht, will ich, dass alle, die am Fenster sitzen, die Sonnenblenden schließen.« Sie wartete eine Sekunde, bis alle ihre Anweisung verstanden hatten. »Jede Sonnenblende vor jedem Fenster – runter damit. Sofort.«

Die Passagiere gehorchten.

Linda war sehr klug, das musste Hunter ihr lassen. Nun konnte kein Scharfschütze von draußen mehr die Geiselnahme beenden.

»So«, sagte Linda. »Und jetzt eine Reihe nach der anderen.« Sie nahm Blickkontakt mit dem Piloten und der anderen Flugbegleiterin auf, um sie wissen zu lassen, dass ihre Hilfe gefragt war. »Lassen Sie Ihr Handgepäck hier. Es kommt nicht weg, und es mitzunehmen verzögert bloß alles. Wir fangen mit der ersten Reihe der Economyclass an und machen weiter bis zur letzten. Eine Reihe nach der anderen. Danach kommt die erste Klasse dran. Die können ruhig auch mal warten. Wir benutzen ausschließlich den linken Gang, falls Sie also auf der rechten Seite sitzen, müssen Sie, wenn Sie dran sind, auf die linke Seite kommen. Stehen Sie nicht auf, ehe Sie an der Reihe sind. Wenn Sie es doch tun ... sterben Sie.« Linda nickte dem Piloten und der zweiten Flugbegleiterin zu. »Schön ruhig und systematisch. Keine Hektik, keine Unordnung. Bringen Sie alle sicher nach draußen.«

Die erste Reihe in der Economy war Reihe Nummer 30, die letzte Reihe Nummer 57.

Der Pilot, die zweite Flugbegleiterin und die anderen beiden Flugbegleiterinnen der Economyclass taten ihr Bestes, den Passagieren bei der geordneten Evakuierung zu helfen. Dass die Maschine nur gut zur Hälfte besetzt war, beschleunigte den Ablauf erheblich.

Als die Passagiere nacheinander in kleinen Grüppchen die Maschine verließen, sahen sie einen Mann in Boxershorts und Socken am Eingang zur Fahrgastbrücke stehen.

»Bitte gehen Sie einfach weiter, ein Officer wird Ihnen dann behilflich sein«, sagte Hunter immer wieder, als die verängstigten und ein wenig verblüfften Passagiere mit Bemerkungen wie »Was ist das denn?« und »Viel Glück!« an ihm vorbeigingen.

Es dauerte nur gut sieben Minuten, bis die drei Flugbegleiterinnen und der Pilot die Economyclass vollständig evakuiert hatten.

»Okay«, sagte Linda. »Jetzt die erste Klasse.« Sie hielt kurz inne, dann wandte sie sich an die Flugbegleiterinnen, die in der Economy geholfen hatten. »Das übernehmen Ihre Kollegen von vorn.«

Verängstigt schauten die drei zum Piloten, der ihnen hastig zunickte.

»Gehen Sie nur«, sagte er. »Alles Gute.«

Die Flugbegleiterin, die immer noch von Linda mit der Waffe bedroht wurde, hatte aufs Neue angefangen zu weinen. »Bitte, lassen Sie mich auch gehen … bitte.«

»Das werde ich, Sie müssen sich nur noch ein bisschen gedulden«, sagte Linda, ehe sie den Piloten und die verbliebenen Flugbegleiter anwies, die Passagiere der ersten Klasse aus dem Flugzeug zu geleiten.

In der ersten Klasse saßen insgesamt nur einundzwanzig Passagiere, doch als die Gruppe aus der vierten Sitzreihe die Tür erreicht hatte und aussteigen wollte, gebot Linda ihnen Einhalt.

»Sie da«, sagte sie und deutete auf einen mittelgroßen Mann von Ende zwanzig oder Anfang dreißig.

Der Mann blieb stehen. »Ich?«, sagte er mit zitternder Stimme und legte sich die Hand auf die Brust. In seinen blauen Augen spiegelte sich nackte Angst.

»Ja, Sie«, sagte Linda. »Sie bleiben hier. Der Rest kann gehen.«

Die anderen sahen einander verwirrt und unschlüssig an.

»Na los, gehen Sie«, befahl Linda erneut. »Bevor ich jemand anderen aussuche.«

Schleunigst verließen sie die Maschine und überließen den Mann seinem Schicksal.

»Wieso denn?«, fragte der Mann, dessen Furcht mittlerweile von seinem gesamten Körper Besitz ergriffen hatte. »Wie meinen Sie das, ich muss hierbleiben?«

»Genauso, wie ich es gesagt habe.« Lindas Ton duldete keinen Widerspruch. »Kommen Sie her, und setzen Sie sich dorthin, damit ich Sie sehen kann.« Sie deutete auf einen Platz in der ersten Reihe der Economyclass.

»Linda«, rief Hunter, der immer noch draußen im Gang stand. »Was machen Sie da?«

»Das nennt man Druckmittel, Detective«, antwortete sie. »Ich lasse die Passagiere gehen, wie versprochen, aber ich brauche wenigstens einen Zivilisten hier drinnen, sonst stürmen Ihre Freunde vom SWAT die Maschine, das wissen Sie ebenso gut wie ich.«

»Aber warum gerade ich?« Dem Mann standen die Tränen in den Augen. »Was habe ich getan?«

»Weil ich es sage«, beschied Linda ihn. »Und jetzt hinsetzen!«

Der Mann wandte sich Hilfe suchend an Hunter.

»Ist schon gut«, sagte dieser und hob beschwichtigend die Hände. »Wie heißen Sie?«

»Äh ... Phillip Maddox, aber alle nennen mich Phil.«

»Es wird alles gut, Phil«, sagte Hunter bemüht ruhig. »Setzen Sie sich einfach, wir kriegen das schon hin. Okay?«

»Sie halten den Laden auf, Phil«, sagte Linda. »Setzen Sie sich hin, oder ich schieße Ihnen eine Ihrer Kniescheiben weg.« Sie zielte mit der Waffe auf seine Beine.

Inzwischen zitterte der Mann am ganzen Leib. Trotzdem setzte er sich brav auf den Platz, den Linda ihm zugewiesen hatte.

»Sie da«, rief Linda als Nächstes und deutete mit einer ruckartigen Kopfbewegung auf Amber. »Mrs Nasenbluten. Legen Sie Ihre Handschellen auf den Boden, und schieben Sie sie vorsichtig mit dem Fuß zu mir hin.«

Auch Amber zitterte, allerdings vor Zorn.

»Schön langsam.«

Amber gehorchte.

»Und jetzt die Schlüssel.«

Auch das tat Amber.

Als Nächstes wandte sich Linda an den Piloten und die Flugbegleiterinnen. »Sie können mit der Evakuierung weitermachen.«

Als die drei zurück in die erste Klasse gingen, ließ Linda die Haare der Flugbegleiterin los.

»Ich will, dass Sie die Handschellen aufheben«, sagte sie zu ihr, »und Phil an den Sitz fesseln. Machen Sie es ordentlich und in aller Ruhe. Danach können Sie gehen.«

Die Frau atmete schwer, als sie sich aus Lindas Griff befreite und sich bückte, um die Handschellen aufzuheben.

»Na los«, befahl Linda. »Machen Sie schon.«

Die Flugbegleiterin sah Hunter um Bestätigung heischend an, genau wie Phil es kurz zuvor getan hatte.

Er nickte.

Die Frau nahm die Handschellen und ging zu Phil.

»Es tut mir sehr leid«, sagte sie unter Tränen, während sie eine der Handschellen um sein rechtes Handgelenk und die andere um die Armlehne des Sitzes schloss. Als sie fertig war, zog sie noch einmal fest daran, um Linda zu zeigen, dass sie alles richtig gemacht hatte.

»Sehr gut«, sagte Linda, die inzwischen mit ihrer Waffe auf Phil zielte. »Sie können gehen.«

Im ersten Moment wusste die Flugbegleiterin nicht, was sie tun sollte.

Gleich darauf tauchten der Pilot und die drei anderen Flugbegleiterinnen mit der letzten Gruppe von Passagieren auf. Dicht hinter ihnen folgte der Co-Pilot.

»Das sind dann jetzt alle«, teilte der Kapitän Linda mit.

»Hervorragend. Sie können gehen.«

Die Leute zögerten, doch das legte sich, sobald Linda die Waffe auf sie richtete.

»Tun Sie es besser, bevor ich es mir anders überlege. Oder möchten Sie lieber hierbleiben?«

Sie schüttelten den Kopf und verließen eiligst die Maschine, wobei auch sie an Hunter vorbeikamen.

Als Nächstes richtete Linda den Blick auf Amber. »Sie auch, Mrs Nasenbluten.«

»Ich gehe nirgendwohin«, sagte Amber mit belegter Stimme ... sie war wütend. »Sie haben meine Waffe. Ich verlasse diese Maschine entweder mit meiner Waffe oder in einem Leichensack. Also erschießen Sie mich meinetwegen, Sie durchgeknalltes Miststück, aber ich rühre mich nicht von der Stelle.«

Hunters Herz setzte einen Schlag aus. Hatte Amber Todessehnsucht?

»Okay. Wenn Sie es denn unbedingt wollen«, sagte Linda und riss die Waffe herum.

Amber stand aufrecht da und blickte Linda in die Augen. Ihr Kinn und ihre Bluse waren über und über mit Blut beschmiert.

»Tun Sie das nicht, Linda«, rief Hunter und machte einen Schritt nach vorn, ehe er sich an die Luftsicherheitsbegleiterin wandte. »Amber, es tut mir leid, dass ich dich in die Sache mit reingezogen habe. Das war ein Fehler. Das hier ist nicht dein Problem. Bitte geh. Geh und lass deine Nase ver…«

»Wie ich bereits sagte, Robert«, fiel Amber ihm ins Wort, ohne ihn anzusehen. »Ich gehe nirgendwohin.«

Linda und Amber starrten einander einen Moment lang feindselig an, ehe Linda die Waffe herunternahm. »Sie haben recht.« Sie nickte. »Bleiben Sie ruhig. Vielleicht können Sie mir noch nützlich werden.« Sie wandte sich an Hunter. »Warum kommen Sie nicht rein, Robert? Und tun Sie mir einen Gefallen, bringen Sie Ihre Handschellen mit.«

Hunter drehte sich um und blickte zu dem Kleiderhaufen, auf dem auch sein Schulterholster lag.

»Keine falsche Bewegung«, schärfte Linda ihm ein.

Vorsichtig hob Hunter seine Handschellen auf, ehe er die Kabine des Flugzeugs betrat.

»Und jetzt schließen und verriegeln Sie die Tür.«

Hunter zog die Kabinentür zu, schaltete die Verriegelung auf manuellen Betrieb um und verriegelte sie.

»So.« Linda deutete auf die Tür, die er soeben geschlossen hatte. »Sehen Sie den großen Griff rechts daneben?«

Hunter nickte.

»Fesseln Sie sich und Mrs Nasenbluten daran. Ihr rechtes Handgelenk an ihr linkes. Immer schön langsam und keine Tricks.«

Auch diesmal folgte Hunter widerspruchslos den Anweisungen. Als er fertig war, rüttelte er einmal an den Handschellen, um Linda zu demonstrieren, dass sie wirklich fest saßen. Jetzt konnte keiner von ihnen ihr mehr gefährlich werden.

»Phil, geht es Ihnen so weit gut?«, rief Hunter. Von seiner neuen Position aus konnten er und Amber den Mann nicht mehr sehen, denn er war hinter der anderen Seite der Bordküche verborgen.

»Ich will einfach nur hier raus«, kam Phils unsichere Stimme zurück.

»Hier.« Linda warf Amber eine Schachtel Papiertaschentücher zu. »Für Ihre Nase. Es war nicht meine Absicht, sie Ihnen zu brechen.«

»Soll das eine Entschuldigung sein oder was?«, fragte Amber.

»Wenn Sie so wollen. Rufen Sie die Flughafensicherheit oder wen auch immer an, und sagen Sie ihnen, sie sollen die Fahrgastbrücke abkoppeln.«

»Ihnen ist klar, dass Sie in der Falle sitzen, oder?«, knurrte Amber. »Sie kommen hier nicht wieder raus – nicht mal, wenn Sie die Maschine fliegen können.«

»Abwarten. Und jetzt tun Sie, was ich Ihnen sage.«

Amber holte ihr Handy aus der Tasche und erledigte den Anruf. Nachdem sie der Person am anderen Ende die entsprechenden Instruktionen gegeben hatte, sah sie Linda an und hielt ihr das Handy entgegen.

»Sie wollen mit Ihnen reden. Sie wollen wissen, wie Ihre Forderungen lauten.«

Linda schüttelte den Kopf. »Für den Moment ist das alles. Ich will nur, dass die Fahrgastbrücke verschwindet, sonst nichts. Aber sagen Sie ihnen, sie sollen in der Nähe des Telefons bleiben. Ich rufe zu gegebener Zeit wieder an.«

Amber gab die Informationen weiter, dann beendete sie die Verbindung.

»Und was jetzt, Linda?«, fragte Hunter und sah sie mit hochgezogenen Brauen an.

Linda lächelte, ehe sie die Waffe auf den Tresen der Bordküche legte. Da Hunter, Amber und Phil gefesselt waren, konnte sie dies gefahrlos tun. »Jetzt, *Robert* … bringen wir die Sache zu Ende.«

89

Linda hörte ein mechanisches Geräusch jenseits der Kabinentür. Es hatte nur drei Minuten gedauert, bis man ihrer Anweisung nachgekommen war. Die Fahrgastbrücke wurde abgekoppelt.

»Jetzt sind wir ganz unter uns«, sagte sie und zog eine der Schubladen der Bordküche auf, um nachzuschauen, was sich darin befand.

Nichts von Interesse.

Sie versuchte es mit der nächsten. »Aha, schon besser.« Sie griff hinein und holte zwei Miniflaschen Whisky heraus.

»Möchte sonst noch jemand einen Drink?«, fragte sie, während sie den Deckel von der ersten Flasche abschraubte und den Inhalt in einen Plastikbecher goss. »Wir haben Scotch, Bourbon, Wodka, Rum, Rot- oder Weißwein … eine ganz ordentliche Auswahl. Bestimmt gibt es auch irgendwo Bier, falls das jemandem lieber ist.«

Keiner reagierte.

»Wenn ich Sie wäre«, fuhr Linda fort, »würde ich es mir gut überlegen. Kann sein, dass es der letzte Drink Ihres Lebens wird.«

Phil kniff die Augen zusammen. Tränen liefen ihm über die Wangen.

»Nicht?«, sagte Linda, deren Blick von Phil zu Amber und schließlich zu Hunter wanderte. »Na gut. Falls Sie Ihre Meinung noch ändern, sagen Sie Bescheid. Wir haben ganze Schubladen voll von dem Zeug.«

»Linda, was soll das?«, fragte Hunter. »Ich weiß doch, dass Sie niemanden hier drinnen erschießen wollen.«

»Was das soll? Ich trinke einfach nur einen Schluck …

Robert.« Linda nippte an ihrem Whisky. »Sicher, dass Sie nicht auch einen möchten?«

»Linda«, beschwor Hunter sie erneut mit ruhiger Stimme. »Es ist zu Ende. Das wissen Sie selbst. Sie kommen nicht mehr an Lucas heran. Ihre Mission, Ihr Rachefeldzug ist vorbei, ob Sie das nun einsehen wollen oder nicht.«

Linda warf einen Blick zu Phil, der sie verstört und voller Angst anstarrte. Sie stürzte den Rest ihres Whiskys in einem Schluck hinunter, öffnete gleich die nächste Flasche und füllte ihren Plastikbecher wieder auf.

»Vorbei?«, wiederholte sie in sarkastischem Ton und mit furchtloser Miene. »Ich erzähle Ihnen jetzt mal eine kleine Geschichte über etwas, das ›vorbei‹ ist. Ich erzähle Ihnen, wie aufgrund einer einzigen dummen Tat für sehr viele Menschen von jetzt auf gleich *alles* vorbei war. Möchten Sie die Geschichte hören?«

Hunter nickte.

Linda nippte an ihrem Drink. »Alles fing an, als ich vor dreizehn Jahren nach Hause kam und meine vierzehnjährige Tochter Genesis in einer Badewanne voller Blut vorfand. Sie hatte sich so tief ins Handgelenk geschnitten, dass sie sich fast die Hand abgetrennt hatte. Wussten Sie das?«

Hunter hielt Lindas Blick stand. Er sah deutlich den Schmerz in ihren Augen.

»Und wissen Sie, was das Allerschlimmste ist?« Linda wartete nicht auf eine Antwort. »Ich erinnere mich noch an jede Einzelheit.« Ihre Hand bewegte sich an ihren Hals und berührte den Schmetterling. »Ich weiß noch, wie sie ausgesehen hat … ihr Gesicht … diese bleiche Haut … der seltsame Eisengeruch in der Luft.« Sie presste die Lippen zu einem dünnen Strich zusammen. »Ich weiß noch, dass ein Teil des Wassers auf die weißen Fliesen geschwappt war. Da war dieser schreckliche rotweiße Marmoreffekt überall auf dem Fußboden.« Sie lachte bitter und trank erneut von ihrem Whisky. »Diese Bilder … diese Einzelheiten … die haben mich nie losgelassen. Ich sehe sie jedes Mal, wenn ich die Augen zumache. Jedes ... einzelne ... Mal ... *Robert.* Seit dreizehn Jahren.«

Hunter wusste, welch verheerende Folgen ein Selbstmord hatte, nicht nur für denjenigen, der keinen anderen Ausweg mehr wusste, als sich das Leben zu nehmen, sondern vor allem auch für die Hinterbliebenen. Ein solches Ereignis veränderte alles. Am schlimmsten war es für diejenigen, die die Leiche fanden.

Mit Hinblick auf die psychischen Auswirkungen teilten Psychologen Suizide generell in zwei Kategorien ein: solche, bei denen eine Leiche gefunden wurde, und solche, bei denen dies aufgrund der speziellen Suizidmethode nicht der Fall war. Beide Varianten waren extrem traumatisierend, aber die seelischen Wunden, die entstanden, wenn jemand die Leiche eines nahen Angehörigen fand, heilten oft niemals.

»Dieser eine Moment«, fuhr Linda mit gequälter Stimme fort, »als ich ins Bad kam und Genesis gefunden habe ... leblos in der Wanne liegend ...« Sie starrte in ihren Becher, als sie den Namen ihrer Tochter aussprach. Sie wollte niemanden ansehen. Niemand sollte merken, dass ihre Augen feucht waren vor Tränen. »In dem Moment konnte ich hören, wie mein Verstand zerbrochen ist. Ich konnte spüren, wie mein Leben ... meine Kraft ... meine Hoffnung ... wie alles mich verließ. Dieser Moment hat für uns alles verändert ... für immer.«

Erneut nippte sie an ihrem Whisky. Allmählich machte Hunter sich Sorgen. Eine wütende, psychisch labile, betrunkene Person mit einer geladenen Waffe war unberechenbar. Sie konnte jederzeit die Kontrolle über sich verlieren.

Linda schluckte ihre Tränen hinunter.

»Danach waren wir vollkommen haltlos«, fuhr sie fort. »Ich ... mein Mann ... mein Sohn ... wir wussten einfach nicht, wie wir ohne sie weiterleben sollten. Keiner von uns fand noch seinen Platz in einer Welt, in der sie nicht mehr da war.« Sie lachte tonlos und schüttelte den Kopf. »Haben Sie eine Ahnung, wie sich das anfühlt? Wenn man das eigene Haus betritt und jemanden, der einem wichtiger war als das eigene Leben, tot vorfindet?«

Während Linda erzählte, blinzelte Hunter und kämpfte gegen die Bilder an, die vor seinem inneren Auge Gestalt annahmen. *Jessica.*

Linda bemerkte das Aufflackern von Emotion. Sie sah den Schmerz in den Zügen des Detectives und musterte ihn forschend.

»O mein Gott. Sie wissen es wirklich«, sagte sie. Es war keine Frage. »Ihnen ist dasselbe passiert, stimmt's?«

Hunter schwieg.

Amber sah ihn neugierig von der Seite an.

Linda wartete.

Noch immer sagte Hunter nichts.

»Dieser Moment hat auch Sie verändert, nicht wahr?«, fragte Linda.

»Andere Umstände«, sagte Hunter knapp.

»Aber es hat Sie wütend gemacht, oder nicht? Sie waren voller Schuldgefühle, Zweifel und Fragen, habe ich recht? Fragen, von denen Sie wussten, dass Sie niemals eine Antwort darauf erhalten würden. So viele Fragen.«

»Andere Umstände«, wiederholte Hunter.

»Wie lange ist es her?«

»Lange.«

Amber sagte nichts, doch sie legte sanft ihre Hand auf Hunters.

Linda fuhr mit der Spitze ihres Zeigefingers auf dem Rand ihres Plastikbechers entlang. »Aber Sie erinnern sich noch an jede Einzelheit, oder? Egal, wie lange es her ist ... egal, wie viel Zeit seitdem vergangen ist. Sie erinnern sich an alles, stimmt's?«

Hunter brauchte nicht zu antworten. Linda erkannte an seiner Miene, dass sie recht hatte.

»Dann wissen Sie ja auch, wie man sich danach fühlt, Robert.« Diesmal unterließ sie es, seinen Namen spöttisch zu betonen. »Die Albträume, die Panikattacken, dieser Abgrund der Hoffnungslosigkeit, die schlaflosen Nächte ... all diese quälenden Fragen, die einem immer und immer wieder durch den Kopf gehen ... und die Schuldgefühle ... diese nicht enden wollenden Schuldgefühle.« Linda atmete durch die Nase ein und nickte wie zu sich selbst. »Genesis' Tod hat meine Familie zerstört. Wir haben uns die Schuld gegeben, weil keiner von uns es hatte kommen sehen. Genesis war immer fröhlich, hat immer gelächelt ... trotz ihrer Beeinträchtigung, von der Sie sicher wissen, nicht wahr?«

Hunter nickte kaum merklich.

Abermals sah Amber ihn fragend an. Weder Hunter noch Linda wusste dies, aber sie hatte einen Bruder, der mit dem Downsyndrom zur Welt gekommen war.

»Natürlich hatte sie mit Depressionen zu kämpfen«, sagte Linda. »Wem in ihrer Lage wäre es nicht so gegangen? Vor allem ein Mädchen in ihrem Alter. Sie wusste, dass sie nicht so war wie die anderen. Sie wusste, dass die Leute sie anders betrachteten, aber wir haben sie geliebt und immer nach Kräften unterstützt. Und trotzdem haben wir nichts geahnt ... keiner von uns.« Wieder eine gefühlsschwere Pause. »Es war die Ungewissheit, die uns gebrochen hat. Stück für Stück. Wir standen uns so nah ... waren immer füreinander da. Wie kann es sein, dass wir nicht wussten, wie sehr sie litt? Wie kann es sein, dass wir die Vorzeichen nicht erkannt haben? Denn es gibt immer Vorzeichen, nicht wahr? Wie kann es sein, dass wir all die Zeit nichts bemerkt haben? Und ihre Lehrer auch nicht? Ihre Freunde? Wieso hat sie uns nicht genug vertraut, um mit uns zu reden? Uns um Hilfe zu bitten?« Wieder trank sie einen Schluck Whisky. »Solche Fragen beherrschten unsere Gedanken Tag und Nacht. Sie fraßen alles auf ... unsere Herzen, unsere Seelen, unseren Verstand. Unser Leben.«

Tränen der Wut rannen ihr über die Wangen. Sie wischte sie mit dem Handrücken weg und versuchte sich zu sammeln.

»Wegen unserer schrecklichen Schuldgefühle«, fuhr sie ein wenig beherrschter fort, »haben wir alles andere aus dem Blick verloren. Uns ist alles entglitten, vor allem die Familie. Mein Sohn Michael war drei Jahre älter als Genesis. Er war der Erste, der es nicht mehr aushielt.« Linda schüttelte den Kopf, als sie sich zurückerinnerte. »Er hat seine kleine Schwester beschützt, stand immer hinter ihr. Bei jeder Gelegenheit hat er Genesis gezeigt, dass ihre Behinderung nichts war, weswegen sie sich schämen müsste.« Ein Schulterzucken. »Okay, sie würde vielleicht keine weltberühmte Pianistin oder eine olympische Turnerin werden oder Wimbledon gewinnen – aber dasselbe gilt ja für die meisten Menschen ohne Beeinträchtigung. Wir haben alles getan, um ihr klarzumachen, dass wir zwar nicht all ihre Probleme für sie lösen konnten, aber dass sie niemals, niemals allein war. Dass wir immer für sie da sein würden. Sie musste bloß etwas sagen. Warum hat sie das nicht getan? Warum hat sie an jenem Tag nichts gesagt?«

Hunter wusste, dass Linda nicht wirklich eine Antwort von ihm erwartete.

»Sie waren beide so klug«, fuhr sie fort. »Genesis und Michael. Sie waren kreativ und witzig, durchsetzungsstark und ehrgeizig, aber vor allem waren sie mitfühlend und großzügig. Sie haben immer versucht, anderen zu helfen. Sie hatten ihr ganzes Leben noch vor sich.«

Hunter wusste bereits, was als Nächstes kommen würde. Er hatte den Bericht von Michaels Autopsie gelesen.

»Nach Genesis' Selbstmord«, fuhr Linda fort, »hat Michael angefangen, Drogen zu nehmen, um den Schmerz zu betäuben ... und sein schlechtes Gewissen. Er hatte das Gefühl, seine Schwester im Stich gelassen zu haben.« Der Schmerz in Lindas Stimme war nicht zu überhören. »Aber mein Mann und ich waren so gebrochen, so zerfressen von Schuld, dass es uns überhaupt nicht aufgefallen ist. Wir haben beide unseren Sohn vernachlässigt. Wir waren nicht für ihn da. Ein Jahr nach Genesis' Tod hat er eine Überdosis genommen.«

Hunter nickte langsam. »Das tut mir leid.«

Linda schien zu merken, dass es ihm ernst war. »Einige seiner Freunde glaubten, er hätte es absichtlich getan«, fügte sie hinzu. »Weil er dem Schmerz entkommen wollte … den permanenten Qualen in seinem Kopf. So schlimm stand es um ihn … und wir haben es nicht gesehen.«

Für einen Moment gab niemand auch nur einen Laut von sich.

»Dass wir beide Kinder innerhalb eines Jahres verloren haben, hat unsere Ehe zerstört«, sagte Linda. »Das ist ein weiteres Problem des Nichtwissens. Wir haben nicht nur uns selbst, sondern einander die Schuld gegeben. Etwa einen Monat nach Michaels Tod fing John an zu trinken. Zu dem Zeitpunkt hielten wir es kaum noch miteinander aus. Wir haben ständig gestritten und uns gegenseitig Vorwürfe gemacht. Verbitterung, Wut, Gleichgültigkeit … so sah unsere Ehe aus. An dem Tag, als ich ihm gesagt habe, dass ich es nicht mehr ertrage … dass ich die Scheidung will … ist er in seinen Wagen gestiegen und losgefahren.«

Ihre Augen verdüsterten sich.

»Zwei Tage später klopfte die Highway Patrol an die Tür.«

Hunter und Amber stießen gleichzeitig einen Seufzer aus.

»John ist bei einem Zusammenstoß mit einem Sattelschlepper ums Leben gekommen. Der Fahrer hat ausgesagt, er wäre in letzter Sekunde auf die Gegenfahrbahn ausgeschert und frontal mit ihm kollidiert. Als wäre es Absicht gewesen.« Einen Moment lang wirkte Linda in Gedanken versunken. Als sie weitersprach, klang ihre Stimme erstickt. »Es gab nicht mal eine Leiche, die ich hätte identifizieren können, nur noch … Einzelteile.«

Hunter spürte, wie sich in seinem Innern ein gähnender Abgrund auftat. Er hatte das alles nicht gewusst, aber es war klar, dass Linda das Schicksal ihres Sohnes und ihres Ehemannes als direkte Folge von Genesis' Suizid betrachtete. Eine Art Schmetterlingseffekt. Für sie war die Schülerclique der Gardena Junior High für alle drei Tode verantwortlich. Ihre gesamte Familie war ausgelöscht worden, weil sie ihre Tochter in der Schule gemobbt hatten.

In dem Moment klingelte Ambers Handy.

»Darf ich rangehen?«, fragte sie Linda.

»Nein.«

»Das ist entweder das FBI oder das LAPD.«

»Ich weiß. Lassen Sie es klingeln.«

»Das ist kein kluger Schachzug, Linda«, schaltete Hunter sich ein. »Ihr Schweigen zwingt sie dazu, Mutmaßungen anzustellen. Und glauben Sie mir, die fallen nie positiv aus. Sie werden vom Schlimmsten ausgehen, und dann werden sie alle verfügbaren Kräfte mobilisieren, um das Flugzeug zu stürmen.«

»Mit dem Ergebnis, dass wir heute Abend hier sterben, richtig?«, sagte Linda und schenkte Hunter ein emotionsloses Lächeln, ehe sie einen Blick in Phils Richtung warf. »Ich bin damit im Reinen. Sie auch?«

90

»Sie geht nicht ran«, sagte Garcia, nachdem er aufgelegt hatte.

Er und Captain Blake standen zusammen mit dem Polizeichef, zwei FBI-Agenten, zwei Vertretern von American Airlines, zwei Mitarbeitern des Flughafenmanagements sowie dem Vorgesetzten von Amber Burnett um einen Tisch in einem provisorisch eingerichteten Besprechungsraum in Terminal B herum. Sämtliche Flüge, die im Terminal landeten und von dort aus starteten, waren gestrichen oder fürs Erste ausgesetzt worden. Zur Sicherheit hatte man das komplette Terminal evakuiert.

»Das sind keine guten Neuigkeiten«, meinte einer der FBI-Agenten und schüttelte den Kopf. »Wir müssen die Erstürmung einleiten, und zwar so schnell wie möglich.«

»Das ist das Allerletzte, was wir jetzt tun sollten«, hielt Captain Blake dagegen. »Wir wissen nichts über die Lage in der Maschine. Alle Fensterblenden sind geschlossen, die Erstürmung würde praktisch blind erfolgen. Es befinden sich ein Zivilist, eine Luftsicherheitsbegleiterin und einer meiner besten Detectives an Bord, und wir sind uns doch wohl alle im Klaren darüber, was eine blinde Erstürmung im Endeffekt bedeuten würde: Tote und Verletzte. Nein, kommt nicht infrage.«

»Das Problem ließe sich leicht beheben«, sagte der FBI-Agent. »Wir könnten jemanden von unten durch den Gepäckraum reinschicken. Er kann durch den Lift zur Bordküche hochfahren und uns mithilfe einer fiberoptischen Kamera Bilder schicken. Dann können wir alles entsprechend koordinieren.«

Garcia lachte trocken. »Vergessen Sie da nicht ein paar Kleinigkeiten, Kumpel?«

»Was denn?«, fragte der Agent herausfordernd.

»Zum Beispiel, dass die Maschine am Boden ist und die Triebwerke ausgeschaltet sind. Das wäre Problem Nummer eins. Problem Nummer zwei ist, dass sich nur vier Personen im Flugzeug befinden, und zwar, unseren letzten Informationen zufolge, direkt in der Mitte der Kabine in der Nähe besagter Bordküche. Mit anderen Worten: Es gibt keine Geräuschkulisse. Keine Triebwerke, keine Gespräche unter den Passagieren, die den Lärm übertönen könnten, der unweigerlich entsteht, wenn jemand sich von unten Zutritt zum Flugzeug verschafft und den Lift zur Bordküche benutzt. Außerdem würde bei einer Maschine von dieser Größe jedes Geräusch im Rumpf ein Echo verursachen, das die Täterin garantiert hören würde. Das wäre für alle das Todesurteil.« Garcia schüttelte den Kopf. »Wie Captain Blake sagte: Kommt nicht infrage.«

»Was schlagen Sie stattdessen vor?«, fragte der Agent. »Sollen wir einfach nur hier rumsitzen und Däumchen drehen?«

Captain Blake nickte. »Genau das werden wir fürs Erste

tun. Warten wir noch fünf Minuten ab, vielleicht ruft sie ja zurück. Das hat die Kollegin doch gesagt, oder nicht? Dass wir in der Nähe des Telefons bleiben sollen, weil sie sich zu gegebener Zeit noch mal melden will. Vielleicht ist diese Zeit einfach noch nicht gekommen. Lassen Sie uns Ruhe bewahren. Wenn wir in fünf Minuten nichts gehört haben, rufen wir noch mal an.«

»Damit vergeuden wir bloß Zeit«, wandte der zweite FBI-Agent ein. »Wenn sie jetzt nicht rangeht, warum sollte sie es in fünf Minuten tun?«

»Weil«, sagte Captain Blake, »ich einen meiner besten Detectives in der Maschine habe, der zufällig auch ein herausragender Psychologe ist. Ich weiß, dass er jetzt gerade mit ihr verhandelt.« Sie hielt inne und wandte sich an die beiden Vertreter der Fluglinie. »Detective Hunter ist der einzige Grund, weshalb sämtliche Besatzungsmitglieder und Passagiere bis auf einen unversehrt die Maschine verlassen durften. Falls jemand die Täterin zur Aufgabe bewegen kann, dann er. Detective Hunter weiß auch, dass ein unbeantworteter Anruf uns Anlass zur Sorge gibt, und wahrscheinlich erklärt er das der Täterin genau in diesem Moment. Er wird ihr begreiflich machen, dass sie eine Erstürmung riskiert, wenn sie unsere Kontaktversuche weiterhin ignoriert, und dabei mit großer Wahrscheinlichkeit sterben wird.«

»Was, wenn es ihr egal ist, ob sie und alle anderen in der Maschine sterben?«, fragte der Agent. »Haben Sie die Möglichkeit auch in Betracht gezogen?« Er wandte sich an die zwei von American Airlines. »Wir wissen nicht mal, ob sie noch am Leben sind.«

»Das sind sie«, sagte Garcia.

»Und woher wissen Sie das, Sie Schlauberger?«, fragte der FBI-Agent.

»Niemand hat Schüsse aus der Kabine gehört«, antwortete Garcia. »Ich habe Linda Evans' Waffe gesehen, es war eine Neunmillimeter.« Er richtete das Wort an Ambers Vorgesetzten vom Federal Air Marshals Office. »Irgendwie muss es ihr gelungen sein, sie Amber abzunehmen. Sie hat keinen Schalldämpfer. Wären Schüsse gefallen, hätten wir sie gehört.«

»Lassen Sie uns noch fünf Minuten warten und dann noch mal anrufen«, wiederholte Blake. »Wenn sie dann nicht reagiert, haben meine SWAT-Teams bereits einen Plan für die Erstürmung ausgearbeitet.«

»Wieso *Ihre* SWAT-Teams?«, wollte der FBI-Agent wissen.

»Weil sich die Maschine am Boden befindet«, sagte Blake ungehalten. »Auf dem Los Angeles International Airport, der unter die Zuständigkeit des LAPD fällt. Das FBI hat hier keinerlei Befugnisse, es sei denn, wir bitten Sie um Amtshilfe, was wir nicht getan haben. Sie dürfen gerne dabei sein und zuschauen, falls eine Erstürmung notwendig wird, aber das hier ist unser Fall ... unsere Operation. Außerdem weiß doch jeder, dass die SWAT-Teams des LAPD die besten im Land sind. Also bitte, nehmen Sie Platz und entspannen Sie sich.« Sie deutete auf einen der Stühle. »Wer weiß? Vielleicht können Sie ja noch was lernen.«

91

Als er Lindas Worte hörte, gab Phil einen erstickten Schrei von sich. »Bitte ... ich will nicht sterben.« Alles Blut war aus seinem Gesicht gewichen. »Es tut mir schrecklich leid, was Ihrer Familie zugestoßen ist, aber damit habe ich nichts zu tun. Ich will selbst eine Familie gründen. Bitte lassen Sie mich gehen.«

Linda sah ihn an und lächelte. »Ist das so, Loverboy?«

»Linda«, sagte Hunter. »Ich glaube, Sie wollen auch nicht sterben.«

»Glauben Sie das wirklich ... *Robert*?« Der Sarkasmus in ihrer Stimme war zurückgekehrt. Linda zog sich die Jacke aus und zeigte Hunter die großen ledrigen Narben an ihren Handgelenken. »Sie irren sich. Ich denke immerzu ans Sterben.«

»Das war vor langer Zeit«, entgegnete Hunter, während er an seinem Körper herunterblickte. »Ich kenne mich mit Narben aus, Linda. Mit seelischen und körperlichen. Ich weiß, wie sehr sie wehtun ... wie viel Schaden sie anrichten können und wie lange es dauert, bis sie heilen – falls sie das jemals tun.« Sie musterten einander einen Augenblick lang. »Ich weiß auch, dass man seelische Verletzungen nicht verdrängen darf. Entweder wir setzen uns mit ihnen auseinander, oder sie machen uns kaputt. Und Sie haben sich mit Ihren Verletzungen auseinandergesetzt, Linda. Das da sind nämlich alte Narben, aus einer Zeit, ehe Sie einen neuen Sinn im Leben gefunden haben.«

»Einen neuen Sinn?« Linda versuchte zu lächeln, doch es sah eher aus wie eine Grimasse.

»Ja«, sagte Hunter, der erkannte, dass dies seine Chance war, Linda an den Menschen zu erinnern, der sie einmal gewesen war. »Trotz Ihrer Schmerzen haben Sie etwas unfassbar Selbstloses getan. Sie sind jahrelang durchs Land gereist und haben mit Schülern, Lehrern und Eltern gesprochen. Sie haben sie über Depressionen bei Jugendlichen aufgeklärt ... haben ihnen gezeigt, wie sie die Anzeichen besser erkennen können ... wie man Kinder und junge Erwachsene anspricht, wenn man weiß, dass es ihnen schlecht geht, und was man tun kann, um ihnen zu helfen. Und davor haben Sie als Krankenschwester in der Notaufnahme gearbeitet. Sie haben Tag für Tag alles getan, um Menschen das Leben zu retten, Linda ... nicht um es ihnen zu nehmen.«

Linda schwieg.

»Nein«, fuhr er fort. »Ich glaube nicht, dass Sie sterben wollen ... und ich glaube auch nicht, dass Sie noch mehr Menschen töten wollen. Das schließt Lucas mit ein.«

»Sie haben gut recherchiert, Robert«, sagte Linda, ehe sie die nunmehr dritte Miniflasche aus der Schublade holte. »Aber wenn Sie das wirklich glauben, steht Ihnen eine Überraschung ins Haus.« Sie lächelte ihn an, ehe ihr Blick zu Phil wanderte. »Hey, Loverboy – trink einen Schluck. Du siehst so aus, als könntest du was vertragen. Was darf's sein?«

Phil kratzte sich am Handrücken. »Ich will nichts trinken. Bitte lassen Sie mich einfach gehen.«

Linda nahm die Waffe vom Tresen und richtete sie auf ihn. »Nur einen Drink. Ich bestehe darauf.«

»Ich trinke was mit Ihnen«, rief Hunter. Er machte einen Schritt nach vorn und zog Ambers Arm so weit mit, wie der Griff an der Wand es erlaubte.

»Der edle Held eilt zur Rettung herbei«, sagte Linda und drehte sich zu ihm um. »Was darf ich Ihnen denn servieren?«

»Whisky.«

Als Nächstes wandte Linda sich an Amber.

»Für mich nichts«, sagte diese und zeigte auf ihre Nase. »Alles, was ich trinke, schmeckt nach Blut.«

»Möchten Sie vielleicht wenigstens ein Wasser?«, fragte Linda.

»Ja, wenn das geht. Das wäre wirklich hilfreich.«

»Kann ich bitte auch ein Wasser haben?«, meldete sich Phil zaghaft.

Linda zuckte die Achseln. »Also dann. Jeweils ein Wasser. Aufgepasst.« Sie warf erst Phil, dann Amber eine Flasche zu, ehe sie Hunters Whisky auf die Reise schickte.

»Becher?«

»Ja, bitte«, sagte Hunter. Amber und Phil schüttelten den Kopf.

Linda warf Hunter einen Plastikbecher zu.

Hunter schraubte den Verschluss seiner Flasche ab und goss die goldene Flüssigkeit in den Becher. Als er fertig war, prostete Linda ihm zu.

»Auf neue Lebensziele«, sagte sie.

Hunter hob seinen Becher, dann trank er einen Schluck.

Amber goss sich zunächst etwas von dem Wasser über das Gesicht, um es notdürftig vom Blut zu reinigen, ehe sie den Rest der Flasche in gierigen Schlucken leerte.

Phil nippte lediglich ein paarmal an seinem Wasser.

»Sie haben recht«, sagte Linda, an Hunter gewandt, und stellte ihren Becher zurück auf den Tresen. »Ich habe wirklich ein neues Lebensziel gefunden. Eins, das viel, viel besser war, als anderen Menschen zu helfen.«

»Rache«, sagte Hunter.

»Rache. Möchten Sie raten, wie ich darauf gekommen bin?«

Hunter schwieg.

»Na los, Robert. Sie müssen doch eine Theorie dazu haben. Sie haben so schön Ihre Hausaufgaben gemacht, sonst wären Sie ja jetzt nicht hier. Sie haben mich gefunden, ehe ich fertig war, also: Was ist Ihre Vermutung? Weshalb tue ich das alles? Kommen Sie, ich bin neugierig.«

Amber warf Hunter einen Blick zu, als wolle sie sagen: *Jetzt sag doch irgendwas, Robert. Falls nötig, denk dir was aus.*

Hunter tat zunächst so, als würde er noch einen Schluck von seinem Whisky trinken. »Die naheliegendste Vermutung«, begann er, »ist, dass Sie vor gut einem Jahr durch Zufall herausgefunden haben, dass eine Gruppe Schüler von der Gardena Junior High Genesis in der achten Klasse wegen ihrer Beeinträchtigung gemobbt oder schikaniert hat. Kinder machen so was leider. Vielleicht war es nur in diesem einen Jahr, vielleicht ging es auch schon länger, das spielt keine Rolle, weil sie Ihnen nie davon erzählt hat. Sie hat Ihnen nie gesagt, wie schlimm es für sie war. Sie hat mit niemandem darüber gesprochen, denn wie Sie sagten: Genesis war ein starkes Mädchen, und sie wusste, dass sie anders ist. Sie dachte, sie würde alleine damit klarkommen.«

Linda hob auffordernd die Augenbrauen.

»Aber so stark sie sich auch nach außen hin gegeben hat, in Wahrheit war sie einfach nur ein junges Mädchen mit begrenzter Lebenserfahrung, das nicht wusste, wie es mit so einer Situation umgehen soll. Sie war in einem aufregenden Alter. Vierzehn Jahre – das ist eine Zeit, in der wir viel Neues über uns und das Leben lernen. Aber es ist auch eine Phase, in der wir anfangen, uns vermehrt über unser Aussehen Gedanken zu machen. Darüber, wie wir Anerkennung von anderen bekommen.« Er hielt inne und sah, wie Linda sich auf die Unterlippe biss. »Das kann viele Teenager überfordern. Es macht sie verletzlicher und anfällig für Stimmungsschwankungen und Ängste. Bei den meisten Menschen, die Probleme mit Depressionen haben, liegt der Ursprung dafür oft in diesem Alter.«

Linda lehnte sich gegen den Tresen der Bordküche. Sie schien an Hunters Schilderung Gefallen zu finden.

»Leider«, fuhr Hunter in sanftem Ton fort, »hat sie nicht ihre Eltern oder ihren Bruder oder sonst jemanden um Hilfe gebeten, sondern das Mobbing und die Witze und die Schikane stumm ertragen. Sie wollte stark sein, aber irgendwann wurde es zu viel für sie.«

Wieder tastete Linda nach dem Schmetterlingsanhänger an ihrem Hals.

»Sie haben herausgefunden, was Ihre Tochter in den Selbstmord getrieben hat«, fuhr Hunter fort. »Und Sie haben auch die Namen der Schüler erfahren, die sie damals schikaniert haben. Das war mehr als nur ein Schock für Sie – es hat Sie endgültig gebrochen. Danach haben Sie beschlossen, jeden Einzelnen dieser Leute zu bestrafen. Aber Sie wollten sie nicht töten. Das wäre zu einfach gewesen, nicht wahr?«

»Sterben ist leicht«, sagte Linda mit bleierner Stimme.

»Sie wollten, dass sie leiden – so wie Sie gelitten haben. Sie wollten, dass sie ohne den geliebten Menschen an ihrer Seite weiterleben müssen. Also haben Sie Nachforschungen angestellt. Sie haben Ihre Taten so geplant, dass die Menschen, die Ihre Tochter damals gemobbt haben, die Leichen ihrer Liebsten finden. Sie wollten sie seelisch vernichten. Deshalb haben Sie ihnen am nächsten Tag auch Videoclips geschickt ... damit sie sich niemals von dem Trauma erholen.«

Linda wirkte tatsächlich ein wenig beeindruckt. »Wissen Sie ... die Leute behaupten immer, die Zeit würde alle Wunden heilen. *Es dauert, du musst nur Geduld haben,* sagen sie.« Sie hob die Hand und massierte sich den Nacken. »Aber in meinem Fall ist das nicht passiert. Wissen Sie, was die Zeit bei mir bewirkt hat, Robert?«

»Sie hat Sie gelehrt, zu verbergen, wie gebrochen Sie wirklich sind?«

Linda betrachtete ihn durch zusammengekniffene Augen. Offenbar hatte sie gar nicht mit einer Antwort auf die Frage gerechnet, und Hunters Worte überraschten sie.

»Mein Gott«, sagte sie mit bohrendem Blick. »Sie sind genauso kaputt wie ich, stimmt's? Ihre Wunden hat die Zeit auch nicht geheilt. Genau wie ich sind Sie lediglich zum Experten darin geworden, Ihren Schmerz vor anderen zu verstecken.«

Hunter sagte nichts.

Sie starrten einander an, bis Linda irgendwann lachend den Blick abwandte. »Das war eine ziemlich gute Theorie, Robert. Wirklich sehr gut. Leider fehlen noch ein paar pikante Details. Wenn Sie es mir erlauben, werde ich Ihre Wissenslücken füllen.« Sie trank noch einen Schluck. »Ja, ich habe das mit der Clique von damals rausgefunden. Wollen Sie wissen, wie?«

Hunters Schweigen war ein eindeutiges Ja.

»Wie Sie vorhin erwähnten, bin ich jahrelang durchs Land gereist und habe Eltern, Lehrer und Schüler darüber aufgeklärt, welch verheerende Folgen Depressionen bei jungen Erwachsenen haben können. Ich habe das getan, weil ich glaubte, so wäre es bei Genesis gewesen. Ich dachte, sie hätte ihren Kampf gegen die Depressionen verloren, und ich wollte nicht, dass andere Familien dasselbe durchmachen müssen wie wir. Ich wollte, dass sie lernen, die Warnsignale zu sehen. Zu erkennen, wenn es ihren Kindern schlecht geht oder sie Probleme haben. Meiner Familie konnte ich nicht mehr helfen, aber ich dachte, vielleicht kann ich etwas für andere Familien tun.«

Amber und Phil lauschten ihr ebenso gebannt wie Hunter.

»Dann«, fuhr sie fort, »vor etwas über einem Jahr, war ich zu einem Seminar in Pomona, an der Claremont Highschool. Am Ende des Seminars hat mich ein junger Mann angesprochen.«

»Pedro Bustamente«, sagte Hunter.

»Genau.« Linda nickte. »Er sah verstört aus, hatte jede Menge Probleme – Depressionen, Angstzustände, Scham ... aber vor allem Schuldgefühle. Er hat mich gefragt, ob wir uns unter vier Augen unterhalten könnten. Er sah so ... fertig aus, so krank und abgemagert, dass ich ihm angeboten habe, ihn zum Mittagessen einzuladen. Er hat abgelehnt. Er wollte einfach nur reden. Also habe ich meine Sachen zusammengepackt, und wir sind raus auf den Parkplatz und haben uns in mein Auto gesetzt.«

Diesmal griff Linda nach einer Wasserflasche, schraubte den Deckel ab und trank einen Schluck.

»Er fing an, indem er mir eröffnete, Genesis gekannt zu haben. Er sagte, dass sie Klassenkameraden gewesen seien ... und dass ihm alles, was damals passiert sei, unendlich leidtue.« Sie fuhr sich mit der Zungenspitze über die Lippen. Dabei verschleierte sich für einen Moment lang ihr Blick. »Es war die Art, wie er das sagte, die mich stutzig gemacht hat. Es klang nicht nach einer Beileidsbekundung, sondern eher wie eine Entschuldigung. Ein Geständnis. Er hat am ganzen Leib gezittert, hatte Tränen in den Augen und konnte kaum sprechen. Ich habe ihn gefragt, ob er mir zu dem, was damals passiert ist, noch irgendetwas sagen möchte.«

Linda sah Hunter mit lodernden Augen an.

»Und jetzt kommt der Punkt, an dem Sie sich irren, Detective. Es war kein Mobbing, das Genesis in den Selbstmord getrieben hat. Nicht die Art von Schikane, die Sie eben angesprochen haben. Mobbing war nicht der Grund, weshalb Michael eine Überdosis genommen hat und John frontal in einen Sattelschlepper gerast ist.« Eine drückende Pause. »Es war ein einzelnes Vorkommnis, das die anderen drolligerweise als ›Scherz‹ bezeichnet haben.«

»Scherz?«, fragten Hunter und Amber gleichzeitig.

Linda holte ihr Telefon aus der Jackentasche und tippte dreimal auf den Bildschirm.

»Nachdem ich ihm die Frage gestellt hatte, fing er an zu weinen. Er hat immer wieder beteuert, wie leid ihm das alles tue ... das mit Genesis ... Und er hat mich angefleht, ihm zu vergeben. Als ich wissen wollte, wofür, hat er mir das hier gezeigt.« Sie warf Hunter das Telefon zu.

Er fing es mit der linken Hand auf.

»Sie müssen nur auf das Display tippen«, sagte sie. »Das Video ist schon geöffnet.«

92

Im provisorischen Besprechungsraum in Terminal B war die Anspannung fast mit Händen zu greifen. Der kleinere der beiden FBI-Agenten sah zum wiederholen Mal auf die Uhr.

»Fünf Minuten sind längst um«, sagte er, nickte Captain Blake zu und deutete zum Telefon in der Tischmitte. »Und wir haben noch nichts von Ihrem Detective gehört. Wir müssen das Flugzeug stürmen. Wir haben lange genug gezögert.« Sein Blick ging zum Polizeichef.

»Er hat recht«, meinte einer der zwei Flughafenmitarbeiter. »Der Druck von den Fluggesellschaften wird mit jeder Millisekunde größer. Je länger das dauert, desto mehr Geld verlieren sie. Sie wollen, dass die Lage so schnell wie möglich geklärt wird.«

»Bei dem Satz fehlt noch ein Teil«, warf Garcia ein.

»Und welcher?«, wollte der zweite FBI-Agent wissen.

»Sie wollen, dass die Lage so schnell wie möglich geklärt wird«, wiederholte Garcia, »ohne dass es Tote und Verletzte gibt. Unsere SWAT-Teams sind bereits in Position, zwei auf der Rollbahn und eins in der Fahrgastbrücke, in unmittelbarer Nähe der Tür zur Maschine. Sie können eingreifen, sobald wir den Befehl dazu geben.«

Captain Blake tat so, als hätte der vorausgegangene Wortwechsel gar nicht stattgefunden. Sie griff nach dem Hörer auf dem Tisch und drückte die Wahlwiederholung. »Probieren wir es einfach.«

Ambers Telefon klingelte einmal ... zweimal ... sechsmal, ehe endlich jemand abnahm.

»Ich habe gesagt, ich rufe zu gegebener Zeit wieder an. Was daran haben Sie nicht verstanden?«, drang Lindas Stimme durch den Lautsprecher auf dem Tisch.

»Hier spricht Captain Barbara Blake vom LAPD ...«, begann Blake, doch Linda fuhr ihr sofort ins Wort.

»Glauben Sie, es interessiert mich, wer Sie sind? Die Anweisung ist immer noch dieselbe – Sie kriegen zu gegebener Zeit einen Anruf von mir. Und jetzt lehnen Sie sich entspannt zurück und warten Sie.«

Die Verbindung wurde beendet.

93

Gerade als Hunter Lindas Handy auffing, klingelte Ambers Telefon in ihrer Tasche. Sie sah Linda fragend an.

»Was soll ich machen?«

»Dasselbe wie eben. Lassen Sie es klingeln.«

»Linda«, klinkte Hunter sich ein. »Ich habe es Ihnen doch gesagt: Wenn Sie nicht rangehen, werden die am anderen Ende vom Schlimmsten ausgehen.« Er schaute sich in der Kabine um. »SWAT-Teams sind dafür bekannt, dass sie nicht lange fackeln. Glauben Sie mir – Sie wollen wirklich nicht, dass die Maschine gestürmt wird.«

Linda dachte eine Weile über Hunters Worte nach. »Okay«, sagte sie schließlich, an Amber gewandt. »Geben Sie her.«

Amber warf ihr das Handy zu.

Linda nahm den Anruf entgegen.

»Ich habe gesagt, ich melde mich zu gegebener Zeit. Was

daran haben Sie nicht verstanden?« Eine Pause. »Glauben Sie, es interessiert mich, wer Sie sind? Die Anweisung ist immer noch dieselbe – Sie kriegen zu gegebener Zeit einen Anruf von mir. Und jetzt lehnen Sie sich entspannt zurück und warten.« Linda legte auf und warf Amber das Telefon wieder zu.

»So«, sagte sie zu Hunter. »Zufrieden?«

Danach wandten sie ihre Aufmerksamkeit wieder Lindas Handy zu. Hunter hielt es so, dass auch Amber den Bildschirm sehen konnte.

»Wie gesagt, einfach nur drauftippen.«

Instinktiv reckte Phil den Hals.

»Was soll das werden?«, fragte Linda, die Hand an der Waffe.

»Nichts«, keuchte er hastig. »Ich bin bloß neugierig. Entschuldigung.«

»Setzen Sie sich wieder ruhig hin.«

Phil gehorchte, ohne Lindas Blick zu begegnen.

Hunter tippte auf das Display.

Als das Video begann, fiel Hunter und Amber als Erstes auf, dass der Ton fehlte. Die Aufnahmen schienen in einem Zimmer gemacht worden zu sein, dem Anschein nach einem Schlafzimmer. Man konnte erkennen, dass derjenige, der das Video filmte, sich hinter einer Tür versteckte, die einen Spaltbreit offen stand – entweder war es ein Nebenraum oder ein begehbarer Kleiderschrank. Die Kamera bewegte sich auf der Suche nach dem optimalen Bildausschnitt hin und her. Dass die Aufnahmen so verwackelt waren, war ein klares Indiz dafür, dass kein Stativ benutzt wurde, sondern jemand die Kamera in der Hand hielt.

Durch den Türspalt konnten Hunter und Amber zwei Jugendliche erkennen, einen Jungen und ein Mädchen, die etwa drei bis vier Meter entfernt vor einer weiteren Tür standen, die in ein Badezimmer führte. Das Licht im Badezimmer war ausgeschaltet. Bei dem Mädchen handelte es sich eindeutig um Genesis. Die schwarzen Haare fielen ihr in eleganten

Wellen über die Schultern. Sie trug ein weißes T-Shirt, einen schwarzen Faltenrock mit hoher Taille und Sandalen.

Der Junge, der ungefähr in ihrem Alter zu sein schien, überragte sie um fast dreißig Zentimeter. Seine Locken waren schwarz wie die Nacht, genau wie seine großen Augen. Er trug ein schwarzes Hemd, Bluejeans und weiße Sneaker.

Auch ihn erkannte Hunter auf Anhieb. Er hatte sein Foto im Jahrbuch der Gardena Junior High gesehen, und dasselbe Foto hing an der Pinnwand in ihrem Büro. Es war Pedro Bustamente.

Die beiden hielten einander an den Händen und sprachen leise miteinander. Genesis' Fehlbildung schien Pedro nicht im Geringsten zu stören.

Einige Sekunden nach Beginn des Videos stellte sich Genesis zögerlich auf die Zehenspitzen. Pedro kam ihr entgegen, und ihre Lippen trafen sich. Genesis legte zaghaft die Hände an seine Wangen, während er ihr die Arme um die Taille schlang. Es war ein scheuer Kuss, der nicht einmal fünf Sekunden dauerte. Sie lösten sich voneinander, blickten einander in die Augen und küssten sich ein weiteres Mal, diesmal wesentlich ungestümer und länger als zuvor.

In der Maschine war es, als hätten Hunter und Linda die Rollen getauscht, denn nun war sie diejenige, die jede seiner Regungen aufmerksam studierte.

Nach dem Kuss fuhren die beiden mit ihrer Unterhaltung fort. Aufgrund des ungünstigen Kamerawinkels war Hunter nicht in der Lage, ihre Lippenbewegungen zu erkennen, doch er las ihre Körpersprache.

Nachdem Pedro etwas zu ihr gesagt hatte, wich Genesis einen Schritt vor ihm zurück und verschränkte die Arme vor der Brust, wie um sich zu schützen. Offenbar fühlte sie sich unsicher und verletzlich.

Pedro hingegen blieb ganz locker und selbstbewusst. Er wirkte nicht fordernd, aber trotzdem unnachgiebig, noch dazu war er ein gutes Stück größer als sie. Während er sprach, verlagerte er seinen Körper ein Stück nach links, bis er direkt vor der Kamera stand und Hunter von seinen Lippen ablesen konnte.

Komm schon, Gen. Du hast es mir versprochen.

Was das Mädchen darauf erwiderte, konnte Hunter nicht sehen.

Natürlich, beteuerte Pedro. *Die Zimmertür ist abgeschlossen, niemand kann rein. Versprochen. Wir sind ganz unter uns.*

Es vergingen mehrere Sekunden, dann ließ Genesis die Schultern sinken und zog den Kopf ein, als versuche sie, sich kleiner zu machen, als sie war. Die Bewegung verriet, dass sie im Begriff war, Pedros Bitte nachzugeben, auch wenn es sie Überwindung kostete und sie sich damit unwohl fühlte.

Pedro lächelte. *Okay, ich warte hier ... Ja, danach bin ich dran.*

Genesis verschwand im Bad und schloss die Tür.

In dem Moment passierte es.

Kaum dass sie die Tür hinter sich zugezogen hatte, schaute Pedro in die Kamera, ehe er demjenigen, der sie bediente, ein Zeichen gab, näher zu kommen. Die Tür ging auf, und die Person, die aus ihrem Versteck heraus alles gefilmt hatte, gesellte sich zu Pedro. Jetzt war die Kamera nicht mal mehr zwei Meter von der Badezimmertür entfernt. Die beiden schienen auf etwas zu warten.

»O mein Gott!«, murmelte Amber. Sie ahnte bereits, wie es weitergehen würde.

Die Kamera wackelte ein wenig, als müsste derjenige, der sie hielt, lachen.

Eine gewisse Zeit verstrich, ehe die Badezimmertür wieder aufging und Genesis erschien. Sie war nackt.

Als sie erkannte, dass Pedro nicht allein war, erstarrte sie und kauerte sich ganz klein zusammen.

In dem Sekundenbruchteil, den es dauerte, bis sich ihre Augen mit Tränen der Scham füllten, ging Pedro an ihr vorbei und schloss die Badezimmertür. Verwirrt, hilflos und entsetzt, gab Genesis sich alle Mühe, mit ihren kleinen, fehlgebildeten Händen ihre Blöße zu bedecken, doch die Kamera lief weiter.

Schluchzend fuhr das Mädchen herum und versuchte, sich zurück ins Badezimmer zu flüchten, doch ein lachender Pedro versperrte ihr den Weg, während der Kameramann unerbittlich jede Einzelheit ihres nackten, zitternden Körpers einfing.

Hunter schielte zu Amber, und genau im selben Moment warf auch sie ihm einen Blick zu. Keiner der beiden musste den Rest des Videos ansehen.

Hunter tippte auf das Display, um das Video anzuhalten.

»Das war kurz nach Ende des Schuljahres«, klärte Linda sie auf. »Auf einer Party bei Troy. Seine Eltern waren nicht zu Hause. An dem Tag in meinem Auto hat Pedro mir gestanden, dass Troy der Junge hinter der Kamera war. Er hatte sich im Schlafzimmer seiner Eltern im Kleiderschrank versteckt. Pedro, Troy, Josie, Janet und Sofia hatten alles genau geplant. Sie wussten, dass Gen Pedro mochte, deshalb hatte er sie eine Woche vor der Party angesprochen und sich ein paarmal mit ihr getroffen. Sie war so glücklich in der Woche. Ich erinnere mich noch genau.« Linda trank einen Schluck von ihrem Whisky. »Auf der Party sollte Pedro sie bitten, sich für ihn auszuziehen, damit sie sie filmen und bloßstellen konnten – nur zum Spaß.« Sie seufzte. »Das waren die Worte, die Pedro benutzt hat. Sie haben sich nichts weiter dabei gedacht. Wir sprechen hier von einem sehr verletzlichen jungen Mädchen ... von jemandem, der es auch so schon schwer genug hatte. Ihr Körper war anders ... sie wusste das und hat versucht, sich davon nicht entmutigen zu lassen. Sie wollte einfach nur so sein wie alle anderen Mädchen in ihrem Alter, und als der Junge, für den sie schwärmte, sie um ein Date bat, ist sie natürlich darauf eingegangen, weil sie unbedingt von ihm gemocht werden wollte. Der Plan hat gut funktioniert, weil sie es schlau angefangen haben. Es ging nicht um Sex. Er wollte sie lediglich einmal nackt sehen, mehr nicht.« Linda deutete auf das Telefon in Hunters Hand. »Genesis hat offenbar geglaubt, wenn sie es nicht macht, will Pedro nichts mehr von ihr wissen. Also hat sie seinem Drängen nachgegeben.«

Hunter nickte.

»Pedro zufolge haben er und Troy einige Tage später bei uns geklingelt. Gen war gerade allein zu Hause. Erst taten sie so, als wollten sie sich bei ihr entschuldigen, aber dann haben sie ihr das Video gezeigt und gesagt, dass kein Junge jemals mit einem Freak wie ihr zusammen sein wollen würde – einfach nur so, aus Spaß. Sie haben ihr gesagt, sie würden das Video behalten und nach den Sommerferien allen auf der Schule zeigen.« Linda brauchte einen Moment, um ihre Emotionen in den Griff zu bekommen. »Am selben Tag, gleich nachdem Troy und Pedro weg waren ... ist Gen nach oben gegangen ...« Jetzt konnte sie ihren Tränen nicht länger Einhalt gebieten. »Sie hat das schärfste Messer geholt, das wir in der Küche hatten, und hat sich das Leben genommen, indem sie sich fast die Hand amputiert hat. Sie war vierzehn.«

Wieder schaute Hunter zu Amber. Die hatte unbewusst die Zähne zusammengebissen.

»Pedro hat mir gesagt, es wäre bloß ein dummer Scherz gewesen. Dass sie es nicht ernst gemeint hätten. Sie hätten das Video nicht wirklich jemandem zeigen wollen. Es war einfach ein dummer Streich ... ein Jux.«

»Es tut mir so ...«, begann Hunter, doch Linda unterbrach ihn.

»Als ich an dem Tag mit ihm im Auto saß«, fuhr sie fort, »hat er behauptet, dass die Mädchen nichts davon wussten, dass er und Troy hinterher noch bei Gen gewesen waren. Er hat auch gesagt, dass er die Schuld seit dreizehn Jahren mit sich herumtrug. Genesis' Selbstmord hätte sein Leben zerstört, meinte er, und ich müsse ihm unbedingt vergeben.« Linda lachte düster. »*Sein* Leben zerstört. Können Sie das fassen? Er sagte, er hätte die ganze Zeit zu mir kommen und mir die Wahrheit sagen wollen, aber nie den Mut dazu gehabt. Er wäre bei vielen meiner Seminare gewesen mit der Absicht, mich anzusprechen, und am Ende wäre er jedes Mal wieder gegangen. Aber an diesem einen Tag hätte er sich geschworen, nicht davonzulaufen ... nicht schon wieder ... ganz egal, was es für Konsequenzen hätte.« Linda lächelte das kälteste Lächeln, das Hunter je gesehen hatte. »Er ist noch in derselben Nacht gestorben.«

»Haben Sie ihn getötet?«, fragte Amber.

Lindas Antwort bestand lediglich aus einem Blick.

»Linda ...«

Wieder ließ sie ihn nicht zu Wort kommen.

»Nicht!« Sie riss den Arm hoch und zielte mit der Waffe auf Hunter. »Es gibt nichts, was Sie sagen können. Sie haben nämlich noch nicht alles gesehen.«

Hunter und Amber sahen Linda fragend an.

»Oder vielmehr haben Sie noch nicht alles gehört. Gehen Sie zurück an den Anfang des Videos«, sagte sie mit vor Wut bebender Stimme. »Der Knopf oben links an der Seite regelt die Lautstärke. Schalten Sie sie ein und schauen Sie es sich noch mal an. Es wird noch besser ... Es wird noch viel besser.«

94

Als Hunter den Balken am unteren Rand des Displays zurück an den Anfang zog, hörte er von draußen ein gedämpftes Geräusch. Er ließ sich nichts anmerken. Er hob nicht den Blick, um zur Tür zu schauen, und zeigte auch sonst keine Regung. Aber er wusste, dass es das SWAT-Team sein musste, das sich auf die Erstürmung des Flugzeugs vorbereitete.

»Nur zu«, sagte Linda. »Nicht so schüchtern. Ich garantiere Ihnen, es wird Ihnen gefallen.«

Hunter regelte die Lautstärke bis zum Anschlag hoch, dann tippte er auf den Bildschirm, um das Video erneut zu starten.

Nun hörten sie auch die Stimmen der Jugendlichen hinter der Kamera. Troy Foster war nicht allein.

»Schhh«, zischte Troy. »Sie darf nicht wissen, dass wir hier sind. Ich sag euch, das wird so was von gut.«

Im Video stellte Genesis sich auf die Zehenspitzen, um Pedro den ersten Kuss zu geben, und legte ihm zärtlich die Hände an die Wangen.

»Ich kann nicht glauben, dass Pedro sich von ihr anfassen lässt«, wisperte jemand. Es war die Stimme eines jungen Mädchens. »Sie könnte ihn glatt umbringen. Ihn aufspießen wie einen Fisch mit ihren Angelhakenhänden.«

Die Bemerkung löste eine Woge erstickten Gekichers aus.

Hunter spürte einen Schauer, der in seinem Nacken begann und wie ein Elektroschock seine Wirbelsäule hinabjagte.

»Möchten Sie raten, wer das gesagt hat, Robert?«, fragte Linda.

»Janet Lang«, sagte Hunter. »Melissa Hawthornes Schwester.«

Amber sah ihn stirnrunzelnd an. Sie verstand nicht, worum es ging. Linda jedoch lächelte. Sie wusste, dass er langsam die Zusammenhänge begriff.

Janets Kommentar löste einen wahren Wettkampf zwischen den Jugendlichen aus. Jeder wollte den anderen übertreffen, wollte etwas sagen, was noch lustiger war als die Bemerkung zuvor.

Nach Janet folgte Troy. Auch er redete im Flüsterton.

»Sie haben eben Händchen gehalten, habt ihr das gesehen? Ist der Typ irre? Was, wenn sie in dem Moment losgerannt wäre? Mit ihren Abschlepphaken hätte sie ihn glatt hinter sich hergeschleift wie ein Stück Fleisch.«

Mehr unterdrücktes Gelächter.

»Wenn Sie den erraten, gibt es keine Extrapunkte«, sagte Linda, als Hunter das Video anhielt. »Schließlich war es der einzige Junge in der Gruppe.«

Als Hunter aufsah, begegnete er Lindas zornigem Blick.

»Bitte, schauen Sie weiter«, sagte sie. »Die Bemerkungen werden besser ... der ›Scherz‹ wird noch lustiger.«

Widerstrebend setzte Hunter das Video fort.

Die Jugendlichen verstummten, bis Genesis ins Bad gegangen war und Pedro die anderen aus dem Kleiderschrank holte. Keiner sagte ein Wort. Mucksmäuschenstill warteten sie, bis die Tür zum Badezimmer aufging.

»Überraschung!«, riefen sie im Chor, ehe sie in lautes Gelächter ausbrachen, während die gedemütigte, verängstigte Genesis am liebsten vor Scham im Boden versunken wäre.

»Gut, dass du sie nicht gefragt hast, ob sie dir einen runterholt, Pedro«, sagte eins der Mädchen, als Pedro an Genesis vorbeiging, um ihr den Fluchtweg ins Badezimmer zu versperren. »Wahrscheinlich hätte sie dir mit ihren Hummerklauen den Schwanz samt Eier abgeschnitten – klack, klack, klack.«

Schallendes Gelächter.

Hunter wusste, dass dieser Kommentar von Josie gekommen war.

»Ich würde ihr nicht mal einen Finger reinstecken«, sagte ein anderes Mädchen. »Vielleicht hat sie da drinnen ja auch Klauen, wer weiß?«

»Das war Janet«, warf Linda ein.

Hunter ließ das Kinn auf die Brust sinken und schloss einen Moment lang die Augen.

Linda hatte die Worte der Jugendlichen benutzt, um sie zu quälen ... damit sie sich erinnerten.

»Ich habe lediglich ihre Vorschläge in die Tat umgesetzt«, sagte Linda beiläufig, während sie eine weitere Miniflasche Whisky austrank. Sie deutete mit einer Kopfbewegung auf das Telefon in Hunters Hand. »Geben Sie es zu, Robert – ich habe meine Sache nicht schlecht gemacht, oder?«

Amber verstand gar nichts mehr. Hunter wandte seine Aufmerksamkeit erneut dem Video zu.

Genesis versuchte gerade, an Pedro vorbei ins Badezimmer zu fliehen. Dabei fasste sie ihn an den Hüften und versuchte ihn aus dem Weg zu schieben, doch er war zu stark.

»Pass auf, Pedro.« Auch das kam von einem der Mädchen. »Mit ihren Scherenhänden schneidet sie dich in der Mitte durch, und dann fallen alle deine Eingeweide raus.«

Auch das sorgte für jede Menge Heiterkeit.

Abermals hielt Hunter den Clip an. Diese Bemerkung musste von Sofia Risoli gekommen sein. Das war also Lindas Plan für Lucas gewesen: ihn in der Mitte durchzuschneiden und seine Eingeweide auszubreiten, damit seine Ehefrau ihn so fand.

»Da haben Sie es, Detective Hunter«, sagte Linda und bedeutete ihm, ihr das Telefon zurückzuwerfen.

Er tat es.

»Rätsel gelöst«, sagte sie und steckte das Telefon wieder ein. »Ich wette, das hat ein paar offene Fragen beantwortet.«

»Linda«, sagte Hunter. »Ich verstehe Ihren Zorn, weil ich selbst auch mal so zornig war wie Sie. Ich wollte mich an den Menschen rächen, die mir einen geliebten Menschen genommen haben ... Das ist mir mehr als einmal passiert.«

»Gut. Wenn das so ist, sollten Sie mir eigentlich helfen, indem Sie mich gehen lassen, damit ich meine Aufgabe zu Ende bringen kann.«

»Darf ich Sie etwas fragen, Linda?« Hunter beschloss, es zu riskieren. »Hat es geholfen? Fühlen Sie sich jetzt besser? Vermissen Sie Genesis, Michael und John dadurch weniger? Als Sie all diese Menschen – Unschuldige – auf bestialische Weise aus dem Leben gerissen haben, hat das Ihrem Herzen Frieden geschenkt? Hat es Ihre Qualen gelindert ... den Schmerz, den Sie schon so lange mit sich herumtragen?«

»Ach, wissen Sie ...« Lindas Ton troff nur so vor Sarkasmus. »Sie verstehen da etwas Grundlegendes falsch. Es geht hier nicht um mich oder darum, wie ich mich fühle. Es geht nicht darum, Frieden zu finden oder meinen Schmerz zu lindern.

Der Schmerz, den ich empfinde, wird erst aufhören, wenn ich tot bin. Dessen bin ich mir vollauf bewusst. Nein, es geht darum, Menschen für ihr Tun zur Verantwortung zu ziehen. Es geht darum, dass die Leute nicht mit allem davonkommen dürfen, bloß weil sie es als ›Scherz‹ bezeichnen.« Sie schüttelte aufgebracht den Kopf. »Jede Handlung hat Konsequenzen, und einige Handlungen führen darüber hinaus auch noch zu einer Reaktion. Genesis' Selbstmord, gefolgt von Michaels und Johns Tod, war die Konsequenz ihres Tuns.« Linda stach sich mit dem Zeigefinger gegen die Brust. »Und ich ... ich bin die Reaktion. Und glauben Sie mir, Robert – an mir kommen sie nicht vorbei.«

»Aber die Menschen, die Sie ermorden, sind unschuldig. Sie haben mit den Taten, von denen Sie reden, nicht das Geringste zu tun, Linda. Auch nicht mit diesem Video. Das wissen Sie so gut wie ich.«

»Unschuldig?«, fragte Linda durch zusammengebissene Zähne. »Sie wollen also über Schuld und Unschuld reden, ja? Meinetwegen.« Sie atmete wütend ein. »Genesis war unschuldig. Michael war unschuldig. John war unschuldig. Sie sind alle tot, Robert. Meine ganze Familie. Alle, die ich je geliebt habe, sind tot, weil eine Gruppe Vierzehnjähriger sich einen Scherz erlaubt hat. Einen harmlosen kleinen Spaß ... einen Witz.« Sie verstellte ihre Stimme, sodass sie hoch und kindlich klang. »›Oh, ich habe eine Idee! Lasst uns ein verletzliches und unsicheres junges Mädchen dazu bringen, sich auszuziehen, damit wir sie filmen und erniedrigen können.‹ Als hätte Genesis nicht ohnehin schon einen ständigen Kampf gegen ihren Körper ausgefochten – gegen ihre Depressionen, gegen Vorurteile und Ignoranz.« Linda schwieg einen Moment und machte eine Geste, um ihre Aussage zu unterstreichen. »Und wissen Sie, was ich absolut unfassbar finde? Fünf Kids waren in dieser Clique ... fünf, drei davon Mädchen, und keins von ihnen hat gesagt: ›Das ist eine widerliche, gemeine und absolut bescheuerte Idee. Lasst das arme Mädchen in

Ruhe. Sie hat uns nie was getan, warum wollt ihr sie quälen? Möchtet ihr, dass das jemand mit euch macht?‹« Linda zeigte mit beiden Händen auf sich selbst. »Tja, Rache ist ein gemeines Miststück, kann ich da nur sagen.«

»Aber die Menschen, die Sie ermordet haben, kannten Genesis nicht einmal.« Wieder versuchte Hunter, an Lindas Menschlichkeit zu appellieren, von der er sicher war, dass sie unter all der Wut noch irgendwo tief in ihrem Innern existierte. Er musste sie nur erreichen. »Mit Ausnahme von Melissa Hawthorne, die Janets Stiefschwester war, kannten Ihre Opfer die Menschen, die Genesis in den Selbstmord getrieben haben, damals doch noch gar nicht. Kirsten Hansen hat Troy Foster erst vor drei Jahren kennengelernt. Oliver Griffith und Josie Moss sind sich vor siebzehn Monaten begegnet.« Er machte eine effektheischende Pause. »Sie haben sie aus dem Leben gerissen, Linda, für etwas, mit dem sie rein gar nichts zu tun hatten. Etwas, das passiert ist, als sie selbst noch Kinder waren, so wie Genesis.«

So wie Genesis – drei Worte, die ihn von jetzt auf gleich auf eine völlig neue Idee brachten.

»Ich weiß, Sie haben sehr gründlich recherchiert und alles herausgefunden, was Sie über diese Leute in Erfahrung bringen konnten«, fuhr er versuchsweise fort. »Monatelang haben Sie Informationen über sie zusammengetragen. Ihre Nachforschungen waren lückenlos, aber eine Frage drängt sich mir dabei auf: Haben Sie auch recherchiert, wer diese Leute früher waren?«

Der Hauch eines Zweifels flackerte in Lindas Augen auf, was Hunter nicht entging.

Vielleicht würde seine Idee tatsächlich funktionieren.

»Wir aber«, log er, »wir mussten alles über die Opfer in Erfahrung bringen, um zu begreifen, weshalb sie ermordet wurden. Wissen Sie, warum Kirsten Hansen von Dänemark in die USA gekommen ist?«

Linda sah ihn aus schmalen Augen an.

»Sie wurde mit einem Sprachfehler geboren«, behauptete Hunter aufs Geratewohl, »den sie aufgrund einer Gaumenspalte hatte. In der Schule wurde sie andauernd gehänselt, weil sie so seltsam gesprochen hat.«

Auf einmal wirkte Linda verunsichert.

»Sie ist nach Amerika gekommen, um sich operieren zu lassen, und am Ende ist sie geblieben. Oliver Griffith hatte zwar keine körperliche Beeinträchtigung, aber als er so alt war wie Genesis, war er sehr dünn und das Gespött der ganzen Klasse, weil er keine Muskeln hatte und so ungeschickt war. Man hat ihn herumgeschubst, verprügelt, verspottet, man hat ihm Streiche gespielt ... das volle Programm. Erst nach der Highschool hat er beschlossen, etwas dagegen zu tun. Er ist in ein Fitnessstudio eingetreten und hat mit dem Krafttraining begonnen.«

Zum ersten Mal sah Linda so aus, als würde sie sich selbst und ihr Tun hinterfragen.

»Lucas Elliot hat eine Lese-Rechtschreib-Schwäche«, fuhr er fort. »Er hat immer noch Probleme damit. Als Kind haben sich alle über ihn lustig gemacht. ›Dumm und Dümmer‹ haben sie ihn genannt.«

»Aber das ...«, meldete Phil sich zaghaft zu Wort, doch Linda brachte ihn sofort zum Schweigen.

»Mund halten.«

»All die Menschen, die Sie ermordet haben, Linda«, fuhr Hunter fort, »haben als Kinder und Jugendliche Erfahrungen mit Mobbing gemacht. Sie wurden gehänselt und beleidigt ... sie wurden erniedrigt, herumgeschubst und geschlagen.« Wieder machte Hunter eine bedeutungsschwere Pause. »Sie alle waren Genesis, jeder auf seine eigene Weise. Sie haben versucht dazuzugehören, haben sich nach Anerkennung gesehnt, hatten mit Makeln und Vorurteilen zu kämpfen. Der entscheidende Unterschied ist, dass sie sich nicht selbst das Leben genommen haben, Linda ... das waren Sie. Glauben Sie ernsthaft, so sieht Gerechtigkeit aus? Für Sie? Für Genesis?

Glauben Sie ernsthaft, Genesis würde es gutheißen, dass ihre Mutter Menschen ermordet, die genauso waren wie sie? Die ähnliche Schwierigkeiten im Leben hatten und ähnliche Hürden überwinden mussten ... die so hart dafür kämpfen mussten, einfach nur sie selbst sein zu dürfen?«

Lindas Blick zuckte erst zu Phil, dann zu Amber und schließlich zu Hunter. Sie rang innerlich mit ihren Gefühlen, das sah man ihr an. Aber was für Gefühle waren es? Schuld? Scham? Beides? Hunter wusste es nicht.

Ihre Reaktion bestand darin, erneut nach der Waffe zu greifen.

»Jemand musste bezahlen«, sagte sie gepresst. »Wir alle haben vor dreizehn Jahren unser Leben verloren – Genesis, Michael, John und ich. Ich musste sie rächen.« Sie zuckte mit den Schultern. »Auge um Auge. Ein unschuldiges Leben für das andere. Na und?« Sie schien sich wieder gefangen zu haben. »Die Welt ist nicht fair, Detective. Das Leben ist nicht fair. Ich wette, das ist Ihnen auch schon aufgefallen. Denn sonst wäre Genesis nicht mit Ektrodaktylie geboren worden.« Ihr Blick ging ganz kurz zu der Waffe in ihrer Hand. »Ich habe so lange gelitten, jetzt sind andere dran, und wenn dafür ein paar Unschuldige sterben müssen«, wieder ein Achselzucken, »dann ist das eben so. Pech gehabt.«

Es konnte sein, dass er sich irrte, aber Hunter hatte den Eindruck, dass es Lindas Worten an Überzeugung fehlte.

Sie holte tief Luft, während ihr Blick abermals von Phil zu Amber und schließlich zu Hunter wanderte.

»Da ist noch was anderes, Robert. Jetzt verstehen Sie es vielleicht noch nicht. Aber Sie werden es bald verstehen, da bin ich mir sicher. Alles ist da und wartet auf Sie.«

»Was verstehe ich nicht?«

Plan C war die einzige Option, die Linda jetzt noch hatte. Sie musste ihn nur ausführen.

»Sie sagten, heute würde niemand sterben.« Sie schenkte Hunter und Amber ein totes Lächeln. »Das war falsch.«

Sie hob ihre Waffe und feuerte schnell und präzise zwei Schüsse ab. Ein roter Nebel aus Blut, Knochensplittern und Gehirnmasse erfüllte die Luft.

95

In der mobilen Fahrgastbrücke wartete SWAT-Team Alpha nervös auf das Signal zur Erstürmung. Sämtliche Sonnenblenden in der Kabine waren unten, auch die an der Tür. Dadurch war es dem Team gelungen, sich unbemerkt zu nähern, bis sie an den Knick gelangten, der wenige Meter von der Öffnung entfernt war, die an die Tür des Flugzeugs andockte.

Als Linda befohlen hatte, die Fahrgastbrücke abzukoppeln, war man ihrer Forderung nachgekommen, allerdings hatte man sie nicht vollständig zurückgezogen, sondern lediglich um gut einen Meter eingefahren. Lindas Geiselnahme war ganz offensichtlich improvisiert, deshalb war man zu dem Schluss gelangt, dass sie sich im Voraus vermutlich nicht bis in alle Einzelheiten mit der Funktionsweise einer mobilen Fahrgastbrücke vertraut gemacht hatte.

Nach dem Zugriffsbefehl würde es somit nur wenige Sekunden dauern, bis die Lücke zwischen Fahrgastbrücke und Maschine geschlossen wäre. Dann würde Team Alpha noch mal eineinhalb Sekunden benötigen, um die Tür von außen zu entriegeln, und eine weitere Sekunde, um sie vollständig zu öffnen. Insgesamt hatte man knapp fünf Sekunden einkalkuliert. Das war nicht ideal, aber allemal besser als die Zeitspanne bei vollständig eingezogener Fahrgastbrücke.

Bang.

Bang.

Die Schüsse, durch die Tür und das unter Druckausgleich stehende Kabineninnere gedämpft, klangen von draußen wie aufplatzendes Popcorn, trotzdem war den fünf Mitgliedern des SWAT-Teams sofort klar, was die Geräusche bedeuteten.

»Es fallen Schüsse ... es fallen Schüsse«, meldete José Alvarez, der Anführer von Team Alpha, leise in sein Headset.

»Dann los – Zugriff«, kam Captain Blakes Befehl aus den Ohrmikrofonen der Teammitglieder.

Viereinhalb Sekunden später zogen die Männer die Tür zur Maschine auf und warfen zwei M84-Blendgranaten ins Innere, die beim Auftreffen auf den Kabinenboden explodierten.

Eine M84 gab einen extrem lauten Knall sowie einen Lichtblitz von mehr als einer Million Candela ab, was zu vorübergehender Blindheit, Gehörverlust und einer durch die Schädigung des Innenohrs ausgelösten Orientierungslosigkeit führte.

Nach den Explosionen betraten die fünf von Team Alpha das Flugzeug. Die MP5-Maschinenpistolen im Anschlag, hielten sie Ausschau nach der Zielperson.

Als Alvarez Hunter sah, identifizierte er ihn sofort als eine der Geiseln. Er stand mit eingezogenem Kopf rechts neben der Tür, trug lediglich Boxershorts und Socken und hielt sich mit der linken Hand ein Ohr zu. Neben ihm stand eine Frau. Ihr Gesicht war voller Blut, ihre Augen waren geschlossen. Auch sie hatte sich eine Hand fest aufs Ohr gepresst. Beide waren durch einen großen Griff an der Wand mit Handschellen aneinandergefesselt und wirkten benommen.

»Detective Hunter!«, rief Alvarez. »Geht es Ihnen gut?«

»Ja, alles okay«, rief Hunter zurück.

Sowohl er als auch Amber waren mit dem Vorgehen bei solchen Einsätzen vertraut. Sie hatten gewusst, dass das SWAT-Team im Falle einer Erstürmung Blendgranaten verwenden würde. Kaum dass die Tür aufgegangen war, hatten sie sich mit der jeweils freien Hand ein Ohr zugehalten und fest die Augen zugekniffen.

»Phil?«, brüllte Hunter, sobald er die Augen wieder geöffnet hatte. »Phil, ist alles in Ordnung mit Ihnen?«

Keine Reaktion.

96 *Wenige Sekunden zuvor*

»Sie haben gesagt, heute würde keiner sterben«, sagte Linda mit einem toten Lächeln. »Das war falsch.«

In einer Bewegung, die niemand vorausgesehen hatte, hob sie die Waffe. Doch sie zielte nicht auf Hunter oder Amber, sondern auf Phil, der auf seinem Sitz ängstlich die Knie an die Brust gezogen hatte.

Es geschah so schnell, dass Hunter und Amber keine Chance hatten, zu reagieren. Als ihnen klar wurde, dass Linda den jungen Mann erschießen wollte, hatte sie bereits den Abzug betätigt.

Bang.

»Nein!«, schrie Hunter und zerrte mit aller Kraft an den Handschellen. Ihn und Linda trennten immer noch knapp zwei Meter.

Am Ende spielte es keine Rolle.

Eine Sekunde nachdem sie auf Phil geschossen hatte, hielt Linda sich den Lauf unters Kinn und drückte ein zweites Mal ab.

Die Kugel, ein Neunmillimeter-Teilmantelgeschoss, drang durch den Unterkiefer in ihren Mundraum ein, wobei sie ihre Zunge und den Gaumen durchschlug. Sie ging durch ihr Gehirn, ehe sie ihre Schädeldecke pulverisierte und am Oberkopf wieder austrat.

Durch Zufall fing Hunter Lindas Blick ein, gerade als ihr Finger sich um den Abzug krümmte.

Da war nichts in ihren Augen – keinerlei Emotion ... keine Wut, kein Leben. Es war, als wäre ihre Seele aus ihrem Körper getreten, noch ehe die Kugel den Lauf verlassen hatte.

Als sie leblos zu Boden sackte, war Hunter einen Moment lang wie gelähmt. Er stand einfach nur mit offenem Mund und weit aufgerissenen Augen da und hielt den Atem an.

»So hätte es nicht kommen sollen«, flüsterte er.

In dem Moment hörte er, wie die Flugzeugtür von außen geöffnet wurde. Die Ankunft des SWAT-Teams riss ihn aus seiner Erstarrung.

97

»Phil?«, rief Hunter abermals und streckte sich so weit wie möglich zur Seite, um einen Blick auf den jungen Mann werfen zu können, doch weil er immer noch mit Handschellen an Amber gefesselt war, gelang ihm dies nicht, so sehr er sich auch bemühte.

Nachdem Alvarez Hunter und Amber als Geiseln identifiziert hatte, schwenkte er nach rechts in die Bordküche ab. In dem Moment sah er Linda am Boden liegen. Hautfetzen, Haare, Knochenfragmente und Gehirnmasse waren über die Wand ebenso wie über den Sitz rechts neben ihr und einige der Schränke verteilt.

»Zielperson ausgeschaltet!«, rief Alvarez und stürzte an Lindas Seite. »Zielperson ausgeschaltet.« Er trat die Waffe in ihrer Hand beiseite.

Da Alvarez und Portnoy nach links gegangen waren, hatten sich die restlichen drei Mitglieder von Team Alpha die andere Seite der Kabine vorgenommen.

Aus dem Augenwinkel sah Hunter, wie zwei weitere Teams auftauchten. Sie hatten die Maschine über die vordere beziehungsweise hintere Tür geentert.

»Sie ist tot«, teilte Alvarez den anderen mit.

»Ach, meinen Sie wirklich?«, rief Hunter, dessen Ohren immer noch vom Knall der Granate klingelten. »Die Hälfte ihres Gehirns ist an der Wand verteilt. Phil. Sie hat zuerst auf Phil geschossen.« Er deutete nach links. »Er ist an den Sitz hinter Ihnen gefesselt.« Seine Stimme versagte. »Sagen Sie bitte nicht, dass er tot ist.«

»Reagiert nicht«, kam die Antwort von einem der Teammitglieder.

»Dann holen Sie den Notarzt!«, befahl Hunter.

»Er wurde nicht angeschossen. Er hat nur das Bewusstsein verloren, ansonsten ist er unverletzt.«

»Wie bitte?« Hunter sah Amber an, die sich allmählich von den Auswirkungen der Blendgranaten erholt zu haben schien. »Sie hat auf ihn geschossen. Wir haben es doch genau gesehen.«

»Sie hat in seine Richtung geschossen«, gab eins der Teammitglieder zurück. »Der Schuss ging daneben ... und zwar recht weit. Die Kugel ist in den Sitz neben ihm eingeschlagen. Wie gesagt, er ist einfach nur ohnmächtig geworden. Keine Wunde, kein Blut. Er ist unversehrt.«

98 *Fünf Stunden später – Linda Evans' Apartment in Torrance*

Hunter und Garcia standen da und starrten mit großen Augen auf die Wände in Lindas kleiner Einzimmerwohnung. Sie waren vom Boden bis zur Decke mit Fotos, Grafiken und Plänen zugepflastert.

Auf dem Klapptisch hatte sie ihren Laptop stehen lassen. Darum herum lagen, gleichmäßig über die Tischplatte verteilt, weitere Fotos sowie ein Heft mit Trainingsprotokollen von einem Schießstand.

Nach der Erstürmung des Flugzeugs waren Hunter und Garcia noch am Flughafen von Sanitätern versorgt worden. Hunter ging es so weit gut, die Wirkung der Blendgranaten war mittlerweile abgeklungen. Garcia hingegen hatte einen verstauchten Knöchel von seinem Zusammenprall mit den beiden Kollegen der Transportsicherheitsbehörde davongetragen. Man hatte seinem linken Fuß einen provisorischen Stützverband verpasst und ihm ein paar Krücken gegeben, mit deren Hilfe er sich nun fortbewegte.

Eigentlich hätten sie vom LAX direkt zurück ins PAB fahren sollen, um die erforderlichen Berichte einzureichen und sich mit Captain Blake und dem Chief zusammenzusetzen, aber Hunter saß am Steuer, und er hatte beschlossen, vorher noch einen Abstecher zu Linda Evans' Wohnung zu machen. Er hatte heimlich den Schlüssel aus ihrer Handtasche genommen, als gerade niemand hingeschaut hatte. Garcia war einverstanden gewesen.

»Das ist doch irre«, sagte er nach einer ganzen Weile. Die ersten fünf Minuten lang hatten sie alles schweigend auf sich wirken lassen. »Es sieht so aus, als hätte sie alles für uns bereitgelegt. Ihre ganzen Recherchen – Überwachungsfotos, Terminpläne, Namen, Adressen ... ihre gesamten Unterlagen.«

Jetzt verstehen Sie es vielleicht noch nicht, hatte Linda im Flugzeug gesagt. *Aber Sie werden es bald verstehen. Alles ist da und wartet auf Sie.*

Hunter erwiderte nichts. Stattdessen begann er, einige Fotos durchzusehen, die er in einem Umschlag gefunden hatte, der an eine der Küchenwände gepinnt war.

Garcia humpelte derweil zum Tisch und blätterte in Lindas Trainingsheft. Je länger er dies tat, desto mehr staunte er.

»Robert, komm mal her und sieh dir das an.«

»Einen Moment«, rief Hunter aus der Küche.

»Nein.« Garcia klang bestimmt. »Du musst dir das wirklich unbedingt ansehen.«

Hunter brachte den Umschlag mit.

Garcia deutete auf das Heft. »Überspring die ersten fünfzig Seiten oder so«, sagte er. »Schau dir den Rest an, und sag mir, was du denkst.«

Hunter blätterte in der zweiten Hälfte des Hefts und überflog rasch die eingetragenen Zahlen einschließlich der dazugehörigen Daten. Beim allerletzten Eintrag angekommen, hob er den Kopf und tauschte einen Blick mit seinem Partner.

»Das sind beeindruckende Ergebnisse, Robert.«

Hunter nickte. »Sie hat sechs Monate am Stück fast jeden Tag geschossen.«

»Eben«, sagte Garcia. »Wie kann es sein, dass jemand mit so hohen Punktzahlen ein Ziel verfehlt, das gerade mal zwei Meter entfernt ist? Noch dazu um mehr als dreißig Zentimeter?«

»Das kann nicht sein«, sagte Hunter. »Sie hat absichtlich danebengeschossen.«

Etwas an der Art, wie sein Partner dies sagte, ließ Garcia aufhorchen.

»Aber warum hat sie dann auf diesen Passagier geschossen – Phillip, richtig?«, sagte er. »Um euch einen Schrecken einzujagen?« Er schüttelte den Kopf. »Das ergibt doch keinen Sinn.«

Hunter atmete aus. »Nein, sie hat nicht auf ihn geschossen, weil sie uns damit erschrecken wollte. Ich glaube, sie wollte ihn wirklich töten und hat es sich erst im letzten Moment anders überlegt.«

Garcia schnappte sich einen Stuhl aus der Ecke. Sein Fuß hatte wieder angefangen wehzutun. »Es sich anders überlegt?«, fragte er, als er sich niederließ. »Das ergibt ja noch weniger Sinn. Sicher, sie hat Unschuldige getötet, aber diese Unschuldigen hatten wenigstens eine Verbindung zu der Clique, die damals das Video gemacht hat.«

Hunter hatte vor Verlassen der Maschine auch Lindas Handy aus ihrer Tasche mitgenommen. Die einzigen Personen, die bisher das Video gesehen hatten, das Linda Hunter und Amber im Flugzeug gezeigt hatte, waren Garcia und Captain Blake.

»Phil hatte doch gar nichts mit der Sache zu tun«, fuhr Garcia fort. »Er war einfach nur ein Passagier.«

Hunter reichte seinem Partner den Umschlag mit den Fotos, den er in der Küche gefunden hatte. »Nein, das war er nicht.«

»Hä?« Garcia nahm ihn und begann sich die Aufnahmen anzuschauen. Es waren mehr als fünfzig, und sie alle zeigten Phil in Begleitung einer attraktiven dunkelhaarigen Frau, mit der er ganz eindeutig eine sehr innige Beziehung führte. Einige der Aufnahmen zeigten sie beim Händchenhalten, andere beim Küssen.

Garcia erkannte die Frau sofort wieder – es war Sofia Elliot. »Was ist das denn?«

Hunter nickte. »Phil und Sofia hatten eine Affäre.«

Garcia ließ den Umschlag in seinen Schoß sinken. »Unmöglich.«

Hunter schwieg.

»Jetzt mal ehrlich.« Garcia hob die Hand. »Das ist doch unfassbar, wie kannst du da so ruhig bleiben?«

»Würde ich vermutlich auch nicht ... wenn ich es nicht schon gewusst hätte.«

»Was?« Garcia verstand die Welt nicht mehr. »Woher willst du das gewusst haben?«

»Im Flugzeug«, sagte Hunter, »hat Phil zu Linda gesagt, dass er eine Familie gründen will, und sie hat ihn daraufhin ›Loverboy‹ genannt. Später hat sie das noch mal gemacht – als sie wollte, dass wir alle einen Drink mit ihr nehmen.«

Garcias Augenbrauen schnellten in die Höhe.

»Ich fand das merkwürdig«, fuhr Hunter fort. »Der Spitzname kam aus dem Nichts und passte überhaupt nicht in den Kontext. Und dann, als ich ihr gegenüber behauptet habe, Lucas hätte eine Lese-Rechtschreib-Schwäche, wollte Phil eine Frage stellen, aber sie hat ihn zum Schweigen gebracht. Ich habe erst zwei und zwei zusammengezählt, als wir bei den Sanitätern waren. Da bin ich zu Phil gegangen und habe mich kurz mit ihm unterhalten.«

»Und er hat dir alles gestanden.« Es war nicht als Frage formuliert.

»Ich musste ein bisschen nachbohren«, meinte Hunter mit einem Nicken. »Ich habe ihm gesagt, dass wir sowieso dahinterkommen würden, also hat er irgendwann ausgepackt. Sie sind seit fünf Monaten heimlich ein Paar.«

»Deshalb wollte er nach Italien?«, fragte Garcia.

»Ja. Lucas kommt ja am Samstag zurück, weißt du noch?«

Garcia lachte. »Der Ehemann fliegt nach Hause, und die Frau tut so, als wolle sie noch ein bisschen Zeit mit ihrer Familie verbringen, dabei lässt sie in Wahrheit ihren Liebhaber einfliegen.«

»Sehr ähnlich.«

»Woher wusste Linda, dass er ausgerechnet in diesem Flieger sitzen würde?«

Hunter machte eine Handbewegung in den Raum hinein. »Ich glaube nicht, dass sie bei ihren Recherchen irgendwas übersehen hat, Carlos. Du?«

»Denkst du, Phil war von Anfang an ihr Ziel?«, fragte Garcia. »Falls sie rausgefunden hat, dass Sofia ihn mehr geliebt hat als ihren Mann, wäre das ja plausibel.«

»Könnte sein«, sagte Hunter. »Ich habe so das Gefühl, wenn wir hier fertig sind ... wann auch immer das sein wird ... werden wir es wissen.«

Garcia betrachtete die Unmengen von Fotos und Zetteln an den Wänden. »Das ist also der Sinn des Ganzen. Deswegen hat sie alles so geordnet hinterlassen. Sie hätte die Sachen ja auch vernichten können.«

Wieder nickte Hunter. »Ich glaube nicht, dass sie wusste, dass wir ihr auf der Spur waren. Aber sie wusste, dass wir sie irgendwann kriegen würden. Sie wollte, dass wir ...« Er brach ab und besann sich eines Besseren. »Sie wollte, dass alle wissen, warum sie es getan hat.« Er zeigte auf den Laptop. »Ich wette, dass wir darauf auch eine Kopie des Videos finden werden.«

»Ihr war also klar, dass sie nicht in die Wohnung zurückkehren würde«, sagte Garcia. »Sie hatte von Anfang an den Plan, am Ende ihres Rachefeldzugs sich selbst zu töten. Sobald alles erledigt war, hatte sie keinen Grund mehr, weiterzuleben. Alle, die sie je geliebt hat, sind tot. Das nenne ich mal einen Schmetterlingseffekt.« Er schüttelte den Kopf, als er an die vielen Menschen dachte, die ihr Leben verloren hatten.

Hunter wandte sich einem großen Foto der Familie Williams zu – Linda, Genesis, Michael und John. Sie saßen zusammen am Tisch in einem Restaurant. Alle vier lachten, als hätte jemand kurz zuvor etwas sehr Lustiges gesagt. Sie sahen so glücklich zusammen aus.

Es war das einzige Foto im ganzen Apartment, das gerahmt war – das einzige Bild, das Linda noch von ihrer Familie hatte.

»Ich glaube, du hast recht, Carlos. Ich glaube, du hast vollkommen recht.«

99 *Einen Tag später – Police Administration Building*

Linda Evans hatte die Sicherheitsfunktionen an ihrem Laptop deaktiviert. Es gab kein Passwort. Sobald Hunter ihn eingeschaltet hatte, erschien der Desktophintergrund. Dort fand sich nur ein einziger Ordner namens »Genesis«. In den letzten drei Stunden hatte Hunter alle darin enthaltenen Dateien durchgelesen.

»Unglaublich«, murmelte er, als er sich auf seinem Stuhl zurücklehnte.

»Was ist denn?«, fragte Garcia und sah Hunter über seinen Computermonitor hinweg an.

»Wie kühn Linda wirklich war.«

»Wieso? Was hast du rausgefunden?«

»Sie hat alle vor den Morden besucht … alle aus der alten Clique.«

»Sie besucht?«, fragte Garcia. »Wie meinst du das?«

»Janet Lang ist Kosmetikerin, richtig?«

»Ja.«

»Linda hatte zwei Termine bei ihr.«

»Was? Ernsthaft?« Garcia stand auf.

Hunter nickte und deutete auf den Laptop. »Beide im letzten Monat. Allerdings hat sie einen falschen Namen benutzt.«

Garcia hatte Hunters Schreibtisch erreicht und warf einen Blick auf den Monitor. »Grace Bauer«, las er.

Hunter nickte, ehe er eine weitere Datei öffnete. »Letzte Woche Mittwoch, drei Tage bevor sie Oliver Griffith getötet hat, war sie bei Josie zu einer Therapiesitzung. Sie haben eine ganze Stunde lang geredet.«

»Verdammt.« Garcia lachte.

»Und schau dir das an.« Hunter öffnete ein drittes Dokument. »Sie hat ihre Waffe, die Neunmillimeter, die wir in ihrer Wohnung gefunden haben, in Troys Laden gekauft. Der Schießstand, an dem sie ein halbes Jahr lang trainiert hat, war derselbe, den er auch genutzt hat. Sie sind sich dort mehrmals begegnet.«

Garcia war vollkommen sprachlos.

Ein weiteres Dokument.

»Zu Beginn des Monats«, fuhr Hunter fort, »war Grace Bauer bei Sofia Elliot zu Hause, um mit ihr über eine Ausbildung zur Steuerberaterin zu sprechen. Auch das Meeting dauerte ungefähr eine Stunde.«

»Warum hat sie das getan, was glaubst du? Warum hat sie sie vorher besucht?«

»Linda wusste, dass sie sich am Ende umbringen würde«, sagte Hunter. »Ich glaube, sie wollte vorher einfach die Menschen sehen, die ihr und ihrer Familie so viel Leid zugefügt und so viel Zerstörung angerichtet hatten. Sie wollte ihnen in die Augen schauen, mit ihnen sprechen. Vielleicht ging es ihr auch darum, ein Gefühl dafür zu bekommen, wie sehr sie den Menschen, den sie ihnen nehmen würde, wirklich liebten. Zu dem Zeitpunkt steckte sie schon tief in ihrem Wahn.«

»Das ist einfach …«

Garcia wurde durch ein Klopfen unterbrochen.

»Herein«, rief er.

Die Tür wurde von einem Mann Mitte vierzig in einem dunklen Anzug geöffnet. Er hatte einen dichten Vollbart, der seine Kieferkontur weicher erscheinen ließ und seine Wangenknochen verbarg.

»Detective Hunter?«

»Das bin ich«, sagte Hunter.

Der Mann trat an Hunters Schreibtisch. »Vor ein paar Tagen haben Sie einen DNA-Test und eine Fingerabdruck-Analyse von einem Weinglas in Auftrag gegeben, wissen Sie das noch?«

Hunter verzog das Gesicht. »Ach, das tut mir leid. Ich habe ganz vergessen, den Auftrag zu stornieren. In den letzten Tagen ging es hier ziemlich hoch her, da ist mir das entfallen. Wir sind nicht länger an der Person interessiert.«

»Sie vielleicht nicht«, sagte der Mann und zeigte Hunter seinen Ausweis. »Ich bin Agent Wilson Reeves von der Abteilung für Sexualverbrechen der Bezirksstaatsanwaltschaft. Die DNA von dem Weinglas, das Sie abgegeben haben, passte zu einem Fall von Vergewaltigung und Mord, in dem wir seit fünf Jahren ermitteln.« Er legte ein Foto auf den Schreibtisch. »Suzy Black, zweiundzwanzig Jahre alt, eine Studentin aus San Francisco.«

Hunter und Garcia studierten das Foto eine Zeit lang.

»Es gibt Anlass zu der Vermutung, dass derselbe Täter in den letzten fünf Jahren noch mindestens drei Frauen vergewaltigt und ermordet hat.« Er legte weitere Fotos auf Hunters Tisch. »Helen Austin, ebenfalls Studentin, aus San Diego, einundzwanzig Jahre alt ... Martha Driscoll, vierundzwanzig, Erzieherin aus Oakland ... und Alice Pearson – zweiundzwanzig, eine Barkeeperin aus Sacramento.«

»Anlass zu der Vermutung?«, wiederholte Garcia fragend.

»Die Tatumstände und Vorgehensweise waren bei allen vier Fällen nahezu identisch, aber der Täter ist schlauer geworden. Er hat nur beim ersten Mal einen Fehler gemacht.«

»Indem er seine DNA am Tatort zurückließ«, sagte Hunter und tippte mit dem Zeigefinger auf das Bild von Suzy Black.

»Genau. Danach hat er sich keine Ausrutscher mehr erlaubt. Wir suchen dieses kranke Schwein schon seit fünf Jahren, Detective Hunter, also sagen Sie mir bitte, dass Sie einen Namen für mich haben.«

Hunter griff nach seinem Handy, rief die Galerie auf und wischte sich durch einige Fotos. »Ich habe sogar noch was Besseres.« Er präsentierte Agent Reeves das Display. »Ich habe sein Gesicht.«

Danksagung

Wie immer gilt mein Dank einigen ganz besonderen Menschen – meinem Agenten Darley Anderson, der der beste Agent ist, den sich ein Autor wünschen kann. Darleys Engeln Mary Darby, Kristina Egan, Georgia Fuller sowie dem gesamten Team in der Agentur – ihr seid einfach fantastisch. Katherine Armstrong und Bethan Jones, meinen Lektorinnen bei Simon and Schuster, die dieses Buch mit ihren phänomenalen Ideen zehnmal besser gemacht haben. Und Monika Boese, meiner Lektorin bei Ullstein in Deutschland, für ihre großartige Arbeit und unermüdliche Unterstützung.

Auch bei meinen Leserinnen und Lesern möchte ich mich aus tiefstem Herzen bedanken, genau wie bei allen da draußen, die seit vielen Jahren hinter mir und meiner Arbeit stehen. Ohne euch würde ich nicht schreiben.

Ein besonderes Dankeschön geht diesmal auch an Amber Burnett, die im Jahr 2019 einen Wettbewerb gewonnen hat und als Preis dafür in diesem Buch als Figur verewigt wurde. Tausend Dank für deine Geduld, Amber. Es tut mir sehr leid, dass ich so lange gebraucht habe, um dieses Projekt zu vollenden. Ich hoffe, die Figur ist nach deinem Geschmack.